國家古籍工作規劃項目

全國少數民族古籍工作"十四五"規劃重點項目

國家民委鑄牢中華民族共同體意識
古籍整理出版書系

馬文升詩文集

〔明〕馬文升 撰　馬建民 整理

上海古籍出版社

圖書在版編目(CIP)數據

馬文升詩文集/(明)馬文升撰；馬建民整理. —上海：上海古籍出版社，2022.11
（國家民委鑄牢中華民族共同體意識古籍整理出版書系）
ISBN 978-7-5732-0514-8

Ⅰ.①馬… Ⅱ.①馬…②馬… Ⅲ.①中國文學—古典文學—作品綜合集—明代 Ⅳ.①I214.82

中國版本圖書館 CIP 數據核字(2022)第 213069 號

責任編輯：孫一夫
封面設計：劉　麗　王楠瑩
封面剪紙：初春枝
封面篆刻：李蘇先
技術編輯：隗婷婷

馬文升詩文集

〔明〕馬文升　撰

馬建民　整理

上海古籍出版社出版發行

（上海市閔行區號景路159弄1-5號A座5F　郵政編碼 201101）

（1）網址：www.guji.com.cn
（2）E-mail：guji1@guji.com.cn
（3）易文網網址：www.ewen.co

上海展强印刷有限公司印刷

開本 889×1194　1/16　印張 18.75　插頁 6　字數 397,000
2022年11月第1版　2022年11月第1次印刷
印數：1—1,100
ISBN 978-7-5732-0514-8
I·3679　定價：98.00 元

如有質量問題，請與承印公司聯繫
電話：021-66366565

二〇二二年度國家民委民族研究項目
"鑄牢中華民族共同體意識古籍整理研究專項"——
"明代馬文升《馬端肅公三記》《馬端肅公奏議》整理、研究與出版"
（項目編號：2022-GMD-045）

北方民族大學二〇二二年度
"中央高校基本科研業務費"（項目編號：2022ZLGTTYS20）專項經費支持

北方民族大學二〇二一年度
"中央高校基本科研業務費"（項目編號：2021MYA07）專項經費支持

北方民族大學二〇二〇年度
"雙一流"學科建設經費支持

北方民族大學二〇二〇年度
"學術骨幹人才"（項目編號：2019BGGS05）專項經費支持

寧夏回族自治區二〇一九年度
"青年哲學社會科學和文化藝術人才托舉工程"專項經費支持

國家民委鑄牢中華民族共同體意識古籍整理出版書系
總　　序

　　黨的十八大以來，習近平總書記立足於中國統一多民族國家的基本國情，在深刻把握中華民族偉大復興戰略全局和世界百年未有之大變局的基礎上，提出了鑄牢中華民族共同體意識的重大原創性論斷，爲我們做好新時代黨的民族工作指明了方向。鑄牢中華民族共同體意識，是習近平總書記關於加強和改進民族工作的重要思想的核心要義。習近平總書記在2021年8月召開的中央民族工作會議上強調，做好新時代黨的民族工作，要把鑄牢中華民族共同體意識作爲黨的民族工作的主綫，引導各族人民牢固樹立休戚與共、榮辱與共、生死與共、命運與共的共同體理念。鑄牢中華民族共同體意識是新時代黨的民族工作的"綱"，所有工作要向此聚焦。

　　一部中國史，就是一部各民族交融匯聚成多元一體中華民族的歷史，就是各民族共同締造、發展、鞏固統一的偉大祖國的歷史。中華文明上下五千年，各民族你中有我、我中有你，共同創造和積累了豐富多彩的歷史文化，留下了卷帙浩繁的古籍文獻。自1984年全面啓動以來，少數民族古籍工作伴隨着改革開放的偉大征程，走過了近40年的風風雨雨，在搶救、保護、普查、整理、翻譯、出版、研究、利用等方面取得了一系列顯著成就，有效服務了民族團結進步事業和中國特色社會主義文化建設。

　　在國家民委黨組的正確領導下，我們堅持以習近平總書記關於加強和改進民族工作的重要思想爲行動指南，充分發揮"組織、協調、聯絡、指導"職能，召集全國各地的少數民族古籍工作部門和相關領域的專家學者進行認真謀劃、充分論證。大家一致認爲，面向新時代，必須在鑄牢中華民族共同體意識的視野下，爲全國少數民族古籍整理研究工作的升級轉型搭建平臺，探索新路。由此，我們在《中國少數民族古籍集成》、《中國少數民族古籍總目提要》等以往重大項目的成功經驗基礎上，策劃了"國家民委鑄牢中華民族共同體意識古籍整理出版書系"重點出版項目（以下簡稱"書系"），計劃整理出版一批蘊含豐富民族團結進步思想内涵的古籍精品，爲中華民族史研究、構築中華民族共有精神家園提供更多的一手資料和歷史見證，激勵各族人民共同團結奮鬥、共同繁榮發展。"書系"的建設得到了全國同仁的響應和支持，内蒙古、廣西、雲南等地少數民族古籍工作部門積極投入第一批試點。

　　古籍是中國傳統文化的結晶。只有堅持創造性轉化、創新性發展，才能"以古人之規矩，開自己之生面"，使其融入社會主義文化强國建設。爲此，"書系"在内容上，着重體現了以下三點。一是記録各族人民共同締造偉大祖國的歷史進程。如體現民族地區自古以來就是我國領土不可分割的一部分的有力證據；體現中央對民族地區治理的文獻檔案等；體現各族群衆心向中央，維護祖國統一和領土完整的人物事迹、傳説故事等。二是展現各民族交往交流交融的生動事實。如生動體現"漢族離不開少數民族，少數民族離不開漢族，各少數民族之間也相互離不開"的具體事例等。三是豐富中華優秀傳統文化的璀璨寶庫。如收録在相關領域具有重大、特殊價值，符合歷史文物性、學術資料性、藝術代表性標準，能有效提高我國文化軟實力、增强文化自信、擴大國際專業領域話語權的珍貴古籍文獻等。

　　"書系"收録的書目，在類型上以少數民族古籍爲主，兼顧漢文古籍。整理民族文字古籍時，兼顧其原生性、學術性、時代性，在采取影印、校勘、輯佚、注釋、標點、編目等傳統模式的基礎上，貫徹落實關於學習使用好國家通用語言文字的相關精神，附上現代漢語注釋或譯文。具備條件的，采用"四行對譯"（民族古文字、國際音標、直譯、意譯）的國際通行標準，以便於在各族群衆中推廣普及。"書系"除以實體書形式出版外，還將緊跟信息化建設步伐，把相關資料和音視頻等加以歸納匯總，逐步開發製作成數據庫，實現更深層次的研究利用和開放共享。

　　胸懷千秋偉業，恰是百年風華。"書系"啓動之時，正值中國共産黨百年華誕。作爲鑄牢中華民族共同體意識的生動實踐，"書系"將陸續出版，與大家見面。讓我們團結攜手，共同進步，匯聚起實現中華民族偉大復興的磅礴力量！

國家民委全國少數民族古籍整理研究室
2021 年 11 月 15 日

序

　　2007年6月的一天,西北第二民族學院(今北方民族大學)吳建偉先生打來電話,邀請我參加他的開山弟子馬建民同學的碩士畢業論文答辯會,我非常惶恐。一來吳先生指導的是專門史專業,而我是學古文獻學的,感覺有點隔行;二來我當碩士生導師還没幾年,更未參加過外校的碩士論文答辯會,擔心自己能力不夠,誤人子弟,于是想婉拒吴先生的邀請。没想到吳先生非常堅持,他跟我詳細談了馬建民論文的選題及寫作的一些情况,特别提及這篇論文有相當的篇幅是專門研究文獻版本的,希望我能給馬建民一些指導。我從吳先生耐心的介紹裏能感覺到他對自己學生論文質量的肯定,同時他也坦言自己對馬建民論文中有關版本問題的研究心裏不太有底。吳先生於我而言是長輩,我們平素交往不太多,但有限的幾次交流讓我印象深刻。他平易近人,做學問一絲不苟,於民族文獻整理研究用力尤勤,頗多篳路藍縷之功。既却之不恭了,我便欣然領命,前往參加馬建民碩士學位論文《馬文升三記及〈端肅奏議〉研究》的答辯會。答辯進行得很成功,建民同學順利畢業,我對他的專業基礎也有了初步的印象。后來聽説他留校任教,很爲他感到高興,在我看來,他是具備當一名好老師的潛質的。

　　2012年,馬建民成爲寧夏大學的一名博士生,由我擔任其導師。這份師生之緣,讓我對他有了更多更深的了解。建民很勤奮,肯鑽研,深得吳建偉先生嚴謹治學之真傳,我自然也不敢懈怠,希望教學相長,常就專業問題進行長談。許多博士生的畢業論文都是其碩士畢業論文的延伸和拓展,這樣寫作也相對輕鬆一些,參考資料也熟悉,寫作方法也無需做大的調整,完成學位論文相對較有保障。建民博士論文選題也曾一度想繼續其碩士階段的研究,對馬文升其人其事進一步進行拓展和延伸研究。在與他交流過程中,聽他説起曾關注到了一批清宮奏摺,與乾隆三年(1738)十二月寧夏大地震有關,我便鼓勵他對這批史料再深度挖掘,看看可否作爲畢業論文選題。這批奏摺有一百多份,研究寧夏大地震者很少涉及,其史料價值不言而喻。但由于可借鑒的成果很少,客觀上也增加了該選題寫作的難度。所以我當時的指導是兩手準備,讓建民以馬文升研究爲題是保底的選擇,但如果他能以清宫奏摺研究爲題開展研究,相信他一定會完成好這個題目。最終,他選擇以《乾隆三年(1738)寧夏震災與救濟研究》爲題,順利取得了博士學位。該論文也成爲研究乾隆三年寧夏大地震最新的研究成果,將該問題研究往前推進了一大步。

可喜的是，建民博士也一直未中斷對馬文升其人其事的研究，即將出版的《馬端肅公奏議》《馬端肅公三記》《馬端肅公詩集》三書整理本，便是他多年馬文升學術研究成果的集中呈現。

馬文升是河南鈞州（今禹州市）人，明朝景泰二年（1451）進士，歷任按察使、大理寺卿、兵部侍郎、左都御史、右都御史等職，歷仕英宗、代宗、憲宗、孝宗、武宗五朝，立朝五十餘年，成爲一代名臣，《明史》卷一八二有《馬文升傳》，其《馬端肅公奏議》《馬端肅公三記》《馬端肅公詩集》等著述流傳於世。馬文升著述傳世有一個特點，即版本情況較爲複雜，或全本，或節本，或單刻，或合集，學界利用往往有無所適從之感。對它們進行整理，版本系統的梳理是首先要做好的基礎工作。經過多年的研究，建民較好地完成了這個任務，這就爲學界第一次全面系統匯編校注馬文升著述奠定了堅實的學術基礎。

從建民博士的整理來看，其對各書底本和參校本的選擇充分展示了他的學術積累，很值得稱道。如，《馬端肅公奏議》選擇的底本是明嘉靖二十六年（1547）葛洞邗江書館刻本，此版本係依據陳文源主編《（榮德生遺命捐贈、無錫圖書館館藏）國家珍貴古籍選刊》（廣陵書社，2009年）所影印《馬端肅公奏議》十六卷本。從《馬端肅公奏議》傳世情況看，學界多熟悉國家圖書館所藏葛洞邗江書館刻本，但其僅存有卷一、卷二、卷九、卷十共四卷，而無錫圖書館和南京圖書館所藏則是該書全本。此次整理《馬端肅公奏議》，正是以無錫圖書館藏本爲底本，同時，還輔以明崇禎平露堂《皇明經世文編》輯錄本《馬端肅公奏疏》三卷、《四庫全書》本《端肅奏議》十二卷、清初刻本《馬端肅公奏議》十六卷首一卷、《四庫全書》底本《馬端肅公奏議》十四卷（缺卷十三至十四）等版本參校。不僅如此，還補充了《卷首》內容及《四庫全書總目提要》所載馬文升著述提要，這些都豐富了我們對《馬端肅公奏議》的流傳情況、版本情況的認識。

又如，《馬端肅公三記》選擇的底本是《金聲玉振集》本，以《紀錄彙編》本、《典故紀聞》本、《歷代小史》本、《廣四十家》本等爲參校本，還補輯了《紀錄彙編》本所獨錄的《馬端肅公三記序》三篇，爲深入研究《馬端肅公三記》提供了重要的信息。

《馬端肅公詩集》曾被認爲已佚，經吳建偉等先生訪書，在南京圖書館找到了明萬曆十八年（1590）由馬文升玄孫馬慤刊刻的《馬端肅公詩集》。本次整理即以南京圖書館藏本爲底本。此外，補輯了李維楨撰《馬端肅公詩序》一文，又據（嘉靖）《山海關志》、（嘉靖）《遼東志》、（萬曆）《桃源縣志》、（雍正）《陝西通志》、（乾隆）《新修慶陽府志》、（乾隆）《甘肅通志》、（宣統）《甘肅新通志》等地方志補輯了多篇馬文升的佚詩佚文。

從上述梳理看，正是由於建民對馬文升著述研究多年的不懈堅持，才有了今天這樣的基礎紮實的整理成果。馬文升著述較爲豐富，除《馬端肅公奏議》《馬端肅公三記》《馬端肅公詩集》和建民補輯的部分佚詩佚文外，馬文升撰文或篆額的墓誌、石刻文獻、明清筆記小說散見的馬文升資料還需要進一步搜集、整理和考證，期待建民能夠繼續關注，爲學界提供更多研究資料。

本書是馬建民博士的第一部古籍整理專著，成績可喜可賀。我在古文獻學領域已堅持了三十餘年，深知選擇古籍整理對於像建民這樣的年輕學者而言需要勇氣，需要毅力。建民是我指導畢業的第一位博士研究生，他的成功很令我欣喜。天道酬勤，相信他會取得更多更大的成績。

胡玉冰

二〇二二年九月二十四日

馬文升生平及其著述考

馬建民

馬文升（1426—1510），字負圖，河南鈞州（今河南省禹州市）人。正統十二年（1447）舉人，景泰二年（1451）進士，歷任按察使、大理寺卿、兵部侍郎、左都御史、右都御史等職，成化二十一年（1485）任兵部尚書，弘治十四年（1503）任吏部尚書。馬文升是明代中期名臣，歷仕英宗、代宗、憲宗、孝宗、武宗五朝，立朝五十餘年，對明代中後期朝政有重要影響。王世貞在《弇山堂別集》中記載"文臣雄職，惟吏兵二部、都察院、南參贊及邊方總督而已，馬端肅文升歷任之。"① 《明史·馬文升傳》評價其"有文武才，長於應變，朝端大議往往待之決。功在邊鎮，外國皆聞其名。尤重氣節，屬廉隅，直道而行。雖遭讒訴，屢起屢仆，迄不少貶"。② 著有《馬端肅公奏議》《馬端肅公詩集》及《馬端肅公三記》等。

20世紀80年代以來，國內外有較多的學者關注馬文升，先後有多篇研究成果發表。1988年，白壽彝主編的《回族人物志（明代）》出版，該書卷二十二《馬文升》從"司法官的風裁""邊事功績""輔佐朝政""奏議和詩文"四個方面介紹馬文升事跡。不僅如此，該書附卷之五《馬文升·文四篇》還收錄與馬文升有關的四篇文獻，包括《明故少師兼太子太師吏部尚書贈特進光祿大夫柱國太傅諡端肅今皇上加贈左柱國太師馬公行略》《明故少師兼太子太師吏部尚書贈特進光祿大夫柱國太師諡端肅馬公墓誌銘》《馬端肅公詩序》《贈知六安州馬大夫序》。③ 這些文獻的刊布，極大地方便了學者的研究。此後，熊中發④、曹子元⑤、譚淑琴⑥、汪緯⑦、馬建民⑧、

---

① （明）王世貞：《弇山堂別集》卷四《吏兵二部正》，中華書局，1985年，第59頁。
② （清）張廷玉等：《明史》卷一百八十二《馬文升傳》，中華書局，1974年，第4843頁。
③ 白壽彝：《回族人物志（明代）》，寧夏人民出版社，1988年，第64頁、第314頁。
④ 熊中發：《一代名臣馬文升》，《許昌學院學報》，1989年第4期。
⑤ 曹子元：《明朝少師、吏部尚書馬文升事略》，許昌市政協文史委員會主辦：《許昌文史》第四期，1991年；曹子元搜集，王應琪點校：《明故少師吏部尚書馬文升墓誌銘》，中國人民政治協商會議許昌市委員會文史資料委員會編：《許昌文史資料》第六輯。
⑥ 譚淑琴：《馬文升墓誌考》，《中原文物》，1994年第1期。
⑦ 汪緯：《馬文升研究》，安徽大學碩士論文，2006年；汪緯、儲奕：《馬文升軍事活動初探》，《滁州學院學報》，2007年第2期；汪緯：《淺析馬文升的用人觀》，《滁州學院學報》，2009年第4期。
⑧ 馬建民：《馬文升三記及〈端肅奏議〉研究》，西北第二民族學院碩士論文，2007年；馬建民、李建華：《馬文升在固原》，《西夏研究》，2010年第3期；馬建民、陸寧：《明弘治年間馬文升乞休致仕考略》，《湖南科技學院學報》，2010年第9期。

崔存嶺①、戴鴻義②、馬善田③、鄧雲④、柳海松⑤、李智裕⑥、李國慶⑦、王屹東⑧、石新聞⑨等學者都有關於馬文升生平事迹的研究成果發表。此外,中國文物研究所、河南文物研究所編《新中國出土墓誌·河南[壹]》上⑩、下册⑪分別刊布了馬文升墓誌圖片及録文,極大地方便了學術界開展相關問題的研究。特別是汪緯、馬建民、崔存嶺、王屹東、石新聞五人的碩士學位論文,分別從不同的角度,對馬文升的生平事迹進行了詳細的考述。國外研究成果中,美國學者富路特的《明代名人傳(肆)》列有馬文升小傳,⑫日本學者河内良弘的《明代女真史研究》專門對馬文升參與處理女真事宜進行了論述。⑬

一、馬文升生平事迹

馬文升生於宣德六年(1426),文獻記載其出生時就有异兆,且其童年時期就與衆不同:"公在娠,王夫人嘗感异夢,已而生公。幼讀書即了大義。"⑭"先是妣王氏,得异兆,而公之生應焉。故鄉達及諸父兄莫不以公輔器期之。性穎敏,七歲讀書,即通大義。甫長,擄秀入州庠,治葩經有程度。泓涵演迤,才益以肆。"⑮"生而有异兆,貌瓌奇,多膂力。嘗與群兒戲,十數爲群,角之靡不仆。"⑯

正統十二年,馬文升中舉人。景泰二年,馬文升中進士。⑰據相關文獻記載,馬文升中進士后,受到了時任吏部尚書王直的重視,任浙江道監察御史。不僅如此,馬文升還受到了

---

① 崔存嶺:《馬文升的西北邊防文獻整理和研究》,江西師範大學碩士論文,2007年。
② 戴鴻義:《遼東巡撫馬文升》,張成良主編:《遼陽歷史人物(續集)》,吉林文史出版社,2008年。
③ 馬善田:《河南禹州明代"五朝元老"馬文升家族爲回族一説商榷》,王岳紅主編:《紀念中國譜牒學研究會成立20周年專集(譜牒學論叢·第三輯)》,三晋出版社,2008年。
④ 鄧雲:《馬文升的民族關係策略》,《教育教學論壇》,2013年第49期。
⑤ 柳海松:《論馬文升與遼東女真》,白文煜主編,《清前歷史與盛京文化:清前史研究中心成立暨紀念盛京定名380周年學術研討會》,遼寧民族出版社,2015年。
⑥ 李智裕:《明馬文升巡治遼東淺議》,《遼寧省博物館館刊》,2019年。
⑦ 李國慶、運宜偉:《紀昀纂修〈四庫全書〉具體書事管窺——以〈廬山記〉與〈馬端肅公奏議〉爲例》,陳曉華主編:《四庫學》第七輯,2020年。
⑧ 王屹東:《〈端肅奏議〉中〈乞恩終制事〉研究》,《山西青年》,2020年第4期;王屹東:《馬文升爲官記述研究》,内蒙古科技大學碩士論文,2019年。
⑨ 石新聞:《馬文升與明代成弘年間政局》,江西師範大學碩士論文,2020年。
⑩ 中國文物研究所、河南文物研究所編:《新中國出土墓誌·河南[壹]》(上册),文物出版社,1994年,第421—422頁。
⑪ 中國文物研究所、河南文物研究所編:《新中國出土墓誌·河南[壹]》(下册),文物出版社,1994年,第387—391頁。
⑫ [美]富路特:《明代名人傳(肆)》,北京時代華文書局,2015年,第1393—1396頁。
⑬ [日]河内良弘著,趙令志、史可非譯:《明代女真史研究》,遼寧民族出版社,2015年,第480—485頁。
⑭ 中國文物研究所、河南文物研究所編:《新中國出土墓誌·河南[壹]》下册《明故少師兼太子太師吏部尚書贈特進光禄大夫左柱國太師謚端肅馬公墓誌銘》,文物出版社,1994年(以下簡稱"《新中國出土墓誌·馬公墓誌銘》"),第387頁。
⑮ 馬升:《馬端肅公奏議》(十六卷,首一卷),卷首《明故少師兼太子太師吏部尚書贈特進光禄大夫左柱國太傅謚端肅今皇上加贈左柱國太師馬公行略》,清初刻本,天津師範大學圖書館藏(以下簡稱"天師大本《馬公行略》")。
⑯ (明)李贄:《續藏書》卷十六《經濟名臣·太師馬端肅公傳》,中華書局,1959年,第331頁。
⑰ 《明武宗實録》卷六十四,正德五年六月壬辰條,"中央研究院"歷史語言研究所校勘本,1962年,第1397頁。

時任都察院左都御史王文、王翱的禮遇和器重,先後巡按山西、湖廣:①"正統丁卯(1447),領鄉薦。景泰辛未(1451),登進士第,授監察御史,巡按山西、湖廣,所至有聲。"②"登景泰辛未進士。壬申,拜浙江道監察御史。鹽山、束鹿二王都憲,見公丰度逾常,甚加禮遇,且以大器期之。甲戌,巡按山西。丙子,再按湖廣。所至激揚,綽有風裁,屬吏有望風解印者。辯江西商人李時昌獄,賴以不冤。事竣還院,命掌十三道章疏,凡事大小咸取決焉。"③

天順三年(1459),因母親去世,馬文升丁憂歸家。天順七年,馬文升出任福建按察使。④任福建按察使期間,馬文升依法嚴厲處理擾民中官,得到了民眾的認可:"天順己卯(1459),丁內艱。癸未,升福建按察使。時鎮守中官馮姓者,貪墨無狀,民甚患之。公至,處之以嚴,惡不敢肆。又雪民婦王小三十七年疑獄,人皆稱其神。"⑤"天順癸未(1463),升福建按察使。憤鎮守中官擾民,輒繩以法。民戴其德,歌謠載道。"⑥

成化元年(1465),馬文升被召爲南京大理寺卿。⑦不久,丁父憂,去職:"成化乙酉(1465),升南京大理寺卿。未幾,以憂去。"⑧"成化乙酉,升南京大理寺卿馮內臣。未幾,亦取回京。"⑨成化四年,固原發生"滿四之亂",朝廷特起馬文升爲右副都御史,巡撫陝西。馬文升與都御史項忠、總兵官劉玉等合力平定"滿四之亂",因功升左副都御史:⑩"服未闋,值固原土夷滿四倡亂,邊陲告急。特起公爲右副都御史,巡撫陝西,俾與都御史項忠、總兵官劉玉會兵討之。生擒滿四,俘獲男婦二千六百名,□斬首七千六百餘級。捷聞,憲宗皇帝賜敕獎勞,升左副都御史。"⑪

平定"滿四之亂"後,馬文升以左副都御史身份巡撫陝西,開始了他在陝西的七年巡撫經歷:"戊子(1468),服闋,升都察院右副都御史,巡撫陝西。"⑫在此期間,馬文升先後平定漢中李胡子、潼關火蝎兒、蒲城王彪等聚衆劫掠事件。成化八年,北方少數民族不斷南下襲擾,馬文升親自率兵打擊北方少數民族襲擾活動並生擒其首領平章迭烈孫。馬文升還先後撫定岷州番族,賑濟臨洮、鞏昌等地饑民,重啓茶馬貿易等。同時,針對北方少數民族不斷南下的情況,馬文升還上疏奏陳時政十五事,並受命節制三邊。⑬據《明史‧馬文升傳》記載,在陝西

---

① (明)李贄:《續藏書》卷十六《經濟名臣‧太師馬端肅公》,中華書局,1959年,第331頁。
② 《新中國出土墓誌‧馬公墓誌銘》,第387頁。
③ 天師大本《馬公行略》。
④ 《明武宗實錄》卷六十四,正德五年六月壬辰條,"中央研究院"歷史語言研究所校勘本,1962年,第1397頁。
⑤ 天師大本《馬公行略》。
⑥ 《新中國出土墓誌‧馬公墓誌銘》,第387頁。
⑦ 《明武宗實錄》卷六十四,正德五年六月壬辰條,"中央研究院"歷史語言研究所校勘,1962年,第1397頁。
⑧ 《新中國出土墓誌‧馬公墓誌銘》,第387頁。
⑨ 天師大本《馬公行略》。
⑩ 《明武宗實錄》卷六十四,正德五年六月壬辰條,"中央研究院"歷史語言研究所校勘本,1962年,第1397頁。
⑪ 《新中國出土墓誌‧馬公墓誌銘》,第387—388頁。
⑫ 天師大本《馬公行略》。
⑬ 《新中國出土墓誌‧馬公墓誌銘》,第388頁。又天師大本《馬公行略》。又(明)李贄:《續藏書》卷十六《經濟名臣‧太師馬端肅公傳》,中華書局,1959年,第331頁。又《明武宗實錄》卷六十四,正德五年六月壬辰條,"中央研究院"歷史語言研究所校勘本,1962年,第1397頁。

期間,"文升數條奏便宜,務選將練兵,修安邊營至鐵鞭城烽堠,剪除劇賊。西固番族不即命者悉滅之。修茶政,易番馬八千有奇,以給士卒。振鞏昌、臨洮饑民,撫安流移。績甚著"。① 經過馬文升悉心整頓,陝西邊備大爲加强,"自是陝無虜患者二十餘年"。②

成化十一年,馬文升被召爲兵部右侍郎。成化十二年,遼東地區軍情緊急,朝廷命他前往遼東,整飭遼東軍務:"乩加思蘭自延綏渡河,駐牧大同、宣府,勢甚猖獗。朝廷以公練達邊務,命往遼東整飭邊備。"③馬文升抵達遼東后,制五花營、八陣圖以訓練士卒,並復上"禦邊十五事"。由於禦邊建議切合時宜,舉措得當,軍情遂息。④ 成化十三年,轉兵部左侍郎。

成化十四年,因遼東巡撫都御史陳鉞等邊將長期貪虐,激變建州女真,幾乎釀成巨變:"巡撫都御史陳鉞欲誘殺進貢夷屬,以掩己過。由是夷益懼爲亂。"⑤朝廷命馬文升再次前往遼東處理邊務,中官汪直欲一同前往,馬文升不聽,先行赴遼東招撫鎖黑特等二百餘人。馬文升遂與汪直構隙。成化十五年,遼東總兵官歐信、陳鉞等因激變女真事,被逮繫至京下獄。汪直遂與陳鉞等誣奏馬文升不與女真等貿易農器,以致女真激變,馬文升遂被下獄,謫戍重慶衛。⑥ 後汪直敗,馬文升復官。成化二十年,馬文升再進爲左副都御史。因遼東未寧,馬文升第三次巡撫遼東。⑦ 在巡撫遼東期間,馬文升修城堡,利兵甲,練兵士,肅軍紀,特別注意撫恤軍民,使百姓安居樂業。

成化二十一年,馬文升升爲右都御史,總督漕運兼巡撫鳳陽等地。同年冬天,再升爲兵部尚書。此時正值貴州都勻苗族地區有警,地方守臣請求發兵征剿,馬文升建議朝廷派員前往安撫,貴州都勻地方很快安定。成化二十二年,馬文升因李孜省譖,改任南京兵部尚書、參贊機務。成化二十三年,孝宗即位後,又改督察院左都御史。⑧

弘治元年(1488),馬文升上疏《陳言振肅風紀裨益治道事》十五條:"選賢能以任風憲;禁擄拾以禁贓官;擇人才以典刑獄;責成效以革奸弊;申命令以修庶務;逐術士以防煽惑;剛守令以固邦本;嚴考核以示懲勸;禁公罰以勵士風;廣儲積以足國用;恤土人以防後患;清僧道以杜游食;敦懷柔以安四夷;節財用以蘇民困;足兵戎以禦外侮。"由於此奏疏各條皆關切新政,孝宗皇帝皆嘉納之。⑨

弘治二年,因馬文升久歷邊事,熟知戎務,進爲兵部尚書兼提督十二團營。他嚴核將校,黜不職者三十餘人。七月,京城大雨爲患,馬文升又陳時政得失十事,以弭災變。此時,占城

---

① (清)張廷玉等:《明史》卷一百七十八《馬文升傳》,中華書局,1974年,第4838頁。
② 《明武宗實録》卷六十四,正德五年六月壬辰條,"中央研究院"歷史語言研究所校勘本,1962年,第1398頁。
③ 天師大本《馬公行略》。又,"乩加思蘭"天師大本《馬公行略》誤作"乩加恩蘭",據《明史》改。
④ 《新中國出土墓誌·馬公墓誌銘》,第388頁。
⑤ 《新中國出土墓誌·馬公墓誌銘》,第388頁。
⑥ 《新中國出土墓誌·馬公墓誌銘》,第388頁。又天師大本《馬公行略》。
⑦ 《新中國出土墓誌·馬公墓誌銘》,第388頁。又天師大本《馬公行略》。又《明武宗實録》卷六十四,正德五年六月壬辰條,"中央研究院"歷史語言研究所校勘本,1962年,第1398頁。
⑧ 《新中國出土墓誌·馬公墓誌銘》,第388頁。又天師大本《馬公行略》。
⑨ 天師大本《馬公行略》。

和安南之間發生糾紛,占城遣使向明朝廷求救。馬文升拘安南貢使並諭以恩威禍福,使安南很快歸還占城土地,兩國重歸於好。① 弘治三年,北部少數民族首領小王子率衆駐牧在大同附近,馬文升建議朝廷加強邊備,諭以恩威,小王子部衆很快退出。② 弘治四年,馬文升丁繼母憂,累疏請求終制,孝宗不允,優詔起復視事,先後順利處理建州女真伏當加部和貴州苗族事宜。

弘治五年,加太子少保。時陝西、山東、河南等地大旱,浙江等地大水,馬文升請求朝廷,令各地巡撫設法賑濟,扶綏流民。同時,針對朝廷養馬政繁的現實,馬文升上奏朝廷,請求差官清查,定奪額數。不僅如此,馬文升還針對南京的軍備,請求南京慎重門禁,訓練軍士,加強防禦。③ 弘治七年,加太子太保。針對北部少數民族不斷南下襲擾的情況,馬文升陳修内攘外十餘事。④ 弘治八年,馬文升以七十乞休致仕,孝宗皇帝慰留之。

任兵部尚書期間,馬文升還籌劃處理哈密事宜。弘治四年,馬文升曾向朝廷提出,哈密歸附元朝時間較長,其地方"有回回、畏兀兒、哈剌灰三種"人,而"北山又有小列禿乜克力相侵逼",必須派元人後裔去管理,方可懾服其地。明孝宗採納了他的建議,封原哈密忠順王脱脱的近族後裔陝巴爲哈密新忠順王,並派人親自送往哈密。這一舉動惹惱了土魯番阿黑麻。弘治六年,阿黑麻夜襲哈密,劫走了陝巴及明朝授予的金印,引起明朝政府的關注。在馬文升的建議下,朝廷拘留了土魯番派遣入貢的使者亦滿速兒等四十餘人。弘治八年,馬文升派許進等率精鋭兵士,日夜兼程,奔襲哈密,迫使阿黑麻送回了陝巴,哈密又重新置於明朝的控制之下。⑤

弘治十一年,皇太子出閣,馬文升加少保兼太子太傅。馬文升請求擇醇謹老成之人以輔導太子,孝宗欣納之。⑥ 時清寧宮災,馬文升上請以乞發内帑、借太僕寺馬價、惜薪司官柴及停止四川采木等,以弭災變,孝宗皇帝皆採納。弘治十三年,馬文升加少傅。時北方少數民族首領火篩率衆進攻大同,京師戒嚴。孝宗召馬文升入便殿,咨戰守之策。馬文升推薦朱暉爲將領,令沿邊各地謹飭候、修戰具,加強防備。火篩知明朝廷有備,遂遁去。⑦ 任兵部尚書十三年間,馬文升盡心邊務,在屯田、馬政、邊備、守禦等方面都上疏進言。不僅如此,馬文升還在輔導太子、賑濟災民、減輕民困、裁革賦税、停罷工役等方面都知無不言,言無不盡。⑧

弘治十四年,馬文升任吏部尚書。任吏部尚書期間,馬文升嚴吏課、核仕版,使得官吏選

---

① 《新中國出土墓誌·馬公墓誌銘》,第388頁。
② 天師大本《馬公行略》。又《明武宗實録》卷六十四,正德五年六月壬辰條,"中央研究院"歷史語言研究所校勘本,1962年,第1399頁。
③ 天師大本《馬公行略》。
④ 《明武宗實録》卷六十四,正德五年六月壬辰條,"中央研究院"歷史語言研究所校勘本,1962年,第1399頁。
⑤ 《新中國出土墓誌·馬公墓誌銘》,第389頁。又天師大本《馬公行略》。又《明武宗實録》卷六十四,正德五年六月壬辰條,"中央研究院"歷史語言研究所校勘本,1962年,第1400頁。又(清)張廷玉等:《明史》卷一百七十八《馬文升傳》,中華書局,1974年,第4841頁。又(清)張廷玉等:《明史》卷一百八十六《許進傳》,中華書局,1974年,第4924頁。
⑥ 《新中國出土墓誌·馬公墓誌銘》,第389頁。又天師大本《馬公行略》。
⑦ 《明武宗實録》卷六十四,正德五年六月壬辰條,"中央研究院"歷史語言研究所校勘本,1962年,第1340頁。
⑧ (清)張廷玉等:《明史》卷一百七十八《馬文升傳》,中華書局,1974年,第4841頁。

舉之法遂清。① 同時，針對鳳陽、南京大風雨等灾害，馬文升奏請孝宗减膳撤樂，修德省愆，御經筵，絶游宴，停不急之務，止額外織造，振饑民，捕盗賊。又上吏部職掌十事，孝宗皇帝皆嘉納之。② 時雲南孟養土官思六與孟思密之間因土地發生衝突，地方守臣請兵征剿，馬文升以璽書撫諭，衝突很快平息。③ 弘治十六年，馬文升加少師兼太子太師。同年，繼室史夫人卒，孝宗皇帝命禮部尚書張升致祭營葬。弘治十八年，朝廷考察官員，馬文升考察精嚴，罷黜不職官員二千餘人。④ 孝宗皇帝駕崩后，馬文升承遺詔汰傳奉官七百多人。⑤

正德元年（1506），凡經筵、耕籍田等典禮，馬文升皆參與其間，人皆以爲榮。時太監王瑞因武宗大婚奏請用儒士七人篆刻西番字，馬文升堅執不從。王瑞誣陷馬文升抗旨，武宗皆不聽。同時，馬文升還奏請將寧晋、河間、靜海等處皇莊田地給民耕種，照例收租，並嚴令禁止侵害民衆。因年齡原因，馬文升曾多次乞休致仕，武宗皆不允。⑥ 時因兩廣缺總督，馬文升推薦兵部侍郎熊繡外任，熊繡不樂於外，遂怨馬文升。御史何天衢於是彈劾馬文升徇私欺罔。馬文升連上二十餘疏請求致仕，武宗終於允准。馬文升於是返回禹州家鄉。

正德三年，劉瑾擅權，以馬文升與雍泰等爲朋黨，將馬文升除名。正德五年，劉瑾敗，馬文升復職，命未下而馬文升卒，年八十五。訃聞，正德皇帝輟朝一日，賜祭葬，贈特進光禄大夫、太傅、兼太子太傅，謚端肅。正德十六年，嘉靖皇帝即位后，追封馬文升爲左柱國、太師、兼太子太師。⑦

關於馬文升先祖情況，文獻記載較少。據《新中國出土墓誌·馬公墓誌銘》記載：“曾祖伯川，祖志剛，考榮，皆有隱德。以公貴，俱累贈太子太保、兵部尚書。曾祖妣王，祖妣王，先妣朱，妣王，繼趙，俱累贈一品夫人。”⑧ 則馬文升曾祖馬伯川，祖馬志剛，父馬榮。另外，據天師大本《馬公行略》記載：“高祖伯川，隱德弗仕。曾祖獻，祖志剛，考榮，俱以公貴，累贈光禄大夫、柱國、太子太保、兵部尚書。曾祖妣王氏，祖妣王氏，先妣朱氏，妣王氏，繼趙氏，皆贈一品夫人。”⑨ 則馬文升高祖馬伯川，曾祖馬獻，祖馬志剛，父馬榮。可見，兩種文獻關於馬文升先祖的記載稍有不同。由於缺少其他文獻記載，無法進一步梳理馬文升先祖情況。但是，兩種文獻都記載其先祖因馬文升而獲封贈。

---

① 《明武宗實録》卷六十四，正德五年六月壬辰條，"中央研究院"歷史語言研究所校勘本，1962年，第1400頁。
② （清）張廷玉等：《明史》卷一百七十八《馬文升傳》，中華書局，1974年，第4842頁。
③ 天師大本《馬公行略》。又《明武宗實録》卷六十四，正德五年六月壬辰條，"中央研究院"歷史語言研究所校勘本，1962年，第1400頁。
④ 《新中國出土墓誌·馬公墓誌銘》，第389頁。又天師大本《馬公行略》。
⑤ （清）張廷玉等：《明史》卷一百七十八《馬文升傳》，中華書局，1974年，第4842頁。
⑥ 《新中國出土墓誌·馬公墓誌銘》，第389頁。又天師大本《馬公行略》。又（清）張廷玉等：《明史》卷一百七十八《馬文升傳》，中華書局，1974年，第4843頁。
⑦ 《新中國出土墓誌·馬公墓誌銘》，第390頁。又天師大本《馬公行略》。又《明武宗實録》卷六十四，正德五年六月壬辰條，"中央研究院"歷史語言研究所校勘本，1962年，第1401頁。
⑧ 《新中國出土墓誌·馬公墓誌銘》，第387頁。
⑨ 天師大本《馬公行略》。

關於馬文升的同輩，文獻記載較少。明代編修的嘉靖《鈞州志》無相關記載，①清代編修的順治《禹州志》、乾隆《禹州志》記載馬文升有仲兄馬文麟："馬文麟，字見圖，端肅之從學仲兄也。由歲貢初任江浦知縣，政聲大著。未三年，丁母憂。服闋，補江陰。民謠曰：'可惜洛陽川上月，不照江浦照江陰。'甫三年，當道累有薦揚，行取京師，至臨清，疾故。行李蕭然，聞者莫不稱嘆。提學石公爲樹坊曰'雲霄星鳳'，作墓誌以志之。"②從文獻記載來看，關於馬文升仲兄馬文麟的記載，目前僅有這一條，其真實性存疑，待考。

關於馬文升配偶及子嗣情况，《新中國出土墓誌·馬公墓誌銘》記載馬文升原配項氏，繼配史氏，有子四人，女五人，孫七人，孫女十人，曾孫九人，曾孫女四人："配項氏，繼配史氏，俱累贈封一品夫人。子男四：長瑢，六安州知州，進階朝列大夫致仕；次琇，錦衣衛指揮僉事；項出。次玠，七品散官；次璐，武舉舍人；史出。女五：長適錦衣衛冠帶總旗李宏，次適僉事王塤子廷臣，次適都察院司務李鏐，次適山東青州府通判崔繼學，次適山西定襄縣知縣蔣懷玉。孫男七人：天錫、天祐、天倫、天彝、天澤，餘尚幼。孫女十人。曾孫男九人。曾孫女四人。"③而天師大本《馬公行略》記載馬文升原配項氏，繼配史氏，有子四人，女五人，孫五人，曾孫七人："配項氏，名家女也，有懿德，閨範甚嚴；繼史氏，俱贈一品夫人。子男四：長瑢，六安知州，累階朝烈大夫；次琇，錦衣指揮僉事；次玠，錦衣冠帶七品散官；次璐，錦衣冠帶武舉。女五：長適錦衣衛試百户李宏，次適僉事王塤子廷臣，次適都察院司務李鏐，次適山東青州府通判崔繼學，次適山西定襄縣知縣蔣懷玉。孫男五人：天錫，醫學典科；天祐，中書舍人；天倫，監生；天彝，錦衣舍人；天澤，武舉。曾孫七人。"④

從上文記載可以看出，《新中國出土墓誌·馬公墓誌銘》和天師大本《馬公行略》關於馬文升家族人員的記載有較大的差異，這實際上是由於行狀和墓誌的文體特徵不同。關於行狀的文體特徵，《文章辨體序説》云："行狀者，門生故舊狀死者行業上於史官，或求銘誌於作者之辭也。"⑤《文體明辨序説》云："（行狀）蓋具死者世系、名字、爵里、行治、壽年之詳，或牒考功太常使議謚，或牒史館請編録，或上作者乞墓誌碑表之類皆用之。而其文多出於門生故吏親舊之手，以謂非此輩不能知也。其逸事狀，則但録其逸者，其所已載不必詳焉，乃狀之變體也。"⑥關於墓誌銘的文體特徵，《文章辨體序説》云："墓誌，則直述世系、歲月、名字、爵里，用防陵谷遷改。"⑦《文體明辨序説》云："（墓誌銘）蓋於葬時述其人世系、名字、爵里、行治、壽年、卒葬年月，與其子孫之大略，勒石加蓋，埋於壙前三尺之地，以爲异時陵谷變遷之防，而謂

---

① 禹州市地方史志辦公室編注：《明嘉靖〈鈞州志〉點注》，中共黨史出版社，2008年。
② 禹州市地方史志辦公室編注：《清順治禹州志校注》卷之七《人物·歷代人物·明》，中州古籍出版社，2009年，第206頁。又（清）邵大業纂修：《禹州志》卷之七上《人物·宦迹·馬文麟》，國家圖書館藏乾隆十二年（1747）刻本，第42葉。按"初任"，此本作"授山西河津知縣，歷"；"爲樹坊曰'雲霄星鳳'"，此本無。
③ 《新中國出土墓誌·馬公墓誌銘》，第390頁。
④ 天師大本《馬公行略》。
⑤ （明）吴納著，于北山校點：《文章辨體序説》，人民文學出版社，1962年，第50頁。
⑥ （明）徐師曾著，羅根澤校點：《文體明辨序説》，人民文學出版社，1962年，第147—148頁。
⑦ （明）吴納著，于北山校點：《文章辨體序説》，人民文學出版社，1962年，第53頁。

之志銘。"①

由此可見,行狀是撰寫墓誌銘的基礎材料,其寫作時間一般要早於墓誌銘。儘管我們無法確定《新中國出土墓誌·馬公墓誌銘》和天師大本《馬公行略》寫作完成的具體時間,但是,根據相關信息,我們可以大致推斷其完成時間。《新中國出土墓誌·馬公墓誌銘》記載了馬文升墓誌銘的寫作緣由:"公葬時未有銘誌。至是其子瑢、琇奉禮部左侍郎賈公咏所撰行狀,丐都御史張公潤來請文納公墓。"②由此可見,在馬文升下葬時,其墓中並未隨葬墓誌銘。此外,從《新中國出土墓誌·馬公墓誌銘》和天師大本《馬公行略》的記載來看,馬文升去世后,於正德辛未(1511)八月十五日下葬:"遂以正德辛未八月十五日,遷州西祖塋。"③"辛未八月十五日,葬公於州西之大隗山之麓。"④

同時,兩種文獻又都記載了正德十六年(1521)嘉靖皇帝即位后,馬文升被追封爲左柱國、太師、兼太子太師之事:"今上入繼大統,言官論公居官大節,宜加優恤。乃改贈特進光禄大夫左柱國太師,蓋異數也。"⑤"今上登基時,天祐陳情具奏:'累朝舊制,凡贈官資格,少師贈太師。矧公之功行,推重一時,蒙聖恩加贈公爲左柱國、太師,錫之誥命,始愜人心。'"⑥因此,從寫作時間上來看,這兩種文獻都是正德六年馬文升下葬之後寫就,更準確地説,是正德十六年嘉靖皇帝即位並加贈馬文升官職之後,分別補寫完成的。也正因爲如此,其關於馬文升家族人員的記載有較大的差異。

另外,據文獻記載,馬文升還有五世玄孫馬愨。萬曆十八年(1590),馬愨曾刊印《馬端肅公詩集》,並邀請時任河南監察御史的毛在作序。⑦

二、馬文升著述

關於馬文升的著述,《新中國出土墓誌·馬公墓誌銘》有相關記載:"爲文尚理趣,詩亦典重。有《約齋集》及奏議若干卷藏於家。"⑧另外,馬文升去世後,《明武宗實録》也有相關記載:"平生好學,手不釋卷,所著有《西征石城》《撫安東夷》《興復哈密》三記及奏議,藏於家。"⑨由此可見,馬文升著述主要有奏議、《西征石城》《撫安東夷》《興復哈密》三記及詩集《約齋集》。在文獻的流傳過程中,馬文升奏議或被稱爲《馬端肅公奏議》,或被稱爲《馬端

---

① (明)徐師曾著,羅根澤校點:《文體明辨序説》,人民文學出版社,1962年,第148頁。
② 《新中國出土墓誌·馬公墓誌銘》,第387頁。
③ 天師大本《馬公行略》。
④ 《新中國出土墓誌·馬公墓誌銘》,第390頁。
⑤ 《新中國出土墓誌·馬公墓誌銘》,第387頁。
⑥ 天師大本《馬公行略》。
⑦ 吴海鷹主編:《回族典藏全書》第156册《馬端肅公詩集》,甘肅文化出版社、寧夏人民出版社,2008年;胡玉冰主編:《朔方文庫(45册)·馬端肅公詩集》,國家圖書館出版社,2018年。
⑧ 《新中國出土墓誌·馬公墓誌銘》,第390頁。
⑨ 《明武宗實録》卷六十四,正德五年六月壬辰條,"中央研究院"歷史語言研究所校勘本,1962年,第1401—1402頁。

肅公奏疏》，或被稱爲《端肅奏議》；《西征石城》《撫安東夷》《興復哈密》被稱爲《馬端肅公三記》；《約齋集》被稱爲《馬端肅公詩集》。近些年來，隨着若干大型叢書的影印、整理與出版，我們也得以更方便地見到馬文升著述，部分學者也有專題研究成果發表。

(一)《馬端肅公奏議》及其版本

《馬端肅公奏議》流傳過程中，產生了多種版本，其書名也多有變化。馬建民①、劉静②、李國慶③等學者先後對《馬端肅公奏議》的版本和内容等進行過研究。經過梳理，《馬端肅公奏議》主要有明嘉靖二十六年(1547)葛洞邗江書館刻本《馬端肅公奏議》十六卷、明崇禎雲間平露堂刻本《皇明經世文編》所收節録本《馬端肅公奏疏》三卷、天津師範大學圖書館藏清初刻本《馬端肅公奏議》十六卷首一卷、浙江圖書館藏清刻本《馬端肅公奏議》十四卷《恩命録》一卷、國家圖書館藏《四庫全書》底本《馬端肅公奏議》十四卷(缺卷十三至十四)、《四庫全書》本《端肅奏議》十二卷(以下簡稱"《四庫全書》本")等版本。

1. 明嘉靖二十六年葛洞邗江書館刻本《馬端肅公奏議》十六卷

關於《馬端肅公奏議》的最早版本，多種文獻都記載爲明嘉靖二十六年(1547)葛洞邗江書館刻本。如《中國古籍善本書目·史部》："《馬端肅公奏議》十六卷，明馬文升撰，明嘉靖二十六年葛洞邗江書館刻本。"④又如《中州文獻總録》："《馬端肅奏議》……有嘉靖二十六年葛洞邗江書館刊本，爲十六卷本。今北京圖書館藏有是書之殘本，存四卷。"⑤另外，《江蘇第二批國家珍貴古籍名録圖録》記載："《馬端肅公奏議》十六卷，明馬文升撰，明嘉靖二十六年(1547)葛洞邗江書館刻本。半葉10行，行20字，小字雙行，字數同。白口，左右雙邊。框高20.4釐米，寬14.8釐米。南京圖書館藏。國家名録號03895。"⑥從以上文獻記載來看，《馬端肅公奏議》的最早版本是明嘉靖二十六年葛洞邗江書館刻本(以下簡稱"嘉靖本")，國家圖書館(索書號：12778)、南京圖書館(索書號：GJ/EB/114530)等圖書館都有收藏。

2009年，廣陵書社影印出版了無錫圖書館藏《馬端肅公奏議》十六卷，該版本《馬端肅公奏議》由鈞州人魏尚倫編集，於明嘉靖二十六年由葛洞在邗江書館刊刻。該版本將馬文升奏議搜羅齊備，包含奏議六十五篇及巡按直隸監察御史謝應徵所撰《馬端肅公奏議序》、魏尚倫撰《書刻馬端肅公奏議後》(詳表1)。⑦ 2018年，胡玉冰主編《朔方文庫》(第45册)將國家圖書館藏嘉靖本影印出版。從具體内容來看，該書收録了國家圖書館藏嘉靖本僅存的卷一、卷

---

① 馬建民：《馬文升三記及〈端肅奏議〉研究》，西北第二民族學院碩士論文，2007年；馬建民：《明代馬文升〈馬端肅公奏議〉版本考述》，《北方民族大學學報》(哲學社會科學版)，2019年第5期。
② 劉静：《〈馬端肅奏議〉版本研究》，《知識窗》(教師版)，2012年第6期。
③ 李國慶、運宜偉：《紀昀纂修〈四庫全書〉具體書事管窺——以〈廬山記〉與〈馬端肅公奏議〉爲例》，陳曉華主編：《四庫學》第七輯，2020年。
④ 中國古籍善本書目編輯委員會編：《中國古籍善本書目·史部》，上海古籍出版社，1993年，第361頁。
⑤ 吕友仁主編：《中州文獻總録》，中州古籍出版社，2002年，第674—675頁。
⑥ 江蘇省文化廳、江蘇省古籍保護中心編：《江蘇第二批國家珍貴古籍名録圖録》，鳳凰出版社，2010年，第171頁。
⑦ 陳文源主編：《國家珍貴古籍選刊》第三册《馬端肅公奏議十六卷》，廣陵書社，2009年。

二、卷九、卷十共四卷內容,共收錄馬文升奏議十二篇及謝應徵《馬端肅公奏議序》、魏尚綸《書刻馬端肅公奏議後》。①

表1:明嘉靖二十六年葛洞邘江書館刻本《馬端肅公奏議》十六卷卷數及奏議篇名一覽表②

卷　數	篇　　　名
	馬端肅公奏議序
卷一	1 正心謹始以隆繼述事 2 全聖德以隆治道事 3 法乾健以勤聖政事 4 豫教皇儲以隆國本事 5 恭請皇太子御經帷以隆睿學事
卷二	6 陳言振肅風紀裨益治道事 　　選賢能以任風憲;禁撫拾以戒贓官;擇人才以典刑獄;責成效以革奸弊;申命令以修庶務;逐術士以防扇惑;擇守令以固邦本;嚴考核以示懲勸;禁公罰以勵士風;廣儲積以足國用;恤土人以防後患;清僧道以杜游食;敦懷柔以安四夷;節財用以蘇民困;足兵戎以禦外侮
卷三	7 選輔導豫防閑以保全宗室事 8 釐正選法事 9 作養人材以備任使事 10 重明詔信老臣以慎初政事
卷四	11 巡撫事 　　重守令以廣德澤;添風憲以撫流民;增課鈔以贍軍用;恤軍士以蓄銳氣;清軍丁以杜勾擾;存遠軍以實兵備;禁通番以絕邊患 12 勤恤小民以固邦本事
卷五	13 思患豫防事 14 賑恤饑民以固邦本事 15 恤民困以固邦本事 16 處置銀兩以濟邊餉事 17 豫備糧草以備軍餉事 18 分豁支用官銀豫備邊儲事
卷六	19 大祀犧牲事 20 豫祈雨澤以冀豐年事 21 釐正祀典事 22 祛除邪術以崇正道事 23 申明舊章以厚風化事

---

① 胡玉冰主編:《朔方文庫》第45冊,國家圖書館出版社,2018年。
② 按:爲便於上下文比較和敘述,此處將明嘉靖二十六年葛洞校正刊刻本《馬端肅公奏議》卷數與篇目按原目錄順序進行羅列。其中,篇名之前序號是筆者所加。在下文對各版本卷數及文章篇名進行比較時,直接標明序號並加注說明,不再羅列具體篇名。

续表

卷 数	篇 名
卷七	24 蘇民困以弭災异事 25 地震非常事 26 暫且停止奉送神像以蘇民困事 27 災异事
卷八	28 因災變思患豫防以保固南都事 29 傳奉事 　　戒百官以修庶政；公勸懲以別淑慝；清傳奉以節冗費 30 追究庸醫用藥非宜明正其罪事 31 釐正封贈事
卷九	32 傳奉事 　　汰冗員以節國用；育人材以備任使；恤百姓以固邦本；清屯田以復舊制；重鹽法以備急用；廣儲蓄以備凶荒；撫流移以正版籍；革大弊以蘇軍民；慎刑獄以重民命
卷十	33 嚴武備以伐北虜奸謀事 34 撫恤南都軍民事 35 驅逐虜寇出套以防後患事 36 豫防虜患以保重地方事 37 思患豫防以安地方事
卷十一	38 慎守備以防不虞事 39 禁伐邊山林木以資保障事 40 添設巡撫以保安地方事 41 修飭武備防不虞事 42 刊印武書以作養將材事
卷十二	43 會集廷臣計議禦虜方略以絕大患事 44 賞勞邊軍激勵銳氣事
卷十三	45 大修武備以豫防虜患事 46 成造堅甲利兵以防虜患事
卷十四	47 乞恩優容言官事 48 豫防黠虜奸謀事 49 經略近京邊備以豫防虜患事 50 緊急賊情事
卷十五	51 陳言申明職掌清理刑獄事 52 講明律意以重民命事 53 申明舊章以正罰俸事 54 申明律意以弭盜賊事 55 潔淨皇城門禁以壯國威事

卷　數	篇　　名
卷十六	56 乞恩終制事 57 再乞恩終制事 58 迴避讎害大臣事 59 陳情乞恩休致事 60 陳情乞恩罷歸田里以弭天變事 61 懇乞天恩容令休致以保晚節事 62 復乞天恩憐憫衰疾容令休致以全晚節事 63 乞恩憐憫衰老容令休致事 64 再乞天恩容令休致以避賢路事 65 陳情衰老乞恩休致事
	書刻馬端肅公奏議後

　　從謝應徵《馬端肅公奏議序》和魏尚綸《書刻馬端肅公奏議後》來看,《馬端肅公奏議》由馬文升孫馬天祐最初編輯,後馬天祐又請求魏尚綸對書稿進行編次。嘉靖二十六年,謝應徵以"欽差巡按直隸監察御史"的身份巡視南直隸,時任揚州知府的河南鈞州人魏尚綸向謝應徵出示《馬端肅公奏議》並請求其作序。因此,謝應徵撰寫了《馬端肅公奏議序》,魏尚綸也撰寫了《書刻馬端肅公奏議後》。關於該書的校正和刊刻,該書目錄和《書刻馬端肅公奏議後》都指出該書由國子生葛洞校正並刊刻於邗江書館。據《中國古籍版刻辭典》記載:"葛洞,明嘉靖間江都人,字近園。刻印過馬文升《馬端肅公奏議》16卷(半頁10行,行20字)。"[①]

　　2. 明崇禎雲間平露堂刻本《皇明經世文編》所收節錄本《馬端肅公奏疏》三卷

　　1962年,中華書局影印出版了明崇禎雲間平露堂刻本《皇明經世文編》,該書由陳子龍(1608—1647)、徐孚遠(1599—1665)、宋徵璧(約1602—1672)等於明崇禎十一年(1638)二月開始編輯,十一月編成定稿,後由陳子龍平露堂刻印。明崇禎雲間平露堂刻本《皇明經世文編》共五百零四卷又補遺四卷,其中,卷六十二至卷六十四收錄《馬端肅公奏疏》,共收錄馬文升奏議二十六篇(詳表2)。

表2:明崇禎雲間平露堂刻本《皇明經世文編》所收節錄本《馬端肅公奏議》三卷卷數及奏議篇名一覽表

卷　數	篇　　名
卷六十二	1、4、6(選自《陳言振肅風紀裨益治道事》,原共十五條,此處選錄"敦懷柔以安四夷"一條)、7、11(選自《巡撫事》,原共七條,此處選錄"添風憲以撫流民、恤軍士以蓄銳氣、存遠軍以實兵備、禁通番以絕邊患"四條)、13、21、22、28、30、31

[①] 瞿冕良編著:《中國古籍版刻辭典》,蘇州大學出版社,2009年,第842頁。

卷　數	篇　　　名
卷六十三	32（選自《傅奉事》，原共九條，此處選録"恤百姓以固邦本、清屯田以復舊制、重鹽法以備急用、撫流移以正版籍、革大弊以蘇軍民"五條）、33、35、36、38、39、41、42
卷六十四	43、45、46、48、49、53、54

從明崇禎雲間平露堂刻本《皇明經世文編》所收節録本《馬端肅公奏疏》三卷（以下簡稱"崇禎本"）内容及編排順序來看，該書是嘉靖本的節録本。其主要特徵表現在：第一，崇禎本從嘉靖本中節録出三卷共二十六篇文章，並將書名改爲《馬端肅公奏疏》。第二，崇禎本對嘉靖本節録後，文章順序仍然按照嘉靖本編排。需要説明的是，崇禎本在對所節録文章進行編排時，節録了部分文章内容，並删除了文章末尾的完成時間。第三，崇禎本在刊刻時，不僅在版心位置標注文章内容關鍵字，還在文内多處用小字夾注形式對相關内容進行説明。

至清乾隆時期，《皇明經世文編》由於收録的相關書籍記載有清統治者所避諱的歷史事實，爲清廷所不容，而被地方官奏請禁毁。乾隆四十二年（1777）五月二十日，浙江巡撫三寶向朝廷上奏《浙江巡撫三寶奏呈續獲應燬書籍摺》，其中包括《皇明經世文編》："《皇明經世編》二部，刊本。是書明陳子龍輯，華亭人。共五百八卷。彙載明代奏疏，旁加評騭。内有李華龍、王象乾等疏，語多觸忌。"①由此可見，《皇明經世文編》正是因爲内容"違礙"而被清統治者禁毁。

3. 清初刻本《馬端肅公奏議》十六卷首一卷

（1）存藏情況

據相關文獻記載，南京圖書館、天津師範大學圖書館等多家圖書館都藏有清初刻本《馬端肅公奏議》。其中，南京圖書館藏有兩種，天津師範大學圖書館藏有一種。

關於南京圖書館館藏的兩種《馬端肅公奏議》，其館藏信息分别著録爲："《馬端肅公奏議》十六卷首一卷，存一卷，卷首全，一册；清初刻本。索書號：GJ/356488。""《馬端肅公奏議》十六卷首一卷，四册；清乾隆馬涅刻本。索書號：GJ/119597、GJ/119598。"則該館所藏第一種《馬端肅公奏議》爲清初刻本，目前僅存一册，卷首内容齊全；第二種《馬端肅公奏議》爲清乾隆時期刻本，内容齊全且分爲四册，其刊刻者爲馬涅。

從相關記載來看，南京圖書館館藏的清乾隆馬涅刻本《馬端肅公奏議》很早就存藏在南京圖書館的前身——國立中央大學國學圖書館。1929年，《中央大學國學圖書館第二年刊》刊載了趙鴻謙《松軒書録》一文，趙鴻謙根據國立中央大學國學圖書館藏《馬端肅公奏議》一書所收録謝應徵等撰《序》的基本情況，對《馬端肅公奏議》的編纂背景和版本情況進行了介紹：

---

① 中國第一歷史檔案館編：《纂修四庫全書檔案·浙江巡撫三寶奏呈續獲應燬書籍摺（附清單）》，上海古籍出版社，1997年，第608頁。

《馬端肅奏議》，十六卷，明鈞州馬文升撰。前有嘉靖丁未謝應徵《序》、魏尚綸《序》、汪日鯤《序》，又裔孫馬浬《序》。浬《序》末題"九世裔馬浬熏沐刊刻"一行。每標籤題後有"同郡後學魏尚綸編集""裔孫浬恭校"二行。每卷末有"國子生江都葛洞校正"一行。按：丁目云明刻十六卷本，即此本也。據魏《序》云："太師鈞陽端肅馬公，歿且四十餘年，其孫長史君天祐，始以其奏草示余，爲之編次。請於侍御謝公序之，付國子生葛子開校刻於邗江書館。"又浬《序》云："端肅公在世，行文遺稿盈箱，遭明季兵火，殘破殆盡，所有者百不存一。予小子恐就而失傳，以泯端肅之遺。故出金纂集，以垂後裔。"互讀兩《序》文，嘉靖丁未刻本爲原刻，此乃清初重刻嘉靖本。丁目云爲明刻，豈別藏一嘉靖本歟。又按：四庫著錄爲十二卷本。邵西位先生所見書目云："正德辛未刊本，《序》稱本二十七卷，此爲巡撫張公所選定。"又云："嘉靖丁未魏尚綸編刊十六卷。"即此本之所出也。其二十七卷本，不可考矣。附藏印"八千卷樓丁氏藏書記"。①

從趙鴻謙的介紹文字來看，國立中央大學國學圖書館藏"《馬端肅奏議》"實際上就是今南京圖書館所藏清乾隆馬浬刻本《馬端肅公奏議》。從該書所鈐"八千卷樓丁氏藏書記"藏印來看，該書曾被錢塘丁氏"八千卷樓"收藏。據《南京圖書館志（1907—1995）》記載，南京圖書館建立初期，就購買了錢塘丁氏"八千卷樓"的大部分藏書："光緒三十三年（1907年），清兩江總督端方在江寧（今南京）籌建江南圖書館，聘繆荃孫爲總辦（相當於今館長）、陳慶年爲坐辦（相當於今副館長），購進清末四大藏書家之一的錢塘丁氏'八千卷樓'珍籍和武昌范氏木樨香館藏書。"②

從以上記載可以看出，清初刻本《馬端肅公奏議》自20世紀初就存藏在江南圖書館。民國時期，江南圖書館曾先後更名爲國立中央大學國學圖書館、江蘇省立國學圖書館。③ 據《江蘇省立國學圖書館現存書目》記載："《馬端肅公奏議》十六卷，明鈞州馬文升。清刊本。丁書。善乙。"④由此可見，至1948年，該書仍然存藏在江蘇省立國學圖書館。此後，江蘇省立國學圖書館經歷了併入國立南京圖書館、更名爲南京圖書館等過程。⑤ 但不變的是，該書一直存藏在南京圖書館至今。

關於天津師範大學圖書館館藏的《馬端肅公奏議》十六卷首一卷，其館藏信息著錄爲："《馬端肅公奏議》十六卷首一卷，四册；清初刻本。索書號：7-5。"

---

① 趙鴻謙：《松軒書錄·馬端肅奏議》，王強主編：《近代圖書館史料彙編》20《中央大學國學圖書館第二年刊（民國十八年）》，鳳凰出版社，2014年，第14頁。
② 《南京圖書館志》編寫組編纂：《南京圖書館志（1907—1995）》，南京出版社，1996年，第1頁。
③ 《南京圖書館志》編寫組編纂：《南京圖書館志（1907—1995）·南京圖書館歷史演變示意圖》，南京出版社，1996年，第2頁。
④ 江蘇省立國學圖書館編：《江蘇省立國學圖書館現存書目》卷五《史部·政書類·奏議之屬》，江蘇省立國學圖書館，1948年，第18頁。
⑤ 《南京圖書館志》編寫組編纂：《南京圖書館志（1907—1995）·南京圖書館歷史演變示意圖》，南京出版社，1996年，第2頁。

經過比較，天津師範大學圖書館和南京圖書館所藏清初刻本《馬端肅公奏議》內容完全一致。在下文論述中，我們將根據天津師範大學圖書館藏清初刻本《馬端肅公奏議》十六卷首一卷（以下簡稱"天師大本"）展開論述。

（2）主要內容

從基本內容來看，清初刻本《馬端肅公奏議》包括相關序跋、卷首及奏議55篇，分爲十六卷（詳表3）。

表3：清初刻本《馬端肅公奏議》十六卷首一卷卷數及篇名一覽表

卷　數	篇　名
	馬端肅公奏議序、書刻馬端肅公奏議後跋、鈞陽端肅馬公序、鈞陽馬端肅公贊、先五世祖考
卷之首	馬端肅公像、像贊、明故少師兼太子太師吏部尚書贈特進光禄大夫左柱國太師諡端肅馬公墓誌銘（以下簡稱《墓誌銘》）、明故少師兼太子太師吏部尚書贈特進光禄大夫柱國太傅諡端肅今皇上加贈左柱國太師馬公行略（以下簡稱《行略》）、誥命、歷任、御祭文、"君子之仕"二句
卷之一	1、2、3、4、5
卷之二	6
卷之三	7、8、9、10
卷之四	11、12
卷之五	13、14、15、16
卷之六	19、20、21、22、23
卷之七	24、25、26、27
卷之八	28、29、30、31
卷之九	32
卷之十	34、37
卷之十一	38、39、40、41、42
卷之十二	44
卷之十三	46
卷之十四	47
卷之十五	51、52、53、54、55
卷之十六	56、57、58、59、60、61、62、63、64、65

（3）版本特徵

通過對天師大本與嘉靖本內容的詳細比較，兩書的不同之處表現在以下六個方面：

① 天師大本在嘉靖本所收錄明謝應徵書《馬端肅公奏議序》、明魏尚綸撰《書刻馬端肅公奏議後》的基礎上，將後者篇名更改爲《書刻馬端肅公奏議後跋》；又新收錄汪曰鯤《鈞陽端肅馬公序》、雷霈《鈞陽馬端肅公贊》、馬涅《先五世祖考》三篇文章，將這五篇文章按照《馬端肅公奏議序》《書刻馬端肅公奏議後跋》《鈞陽端肅馬公序》《鈞陽馬端肅公贊》《先五世祖考》先後順序編排並置於卷首之前。

② 天師大本增加了卷首內容，包括《馬端肅公像》《像贊》《行略》《墓誌銘》《誥命》《歷任》《御祭文》《"君子之仕"二句》共八個部分。從基本內容來看，天師大本卷首內容是在萬曆十八年馬懋刊《恩命錄》的基礎上，增加了輯錄自張豫章《勵學齋明墨》的《"君子之仕"二句》之後刊刻而成。下文有對《恩命錄》基本情況的詳細分析。

③ 天師大本從嘉靖本所收錄 65 篇奏議中選錄了 55 篇，並將選錄的 55 篇奏議編排爲十六卷。從具體內容來看，未收錄的 17、18、33、35、36、43、45、48、49、50 共十篇奏議都與馬文升關於明中央政府處理北方及東北地區少數民族事務的政策和建議有關。

④ 天師大本在收錄相關奏議時，將所收錄的每一篇奏議正文開頭的馬文升官銜、姓名和末尾的"謹題請旨"等專門術語及奏議撰寫時間、皇帝硃批等相關內容刪去。

⑤ 天師大本各卷卷端題"鈞州馬文升約齋甫著，同郡後學魏尚綸編集，裔孫涅恭校"二行，各卷末題"國子生江都葛洞校正"一行；而嘉靖本各卷卷端題"同郡後學魏尚綸編集"一行，卷末題"國子生江都葛洞校正"一行。這些文字不僅表明天師大本是在嘉靖本的基礎上刊刻而成，而且表明馬涅是馬文升後裔。

⑥ 從天師大本的文本編輯特徵來看，該書實際上拼湊了若干版本《馬端肅公奏議》的書版。如謝應徵《馬端肅公奏議序》每半葉七行，行十六字，且有若干挖改書版之處；又如魏尚綸《書刻馬端肅公奏議後跋》每半葉十行，行二十字；又如汪曰鯤《鈞陽端肅馬公序》和雷霈《鈞陽馬端肅公贊》兩篇文章都是每半葉八行，行十八字；而馬涅《先五世祖考》及其後的卷首、正文十二卷則都是每半葉十行，行二十字。不僅如此，卷首收錄的《行略》《墓誌銘》也存在部分挖改書版之處。可見，該書並非是統一製版刊刻，而是將不同版本的相關內容拼湊書版後印行。

（4）刊刻時間與刊刻背景

關於清初刻本《馬端肅公奏議》的刊刻時間，南京圖書館館藏信息著錄爲"清乾隆刻本"，天津師範大學圖書館館藏信息著錄爲"清初刻本"。實際上，我們可以從該書收錄的汪曰鯤《鈞陽端肅馬公序》、雷霈《鈞陽端肅馬公贊》、馬涅《先世五祖考》三篇文章的作者情況來判斷其刊刻時間。

經查閱《明清歷科進士題名碑錄》，汪曰鯤和雷霈都是康熙五十二年（1713）癸巳科進士："汪曰鯤，河南開封府滎陽縣人"，列第三甲第一百二十一名。①"雷霈，河南開封府鄭州人"，

---

① 《明清歷科進士題名碑錄（三）·大清康熙五十二年進士題名碑錄（癸巳科）》，臺灣華文書局，1969 年，第 1756 頁。

列第三甲第一百零八名。① 汪曰鯤和雷霂二人籍貫分別是河南開封府滎陽縣和鄭州。據《清史稿·地理志九》記載，清代河南省開封府的行政區劃與明代相比基本保持穩定："河南：……明置河南布政使司。清初爲河南省，置巡撫。雍正二年，升陳、許、禹、鄭、陝、光六州爲直隸州。十二年，升陳、許爲府，鄭、禹仍屬州。乾隆九年，許復直隸。……開封府：清初，河南省治，仍領州四，縣三十。雍正二年，陳、許、鄭、禹直隸，割縣十四隸之。……乾隆中，禹及密、新鄭還隸。"②

而馬文升是明河南鈞州人，據《明史·地理志三》記載，鈞州在元代稱鈞州，明萬曆時期因避明神宗朱翊鈞名諱而改稱禹州："開封府，……洪武元年五月曰開封府。八月建北京。十一年，京罷。領州四，縣三十。……禹州，元曰鈞州。洪武初，以州治陽翟縣省入。萬曆三年四月避諱改曰禹州。"③由此可以看出，馬文升與汪曰鯤、雷霂籍貫都屬開封府，故汪曰鯤、雷霂二人分別自稱"虢郡後學"和"東里後學"。

此外，天師大本卷首還收錄有馬文升《"君子之仕"二句》一文，且在標題之後注明"載張豫章《勵學齋明墨》"。據《明清歷科進士題名碑錄》《聖祖仁皇帝實錄》記載，張豫章爲康熙二十七年（1788）進士："張豫章，江南松江府青浦縣人"，列第一甲第三名。④ 張豫章先後任翰林院編修⑤、滿漢書教習⑥。康熙四十一年，任河南鄉試正考官。⑦ 康熙四十二年，"以司經局洗馬張豫章提督貴州學政"。⑧ 康熙四十三年，"貴州學政張豫章兼督廣西學政"。⑨ 不僅如此，張豫章還曾以"原任右春坊右庶子兼翰林院"身份，奉敕編纂《御選宋金元明四朝詩》。康熙四十八年五月，《御選宋金元明四朝詩》編纂完成後，康熙皇帝曾爲該書御撰《序》。從任職經歷來看，張豫章主要生活在康熙時期。

關於《馬端肅公奏議》的刊刻背景，我們可以從馬浬《先五世祖考》一文得知該書纂集的緣由："且端肅公在世行文遺稿盈箱，遭明季兵火，殘破殆盡，所有者百不存一。予小子恐久而失傳，以泯端肅之遺。故出金纂集以垂後裔，且望先生大人采擇焉。"由此可見，在經歷明末的戰亂後，馬文升的著述被毀損殆盡，"百不存一"。爲了保存馬文升的相關著述，馬文升後裔馬浬出資組織刊刻了《馬端肅公奏議》等文獻。

從以上論述可以看出，張豫章、汪曰鯤、雷霂、馬浬均主要生活在康熙時期。從《鈞陽端肅馬公序》《鈞陽端肅馬公贊》《先世五祖考》三篇文章的文體特徵和在奏議中的編排順序來

---

① 《明清歷科進士題名碑錄（三）·大清康熙五十二年進士題名碑錄（癸巳科）》，臺灣華文書局，1969年，第1754頁。
② 趙爾巽等：《清史稿·地理志九》，中華書局，1977年，第2067—2068頁。
③ （清）張廷玉等：《明史·地理志三》，中華書局，1974年，第978、981頁。
④ 《明清歷科進士題名碑錄（三）·大清康熙二十七年進士題名碑錄（戊辰科）》，臺灣華文書局，1969年，第1643頁。又《清實錄·聖祖仁皇帝實錄（二）》卷一百三十四，康熙二十七年三月辛丑條，中華書局，1985年，第457頁。
⑤ 《清實錄·聖祖仁皇帝實錄（二）》卷一百三十五，康熙二十七年四月癸丑條，中華書局，1985年，第461頁。
⑥ 《清實錄·聖祖仁皇帝實錄（二）》卷一百三十五，康熙二十七年五月壬午條，中華書局，1985年，第467頁。
⑦ 《清實錄·聖祖仁皇帝實錄（三）》卷二百九，康熙四十一年七月甲子條，中華書局，1985年，第122頁。
⑧ 《清實錄·聖祖仁皇帝實錄（三）》卷二百十二，康熙四十二年四月庚辰條，中華書局，1985年，第151頁。
⑨ 《清實錄·聖祖仁皇帝實錄（三）》卷二百十五，康熙四十三年三月癸卯條，中華書局，1985年，第183頁。

看,汪曰鯤、雷霈應該是由於與馬文升及馬涅同鄉,才受到了馬涅的邀請,爲重新纂集的《馬端肅公奏議》撰寫了序文和贊文;而張豫章則當是因爲在相關著作中載録了馬文升撰《"君子之仕"二句》一文,又被馬涅重新纂集的《馬端肅公奏議》收録。因此,天師大本的刊刻時間上限是康熙時期。

4. 清刻本《馬端肅公奏議》十四卷《恩命録》一卷

(1) 存藏及流傳情况

關於清刻本《馬端肅公奏議》的存藏情况,我們查得國家圖書館、浙江圖書館等圖書館都有存藏。

① 國家圖書館藏《四庫全書》底本《馬端肅公奏議》十四卷(缺卷十三至十四)的存藏及流傳情况①

經過查閱資料,國圖本館藏信息著録爲:"《馬端肅公奏議》十四卷(缺卷十三至十四);清刻本,《四庫全書》底本;每半葉十行,行二十字,白口,左右雙邊。索書號:A02245。"近年來,國圖本被多次影印出版,其中,《四庫提要著録叢書》②《四庫全書底本叢書》③都將其著録爲"《四庫全書》底本《馬端肅公奏議》(十四卷,缺卷十三至十四)"。

關於國圖本的收藏及流傳情况,李國慶和運宜偉在《紀昀纂修〈四庫全書〉具體書事管窺——以〈廬山記〉與〈馬端肅公奏議〉爲例》一文中作了進一步介紹:"國圖館藏清刻本《馬端肅公奏議》,十四卷,每半頁10行,每行20字,左右雙邊,避'弘'字。卷前鈐有'翰林院印'滿漢合璧方形朱文方印、'陶毅印'白文方印、'環翠山房'白文方印、'唐華館'白文方印。書内筆削所用顏色爲朱、墨兩色。書内有清末藏書家陶毅題語:'是即四庫校印之底本。書内削删强半邊塞事,皆當時所諱言者,字迹與紀河間字頗類,疑即河間手筆。乙卯六月四日傍晚初霽與心如九叔父閒步隆福寺街,以微值得於王姓書肆。'"④

據此我們可知,該書曾被陶毅收藏。從陶毅題跋内容可以看出,陶毅認爲他所購買的《馬端肅公奏議》中的删改内容和字迹可能是紀昀筆迹,該版本應該是《四庫全書》底本。可能正是根據陶毅的題跋,國家圖書館館藏信息將此版本著録爲"《四庫》底本"。李國慶和運宜偉也據此認爲該版本《馬端肅公奏議》是《四庫》底本,由紀昀删改而成。

遍觀國圖本全書,陶毅的題跋共有兩處,分別在《馬端肅公奏議序》之前和"馬端肅公奏議卷之七"標題之前。爲便於下文論述,現將陶毅的兩處題跋全文照録如下:

---

① 按:爲了與浙江圖書館藏清刻本《馬端肅公奏議》十四卷《恩命録》一卷區别,本書根據國家圖書館館藏信息及學術界現有研究成果,將國家圖書館藏清刻本《馬端肅公奏議》表述爲"《四庫全書》底本《馬端肅公奏議》十四卷(缺卷十三至十四)"(以下簡稱"國圖本")。
② 《四庫提要著録叢書》編纂委員會編纂:《四庫提要著録叢書》史部第199册,北京出版社,2010年。
③ 《四庫全書底本叢書》編纂委員會編:《四庫全書底本叢書》史部第15册,文物出版社,2019年。
④ 李國慶、運宜偉:《紀昀纂修〈四庫全書〉具體書事管窺——以〈廬山記〉與〈馬端肅公奏議〉爲例》,陳曉華主編:《四庫學》第七輯,2020年,第105—106頁。

上，《馬端肅奏議》十二卷，明馬文升撰。明馬文升奏議。
乙卯六月十日得於京東隆福寺街王姓書估。

下，明《馬端肅公奏議》十二卷，兩冊。是即《四庫》校印之底本。書內削刪強半邊塞事，皆當時所諱言者，字迹與紀河間字頗類，疑即河間手筆。乙卯六月四日傍晚初霽與心如九叔父閒步隆福寺街，以微值得於王姓書肆。

陶毅在題跋中提及的"乙卯"和"心如九叔父"等內容，爲我們梳理陶毅收藏該書的背景和時間提供了相關信息。據《民國書畫家彙傳》記載："陶洙，字心如，寶如弟。江蘇武進人。工繪事，山水、花卉，不拘一格，均俊逸秀雅。陶瑢，字寶如，又字鑑泉，蘭泉弟。江蘇武進人。清同治九年生(1870)，民國十四年卒(1925)，年五十六歲。"①又據《中國藏書家綴補錄》記載"陶洙(？—1959年)，一名起，字心如。陶湘之從弟，排行第九，知者稱陶九。江蘇武進人。……民國二十七年(1938年)任僞臨時政府司法委員會秘書長。1959年冬卒於北京城南椿樹胡同寓所，年八十歲。"②

由此可見，陶毅在題跋中提及的"心如九叔父"即陶洙。考慮到陶洙主要生活在清末至民國時期，則"乙卯"應該是1915年。從陶毅稱呼陶洙爲"九叔父"，而陶洙又是陶瑢之弟、陶湘之從弟來看，陶毅可能是受家族的影響愛好收藏古籍等。從"陶毅印""環翠山房""唐華館"鈐印位置來看，此三枚印章當是陶毅的藏書印。

從陶毅題跋可以得知，國圖本下冊是陶毅在其九叔陶洙陪同下，於1915年6月4日購買於京東隆福寺街王姓書肆，而上冊是陶毅於同年6月10日自己從京東隆福寺街王姓書估購買所得。不僅如此，從陶毅所題兩處題跋位置及內容來看，陶毅也已經關注到了這部《馬端肅公奏議》的卷次、分冊、版本及刪改者情況。因此，陶毅在題跋中分別題寫："上，《馬端肅奏議》十二卷，明馬文升撰。""下，明《馬端肅公奏議》十二卷，兩冊。"

關於陶毅購買的《四庫全書》底本《馬端肅公奏議》入藏國家圖書館的背景及其過程，限於資料，尚無法釐清。

② 浙江圖書館藏清刻本《馬端肅公奏議》十四卷《恩命錄》一卷的存藏及流傳情況

經過查閱資料，浙江圖書館藏《馬端肅公奏議》十四卷《恩命錄》一卷(以下簡稱"浙圖本")的館藏信息著錄爲："《馬端肅公奏議》十四卷《恩命錄》一卷；八冊；馬相俊刻本。索書號：善1701/膠883。"另據《浙江圖書館古籍善本書目》一書記載："《馬端肅公奏議》十四卷，明馬文升撰，明刻清修本，八冊。十行十二字，左右雙邊，白口。"③

---

① 惲茹辛：《民國書畫家彙傳》，臺灣商務印書館，1986年，第233頁。
② 白淑春編著：《中國藏書家綴補錄》，寧夏人民出版社，2016年，第103頁。
③ 浙江圖書館古籍部編：《浙江圖書館古籍善本書目·史部·詔令奏議類·奏議》，浙江教育出版社，2002年，第135頁。

關於浙圖本的流傳情況,由於該書鈐有"浙江藏書樓廣儲中外書籍圖志之印證",則當是1903年至1909年期間入藏浙江圖書館前身——浙江藏書樓的。據《浙江圖書館志》記載,浙江圖書館曾先後被稱爲杭州藏書樓、浙江藏書樓、浙江圖書館、浙江省立圖書館、浙江公立圖書館等:"1903年,浙江學政張亨嘉與浙江巡撫聶緝椝、行省翁曾桂議定並奏准,將杭州藏書樓擴充改建爲浙江藏書樓。……1909年年初,浙江撫院決定將浙江官書局、浙江藏書樓歸併擴充創建浙江圖書館。……1915年2月,修訂館章,改名浙江省立圖書館。12月,按教育部頒《圖書館規程》,改名浙江公立圖書館。……1927年11月11日,浙江省政府正式發文令本館改稱浙江省立圖書館。"①由此可知,1903年至1909年,浙江圖書館名稱爲浙江藏書樓。

1932年,陸祖毅編纂的《浙江省立圖書館善本書目題識》也介紹了浙江省立圖書館所藏《馬端肅公奏議》的基本情況:"《馬端肅公奏議》十四卷,明成、弘間鈞州馬文升撰。其末二卷皆《誥敕》《像贊》《行略》《墓誌》之屬,乃嘉靖丁未其孫天祐刊《奏議》時所附入者。然此本神態不似嘉靖刊本,當是明季裔孫所重刊。且末二卷行款與他卷异,尤多墨丁。一若有所諱忌,此必曾經清代之補修。遺像後所列裔孫相俊等數十人名,蓋補修時所添入,非原本所有也。"②從陸祖毅的介紹情況和浙江圖書館的沿革來看,1932年《浙江省立圖書館善本書目題識》著錄的《馬端肅公奏議》正是今浙江圖書館所藏《馬端肅公奏議》。

(2) 三種清刻本的內容及版本特徵

① 國圖本與浙圖本的內容及版本特徵

從國圖本的目錄來看,該書內容包括《馬端肅公奏議序》《書刻馬端肅公奏議後》及正文十四卷。其中,卷一至十二收錄奏議55篇,卷十三爲《歷任》《公像》《像贊》,卷十四爲《行略》《公志》,但卷十三、十四已佚。另外,此本卷一至十二相關內容有較多的刪改符號和批語。從此本的版本特徵來看,《馬端肅公奏議序》爲每半葉八行,行十六字,《書刻馬端肅公奏議後》及現存正文十二卷爲每半葉十行,行二十字。

從浙圖本的目錄來看,該書內容也包括《馬端肅公奏議序》《書刻馬端肅公奏議後》及正文十四卷。其中,卷一至十二收錄馬文升奏議55篇,卷十三爲《歷任》《公像》《像贊》,卷十四爲《行略》《公志》。此本卷十三、十四亦佚,且無刪改符號和批語。從該書所附《恩命錄》一卷內容來看,包括《歷任》《公像》《誥命》《御祭文》《像贊》《行略》《墓誌銘》七個部分,且內容保存齊全。從此本的版本特徵來看,《馬端肅公奏議序》爲每半葉八行,行十六字,《書刻馬端肅公奏議後》及現存正文十二卷爲每半葉十行,行二十字,《恩命錄》爲每半葉九行,行十八字,且書版有挖改處。

《明代版刻綜錄》記載《恩命錄》書名當爲《恩命餘錄》:"馬慤,字慎卿,禹州人。萬曆十一年進士,臨淄、壽光縣令。《恩命餘錄》,一卷,明馬璁編,明萬曆十八年馬慤刊。"③另據《中國

---

① 《浙江圖書館志》編纂委員會編:《浙江圖書館志·大事記》,中華書局,2000年,第1—5頁。
② 陸祖毅編:《浙江省立圖書館善本書目題識》,浙江省立圖書館,1932年,第41頁。
③ 杜信孚纂輯,周光培、蔣孝達參校:《明代版刻綜錄》第4冊,江蘇廣陵古籍刻印社,1983年,第14葉。

古籍版刻辭典（增訂本）》記載："馬愨，明萬曆間禹州人，字慎卿，曾任臨淄、壽光縣令。刻印過馬璁編《恩命餘録》一卷，馬文升《馬端肅公詩集》不分卷。"①從以上記載可以看出，《恩命餘録》由馬璁編纂，馬愨刊刻。

關於馬璁、馬愨的身份，據《新中國出土墓誌·馬公墓誌銘》記載，馬璁爲馬文升長子："子男四：長璁，六安州知州，進階朝列大夫致仕。"②據毛在撰《太師馬端肅公詩集序》記載，馬愨爲馬文升玄孫："厥從玄孫進士馬君愨往令臨淄，與余按東土。"由此可見，《恩命餘録》是由馬文升長子馬璁編纂，由馬文升玄孫馬愨刊刻於萬曆十八年。

《明代版刻綜録》和《中國古籍版刻辭典（增訂本）》所記載的馬璁編、馬愨刊的文獻名稱是《恩命餘録》而非《恩命録》。實際上，浙圖本所附録的《恩命録》一卷，主要内容包括《歷任》《公像》《誥命》《御祭文》《像贊》《行略》《墓誌銘》七個部分，首行題《恩命録》，各部分版心分别題《馬端肅公歷任》《馬端肅公誥命》《馬端肅公御祭》《馬端肅公贊》《馬端肅公行狀》《馬端肅公志》。需要説明的是，《恩命録》將《御祭文》之後的《像贊》《行略》《墓誌銘》統稱爲"《恩命餘録》"。從以上特徵可以看出，《明代版刻綜録》和《中國古籍版刻辭典（增訂本）》所記載的《恩命餘録》，實際上就是《恩命録》，異名而同實。

從國圖本和浙圖本的内容及版本特徵來看，除國圖本中的删改符號和批語及浙圖本附録的《恩命録》一卷外，兩書所收録《馬端肅公奏議序》《書刻馬端肅公奏議後》及現存正文十二卷的内容及版本特徵完全一致。

根據以上内容，我們可以進行判斷，以上兩書實際上來源於同一版本，且基本内容完全相同，兩書都收録《馬端肅公奏議序》《書刻馬端肅公奏議後》及正文十四卷，又《恩命録》一卷。所不同的是，國圖本原書在流傳過程中，由於被當做纂修《四庫全書》的底本，添加了删改符號和批語，其卷十三至十四内容及所附《恩命録》當是在此時被删除；而浙圖本原書在流傳過程中，則完整地保存了正文十二卷及所附《恩命録》。

關於以上兩書卷十三至十四内容缺失的原因，應該是這兩卷内容所包含的《歷任》《公像》《像贊》《行略》《公志》等内容與馬文升個人及明朝朝廷有關。從一定程度上講，浙圖本所附《恩命録》所包含的内容，除編排順序不一致外，可視作以上兩書卷十三至十四的基本内容。

關於國圖本缺失《恩命録》的原因，應該是與《四庫全書》本《端肅奏議》的編修有關。據《四庫全書總目·端肅奏議》提要記載："《馬端肅奏議》十二卷，浙江巡撫采進本。明馬文升撰。……此集奏議五十五篇，乃嘉靖丁未其孫天祐所編次，而以《恩命録》及《行略》《墓誌》等文附之。"③由此可以看出，在《四庫全書》編修過程中，浙江巡撫采進的用作《四庫全書》底本的《馬端肅奏議》基本内容除奏議55篇外，還包括《恩命録》及《行略》

---

① 瞿冕良編著：《中國古籍版刻辭典（增訂本）》，蘇州大學出版社，2009年，第33頁。
② 《新中國出土墓誌·馬公墓志銘》，第390頁。
③ （清）永瑢等：《四庫全書總目》，中華書局，1965年，第498頁。

《墓誌》等内容；而成書的《四庫全書》本《端肅奏議》則只收録55篇奏議，並未附録其他内容。

② 天師大本與浙圖本的内容及版本特徵

將天師大本卷首内容與浙圖本所附《恩命録》内容比較後可以發現，儘管兩書收録的主體内容基本相同，但兩書在具體内容、編排順序及版本特徵等方面也有一些不同之處。

第一，天師大本卷首所收録内容按照《公像》《像贊》《行略》《墓誌銘》《誥命》《歷任》《御祭文》《君子之仕》順序編排，而浙圖本所附《恩命録》内容按照《歷任》《公像》《誥命》《御祭文》《像贊》《行略》《墓誌銘》順序編排。其中，天師大本卷首收録有馬文升《"君子之仕"二句》一文，而浙圖本所附《恩命録》没有收録此文。

第二，浙圖本所附《恩命録·公像》後，列有六十位刊印人員的名單。此外，在《恩命録》收録的張元禎撰《像贊》中，天頭刻有一段按語："按：宣德丙午至弘治乙丑年正八十，而'有五'二字疑誤。俱舊刻如此，不敢妄删。"而天師大本卷首没有以上内容。

第三，上文指出，天師大本並非是統一刊刻，而是將不同版本的相關内容拼凑書版後印行。其中，謝應徵書《馬端肅公奏議序》每半葉七行，行十六字，且有部分挖改處；魏尚綸撰《書刻馬端肅公奏議後跋》每半葉十行，行二十字；卷首及正文十二卷全部内容則都是每半葉十行，行二十字。此外，《馬端肅公奏議序》及卷首所收録的《行略》《墓誌銘》也存在挖改。而浙圖本收録的《馬端肅公奏議序》爲每半葉八行，行十六字；《書刻馬端肅公奏議後》及卷一至卷十二爲每半葉十行，行二十字；《恩命録》爲每半葉九行，行十八字，且有挖改處。

從以上内容可以看出，天師大本與國圖本、浙圖本並非同一版本。

在上文論述的基礎上，經過與天師大本及國圖本比較，我們可以將清刻本《馬端肅公奏議》十四卷《恩命録》一卷的完整内容復原如下（表4）：

表4：清刻本《馬端肅公奏議》（十四卷，恩命録一卷）卷數及篇名一覽表

卷　數	篇　　名
	馬端肅公奏議序 書刻馬端肅公奏議後
卷之一	1、2、3、4、5
卷之二	11、52
卷之三	13、6、34
卷之四	58、24、53、12、19、56、57
卷之五	20、55、21、38、22、54、40
卷之六	27、51、7、59

续 表

卷　數	篇　　名
卷之七	41、39、42
卷之八	60、61、62、44、46、63、8、64
卷之九	16、25、29、26、36
卷之十	14、23、65、28、9、47
卷之十一	15、32
卷之十二	30、31、10
卷之十三（缺）	歷任、公像、像贊
卷之十四（缺）	行略、公志
恩命録	歷任 公像 誥命 御祭文 像贊 行略 公志

（3）基本特徵

將復原後的清刻本《馬端肅公奏議》十四卷《恩命録》一卷（以下簡稱"清刻本"）的完整内容與嘉靖本、天師大本比較，其内容與版本特徵表現在如下幾個方面：

第一，將清刻本與嘉靖本比較，清刻本收録馬文升奏議55篇，未收録10篇。未收録的奏議包括：17、18、33、35、37、43、45、48、49、50。從清刻本所收録奏議的卷次安排來看，該書在編排時，打亂了嘉靖本的奏議編排順序，分爲十二卷，但是每一篇奏議都未經刪減。

第二，將清刻本與天師大本比較，在未收録的10篇奏議中，清刻本卷九收録了36，而天師大本卷十收録了37。從兩書對這兩篇奏議收録的差異來看，兩書的編撰應該是在嘉靖本的基礎上，分别選録奏議並編輯而成。

第三，將清刻本與天師大本所收録的序跋、卷首、奏議及《恩命録》等内容和編排順序比較，清刻本與天師大本是兩個完全不同的版本。

（4）刊刻者與刊刻時間

關於浙圖本的刊刻時間和刊刻者，陸祖穀在1932年編纂的《浙江省立圖書館善本書目題識》中介紹浙江省立圖書館藏《馬端肅公奏議》基本情況時指出："然此本神態不似嘉靖刊本，當是明季裔孫所重刊。且末二卷行款與他卷异，尤多墨丁。一若有所諱忌，此必曾經清代之補修。遺像後所列裔孫相俊等數十人名,蓋補修時所添入,非原本所有也。"①

可見,陸祖毅先生已經注意到了浙江省立圖書館藏《馬端肅公奏議》一書是清代補修而成,且該書列有馬相俊等刊刻人員名單。另外,據浙圖本館藏信息著錄,該書由馬相俊刊刻。而《明清以來公藏書目彙刊》則著錄此本"不著編輯人名氏":"《馬端肅公奏議》十二卷《恩命錄》二卷:《奏議》,明馬文升撰,魏尚綸編;《恩命錄》,不箸編輯人名氏。通行本。"②

此外,孫殿起在《清代禁書知見錄》中曾指出,十四卷本《馬端肅公奏議》約刊刻於康熙年間:"《馬端肅公奏議》十四卷,明鈞州馬文升撰,嘉靖間刊,無刻書年月,約康熙間刊,乾隆間刊本作十六卷。"③從孫殿起先生的記載來看,他所知見的"《馬端肅公奏議》十四卷",應該就是清刻本《馬端肅公奏議》。

從以上内容可以看出,20世紀以來,已有學者注意到了浙圖本的刊刻時間和刊刻人員的相關信息。特别是陸祖毅先生已經注意到浙圖本收錄的《恩命錄·公像》後所列六十位刊刻人員名單:

> 裔孫相閑、相俊、相甲;焯、國幹、烺、振旅、煌、幾旅、光、尚錦、燧、克敦、烇、銘常、煬、振乾、焰;皇恩、洪恩、廷舉、廷愷、廷選、廷翶、廷翌、廷習、廷翮、廷□、廷翔、廷翝、廷翶、廷翰、廷翥、廷□、季吴、基寧、基桂、基太、基盈、基丕、基正、基增、基豐、基□、基□、晏□、晏彬、德清、德潤、世恩、聖恩;興欽、興鈞、興渭、興濟、興洛、興淇、興汧、興鋭、興□仝梓。

在這六十位刊刻人員中,大多數人基本經歷無從查考。但從清代至民國時期禹州地方志相關記載可以發現,該名單中的馬興淇主要生活在清乾隆時期,據道光《禹州志》記載:"馬興淇,拔貢,(乾隆)三十年官孟縣教諭。"④又據民國《禹縣志》記載,該名單中的馬季吴和清代學者馬時芳爲祖孫關係:"《傳信錄》,二十五卷。□州趙御衆輯,御衆爲孫奇逢高弟。是錄乃御衆晚年手輯夏峰遺書,師門淵源略備於此。禹州馬季吴爲御衆外曾孫,御衆著書悉歸之季吴,以授其孫時芳。更加删定而附以己意,釐爲八卷。"⑤又據馬時芳撰於道光十五年(1835)的《樸麗子序》記載,其主要生活在乾隆時期:"道光十四年甲午秋八月既望,禹州馬時芳書於鞏學天籟亭,時年七十三歲。"⑥據此,馬時芳出生於乾隆二十七年(1762)。不僅如此,馬時

---

① 陸祖毅編:《浙江省立圖書館善本書目題識·馬端肅公奏議(十四卷)》,浙江省立圖書館,1932年,第41頁。
② 本社古籍影印室輯:《明清以來公藏書目彙刊》第46冊《浙江圖書館書目·史部·詔令奏議類》,北京圖書館出版社,2008年,第620頁。
③ 孫殿起輯:《清代禁書知見錄》,商務印書館,1957年,第134頁。
④ (清)朱煒修:《中國地方志集成·河南府縣志輯·(道光)禹州志》卷五《選舉表》,上海書店出版社,2013年,第549頁。
⑤ (民國)王棽林等纂修:《中國方志叢書·華北地方·河南省·禹縣志》卷九《經籍志》,成文出版社,1976年,第841頁。
⑥ (清)馬時芳著,張艷校注:《正續樸麗子校注·樸麗子序》,上海古籍出版社,2019年,第20頁。

芳在乾隆時期曾任鞏縣教諭等職。道光《禹州志》記載："馬時芳,副貢,(乾隆)四十八年官封邱、鞏縣教諭。"①

此外,民國時期主持刊印馬時芳《平泉遺書》並主持修撰《禹縣志》的王棽林在《平泉遺書敘》中指出,馬時芳的父親為馬興淇:"先生父諱興淇,號菉洲,以拔貢為安福丞,歷署名縣,人盛傳其'草聖'。"②王堅在《無聲的北方:清代夏峰北學研究》一書中指出:"馬時芳的父親馬興淇,……嘉慶十四年(1809),馬興淇病殁於孟縣任上,時年75歲。"③如果王堅的相關論述無誤,則馬興淇出生於雍正十三年(1735)。通過以上資料梳理可以發現,馬季吳是馬興淇之子,馬興淇是馬時芳之子。

從清刻本所附《恩命錄·公像》後所列刊刻人員名單來看,這六十人都是馬文升後裔,且屬先後四代。由於該名單中没有"馬時芳"之名,表明該書刊刻時,馬時芳可能還没有出生,因此無法在刊刻人員中列名。如果此推論成立,則浙圖本的刊刻時間應當是在乾隆二十七年(1762)以前。根據上文關於國圖本和浙圖本是同一版本的討論,則國圖本的刊刻時間應當是在乾隆二十七年以前。

浙圖本所附《恩命錄》不僅在《公像》後列有刊刻人員的名單,還在張元禎所撰《像贊》天頭刻有按語:"按:宣德丙午至弘治乙丑年正八十,而'有五'二字疑誤。俱舊刻如此,不敢妄删。"據此,浙圖本在刊刻時依據舊有書版,"舊刻"當是筆者上文指出的《恩命錄》。

由此我們可以確定,清刻本與天師大本是兩個不同的版本。兩書是在嘉靖本和萬曆十八年(1590)馬慤刊《恩命錄》的基礎上,分別刊刻於清康熙時期和清乾隆二十七年(1762)之前。

5. 紀昀等對《四庫全書》底本《馬端肅公奏議》的删改及批注情況

從國圖本基本內容來看,該書內有大量的删改符號和批語。李國慶和運宜偉在前揭文中根據陶毅的題跋及批語字形、删改方式和删改內容,認為這些删改符號和批語都是紀昀親筆。④

《四庫全書》本提要之前的內容記載了參與《端肅奏議》編輯的人員名單:"詳校官:侍講學士臣法式善;編修:臣裴謙覆勘;總校官:知縣臣楊懋珩;校對官:庶吉士臣吳裕德;謄錄監生:臣孟照。"參與修纂人員有:"總纂官:臣紀昀、臣陸錫熊、臣孫士毅;總校官:臣陸費墀。"

由此可見,《四庫全書》本《端肅奏議》是在《四庫全書》底本《馬端肅公奏議》的基礎上,由紀昀等人經歷多次審閱、覆校後編輯完成的。也正是因為如此,《四庫全書》底本《馬端肅公

---

① (清)朱煒修:《中國地方志集成·河南府縣志輯·(道光)禹州志》卷五《選舉表》,第550頁。
② (清)馬時芳著,張艷校注:《正續樸麗子校注·平泉遺書敘》,上海古籍出版社,2019年,第13頁。
③ 王堅:《無聲的北方:清代夏峰北學研究》,商務印書館,2018年,第271頁。
④ 李國慶、運宜偉:《紀昀纂修〈四庫全書〉具體書事管窺——以〈廬山記〉與〈馬端肅公奏議〉為例》,陳曉華主編:《四庫學》第七輯,2020年,第110頁。

奏議》中才出現了朱書、墨書兩種顏色筆削筆迹。①

將國圖本和《四庫全書》本比較,國圖本中的删改符號和批語,在《四庫全書》本編修過程中實際上部分被接受,部分未被接受。

(1) 國圖本中的删改符號和批語在《四庫全書》本中被接受的情況

① 删除相關卷次、相關文章及個别文字。删除卷次方面,"卷之十三""卷之十四"内容被全部删除。② 删除文章方面,删除了目録之前的謝應徵撰《馬端肅公奏議序》及魏尚綸撰《馬端肅公奏議書後》。③ 删除文字方面,删除目録及正文中各卷目"卷之一"至"卷之十四"中的"之"字,"卷之十三"與"卷之十四"中的"十三""十四"被加注删除符號。④ 等等。

② 更改書名。將目録及正文中出現的書名《馬端肅公奏議》中的"馬""公"删除,並加注批語"不寫"⑤"後仿此"⑥,從而使書名變爲《端肅奏議》。

③ 删除每篇奏議篇名之前的馬文升姓名及官職名稱等文字。如,卷一《正心謹始以隆繼述事》首句"督察院左都御史臣馬文升謹題爲正心謹始以隆繼述事"中,删除"督察院左都御史臣馬文升謹題爲",保留"正心謹始以隆繼述事"作爲篇名。⑦ 又如,卷一《全聖德以隆治道》首句"太子少保兵部尚書臣馬文升謹題爲全聖德以隆治道事"中,删除"太子少保兵部尚書臣馬文升謹題爲",保留"全聖德以隆治道事"作爲篇名。⑧ 等等。

④ 删除每篇奏議末尾的明代皇帝硃批時間和硃批内容。如,卷一《豫教皇儲以隆國本事》末尾原有"弘治七年正月初二日奉欽依:是。該衙門知道。欽此"⑨;卷三《陳言振肅風紀裨益治道事》末尾原有"奉欽依:這本所言多切時弊,該衙門便看了來説。欽此"⑩。等等。

⑤ 修改文本編輯格式。第一,在卷一《正心謹始以隆繼述事》中,原文末尾"弘治元年月日題"後兩行無内容,紀昀在末尾"弘治元年月日題"後加注批語"此處即寫《全聖德以隆治道》題,不用朱更。後仿此"⑪。等等。第二,在卷二《巡撫事·重守令以廣德澤》中,紀昀在"重守令以廣德澤"下加注批語"此行如題目低二字",在同篇"切惟致治莫先於安民"旁,紀昀加注批語"此照奏疏頂格寫。後俱仿此"⑫;在卷二《巡撫事·添風憲以撫流民》中,紀昀在

---

① 李國慶、運宜偉:《紀昀纂修〈四庫全書〉具體書事管窺——以〈廬山記〉與〈馬端肅公奏議〉爲例》,陳曉華主編:《四庫學》第七輯,2020年,第106頁。
② (明) 馬文升:《馬端肅公奏議十四卷(缺卷十三至十四)清刻本(四庫底本)》,《四庫提要著録叢書》編纂委員會編纂:《四庫提要著録叢書》史部第199册,北京出版社,2010年(以下簡稱"四庫底本"),第428頁。
③ 四庫底本,第426頁。
④ 四庫底本,第428頁。
⑤ 四庫底本,第428頁。
⑥ 四庫底本,第430頁。
⑦ 四庫底本,第430頁。
⑧ 四庫底本,第433頁。
⑨ 四庫底本,第437頁。
⑩ 四庫底本,第464頁。
⑪ 四庫底本,第432頁。
⑫ 四庫底本,第440頁。

"添風憲以撫流民"下加注批語"照前款式";①在卷二《巡撫事·增課鈔以贍軍用》中,紀昀在"增課鈔以贍軍用"下加注批語"照前寫"。② 等等。

（2）國圖本中的删改符號和批語在《四庫全書》本中未被接受的情況

① 關於各篇奏議題目的更改意見,在《四庫全書》本編修時未被接受。如,在卷一《法乾健以勤聖政事》題目旁,紀昀加注批語"題目寫《請勤政事疏》"。③ 又如,在卷一《豫教皇儲以隆國本事》題目旁,紀昀加注批語"題目寫《請豫教太子疏》"。④ 又如,在卷一《恭請皇太子御經帷以隆睿學事》題目處,紀昀加注批語"題目寫《請皇太子御經帷疏》"。⑤ 等等。

② 關於部分文字的修改意見,在《四庫全書》本編修時未被接受。如,卷一《法乾健以勤聖政事》"邇者玄象示警,彗星偶見"旁,紀昀加注批語將"玄"改爲"天";同篇奏議"大禹之告舜亦曰"旁,紀昀加注批語將"大禹"改爲"皋陶",將"舜"改爲"禹"。⑥

③ 關於部分文字的修改意見,在《四庫全書》本編修時被更改爲其他文字。如,卷一《正心謹始以隆繼述事》中,加注批語將"或俗説《大學衍義》"中的"俗"改爲"講";⑦而在《四庫全書》本卷一《正心謹始以隆繼述事》中,"俗"被改爲"條"。⑧

④ 涉及東北女真等少數民族内容的修改意見,在《四庫全書》本編修時被更改爲其他文字。如,卷三《陳言振肅風紀裨益治道事·敦懷柔以安四夷》"所以夷人到席,無可食用,全不舉箸。且朵顔等三衛、海西等處達子女直固不爲意,而安南、朝鮮知禮之邦,豈不譏笑",紀昀加注批語改爲"所以四夷到席,無可食用,全不舉箸,傳之四方,豈不譏笑";⑨而《四庫全書》本《端肅奏議》改爲"……所以夷人到席,無可食用,全不舉箸。且朵顔等三衛、海西等處風氣樸略,或不爲意,而安南、朝鮮等國史臣,豈不譏笑"。⑩ 又如,卷三《陳言振肅風紀裨益治道事·足兵戎以禦外侮》"况今胡虜猖獗"中,紀昀加注批語將"虜"改爲"騎";⑪而《四庫全書》本《端肅奏議》改爲"况今外夷猖獗"。⑫ 又如,卷六《選輔導豫防閑以保全宗室事》"祛除胡元,奄有中夏,掃一時之陋俗",紀昀加注批語將"祛除胡元"改爲"掃除群雄",將"奄有中夏"改爲"奄有區夏",將"掃一時之陋俗"改爲"祛一時之陋俗";⑬而《四庫全書》本《端肅奏議》改

---

① 四庫底本,第 441 頁。
② 四庫底本,第 442 頁。
③ 四庫底本,第 434 頁。
④ 四庫底本,第 436 頁。
⑤ 四庫底本,第 438 頁。
⑥ 四庫底本,第 434 頁。
⑦ 四庫底本,第 432 頁。
⑧ （明）馬文升:《端肅奏議》,《四庫全書》第 427 册,上海古籍出版社,1987 年,第 707 頁。
⑨ 四庫底本,第 461 頁。
⑩ （明）馬文升:《端肅奏議》,《四庫全書》第 427 册,上海古籍出版社,1987 年,第 735 頁。
⑪ 四庫底本,第 463 頁。
⑫ （明）馬文升:《端肅奏議》,《四庫全書》第 427 册,上海古籍出版社,1987 年,第 736 頁。
⑬ 四庫底本,第 498 頁。

爲"袪除前元,奄有中夏,掃一時之陋俗"。① 又如,卷七《修飭武備以防不虞事》"密邇胡虜。……腥膻遠遁",紀昀批注將"胡虜"改爲"邊塞",將"腥膻"改爲"部落";②而《四庫全書》本《端肅奏議》改爲"密邇蠻夷。……敵人遠遁"③。又如,卷七《修飭武備以防不虞事》中,"近日北虜大衆近邊,遞送番書,……且北虜之性,小盛則掠,……邊牆之外,即係虜地。……倘賊大舉入寇,全藉京兵以爲應援",紀昀批注將"北虜"改爲"北敵",將"即係虜地"改爲"即非我土",將"賊"改爲"有";④而《四庫全書》本改爲"近日北敵大衆近邊,遞送番書,……且北敵之性,小盛則掠,……邊牆之外,即系夷地。……倘有大舉入寇,全藉京兵以爲應援"⑤。等等。

正是在國圖本的基礎上,經歷了紀昀等人的刪改和審校,《四庫全書》本成書。《四庫全書》本共收錄馬文升奏議55篇,分爲十二卷(詳表5)。

表5:《四庫全書》本《端肅奏議》十二卷卷數及篇名一覽表

卷　數	篇　　名
卷之一	1、2、3、4、5
卷之二	11、52
卷之三	13、6、34
卷之四	58、24、53、12、19、56、57
卷之五	20、55、21、38、22、54、40
卷之六	27、51、7、59
卷之七	41、39、42
卷之八	60、61、62、44、46、63、8、64
卷之九	16、25、29、26、36
卷之十	14、23、65、28、9、47
卷之十一	15、32
卷之十二	30、31、10

6. 國圖本的刪改原因和時間

關於國圖本的刪改原因,李國慶和運宜偉在前揭文中認爲:"從《馬端肅公奏議》中所刪

---

① (明)馬文升:《端肅奏議》,《四庫全書》第427册,上海古籍出版社,1987年,第767頁。
② 四庫底本,第502頁。
③ (明)馬文升:《端肅奏議》,《四庫全書》第427册,上海古籍出版社,1987年,第770—771頁。
④ 四庫底本,第505頁。
⑤ (明)馬文升:《端肅奏議》,《四庫全書》第427册,上海古籍出版社,1987年,第773頁。

內容來看,是符合紀昀個人學術好惡的,而非有違清朝政治。"①"由四庫底本《馬端肅公奏議》可知,紀昀在纂修《四庫全書》具體書事時,亦憑其學術思想來進行纂修。"②

實際上,清代爲了進行有效的統治,從清初就實施了一系列的文化政策,如禁書等。特別是在乾隆時期《四庫全書》的修纂過程中,清代實施了大規模的查辦禁書運動。關於清代的禁書政策,丁原基在《清代康雍乾三朝禁書原因之研究》中指出,康熙、雍正、乾隆三朝的禁書政策既有相同之處,也有不同之處。關於康熙時期的禁書政策,丁原基指出主要表現在"禁毀載述明代史料之著作"等兩個方面,而"禁燬載述明代史料之著作"的基本原因在於:"清以异族統治中國,深恐明之遺民有反抗心理,故致力於禁絕明季史料,違之者,即得罪。其次,清以東胡蠻族,入主中原,雖欲自炫其文化,勢亦有所不能。深恐漢人之或議其後,故凡涉及'胡''狄'字樣,或襲用明代年號者,即疑其賤視清人。"③

關於乾隆時期的禁書政策,丁原基認爲主要表現在"禁燬涉及清代前期史事之著作"等七個方面,而"禁燬涉及清代前期史事之著作"的基本原因在於:"清人本女真支屬,居建州地,因名建州女真,明代設建州衛以羈縻之,後因其內部分裂,更置左右二衛,努兒哈赤即崛起於左衛。故知滿清先世本爲明之屬夷建州。康熙朝定讞之莊廷鑨明史獄與戴名世南山集案,株連甚廣,其取禍之端,亦不過鄙視建州,以清爲僞,非爲正朔耳。而明代諸書,每言遼東邊事,必謂爲'建州奴酋''建州夷'等,自爲清室所忌。"④

上文指出,國圖本和浙圖本同屬清刻本一脈,而清刻本刊刻於乾隆二十七年(1762)以前。乾隆三十七年,清廷啓動了《四庫全書》編纂工作。正是在清刻本流傳過程中,該書被當做《四庫全書》底本而被進一步刪改,最終形成了《四庫全書》本《端肅奏議》。

乾隆三十七年正月,乾隆皇帝頒佈諭旨《諭內閣著直省督撫學政購訪遺書》,諭令各地徵集遺書,《四庫全書》編修工作開始。⑤ 此後,各地督撫紛紛進呈所徵集的書籍。儘管《四庫全書》本卷前提要並未著錄其版本來源,但是《四庫全書總目·馬端肅奏議》却介紹了其版本來源是"浙江巡撫采進本"。⑥

據沈初《浙江采集遺書總録·癸集上》記載,浙江采集的書目中包括馬文升撰《馬端肅公奏議》:"《馬端肅公奏議》十四卷,刊本。右明吏部尚書鈞州馬文升撰。"⑦另據吳慰祖校訂《四庫采進書目》一書記載,浙江省第九次呈送的書目中有《馬端肅公奏議》十四卷:"浙江省

---

① 李國慶、運宜偉:《紀昀纂修〈四庫全書〉具體書事管窺——以〈廬山記〉與〈馬端肅公奏議〉爲例》,陳曉華主編:《四庫學》第七輯,2020年,第107頁。
② 李國慶、運宜偉:《紀昀纂修〈四庫全書〉具體書事管窺——以〈廬山記〉與〈馬端肅公奏議〉爲例》,陳曉華主編:《四庫學》第七輯,2020年,第110頁。
③ 丁原基:《清代康雍乾三朝禁書原因之研究》,臺灣華正書局,1983年,第36—37頁。
④ 丁原基:《清代康雍乾三朝禁書原因之研究》,臺灣華正書局,1983年,第185頁。
⑤ 中國第一歷史檔案館編:《纂修四庫全書檔案·諭內閣著直省督撫學政購訪遺書》,上海古籍出版社,1997年,第1頁。
⑥ (清)永瑢等:《四庫全書總目·馬端肅奏議》,中華書局,1965年,第498頁。
⑦ (清)沈初等撰,杜澤遜、何燦點校:《浙江采集遺書總録·癸集上》,上海古籍出版社,2010年,第645頁。

第九次呈送書目，計共一百五十六種。……《馬端肅公奏議》十四卷，明馬文升著。六本。"①查中國第一歷史檔案館編《纂修四庫全書檔案·浙江巡撫三寶奏續獲遺書繕單呈覽摺》，浙江省第九次呈送徵集書籍發生在乾隆三十八年十月十八日："乾隆三十八年十月十八日。……竊臣前將購獲存局書三千七百七十一種，業交委員起解，並又零星購獲書一百五十六種，開單恭奏在案。"②

由此可見，《馬端肅公奏議》是於乾隆三十八年十月十八日由浙江巡撫三寶進呈朝廷。從《四庫全書》本卷前提要來看，經歷了七年的編修工作後，《四庫全書》本於乾隆四十五年三月編修成書並上呈乾隆皇帝。③

在《四庫全書》的編修過程中，乾隆三十九年八月初五日，乾隆皇帝即下詔《寄諭各督撫查辦違礙書籍即行具奏》，要求各地督撫查辦違礙書籍。④不僅如此，在發還各地徵集書籍的過程中，乾隆皇帝多次下旨詢問違礙書籍的查辦情況。四庫館臣英廉等多次奏請因徵集各書內有詞義違礙情況，請求暫緩發還所徵集書籍，並對書籍進行覆檢："臣與總纂紀昀等公同商酌，以各書內有詞義違礙者，業經陸續查出，分次奏繳銷燬。但卷帙浩繁，恐其中或尚有應燬字句，應再行通加覆檢，然後發回，庶無疏漏。等因。於四十五年五月具摺奏明。奉旨：知道了。欽此。"⑤

正是在此背景下，《馬端肅公奏議》因包含馬文升處理東北地區女真族相關事宜等內容，也被奏繳抽燬。據雷夢辰《清代各省禁書彙考》一書考訂："乾隆四十六年二月初八日奏准。兩江總督薩載奏繳三十七種。……《馬端肅奏議》，明馬文升著。籌邊內。語多違礙。應請銷燬。"⑥不僅如此，馬文升另一部著作《馬端肅公三記》中的《撫安東夷記》，因與馬文升處理東北女真族事宜密切相關，也於乾隆四十五年被兩江總督薩載奏繳："乾隆四十五年正月初十日奏准。兩江總督薩載奏繳二十四種。……《撫安東夷記》，明馬文升著。"⑦

上文指出，天師大本和國圖本都選錄馬文升奏議 55 篇，未收錄 10 篇。未收錄的 10 篇奏議，都與馬文升處理東北地區女真等少數民族事宜有關。正因為如此，在《四庫全書》本的編修過程中，紀昀對所據底本在內容、格式等方面都提出了刪改意見。由此可見，紀昀對國圖本的刪改，與清代的民族政策和圖書政策密切相關。

關於紀昀刪改國圖本的時間，李國慶和運宜偉在前揭文中列舉了國圖本卷九《預防虜患

---

① 吳慰祖校訂：《四庫采進書目》，商務印書館，1960 年，第 132 頁。
② 中國第一歷史檔案館編：《纂修四庫全書檔案·浙江巡撫三寶奏續獲遺書繕單呈覽摺》，上海古籍出版社，1997 年，第 166 頁。
③ （明）馬文升：《端肅奏議》，《四庫全書》第 427 冊，第 706 頁。
④ 中國第一歷史檔案館編：《纂修四庫全書檔案·寄諭各督撫查辦違礙書籍即行具奏》，上海古籍出版社，1997 年，第 239—241 頁。
⑤ （清）英廉等編：《全毀抽毀書目·銷毀書目原奏》，《叢書集成初編》第 42 冊，中華書局，1985 年，第 1 頁。
⑥ 雷夢辰：《清代各省禁書彙考》，書目文獻出版社，1989 年，第 65、67 頁。
⑦ 雷夢辰：《清代各省禁書彙考》，書目文獻出版社，1989 年，第 63、64 頁。

以保重地方事》中的一處校籤内容："此當查遼金元史新改字樣,改之。"①據此,李國慶和運宜偉認爲,"《馬端肅公奏議》的一次用墨筆删改的大致時間,爲乾隆四十六年十月之後"。②

結合上文關於《四庫全書》本編修過程的論述,則紀昀寫在國圖本上的這一條墨筆校籤,可能是在乾隆四十六年覆校的過程中進行的再一次删改。

（二）《馬端肅公三記》及其版本

《馬端肅公三記》收録了《西征石城記》《撫安東夷記》《興復哈密記》三篇記文,分别記録了馬文升參與平定固原"滿四之亂"、撫按遼東及興復哈密的過程。在文獻流傳過程中,《馬端肅公三記》或被合編、或被分編收録於多種叢書,有多種版本流傳。康繼亞③、馬建民④等先後對《興復哈密記》和《馬端肅公三記》版本情况進行過考證。

1.《馬端肅公三記》的寫作背景和寫作時間

關於《馬端肅公三記》所收録《西征石城記》《撫安東夷記》《興復哈密記》三篇記文的寫作背景,不同版本《馬端肅公三記》記載的内容基本一致。關於三篇記文的寫作時間,僅有嘉靖二十九年至三十年(1550—1551)袁氏嘉趣堂刻《金聲玉振集》本《西征石城記》記載有明確的時間,其他版本《馬端肅公三記》所收録記文都没有相關記載。因此,關於《撫安東夷記》《興復哈密記》的寫作時間,我們只能通過記文中記載的相關時間來進行推斷。

《金聲玉振集》本《西征石城記》較爲詳細地記載了記文寫作目的和時間：

> 予年四十有四,濫膺巡撫重寄,於兵事螽午之際,得偕項公等同心戮力,凡營居野外者六十餘日,親犯矢石者二十餘戰,始克獲醜獻馘,殄平巨寇,迄今三十有六年,歷歷若前日事。偶因項公後人求論次其先烈,而并及其始末之詳如此,使觀者有以知兵禍起於細微,戰功係於謀畫,當思患於未萌,圖成於先事,是亦有志建功爲國者之一鑒也。豈直備史氏之略,著一時同事者之績而已乎！
> 弘治十六年歲在癸亥秋七月吉旦記。⑤

根據以上記載,我們可以知道《西征石城記》的寫作目的有兩個方面：第一,馬文升是應項忠後人請求,爲了追述項忠參與平定陝西固原"滿四之亂"的功業而寫作此記;第二,從宏觀層面來看,馬文升寫作的目的不僅僅是爲了"直備史氏之略,著一時同事者之績",而是爲了使

---

① 四庫底本,第531頁。
② 李國慶、運宜偉:《紀昀纂修〈四庫全書〉具體書事管窺——以〈廬山記〉與〈馬端肅公奏議〉爲例》,陳曉華主編:《四庫學》第七輯,2020年,第110頁。
③ 康繼亞、李小娟:《〈興復哈密記〉版本源流淺析》,《伊犁師範學院學報》(社會科學版),2019年第2期。
④ 馬建民:《明代馬文升〈馬端肅公三記〉版本考述》,《北方民族大學學報》,2020年第6期。
⑤ 《續修四庫全書》編纂委員會編:《續修四庫全書》第四百三十三册《馬端肅公三記》,上海古籍出版社,1996年,第246頁。

"有志建功爲國者之一鑑也"。同時,通過記文記載的時間,我們知道該文是馬文升於弘治十六年(1503)七月完成的回憶性文章,時馬文升已經七十八歲,距成化四年(1468)"滿四之亂"發生已經過去三十六年。

《撫安東夷記》也記載了記文的寫作緣由和時間:"成化癸卯,乃蒙恩改督察院左副都御史巡撫遼東,顧軍士雖喜而將臣甚疑懼,予率公以處之。迄今邊境宴然,而東人之心亦安矣。嗟乎!國計私忿不兩立也。予以區區爲國之心,雖一時艱危何恤?然而事久天定,不惟少裨於邊防國事,抑且不愧不怍,神明有不扶持者哉!然則爲人臣者亦可監矣。"①根據以上内容,我們可以知道《撫安東夷記》直接的寫作目的不明,而宏觀層面的寫作目的是"爲人臣者亦可監矣"。另外,儘管《撫安東夷記》記載的最晚時間是成化癸卯(十九年,1483),但這一時間並不是馬文升撫安遼東的時間。據《明史·馬文升傳》等文獻記載,馬文升撫安遼東發生在成化十四年至成化十五年。由於馬文升在遼東時與汪直有隙,受到汪直的構陷,被謫戍重慶衛,直到成化十九年復官並以左副都御史身份第三次巡撫遼東。② 因此,從記文中記載的"成化癸卯"和"迄今"等詞語可以推斷,《撫安東夷記》也是回憶性的文章,寫作時間最早可能在成化十九年。

《興復哈密記》也有關於記文寫作緣由和時間的記載:"弘治十三年,甘州巡撫都御史周季麟以往來有功者上聞,予論功上請,……噫!懾服黠獷之醜虜,興復久滅之番國,仰仗聖天子明聖,且經略者十有餘年而功始就,中間任事者亦豈一人哉!是何成事之不易邪!昔狄仁傑所論推亡固存之義,國家繼絶之美,識者是之,兹舉亦有所本也。因記興復歲月及我朝設置之由,俾後之人知其始末得有所考云。"③根據以上内容,我們可以知道《興復哈密記》直接的寫作目的不明,而宏觀層面的寫作目的是"因記興復歲月及我朝設置之由,俾後之人知其始末得有所考云"。另外,儘管《興復哈密記》記載的最晚時間是弘治十三年(1500),但這一時間並不是馬文升等人興復哈密的時間。據《明史·許進傳》等文獻記載,馬文升、許進興復哈密發生在弘治八年。④ 由此可知,《興復哈密記》也是回憶性的文章,寫作時間最早可能在弘治十三年。

從《馬端肅公三記》三篇記文的寫作目的來看,一方面,其直接的寫作目的是爲了追述事件參與者的功業;另一方面,則是要通過對相關事件的追述,使後人"爲國者鑑","爲人臣者監","俾後之人知其始末得有所考"。從三篇記文的寫作時間來看,《西征石城記》明確完成於弘治十六年,《撫安東夷記》最早可能完成於成化十九年,《興復哈密記》最早可能完成於弘治十三年。考慮到三篇記文所記載的事件各自獨立又前後相接,寫作目的基本一致,寫作時間接近,行文風格相似,且都是回憶性文章,我們推斷,《西征石城記》《撫安東夷記》和《興復

---

① 《續修四庫全書》編纂委員會編:《續修四庫全書》第四百三十三册《馬端肅公三記》,上海古籍出版社,1996年,第251頁。
② (清)張廷玉等:《明史》卷一百八十二《馬文升傳》,中華書局,1974年,第4839頁。
③ 《續修四庫全書》編纂委員會編:《續修四庫全書》第四百三十三册《馬端肅公三記》,上海古籍出版社,1996年,第256頁。
④ (清)張廷玉等:《明史》卷一百八十二《馬文升傳》,中華書局,1974年,第4924頁。

哈密記》有可能都是馬文升於弘治十六年完成的回憶性文章。正是因爲寫作時三篇記文是一個完整的整體,所以只在《西征石城記》中記載了寫作時間。

2.《馬端肅公三記》的刊刻過程

目前所見各種版本《馬端肅公三記》中,明確記載有《馬端肅公三記》刊刻時間且内容比較完整的版本是明沈節甫輯,萬曆四十五年(1617)陳於廷刊《紀録彙編》收録的《馬端肅公三記》三卷(以下簡稱"《紀録彙編》本")。

該版本《馬端肅公三記》收録的三篇記文按《西征石城記》《撫安東夷記》《興復哈密國王記》排次,三篇記文分列該叢書卷三十五至卷三十七。此外,卷三十五《西征石城記》正文之前有正德十五年(1520)陶琰、許讚、汪正撰《馬端肅公三記序》三篇,卷三十七《興復哈密記》正文之後有正德十五年任洛撰《書馬端肅公三記後》一篇,還附録有嘉靖九年(1530)許誥奏摺《太常寺卿管國子監祭酒事臣許誥謹奏爲進書事》一篇及嘉靖七年霍韜撰寫的《許襄毅公經略西番録引》一篇。該版本每篇記文題目之後注明作者"馬文升",每半葉十行,行二十字,版心上刻叢書名稱、卷次,中刻頁碼,下刻字數、刻工姓名。

通過對《紀録彙編》本内容的梳理,我們可以了解到《馬端肅公三記》的刊刻背景及其版本狀況。

關於《馬端肅公三記》的刊刻背景和過程,陶琰、許讚、汪正三人撰寫的《馬端肅公三記序》和任洛撰《書馬端肅公三記後》都有記載。陶琰在《馬端肅公三記序》一文中記載:"清戎山西侍御同郡任公,以公當代元老,勛德懋著,記不可泯。乃發廩稷山縣,委尹袁梧鋟諸梓,蓋簡之也,且求予爲之序。昔予在仕途三十餘年,蒙公之知最深,擢憲正、遷左右、轄巡撫河南皆公所薦引。予之知公,猶公之知予也,故序之。未盡及者存諸《記》。正德十五年歲次庚辰夏五月既望。賜進士出身、資善大夫、都察院右都御史、功升從一品俸、致仕河東七十二翁陶琰序。"

許讚在《馬端肅公三記序》一文中記載:"端肅有焉。三大事,公常自爲記。侍御任公於端肅爲同郡,嘗持是《記》於巡撫大都憲平谷張公,且曰:'端肅公《三記》,匪直記一時一事之顛末耳。顧夷情向背、邊方利害、戰守機宜,一目可悉。今强圉孔棘,或彷彿公之謀猷,處公而振作之,何所不可哉!'時都憲公以耆宿雅望,撫兹重鎮,屢平逆虜,方焦勞邊務。一見即曰:'凡有閫外之寄者,不可以不知此也。'侍御公因刻之,且命讚記其簡末如右。然則二公惓惓之意,非爲端肅公一人私,實爲天下國家至深遠慮也。是爲序。正德十五年歲庚辰四月望日。賜進士第、中憲大夫、山西等處提刑按察司副使、奉敕督理學政弘農許讚識。"

汪正在《馬端肅公三記序》一文中記載:"侍御任公,出公同鄉之晚,慕尚興起,取《三記》鋟之梓,以正曾辱公之知。紀梓行歲月,莫切於正,乃順承以卒其志。若大書特書,不一書於公者,有太史氏實録。光昭崧高之神,而人品之再重也夫。正德庚辰春三月庚子。朝議大夫、山西等處承宣布政使司右參議、奉敕督理糧儲、前監察御史麻城汪正謹序。"

另外,任洛在《書馬端肅公三記後》一文中,也提及了刊刻《馬端肅公三記》的原因:"卿哲《馬端肅公三記》舊本訛蠹,因梓焉。諸先生序詳矣。……正德庚辰五月夏至日。鈞陽任洛謹識。"

根據上文所引三篇《馬端肅公三記序》和《書馬端肅公三記後》的相關記載，我們可以確定，在正德十五年(1520)之前，《馬端肅公三記》已經刊刻並流傳於世，這是目前可知有確切證據的《馬端肅公三記》的第一個版本。但是，該版本是否是《馬端肅公三記》的最早版本？其具體內容是什麽？版本特徵是什麽？由於文獻没有明確的記載，尚無法確定。

正是由於之前的刻版訛矗，正德十五年，時任山西侍御史的任洛爲使同鄉馬文升勛業不致泯滅，在時任山西巡撫張禬的支持下，委托稷山縣尹袁梧鋟梓刊行《馬端肅公三記》。編輯完成後，任洛先後向時任山西等處承宣布政使司右參議的汪正，時任山西等處提刑按察司副使、學政的許讚和致仕督察院右都御史陶琰請序三篇，汪正、許讚和陶琰分别於正德十五年三月、四月、五月完成了序言寫作。正德十五年五月，任洛也撰寫《書馬端肅公三記後》一篇。以上工作全部完成後，在任洛的主持下，《馬端肅公三記》再次刊印。正德十五年任洛主持刊印的《馬端肅公三記》，是目前所知有確切證據的《馬端肅公三記》的第二個版本，也是第一個有明確刊刻時間的版本。但是，與正德十五年之前流傳的《馬端肅公三記》相比較，該版本《馬端肅公三記》的具體內容、編輯體例等是否發生了變化？由於文獻没有明確的記載，尚無法確定。

此外，《紀録彙編》本卷末附録的嘉靖七年(1528)霍韜《許襄毅公經略西番録引》和嘉靖九年許誥《太常寺卿管國子監祭酒事臣許誥謹奏爲進書事》奏摺，爲我們梳理《馬端肅公三記》在嘉靖年間的刊刻和流傳提供了綫索。從内容來看，霍韜《許襄毅公經略西番録引》是評價許進參與收復哈密功績的文章，完成於嘉靖七年九月八日。許誥的《太常寺卿管國子監祭酒事臣許誥謹奏爲進書事》奏摺，是嘉靖九年時任太常寺卿的許誥向朝廷進書的奏摺。奏摺記載，許誥父親許進曾以左僉都御史身份參與平定哈密，許進致仕後，編有《平番始末》一書。該書編成後，書稿由許誥保存。爲使人們了解前朝平定吐魯番用兵方略及用兵之盛，許誥向朝廷呈進此書。據嘉靖九年二月十一日諭旨，《平番始末》報送史館並被采録。

從霍韜的文章和許誥的奏摺來看，霍韜記述的是許進的功績，許誥進呈的書籍是其父許進所完成的《平番始末》一書。儘管馬文升和許進都曾參與了興復哈密事宜，但是，霍韜的文章和許誥的奏摺却絲毫没有提到馬文升及其《馬端肅公三記》。那麽，爲什麽兩篇文章却附録在馬文升的《馬端肅公三記》卷末呢？

這是因爲在《紀録彙編》的編輯過程中，編輯者誤將嘉靖七年霍韜的文章和嘉靖九年許誥的奏摺編入《馬端肅公三記》之後並刊刻。關於《紀録彙編》的編輯體例，據《四庫全書總目提要·紀録彙編》記載："是書采嘉靖以前諸家雜記，裒爲一集，凡一百一十九種。其中有關典故者多已別本自行。其餘如王世貞《明詩評》之類，則文士之餘談；祝允明志怪之類，又小説之末派；一概闌入，未免務博好奇，傷於冗雜。且諸書有全載者，有摘鈔者，甚或有一書而全録其半，摘鈔其半者，爲例亦復不純，卷帙雖富，不足取也。"[①]由此可知，《紀録彙編》收録

---

① （清）永瑢等：《四庫全書總目·子部·雜家類存目十一·紀録彙編》，中華書局，1965年，第1136頁。

了嘉靖以前一百一十九種書籍,在編輯過程中,這些書籍或全部收錄,或被選擇性輯錄。儘管內容比較豐富,但由於沒有統一的編輯體例而顯得比較混亂。從《紀錄彙編》的總目錄來看,該書收錄了《馬端肅公三記》和《平番始末》兩部文獻,且正好先後排列在該書卷三十五至卷三十八。其中《馬端肅公三記》在卷三十五至卷三十七,《平番始末》在卷三十八。

實際上,通過梳理不同版本《平番始末》的內容及編輯情況,就可以佐證筆者以上的推論。據《四庫全書總目提要·平番始末》記載:"初,弘治七年,土魯番阿黑麻攻陷哈密,執忠順王陝巴去。進爲甘肅巡撫,潛師襲復其城。致仕後因檢閱奏稿案牘,編爲此書。嘉靖九年,其子誥疏進於朝,詔付史館。其述用兵始末及西番情事頗詳。今《明史·土魯番》《哈密》諸傳,大略本之於此。"① 由此可知,《平番始末》於嘉靖九年由許誥進呈朝廷並收入史館,這和《紀錄彙編》本卷末附錄的許誥奏摺內容相符。另外,從《紀錄彙編》卷三十八《平番始末》的基本內容來看,《平番始末》卷首並沒有收錄許誥的奏摺和霍韜的文章,而卷末記載了該文寫作目的、寫作時間並附錄有胡世寧《書許襄毅公平番始末後》一文:"秋居對客,偶談及此,因記其興復始末。一以示人臣報國之義,當鞠躬盡瘁,死而後已。一以俾後之籌邊者知責任之重,成功之難如此云。弘治十六年歲在癸亥八月望日東崦道人靈寶許進書。"與《續修四庫全書》收錄的上海圖書館藏明嘉靖繼美堂刻本《平番始末》相比,後者卷首收錄有霍韜《許襄毅公經略西番錄引》一文及許誥《太常寺卿管國子監祭酒事臣許誥謹奏爲進書事》奏摺,卷末也附錄了胡世寧《書許襄毅公平番始末後》一文。

因此,正是由於《紀錄彙編》編輯混亂,將《平番始末》卷首附錄的許誥《太常寺卿管國子監祭酒事臣許誥謹奏爲進書事》奏摺和霍韜《許襄毅公經略西番錄引》一文錯誤地編到了《馬端肅公三記》之後並刊印,致使《馬端肅公三記》內容發生了變化。儘管如此,通過《紀錄彙編》本的內容,我們反而可以確定,至嘉靖時期,正德十五年任洛主持刊刻的《馬端肅公三記》仍然在流傳,《紀錄彙編》本正好是在正德十五年任洛主持刊刻的《馬端肅公三記》的基礎上編輯成書的。

3. 明代《馬端肅公三記》的主要版本

除上文所指出的正德十五年以前版本、正德十五年任洛主持刊刻的版本及《紀錄彙編》本外,《馬端肅公三記》在明代還有其他不同的版本。

(1)《金聲玉振集》本《馬端肅公三記》

《金聲玉振集》是明袁褧於嘉靖二十九年至三十年(1550—1551)編輯的叢書,由袁氏嘉趣堂刊刻。《金聲玉振集》在編輯過程中,將收錄的五十五種著作分爲皇覽、征討、紀亂、組繡、紀變、考文、叢聚、水衡、邊防、撰述等十類進行編排。其中,《馬端肅公三記》被編排在"邊防"類中。由於"原書沒有刻印的序文和總目",② 因此,我們無法得知《金聲玉振集》具體的刊刻情況及所收錄相關文獻的版本來源情況。與《紀錄彙編》本相比較,該本有較多不同之

---

① (清)永瑢等:《四庫全書總目·史部·雜史類存目二·平番始末》,中華書局,1965年,第479頁。
② (明)袁褧:《金聲玉振集·簡介》,中國書店,1959年。

處:如,該本記文之前没有序言,之後也没有後記;該本所收録三篇記文題目及次序爲《西征石城記》《撫安東夷記》《興復哈密記》;該本每篇記文題目之後注明作者籍貫及姓名"鈞陽馬文升";該本每半葉十行,行十八字,版心有記文標題簡稱及頁碼。其中,《撫安東夷記》版心題《東夷記》,《興復哈密記》版心題《哈密國王記》。另外,上文論述中曾指出,該版本所收《西征石城記》是唯一記載該記文寫於弘治十六年的版本。

(2)《廣四十家小説》本《西征石城記》《興復哈密國王記》

《廣四十家小説》由顧元慶(1487—1565)編輯,顧元慶主要生活在明嘉靖時期。該書有清宣統三年(1911)上海國學扶輪社鉛印本、民國四年(1915)上海文明書局石印本,筆者所見爲民國四年本。《廣四十家小説·卯集》收録有《西征石城記》《興復哈密國王記》,且兩篇記文分列,中間編排有《中朝故事》等五部文獻。該本每半葉十四行,行三十二字。在編輯過程中,兩篇記文也有不同特徵。其中,《西征石城記》題目下注明作者"馬文升",而《興復哈密國王記》注明作者"少傅兼太子太傅兵部尚書鈞陽馬文升撰"。這是最早的未收録《撫安東夷記》的明代叢書,關於未收録《撫安東夷記》的原因,該書並無記載。

(3)《歷代小史》本《西征石城記》《興復哈密記》

明李栻輯《歷代小史》收録"歷代野史、小史"一百零六種,共計一百零六卷。① 關於此書的刊刻時間,陳文燭《刻〈歷代小史〉序》一文也没有相關記載。清代法式善在《陶廬雜録》一書中指出,《歷代小史》刊刻於萬曆十一年(1583)。② 與《紀録彙編》本、《金聲玉振集》本相比,《歷代小史》本有較多不同之處。如,該本卷八十八、卷九十九僅收録《西征石城記》《興復哈密記》兩篇記文,而没有收録《撫安東夷記》;該本亦未注明兩篇記文的作者,致使法式善在《陶廬雜録》一書中也認爲該文作者是無名氏;③該版本半葉十一行,行二十五字,版心注明卷次和頁碼。

(4)《今獻彙言》本《馬端肅公三記》

《今獻彙言》是明高鳴鳳輯,萬曆年間刊刻的叢書。關於該書的編輯情況,《四庫全書總目提要·今獻彙言》記載:"明高鳴鳳編。案:《明史·藝文志》,高鳴鳳《今獻彙言》二十八卷,此本止八卷。據其目録所列,凡爲書二十五種,乃首尾完具,不似有闕。蓋其版已散佚不全,坊賈掇拾殘剩,刻八卷之目冠於卷首,詭爲完書也。"④儘管該書已經散佚不全,但殘存的八卷中,正好收録有《馬端肅公三記》。該書收録的《馬端肅公三記》三篇記文按照《撫安東夷記》《西征石城記》《興復哈密記》順序編排。整體來看,該本刊刻比較粗糙,三篇記文除版心統一注明記文題目、頁碼和刻工外,其他體例均不統一。《撫安東夷記》記文題目之後注明作者籍貫、姓名和著作方式"鈞陽馬文升著",每半葉十行,行二十字;《西征石城記》記文題目之

---

① (明)李栻輯:《歷代小史·影印説明》,江蘇廣陵古籍刻印社,1989年。
② (清)法式善撰,涂雨公點校:《陶廬雜録·卷四·歷代小史》,中華書局,1959年,第121頁。
③ (清)法式善撰,涂雨公點校:《陶廬雜録·卷四·歷代小史》,中華書局,1959年,第122頁。
④ (清)永瑢等:《四庫全書總目·子部·雜家類存目十一·今獻匯言》,中華書局,1965年,第1136頁。

後的作者籍貫、姓名和著作方式被剜去,每半葉十行,行二十二字;《興復哈密記》記文題目之後的作者籍貫、姓名和著作方式則作"鈞陽馬文升言",每半葉十行,行二十二字。

(5)《國朝典故》本《馬端肅公三記》

《國朝典故》是由明鄧士龍輯,萬曆年間刊刻的叢書,收書六十四種,共一百一十卷。1993年,該叢書由許大齡、王天有點校出版。《國朝典故》將《西征石城記》《撫安東夷記》《興復哈密國王記》三篇記文分為《馬端肅公三記(上、中、下)》三卷,分列該書卷九十六至卷九十八。據點校本前言,其所據底本北京大學圖書館藏明鄧士龍刊本為每半葉十行,行二十字。

從上文所列明代《馬端肅公三記》的主要版本可以看出,自正德十五年任洛組織刊印後,該書便開始流傳,並被各種叢書收錄。在各種叢書的編輯過程中,由於編輯體例不一,《馬端肅公三記》或被全部收錄,或被選擇性收錄。此外,除基本內容中的部分字詞不同外,甚至三篇記文的題目和作者也都發生了變化。需要說明的是,關於明代相關叢書選擇性收錄《馬端肅公三記》的原因,尚無法確定。

4. 清代《馬端肅公三記》版本

清初,《馬端肅公三記》相關記文也被不同書籍所收錄。如,明陶珽《說郛(重編本)》所附《說郛續》卷十一就收錄有《撫安東夷記》和《哈密國王記》。[①] 據學者研究,《說郛(重編本)》有宛委山堂刻本,"書前有順治三年(1646)李際期序、順治四年王應昌序,世稱清順治刻本"。[②]《說郛續》卷十一收錄的《撫安東夷記》和《哈密國王記》,最明顯的特徵就是在記文題目之後注明作者所生活的時代"明馬文升"。另外,該書每半葉九行,行二十字。版心上方刻記文名稱,下方刻頁碼。

至乾隆時期,在編修《四庫全書》的過程中,《馬端肅公三記》被浙江巡撫三寶等徵集並進呈朝廷。後來,隨著政策的變化,乾隆皇帝多次要求地方督撫收繳違礙書籍。由於《馬端肅公三記》中《撫安東夷記》一文涉及明代處理遼東女真事宜,致使《馬端肅公三記》被禁毀。

乾隆三十七年(1772)正月初四日,乾隆皇帝頒布諭旨《諭內閣著直省督撫學政購訪遺書》,諭令各地徵集遺書,《四庫全書》編修工作開始。[③] 此後,各地督撫紛紛進呈所徵集書籍。乾隆三十八年四月二十八日,浙江巡撫三寶奏呈從范懋柱家徵集書籍六百零二種:"臣查范氏收藏書籍,據開不下數千種,第歷年久遠,不無殘缺,更有與臣前奏單內各書重複者頗多,除檢去外,現實有書六百零二種。"[④]據吳慰祖《四庫采進書目》一書記載,三寶此次進呈的書籍中正好有《馬端肅公三記》:"浙江省第五次范懋柱家呈送書目,計共六百零二

---

① (明)陶宗儀等編:《說郛三種·說郛續》,上海古籍出版社,1988年,第510—518頁。
② 《中國古代小說百科全書》編輯委員會:《中國古代小說百科全書》,中國大百科全書出版社,1993年,第484頁。
③ 中國第一歷史檔案館編:《纂修四庫全書檔案·諭內閣著直省督撫學政購訪遺書》,上海古籍出版社,1997年,第1頁。
④ 中國第一歷史檔案館編:《纂修四庫全書檔案·浙江巡撫三寶奏呈續獲天一閣等家遺書目錄並〈永樂大典·考工記〉六本摺》,上海古籍出版社,1997年,第105頁。

種。……《馬端肅公三記》三卷,明馬文升著。"①

至乾隆三十九年八月初五日,乾隆皇帝諭令各地督撫,要求各地督撫在徵集遺書時注意收繳違礙書籍。據乾隆皇帝《寄諭各督撫查辦違礙書籍即行具奏》諭旨記載:"該督撫等接奉前旨,自應將可備采擇之書,開單送館。其或字義觸礙者,亦當分別查出奏明,或封固進呈,請旨銷燬,或在外焚棄,將書名奏明,方爲實力辦理。乃各省進到書籍,不下萬餘種,並不見奏及稍有忌諱之書。豈有裒集如許遺書,竟無一違礙字迹之理?況明季末造野史者甚多,其間毀譽任意,傳聞異詞,必有詆觸本朝之語,正當及此一番查辦,盡行銷燬,杜遏邪言,以正人心而厚風俗,斷不宜置之不辦。……至各省已經進到之書,現交四庫全書處檢查,如有關礙者,即行撤出銷燬。"②由此可見,乾隆皇帝要求查辦的違礙書籍主要是明末所編纂的各種"野史"。實際上,正是因爲明末編纂及清初流傳的這些書籍涉及明政府和女真之間的貿易往來、戰爭等,因此被清統治者認爲是"野史"。

據《清代各省禁書彙考》考證,乾隆四十五年正月初十日,兩江總督薩載奏繳圖書二十四種,其中就包括《撫安東夷記》:"乾隆四十五年正月初十日奏准。兩江總督薩載奏繳二十四種。……《撫安東夷記》,明馬文升著。"③

關於《撫安東夷記》被禁燬的原因,儘管文獻没有明確記載,但是,我們從相關文獻記載的兩江總督薩載奏繳馬文升《馬端肅奏議》的原因中就可以找到答案:"乾隆四十六年二月初八日奏准。兩江總督薩載奏繳三十七種。……《馬端肅奏議》,馬文升著。籌邊内。語多違礙。應請銷燬。"④

儘管兩江總督薩載於乾隆四十五年奏呈將《撫安東夷記》銷燬,《四庫全書》中也没有收錄《馬端肅公三記》。但是,乾隆三十七年七月開始編寫,乾隆五十四年最終完成並由武英殿刻版的《四庫全書總目》卷五十三《史部九·雜史類存目二》却收錄了《〈馬端肅三記〉提要》:"《馬端肅三記》三卷,户部尚書王際華家藏本。明馬文升撰。文升,字負圖,鈞州人。景泰辛未進士,官至兵部尚書,加少師太子太師。端肅其謚也。事迹具《明史》本傳。此三篇皆所自述,一曰《西征石城記》,紀成化初爲陝西巡撫,與項忠平'滿四之亂'事;一曰《撫安遼東記》,紀成化十四年遼東巡撫陳鉞冒功激變,而文升奉命撫定之事;一曰《興復哈密記》,紀弘治初土魯番襲執哈密忠順王,而文升持議用兵,遣許進等討平之事。三記本在文升所著集中,此其析出别行之本也。案:此三記皆文升所自述,宜入傳記類中。然三事皆明代大征伐,文升特董其役耳。實朝廷之事,非文升一人之事也。故仍隸之雜史類焉。"⑤

從上文所引資料可以得知,《四庫全書》編修過程中所依據的《馬端肅公三記》版本是"户

---

① 吳慰祖校訂:《四庫采進書目》,商務印書館,1960年,第109頁。
② 中國第一歷史檔案館編:《纂修四庫全書檔案·寄諭各督撫查辦違礙書籍即行具奏》,上海古籍出版社,1997年,第239—240頁。
③ 雷夢辰:《清代各省禁書彙考》,書目文獻出版社,1989年,第63、64頁。
④ 雷夢辰:《清代各省禁書彙考》,書目文獻出版社,1989年,第65、67頁。
⑤ (清)永瑢等:《四庫全書總目·史部·雜史類存目二·馬端肅三記》,中華書局,1965年,第477頁。

部尚書王際華家藏本",但是《四庫全書總目》著録時將《馬端肅公三記》名稱改爲《馬端肅三記》。正是由於《馬端肅三記》涉及到了明代政府對陝西、哈密、遼東等地區重大事務的處理,因此《四庫全書》將《馬端肅三記》列入"雜史類",而非"傳記類"。由於乾隆皇帝關於收繳違礙書籍的諭旨是在《四庫全書》編修的過程中頒布的,從《四庫全書總目》保留的《〈馬端肅三記〉提要》來看,可能是《四庫全書》中的《馬端肅三記》編修完成後又被抽毁。但是,《四庫全書總目》却保留了《〈馬端肅三記〉提要》,這爲我們梳理《馬端肅公三記》在乾隆時期的流傳提供了綫索。

5.《馬端肅公三記》影印整理情况

民國時期,就有王雲五等許多學者對歷代文獻進行刊印整理。本文論述中所涉及的《馬端肅公三記》各種版本,最早就是由民國學者刊印的。20 世紀 80 年代以後,學術界對歷代文獻的影印、整理成果越來越多,品質也越來越高,這其中也包括對馬文升著述的影印、整理和專題研究。

1990 年《中國西北文獻叢書》第三輯《西北史地文獻》第二十五卷、[①]1991 年《叢書集成初編》第 3993 册、[②]1996 年《續修四庫全書》第四百三十三册、[③]2008 年《回族典藏全書》第五十九册[④]等叢書影印了《金聲玉振集》本《馬端肅公三記》;2001 年,《四庫全書存目叢書補編》第七十六册收録了《紀録彙編》本《馬端肅公三記》,同時,該書還收録了《四庫全書總目·〈馬端肅三記〉提要》。[⑤]

1993 年,許大齡、王天有主持點校的《國朝典故》出版,該書以北京大學圖書館藏明鄧士龍刊本爲底本,以明朱當㴐刻本《國朝典故》和《紀録彙編》本爲校本,對《馬端肅公三記》進行了點校整理;2006 年,薄音湖、王雄編輯點校的《明代蒙古漢籍史料彙編》第一輯對《紀録彙編》本《西征石城記》《撫安東夷記》進行了點校。[⑥]

2007 年,崔存嶺在《馬文升的西北邊防文獻整理和研究》一文中對《紀録彙編》本《馬端肅公三記》進行了整理,並與《金聲玉振集》本、《今獻彙言》本、《歷代小史》本等版本進行了校勘。[⑦]

(三)《馬端肅公詩集》考述

白壽彝主編的《回族人物志(明代)》是最早對《馬端肅公詩集》進行介紹的成果,該書認

---

① 中國西北文獻叢書編輯委員會編:《中國西北文獻叢書》第三輯《西北史地文獻》第二十五卷,蘭州古籍書店,1990 年。
② (明)馬文升:《西征石城記》,《叢書集成初編》第 3993 册,中華書局,1991 年。
③ 《續修四庫全書》編纂委員會編:《續修四庫全書》第四百三十三册《西征石城記》,上海古籍出版社,1996 年。
④ 吴海鷹主編:《回族典藏全書》第五十九册,甘肅文化出版社、寧夏人民出版社,2008 年。
⑤ 《四庫全書存目叢書補編》編纂委員會編纂:《四庫全書存目叢書補編》第七十六册,齊魯書社,2001 年。
⑥ 薄音湖、王雄編輯點校:《明代蒙古漢籍史料彙編》第一輯,内蒙古大學出版社,1993 年。
⑦ 崔存嶺:《馬文升的西北邊防文獻整理和研究》,江西師範大學碩士論文,2007 年,第 43—45 頁。

爲"《約齋集》已佚"。① 同時,該書還介紹了明人李維楨、羅文肅爲《馬端肅公詩集》撰寫序文的情況:"明代李維楨、羅文肅都曾爲他的詩做過序。明末清初人錢謙益輯《列朝詩集小傳》時,亦曾爲文升作傳。可見錢謙益時代,文升的詩集還流傳在世。"②且該書附卷之五《馬文升·文四篇》收錄了李維楨爲《馬端肅公詩集》所撰寫的《馬端肅公詩序》。③ 2007年,朱昌平、吳建偉主編的《中國回族文學史》出版,該書列專節對馬文升詩歌的內容和特徵進行了論述。④ 2008年,吳海鷹主編的《回族典藏全書》出版,該叢書第一百五十六册將南京圖書館藏明刻本《馬端肅公詩集》影印出版。⑤ 同年,李偉、吳建偉主編的《回族文獻叢刊》出版,該叢書第五册收錄了武宇林整理的《馬端肅公詩集》。⑥ 2018年,胡玉冰主編的《朔方文庫》第四十五册收錄了明嘉靖二十六年(1547)刻本《馬端肅公詩集》的影印本。⑦ 2018年,馬紅軍編注的《馬文升詩二百首》出版,該書對《馬端肅公詩集》所收錄詩歌順序進行了重新編排和整理,並加以注釋。⑧《馬端肅公詩集》刊布後,馬建民⑨、楊學娟⑩、梁祖萍⑪、焦寶⑫、吳楠⑬等先後對《馬端肅公詩集》的刊刻、流傳過程及詩歌內容等進行了研究。

1.《馬端肅公詩集》的內容及編輯特徵

據《回族典藏全書總目提要》介紹,《馬端肅公詩集》是"明木刻本,爲綫裝,楷體,墨書。頁面28.7 cm×21 cm,版框23.3 cm×15.9 cm,四周雙欄,半頁9行,每行20字。黑口,雙魚尾,版口有書題及頁碼。卷首有手寫行楷,注明刊本、收藏者,并有作者簡介;序及正文首頁有篆刻印章,部分字跡難辨"。⑭

從《馬端肅公詩集》目錄來看,《馬端肅公詩集》共收詩詞340首,包括七言律詩264首,七言絕句30首,六言絕句1首,五言律詩29首,五言絕句2首,七言古風3篇,五言古風10篇,詞1闋。但是,從《回族典藏全書》和《朔方文庫》所影印《馬端肅公詩集》來看,《馬端肅公詩集》共107葉,其中《太師馬端肅公詩集序》5葉,目錄1葉,正文98葉,《馬端肅公詩集跋》3

---

① 白壽彝主編:《回族人物志(明代)》,寧夏人民出版社,1988年,第64頁。
② 白壽彝主編:《回族人物志(明代)》,寧夏人民出版社,1988年,第64頁。
③ 白壽彝主編:《回族人物志(明代)》,寧夏人民出版社,1988年,第329—330頁。
④ 朱昌平、吳建偉主編:《中國回族文學史》,寧夏人民出版社,2007年,第183—190頁。
⑤ 吳海鷹主編:《回族典藏全書》第一百五十六册《馬端肅公詩集》,甘肅文化出版社、寧夏人民出版社,2008年。
⑥ (明)馬文升撰,武宇林整理:《馬端肅公詩集》,李偉、吳建偉主編:《回族文獻叢刊》第五册,上海古籍出版社,2008年。
⑦ 胡玉冰主編:《朔方文庫》第四十五册《馬端肅公詩集》,國家圖書館出版社,2018年。
⑧ 馬紅軍編注:《馬文升詩二百首》,中州古籍出版社,2018年。
⑨ 馬建民:《〈馬端肅公詩集〉刊刻、流傳及價值初考》,《西北第二民族學院學報》(哲學社會科學版),2008年第6期。
⑩ 楊學娟、馬東清:《半生事業空成夢,萬里關山總是愁——試論〈馬端肅公詩集〉的思想內容》,《中共銀川市委黨校學報》,2012年第6期。
⑪ 梁祖萍、黃彥斑:《馬文升的仕宦生涯與詩歌創作》,《回族研究》,2016年第1期。
⑫ 焦寶:《明人馬文升鎮撫遼東詩作略論》,《現代交際》,2016年第24期。
⑬ 吳楠:《悲而不泣,沉鬱典雅的悲秋詩——馬文升獨特的悲秋情結》,馬紅軍編注:《馬文升詩二百首》,中州古籍出版社,2018年,第252—269頁。
⑭ 吳建偉、張進海主編:《回族典藏全書總目提要》,寧夏人民出版社,2010年,第157頁。

葉。遺憾的是，以上兩套叢書影印的《馬端肅公詩集》原缺内容較多，其中，第三十二葉和第六十九葉各缺少半葉，第三十三葉至第六十八葉共三十六葉全部缺失。另外，以上兩套叢書影印的《馬端肅公詩集》中也可見有書葉錯裝的情況，即第八十一、八十二兩葉錯裝。這表明在《馬端肅公詩集》的流傳過程中，不僅缺失部分内容，既有書葉也發生錯裝，導致頁碼錯亂。

《馬端肅公詩集》由陝西按察司按察使徐衍祚編輯，四川布政司右參議安九域和通政司觀政進士王述古校正，刑部觀政進士馬慤繡梓。徐衍祚，禹州人，嘉靖二十六年（1547）進士，曾經撰寫《朱載堉墓誌銘》，國家圖書館藏有拓片。另外，《錢鏡塘藏明代名人尺牘》收録有徐衍祚致友人書。① 安九域，禹州人，隆慶五年（1571）進士，萬曆年間曾任福建巡按御史，《明史》載其曾向朝廷舉薦鍾化民。② 王述古（1564—1617），字信甫，號鍾嵩，禹州人。萬曆十七年（1589）進士，官至陽和兵備。王述古在詩歌方面有很大成就，有《易筌》《曆筌》《律筌》《詩筌》等作品傳世，《明史》載其曾力救郭正域。③《馬端肅公詩集》序言和目録所載詩集的繡梓者馬慤是馬文升五世玄孫。由此可以看出，《馬端肅公詩集》的編輯、校正、繡梓者全部爲禹州人。

《太師馬端肅公詩集序》是馬慤的好友毛在所撰。毛在，字君明，太倉人。萬曆二年進士，授建昌府推官，不久擢雲南道監察御史，出按貴州、山東，曾任巡按河南監察御史，後升大理寺右丞。《明史》載其曾與禮部主事于孔兼構隙。④ 毛在是弘治六年（1493）狀元毛澄的從曾孫，《明史》有《毛澄傳》。⑤ 毛在曾增補耿定向撰《先進遺風》二卷。⑥《太師馬端肅公詩集序》介紹了作序的緣由和詩集的内容。

《馬端肅公詩集跋》爲何淳之所撰。何淳之，字仲雅，號太吴，江寧人。萬曆十四年進士，工詩文書畫，著有《足園稿》，官至御史，卒於福建巡按任所，頗有政聲。輯有《荒政彙編》。⑦

從《回族典藏全書》和《朔方文庫》所影印《馬端肅公詩集》内容及南京圖書館著録信息來看，清代藏書家丁丙曾經爲《馬端肅公詩集》作跋，該跋文爲手寫行楷，在《太師馬端肅公詩集序》之前，簡單介紹了詩集的作者、編輯人員及詩集流傳、收藏信息。現將丁丙跋文轉録如下：

> 《馬端肅公約齋詩集》一卷，明萬曆刊本，文瑞樓吳潢川藏書。明左柱國太師吏部尚書鈞陽馬文升著，陝西按察使後學徐衍祚編輯，四川布政右參議後學安九域校，通政司觀政進士後學王述古同較，刑部觀政進士五世元孫馬慤繡梓。

---

① 錢鏡塘：《錢鏡塘藏明代名人尺牘》第三册《徐衍祚致某人函》，上海古籍出版社，2002年，第92—93頁。
② （清）張廷玉等：《明史》卷二百二十七《鍾化民傳》，中華書局，1974年，第5971頁。
③ （清）張廷玉等：《明史》卷二百二十六《郭正域傳》，中華書局，1974年，第5948頁。
④ （清）張廷玉等：《明史》卷二百三十《饒伸傳》，中華書局，1974年，第6014頁。
⑤ （清）張廷玉等：《明史》卷一百九十一《毛澄傳》，中華書局，1974年，第5054頁。
⑥ （明）耿定向輯著，（明）毛在增補：《先進遺風》，《叢書集成初編》第2806册，商務印書館，1936年。
⑦ （明）何淳之：《荒政彙編》，李文海、夏明方主編：《中國荒政全書》第一輯，北京古籍出版社，2002年。

文升字負圖，鈞州人。景泰辛未進士，弘治十四年拜吏部尚書，加少師、太子太師，諡端肅，《明史》有傳。公之勳勞，首在西征石城、撫安東夷、興復哈密國。立朝五十餘年，值事變，臨利害，屹然如山，不可搖奪。爲太監汪直、王瑞所誣冤，具得白。正德中，告歸，屏居三峰山董村之別墅，更號三峰居士，扁其堂曰"樂農集焉"。

萬曆庚寅，元孫慭梓傳，吳郡毛在爲序，何淳之爲跋。凡詩詞三百四十首，攬山川夷險之形勝，酬薦紳交游之贈答，懷君父生成之大德，懷感古今興替之異宜。莫不發於篇什矣！

撫古今，《端肅奏議》著録於《四庫》，《三紀》附刊於存目。而詩編□時失進，其罕見可知。傳本有文瑞樓、金星軺藏書記、結社溪山、此中有真意、文瑞樓主人、潢川吴氏收藏圖書、文弨借觀諸印。

從丁丙的跋文來看，《馬端肅公詩集》並沒有收入《四庫全書》之中，因此非常珍貴。

2. 《馬端肅公詩集》的收藏及流傳

從丁丙的跋文、《太師馬端肅公詩集序》、詩集正文及《馬端肅公詩集跋》等處的藏書印，我們可以了解到《馬端肅公詩集》的收藏及流傳情况。

《太師馬端肅公詩集序》序文處鈐有"錢唐丁氏正修堂藏書""文瑞樓""金星軺藏書記""江蘇省圖書館善本書之印記""潢川吴氏收藏圖書"五枚藏書印。正文鈐有"結社溪山""文瑞樓主人""此中有真意""江蘇省圖書館善本書之印記"四枚藏書印。卷尾鈐有"文弨借觀"和"江蘇省圖書館善本書之印記"兩枚藏書印。《馬端肅公詩集跋》跋文末尾鈐有"江蘇省圖書館善本書之印記"藏書印。從藏書印的擁有者來看，"文瑞樓""金星軺藏書記""結社溪山""文瑞樓主人""此中有真意"是清代著名藏書家金檀的藏書印，"潢川吴氏收藏圖書"是清代著名藏書家吴銓的藏書印，"文弨借觀"是清代著名藏書家盧文弨的藏書印，"錢唐丁氏正修堂藏書"是清後期著名藏書家丁丙的藏書印，考"正修堂"是丁丙及其兄丁申居住之處。"江蘇省圖書館善本書之印記"則是今南京圖書館的前身江蘇省圖書館的印章。

根據《馬端肅公詩集》中所鈐的藏書印，再參考後世如《文獻家通考(清—現代)》和《藏書紀事詩(附補正)》等相關著作，我們可以初步判斷詩集《馬端肅公詩集》收藏的先後順序。

金檀(1765—約1826)，字星軺，先世爲安徽休寧望族，後徙居桐鄉。康熙四十八年(1709)遷太倉，晚年又遷居蘇州。"經史圖籍靡不遍覽，好聚書，遇善本雖重價不吝，或假歸手鈔。積數十年，收藏之富，甲於一邑。所著有《文瑞樓集》《消暑偶録》。"還編有《文瑞樓書目》十二卷。[1] 金檀有藏書處曰文瑞樓。"藏印有：……'金星軺藏書記'朱小方、'文瑞樓'、'結社溪山'、'文瑞樓主人'朱方、……'此中有真意'……。……其書當散於雍正間，故宋賓王頗有所得。其孫可堔仍守其殘餘。"[2] 金檀以後，金氏家族也有很多著名的藏書家。金檀

---

[1] 葉昌熾：《藏書紀事詩(附補正)》，上海古籍出版社，1999年，第462頁。
[2] 鄭偉章：《文獻家通考(清—現代)》，中華書局，1999年，第259頁。

姪金弘勛，字元功，藏書處爲南樓，藏印有"金元功藏書記"等。① 金檀孫金可埰（？—約1798），字心山，一字甸華。金心山繼承了文瑞樓的大部分藏書，其藏書處爲滄蠹閣、壹是堂，藏印有"埰"朱圓、"心山"朱方等。② 金檀姪孫金德輿（1750—1800），字鶴年，號雲莊，又號鄂嚴。金德輿曾收藏金檀《文瑞樓書目》並予訂正。其所居曰桐華館，又有華及堂。③ 金檀曾孫金錫鬯（1767—1838），即金德輿姪，有藏書處曰晴韻館。④ 但從《馬端肅公詩集》内的藏書印來看，該書並没有被金氏家族其他人收藏。

　　金檀之後的收藏者當爲吴銓。吴銓，生卒年不詳，字容齋，號璜川。生於安徽歙縣璜源，後多次遷居他處。吴銓是吴用儀、吴成佐之父，吴英之祖父，吴志忠之曾祖父。"雍正時爲江西吉安太守。歸田後於濆川築遂初園，因懷舊之思題其讀書處曰璜川書屋。……有藏印曰'璜川吴氏收藏圖書'朱方、'璜川吴氏探梅山房'、'璜川吴氏'等。"⑤吴氏四代都是著名的藏書家，吴銓子吴用儀、吴成佐都喜藏書。吴銓殁後，璜川書屋藏書有所散佚，吴用儀復購書數萬卷收藏，其中多宋元善本。吴用儀長子吴泰來有藏書處曰"硯山堂""淨名軒"。吴用儀次子吴元潤有藏書處曰"香雨齋"。吴成佐有藏書處曰"樂意軒"。吴成佐子吴英有藏書處曰"竹石軒"。吴氏第四代中最爲著名的是吴志忠，長於目録校讎之學，與同郡黄丕烈、顧廣圻交往甚厚。吴志忠刻有《經學叢書》，並撰有《璜川吴氏經學叢書緣起》等。吴氏藏書歷經四代收藏，直至清後期才全部散出。⑥ 從《馬端肅公詩集》内的藏書印來看，該書也没有被吴氏家族其他人收藏。

　　繼金檀和吴銓之後，《馬端肅公詩集》的收藏者當爲著名的藏書家盧文弨。盧文弨（1717—1795），字紹弓，一作召弓，號磯漁，又號檠齋，晚更號弓父，人稱抱經先生，浙江餘姚人。乾隆十七年（1752）進士，歷官翰林院編修、侍讀學士、左春坊左中允、湖南學政，有《報經堂文集》三十四卷、《鍾山劄記》四卷、《龍城劄記》三卷、《讀史劄記》一卷等。其藏書校書處爲"抱經堂"，藏印有"盧文弨"朱方、"文弨借閲""文弨借觀"等。盧文弨殁後，其藏書多歸劉承幹"嘉業堂"。⑦

　　繼金檀、吴銓、盧文弨之後，《馬端肅公詩集》輾轉被丁丙收藏。丁丙（1832—1899），字嘉魚，别字松生，晚號松存，浙江錢塘人。自幼好學，愛好收集地方文獻。太平天國時期，杭州文瀾閣藏《四庫全書》在戰亂中散失，他與兄丁申不避艱險，四方搜尋和收購，得書近萬册。光緒六年（1880），浙江巡撫譚鍾麟重建文瀾閣，次年落成，丁丙將所得書送入其中珍藏，後又多方搜集和補抄。光緒十四年後，丁丙繼承了祖父丁國典的"八千卷樓"藏書樓，並將自己新購藏古書

---

① 鄭偉章：《文獻家通考（清—現代）》，中華書局，1999年，第360頁。
② 鄭偉章：《文獻家通考（清—現代）》，中華書局，1999年，第433頁。
③ 鄭偉章：《文獻家通考（清—現代）》，中華書局，1999年，第467頁。
④ 鄭偉章：《文獻家通考（清—現代）》，中華書局，1999年，第618頁。
⑤ 鄭偉章：《文獻家通考（清—現代）》，中華書局，1999年，第303頁。
⑥ 葉昌熾：《藏書紀事詩（附補正）》，上海古籍出版社，1999年，第451頁。
⑦ 鄭偉章：《文獻家通考（清—現代）》，中華書局，1999年，第276—279頁。

的藏書樓命名爲"後八千卷樓""小八千卷樓",總藏書室名"嘉惠堂",藏書近二十萬卷,其中善本珍藏2000餘種,被列爲晚清四大藏書樓之一。其藏書印有"錢唐丁氏正修堂藏書""丁氏八千卷樓藏書之記"等多枚。① "丁氏八千卷樓藏書宋本僅四十餘種,元本約百種,明初本、精鈔精校本、名人稿本頗富,且多來自各名家收藏。如范氏天一閣……等數十家。"②

由此我們可以得知,《馬端肅公詩集》是丁丙從盧文弨"抱經堂"處散出的圖書中收集到的。更爲重要的是,丁丙卒後八年即光緒三十三年,由其姪丁立誠經手,八千卷樓藏書全部歸入江南圖書館。③ 江南圖書館是南京圖書館的前身,1907年由清兩江總督端方創辦,其館名幾經更改。

由此可見,《馬端肅公詩集》經金檀、吳銓、盧文弨、丁丙遞藏,最後歸入南京圖書館。

(四)馬文升佚文及佚詩

本書附錄搜集到馬文升佚文四篇,佚詩十八首。其中佚文《石城記略》《平虜凱旋詩序》與馬文升成化四年(1468)處理固原"滿四之亂"有關,④《重建韓范祠記》與馬文升巡撫陝西的經歷有關,⑤《項襄毅公傳》輯録自項忠《項襄毅公年譜》。⑥ 從以上四篇文章的内容,可以確定是馬文升所撰無疑。

十八首佚詩中,通過《復謁亞聖祠,敬賦一律》詩序内容,可以確定該詩是馬文升所作。另外,《無題》輯録自明代鄧球編《皇明泳化類編列傳·馬文升傳》,⑦《秦隴道中》輯録自清代錢謙益輯《列朝詩集·丙集》,⑧《觀兵洪德城》輯録自清光緒《甘肅新通志》,⑨《寧州察院題竹》輯録自清乾隆《新修慶陽府志》,⑩《游崆峒》《靖遠懷古》輯録自清乾隆《甘肅通志》,⑪《山海關》輯録自明嘉靖《山海關志》,《馬融讀書石室》《説經臺繫牛柏》輯録自清雍正《陝西通志》,《白馬渡》輯録自明萬曆《桃源縣志》,《過蓋州紀興》輯録自明嘉靖《遼東志》,《紫雲書院山》輯録自清乾隆《襄城縣志》,《乾陵》輯録自明崇禎《乾州志》。而《後樂軒吟》等未見地方舊志記載,尚需進一步考證。

---

① 葉昌熾:《藏書紀事詩(附補正)》,上海古籍出版社,1999年,第705頁。
② 鄭偉章:《文獻家通考(清—現代)》,中華書局,1999年,第1037頁。
③ 鄭偉章:《文獻家通考(清—現代)》,中華書局,1999年,第1038頁。
④ (明)劉敏寬纂次,牛達生、牛春生校勘:《萬曆固原州志》,寧夏人民出版社,1985年,第222—223頁;(明)楊經纂輯,牛達生、牛春生校勘:《嘉靖固原州志》,寧夏人民出版社,1985年,第111—114頁;(明)劉敏寬、董國光纂修,韓超校注:《[萬曆]固原州志》,上海古籍出版社,2018年,第145頁、第67—68頁。
⑤ (清)趙本植:《新修慶陽府志》卷四十二上《藝文·重建韓范祠記》,國家圖書館藏清乾隆二十七年(1762)刻本。
⑥ (明)馬文升:《項襄毅公傳》,參見項德楨編:《項襄毅公年譜·項襄毅公實紀》卷二《家史·項襄毅公傳》,天津圖書館藏明萬曆二十四年(1596)項皋謨刻本。
⑦ 詩題爲整理者所加。周駿富輯:《明代傳記叢刊》第81册《皇明泳化類編列傳》,臺灣明文書局,1991年,第198頁。
⑧ (清)錢謙益輯:《列朝詩集·丙集·馬少師文升》,上海三聯書店,1989年,第289頁。
⑨ (清)升允、長庚修,(清)安維峻纂:《光緒甘肅新通志》卷九十三《藝文志·詩·馬文升》,參見鳳凰出版社編:《中國地方志集成·省志輯·甘肅·光緒甘肅新通志(四)》,鳳凰出版社,2011年,第614頁。
⑩ (清)趙本植:《新修慶陽府志》卷四十二下《藝文·詩·七律》,國家圖書館藏清乾隆二十七年刻本。
⑪ (清)許容:《甘肅通志》卷四十九《藝文·詩》,國家圖書館藏乾隆元年刻本。

整理説明

一、本書整理以校勘、標點、注釋、補遺爲主。

二、《馬端肅公奏議》以明嘉靖二十六年（1547）葛洞邗江書館刻本《馬端肅公奏議》十六卷爲底本，以明崇禎十一年（1638）雲間平露堂刻本《皇明經世文編》節録本《馬端肅公奏疏》三卷（以下簡稱"崇禎本"）、天津師範大學圖書館藏清初刻本《馬端肅公奏議》十六卷首一卷（以下簡稱"天師大本"）、浙江圖書館藏清刻本《馬端肅公奏議》十四卷《恩命録》一卷（以下簡稱"浙圖本"）、國家圖書館藏《四庫全書》底本《馬端肅公奏議》十四卷（缺卷十三至十四，以下簡稱"國圖本"）、《四庫全書》本《端肅奏議》（十二卷，以下簡稱"《四庫全書》本"）爲參校本。並照録崇禎本夾注。

《馬端肅公三記》以明嘉靖二十九年至三十年袁氏嘉趣堂刻《金聲玉振集》本《馬端肅公三記》爲底本，以明萬曆四十五年（1617）陳於廷刻《紀録彙編》本《馬端肅公三記》（以下簡稱"《紀録彙編》本"）、《國朝典故》卷九十六至卷九十八所收《馬端肅公三記》（以下簡稱"《國朝典故》本"）爲參校本。

《馬端肅公詩集》以南京圖書館藏明萬曆十八年馬慤刻本爲底本。

三、校勘中，凡參校本顯係誤寫者，不改原文；其他異文，作扼要辨析並取其善者，出校記。

四、明顯的版刻誤混用字（如日、曰，已、己、巳，戊、戌、戍，屆、屆，"木"部與"扌"部等），徑改而不再出校記；人名、地名、書名等專有名詞和一些約定俗成的詞組中的異體字，均不作改動，其他異體字、俗體字均改作通用字。爲保持原書原貌，反映錯誤觀點的文字和稱謂，如稱苗人爲"苗賊"、稱女真爲"寇""賊"等，均不予更改。凡爲避諱而改寫的年號，如"宏治"等，徑改爲"弘治"。

五、凡校勘，徑出校勘條目，在序號后加"［校］"，以示區别。

六、古人行文中出於恭敬的轉行挑頭，恢復正常語序。

七、主要參考文獻簡稱：

1. 中國文物研究所、河南文物研究所編：《新中國出土墓誌·河南［壹］》下册《四三三·馬文升墓誌（明故少師兼太子太師吏部尚書贈特進光禄大夫左柱國太師謚端肅馬公墓誌銘）》，文物出版社1994年版，第387頁至391頁（簡稱"《新中國出土墓誌·馬公墓誌銘》"）。

2. 天津師範大學圖書館藏清初刻本《馬端肅公奏議》卷首《明故少師兼太子太師吏部尚書贈特進光禄大夫柱國太傅謚端肅今皇上加贈左柱國太師馬公行略》(簡稱"天師大本《馬公行略》")。

3. 天津師範大學圖書館藏清初刻本《馬端肅公奏議》卷首《明故少師兼太子太師吏部尚書贈特進光禄大夫柱國太師謚端肅馬公墓誌銘》(簡稱"天師大本《馬公墓誌銘》")。

4. 國家圖書館藏乾隆十二年(1747)刻本《禹州志》卷九下《藝文志·志銘·明太師馬端肅公墓誌銘》,(簡稱"《禹州志·馬端肅公墓誌銘》")。

目　　錄

國家民委鑄牢中華民族共同體意識古籍整理出版書系總序 ……………………… 1
序 ……………………………………………………………………… 胡玉冰 1
馬文升生平及其著述考 …………………………………………………………… 1
整理說明 …………………………………………………………………………… 1

馬端肅公奏議

馬端肅公奏議序 …………………………………………………………………… 3
鈞陽端肅馬公序 …………………………………………………………………… 4
鈞陽馬端肅公贊 …………………………………………………………………… 5
先五世祖考 ………………………………………………………………………… 6
馬端肅公奏議目錄 ………………………………………………………………… 7
馬端肅公奏議卷首 ………………………………………………………………… 11
　馬端肅公像 ……………………………………………………………………… 11
　像贊 ……………………………………………………………………………… 12
　像贊 ……………………………………………………………………………… 12
　像贊 ……………………………………………………………………………… 12
　像贊 ……………………………………………………………………………… 12
　像贊 ……………………………………………………………………………… 13
　像贊 ……………………………………………………………………………… 13
　像贊 ……………………………………………………………………………… 13
　像贊 ……………………………………………………………………………… 14
　像贊 ……………………………………………………………………………… 14
　像贊 ……………………………………………………………………………… 14
　像贊 ……………………………………………………………………………… 15
　明故少師兼太子太師吏部尚書贈特進光禄大夫柱國太傅謚端肅今皇上加贈左柱國太

師馬公行略 ·· 15
明故少師兼太子太師吏部尚書贈特進光禄大夫左柱國太師謚端肅馬公墓誌銘 ········ 23
誥命 ··· 28
歷任 ··· 29
御祭文 ··· 29
君子之仕　二句 ·· 30

馬端肅公奏議卷之一 ·· 31
正心謹始以隆繼述事 ·· 31
全聖德以隆治道事 ··· 32
法乾健以勤聖政事 ··· 33
豫教皇儲以隆國本事 ·· 34
恭請皇太子御經帷以隆睿學事 ··· 35

馬端肅公奏議卷之二 ·· 37
陳言振肅風紀裨益治道事　凡十五條 ·· 37
　一、選賢能以任風憲 ··· 37
　一、禁掊捓以戒贓官 ··· 38
　一、擇人才以典刑獄 ··· 38
　一、責成效以革奸弊 ··· 38
　一、申命令以修庶務 ··· 39
　一、逐術士以防扇惑 ··· 39
　一、擇守令以固邦本 ··· 40
　一、嚴考核以示懲勸 ··· 40
　一、禁公罰以勵士風 ··· 41
　一、廣儲積以足國用 ··· 41
　一、恤土人以防後患 ··· 41
　一、清僧道以杜游食 ··· 42
　一、敦懷柔以安四夷 ··· 42
　一、節財用以蘇民困 ··· 43
　一、足兵戎以禦外侮 ··· 43

馬端肅公奏議卷之三 ·· 45
選輔導豫防閑以保全宗室事 ·· 45
釐正選法事 ·· 46
作養人材以備任使事 ·· 47
重明詔信老臣以慎初政事 ·· 48

馬端肅公奏議卷之四

巡撫事　凡七條 …… 51
- 一、重守令以廣德澤 …… 51
- 一、添風憲以撫流民 …… 52
- 一、增課鈔以贍軍用 …… 53
- 一、恤軍士以蓄銳氣 …… 53
- 一、清軍丁以杜勾擾 …… 54
- 一、存遠軍以實兵備 …… 56
- 一、禁通番以絕邊患 …… 56

勤恤小民以固邦本事 …… 57

馬端肅公奏議卷之五

- 思患豫防事 …… 60
- 賑恤饑民以固邦本事 …… 61
- 恤民困以固邦本事 …… 62
- 處置銀兩以濟邊餉事 …… 63
- 豫備糧草以備軍餉事 …… 64
- 分豁支用官銀豫備邊儲事 …… 65

馬端肅公奏議卷之六

- 大祀犧牲事 …… 68
- 豫祈雨澤以冀豐年事 …… 68
- 釐正祀典事 …… 69
- 祛除邪術以崇正道事 …… 70
- 申明舊章以厚風化事 …… 71

馬端肅公奏議卷之七

- 蘇民困以弭災異事 …… 73
- 地震非常事 …… 74
- 暫且停止奉送神像以蘇民困事 …… 76
- 災異事 …… 77

馬端肅公奏議卷之八

因災變思患豫防以保固南都事 …… 81

傳奉事　凡三條 …… 83
- 一、戒百官以修庶政 …… 83
- 一、公勸懲以別淑慝 …… 84
- 一、清傳奉以節冗費 …… 84

  追究庸醫用藥非宜明正其罪事 ························· 85
  釐正封贈事 ··· 86
馬端肅公奏議卷之九 ··· 87
  傳奉事　凡九條 ··· 87
   一、汰冗員以節國用 ·· 88
   一、育人材以備任使 ·· 88
   一、恤百姓以固邦本 ·· 89
   一、清屯田以復舊制 ·· 90
   一、重鹽法以備急用 ·· 91
   一、廣儲蓄以備凶荒 ·· 92
   一、撫流移以正版籍 ·· 92
   一、革大弊以蘇軍民 ·· 93
   一、慎刑獄以重民命 ·· 94
馬端肅公奏議卷之十 ··· 95
  嚴武備以伐北虜奸謀事 ······································· 95
  撫恤南都軍民事 ··· 96
  驅逐虜寇出套以防後患事 ··································· 97
  豫防虜患以保重地方事 ······································· 98
  思患豫防以安地方事 ··· 100
馬端肅公奏議卷之十一 ··································· 102
  慎守備以防不虞事 ··· 102
  禁伐邊山林木以資保障事 ································· 103
  添設巡撫以保安地方事 ····································· 104
  修飭武備防不虞事 ··· 105
  刊印武書以作養將材事 ····································· 109
馬端肅公奏議卷之十二 ··································· 111
  會集廷臣計議禦虜方略以絕大患事 ················· 111
  賞勞邊軍激勵銳氣事 ··· 118
馬端肅公奏議卷之十三 ··································· 120
  大修武備以豫防虜患事 ····································· 120
  成造堅甲利兵以防虜患事 ································· 124
馬端肅公奏議卷之十四 ··································· 126
  乞恩優容言官事 ··· 126
  豫防點虜奸謀事 ··· 126

|經略近京邊備以豫防虜患事 … 128
|緊急賊情事 … 130

馬端肅公奏議卷之十五
|陳言申明職掌清理刑獄事 … 132
|講明律意以重民命事 … 134
|申明舊章以正罰俸事 … 136
|申明律意以弭盜賊事 … 136
|潔淨皇城門禁以壯國威事 … 138

馬端肅公奏議卷之十六
|乞恩終制事 … 139
|再乞恩終制事 … 139
|迴避讎害大臣事 … 140
|陳情乞恩休致事 … 141
|陳情乞恩罷歸田里以弭天變事 … 141
|懇乞天恩容令休致以保晚節事 … 142
|復乞天恩憐憫衰疾容令休致以全晚節事 … 142
|乞恩憐憫衰老容令休致事 … 143
|再乞天恩容令休致以避賢路事 … 144
|陳情衰老乞恩休致事 … 144

書刻馬端肅公奏議後 … 146
四庫全書總目提要 … 147
四庫全書簡明目錄提要 … 148
四庫全書提要 … 149

馬端肅公三記

馬端肅公三記序 … 153
又 … 154
又 … 155
西征石城記 … 156
撫安東夷記 … 163
興復哈密記 … 167
書馬端肅公三記後 … 171
馬端肅三記提要 … 172

馬端肅公詩集

太師馬端肅公詩集序	175
馬端肅公詩序	176
馬端肅公詩集目錄	177
馬端肅公詩集	178
自漁陽至盧龍道中有作	178
寄同學貴州巡按劉繡衣	178
辛丑重陽日有懷時在渝州	178
有感	178
荆州懷古	178
偶書	179
閑中偶書	179
過巫山縣己亥年十月	179
題都門別意卷	179
渝州形勝	179
病中偶書	179
思歸	179
重陽登高有感	179
庚子秋寓巴江用杜子美秋興述懷	180
秋日偶書	180
偶書懷	180
題漁州大佛寺	180
送文太守致政	180
戀闕	180
戲書	180
和朱都憲崖門懷古	180
辛丑長至日	181
秋思用唐人韻	181
壬寅重九日	181
甲辰除夕時居遼西廣寧	181
乙巳春元日書時年六十也	181
聞刑部林員外上書諫止修寺左遷滇南故此以惜之	181

和王世昌韻 ………………………………………………………………………… 181
乙巳春二月行邊至遼陽大雪紛紛是日隨晴土脉就開正播種之期足爲有秋之兆故書
　………………………………………………………………………………… 182
至懿路所軍士艱難非復昔比感而書之 ………………………………………… 182
至鐵嶺 …………………………………………………………………………… 182
予丙申年整飭兵備戊戌歲撫安東夷今復來巡撫三度至於開原瞬息已十經春矣感而
　書此以識歲月 ………………………………………………………………… 182
宿泉水山堡 ……………………………………………………………………… 182
聞同年張司馬已致政區區猶守邊陲而未陳歸休因書此以自愧耳 …………… 182
宿龍橋驛偶書時謫戍渝州也 …………………………………………………… 182
送陳冢宰加太子少保致政還鄉 ………………………………………………… 183
和韻 ……………………………………………………………………………… 183
又 ………………………………………………………………………………… 183
題張方伯乃子戶部員外傳芳卷和韻因乃尊寄詩勉之故作是卷 ……………… 183
又用慳字韻自嘆 ………………………………………………………………… 183
述懷 ……………………………………………………………………………… 183
次孫都堂謁諸葛武侯祠 ………………………………………………………… 183
閑中偶書 ………………………………………………………………………… 183
癸卯孟秋有感 …………………………………………………………………… 184
思歸述懷 ………………………………………………………………………… 184
癸卯早秋雨後述懷 ……………………………………………………………… 184
宿大佛禪寺寺臨大江 …………………………………………………………… 184
自嘆 ……………………………………………………………………………… 184
癸卯重陽和韻又一律 …………………………………………………………… 184
慶陽駐兵閑中觀覽山川 ………………………………………………………… 184
巡行至延安謁范文正公祠用前人韻 …………………………………………… 184
睹古長城因述一律 ……………………………………………………………… 185
登靈武臺 ………………………………………………………………………… 185
過九成宮弔古次韻前人 ………………………………………………………… 185
赴關中巡撫戊子秋曉度函關 …………………………………………………… 185
望吳嶽五首 ……………………………………………………………………… 185
壬辰除日立春遇雪時寓慶陽 …………………………………………………… 185
詠蒙山茶 ………………………………………………………………………… 186
送王都憲平虜凱旋詩 …………………………………………………………… 186

平胡凱旋早行邠州道中	186
挽户部李主事先尊	186
閑中偶書	186
思鄉	186
固原駐節偶書	187
三月二十七日座間忽聞大風王總督命韻	187
偶書	187
和壁間韻	187
思歸	187
龍池懷古和李户部韻	187
接杏	187
擬題蘇武持節圖	187
哭友張景祥五首有序	188
賀都憲王公有序	188
次王司馬謝送香扇詩韻	188
思歸	189
初秋有感	189
卜居	189
過咸陽偶書	189
楮實	189
寄同寅張都憲騰霄	189
巡邊經西安州古戰場	189
游紅山寺	189
重過廣武河有感	190
過涇州	190
鞏昌道中晚行時西征岷番還師	190
五夜飄雪	190
中秋夜坐長安行臺有感	190
仲春咸陽有感	190
登平涼崆峒山	190
次游龍門詩韻	190
偶書	191
送銀臺劉公遠使西域還京詩	191
九月八日詠懷次韻	191

予任南京兵部尚書成化丁未冬十二月奉命改都察院左都御史道經鄒邑拜謁亞聖祠下因書此以致瞻仰之意云 ……191

是日會南京禮部尚書同鄉耿公自京南還時公改南京兵部代予參贊機務因書此識別 ……191

過古平原郡有感 ……191

過白溝河有感 ……191

弘治紀元五月十六日蒙賜南都進到青梅 ……192

送彭少司寇平寇江東公曾巡撫此地 ……192

挽張都憲令尊 ……192

題林下一人卷 ……192

六十三歲偶書 ……192

送林大尹之任清河詩 ……192

嘆老思歸 ……192

弘治元年十一月初九日三載考滿蒙欽賜寶鈔羊酒不勝感荷遂賦此以識寵遇之意 ……192

弘治元年冬十二月初一日聖駕將往南郊視牲先期四日特召臣文升同總兵六人至文華殿宣諭欲嚴護衛之兵蒙賜酒飯而出遂書此以紀感遇云 ……193

偶書嘆老 ……193

戊申除夕 ……193

送太子少保劉公致政還鄉詩 ……193

乙丑秋七月十八日偶書 ……193

賀致政三原王天官九十壽 ……193

乙丑重陽節病中述懷 ……193

乙丑秋九月初三日病中思鄉偶書 ……194

患病蒙朝廷命醫診視及遣中官賜豚羊酒米等物感而書此 ……194

閑觀宋史有感 ……194

近無名將感而書此 ……194

軒外菊花數株十月初累經嚴霜爛熳而開其花可愛陶靖節對之而飲韓魏公咏之而重宜乎後之人傳頌之不已也故書此以美之 ……194

乙丑冬述懷 ……194

自七月患病以來二鼓方就床至五鼓尚未能寐因而思慮朝家之事無微不到故書此以識懷 ……194

閑中偶書 ……194

乙丑秋八月四男璐遠至京師賀吾八十壽因家中無人於十月初四日便中匆匆回還父

子之情不忍遽別感而書此 195
題太醫院吏目吳晦淑壽六十卷 195
賀劉司馬壽七旬 195
丙寅春正月初八日駕出南郊大祀天地是日五鼓天落瑞雪臨祭之時天氣晴明是皆聖
　　天子一誠之所感格也故書此以紀其盛云 195
挽韓通政母太淑人 195
丙寅春二月十八日夜三鼓後忽夢先尚書府君儼如在生訓戒拳拳惟欲竭忠報國早殄
　　虜寇以奠安宗社俄而睡醒乃知夢耳悲感不勝故書此以識之 195
送熊都憲總鎮兩廣 195
觀史有感 196
悲秋次解翰林韻 196
和鑾江對雪詩韻 196
辛卯正月望夜因睹月光皎潔戲作 196
寄同窗蔣工部 196
秋夜聞雨中蛩吟有感 196
途間馬上口號送王少保還京 196
隴州迤西山村茅屋數家日初出野叟一二抱孫剝麻不識不知加以雞鳴犬吠儼若桃源
　　之景也因書此以識之 196
詠溫泉 196
慶陽道中 197
送銀臺劉公遠使西域還京詩 197
謁寇萊公祠 197
和王憲副見寄韻 197
讀宋史至秦檜 197
和范憲副江行遣興詩韻 197
秋天多雨偶見陽光陰雲復布 197
蓮沼凝香 197
予奔喪催回京過黃池驛司徒襄城李公易簀於此感而有作 197
秋暮偶書 197
七十六歲偶書 197
癸亥暮春部中夜閱奏稿二鼓未眠有作 198
軒前水紅花春中見其發苗今秋始半遽爾凋零感而書此 198
乙丑夏四月淒風屢作儼若季秋之天誠所謂夏行秋令也故書此以紀之 198
乙丑秋九日閑中偶書 198

乙丑重陽節夜落雨思鄉心切感而書此	198
近來肺熱肌膚燥癢晝夜無寐書此	198
軒下晚生一葵苗不旬餘驟長丈餘高開花如初夏而傾陽如故人以爲异故書此以自況云	198
是年予年已八旬自七月初七日感冒暑濕之毒既而轉成痢疾九月初方愈十三日朝見恒恐久不睹天顏禮儀生疏艱於跪拜幸而始終俱無所忒是皆天之所祐故書此以識之云爾	198
過武昌因思昔曾按治	198
城陵磯遇風	199
初入峽中	199
南郡前浦維舟值秋雨連綿	199
和陶靖節久在樊籠裏復得反自然十字爲末韻送南平文太守致政南還	199
又	199
又	199
次范憲副見贈詩韻就以酬之	199
壬辰臘月朔日偶書	199
祭吴山宿陽平旅館	200
祭吴山晚至汧陽	200
塞上春風感懷	200
寓固原新秋有作	200
成化癸巳冬十二月平虜南還駐節乾州分司時值除日觀朱顏之已退嘆白髮之漸生功名未遂而老將至矣故書此以寓意耳	200
師至西固城偶成	200
寓慶陽偶書	200
固原駐節閑中偶書	201
固原風土不熱此處有東西二海子	201
和白司馬韻	201
挽陳太監母	201
處暑夜靜坐偶書	201
辛亥中秋望夜	201
趨朝起遲驚而有作	201
送梁都堂赴四川巡撫	201
過蒙眷遇無以爲報	202
行至瀏縣風大舟泊古岸	202

和屠都憲送同寅屠元勛行邊詩韻 ·· 202
辛酉六月二十五日獨居部署夜雨最驟偶起歸思感而有作 ············ 202
辛酉思歸 ··· 202
登華山詩 ··· 202
挽南京大宗伯董公 ··· 202
題太師英國交南錄 ··· 203
擬題蘇武牧羊臺 ·· 203
成化壬辰春予以邊務會天官亞卿葉公於綏德道出同官縣城北數里許有所謂孟姜祠
　者考之邑誌乃秦時人其夫范郎築長城孟姜乃親送寒衣至則夫已逝矣姜復嚙指血
　漬骨得夫骨負而還之痛過甚至此而沒鄉人感其貞烈遂葬於山麓至今猶有哭夫泉
　在焉石洞中時顯金釵人多敬之嗚呼若孟姜者真可謂烈婦人者乎故勉成五言古詩
　書之於石壁以愧夫後之事君而懷二心者也工拙豈暇計哉 ············ 203
挽南畿魯府尹 ·· 204
送朱亞參致政東還金陵 ······································ 204
挽南京吏部張亞卿曾上封諫景皇帝易儲事 ··················· 204
慶王詹事乃尊壽八十 ··· 204
挽恒齋 ··· 205
挽吏部楊亞卿 ·· 205
題大司徒秦公曾大父遺愛卷 ································· 205
追封崇安侯諡壯節譚公新祠有司春秋祭祀挽詩 ·············· 205
成化丁酉被讒下獄作促拍雨中花 ······························ 206

馬端肅公詩集跋 ··· 207

附　錄

附錄：馬文升詩文輯補 ······································· 211
　石城記略 ·· 211
　平虜凱旋詩序 ··· 211
　重建韓范祠記 ··· 213
　項襄毅公傳 ·· 214
　無題 ··· 216
　秦隴道中 ·· 216
　觀兵洪德城 ·· 216
　山海關 ·· 217

馬融讀書石室	217
説經臺繫牛柏	217
白馬渡	217
過蓋州紀興	217
後樂軒吟	217
寧州察院題竹有引	218
游崆峒	218
靖遠懷古	218
復謁亞聖祠敬賦一律	218
頌比干	219
辭朝	219
紫雲書院山	219
吊洧川黄侍郎一律	219
乾陵	219
參考文獻	220
一 古代文獻	220
二 現當代文獻	225
後記	229

馬端肅公奏議

馬端肅公奏議序①

　　予聞端肅馬公爲舊名臣，覽《三記》莫不高其制禦夷狄之略，②而想見其人。既以使楚，得拜祠下，以仰公肖像，而戰功圖之壁間。其討哈密、誅滿四、撫東夷，③炯然在目。越歲而予巡於淮，乃鈞人守揚州魏君，出公遺編以示予，又得以盡公之議論。嘗謂成周建都洛邑，以據中和之宅。當其時，周召閎宜之徒，莫不疏附後先，以成熙和之治。宋至仁、英，君子相應和於時，論道者既高潔於六經之上，敷政者保守於敦大之裕。韓、范、富、歐之戰略職業，從容大雅，有成周之風。乃端肅馬公者，蓋河洛之遺雄也。

　　公事憲廟、孝皇，所遇得行其志。偶有齟齬，皆以身當之。設策制略，以禦徹夷，④中貴口語，坐視無恐，非其大有得者，詎至是耶？且其持憲以立風紀，本兵以制戎狄，秉衡以序百官，督撫以阜生民。其設策運智之妙，整刷保釐之方，得之心而運之事，投其機而協諸會者。利澤乎於上下，功德被於民物，至今猶享之，而其心不可得追考也。所可徵者，惟奏稿數帙而已。其大者論格君心之非，其要者論教太子之術。其論十有五事，而天下之風紀以明；其論保民固本，迭疏再上，而天下之民志以通。備極於兵農錢穀之數，祀典風俗之宜。其詞切要正大，如布帛菽粟，自益於日用，即此亦可觀公之大略矣。昔人謂好觀故事，有補於治。若公之奏議，其可闕遺。魏君守揚州，治尚敦厚，而志在公奏稿，其終身所依以師法者，將舍是奚之？公在晉秦之地，多有顯功實業。魏君之擢憲副，將之晉，必覓其行事之迹，而更刻之可也。作刻奏議序。

　　嘉靖丁未歲長至日。⑤欽差巡按直隸監察御史華亭謝應徵書。

---

① ［校］《四庫全書》本未收錄此篇。
② ［校］夷狄：天師大本此二字爲墨釘。
③ ［校］夷：天師大本此字爲墨釘。
④ ［校］夷：天師大本此字爲墨釘。
⑤ 嘉靖丁未：嘉靖二十六年(1547)。

鈞陽端肅馬公序

　　嶽瀆鍾靈，星宿獻瑞，往往誕生异人焉。爲朝廷作柱石，爲生民計長久，爲社稷鞏苞桑，爲邊陲彌禍亂者也。是以於漢則如武鄉侯，於唐則如汾陽王，於宋則如韓、富諸公。其人者，類皆功赫一時，名垂後裔。嗚呼盛矣！大丈夫不當如是耶？嗣後文章、事功岐爲兩途，腐儒空言而鮮實效。以爲文耶？而乏安民濟世之謀。以爲武耶？而失敵愾禦侮之略。數百年來，蓋不免才難之嘆云。求其揆文奮武，安內攘外，入則周公、召公，出則方叔、召虎。爲天下擔大難，以求成大功者，予於端肅馬公見之矣。

　　公河南鈞州人也，生有异徵，瑰偉不凡。當其與群兒角戲時，其氣量固已過人遠矣。既而登景泰辛未進士，旋授監察御史。按臨之地，慨然有澄清天下之志。其發奸摘伏，鋤強扶弱，人人有神君之謠，埋輪之懼焉。成化初，承平日久，固原滿四等據石城叛，撫臣屢討不下。時公方家居，爰超拜爲副都御史，佐項忠討賊，先後俘獲甚衆。捷聞，晉秩提督三鎮軍務。遂疏禦戎三策及時事十五條，至今誦之。其制治保邦之略、安上全下之具，洵老成之碩畫哉！無何，醜惡不悛，屢遁屢寇，公算無遺策，遂敗其衆於得勝坡，勒石紀功而還。且儒臣不諳韜略久矣。公備兵預防，製五花營，作八陣圖，以教習士卒。其憂國奉公，誠不敢一夕荒寧也。雖忠佞不兩立，邪正不相容。方是時，如陳鉞、汪直宵小輩，無日不媒孽其短，互相傾軋，而剛方忠直之氣，耿耿不昧，蓋不啻皓月之當空焉。孝宗新立，正色陳詞，俾知稼穡之艱難。數上時事，貴幸多畏忌之累，乞休不許。時大同聞警，安南侵擾，而未絕一弦、未出一師。卒皆納款如故，何其料事如神也！他如復哈密而興滅繼絕之典，昭救水旱而拯貧恤苦之道，備除弊政而同憂共患之義，明惜名器而進賢遠奸之法。嚴如端肅者，真一代之偉人哉！可與漢唐宋諸名臣爭烈矣。

　　虢郡後學汪曰鯤飛雲氏撰。

鈞陽馬端肅公贊

　　余生也晚，不及見端肅公之爲人矣。今百餘年來，披閱其奏章，未嘗不嘆芳躅之未遠於人間也。方其垂紳立朝時，言切於事，事衷乎道，不畏權貴，不避艱難，諄諄懇懇，雖古良佐，何以加茲？及其撫方面專閫政也，料敵制勝，算無遺策，朝廷倚之如長城。孫吳而後，罕有與之爲儔者。彼鉞、直輩皆已敗露，而公之勛名爛焉。嗚呼！如公者豈可多得哉！
　　東里後學雷霂玉生氏撰。

先五世祖考①

　　先五世祖考。端肅公功烈事業，炳著史册，而學問文章以及詩賦歌詞之餘，前同郡魏公出公遺編，以盡公之議論。且端肅公在世行文遺稿盈箱，遭明季兵火，殘破迨盡，所有者百不存一。予小子恐久而失傳，②以泯端肅之遺，故出金纂集以垂後裔，且望先生大人采擇焉。

　　公生有异徵，登景泰辛未進士，授御史。成化初，累官陝西巡撫，剿賊禦邊，屢有功名，節制三邊。已晉兵部侍郎，備兵遼東，作五花營、八陣圖以訓士。後爲汪直所陷，謫戍重慶數年。再起遼東巡撫，升右都御史督漕。弘治元年，召掌都察院，尋調冢宰，加少師。正德元年，請老屏居山村，號三峰居士。公武功文事，實績可稽，疏章尤多，剴切而謹慎謙虛，亦饒智術。年八十九，贈太師，諡端肅。

　　九世裔馬涅薰沐刊刻。

---

①　［校］先五世祖考：天師大本此篇無標題，取首五字爲標題。
②　［校］予小子：天師大本縮小字號，以示謙卑，今恢復正常字號。

馬端肅公奏議目錄

同郡後學魏尚綸編集

卷之一
　正心謹始以隆繼述事
　全聖德以隆治道事
　法乾健以勤聖政事
　豫教皇儲以隆國本事
　恭請皇太子御經帷以隆睿學事

卷之二
　陳言振肅風紀裨益治道事　凡十五條
　　選賢能以任風憲
　　禁撫拾以戒贓官
　　擇人才以典刑獄
　　責成效以革奸弊
　　申命令以修庶務
　　逐術士以防扇惑
　　擇守令以固邦本
　　嚴考核以示懲勸
　　禁公罰以勵士風
　　廣儲積以足國用
　　恤土人以防後患
　　清僧道以杜游食
　　敦懷柔以安四夷
　　節財用以蘇民困
　　足兵戎以禦外侮

卷之三
　選輔導豫防閑以保全宗室事

釐正選法事
作養人材以備任使事
重明詔信老臣以慎初政事

卷之四
巡撫事　凡七條
　　重守令以廣德澤
　　添風憲以撫流民
　　增課鈔以贍軍用
　　恤軍士以蓄銳氣
　　清軍丁以杜勾擾
　　存遠軍以實兵備
　　禁通番以絕邊患
勤恤小民以固邦本事

卷之五
思患豫防事
賑恤饑民以固邦本事
恤民困以固邦本事
處置銀兩以濟邊餉事
豫備糧草以備軍餉事
分豁支用官銀豫備邊儲事

卷之六
大祀犧牲事
豫祈雨澤以冀豐年事
釐正祀典事
袪除邪術以崇正道事
申明舊章以厚風化事

卷之七
蘇民困以弭災異事
地震非常事
暫且停止奉送神像以蘇民困事
災異事

卷之八
因災變思患豫防以保固南都事

傳奉事　凡三條①
　　　　戒百官以修庶政
　　　　公勸懲以別淑慝②
　　　　清傳奉以節冗費
　　追究庸醫用藥非宜明正其罪事
　　釐正封贈事
卷之九
　　傳奉事　凡九條
　　　　汰冗員以節國用
　　　　育人材以備任使
　　　　恤百姓以固邦本
　　　　清屯田以復舊制
　　　　重鹽法以備急用
　　　　廣儲蓄以備凶荒
　　　　撫流移以正版籍
　　　　革大弊以蘇軍民
　　　　慎刑獄以重民命
卷之十
　　嚴武備以伐北虜奸謀事
　　撫恤南都軍民事
　　驅逐虜寇出套以防後患事
　　豫防虜患以保重地方事
　　思患豫防以安地方事
卷之十一
　　慎守備以防不虞事
　　禁伐邊山林木以資保障事
　　添設巡撫以保安地方事
　　修飭武備防不虞事
　　刊印武書以作養將材事
卷之十二
　　會集廷臣計議禦虜方略以絶大患事
　　賞勞邊軍激勵銳氣事

---

　　① ［校］凡三條：底本作"凡二條"，據正文內容改。
　　② ［校］公勸懲以別淑慝：底本目錄無此條，據正文內容補。

卷之十三
　　大修武備以豫防虜患事
　　成造堅甲利兵以防虜患事

卷之十四
　　乞恩優容言官事
　　豫防黠虜奸謀事
　　經略近京邊備以豫防虜患事
　　緊急賊情事

卷之十五
　　陳言申明職掌清理刑獄事
　　講明律意以重民命事
　　申明舊章以正罰俸事
　　申明律意以弭盜賊事
　　潔淨皇城門禁以壯國威事

卷之十六
　　乞恩終制事
　　再乞恩終制事
　　迴避讎害大臣事
　　陳情乞恩休致事
　　陳情乞恩罷歸田里以弭天變事
　　懇乞天恩容令休致以保晚節事
　　復乞天恩憐憫衰疾容令休致以全晚節事
　　乞恩憐憫衰老容令休致事
　　再乞天恩容令休致以避賢路事
　　陳情衰老乞恩休致事

　　　　　　　　　　　　　　國子生江都葛洞校正
　　　　　　　　　　　　馬端肅公奏議目錄終

馬端肅公奏議卷首①

馬端肅公像

---

① 〔校〕馬端肅公奏議卷首：底本無此標題及以下内容。此標題爲整理者所擬；此部分内容除特別注明處外，均據天師大本補。

像　　贊

偉乎其儀，確乎其操。學醇識正，言簡行到才之優。驗諸事功，而可見量之大。語其容受而無涯，幅巾違時不以爲戚，錦服適志不以爲華。蓋如水之流萬折而勢必東，金之鎔百煉而色愈潔。方之古人所謂窮達一致，夷險一節者，殆無所愧與！殆無所愧與！

光禄大夫柱國少傅兼太子太傅户部尚書謹身殿太學士知制誥國史總裁同知經筵事洛陽劉健贊。

像　　贊

官有三孤，公陟其位；邦有九伐，公掌其制。觀夫嚴重果毅之資，閎深博大之器，稱廟堂經國之才，蘊尊俎折衝之計。歷夷險而不二其心，閱壯老而不衰其氣。累朝耆德，親荷乎宸褒；天下安危，方膺乎重寄。於戲！有文事必有武備，有所譽其有所試。若公之賢，有識者尚不能窺其涯涘。彼善繪者，豈非僅得其形似而已耶？

資政大夫太子少保禮部尚書兼文淵閣太學士知制誥經筵國史官長沙李東陽贊。

像　　贊

大纛高牙，玄袞繡黼。運籌帷幄，折衝尊俎。蓋其學該乎古今，而才備夫文武。肆兼攝而綜持，式周旋而容與。惟夙作而夜思，不柔茹而剛吐，抑盡瘁而靡或渝。固平生之所自許，是宜著宿望於累朝，結深知於聖主。陟孤卿之穹階，爲一代之名輔。噫！壯猷方叔，有嚴吉甫。公將追企其人，吾豈徒聞其語。

資政大夫太子少保兵部尚書東閣太學士知制誥國史經筵官餘姚謝遷贊。

像　　贊

望之巖巖乎，其風範如山之峻；即之藹藹乎，其德氣如春之融。襟宇靜深，茫茫乎如千頃之浸；操履純熟，耿耿乎如百鍊之金。落落乎挫而不回者，匡時之策；蹇蹇乎老而彌篤者，憂世之心。有猷有爲，有識有量。五十餘年，出入將相。執法始乎殿中，經略存乎塞上。長理官則冤滯平反，都憲臺則奸諛沮喪。久本兵政，□□爲之膽寒；①甫總銓衡，班行爲之德讓。蟒衣玉帶，弼亮國朝，位應三台，禮絶百僚，其猶未也。九重之所以屬於公，四海之所以望於

---

① ［校］□□：天師大本此處爲二墨釘。

公,與公之所以自期待者,將必使皋、夔、稷、契之事業復見於今日。奚止區區乎近世人物,若唐之姚、宋,漢之蕭、曹者耶。

嘉議大夫吏部左侍郎經筵日講前詹事府少詹兼翰林院侍讀學士王鏊贊。

像　贊

德容儼若,章服襜如,擬公其倫於古。誰歟?惟姚元崇,較其才固無不及;惟裴行儉,論其識則亦有餘。愛君憂國之心,每形於章疏;扶世恤民之策,不止於薄書。身歷四朝,赫赫功烈。文武兼資,夷險一節。天子寵優,百僚禮絕。在昔治世,不遺老臣。國有大事,黃髮獻詢。天壽平格,保又有殷。《周書》所載,於公亦云。

正議大夫資治尹吏部左侍郎兼翰林院學士姑蘇吳寬贊。

像　贊

天佑人,國家必篤生賢良之輔,錫之壽考康寧。重天下之望,膺人主之托,宗社生靈安危係焉。若今少師兼太子太師、吏部尚書鈞臺馬公負圖是已。公仕自景泰辛未,至今歷年五十有五;生自宣德丙午,至今壽登八十有五。經文緯武,出將入相。始終一德,夷險一節。聖明切於倚毗,天下仰其功業。年雖高而精神健旺若五十六。時君子謂天之壽公,與人之望公,豈徒公之一身已哉!禎忝交公最久,拜瞻真像,敬爲之贊。辭曰:

奕奕梁山,遙遙德門。炳靈發祥,生此碩臣。維此碩臣,維今達尊。宦歷四朝,壽垂九旬。滿腔忠赤,滿腹經綸。精神益壯,寵眷益親。甘瓢大沛,玉燭調均。宗社奠安,六合皆春。人望之屬,天意之存。

弘治乙丑三月中旬。

賜進士出身嘉議大夫掌詹事府事太常寺卿兼翰林院學士南昌張元禎識。①

像　贊

貌癯而揚,氣直而剛。有晏嬰之操持,而其德惟儉;有姚崇之裁決,而其才則長。盡瘁鞠躬,於以解當寧之宵旰;折衝決勝,於以制殘□於邊疆。② 時有險夷,而其心不變;事有難易,而其力可當。是宜膺朝廷之眷,足以慰軍民之望。緋袍玉帶,曄然有光。其儀可象,丹青在堂。信爲一代之偉人。而爵位壽祉,非人所能量者歟?

弘治戊午春三月吉旦。

---

① [校] 翰林院學士:天師大本作"朝林院學士",據文意改。
② [校] □:天師大本此處爲一墨釘。

賜進士及第光禄大夫柱國少師兼太子太師吏部尚書華蓋殿大學士知制誥國史總裁同知經筵事東海徐溥贊。

像　　贊

公貌魁梧，公志磊落，公學淵深，公論謇諤。廟堂經綸，將帥韜略。光輔五朝，明良並作。百寮具瞻，泰山喬嶽。風裁著乎臺端，威望信於朔漠。夷險歷而節弗渝，壯老异而心如昨。要其歸則名垂汗青，究其始實秀鍾河洛。噫嘻！汾陽繫天下之安危，伏波幸一身之矍鑠。憂樂鄭重乎希文，壽考從容夫彥博。概公平生殆無愧怍，蹇予小子敢不歛衽再拜，濡毫作頌，以仰副公托也耶？

賜進士出身中憲大夫河南按察司奉敕提學副使錫山秦金頓首拜贊。

像　　贊

有不可犯之色，而其氣和平；有不可及之才，而其性謙抑；有不可窮之辯，而其辭簡當；有不可涯之量，而其慮嚴密。官歷累朝，年高八帙。凡所論列，大有裨益。國有耆耇，作我柱石。掌兵戎則明於賞罰，握銓衡則公於黜陟。廉足以式乎僚寀，威足以震乎□□。① 壯老一心，險夷一律。是宜勛業聞望之盛冠乎百僚，而寵榮眷顧之隆軼乎三錫者，世稱名宦，曾幾何人？楊綰之清儉，李沆之弘遠，裴度之謀略，包拯之峭直，先生蓋兼有之。史臣不能盡書，詞人不能盡述。而像貌冠裳，僅得其仿佛於一二者，畫工之筆。

弘治十八年歲次乙丑七月吉。

賜進士通議大夫南京禮部右侍郎前翰林侍讀學士經筵講讀纂修會典西充馬廷用拜手謹贊。

像　　贊

冠冕佩玉，朝著雍容。絳袍大帶，公所尊崇。常服織麟而比德，賜衣繡蟒以臨戎。睹身章之盛美，表位望之功庸。蓋上天純佑於宗社，故偉人誕降於高嵩。朧然其貌，挺然其躬。金聲玉質，神完氣充。其才則文武並用，其學則古今兼通。居臺憲而奸邪革面，在旬宣而□□潛踪。② 論事發謀謨之妙，立朝屹柱石之隆。治六軍則號令明肅，統百官則銓衡允中。師傅位高，旦望爲匹。輔相任重，風力攸同。既已歷五朝而爲元老，方將後千載而稱鉅公。況乎壽考無疆，初躋於大耋；猷詢每及，屢顧於重瞳。跂繪事寫冠裳儀觀之迹，國史紀朝野傳

---

① ［校］□□：天師大本此處爲二墨釘。
② ［校］□□：天師大本此處有二字空格未刻。

誦之功。是皆曷由顯乎？大概曷由顯乎？厥衷惟其憂民一念，報主孤忠，確然保始終而恒不易，宜乎建勛業而垂無窮也耶？

賜進士及第中順大夫南京太常寺少卿前翰林國史修撰左春坊左諭德兼經筵講官皇太子講讀官杭郡李旻贊。

像　贊

祚然其容，如玉之溫；充然其德，如酎之醇。苗發身乎科第，繼歷仕乎要津。其處己也嚴而泰，其待物也恕而仁。表儀朝著，則文武兼資而陟孤卿之貴；歸休梓里，則詩酒自娛而適天性之真。允矣五朝之元老，卓哉一代之藎臣。噫！斯像也，蓋丹青之形似，而豈能盡其爲人也耶？

□□□□□□學正江東王本頓首敬贊。①

明故少師兼太子太師吏部尚書贈特進光祿大夫柱國太傅謚端肅今皇上加贈左柱國太師馬公行略②

公諱文升，姓馬氏，字負圖，別號約齋，又更友松道人，世爲河南鈞州人。門有一巨槐，形甚奇特，識者謂爲三公之兆。歷數百年，清陰如蓋，鈞人咸稱大槐馬家。高祖伯川，隱德弗仕。曾祖獻、祖志剛、考榮，俱以公貴，累贈光祿大夫、柱國、太子太保、兵部尚書。曾祖妣王氏、祖妣王氏、先妣朱氏、妣王氏、繼趙氏，皆贈一品夫人。

先是，妣王氏得異兆，而公之生應焉，故鄉達及諸父兄莫不以公輔器期之。性穎敏，七歲讀書，即通大義。甫長，掄秀入州庠，治詩經有程度。泓涵演迤，才益以肆。領正統丁卯鄉薦，③登景泰辛未進士。④

壬申，⑤拜浙江道監察御史。鹽山、束鹿二王都憲見公丰度逾常，甚加禮遇，且以大器期之。甲戌，⑥巡按山西。丙子，⑦再按湖廣。所至激揚，綽有風裁，屬吏有望風解印者。辯江西商人李時昌獄，賴以不冤。事竣還院，命掌十三道章疏，凡事大小，咸取決焉。天順己

---

① □□□□□□：天師大本此處有六字空格未刻。
② 此篇以《新中國出土墓誌·馬公墓誌銘》爲校本。
③ 正統丁卯：正統十二年（1447）。
④ 景泰辛未：景泰二年（1451）。
⑤ 壬申：景泰三年。
⑥ 甲戌：景泰五年。
⑦ 丙子：景泰七年。

卯,①丁内艱。癸未,②升福建按察使。時鎮守中官馮姓者,貪墨無狀,民甚患之。公至,處之以嚴,惡不敢肆。又雪民婦王小三十七年疑獄,人皆稱其神。成化乙酉,③升南京大理寺卿,馮內臣未幾亦取回京。閩人歌曰:"馬使再來天有眼,馮公不去地無皮。"公在寺,平反無冤獄。是年,丁外艱。

戊子,④服闋,升都察院右副都御史,巡撫陝西,適固原土賊滿四等招集醜類,應之者幾二萬人。僭號據石城以叛,遠近騷然。公協同總戎劉玉、總督都憲項忠畫策,調三邊將士兼募土兵二萬餘討之,斬退怯千戶丁玉。公親冒矢石六十餘日,尋擒賊首滿四等,斬首七千六百有奇,俘獲男女二千六百餘口,賊馬五百餘匹,器械數千餘事,人心始寧。凱奏,天子璽書慰勞之,功績事見《三記》。己丑,⑤以平賊功,升左副都御史,巡撫如故。時值洮、鞏飢,公奏請內帑銀五萬兩,及運西安等處官糧數萬石賑之,賴以全活者多。

西固城番族嘯聚,公剪除其首惡三十餘人,脅從者罔治,且撫綏之。又漢中流民李淮等造妖言惑衆,及潼關賊火蝎兒、蒲城民王彪聚衆百人盜挖銀礦,敵殺官軍,懼罪,益集群盜肆劫。公以計滅之,不遺種類。仍修築慶陽沿邊墩堡以備之。有虜賊住河套縱掠者,⑥募土民梟健數千,隨官軍截殺,且分守要害。賊知,率衆而遁。其懼公之威蓋如此。先是,苑馬寺畜馬多爲虜奪去,⑦公用茶法招買番馬八千餘匹給軍。延綏旱,民告饑,公又措置穀粟各數十萬以賑之。立法簡便,人獲蘇息。壬辰,⑧虜賊寇臨鞏,⑨公晝夜追至黑水口,生擒平章迭烈孫,斬首數顆,奪回人畜無算。復往慶陽防禦,奏建范文正公六君子祠,歲時舉祀,自爲文以記之。其慰忠貞於既死,而激勵後學之心至矣。

癸巳,⑩還陝西,陳時政十五事、禦戎三策,上皆納焉。是年,復有節制三邊之命。秋九月,北虜果寇韋州,⑪寧夏總戎王璽率衆禦之,不克。賊遂深入固原好水川劫掠,勢益熾。公聞報,兼程而抵平涼,急召諸路兵截殺。仍於湯羊嶺設伏,據險奪回人畜甚衆,斬俘一百四十九名顆。由是賊計窮潰去,遺棄駝馬、皮服不可勝紀。捷聞,有白金、文綺之賜。後人因改嶺爲得勝坡焉。

甲午,⑫統兵征岷州叛番,恐濫及無辜,命僉事左鈺執其渠魁戮之,餘黨悉平,西羌畏懼。

---

① 天順己卯:天順三年(1459)。
② 癸未:天順七年。
③ 成化乙酉:成化元年(1465)。
④ 戊子:成化四年。
⑤ 己丑:成化五年。
⑥ [校] 虜:天師大本此處爲一墨釘。嘉靖本卷十《驅逐虜寇出套以防後患事》載:"本舍說稱虜賊俱在河套近邊牆居住。"《豫防虜患以保重地方事》載:"自後虜賊入於河套。"據補。
⑦ [校] 虜:天師大本此處爲一墨釘。據上下文及底本卷十相關記載補。
⑧ 壬辰:成化八年。
⑨ [校] 虜:天師大本此處爲一墨釘。據《新中國出土墓誌·馬公墓誌銘》"虜寇臨鞏"補。
⑩ 癸巳:成化九年。
⑪ [校] 虜:天師大本此處爲一墨釘。據《新中國出土墓誌·馬公墓誌銘》"北虜寇韋州"補。
⑫ 甲午:成化十年。

邊陲寧謐幾二十年，公之力也。乙未，①進兵部右侍郎。丙申春，②虜酋乩加思蘭自延綏渡河，③駐牧大同、宣府，勢甚猖獗。朝廷以公練達邊務，命往遼東整飭邊備，凡城堡鎧仗，俱爲一新。自制五花營、八陣圖訓練軍士。復上疏陳邊事十五條，舉切時宜。渠聞有備，遂屏去。時遼東巡撫都御史陳鉞因公疏指其過，遂構隙。丁酉，④公回京陛見，賜寶鈔、彩段以慰其勞。三月，秩滿，遷左侍郎，加正二品俸。

戊戌，⑤遼東建州女直叛，⑥邊將不能支，奉命往撫之。時御馬太監汪直恃勢驕橫，欲貪邊功，囑公偕行，竟不從。先往，設法招撫□人鎖黑忒等，⑦及擒斬三百餘人。比直至，賊已平矣。直由是怨深，恒欲中傷之而未遂。己亥，⑧言官參奏：遼東總兵官歐信及陳鉞等隱匿邊情，下獄。鉞遂與直陰計陷公，謫戍四川重慶衛。士論冤之，公獨怡然，無怨望意。凡故知餽遺，悉却之，曰："余既獲罪於朝，又受知己之遺，是重其過也。"至則檢閱群書，充廓聞見，蜀士以考德問業者甚多。初，未嘗爲屈伸計，戍居四載。

壬寅秋，⑨涪州民李應天者造妖言惑衆，及重慶府叛獄劇賊王姓者沿江哨聚，殺官劫庫，商賈爲之不通。公亦運謀督衆，俱剿捕平定。後重慶士庶仰公遺澤於生民，爲公建祠，報功德以勵忠貞。事聞，撫按以公平生忠義足以彈壓奸邪，身後令名益又啓人景仰。風聲所及，尚且樂聞。足迹所臨，豈無追念？且有遺澤於地方，況秉彝好德，實人心所同，至今有司致祭焉。

癸卯，⑩直罪盈，亦謫戍南京，而陰險陳鉞竟爲民。公冤始雪，以少司馬致仕。天下士夫咸知公之不附直，雖弗遇於時，而罔不以公爲高也。甲辰，⑪建州等處復叛。起公爲左副都御史，巡撫遼東。值京畿自春徂夏旱甚，公陛見，日雨忽降，亦事之奇也。遼東太監洪義、游擊將軍羅雄、總兵侯謙皆射利害人，公至，以法禁之，不敢縱。韓斌嘗附汪直害公者，每疑懼不安，公待之如常，遼之將士皆感德畏威，無敢□□□。⑫公整飭撫安，至是，遼東凡三往，迄今邊陲晏然，公之力多焉。

乙巳，⑬適會官推舉剛方有爲、堪督漕運者，咸以公舉。遂升右都御史，任其事，兼巡撫

---

① 乙未：成化十一年。
② 丙申：成化十二年。
③ ［校］虜酋乩加思蘭：天師大本"虜酋"二字處爲二墨釘；"思"，天師大本作"恩"。嘉靖本卷五《分豁支用官銀豫備邊儲事》載："至（成化）十一年，虜酋乩加思蘭僭稱僞號。"據改。
④ 丁酉：成化十三年。
⑤ 戊戌：成化十四年。
⑥ ［校］女直：天師大本此處爲二墨釘，據《新中國出土墓誌·馬公墓誌銘》"建州女直復叛"補。
⑦ ［校］□：天師大本此處爲一墨釘。
⑧ 己亥：成化十五年。
⑨ 壬寅：成化十八年。
⑩ 癸卯：成化十九年。
⑪ 甲辰：成化二十年。
⑫ ［校］□□□：天師大本此處有三字空格未刻。
⑬ 乙巳：成化二十一年。

鳳陽等處。公受命而往，弛張緩急，斟酌時宜，甚協輿望。及派各衛官軍兌糧斛，疏浚河道，公私皆便焉。之任甫未久，進兵部尚書。貴州都匀衛東苗倡亂，守臣欲邀功，奏調雲、貴、川、湖廣官軍征剿，公恐騷動，請差御史、員外郎各一人往彼勘處，竟不爲患。丙午，①改南京參贊機務。丁未，②召還，改都察院左都御史，總理臺綱。蓋孝廟在青宮時，素知公也。南都兵民沐公盛德，攀轅不忍去者溢路，其得人心又如此。

弘治改元。戊申正月四日，③公詣京朝見，上召至文華殿，賜金緋彩段一表裏，公感知遇，淬勵心力，然自南還，而聲價益重焉。時太監陳喜信術士鄧常恩，蠱惑先帝於天下獄鎮海濱以石函藏寶物，僞撰碑文。公奏，悉毁仆之。上躬耕籍田，公與行九推禮，教坊司以雜戲承應，或出狎語，公咈然曰："新天子即位，當知稼穡艱難，不宜以此上瀆宸聰。"遂斥去，亦格君心之一端也。又糾儀二御史劾喧嘩失儀者，被譖，下錦衣獄。公抗言："主上初登大寶，首罪言官，恐傷新政。"遂得釋。上幸太學，行釋奠禮，公陪祀。後至彝倫堂聽講，賜坐及茶而退。御經筵，賜白金五十兩，彩段四表裏，寶鈔五千貫。

公寵愈優而心愈惕，恒以負乘爲憂。復上言十五事：一曰選賢能以任風憲，二曰禁撝拾以戒贓官，三曰擇人才以典刑獄，四曰責成效以革奸弊，五曰申命令以修庶職，六曰斥術士以防扇惑，七曰重守令以固邦本，八曰嚴考核以示懲勸，九曰禁公罰以勵士風，十曰廣儲積以足國用，十一曰恤土人以防後患，十二曰清僧道以杜游食，十三曰敦懷柔以安四夷，④十四曰節財用以蘇民困，十五曰足兵戎以禦外侮。上皆嘉納之。有言者欲立妃嬪，廣儲嗣，公止之曰："我仁宗、宣宗登極，俱由儲副，無此故事。况先帝山陵未畢，皇上憂疚尚存，豈宜舉此謀？"遂寢。時兩京五品以下官例該考察，公與三原王冢宰協察賢否，黜不職官二千餘人，輿論允愜。冬十月，以左都御史、兵部尚書通考三年滿，上賜羊酒、寶鈔。故事大臣子蔭，多除京職，公長子璁待用銓曹，令補外任。蓋以盈滿爲懼，未嘗陰厚也。七月，奉敕提督京營，上以武備廢弛，知公久歷邊方，素諳戎務，故有是命。己酉，⑤川、浙、山西及建昌都司災異迭見，公亟上疏賑濟，并免采辦銀課諸稅，蓋慮變而預防其原焉。

未幾，改兵部尚書，尤悉心武備。七月，京師大雨水，又疏時政十數條。奸人蓄怨，有持弓刃伺於門欲加害者。事聞，特命官校緝捕，且令馬軍十二名朝夕防衛出入，今以爲例。又有書危言於矢筈，射入長安門内者。上鑒公忠，諒竟不問。蓋公在兵曹，情不涉私，嘗黜把總不職官三十餘人。遇可言事無所顧避，故憾之者多而公亦不忌也。庚戌正月，⑥上有事南郊，賜金緋麒麟彩段一表裏。三月，廷試天下士，爲讀卷官，賜宴禮部。五月，目有疾，即榻部

---

① 丙午：成化二十二年。
② 丁未：成化二十三年。
③ 戊申：弘治元年（1488）。
④ ［校］夷：天師大本此處爲一墨釘。據嘉靖本卷二《陳言振肅風紀裨益治道事》第十三條"敦懷柔以安四夷"補。
⑤ 己酉：弘治二年。
⑥ 庚戌：弘治三年。

中幾一月。上命御醫治療,且遣中官齎米、肉、酒、醬、菜往視之,皆殊恩也。北虜小王子擁衆數萬,①駐大同,假稱入貢,人情洶洶,公謂:"北虜窮困,②部落離散,不足慮。"畫策防禦,移檄諭以威福,虜果散去。③ 詳見公傳。時安南國恃兵強盛,侵占城境,占城請救。公乃會禮部,拘來朝使臣,亦諭以禍福,遂通好如故。楚府岳陽王乏嗣,姪孫鎮國將軍奏,欲襲封。公據祖訓禮制,竟弗許,迄今著爲定令。廣西土官岑欽與姪浦構怨讎殺,巡撫欲以兵剿之。公但令撫安,示以利害,未幾,事果解。吏部侍郎彭韶奏,欲減京官皂隸銀三之二。公謂:"禄以養廉。倘若此,恐難於自贍,反啓貪墨風。"事雖下兵部議,遂阻。

辛亥二月,④聞繼母趙太夫人喪,去。上以邊境多事,奪情起復。懇欲終制,不許。復遣行人促赴京,又辭,不許。乃視事,蓋公名在四夷,⑤不可一日無也。壬子,⑥河、陝、山東、西亢旱,南畿、浙江大水,流民聚而爲盜。公請敕各巡撫設法賑濟,又遣官遍祀山川神祇,以弭天變焉。各省養馬政繁,民甚患之,公因太僕卿彭禮、鴻臚少卿李鏒奏,遂議差官清查,定奪額數,所至咸稱便,歡躍如更生。荆世子數入南京,熟知道里形勝,及爲王,潛蓄异謀,事覺,賜死。欲連宗室,公論止之。復言南京根本之地,宜愼重門禁,練習官軍,以備不虞。上獎嘆久之,遣中使有白金、彩緞之賜。

建州伏當加狡詐有智術,數犯邊。且奏乞襲伊兄都指揮職,希進都督。朝廷以遠□曲宥,⑦不忍加兵。未幾,爲本□奏謀叛,⑧逮至京師,命三法司鞫訊,復巧辯不屈。公排衆,抗聲摘發稔惡罪狀,以大義責之,始愧服,遂竄海南。時貴州苗民叛,公奏敕鎮遠侯顧溥督兵討之,授以方略,遂克五十餘寨,俘獲男女數千。自是蠻獠震懾,不敢爲患者數年。朝廷傳奉畫工及旗軍張玘等二十七人各升官。公謂:"此輩素乏軍功而冒濫名器,恐四方將士聞之解體。"竟不行。九月,上念公勤勞久著,特升太子太保、尚書如故。

乙卯,⑨時年七十,援例懇乞休致。上慰諭勉留之。已而,北虜遣人齎番書,⑩假稱進貢,詞多倨慢,公謂□□□□不足較,⑪但謹飭武備可也。未幾,邊臣奏與瓦剌相讎殺,已空壁而去。遂疏修内治十餘事,皆納焉。鎮守永平總兵官執進貢□人二十餘,⑫誣爲犯邊,希圖升

---

① [校]虜:天師大本此處有一字空格未刻。嘉靖本卷五《處置銀兩以濟邊餉事》載:"照得近年因北虜小王子人馬數萬往牧河套。"卷七《地震非常事》載:"照得即今北虜小王子部落日衆。"據補。
② [校]虜:天師大本此處有一字空格未刻,據上下文及嘉靖本補。
③ [校]虜:天師大本此處有一字空格未刻,據上下文及嘉靖本補。
④ 辛亥:弘治四年。
⑤ [校]夷:天師大本此處爲一墨釘。嘉靖本卷二《陳言振肅風紀裨益治道事》有"敦懷柔以安四夷"條。據補。
⑥ 壬子:弘治五年。
⑦ [校]□:天師大本此處爲一墨釘。
⑧ [校]□:天師大本此處爲一墨釘。
⑨ 乙卯:弘治八年。
⑩ [校]虜:天師大本此處爲一墨釘,據上下文及嘉靖本補。
⑪ [校]□□□□:天師大本此處爲四墨釘。
⑫ [校]□:天師大本此處爲一墨釘。

賞，公審得實，厚賚遣回，感恩稽首，服公之明。戊午春二月，①上以皇太子出宫讀書，升公少保兼太子太傅。即上疏："皇太子國之儲二，天下根本，宜選醇謹老成、博洽多聞之士，日以'明德新民'之言上啓睿聰，不宜參以浮薄側媚之士，及聞褻狎之語，下脱一板，從誌中補入，較原文知弗詳也。恐虧損盛德。"上欣納焉。十一月，清寧宫災，敕兵、工部議處。公言："天下軍民疲弊，乞發内帑銀兩，及停止四川采木之擾。"上深以爲然，即從公議。落成，有蟒衣、白金之賜，且官其次子琇爲錦衣衛百户。虜酋火篩擁衆寇大同、威遠，②勢甚猖獗，京師爲之戒嚴。上與議邊情緩急、備禦之略，公奏言甚悉。次日，復三次召公入便殿，議戰守策。公奏舉保國公朱暉等各統官軍，待報出師，且令沿邊將士謹嚴烽堠，虜知有備，③遂遁去。公又恐挾詐復謀南侵，預請兵仗局器械，④分示天下衛所依式成造，以備叵測。先呈樣於北右門下，上召内閣三大學士及工部尚書往觀之，天顔甚悦。賜酒飯而出，遣中官扶公下階。復遣中使齎捧，親灑宸翰及酒肴等物，送歸私第，公拜受感激。時諸朝貴有詩以咏其明良之奇遇也。

西域哈密國忠順王嘗爲土魯番鎖檀阿力虜王母并金印以去，諸□咸驚潰，⑤逃居苦峪數年，招撫不下。公求得哈密後裔陜巴襲王爵，復爲阿黑麻所虜，并據哈密城。公請降璽書切責，繼命二大臣往爲經略，及安置本□先入貢者寫亦滿速兒等四十餘人於廣西，⑥使諸酋歸怨，以孤其勢。隨敕甘州總兵彭清等，各統兵倍道往哈密，襲斬番酋牙蘭。由是阿黑麻始知感畏，以陜巴、金印來歸，始遣就國，西域遂安，蓋前後籌畫十五年矣。

陜西地震，朝邑地裂，水涌成河，民被壓溺者甚衆。公時以疾告聞之，愴然即疏十餘事，冀上側身修行，以消災异，取回織造絨褐内使，停止傳奉冗官及一切不急之務，陜民稱快不已。湖廣宣慰使彭世麒欲率土兵效勞，出剿北虜，⑦公堅意不許，恐啓邊釁，惟請敕襃諭之。時朝廷造滲金玄帝像，差太監王瑞等往武當山奉安，公力阻不能得，自是使者途間亦知警畏，不甚擾也。冬，虜賊入河套，⑧公奏命大理丞劉憲往綏。夏，太僕卿王質往甘凉，⑨各會同鎮巡官招募土兵爲防禦，計得三萬五千有奇。虜聞，⑩不敢近而去。

辛酉冬，⑪以百辟薦，改吏部尚書。時代王薨，乏嗣，庶子武邑王奏欲襲封。公稽禮制，不許。又陳"内外官三年、六年考滿，願告致仕"條格，及"在京三品以上大臣祭葬贈謚典禮"，甚愜物議。鳳陽守備太監倪文、南京太常卿楊一清各奏皇陵爲風雨壞，及太廟、孝陵、山川、

---

① 戊午：弘治十一年。
② ［校］虜：天師大本此處爲一墨釘，據《新中國出土墓誌·馬公墓誌銘》補。
③ ［校］虜：天師大本此處爲一墨釘，據《新中國出土墓誌·馬公墓誌銘》補。
④ ［校］兵仗局：天師大本作"兵伏局"，據文意改。
⑤ ［校］□：天師大本此處爲一墨釘。
⑥ ［校］□：天師大本此處爲一墨釘。
⑦ ［校］虜：天師大本此處爲一墨釘，據上下文及嘉靖本補。
⑧ ［校］虜：天師大本此處爲一墨釘，據上下文及嘉靖本補。
⑨ ［校］甘凉：天師大本作"甘京"，據文意改。
⑩ ［校］虜：天師大本此處爲一墨釘，據上下文及嘉靖本補。
⑪ 辛酉：弘治十四年。

社稷壇損松柏樹數萬株，江湖涌溺者無算。公備查天下連歲奏報災異，即疏治道所急十事，上皆采納焉。雲南孟養土官思六因孟密思楪乘虛侵掠，率衆復讎，奪取原占木邦地。守臣以叛，請兵征剿。公謂："彼自復舊疆，未嘗犯我邊，圍名之曰叛，彼心豈服？況四方災異，勞師遠征，勝負尤未可必，但請敕撫諭足已。"既而，果畏威向化，修貢如常。壬戌，①九載秩滿，懇乞骸骨。上溫詔留之，加少師兼太子太師，賜羊酒、寶鈔，遣中官送至第。癸亥，②繼室史氏卒。上遣禮部尚書張公升致祭，仍命營葬，前後諭祭九壇，誥封一品夫人。甲子，太皇太后上賓，孝宗欲祔主入廟，配享英宗。公力議不可，謂："我朝廟制，止一帝一后。可別立新廟奉安神主，歲時薦享，禮同太廟。"衆以公言爲是。議上，遂定。甲子八月，③內早朝畢，上入暖閣，召公面諭曰："明年天下諸司朝覲，卿務要用心訪察的實，大彰黜陟之典。"復諭曰："卿聽得麼？"公對曰："聖心留意求治如此，宗社之福，臣敢不盡心，以圖補報。"仍命中官扶公下階。及乙丑，④例該天下應朝，公考察精嚴，黜不職者幾二千餘人，無异議者。仍疏各處巡按官，開報賢否揭帖多欠允當。所推薦者，止及進士、舉人，而不及歲貢及別途仕進者，使庶官不知所勸。上覽奏，悉欣納焉。縉紳益重其公直矣！既又陳汰冗員、育人才、恤百姓、清屯田、重鹽法、廣儲積、撫流移、革大弊、修武備、慎刑獄十事，亦俞而行之。其得君之心，非諸臣可比也。

乙丑五月七日，孝宗上賓，公哭之甚哀，即處分皇城內外守門官，謹出入以防他變。承運庫太監具帖謂："應賞賜及大婚禮所費銀一百八十萬、金五萬兩，因庫藏甚空，時戶、禮、工部有欲減各王府逐年賞賜，并借皇親、公侯、駙馬、伯莊田租課之說者。"公謂："王府，朝廷宗枝，恩禮不可薄；貴戚、世臣，禄不可貸。"乃議借浙江諸藩官銀各數萬兩。又奏黜退傳奉官七百六十三員，以省冗費。上俱允納，公私皆便焉。十月，孝宗梓宮啓葬山陵。⑤舊制文武百官步自大明門外，由臺基廠出德勝門，至土城北約二十里許。公時年八十矣。朝臣無與公齊年者，行多跛倚困踣，不能復哀。公哀號自如，而步無所難。是雖平生清心寡欲，氣完之故，抑亦忠愛感慕之極而然也。數日，皇上御奉天殿視朝，召公與英國公等，慰勞甚至，賜彩段、御醞。

次年，是爲正德改元。丙寅正月，⑥戶部會計錢糧若干。公因奏將寧晉、河間、靜海各處皇莊照舊給民耕種，每畝止徵子粒銀三分，類解戶部，送承運庫交收，爲朝廷孝養兩宮之需。取回管莊太監，且禁沿途官校侵害數事，其處置精密又如此。上初御經筵，公侍班，賜白金、彩段、寶鈔。耕耤田，幸太學，皆賜坐。是時，再乞骸骨，又不允。御用監太監王瑞謂："成造大婚禮器，欲用儒士李哲等七人，皆篆西天、西番等字。"公謂："此輩皆本部考黜冗食人數，不

---

① 壬戌：弘治十五年。
② 癸亥：弘治十六年。
③ 甲子：弘治十七年。
④ 乙丑：弘治十八年。
⑤ ［校］梓宮：天師大本作"梓官"，據文意改。
⑥ 丙寅：正德元年（1506）。

可再録。"乃另選舍餘吳一中等八名奏用。留中不行。給事中安奎抗言："即此冗員一事，陛下於老臣馬文升之論列尚且置之不信，拒之不從，但不知此外可信從者何人。使大臣垂首喪氣，直道莫伸，奸臣倚社憑城，貪緣得計。"等語。瑞慚忿，誣公違上爲欺罔。公請會同府部大臣辯議，事乃得白。

因力請求去，前後章上二十餘疏，始俞允。復蒙敕書褒美切至，有謂："膚公懋績，先後六十年。金石之志，久且弗渝；松柏之姿，老而逾茂。朕當初服，圖任舊人。方切倚毗，懇乞退休。重違雅尚，特茲允俞。給以舟車，送歸鄉里。仍命有司月給食米五石，歲撥人夫八名應用，如有嘉謀讜論，毋惜具奏來聞，以資弗逮。"等諭。陛辭，復賜寶鉏、大官羊、酒饌。既出都門，文武縉紳供帳祖餞，道路觀者如堵，莫不羨公始終全節如二疏焉。至通州受敕，讀畢，感涕不已。蓋君之優禮、老臣之完名，兩得之矣！公途次所經，凡聞名者，皆往觀之，亦兒童走卒識司馬之意也。

五月，既歸鈞，祭告先塋畢，即居三峰山別墅，因號"三峰居士"。非慶賀、聖節及時祭，未嘗至城。故老縉紳、鄉曲、親友欲謁見者，必詣莊怡游晏語乃返。族戚有貧乏者，捐俸資助之不少慳。食無兼味，侍無婢妾。竟日坐一堂，扁曰"樂農"，祖周公明農意也。公立朝孤忠，自許不與宦寺一交往。嘗有奏指其蠹國者，宦寺睸其奏，每欲中傷之。上鑒其忠直，譖毀不得入。

及劉瑾用事，敢肆機毒，無所忌憚。檢公任內事，無隙可乘，乃以薦雍泰者累公，然薦雍泰實靈寶許公會同九卿、科道上聞而行，無與於公。一時諂事瑾者曲意迎合，遂革公祿秩，以快私忿。命下之日，物論沸騰。以爲馬公忠義，功勳天下所仰，今被厚誣，豈朝廷優禮大臣之意乎！時公次子授錦衣衛指揮，亦爲逆瑾調鈞州守禦所。公論雖在，然畏彼奸毒，莫敢辯者。公亦處之怡然，曾不介意。群小自是得志，乃蔑視祖宗之法，日肆紛更。公聞之，輒掀髯張目，仰天竊嘆不已。其剛直之氣，垂老不衰如此。在林下素無恙，特以國事顛倒於群小，正人無地以自容，憫時憂國，憤慨不平。亦具治安六事奏聞，留中不出。是歲，瑾敗，公戒諸子孫以忠孝傳家。語畢，氣結心膺，不可救藥。時庚午歲六月八日，①卒於正寢，距所生宣德丙午八月二十七日，②享年八十有五也。

上始知其誣，旋復公秩。子琇亦召還錦衣，而恩典猶昔也。當道以訃，上聞衰悼，爲之輟朝一日。遣官諭祭九壇，有司營壙。贈特進光祿大夫、太傅，諡端肅。錄其長孫天祐爲中書舍人。今上登基時，天祐陳情具奏："累朝舊制，凡贈官資格，少師贈太師。矧公之功行，推重一時，蒙聖恩加贈公爲左柱國、太師，錫之誥命，始愜人心。"乃以太傅贈之者。蓋公在孝廟時，任重行方，與衆時相不合，故有是議，人皆惜之。遂以正德辛未八月十五日，③遷州西祖

---

① 庚午：正德五年。
② 宣德丙午：宣德元年(1426)。
③ 正德辛未：正德六年。

塋。項夫人之柩偕赴城北大隗山之麓,合史夫人而葬焉。①

公歷官五十六年,六讀殿試卷,爲所掄拔者,位登臺輔,執弟子禮,不敢相頡頏。歷吏、兵兩曹二十年,武略文銓,無纖芥議。受知列聖,遭際明時,蜚聲茂績,垂芳竹帛。子孫滿前,文武並顯,所謂壽、名、禄、位,公其全之矣。雖騎箕歸天,亦有餘耀,况褒恤如是,諒無愧矣!議者以公之節如蘇子卿,才如范仲淹,功如郭子儀,名如裴中立。假之以年,古今罕及。縉紳山斗,非公其誰歟!

爲文不事雕琢,若大羹玄酒,自有真味。聲詩無媟嫚語,皆自忠愛中流出。海内之士得其篇章者樂誦之。理性之學極深,而游藝之功亦所不廢。凡天文、地理、禮樂之書,皆究其藴。而邊塞險要,方隅風土,蠻夷習尚,②皆稔知之。足迹遍於天下,不然何以議天下之言,處天下之事,一無所難哉!公之德望聞中外,凡陛見者,皆延頸佇俟,詢公德容。獲睹者慶以爲幸,雖四夷亦然。③晚進之士接之者,必示以爲學持身之要,其聞而有得者多矣。

配項氏,名家女也。有懿德,閨範甚嚴。繼史氏。俱贈一品夫人。子男四:長璁,六安知州,累階朝烈大夫;次琇,錦衣指揮僉事;次玠,錦衣冠帶七品散官;次璐,錦衣冠帶武舉。女五:長適錦衣衛試百户李宏,次適僉事王塤子廷臣,次適都察院司務李鏐,次適山東青州府通判崔繼學,次適山西定襄縣知縣蔣懷玉。孫男五人:天錫,醫學典科;天祐,中書舍人;天倫,監生;天彝,錦衣舍人;天澤,武舉。曾孫七人。

公之終前二日,州西大劉山忽崩。鷙鳥數十哀鳴於上,盡日而去,天鼓再鳴。群鶴盤飛廳事上,久之乃翔。次日,里人王自誠鬻販於鈞州之南葉縣。卓午,恍惚見公蟒衣乘肩輿南邁,導從若出師狀,云:"往武當山。"自誠跪拜迎送如禮。固知大臣存殁,實有關於氣運也。

嗚呼!公以五朝元老,出入將相,聲業赫然,可謂生榮死哀者矣!顧余學疏陋,不足揄揚其萬一。然夙蒙不鄙,辱以平昔教愛,義不敢辭。謹撮公偉績、孤忠梗概如此,以俟立言。君子采而擇之,表諸墓道,以垂不朽焉。

賜進士第通議大夫禮部左侍郎前太常寺少卿兼翰林院侍講經筵講官上蔡李遜學頓首謹狀。

明故少師兼太子太師吏部尚書
贈特進光禄大夫左柱國太師
謚端肅馬公墓誌銘④

賜進士第正治上卿户部尚書致仕前南京兵部尚書奉敕參贊機務河東七十九翁韓文撰

---

① [校]史夫人:天師大本作"史大人",據文意改。
② [校]夷:天師大本此處爲一墨釘,據上下文及嘉靖本補。
③ [校]夷:天師大本此處爲一墨釘,據上下文及嘉靖本補。
④ 此篇以《新中國出土墓誌·馬公墓誌銘》爲底本,以天師大本《馬公墓誌銘》《禹州志·馬端肅公墓誌銘》爲參校本。

賜進士出身資善大夫兵部尚書奉敕提督十二團營侍經筵大梁李鉞書

後軍都督府掌府事奉敕提督五軍營兼提督十二團營諸軍事總兵官侍經筵榮禄大夫太保兼太子太傅武定侯鳳陽郭勛篆

正德庚午六月八日，①少師兼太子太師、吏部尚書致仕馬公以疾薨。事聞。上爲之震悼，輟視朝一日，贈特進光禄大夫、太傅，謚端肅，遣官祭葬。録其孫天祐爲中書舍人，升大理右寺副。②

今上入繼大統，言官論公居官大節，③宜加優恤。乃改贈特進光禄大夫、左柱國、太師，蓋異數也。公葬時，未有銘誌。至是其子璁、琇奉禮部左侍郎賈公咏所撰行狀，④丐都御史張公潤來請文納公墓。公在吏部時，文嘗得侍寮寀，知公特深，不敢以老病廢學辭。謹按狀，誌而銘之。

公諱文升，負圖其字，別號約齋，晚更號友松道人，世爲河南鈞州人。曾祖伯川、⑤祖志剛、考榮皆有隱德，以公貴，俱累贈太子太保、兵部尚書。曾祖妣王、祖妣王、先妣朱、妣王、繼趙俱累贈一品夫人。

公在娠，王夫人嘗感異夢，已而生公。幼讀書即了大義。正統丁卯，⑥領鄉薦。景泰辛未，⑦登進士第，授監察御史，巡按山西、湖廣，所至有聲。天順癸未，⑧升福建按察使。憤鎮守中官擾民，輒繩以法。民戴其德，歌謡載道。成化乙酉，⑨升南京大理寺卿。未幾，以憂去。服未闋，值固原土夷滿四倡亂，⑩邊陲告急。特起公爲右副都御史，巡撫陝西。俾與都御史項忠、總兵官劉玉會兵討之。生擒滿四，俘獲男婦二千六百名口，⑪斬首七千六百餘級。捷聞，憲宗皇帝賜敕獎勞，升左副都御史。時流賊蜂起，漢中李胡子、潼關火蝎兒、滿城王彪各聚衆劫掠，殺敵官軍，其鋒鋭甚。公悉以計翦除之。壬辰，⑫虜寇臨鞏，公督兵追至黑水口，生擒平章鐵烈孫，斬首數十顆。⑬遂陳時政十五事及禦邊三策。⑭尋命節制三邊。秋九月，北虜寇韋州，⑮深入固原及好水川。公檄召諸路兵按伏湯羊嶺，虜至遇伏，驚遁，盡棄輜

---

① 正德庚午：正德五年（1510）。
② ［校］"録其孫天祐爲中書舍人，升大理右寺副"句：《新中國出土墓誌·馬公墓誌銘》無，據天師大本《馬公墓誌銘》《禹州志·馬端肅公墓誌銘》補。"升"，天師大本《馬公墓誌銘》作"陞"，據文意改。
③ ［校］言官：天師大本《馬公墓誌銘》《禹州志·馬端肅公墓誌銘》作"科道"。
④ ［校］禮部左侍郎：天師大本《馬公墓誌銘》《禹州志·馬端肅公墓誌銘》作"今太子太保、禮部尚書兼武英殿大學士"。
⑤ ［校］伯川：天師大本《馬公墓誌銘》《禹州志·馬端肅公墓誌銘》作"獻□"，天師大本"□"字處爲一墨釘。
⑥ 正統丁卯：正統十二年（1447）。
⑦ 景泰辛未：景泰二年（1451）。
⑧ 天順癸未：天順七年（1463）。
⑨ 成化乙酉：成化元年（1465）。
⑩ ［校］土夷：天師大本《馬公墓誌銘》作"土賊"，《禹州志·馬端肅公墓誌銘》脱此二字。
⑪ ［校］口：《新中國出土墓誌·馬公墓誌銘》作"□"，據天師大本《馬公行略》補。
⑫ 壬辰：成化八年。
⑬ ［校］十：《禹州志·馬端肅公墓誌銘》作"千"。
⑭ ［校］時政：《禹州志·馬端肅公墓誌銘》作"政事"。
⑮ ［校］韋州：《禹州志·馬端肅公墓誌銘》作"肅州"。

重,擒斬二百餘名顆。捷聞,有白金、文綺之賜。因改其嶺爲得勝坡,勒石紀功。又剿平岷州叛番,厥績尤茂。乙未,①召爲兵部右侍郎。②適遼東有警,③上以公諳練戎務,俾往備之。公制五花營、八陣圖以訓士卒,復上禦邊十五事,皆切時宜,虜患遂息。④升左侍郎,食二品禄。戊戌,⑤建州女直復叛。⑥巡撫都御史陳鉞欲誘殺進貢夷屬,以掩己過。由是夷益懼爲亂。⑦上命公再往。時太監汪直恃寵幸功,陰主鉞議,邀公偕行。公弗聽,先蒞其地,招撫黑鎖忒等二百餘人。比直至,虜已解散。直無所獲,深銜之。

己亥,⑧言官劾總兵官歐信、韓斌及鉞激變事情,逮繫至京,鉞厚賂直,傾公。公一無所辯,遂謫戍重慶。日與蜀士考德問業,若未嘗貴顯者。直敗,公冤始雪。詔復其官,俾致仕。甲辰,⑨起爲左副都御史,巡撫遼東。禁戢科害,人無敢犯。公於遼東至是凡三往,皆樹奇績,東人至今思之。乙巳,⑩升右都御史,督理漕運,兼巡撫鳳陽等處。公搜剔宿弊,剗革無遺。未期,升兵部尚書。適貴州都勻黑苗弗靖,守臣請發雲南、四川、湖廣兵征剿。公持不可,奏差郎中、御史各一員往彼勘處。果無他虞。尋改南京兵部參贊機務。

弘治改元,召爲左都御史,命掌院事。正月,陛見,召至文華殿,賜大紅金織衣一襲。蓋上在東宮時素知公故也。公感殊遇,益自奮勵,知無不言。上特倚重焉。二月,上耕耤田。公與行九推禮。時教坊司以雜戲承應,或出狎語。公厲色曰:"新天子當知稼穡艱難,豈宜以此瀆亂宸聰?"即斥去。二御史以糾儀下獄。公謂:"即位之初,不宜輒罪言官。"於是得釋。時論韙之。三月,上幸太學釋奠,公與分獻畢,列坐聽講,賜茶而退。及上初御經筵,賜賚甚厚。乃上言十五事,悉見施行。

未幾,復改兵部尚書,奉敕提督京營軍務。⑪七月,京城大雨爲患。公疏時政得失十事,以弭災變。占城國爲安南所侵,遣使請救,衆議未決。公即會禮部拘朝貢使臣,諭以禍福,俾還侵地,遂通好如故。辛亥二月,⑫丁繼母趙太夫人憂。上以邊方多事,手詔起復。公懇乞終喪,不允,乃出視事。建州夷伏當加謀叛,械繫京師,下法司鞫問,巧辯不服。公徐以數語發其奸狀,始惶懼請罪,遂投竄海南。貴州苗叛,公議遣鎮遠侯顧溥率兵往擊之,且授以方略。克五十餘寨,俘獲男女數千名口而還。⑬自是蠻夷震慴。九月,加太子太保。以七十乞

---

① 乙未:成化十一年。
② [校]右侍郎:天師大本《馬公墓誌銘》作"左侍郎"。
③ [校]遼東:《禹州志·馬端肅公墓誌銘》作"北邊"。
④ [校]虜患:《禹州志·馬端肅公墓誌銘》作"邊患"。
⑤ 戊戌:成化十四年。
⑥ [校]建州女直:《禹州志·馬端肅公墓誌銘》作"北邊"。
⑦ [校]夷:《禹州志·太師馬端肅公墓誌銘》作"邊人"。
⑧ 己亥:成化十五年。
⑨ 甲辰:成化二十年。
⑩ 乙巳:成化二十一年。
⑪ [校]奉敕:《新中國出土墓誌·馬公墓誌銘》作"敕",據天師大本《馬公墓誌銘》《禹州志·馬端肅公墓誌銘》改。
⑫ 辛亥:弘治四年(1491)。
⑬ [校]俘獲男女數千名口:天師大本《馬公墓誌銘》作"俘男女數千餘口"。

致仕，上慰留之。戊午春二月，①皇太子出閣，加少保兼太子太傅。公即上疏。其略曰："皇太子國之儲貳，天下根本。宜擇老成純謹之士，以資啓沃。不宜雜以浮薄之流，恐虧損盛德。"上欣納焉。十一月，清寧宫災。敕兵、工二部議處。公言天下軍民疲弊，乞發内帑銀兩及停止四川采木之擾。上深以爲然，即從公議。落成，有蟒衣、白金之賜。且官其次子琥爲錦衣衛百户。虜酋火篩擁衆寇大同、威遠，勢甚猖獗，京師爲之戒嚴。上召公至内便殿，咨以戰守之策。②公因舉保國公朱暉等整搠官軍以待。③且令各邊謹斥堠，修戰具。虜知有備，即時遠遁。

哈密忠順王爲土魯番鎖檀阿力擄奪王母、金印，國人驚散。公訪求陝巴立爲王，復爲阿黑麻所擄，并據其城。乃請降。敕切責，繼命二大臣往經略之。安置來貢夷使四十餘人於廣西諸處。阿黑麻大懼，始以陝巴、金印歸還。西域遂寧，公之力也。

壬戌，④轉吏部尚書，命下，朝野胥慶。進少師兼太子太師。明年，史夫人卒。上遣官諭祭，爲營葬事。甲子八月，⑤内早朝畢，上入暖閣，召公面諭曰："明年天下諸司朝覲，卿務用心訪察的實，大彰黜陟之典。"復諭曰："聽得麽？"公對曰："聖心留意求治如此，宗社之福，臣敢不盡心，以圖報稱。"仍命中官扶公下階。⑥乙丑，⑦考察大朝官員，汰去不職者二千餘員，人無异議。五月，孝宗上賓，公哀慟甚。

至正德改元，凡大典禮，公復參預其間，人以爲榮。御用監太監王瑞以大婚禮，欲用儒士七人篆刻番字。公方杜塞幸門，堅執不從。給事中安奎以爲宜聽公言，⑧不可墮其奸計，則大臣垂首喪氣，⑨直道何由得伸，非國家之利。瑞慚憤，⑩誣公抗拒。賴諸大臣力爲之辯，其事始白。

會兩廣缺都御史總制軍務。被薦者不樂於外，乃嗾御史劾公。公遂求去位。⑪人謂公得大臣體。陛辭，蒙賜宴及璽書褒美，仍給寶鏹爲道里費。且命有司月給米五石，⑫歲撥輿隸八名，以備贍用。恩至渥也。

公歸，足迹不至城府，屏居三峰山董村之别墅，乃更號"三峰居士"。扁其堂曰"樂農"，⑬蓋取周公明農之義也。公立朝五十餘年，以身殉國，不避險艱，屢躓屢起，其志不爲少變。在位時，凡有大議，衆莫敢決，必待公而後定。其於無名之請，非分之求，則痛加裁抑，略不爲

---

① 戊午：弘治十一年。
② ［校］召公至内便殿：天師大本《馬公墓誌銘》《禹州志・馬端肅公墓誌銘》作"親灑宸翰，賜以尚膳品具，召至内便殿。"
③ ［校］整搠：《禹州志・馬端肅公墓誌銘》作"整敕"。
④ 壬戌：弘治十五年。［校］壬戌：天師大本《馬公墓誌銘》《禹州志・馬端肅公墓誌銘》作"辛酉"。
⑤ 甲子：弘治十七年。
⑥ ［校］"甲子八月，……仍命中官扶公下階"句：《新中國出土墓誌・馬公墓誌銘》無，據天師大本《馬公墓誌銘》《禹州志・馬端肅公墓誌銘》補。
⑦ 乙丑：弘治十八年。［校］天師大本《馬公墓誌銘》《禹州志・馬端肅公墓誌銘》作"及乙丑"。
⑧ ［校］以爲：天師大本《馬公墓誌銘》作"亦謂"。
⑨ ［校］則：《禹州志・馬端肅公墓誌銘》同，天師大本《馬公墓誌銘》作"使"。
⑩ 瑞：《禹州志・馬端肅公墓誌銘》作"端"。
⑪ ［校］公遂求去位：天師大本《馬公墓誌銘》作"公遂求去，封章累上，前後二十一疏"。
⑫ ［校］命：《禹州志・馬端肅公墓誌銘》作"令"。
⑬ ［校］樂農：《禹州志・馬端肅公墓誌銘》作"明農"。

動。以是權幸多不樂之。

既謝事，逆瑾專橫。有譖公者，瑾竟以他事誣公，除名，子琇亦調守禦鈞州。無何，瑾敗，公復原職，琇亦復原衛。公素善調攝，生平少疾。及退居林下，每聞時事有不可意，或與祖宗之法戾，輒憂形於色，竟鬱鬱不起。臨終語不及他，惟諄諄以忠孝戒勉其子孫云。

公生宣德丙午八月二十七日，①享年八十有五。辛未八月十五日，②葬公於州西大隈山之麓。③遷項、史二夫人之柩而祔焉。公性介特，寡言笑，不尚華侈，舉止嚴重，修髯偉貌，望之知爲異人。居官重名節，礪廉隅，雖位極人臣，名聞夷夏，退然若不敢自居。至於值事變，臨利害，屹然如山，不可搖奪。嘗監鄉試場者二，讀殿試卷者五，④其所識拔登台輔爲名卿者，不可勝數。遭際明時，受知列聖。豐功偉烈，照耀簡册。可謂社稷臣矣。⑤議者謂公忠鯁如汲長孺，勳名如郭汾陽，相業則比之韓稚圭、范希文，⑥殆非過論也。第剛大之氣，山聳岳峙，危言正色，遇事即發，無所顧避。或見人之狡險，必面斥之，不少假借。以是敬之者雖多，而嫉之者亦不少也。卒賴天子聖明，用之不疑，故能以功名全其終始。好學讀書，春秋雖高，手不釋卷。凡子史及性理諸書，皆能熟記。爲文尚理趣，詩亦典重。有《約齋集》及奏議若干卷藏於家。⑦信乎其爲一代之偉人，乃今不可得而見矣。嗚呼悲哉！文以晚進，幸與公同事者幾五年，得公教益爲獨多。公之操存履歷，與夫施爲運用，耳聞目擊者不可殫述。姑掇拾其可裨國史者而備錄焉。若夫政事之常，則固在所略云。

配項氏，繼配史氏，俱累贈封一品夫人。子男四：長璁，六安州知州，進階朝列大夫致仕；⑧次琇，錦衣衛指揮僉事；項出。次玠，七品散官；次璐，武舉舍人；⑨史出。女五：長適錦衣衛冠帶總旗李宏，⑩次適僉事王塤子廷臣，次適都察院司務李鏐，次適山東青州府通判崔繼學，次適山西定襄縣知縣蔣懷玉。孫男七人：天錫、天佑、天倫、天彝、天澤，⑪餘尚幼。孫女十人。曾孫男九人。曾孫女四人。

初，公之終前二日，州城西大劉山忽崩，天鼓再鳴，群鶴飛繞其廳事，久之乃去。翌日，里人有自葉縣回者，忽遇公於途，見公蟒衣玉帶，騶從甚盛，自北而南，若出師狀。拜而扣之，云往武當山。吁！亦異矣哉！於此有以見大臣之生之歿，其關係之重，非偶然者，顧可以尋常

---

① 宣德丙午：宣德元年（1426）。
② 辛未：正德六年。
③ ［校］州西：天師大本《馬公墓誌銘》《禹州志·馬端肅公墓誌銘》作"州北"。
④ ［校］五：天師大本《馬公墓誌銘》《禹州志·馬端肅公墓誌銘》作"六"。
⑤ ［校］謂：《禹州志·太師馬端肅公墓誌銘》作"爲"。
⑥ ［校］比之：天師大本《馬公墓誌銘》作"比"，《禹州志·馬端肅公墓誌銘》作"如"。
⑦ ［校］《約齋集》及奏議：天師大本《馬公墓誌銘》《禹州志·馬端肅公墓誌銘》作"《約齋集》及奏議、《三事記》"。藏於家：天師大本《馬公墓誌銘》《禹州志·馬端肅公墓誌銘》作"行於世"。
⑧ ［校］進階朝列大夫致仕：天師大本《馬公墓誌銘》《禹州志·馬端肅公墓誌銘》作"累進階亞中大夫致仕"。
⑨ ［校］武舉舍人：天師大本《馬公墓誌銘》作"武舉錦衣衛冠帶舍人"；《禹州志·太師馬端肅公墓誌銘》作"武舉錦衣衛冠帶舍人"，下注"銘缺"。
⑩ ［校］長適錦衣衛冠帶總旗李宏：天師大本《馬公墓誌銘》作"長適錦衣衛試百户李宏"。
⑪ ［校］天師大本《馬公墓誌銘》內容止於"孫男七人：天"。

例之哉！乃系之以銘。銘曰：

天眷明德，篤生英哲。侃侃端肅，中州之杰。歷事五朝，典司喉舌。既平內叛，復靖西夷。風聲赫赫，威震邊陲。擢貳司馬，撫綏遼左。甗裒聽命，悉就安妥。宦豎中傷，公罹奇禍。天子聖明，旋復賜環。既仆而興，望重丘山。孝皇嗣辟，□臣是賴。曰茲本兵，虛席汝待。嚮用方切，乃陟元宰。再進公孤，使宅百揆。功成身退，全節始終。三峰更號，示以明農。天錫純嘏，眉壽繁祉。生膺顯庸，歿有贈謚。曰祭曰葬，恤典優至。大隈之麓，鬱鬱佳城。公藏於斯，百世其寧。惟公勛業，國史有紀。我作銘詩，頌述無已。納之玄堂，昭示來裔。

誥命

恩命錄

明贈左柱國太師吏兵二部尚書馬端肅公曾祖父母誥命一道

制曰：積善之久者，後必盛；效勞之多者，寵必加。國有大臣，官躋極品。推原厥本，奚吝追榮。爾馬獻乃太子太保、兵部尚書文升之曾祖父，勝國遺才，中州舊隱。敦仁履善，慶鐘於三世之餘；錫命加恩，貴極於一品之列。顧孫謀之益遠，見祖德之彌深。茲特贈爲光祿大夫、柱國、太子太保、兵部尚書。靈爽尚存，休光無斁。

制曰：國家誕敷恩典，褒寵大臣。故官登於一品之階，必命及於三世之遠。爾王氏乃太子太保、兵部尚書馬文升之曾祖母，作配君子，偕老布衣，致有曾孫題於治世。廟堂登用，久稱柱石之材；宮保貤封，肇錫絲綸之命。九原有耀，百世其昌，茲特贈爲一品夫人。服此隆恩，永庇爾後。

制誥之寶。

弘治十年九月二七日。

敕少師兼太子太師吏部尚書馬□□。① 卿以閎大之才、剛毅之氣，秉持風紀則出入頻勞，掌握戎兵則文武兼濟。及乎藻鑑人物，謀謨廟堂。練習典章，明達政體。於民與國，裨益良多。蓋自累朝，暨於皇考。簡知有素，委任彌隆。薦陟元僚，遞加崇秩。膺公懋績，前後五十餘年。金石之志，久且弗渝；松柏之姿，老而逾茂。朕當新服，圖用舊人。方且倚毗，而屢祈休退，重違雅尚。特賜允命，給以舟車，送歸鄉里。仍命有司月給食米五石，歲撥人夫八名應用。夫際治世，獲顯施保，完名而饗遐壽，兼茲眾美，在古猶難。肆朝廷耆德宿望之臣，每加優眷用篤。始終於卿之行恩禮九備，卿其順時養性，以上躋期頤。如有嘉猷讜論，毋惜具奏來聞，以資弗逮。惟乃之休抑，亦惟國之光。故敕。

敕命之寶。

---

① ［校］□□：天師大本此處爲二墨釘。

正德元年四月十六日。

歷任

初任由進士授浙江道監察御史,巡按山西。
二任起復廣東道監察御史,巡按湖廣。
三任福建按察司按察使。
四任南京大理寺卿。
五任都察院右副都御史,巡撫陝西。
六任本院左副都御史,仍前巡撫。
七任兵部右侍郎,撫安東。
八任本部左侍郎,再撫東。
九任起用改都察院左副都御史,巡撫遼東。
十任本院右都御史,總督漕運兼巡撫鳳陽等地方。
十一任兵部尚書。
十二任改南京兵部尚書參贊機務。
十三任改都察院左都御史掌院。
十四任兵部尚書。
十五任加太子少保。
十六任加太子太保。
十七任加特進光禄大夫、柱國。
十八任加少保兼太子太保。
十九任加少保兼太子太傅。
二十任加少傅兼太子太傅。
二十一任吏部尚書。
二十二任加少傅兼太子太師。
二十三任加少師兼太子太師。
二十四任贈太傅。
二十五任贈太師、左柱國。

御祭文

維正德六年歲次辛未五月庚戌朔,越二十七日乙亥。皇帝遣河南等處承宣布政使司左參政秦金諭祭於致仕少師兼太子太師、吏部尚書贈特進光禄大夫、太傅諡端肅馬文升,曰:

卿以性資端重，才識閎深。發身賢科，擢司風紀。超升憲使，歷轉都臺。譽望益隆，賢勞茂著。卿曹晋佐，憲節載持。功多運漕，威行遠塞。簡升司馬，總領戎機。南北馳聲，始終無玷。銓衡是掌，穹秩屢加。夙夜在公，忠勤體國。嘉猷入告，計慮周詳。頃以疾辭，方期壽考。老成凋喪，實傷朕懷。優示恤恩，復加美謚。營葬致祭，則有司存。卿靈不亡，尚克歆服。

七七及掩土御祭遣官同前

諭祭曰：向以高年宿望，臺省元臣。出入累朝，險夷一致。懇求休退，善保令終。訃音來聞，良切傷悼。日月云邁，奄及首七。追念往勞，載賜以祭。九原不昧，尚克承之。

特恩賜孝布一百匹，齋糧米五十石。除預造塋外，開壙人夫三百名。

君子之仕　二句

馬文升　載張豫章《勵學齋明墨》

言仕以警隱者，因明君子之不虛其行焉。蓋仕與隱異矣。以仕推君子，又以行義明君子之仕，丈人猶不悟乎？子路曉之。若謂丈人固隱而不仕以名高者。夫人可以不仕，而君臣之義何地能逃不能逃？義奚容薄仕乎？仕也，非獨君子有之也。然而君子也，則有君子之仕也。君子豈能必仕而斷不安於隱栖栖焉？馬迹車環，以希遇巷，夫豈漫然者哉！君子亦何嘗久仕而但不倦於行皇皇焉？進禮退義，以俟泰交，又豈苟然者哉！蓋以其義所在，必期於行。念天澤之分，定不如是而不敢也。仕則由君臣以見義，不仕亦從義以見君臣。即行有未能必凜其義，謂際遇之何常不如是而不得也？定爲君臣則以行伸其義，不爲君臣亦以義正其行。然則君子不逸於丈人，而勞在農圃之上；君子不愚於丈人，而心非鳥獸之群行其義也。遑計有不行者哉！

"仕"字正爲"隱"字，下針行義乃爲"仕"字注腳。他人專作"義"字，不發"仕"字，對此便隔一層。原評。

扼題肯綮，字不泛設。丁未諸作，覺風格又有變矣。張豫章識。

馬端肅公奏議卷之一

同郡後學魏尚綸編集

正心謹始以隆繼述事①

  都察院左都御史臣馬文升謹題②，爲正心謹始以隆繼述事。此公爲總憲時所上疏。③

  切惟人君之要，莫大乎謹始；謹始之要，莫先於正心；而正心之要，又在主乎敬焉爾。蓋敬者，一身之主宰，萬事之本根，聖學之所以成始而成終者也。能敬則心存，心存則德愈謹，而後可以凝天命、得人心、保大業，而治道無不隆矣。若敬有不存，則心放。心放則德不謹，而萬事俱不立矣。尚何望其凝天命、得人心、保大業而隆治道也哉？

  洪惟我太祖高皇帝膺天眷命，神聖知勇，始以布衣龍飛淮甸，東征西伐，櫛風沐雨，十八載而有天下。在位三十二年之間，宵衣旰食，勞心焦思，立綱陳紀，貽謀作則，此心此敬，未嘗少忽。蓋爲聖子神孫立萬世不拔之基，以垂之永久，其創業亦可謂之艱難矣。然創業固難，而守成尤不易也。逮我累朝，皆能以聖繼聖，以心傳心，克寬克仁，憂勤惕勵，所以世底隆平，治臻熙皥，而無忝於聖祖也。恭惟皇上養德春宮，蓋已有年；潛心聖學，亦非一日。是以即位之初，勵精圖治，任賢去邪，敬天法祖，不邇聲色，不殖貨利。勤政事，崇儉素，却貢獻，黜异端。隆大孝於兩宮，布仁恩於四海。躬耕籍田，親幸太學。凡古帝王盛德之事，皆有以備之於躬，而施之於事矣。真大有爲之君，不世出之主也。天下蒼生無不延頸以望。至治使能存此心，始終不渝，則真可以四三王，可以六五帝，可以繼祖宗，可以陋漢唐，而皇明之大業可以保之於億萬斯年而不替矣。然靡不有初，鮮克有終，人主之大戒也；天命人心，去留靡常，人主之所當察也。皇上纘紹洪基，當民窮財盡之餘，兵廢刑繁之際，所以凝皇天之眷命者在是，所以收天下之人心者在是。兢業危懼，此心豈可一時而不存乎？此心一有不存，不流於聲色，則流於貨利；不入於游逸，則入於奢侈。一或有之，皆能敗德敗度，而於前所謂帝王之盛德，或有少損而不能保其終矣。且自古聖帝明王，未有不接見臣下而能致治者。近日，百司

---
  ①［校］正心謹始以隆繼述事：崇禎本作"題爲正心謹始以隆繼述事疏"。又，底本正文各奏議無標題，以卷前目錄所載移至相應奏議前。
  ②［校］底本"臣""文升"皆縮小字號，以示謙卑，今皆恢復正常字號。下同。
  ③［校］此公爲總憲時所上疏：此係崇禎本夾注内容。後於正文中以楷體小字排印者皆爲崇禎本夾注。

言事之人往往欲皇上接見臣下，是亦忠愛之至。臣以爲皇上未接見臣下，非終於不接見，蓋亦有所待焉爾。自後孝宗末年屢延見大臣，其言有驗。若常如今日，臣恐君臣之情上下不通，亦未可以言治矣。昔伊尹告太甲曰："惟天無親，克敬惟親。民罔常懷，懷于有仁。鬼神無常享，享于克誠，天位艱哉。"蓋欲太甲敬天勤民而保天位也。傅説告高宗曰："惟學遜志，務時敏，厥德修乃來。"①"允懷于兹，道積于厥躬。""監于先王成憲，其永無愆。"蓋欲高宗修德法祖，而常無過舉也。厥後太甲、高宗爲商令主，伊尹、傅説爲商名臣。治道之隆，蓋有以也。況邇來各處水旱災傷、天鳴地震，是皆天變之大，皆上天仁愛人君之意。此正法古修德，應天以實而不以文之際也。

伏望念祖宗創業之艱難，而天命之靡常；思今日守成之不易，而人心之罔定。退朝之後，萬機之暇，節膳寡欲，以頤養天和；澄心静慮，以默思治道。日御便殿，召見儒臣，或俗説《大學衍義》，②或誦讀《貞觀政要》及《通鑑綱目》等書，曲爲辯析，孰爲道心，孰爲人心；某帝存此心而治，某帝不能存此心而不治。用是以親決萬機，蓋事事有不難矣。仍望於太皇太后、皇后兩宮，益隆其孝養；於親王、介弟，益篤其友愛。凡内外官員，或有奇技淫巧之獻，必禁之而責其人；珍禽異獸之貢，必却之而塞其釁。大政事之疑，必召内閣大臣面議而後行；或文武大臣有闕，必召該部正官詢訪而後用。於緣邊將官，不時降敕戒飭，務在保境以安民；於在京武備，敕令總兵等官嚴加訓練，足以防奸而禦侮。科道爲朝廷之耳目，若有小過曲，賜其寬貸。大臣爲人君之股肱，務存大體，特爲之優隆。左右譽一人之善，必究其所自來；毁一人之短，必詢其所從始。人主既不能不親内臣，則謹擇其人，非第一要務哉！内臣之中，察其醇謹老成者，則親信而任用之；浮躁回邪者，則疏遠而防馭之。大臣之中，察其忠良者委任之，不貳便佞者罷逐之。無疑於母后之家，重加賞賫而不假之以權；於外戚之屬，厚加優待而不任之以事。賞所當賞，而不致太濫；刑所當刑，而不致太僭。浪費錢糧，宜皆減省。無益祈禱，不必修建。於宗室則推恩而昭德，於四夷則厚往而薄來。廣開言路，以防壅蔽。時接臣僚，以通下情。畿内百姓，差役浩繁，所在地土，暫免踏勘。凡百用度，悉從儉約，一應邪術，罔爲眩惑。堯舜之道，亦不過此。允迪兹則二帝、三王不獨專美於前，而我祖宗列聖真可繼述不忝，而於天變亦可以少弭矣。

臣本以庸才，叨總風紀，日夜思惟，無由補報。伏望少寬斧鉞之誅，俯納芻蕘之語，身體而力行之，天下幸甚。臣不勝戰慄恐懼之至。爲此具本親賫，謹題請旨。

弘治元年　月　日題。

全聖德以隆治道事

太子少保、兵部尚書臣馬文升謹題，爲全聖德以隆治道事。

---

① ［校］厥德修乃來：《四庫全書》本作"厥修乃來"。
② ［校］俗：《四庫全書》本作"條"。

臣切惟自古帝王聖德，雖由天縱，亦由於進修也。且聖莫聖於堯、舜、禹、湯、文、武，故《書》稱堯曰："克明峻德。"稱舜曰："舜好問而察邇言。"稱禹曰："克勤克儉，卑宮室，惡衣服。"稱湯曰："以禮制心，以義制事。"稱文王曰："緝熙敬止。"以此觀之，則古二帝、三王之聖德，未嘗不由於進修，而進修未嘗不先於節儉。仰惟皇上聰明睿知，本乎自然，聖神文武，出於天性。曩在春宮，天下臣民皆知其有堯舜之資矣。繼登寶位，四載於茲，不邇聲色，不殖貨利。奇技淫巧之不好，珍禽异獸之不蓄。躬行節儉，賞與不濫。開言路，容直言。優禮大臣，寬恤刑獄。却獅子於西域，退海青於女直。天下幸甚。

近聞欲湖、浙添差抽分內臣，甘、陝織造各樣絨毧，有司罷於奔命。臣惟地方未寧，陝西連遭荒旱，百姓死亡過半，田多荒蕪，瘡痍未復。其湖廣、浙江設立抽分，蓋因漕運京儲，該用糧船一萬餘隻，天下有司買辦木植不前。所司建議抽分，實爲補造運船而設，即目運軍，尚自陪補一半，十分困苦。若令甘、陝織造雲毧，雖支官錢，未免拘令。婦女在官撚綫，①男子在官上工，必生嗟怨。其湖、浙若添內臣抽分，各處客商聞之，決然不敢販賣木植，價益騰貴，必誤打造運船，而運軍愈受其害，逃亡必多，所係非細。皇上即位以來，凡事悉法祖宗，此二事皆祖宗朝所未行也。況不係有益國家重大事務，若遽行之，誠恐軍民驚駭，以爲此數年未輕差遣內臣抽取木植，及自來不曾着令陝西織造蟒龍雲毧。況今天下民困財竭，兵食不足。差去官員，帶令人衆，雖不害人，終要供給。及回還之日，裝載木植，該用馬快船二三百隻，人夫數千餘名，沿途官司未免勞擾。

伏望皇上遠法二帝、三王之儉德，近遵祖宗列聖之良圖，收回成命。該用木植，或令南京守備內臣將龍江瓦屑抽分竹木局，及就差南京內官前去蕪湖，揀選已抽分堪用者，陸續運來應用，或令工部分派天下有司買辦送納。其雲毧亦非供用之物，織造實爲靡費。若備賞賜，自有江南織造段匹，何必用此毛毧，方成錫賚？且昔西旅貢獒，武王受之，召公衋拳拳告戒，至勤一篇之訓。夫以武王之聖，受此一獒，似未爲害，而召公告戒之切者，蓋不矜細行，終累大德。老臣輔君，正當如是，而武王終能聽之，載在經書，垂之萬世。

臣荷蒙皇上厚恩，委以重任，義同休戚。遭逢皇上堯舜之君，日夜思惟，無由補報。睹茲二者，事雖若細，關於聖德實大；事雖若小，繫於天下國家實重。臣若隱忍不言，萬一爲皇上聖德之累，臣負國之罪將何所逃？豈不有孤皇上之付托哉？伏願皇上將臣所言留神采納，天下幸甚，宗社幸甚。臣不勝拳拳忠愛之至，謹題請旨。

法乾健以勤聖政事

少傅兼太子太傅、兵部尚書臣馬文升謹奏，爲法乾健以勤聖政事。

照得近來各處具奏地震，而雲南尤甚。邇者玄象示警，彗星偶見，此皆上天仁愛皇上之

---

① ［校］婦女：《四庫全書》本作"婦人"。

意也。皇上憂勤惕勵，減膳撤樂，凡有游燕，悉爲停止，此又應天以實，而不以虛文也。將見彗星漸消，與宋景公一言而熒惑退三舍者無異，信乎天人相與之際，甚不偶矣。臣惟帝王之德，莫先於勤，勤則裁決萬幾，而無少壅滯；上天之道，惟在於健，健則發生萬物，而無或差忒。是則天道聖德，實相吻合。故《易》曰："天行健，君子以自強不息。"大禹之告舜亦曰："兢兢業業，一日二日萬幾。""天位艱哉！"史書美大禹曰："克勤克儉。"是皆以勤而成聖德，所以載之經史，而垂光萬世也。

洪惟我太祖高皇帝以至憲宗純皇帝，俱昧爽視朝。早朝後，日每二次裁決在京各衙門并天下一應章奏，或有大政事，復召大臣面議而行，此我朝列聖之定規也。恭惟皇上膺上天之眷命，紹祖宗之鴻圖，即位之初，宵衣旰食，勵精圖治，視朝決事，悉遵祖宗舊規，日長時月，每日又有午朝之舉，誠足以媲美古帝王而克紹祖宗也。近年以來，視朝稍晏，間或早而復晏，日止裁決章奏一次。此固皇上頤養天和，保固聖躬，①雖得君逸臣勞之道，但"所其無逸"，帝王所重。

仰惟皇上清心講學，節膳寡欲，聲色不邇，貨利不殖。篤志以求道，游藝以養心。雖古帝王祈天永命之道，亦不過此，又豈待於他有所求哉！今視朝固亦早矣，但日止裁決庶事一次，非所以率由舊章而垂法後昆也。甚有以掩皇上勤政之心，其於聖德，所關甚大，臣切惜焉。伏望皇上自今法天道之健，遵祖宗之訓，每日二次裁決庶務。而視朝常常如此，則聖心之勤，不異於初政；祖宗之規，不改於今日。其於聖德，實非小補，而底堯、舜之治，亦不難矣。

伏乞聖明留意，宗社幸甚，天下幸甚。爲此具本親齎，謹具奏聞，伏候敕旨。

豫教皇儲以隆國本事②

太子少保、兵部尚書臣馬文升謹題，爲豫教皇儲以隆國本事。

臣惟太子國之儲貳，後世社稷之安危繫焉，所當豫教者也。故《大易》有《養蒙》之卦，《禮記》載《教世子》之篇。自古帝王之君天下，憂深思遠者，未嘗不以此爲先務也。

仰惟皇上嗣登寶位，敬天勤民，法祖圖治，至仁洽於四海，大孝隆於兩宮，聲色之不邇，貨利之不殖，是以皇天眷顧，祖宗垂佑，誕生皇子，實出中宮。是爲武宗。公於未出閣時已深慮至此。爰自去春已正儲位，神器有歸，宗祧是托。此誠國家萬萬年無疆之休也。臣聞皇太子姿表異常，質性聰睿，茲已能言能行矣，不可不早爲之教養也。蓋童蒙之時，良知良能未有所誘，天真渾然，不早教之，一有放失，習與性成。他日雖有良師良傅教之，亦難入矣。昔成王始爲太子也，太公爲師，周公爲傅，召公爲保，伯禽、唐叔與游，目不閱淫艷，耳不聞優笑，居不近庸鄙，所以養成德性。及其爲君也，克紹文、武之業，而爲有周令主，此其豫教太子之明驗

---

① ［校］聖：《四庫全書》本作"皇"。
② ［校］豫教皇儲以隆國本事：崇禎本作"題爲豫教皇儲以隆國本事疏"。

也。爲今之計，必選醇謹老成、頗知書史宮人如衛聖夫人楊氏者，保抱扶侍，①於凡言語，必教之以真正之音，而非禮、褻狎之語，不使之聞於耳；於行步，必教之端莊慎重，而非禮、邪僻之事，不使之接於目。教之不忍，教之有儀，以養其仁義之心；教之恭肅，教之分別，以養其禮智之心。内庭之宴，鐘鼓司承應，不使之觀；元宵之節，鰲山之戲，不使之見。至於佛老之教，尤不宜口誦其言，目觀其像，而信之篤；游戲之事，不宜任其所好，遂其所欲，而嗜之深。迨夫稍長，嚴敕東宮老成内臣如太監覃昌者，先教之誦習《孝經》，使知孝弟之道出於天性，仁敬之心本於自然。至於八歲，教之誦《詩》、讀《書》，凡尊尊親親之等，仁民愛物之則，無不啓知，端其趨嚮。及其漸長，建立宮僚之時，仍乞敕内閣大臣會同各部、都察院等衙門堂上官，慎選名實相符才德老臣，學問醇博、端良重望之臣，以充其任。回邪詭秘者，不使之與。自此日出春宮，講論經書，涵養德性，使知窮理正心、修己治人之道。凡世事委曲，在所當知；人物賢否，在所當辯。與夫上天之所當敬，祖宗之所當法，百姓之所當恤，財物之所當惜。如此則内外輔導得人，而又教之於豫，皇太子德不至於堯、舜、文、武之域者，臣未之信也。蓋堯、舜、文、武之聖，亦由此而至之耳。

臣以菲材，荷蒙列聖厚恩，叨任六卿之重。在今日則視爲泛階而已。去歲又蒙皇上加臣太子少保，正係東宮輔導之官。臣受任以來，夙夜惶懼，思無以報，惟在豫教皇儲，以成至德，他日足克負荷，庶少盡臣職分萬一，而免冒濫之譏。夫教太子之道，《禮記·文王世子》篇、賈誼《保傅》篇載之詳矣。宋儒真德秀亦采編入《大學衍義》，進呈於君矣。近日，儒臣亦嘗進講於上矣。臣猶以此爲言者良，以今日之學與不學，係他日之治亂，是蓋一得之愚，惓惓忠愛之至也。伏望聖明留意，天下幸甚，宗社幸甚。臣不勝戰慄殞越之至。爲此具本親齎，謹題請旨。

弘治六年十一月初七日具題。

弘治七年正月初二日，奉欽依："是。該衙門知道。欽此。"

恭請皇太子御經帷以隆睿學事

少傅兼太子太傅、吏部尚書臣馬文升謹題，爲恭請皇太子御經帷以隆睿學事。

恭惟皇太子殿下年漸長成，天資英偉，内外宮臣朝夕輔導講讀，學有進益，此誠宗社無疆之休，後世臣民之福也。但臣等叨任大臣，臣文升、臣珪俱任東宮保、傅，②自弘治十一年三月初六日，皇太子初出讀書於文華殿，獲睹睿顏之後，至今五載，止是正旦、冬節及每月朔、望日，於文華殿門外朝參，相去頗遠。

仰惟皇上嗣登大寶，日決萬幾，猶每月三御經筵，令翰林儒臣講讀經書，以隆聖學，而追古帝王。今皇太子當進學之時，雖日出讀書，止在左春坊與二三内閣大臣及東宮并翰林院講

---

① ［校］侍：《四庫全書》本作"持"。
② ［校］底本"珪"縮小字號，以示謙卑，今恢復正常字號。

讀等官相接，且去處頗狹，未甚從容。考之古者帝王之教太子，行步居處，太傅在前，太保在後，入則有師，出則有保。蓋欲左右前後，罔非正人；出入起居，罔有不欽。此所以教諭而德成也。

臣等愚見，以爲欲請皇太子照皇上御經筵故事，每月三次，初六、十六、二十六出御文華殿，令臣等六部、都察院、大理寺、通政司、鴻臚寺掌印正官，并二品以上官，同內閣大臣、東宮講讀等官侍班講書，其侍衛將軍等項，比皇上御經筵之日減半。庶臣等得睹皇太子之睿顏，而皇太子亦識臣等之愚貌，收斂身心，嚴威淵穆，相接日久，自然度量益宏，識見益廣。日就月將，以至於緝熙光明之地，睿德益盛，而帝王之域，有不難造矣。

臣等惓惓犬馬愚誠如此。伏乞聖明留意裁處，宗社幸甚，臣等幸甚。謹題請旨。

弘治十五年四月　　日。

國子生江都葛洞校正

馬端肅公奏議卷之一終

馬端肅公奏議卷之二

同郡後學魏尚綸編集

陳言振肅風紀裨益治道事 　凡十五條

都察院左都御史臣馬文升謹題，爲陳言振肅風紀裨益治道事。

切惟贊襄治道，固在於百司。糾正百司，莫先於風紀。風紀振，則百司自爾各盡其職。百司盡職，則庶績咸熙而治道隆矣。自古君天下者，未嘗不以此爲先務焉。

洪惟我朝稽古定制，在内設六科給事中、十三道監察御史，以司彈劾；在外設提刑按察司，以兼理都、布二司軍民。又設各道分巡，以肅清一道，巡按御史總監察焉。良法美意，至詳且密，所以百餘年間，相維相統，内外肅然。

近年以來，風紀不振，是以奸宄得以逞其邪謀，群小得以恣其欺妄。賄賂公行，紀綱日紊，帑藏錢糧，浪費空虛，貪官污吏，肆無忌憚。仰惟皇上嗣登寶位，崇重臺諫，俾之盡言，所以奸邪敗露，群小屏逐，風紀頗振，百司知警。治道之隆，端有望於今日矣。

臣猥以庸才，荷蒙聖恩，擢總風紀，受命以來，夙夜兢惕。捫心揣己，無由仰答知遇之隆。進言納忠，庶幾效涓埃之報。謹以振揚風紀裨益治道一十五事條陳，伏望皇上留心采納，俯賜施行。臣不勝幸甚，天下幸甚。今將所言事件開坐，謹題請旨。

計開：

一、選賢能以任風憲。

切惟御史爲朝廷耳目之官，任風紀之重，必須得人，方稱厥職。我朝自洪武、永樂、宣德年間，不分進士、知縣、教官，皆得除授，但選之甚精而授之不苟。至正統年間，朝廷頒降憲綱，新進初仕不許除授御史。至正統八年，進士復得除之。成化六年，仍遵憲綱，凡遇御史有闕，止於進士出身知縣并行人内行取。中間多有不分賢否，但資格相應，皆得授任者，所以未盡得人。

如蒙乞敕吏部行移各處巡撫都御史、巡按御史并布、按二司官，各於所屬進士、舉人除授到任六年以上知縣内，從公推訪廉慎公勤、政績昭著、民心愛戴、實有聲譽者，明白具奏。遇有御史員闕，吏部據此，并於考滿行人、博士内行取。如果六年以上知縣員少，於辦事二年以上進士中選取。仍照例會同本院官考選，具奏除授。若所舉不實，事發連坐以罪。如此則御史皆得其人，而風紀爲之振肅矣。

一、禁撼拾以戒贓官。

自古重贓吏之法，所以爲安養斯民之計也。蓋贓吏之害良民，猶稂莠之害嘉穀。稂莠不除，則嘉穀無以遂其生；贓吏不去，則良民何以安其所？故我朝於文職官吏受贓，不分贓之多寡、罪之輕重，俱罷職役，不敘枉法，滿貫充軍，其所以定贓吏之法，可謂嚴且重矣。比先年間，巡按御史并按察司官拿問貪贓官吏，事無所枉，俱不敢撼拾具奏。其風憲官員得以展布四體，而有司官員不敢恣其貪酷。十數年來，文武官員被人具告貪贓等項重情，巡按御史、按察司官行提到官，對證明白，律該爲民充軍者，往往讎怨原問官員，撼拾虛詞，朦朧妄奏，輒將原問御史等官奏准，差官提解來京，或就彼與先問囚犯一同對理，縱辯無干，受辱已甚。稍有小疵，多致降謫。虧損國體，沮壞風憲，莫甚於斯。所以風憲官員互相效尤，各保職任，坐視贓官，不敢究問。以致法度廢弛，貪污恣肆，而小民不得蒙至治之澤。

如蒙乞敕法司，今後凡貪贓等項官員被巡按御史、按察司官提問明白，追有贓私，律該爲民充軍，不分已未發落。妄捏虛詞，撼拾原問官員者，或另行差官，或備行巡撫等官，先行提吊一干人卷，勘問明白，別無冤枉，委係撼拾。該充軍者，發極邊衛分充軍；該爲民者，發口外爲民。若御史、按察司官果有枉問及違法情罪，明白參奏，按察司官行巡按御史就彼提問。御史罪重者，行提來京；情輕者，候巡按滿日，到京參送問罪。不許輒便將御史等官一概奏提，及就彼與原問囚犯一同取問。仍行各處按察司出榜，於所屬張挂曉諭。如此則貪官知所警懼，而風憲不至沮壞矣。

一、擇人才以典刑獄。

切惟刑者，國之重事。死者不可復生，斷者不可復續，而司刑者不可不得其人也。得其人，則刑罰適中，而下無冤民；不得其人，則刑罰濫及，而上干和氣。故雖皋陶掌刑，而帝舜有明允之命；呂侯司刑，而穆王有敬明之戒。是則司刑之官，豈可不慎擇其人而任之哉？

我朝舊例：凡各處按察司官有闕，吏部於兩京法司、御史、郎中、員外郎、主事、評事等官內除授，都、布二司理問所、斷事司斷事、理問及各府推官有闕，俱於法司、歷事、舉人、監生內除授，尚不得人。近年以來，吏部將各處知府除授副使，府同知、知州除授僉事，而推官、斷事等官一概以年老監生除授。且前項等官多有不識憲體、不諳刑名，問刑之際，止憑奸吏任情出入。傷天地之和，召水旱之災，未必不由於此。及各處巡撫、巡按并三司官，多有將推官理問斷事，往往差遣赴京，或別項公幹，經年半載，不得回任。以致問刑闕人，尤爲誤事。

如蒙乞敕吏部，今後各處按察司，不分問刑、管屯、整飭、兵備等官有闕，俱於兩京法司屬官內推選除授；推官、理問、斷事有闕，俱於法司辦事進士及歷事年力精強舉人、監生內除授，不宜似前一概濫除。仍乞敕內外問刑衙門，以欽恤爲心，以人命爲重，務求真情，勿致虧枉。仍行各處撫按等官，不許將推官、理問、斷事違例擅便差遣，有誤問刑。如此則司刑者各得其人，而刑不致於枉濫矣。

一、責成效以革奸弊。

洪惟我朝設按察司以總理各道，以肅清郡縣，無非欲振揚風紀，彰明憲度，俾官吏守法，而小民之獲安也。其分巡官出巡，往回月日，亦有定制。洪武、永樂年間，各處分巡、分管官常川在外，遍歷所屬，接受詞訟，禁革奸弊，宣布教條，訪察民隱，所以貪污知所警懼，軍民不被殘虐。近年以來，多有顧戀妻子，罔肯出巡，所過州縣，暮到朝行，甚至偏僻去處，經年不至，地方事情，全不留意。官吏貪酷，若罔聞知，所以政令日隳而奸弊滋甚矣。必須定與期限，庶可責其盡職。

如蒙乞敕各處巡撫、巡按等官，今後布、按二司分巡、分管官員每年春二月中出巡，七月中回司，九月中出巡，十二月中回司。務要遍歷所屬，每處所住，不拘日期，凡貪官污吏、蠹政害民，及一切興利除害之事，有益地方者，務在舉行。每季終，分巡官將問過贓污官吏名數，追過贓罰等項數目，及完過勘合詞訟；分管官將催完過錢糧，撫安過人民，并一應合行事件，各開報撫按處查考。撫按回日，仍具略節，總類開奏。乞敕該部候三年、六年考滿之時，據此黜陟，若推奸避事，曠職苟祿，不依期限，擅自回司者，許巡按御史指實參奏究問。若有地方緊急事情，應回與撫按官計議者，不拘此例。如此則官無瘝曠，而奸弊為少革矣。

一、申命令以修庶務。

洪惟我朝洪武、永樂以來，於各邊添設將官，假以節鉞之拳，①以鎮守其地。各處設都、布、按三司，授以方面之寄，以分理庶事。無非欲振揚威武，修飭邊備，以防外侮之侵；承流宣化，激濁揚清，以造生民之福。彼時各官奉公守法，仰副委托，所以朝廷無外顧之憂，生民免流離之苦。近年以來，各邊將官中間多有指以進貢為名，肆意科斂軍士，廣置第宅，恣情燕樂，軍馬凋弊而不整，邊備廢弛而不修，一遇有警，動輒請兵。其各處三司官，亦皆因循苟且，惟望升遷，瘝曠逢迎，罔思補報，錢糧侵費，詞訟不清，小民控訴無門，盜賊任其滋蔓。此皆方今之弊，而所當痛革者也。

伏望皇上降敕，切責各邊鎮守、總兵，并各處都、布、按三司及巡撫官員，務要下思安享祿位之榮，上念朝廷付托之重，洗心滌慮，改過自新。為鎮守總兵者，用心操練軍馬，修飭邊備，務使軍士精銳，威武振揚，以戰則勝，以守則固；為巡撫三司者，務使朝廷恩澤之下布，郡邑貪污之斂迹，倉廩充實，軍民安妥，凡百政令，無不修舉。如仍蹈前習，許巡按御史從公糾舉，國典具存，決不輕貸。如此則命令申嚴而庶務益修矣。

一、逐術士以防扇惑。

切惟禁門不許擅入者，所以防大奸也；左道邪術之有禁者，所以懼亂正也。故我太祖高皇帝於《大明律》及《皇明祖訓》皆惓惓以致意焉。其所以鑒前代之失而立萬世之規者，其慮深且遠矣。洪武、永樂、宣德、正統年間，邪異之人不敢輕至京師。近年以來，或扶鸞禱聖，或書符咒水，或燒煉丹藥，或假稱耳報，一切邪術人等往往來京潛住，始則出入大臣之家，終則進入皇城之內，妄言禍福，扇惑人心。如往年李子龍，近來李孜省、鄧常恩之輩，夤緣妄為，人所共怒，莫敢誰何？幸而天厭其禍，俱已敗露，然雖敗於一時，誠恐復於後日。若不嚴立重

---

① ［校］拳：《四庫全書》本作"權"。

禁，何以警戒將來？

如蒙乞敕各該衙門，行令巡城御史及五城兵馬司并錦衣衛巡捕官校，嚴督地方人等，各於所管地方逐一挨訪，除軍匠、旗校、監生、吏典、承差、知印、天文、陰陽生、醫士、上納糧草之人外，若係邪術之人，不分有無文引，無故來潛住，妄言禍福者，俱要趕逐出京。若一月不出，仍前在京潛住者，捉送法司，問擬明白。軍發極邊衛分充軍，民發口外爲民。仍乞敕守皇城四門內外官員，今後務要用心關防搜檢，但有前項之徒，及不係內府工作人役，擅入皇城者，就便拿獲，具奏送問。如有故違，事發一體治罪。如此則邪術有禁，而人心不至於扇惑矣。

一、擇守令以固邦本。

洪惟我朝設官分職，各有體統，上下相維，以臻治理。即古六卿分職，各率其屬，以倡九牧，阜成兆民之意也。今在外之官方面固重，而守令爲尤重。蓋守令爲親民之官，得其人，則民受其福；不得其人，則民受其殃。自古願治之君未嘗不以守令爲重。往年知州、知縣未盡得人。該大學士李賢奏准，凡遇朝覲之年，吏部於聽選監生、舉人內，不分附選遠近，考選銓除。臣在陝西巡撫之時，亦曾具奏於進士、舉人內選擇除授，以此大州巨邑，民頗受惠。近年以來，各處知州、知縣有一年不曾除授者，甚至有二年除授不到者。詢其所以，蓋由吏部每選考試之時，無堪任守令之人，以此遲遲。正官既闕，佐貳管事，遲一日則民受一日之害。且堂堂天朝，豈無其人？蓋因拘於附近年月，所以不得越期除授，誠恐豪傑之才坐淹歲月，多至衰老，不得實用。臣實惜之。

如蒙乞敕吏部，查照大學士李賢奏准事例，每年一次，於聽選舉人、監生內，考選年力精強，堪任知州、知縣者若干人，臨時於各衙門辦事進士內相兼選用，不許將雜行之人除補。仍預訪州、縣之煩簡，斟酌人才之高下除授。其四川、雲南、廣西、福建路途遙遠，江水險惡，所除官員一年之上方得到任，若候闕到，方纔除去，不無太遲。亦須照闕，預先一年除授，前官縱有事故，亦不至於一年之久。至於布、按二司官、各府知府，乃守令之綱也，所係甚大，尤宜慎選升用。俾嚴考守令之賢否，以報撫按，撫按覆考是實，轉達吏部，吏部再加訪察，以憑黜陟。如此則守令庶得其人，而政事修矣。

一、嚴考核以示懲勸。

洪惟我朝舊制，凡在京各衙門屬官，三年、六年、九年考滿之時，本衙門考核後，俱送都察院考核。初任稱職者，朝廷給與誥敕，封贈其親；不稱職者，不得關給，且有黜焉。此乃勸善懲惡，旌廉戒貪，即古三載考績，黜陟幽明之意也。比先年間，依此考核，人無異言。近年以來，各衙門屬官因見本堂上官考稱本院詢訪行止平常，考作不稱職者，輒便捏詞具奏，或造謗言。原考御史多被連累，自此因循，虛應故事，以致賢否不分，廉貪無辯，祖宗勸懲之典廢弛殆盡。若不從公考核，無以警戒百司。

如蒙乞敕六部等衙門堂上官，今後考核屬官，務要察其平昔行止，斟酌出與考語。若本院考核不稱職官員，敢有似前捏詞妄奏原考御史者，許十三道御史將本官實迹明白劾奏，有贓者問罪罷黜，平常者降調外任。其本官委係廉能，而御史挾私，考作不稱者，一體治罪。如此庶舊典不致廢墜，而官僚知所警戒矣。

一、禁公罰以勵士風。

切惟科罰科斂，法律所當最禁者也。邇來人心不古，貪風愈盛，天下府、州、縣官員不才，犯此者固多。中間有等曾經旌異，或上司禮待，稱爲賢能者，往往假公營私，罰取百端。一年之間，所罰銀不下數百餘兩，甚至千有餘兩者。誠恐議論，欲掩人之耳目，或領支修理學校，或給發蓋造衙門。官用者百無一二，入己者十常八九。其三司官指以公用爲由，亦各濫罰財物。憲宗皇帝明見此弊之甚，曾降戒諭之敕，比之穿窬之盜。今弊尤存，尚不知改。且兩京爲天下之本，四方之極，源清則流潔，表正則影直。兩京各衙門屬官中，持正操節者固多，而濫罰財物者亦有。及供送柴薪皂隸到京，正數已足，縱容家人指要銀兩，致民嗟怨，有玷士風。

如蒙乞敕各處巡撫、巡按并布、按二司各行分巡、分守官員，嚴加禁約所屬，不許似前公罰財物，虐害小民。敢有不悛，從公體訪得實，不分有無原告，就便拿問如律。其三司官尤須律己正人，毋蹈前轍。如有故違，巡按御史即便糾劾。仍乞敕兩京堂上官，各戒所屬，以革前弊，益敦廉恥之風，共助維新之治。如此則庶官各知所警，而士風爲不偷矣。

一、廣儲積以足國用。

切惟自古君天下者，莫不競業自持，省財節用，恒以國用之不足爲憂。洪惟我朝列聖相承，咸能愛惜民財，不肯妄費，雖賞四夷，不過彩段，所以內帑金銀常有數百萬之積。近年以來，群小用事，妄興造作，欺罔多端，以致府庫爲之空虛，天下爲之困憊。皇上嗣登寶位，賞賚未周，而內藏已蕭然矣。況天下府、州、縣倉廩，俱無數月之糧，而各邊亦止有二年之用，萬一邊方有事，或水旱災傷，將何以濟？興言至此，深可寒心。

如蒙乞敕戶部，通查在京及天下方面府、州、縣、衛所大小文武官員，及各王府宗支一應軍士若干，共該支本色俸祿糧若干，折色銀鈔若干，通計天下歲收稅糧金銀若干，鈔貫若干，有無彀用。如果不足，作何區處使不闕乏。及內帑前項已空之數，如何措置，使之充盈。或造鈔貫，或鑄銅錢，或清理鹽法，或查勘屯田，或閘辦天下之稅課，或清查各處之船料。凡理財之方、足國之計，無擾於民、有益於國者，宜從計處，具奏定奪。如此則儲積可廣，而國用爲之不乏矣。

一、恤土人以防後患。

切惟思患豫防，有國之大事；防微杜漸，保治之良圖。臣切見順天府所屬固安、永清、武清、漷縣及保定、定州、河間等處，洪武、永樂年間，原安插土達不下千戶，百十餘年，生齒日繁，雖同編氓，終係異類。即今精壯男子，恐有萬餘。爲官者，止憑俸祿，而俸祿爲有限；在鄉者，全藉田土，而田土爲不增。況達官折俸銀兩，比先年間按季關支，近來過二三季或一年不得關支者，賴此養贍，別無營生。一有不足，爲盜行劫，勢所不免。萬一邊方有警，不無乘機剽掠，事之可憂，莫大於此。必須使之得所，庶可保無後患。

如蒙乞敕戶、兵二部計議，將在京各衛達官折色俸糧，務要按季關與。及將在外各處土達，如果田土不足者，或將空閑地土，或將入官莊田，分撥各人耕種，使足養其妻子，不致失所。以絕爲盜之心，以杜覬覦之念。或選立屯長，使有統屬；或拘官操練，得食口糧。該管官員加意存恤，果有違犯，治之以法。凡可以立久遠之規，彌後日之患者，宜從計處，具奏定奪。如此則撫恤有方，而不貽患於後日矣。

一、清僧道以杜游食。

切惟天下之事，有當緩而所係急者，僧道是也。蓋當緩者，僧道也；所係急者，民食也。若視僧道爲緩而不嚴加清查，則游食者日衆而民食恒不足矣。我朝定制，每府僧道各不過四十名，每州各不過三十名，每縣各不過二十名。今天下一百四十七府、二百七十七州、一千一百四十五縣，共額設僧三萬七千九十餘名。成化十二年，度僧一十萬。成化二十二年，度僧二十萬。以前各年所度僧道不下二十餘萬，共該五十餘萬。以一僧一道一年食米六石論之，共該米二百六十餘萬石，可足京師一年歲用之數。況又不耕不蠶，賦役不加，則食之者衆而爲之者少矣。其軍民壯丁私自披剃而隱於寺觀者，又不知其幾何？創修寺觀，遍於天下，妄造經典，多於儒書。敗化滅倫，蠹財惑衆，自京師達之四方。公私之財，用於僧道者過半，民食不足，未必不由於此，其勢又不能盡去。若不通查嚴禁，則將來游食者，何有紀極？

如蒙乞敕禮部，通查天下并在京寺觀共若干處，僧道共各若干名，除額度之數外多若干名。如果數多，既已關有度牒，難以追奪，明白具奏，不許額外再度僧道。直至額數不足之時，方許各該有司具結照數起送，關給度牒。敢有故違再言度僧者，許科道官糾劾拿問。仍通行各該撫按等官，督責官司，嚴加查勘。但係新修私創寺觀，即便拆毀，併於古刹大寺觀。其中但有原無度牒行道童，即令還俗當差。敢有私創庵觀，及容隱未度行道童收爲徒弟者，各問發口外爲民，寺觀住持還俗爲民，僧道官罷黜。不舉者罪同。所司官員容隱者，亦治以罪。

仍通行天下撫按出榜，嚴加禁約。仍令各寺觀按月開報，不致故違，重甘結狀，付所在官司查考。如此則僧道無濫度之弊，而民食不致坐費矣。

一、敦懷柔以安四夷。①

切惟四夷來貢者，慕化之誠；朝廷優待者，柔遠之道。此前代之所行，亦我朝之故事也。洪惟我太祖高皇帝膺天明命，汛掃胡元；②太宗文皇帝神武雄略，威震朔漠。四夷八蠻罔不來貢。賜以彩段衣服，待以下程筵宴，十分豐厚，使之厭飫，所以畏威感恩，蠻夷悅服。自成化年間以來，光祿寺官不行用心，局長作弊尤甚。光祿寺屬儀部，所撫夷一節，爲樞部職掌，故公疏及之。凡遇四夷朝貢到京，朝廷賜以筵宴，與之酒食，大宴品物頗可，而朔望見辭酒飯甚爲菲薄。每楪肉不過數兩，③而骨居其半；飯皆生冷，而多不堪食；酒多攙水，而淡薄無味。所以夷人到席，無可食用，全不舉筯。且朵顏等三衛、海西等處達子女直固不爲意，而安南、朝鮮

---

① ［校］敦懷柔以安四夷：崇禎本作"敦懷柔以安四夷疏"。
② ［校］胡：《四庫全書》本作"前"。
③ ［校］楪：《四庫全書》本作"樣"。

知禮之邦,豈不譏笑?① 臣昔往遼東整飭邊備,曾聞夷人怨言,亦嘗具奏。蒙憲宗皇帝敕令禮部、光禄寺,凡遇宴待夷人,禮部該司官并光禄寺堂上官各一員巡看,一時頗可,今猶如舊。臣若不再言,年復一年,益加苟且,非惟結怨於外夷,其實有玷於中國。此事雖小,關繫甚重。

如蒙乞敕禮部,查照洪武、永樂年間事例,及欽奉累朝奏蒙詔旨,行令光禄寺,今後凡遇外夷朝貢到京,或該筵宴,或朔望見辭酒飯,務要照依先年定例,差官看視。下飯斤數不許短少,飲食菜蔬俱堪食用,酒亦不許攙水。今後除筵宴外,其午門外夷人酒飯,仍令每日侍班御史巡看。但似前剋減酒肉十分菲薄者,許將光禄寺官并局長等參奏拿問。如此庶使懷柔有道,而得外夷之歡心矣。

一、節財用以蘇民困。

切惟爲國莫先於愛民,愛民必先於節用。苟不節用,必至於傷財,傷財必至於害民。雖有愛民之心,而民不被其澤矣。仰惟皇上嗣登寶位之初,重下寬恤之詔,示以憫念小民。凡事減省之言,此即大禹克勤克儉,文王視民如傷之盛心也。天下蒼生無不欣戴。且我朝洪武、永樂、洪熙、宣德年間,生養休息,軍民富足,故雖外征北虜,②內營宮殿,樂於趨事,未嘗告勞。自正統十四年以後,天下多事,民始覺困。自成化年間,各處鎮守等官争相進貢,科取百端,民愈凋憊。加以山西、河南、陝西連年荒旱不收,有司素無儲積,民之死亡過半,田土荒蕪,而糧稅如故。北直隸、山東之民養馬供柴,而征徭尤重。江南各省人民輸納京儲及供兩京内府物料,民困財竭,未有甚於此時者也。若非節財之用,生養休息十數餘年,豈能蘇其困憊? 然節用之道,必自內府減省始。

如蒙乞敕戶、禮、工三部,各查内府衙門,自洪武、永樂、洪熙、宣德、正統年間,一應供用之物,如油、蠟、猪、羊、鷄、鵝及攛柴夫工價銀兩等類,某年用若干,某年添若干,通查明白,逐一上陳御覽。斷自宸衷,量加減省。若減省一分,則民受一分之惠。就爲定例,不許各衙門再行具奏增添。尤望皇上自今凡百用度賞賜,更加撙節,罷不急之修造,裁冗食之人員,則帝王克儉之盛德,復見於今日,而民困爲少蘇矣。

一、足兵戎以禦外侮。

切惟爲國之道,足兵爲先。兵有不足,外侮何禦?《書》曰:"張皇六師。"《兵法》曰:"亡戰必危。"是知自古莫不以兵戎爲重。洪惟我太祖高皇帝創制之初,設衛籍兵,天下之軍共有數百餘萬。即今百十餘年,而逃亡死絶者過半,蓋由里老埋没,③而無册籍之可查;衛所作弊,而無文卷之可憑。雖有清軍御史,而清出者百無二三;雖解到衛所,而隨逃者十常八九。若再加百年,絶故愈多,此軍士消耗之弊如此也。其見存之軍,江南者俱各守邊備倭,攢運糧儲;江北者俱赴京邊,輪班操備。而在衛守城,不過老幼數百人;都司操練,止有餘丁一二千

---

① [校]"且朵顏等三衛、海西等處達子女直,固不爲意,而安南、朝鮮等知禮之邦,豈不譏笑"句:《四庫全書》本作"且朵顏等三衛、海西等處,風氣樸略,或不爲意,而安南、朝鮮等國使臣,豈不譏笑?"

② [校]北虜:《四庫全書》本作"北敵"。

③ [校]没:《四庫全書》本作"殁"。

名，居重馭輕。京師軍士雖有二十餘萬，南京官軍雖有五萬之上，然多有名無實。況騎射之未精，什物之未備，加以連年做工，疲困已極，輪班往返，艱難尤甚，此軍士見存之弊如此也。消耗之軍既不能復，見在之數又不堪用。兵戎誠爲不足，遇警將何調用。況今胡虜猖獗於甘涼，①出没於西北，强賊又哨聚於江右，此皆腹心之患，而大有可憂者。

如蒙乞敕兵部，通行天下都、布二司，各行所屬衛所、府、州、縣有司，將所管各里軍户充軍衛所、官旗、姓名，逐一查理明白。衛所各將所管軍人姓名、籍貫、充軍來歷、年月審勘無差，各備造文册。江南者送南京兵部，江北者送在京兵部。各將洪武以來舊册查對，如有差訛，即便改正，仍收備照，務要磨勘明白。除年遠盡絕外，將宣德以後逃故之數，每省各抄謄一本。該部照例通行各清軍御史，嚴督所屬，用心清理，不許視常虛應故事。庶奸詐之徒，不敢作弊埋没。其京營官軍，候營造憲宗皇帝山陵畢日，乞敕兵部徑自具奏。請命本部堂上官一員會同各營總兵官，將見操軍馬逐一查理，先儘團營，務足原額之數。其南京各營官軍，乞敕南京内外守備官員，會同南京兵部堂上官，一體清查。仍各禁約管軍官員，不許私占役使，及擅撥做工等項，致累逃亡。候清查完日，各另回奏，仍造册送兵部查考。其見在軍士務要着實操練，精其騎射，養其銳氣，一遇征調，俾克成功。如此則兵戎不致消耗，而戰守爲有備矣。

弘治元年　月　　日題。

奉欽依："這本所言多切時弊，該衙門便看了來說。欽此。"

國子生江都葛洞校正
馬端肅公奏議卷之二

---

① ［校］胡虜：《四庫全書》本作"外夷"。

馬端肅公奏議卷之三

同郡後學魏尚綸編集

選輔導豫防閑以保全宗室事①

太子少保、兵部尚書臣馬文升謹題，爲選輔導豫防閑以保全宗室事。

切惟親莫親於宗室，法莫嚴於祖訓。宗室奉藩循理，恪遵祖訓者，朝廷親親之恩爲益篤；縱欲敗度，有違祖訓者，朝廷黜罰之典所必加。昔周武王克商之後，以其弟管叔、蔡叔監殷，後二叔挾殷之武庚以叛，流言以傾王室，故周公奉命東征，誅管叔而囚蔡叔，孔子恕之。鄭莊公弟叔段，因母寵愛莊公，不早防閑，封之於鄢，縱彼所爲，候其惡深，舉兵伐之，如克常人，《春秋》譏之。一則事干宗社而示天討之公，一則不豫防閑而虧親親之義，或恕或譏，此天下至公之法，而萬世之不可易者也。

洪惟我太祖高皇帝天生至聖，龍飛淮甸，袪除胡元，②奄有中夏，掃一時之陋俗，回百代之醇風。功德之盛，遠符堯舜，有非後世之所能及。故本支蕃衍，亦非前代之所能比。封建諸王，藩屏王室，藩王之子封爲郡王，郡王長子襲封郡王，諸子俱爲鎮國將軍，以漸而降，世爲奉國中尉。凡宗室疏遠者，皆爲奉國中尉，以示宗派，無不授爵也。藩王府內官，設承奉正副各一員，典寶、典膳、典服各所正副各一員，內使六名，各門門正、門副各一員，內使司藥二名，司弓矢二名；外官設長史司左右長史二員，典簿一員，其餘審理、典膳、奉祠、典寶、紀善、良醫、典儀七所各有正副官二員，伴讀四員，教授一員。內外各設官以理一國之政。彼時俱遴選才識老成之人，以充其任，而輔導之方甚嚴。王若有過，先責輔導官員，所以各王讀書樂善，保守其國而稱賢王者甚多，縱欲敗度而被黜罰者間有。自正統年間至今，除秦、晉、蜀、襄、淮、德、吉、徽、崇等府，并新封興、歧等府內官不闕外，其餘王府內官有闕，不行具奏。有一府止有承奉一員，至全闕不補者，宮門傳事，多係女人。其他郡王府亦無火者往來傳事，俱係外人。凡百出入，尤無禁忌。雖有藩王，其郡王并將軍有係尊屬，或族屬頗疏者，雖知所爲非禮，不敢戒諭；輔導官員，不敢諫正。其鎮巡三司官員懼其捏奏、欺侮、離間，動輒差官勘問，亦不敢具奏。所以肆其所爲，有潛蓄异謀而烝淫不道者，有强擄軍民子女而打死人命者，有骨肉相殘

---

① ［校］選輔導豫防閑以保全宗室事：崇禎本作"題爲選輔導豫防閑以保全宗室事疏"。
② ［校］胡元：《四庫全書》本作"前元"。

而致成讎敵者,有密取外人之爲嗣者,有呼喚樂妓入府奸用者,甚至宮闈不肅致生外議者。其他將軍有潛入富樂院宿娼者,或與市人飲酒賭博者,以致祿米揭借於人而衣食不足,鞍馬全無而徒步於市。及至事發,差官行勘,事多不虛。因違祖訓,事干宗社,有不終其天年者,有幽之高牆者,有削去爵秩者,有革去祿米者。況醜惡之事,傳之天下,聞之四夷,又恐史冊書之,貽譏後世,誠有玷於朝廷。若使原設内官不闕其員,早爲扶持輔導,外官各得其人,早爲諫正,藩府親王肯爲戒諭,而鎮巡等官豫爲具奏,豈有前項之事哉!欲其懲治於已敗而示黜罰之典,莫若保全於未然以全親親之仁。

如蒙乞敕各藩王,除本府内官不闕,不必具奏外,其餘闕少内官、内使者,明白具奏闕内官若干員、内使若干名。仍乞敕司禮監於相應内官、内使内,擇其老成讀書者,具奏照闕給賜前去。以後有闕,具奏除補,互相維持府事。其合用衣服、飲食等項,本府照例關給,使之得所,不許凌辱陷害。其郡王府每府給賜内使二名,專管宮闈事務及關防門禁。其長史、紀善、伴讀教授,乞敕吏部今後有闕,務要訪察國子監并在外有學行儒官除授。如藩王所爲未善,長史等官從容諫正。如其不聽,再三匡諫。事情重者,如再不聽,密切具奏。其郡王所爲不合禮度者,教授、藩王密切戒勉。如再不聽,藩王具奏。事情輕者,降敕切責。若事干宮闈重者,差内官、皇親前去體勘,至日密切處置,不宜露泄於外。若係外事,仍差内官并法司官前去勘問。藩王有過,專罪輔導官員;郡王有過,專罪内使、教授。如此關防,事無過舉。其藩王府輔導官員亦要日逐請王於書堂内講讀經史,①王子、王孫亦要講讀習禮。若各府將軍有前項所爲者,各府郡王自行禁治。若藩王、郡王府互相容隱,不行禁治,許鎮巡等官將所爲不法之事會本着實具奏,上請區處。其藩王府選用多人,務要具奏,奉有明文,定其名數,方許於本府軍校之家選用,不許過數,亦不許強買民間子女。郡王、將軍使女,俱照會官奏准事例存留。若擅自買用女子及名數過多,或令外人入府者,許鎮巡官參奏長史、教授,降調遠方任用。若樂工縱容女子擅入郡王府,及容留各府將軍在家潛行,及軍民旗校人等敢有與將軍賭博、誆騙財物,及擅入王府教誘爲非者,事發邊遠充軍,色長依律問罪,革去管事。保全宗室,莫過於此。

臣叨任大臣,每見宗室所爲不善事露,容之則違祖訓,所以不能保全者多。臣切憫之,故敢冒昧上言。伏望聖明留意,俯賜施行,宗室幸甚。爲此具本親賫,謹題請旨。②

弘治九年四月初六日具題。

初八日,奉聖旨:"是。該衙門知道。欽此。"

釐正選法事

少傅兼太子太傅、兵部尚書臣馬文升等謹題,爲釐正選法事。

---

① [校]日逐:《四庫全書》本作"逐日"。
② [校]"臣叨任大臣"句至下文"謹題請旨"句:崇禎本作"伏望聖明留意,俯賜施行"。

檢照我朝所定《諸司職掌》，吏部文選清吏司所掌首開選官。一、作闕。凡內外官員考滿、侍親、致仕、丁憂、殘疾，考功司勘來付案呈本部，立案作闕，類寫闕本，赴內銓注。一、類選。凡考功付到考滿官，司勛付到起復官，及內外衙門送到降用、裁減、截替、別用官員，就憑來文附簿立案，案呈本部，審實相同，比例無差，就便謄錄選本引選。又聞進士、監生、通經、秀才、人材、孝廉、賢良、方正等項，俱憑來文附簿，責供年籍、住址、出身、名色，引奏選用。大意謂凡內外衙門將事故官員開闕到部，明白立案作闕，然後照闕行取各衙門該選進士、監生人等，并九年考滿及三考冠帶聽選官員，考驗停當，分成等第，一具開闕本，一具選本，引奏選用。蒙朝廷照闕，逐項用選官印子，某人至某人某官，以合原闕之數。用選官印子，即朝廷欽選也。候用印子已定，本部遵奉欽定職銜，照闕除授。在內者就令到任，在外者給憑到任。選法始終大意，如此職掌開載甚明，萬世所當遵守。

今在京大小官員及在外方面知府等官有闕，俱據闕推舉相應官員，隨即具奏銓補，准大選在內或闕主事、評事、司務、行人等官，在外或闕知州、通判、推官、知縣等官，或三四百闕，或五六百闕，不知始自何年。行取該選人等查考停當，止具選本，不具闕本，引奏選用。若無闕本，朝廷憑何銓選某人為某官，該若干員。且選法首開作闕，蓋有闕則補官。若選官不具闕本，殊與職掌所載選法不合。臣等再三思惟，實為闕典。若不具奏釐正，誠恐因襲年久，選法愈致廢弛，卒難興舉，所係非細。合無今後凡遇大選，先令該司官於闕內密切查算內外各衙門開到大小員闕共若干，然後照例挨次取辦事進士、聽選監生，并九年考滿該升該降及三考冠帶聽選官，應考試者照例考試，分成等第。臨選之時，照依職掌，一具闕本，一具選本。其闕本止開總數，通行連人引奏選用。候用印子已定，臣等於午門外選官房內，共同吏科都給事中遵奉欽定職銜，照依闕帖填注相應衙門。其餘挂榜抄選等項，照舊施行。庶選法舊規不致廢墜，歷年習弊得以清除，而將來有所持循矣。

緣係釐正選法事理，未敢擅便，謹題請旨。

作養人材以備任使事

少傅兼太子太傅、吏部尚書臣馬文升等謹題，為作養人材以備任使事。

切惟人君莫先於致理，致理必本於人材，人材尤貴乎作養，亦必須作養於先，方可任用於後。得其材，則政舉而天下治；非其材，則政隳而天下危。此必然之理，而治天下之急務也。

仰惟太祖高皇帝奄有天下之初，法古為治，首先開科取士，一以經術為本，最重進士之科，而於京官尤加意焉。何則後日內而卿相正郎等官，外而方面府正，俱於此等官員內升用，故於《諸司職掌・吏部各司》所載內一款："凡在京官初入仕，且令試職一年後考核，堪用者與實授，不堪者量材調用。"係祖宗舊制，亦造就作養人材之一端，所當遵守而不可易者也。不知何年一向廢墜，不曾舉行。所以在京進士等項除授官員之後，不肯用心習學政事，考究古今，涵養德性，端正心術，以致識見未充，心胸未廣。其於持己，或有未至；一遇用人，輒嘆乏材。及至升擢外任，多有不謹，不稱任使。三年之間，罷黜者衆，所以升愈驟而退愈速。即今在京各部無五年以上郎中、員外郎，在外無三年以上布政、按察使。日望升遷，怠忽政務，治道未隆，職此之由，此當今之大弊也。或者未試職之例，久未舉行，一旦行之，人心嗟怨。殊不知洪武年間，法度嚴明，人材老成，猶除試職，所以盡心職務，庶績咸熙。今經百三十餘年，紀綱漸弛，人心怠玩。若不舉行前典，重加作興，誠恐年復一年，人不知警，政愈不舉，所係非輕。

及查得南、北二京各道監察御史初除者，不分進士、知縣、推官，已經任年深，俱與試職一年，使之習學刑名，歷練事體。滿日，本院考核堪用者，具奏實授；不堪用者，仍調除外任。所以人皆敬愼，克舉厥職，頗爲得人。惟六部主事、大理太常寺評事、博士、六科給事中、行人、中書舍人俱不曾試職，就與實授，甚失祖宗作養造就人材以備任用盛意。合無自本年八月大選爲始，前項各衙門除曾經轉升及不該升除方面知府官員，并進士第一甲三名俱不試職外，其餘主事、給事中、評事、中書舍人、博士、行人初除之時，俱照舊制及御史事例，先令試職一年。滿日，聽本衙門堂上官，六科聽都給事中，中書舍人聽掌印官考核，如果勤能不怠，老成練達堪用者，明白具奏。本部再行核實，奏請與實授。若輕浮淺露，怠惰臣事，不堪用者，改除外任。所除試職官，俱懸帶本等牙牌，實授三年後，一體請給敕命，封贈父母妻室。庶人材俱蒙其造就，任用不至於乏人，祖宗舊制亦不至於墜廢而不舉矣。

臣等職掌選法，貴在得人以備任使，以隆治道。伏乞聖明留意，俯賜施行，臣等不勝幸甚。

緣係申明舊制以造就人材事理，未敢擅便，謹題請旨。

重明詔信老臣以愼初政事

少師兼太子太師、吏部尚書臣馬文升等謹題，爲重明詔信老臣以愼初政事。

文選清吏司案呈，奉本部送於吏科抄出，吏科給事中安奎題："近該御用監太監王瑞等題，爲急闕書篆人員事。"奉聖旨："這急闕書篆人員，吏部便訪尋精通的七八人來看。欽此。"該吏部題稱："自來内府各衙門所用雜流辦事之人，俱不經由本部選送，宜從本監徑自訪求能書之人應用。等因。"奉聖旨："還選取來用。欽此。"續該吏部考試得吳一中等八名，頗通楷書等字，乞要轉送御用監收用。奉聖旨："吳一中等八名，并前革退李鼎等六名，都送御用監，通考優劣來説。欽此。"又該吏部執奏："要將吳一中等八名送去御用監收用，李鼎等六名不必同送。等因。"奉欽依："還照前旨通送考試來説。欽此欽遵。"

仰惟陛下以英妙之年，撫盈成之運，渙頒明詔，汰黜冗員，一時仕路頓清，宿弊盡革，中外咸曰："此聖天子維新之美政，垂久之良法也。"夫何旬月之内，率多變更？且雜流之徒，廉恥素無，奔競慣熟，謂傳乞固可得官，遇裁革即該盡黜。不若營謀吏部訪取之名，可爲長久保身之計。致令太監王瑞等題稱："書篆闕人，誤蒙准令吏部訪尋，并選取來用。"又將革退李鼎等六名通令送考，雖該部執奏再三，而陛下終未俞允，使大臣垂首喪氣，謂掣肘而難行；冗食依社憑城，卒夤緣而得計。臣愚以爲，吏部者，朝廷黜陟幽明之司，使既退復進，則吏部爲徒設矣；大臣者，陛下股肱心膂之寄，使論列不行，則大臣爲備員矣；詔旨者，朝廷鼓舞群下之術，朝更夕改，則詔旨爲虛文矣。矧詔旨一出，布滿寰宇，所以洽上下之情者在是，所以新天下之耳目者在是。故凡繼世之君，必頒詔令以繫人心，然又必堅如金石，信如四時，使臣下有所持循，而後可以言治。否則視爲泛常，莫之信從。不信不從，政事瘝廢，世道日趨於壞而不可救藥矣。陛下初嗣寶位，天下延頸，想望太平。顧可徇左右交通之情，進既黜冗濫之徒，與詔旨自相背戾哉！昔人謂南山可搖，而此判不可移。陛下忍令詔旨反一判之，不若矣。臣嘗檢閱冗員，未嘗不爲之愧赧，中間如雙綫匠之類，亦得傅官。其與"竈下養，中郎將，爛羊頭，關內侯"何殊？不意聖明之朝，亦容有此。如李鼎等亦係招收人匠之數，濫叨俸祿，已有年矣。考其所能，不過書篆彈琴一藝之微。有之不足爲重，無之不足爲輕。不審何以克稱聖心？而有回天之力如此。且吏部遵奉明詔，裁革冗濫不下七百餘員，使李鼎等六名奸計得行。臣恐幸門一開，後即爲例。如御藥房欲援引裁革之醫士，則曰"修和闕人，乞要考選"；內官監欲援引裁革之人匠，則曰"造作闕人，乞要查取"。不知陛下何以處之？方今朝政多闕，邊事孔殷，災異頻仍，府庫空竭。陛下自即位以來，未見召一大臣、訪一大政。顧乃於此不急之務、冗濫之徒，既責吏部以訪尋，又責吏部以送考，使此輩不獨一時苟祿以容身，直欲後日名正而言順。雖老臣讜言累進，不恤也；雖詔旨廢閣不行，不恤也；雖大體有損，公論未愜，不恤也。然天下之事，致謹於始，猶恐鮮克有終。以陛下新政之初，謹始之際，施爲如此，其欲終之盡美，治之有成也難矣。痛惟先帝崩逝，今中外人心所賴，扶持世道，整頓紀綱，遵守成憲，三四元老大臣而已。老成之士，朝野蓍龜，即此冗員一事，陛下於老臣馬文升之論列，尚且置之不信、拒之不從如此，不知此外可信從者果何人哉？臣聞執狐疑之心來讒賊之口，持不斷之意開群枉之門。近日，文升執奏前事，至於旬日，留中不出。臣仰測淵衷，欲從文升之論，則拂左右懇乞之私；欲遂左右之私，又非大公至正之道。以故展轉，卒從前旨，遲遲而出耳。使事事如此，將來群小肆志，賄賂公行，馴致主威不振於上，政柄潛移于下矣。新政之累，孰大於此？況裁革冗員，雖係吏部之職掌，舉正欺蔽，實臣本科之攸司，用是不忍緘默，爲陛下激切言之。

伏惟聖明俯納臣言，收回成命，敕令吏部將李鼎等六名仍遵詔旨革退爲民，惟復拿送法司，追究交通情弊，以爲將來之戒。其吳一中等八名，務照吏部所擬，必候辦事十年滿日，給與冠帶。再辦事五年滿日，量除鴻臚寺序班仍前辦事，不必考滿升用，著爲定例。以後若有夤緣傳乞升職者，許該部及臣等指實參奏，庶弊源永塞，政體不虧。上有以彰聖明納言之美，下有以遂老臣報國之心。等因。具題。奉聖旨："該衙門知道。欽此欽遵。"抄出送司。查得近該御用監太監王瑞等題稱："儒士李鼎等六名革退爲民，各不應役。即今成造上用生活，并寶纛、龍旗、龍床等項，無人書篆。乞敕吏部查照先年事例，考取精通楷書、篆書、西番、西天等字人員，量送六七人赴監辦事。等因。具題。"奉聖旨："這急闕書篆人員，吏部便訪尋精通的七八人來看。欽此。"本部查得，李鼎等五名先因御用監招作諳曉楷、篆、西番、西天等字，并撫琴。隨該工部參稱："李鼎等既謂之舍人,固非在監人匠之屬所習字業,又非該監應有匠色混同招收,不過他日傳奉之媒。"奏奉孝宗皇帝聖旨:"改作儒士,御用監辦事。甫及三年,奏要比照儒士彭勉循事例授職。"又該本部參稱:"不應妄引事例,合送法司問罪。具題。"節該奉孝宗皇帝聖旨:"准與冠帶。欽此。""及查得趙垚亦係傳奉之數,俱各近奉明詔,本部查奏革退爲民。今御用監成造上用生活,合用楷、篆等字人員,宜從本監徑自訪取應用。等因。具題。"奉聖旨:"還選取來用。欽此。""本部訪得在京官舍等項邢溥等五十七員名,各諳曉楷、篆等字。考得數内吴一中等八名,頗通前項字樣。及議擬各人俱係白衣出身,必候辦事十年,給與冠帶。又辦事五年,量除鴻臚寺序班。不必考滿别項升用。等因。開坐具題。"奉欽依:"還照前旨通送考試來説。欽此欽遵。"覆奏間,今該前因,案呈到部。

　　看得吏科給事中安奎所言,大意欲遵明詔以革幸進之徒,恤人言以謹傳奉之漸。不使李鼎等復得進用,而壞維新之政,是亦本官職分之所當爲。臣等亦竊思之,李鼎等不過書篆小藝,其先以匠役招收後,又改作諳曉楷、篆、西天等字。已該工部參其爲傳奉之媒,續要乞授職事。又該本部參其妄引事例之罪,及今貪緣進用。據其前後奔競情節,比之其他一時傳奉升官者,又大有不同。臣等執奏,①非與李鼎等别有雠怨,固欲沮之,但以皇上新政之始,中外企望之時,今乃因李鼎等五六小人撓亂,使明詔不信于下,物議騰沸于朝。傳奉又開,末流難禁,蠹國致災,實由於此。關繫治體,誠非細故。

　　伏乞聖明留神省覽,合無俯從諫官之議,仍依臣等所言,將李鼎等不必送考,照舊爲民。其吴一中等八名,本部送赴該監收考,中者留用,不中者亦從黜退。其考中之數、月支俸糧及辦事除官等項,月日俱仍依臣等所擬。以後若有貪緣升職者,許本部及科道官指實參奏拿問。如此則皇上從諫之美可以追配祖宗,用人之善可以益隆治道,冗食自減而幸門少塞矣。

　　緣係重明詔、信老臣,以慎初政,及節奉欽依:"還照前旨,通送考試來説。并該衙門知道事理。"未敢擅便,謹題請旨。

　　正德元年二月二十六日具題。

　　次日,奉欽依:"是。欽此。"

國子生江都葛洞校正
馬端肅公奏議卷之三

---

① [校] 執:《四庫全書》本作"節"。

馬端肅公奏議卷之四

同郡後學魏尚綸編集

巡撫事 凡七條

都察院右副都御史臣馬文升謹題，爲巡撫事。

查得先該户部奏准："各處巡撫官員，每年八月以裏一次赴京議事。"續准兵部咨爲公務事："照得各處巡撫官員，每年在邊者於四月内，腹裏者於八月内，到京議事。緣即目各處地方，中間賊情未甚寧息者，若令一概赴京，誠恐闕人誤事。合無行移各處巡撫官員，其斟酌各該地方，如果平安，別無緊要事情妨占，照例議事。若是地方賊情尚未寧息，軍民未得安緝，有事難以摘離，宜從將應議事件明白條陳，徑自奏請定奪。等因。具題。"奉聖旨："是。各處正要用人，且都不必來。欽此。"備咨前來。

臣猥以菲材，謬膺重寄，夙夜憂惕，思圖報稱，惟欲軍民安妥，地方寧静，其一應合行有益軍民事務，除遵依欽奉敕諭内便宜處置事理，陸續施行，及會同欽差鎮守陝西太監等官計議停當，節次具奏外，今將合議事件開坐具本，專差舍人某人賫捧，謹題請旨。

計開：

一、重守令以廣德澤。

切惟致治莫先於安民，安民在擇乎守令。蓋守令者，親民之官。守令得其人，則庶民皆安養，而天下無不治；守令不得其人，則百姓受其殃，而庶政無不隳矣。故自古英君誼辟，欲躋民於雍熙太和之域者，未嘗不以慎擇守令爲先務焉。

洪惟皇上愛民之心，無異於舜、禹；①宰相贊理之勤，有同於伊、周。然而治不古若，而小民不蒙致治之澤者，蓋以守令不得其人而已矣；守令之不得其人者，由作之無其法而已矣。切見今之守令，由進士、舉人出身者，往往多得其人；由監生除授者，鮮有能稱其職。揆其所自，其監生坐監，并在吏部聽選，通前二十餘年，方得出身。比至除授之時，年已五十之上，鬚髮皓然，神志昏倦，其意以爲在任不久，又將黜退，升用之例，諒不我及。所以惟務貪賍之計，罔有治民之心。如此而欲望政事之理、②人民之安，豈可得乎？雖有吏部考察黜退之例，及

---

① ［校］舜、禹：《四庫全書》本條作"堯、舜"。
② ［校］望：《四庫全書》本條作"其"。

臣與巡按御史、按察司拿問之嚴，然今日之黜退者，爲因老耄貪婪，後來之除授者，又有老耄闒茸之甚於前所退者。蓋以國子監所養人材，不過如此。若止仍舊考察，數數黜退，而不知所以更張遴選之，則小民送舊迎新，徒爲勞費。

夫更賢所以育民，①而賢才之盛，未有過於進士也。以進士而除授，今人皆以爲幸登黃甲，輒除外任，有辜父母之望，而灰士子之心也。殊不知設科所以求賢，求賢所以爲民。以年幼進士而任守令，民情世故，無不練達。他日或居藩臬，或補内任，輔世長民，綽有餘裕，是亦作養人材之一端也。陝西地方比之各處，大有不同，其同知、判官、縣丞、主簿，近年部運各處邊方夏、秋稅糧，相繼往來，並不在任，止有知州、知縣獨員處事，若非得人，事何克濟？

伏望皇上以生民爲念，以守令爲重。乞敕吏部，今後各處知州、知縣有闕，照依已故太子太保、吏部尚書兼謹身殿大學士李賢奏准事例，每選將在部聽選舉人，不分到部年　月日遠近，及監生中年未老耄、資質英俊者，通行考選。學問老成，文移頗通，堪任正官者，并將各部觀政進士，照依甲數挨次取用。除京任外，其餘相兼舉人、監生，除授知州、知縣。其進士到任之後，果有廉名，政績昭著者，不分三年、六年，仍要挨次擢用。知州量升郎中，知縣量升主事、御史、評事。或令巡按御史并布、按二司官於所屬官員内，廉名素著，才能出衆，堪任知州、知縣者，各舉所知三五員，各另徑自具奏吏部定奪授職。在任若有貪淫，事發連坐舉主之罪。以後知州、知縣有闕，俱照此例除選。如此庶使守令皆得其人，而太平之治可期矣。②

一、添風憲以撫流民。③

臣聞防於未然者易，除患於已然者難濟。蓋禍患未萌，以治術防之而有餘；禍患已成，雖兵戈除之而不足。此古人所以圖難於其易，而消患於未然也。切照漢中府地方廣闊，延袤千里，人民數少，出産甚多。其河南、山西、山東、四川并陝西所屬八府人民，或因逃避糧差，或因畏當軍匠，及因本處地方荒旱，俱各逃往漢中府地方金州等處居住。④彼處地土可耕，柴草甚便，既不納糧，又不當差，所以人樂居此，不肯還鄉。即目各處流民，在彼不下十萬之上。去歲因滿四等反叛，臣恐乘機哨聚，爲患地方，已令按察司僉事孫逢吉前去彼處查勘，見數造册收照。行仰各該官司撫恤禁治，聽其自在生理，候豐年省令回還。⑤何不分立州縣以治之？此等之徒，若逼趕緊急，又恐激變爲患。若聽令在彼居住，難保久遠無虞。況漢中山勢之險，尤甚於竹、房；流民之多，不減於襄、鄧。雖嘗委官巡視，終是責任未專。必須添官以專其任，庶使地方可保無虞。

查得河南爲因南陽之間流民數多，⑥添除參議、僉事各一員，奉敕專一撫治。近於荆、襄、南陽之間，又蒙欽命都御史一員，以總其事。是皆思患豫防、防微杜漸之意也。如蒙乞照

---

① ［校］更：《四庫全書》本作"用"。
② ［校］治：底本作"冶"，據《四庫全書》本改。
③ ［校］添風憲以撫流民：崇禎本作"添風憲以撫流民疏"。
④ ［校］逃往：底本及諸校本均作"逃住"，據文意改。
⑤ ［校］省：《四庫全書》本作"着"。
⑥ ［校］數：《四庫全書》本作"甚"。

河南事例，或添除、或就於按察司僉事內專委一員，請給敕書，前去漢中府，就帶家小，專一在彼往來巡視，撫治前項流民。其一道分巡事務，亦令本官管理。及會同守備漢中府都指揮張順，操練軍馬，守護城池，禁革奸弊，防察不虞。務要處置有方，不許偏執誤事。如此庶使責任專一，而地方可保其無虞矣。

一、增課鈔以贍軍用。

切惟理財之方，有經常之道，有權時之宜。經常之道，可行於無事之日；權時之宜，則施於財匱之秋也。若拘經常之道，而不知權時之宜，則軍國之用有不足，而贍軍之需有不克矣。

照得陝西所屬衛所官軍，除沿邊外，其腹裏軍人月糧該支一石者，止關本色六斗，其餘四斗折支鈔貫。其軍職不分沿邊、腹裏，四六關支，本色六分，折鈔四分。及查得官軍折俸、折糧，并各王府及將軍儀賓，并司、府、州、縣官員折俸，通共一年該用鈔一千七十六萬五千四百六貫。今所屬每年止收額設戶口、食鹽、課程鈔共九百五十八萬七千四百九十四貫。所收不及所用，一年共欠少一百一十七萬七千九百一十二貫，而災傷減免者不在其數。且陝西官軍披堅執銳，臥雪眠霜，比之各處官軍，勞逸不同。其妻子在衛，全資月糧、俸米養贍，爲因糧餉不足，減半折支鈔貫。今所折鈔貫亦因不敷，有一二年不得關支者，四五年不得關支者。縱得關支一年鈔貫，亦不得易買數月之糧。又兼要買補馬匹，置備軍裝，或典賣妻子，或揭借財物，艱難困苦，相繼逃亡。月糧折支鈔貫，人情已有不堪，鈔又不得關支，事體尤非所宜。今官軍折支俸糧鈔貫既有不敷，若不行權時之宜，另行設法整理，誠恐年復一年，困苦嗟怨，益爲罷弊，將何以蓄養銳氣，而使折衝禦侮也？

臣看得西安府在城四門，一日之間，各處販賣柴薪等項牛騾車不下五百餘輛。及看得陝西、河南客商販賣馬騾，一年之間，亦不止數萬餘匹，俱從潼關經過。前項車輛馬騾亦令投稅，若將馬騾車輛量加納稅鈔，是亦權時增廣鈔貫之一端也。

如蒙乞敕戶部計議，轉行陝西布政司，將西安府在城四門所進柴薪等項車輛，照依在京事例，每大車一輛納鈔四貫，小車一輛納鈔二貫。其馬騾委西安府首領官員於潼關收報，每馬一匹納鈔十貫，每騾一頭納鈔五貫。每季將二項所收鈔貫俱送布政司官庫收貯，以備官軍折色俸糧支用。候年終，將通收過鈔貫數目，布政司造冊奏繳戶部查照。其收鈔去處，按察司分巡官不時巡視，敢有作弊者，就便拿問如律。如此庶使課鈔頗增，而官軍俸糧折色不至匱乏矣。

一、恤軍士以蓄銳氣。①

切惟克敵制勝，莫先於軍士之效勞；養銳蓄威，必在乎衣食之充足。蓋軍士在邊，必衣食充足而後可以蓄養其銳也。苟衣食不足而饑寒一身，彼則自顧之不暇，尚何望其用命而樂爲之用哉！此古之名將所以與士卒同其甘苦而頻加犒勞者，蓋以此也。

照得陝西腹裏衛所軍士俱在三邊操備，有一年一次回衛休息者，有十八個月回衛休息

---

① ［校］恤軍士以蓄銳氣：崇禎本作"恤軍士以蓄銳氣疏"。

者，又有一家正軍餘丁二三名在邊操備者。其在衛餘丁，又要種納屯糧、子粒、守城等項差使。且以在邊軍士言之，既有官給騎操馬匹，赴邊之日，彼處總兵、副參等官，每軍一名，又要脚力或馬或騾一匹頭，其軍士既無營生，又無產業，止靠月糧六斗養贍，置備軍裝，整理盤纏，亦皆仰給如此。懼怕到邊責打，只得原籍戶下津貼財物，置買前去。比至，則邊方該管官旗，或指以置買旗號纓頭爲名，或假以修理城垣門樓爲由，節次科斂，逼迫無奈。又將原買脚力馬騾變賣出辦，未及一年，使用盡絕。或又有倒死官馬，隨要買陪，逼迫緊急，只得揭借或本管指揮千百戶、彼處副參等官馬匹、錢物。馬一匹還銀二三百兩者有之，銀一兩還本利三四兩者有之。彼至回衛，各官家人隨即前來索取。在衛官員懼其勢要，只得監追，或典賣妻子，或揭借月糧歸還前去。陪馬一匹，已至破家蕩產，倘再倒死，將何所買陪。因此而逃亡者十常八九，所以各邊軍士日見闕少。如此軍士安得不逃？軍衛安得不空？且以官馬倒死，責令陪補，固爲良法。其馬之倒死，若不論其急病瘦損倒死之分，一概令軍陪補，誠恐年復一年，艱難益甚。又不止於逃亡之患，而恐有意外之虞矣。罷弊軍士，莫甚於斯。況在邊軍士多有衣不遮體，食不充口，瘦損尪羸，形容枯槁，總兵等官略不介意。臣在石城，目所親睹者如此，而欲望其用命效勞，克敵制勝，蓋亦難矣。所以一遇虜寇犯邊，①多有不能支持，必須奏討京軍。若不肯着實優恤，蓄養銳氣，誠恐因循年久，益加困弊。北虜窺伺我軍虛實，②擁衆犯邊，重有以貽國家之大患也。臣每念及此，深爲寒心，犬馬之誠，不敢不露。

如蒙乞敕兵部計議，行移各邊太監、總兵、都御史等官，今後將所屬官軍領騎操馬匹，置立印信、文簿，每月三次點視。膘息肥壯者列爲一等，膘息瘦者列爲一等。若三次點視俱瘦，以後馬匹倒死者，着令買補，以戒軍士不肯用心喂養之弊；其三次膘息肥壯，遇有緊急病證倒死者，免其追陪，以蘇軍士艱難之苦。如果例該買補，本軍在邊艱難者，行移原衛，着落戶下餘丁買補完備，本都司差人解送前去。若是各軍將及下班倒死馬匹者，就仰回衛，從容置買。上班之日，騎坐赴邊，及遇有纓頭、旗號損壞，須該置備者，令總兵、巡撫等官設法措置，買辦應用。如果無處措置，行移陝西都、布二司，派屬買辦解去，並不許分毫科擾於軍。及非奉奏准事例，亦不許擅自役使酷害。其各軍士上班脚力，隨其貧富，或騾或驢，或二人共買驢者，各聽從其便。總兵等官俱不許追究逼迫，及不許仍前放債於所管軍士，令家人前去各衛取討，逼軍逃竄。果有前項奸弊，許巡按御史指實具奏區處，仍用心優恤軍士，作興銳氣，務令得所，不致逃亡。如此庶使軍士感激，而可以成克敵制勝之功矣。

一、清軍丁以杜勾擾。

切惟發冊清取軍人，不許差官擅勾，所以絕勾擾之弊，而立長久之法也。然法立既久，不能無弊，若不隨時斟酌，嚴爲禁治，則前法愈壞，奸弊愈生，而民有不勝其害者矣。

近該陝西布政司清軍委官左參政于璠呈：查得節據西安府耀州等州、蒲城等鄉軍丁

---

① ［校］虜寇：《四庫全書》本作"敵寇"。
② ［校］北虜：《四庫全書》本作"北人"。

惠林等各告稱："各有户丁應當瀘州、利州、清川等衞所軍役。"有告稱："在營見有正軍身力精壯，又有餘丁三四丁者、七八丁者、十四五丁者，甚至二三十丁者，俱各種田買賣，家道富實。因怪原籍户丁不來供給，往往買囑衞所官旗，捏稱老、疾、逃故等項，遞年發册勾擾。及至解衞，爲因軍伍不闕，將解去户丁爲奴驅使者有之，耕種田地者有之，甚至將盤纏衣服等項盡數拘收入已放回者亦有之。"又有告稱："正軍回還，取討盤纏。不一二年，軍妻又回取討。軍妻回衞不五七月，餘丁又來取討者。原籍人丁爲因辦納糧差，家道貧窘，無從措辦，只得將田地、房屋典賣者有之，將男女、頭畜貨鬻者有之，及至打發起程，稍不如意，輒便回衞發册勾取。"又有告稱："正軍、餘丁人等回還，出賣自己房屋、田地，因與房族親戚及鄰里人等爭競，讎恨在心，回衞妄取別房人丁者有之，妄取同名同姓者亦有之。此等情節，往往赴官訴告分豁，所司因見兵部發册清勾，難於主張，只得依文解去。查理原籍，拋下田地無人耕種，遺下糧差無人辦納，又累里甲僉點大户管解。及到衞所，投文官吏又要拜見錢物，旗甲索取饋送土宜。彼既有丁，只得放回。往回數千餘里，動經半年之上，破家蕩產，甚可哀憐。"

查得欽降《軍政條例》內開："正軍在營已有壯丁，就收補伍，不許原籍勾取。有司體勘是實，回報原衞，將在營已有壯丁就收入軍衞，不許違例勾擾。"除依奉外，今各該官吏故違前例，往往聽受在營軍丁財囑，輒與發册清勾。非惟紊煩官府，抑且擾害人民。照得陝西布政司，每歲該清軍士不下數十萬餘，各該衞所發册之弊固有，而利州、瀘州二衞、清川一所發册之弊尤多。①呈乞通行四川前項衞所禁約。等因。到院。切詳衞所闕軍，發册清取户丁，理固當然。軍伍不闕，行文勾擾，原籍民實受害。且陝西人民遞年供給各邊糧草，兼以累歲旱荒薄收，財力皆困，凋弊已極。今前項衞所軍人，不思原籍人丁艱苦，因怪不與供送盤纏，輒便捏故清取，連年擾害，不得安生，誠爲可恨。

除前項清勾軍人，行令參政于璠暫解户丁前去查理，及行四川按察司禁約外，誠恐各處衞所亦有此弊。如蒙乞敕兵部行移天下衞所，各將見在并逃亡等項軍人備查的確鄉貫、充軍來歷。見在者，要開應役正軍并在營餘丁姓名、口數。每一布政司并直隸各府各另類造文册一本，差人賫送本部，照清册事例轉發各該布政司并南京直隸府分收照。以後各處衞所發册清勾軍人到彼，先行比對原降文册。如在衞原造有空閑餘丁數人，又清取户丁，顯是挾讎作弊。所清户丁，免其查解，仍行彼處清軍按察司官員，再行本衞查理。如果在衞有丁，就將作弊之人并該管旗吏先行提問如律。干礙本官奏請提問，不許管軍管事，着令帶俸差操。若是在衞原先止有一丁，今開逃故者，亦要開寫某年　月　　日逃故，許解户丁前去補役。仍通行各處巡撫、巡按并清軍官員，嚴加禁約所屬衞所，不許接受財物，聽從本衞當軍之人。因怪原籍不與供送盤纏，捏作逃故，一概發册，清勾擾害。果有逃故，例該清勾者，衞所官員務要取勘明白，方許造册送部清勾。如此庶使在衞軍人無讎清之弊，而原籍户丁免勾擾之害矣。

---

① ［校］清川：底本作"青川"，據上文改。

一、存遠軍以實兵備。①

切惟陝西關中重地，北連胡虜，②西抵番夷，南通漢中，東接襄鄧，安危所繫，誠爲不輕。③比之他方，尤當軫念。況虜寇犯邊，④必先於此。方今急務，惟在兵足，兵若不足，以戰則不能勝，以守則不能固。

今陝西腹裹衛所軍士以十分爲率，逃亡等項已有三分之上。除各邊操備及屯田外，見在守城正軍，每衛或二百名，或一百名，甚至止有五六十名，又皆老弱尪羸，不堪守戰。若非宣德、正統年間將本處充發遠方不服水土、遠年清勾軍人編發附近衛所收操，及將鞏、固、臨洮、延安、慶陽人民選作土軍，則陝西軍士誠爲之闕少，而各邊操備者，益爲之不敷矣。近年闕少各邊操備，逃故及死損軍士，爲因腹裹軍少，無從撥補，文移往來，終無杜絕。

查得陝西西安等府所屬縣分人民，先年爲事充軍，多有發編四川、貴州、雲南、廣東、廣西、福建等處衛所者，爲因水土不服，多爲烟瘴所侵，隨到隨死，不可勝計。及至各衛所移文清取，過二年或三年，方得起解，到彼又爲前項之故，復多死亡，仍行原籍清勾。其戶丁與解人懼烟瘴死亡之患，兩懷戀土之心，彼此通因。或逃走外郡，潛入番夷，一二十年不得到衛。原籍人丁懼怕清解，全家逃亡者有之。其南方之人發充陝西當軍逃故等項，發冊清勾者，亦多畏懼此間地方苦寒，不肯前來着役。間有解到，又多氣體瘦弱，不堪操調，到衛未久，隨即在逃。雖有清勾之名，全無解補之實。軍伍空闕，兩無所益。

如蒙乞敕兵部計議，將陝西人民先發四川、雲、貴、廣東、廣西、福建地方充軍者，除四川、貴州見今有例，仍令解補應當外，其雲南、兩廣、福建年久逃故，原衛無丁。戶丁累到累死、累解累逃者，行仰陝西布、按二司清軍官員，將前項衛所遠年清勾當解戶丁。如果累次解發到彼死亡者，仍照比先不服水土事例，收發陝西三邊關軍衛所補伍操備。若雲南、兩廣、福建有充陝西衛所軍役，遠年逃故，清勾不到者，却彼收發本處鄰近衛所當軍。仍行兩處清軍官員，責令各該衛所將名伍彼此開除。操備之後，但有在逃者，仍發原衛當軍。如此庶使軍士各服水土，而無死亡之患；衛所不致闕軍，而有操守之實矣。

一、禁通番以絕邊患。⑤

切惟欲絕邊方之患，當禁啓患之原。蓋邊患不能以自生，必因人以啓召之也。苟欲邊患之息，而不禁啓患之原，是猶止沸而不抽薪，又豈善於治邊者哉！

照得陝西洮、岷、河州、西寧等處衛所沿邊番夷，即古之吐番。其性譎詐，叛服不常，歷代以來，屢爲邊患。洪惟我太祖高皇帝平定天下，撫治四夷，示之以威，懷之以德，彼皆順服，歲時進貢。其所食茶、鐵鍋、銅器、羅段等物，奏奉明文，方纔給與。及許令各該番人四時前來

---

① ［校］存遠軍以實兵備：崇禎本作"存遠軍以實兵備疏"。
② ［校］胡虜：《四庫全書》本作"沙漠"。
③ ［校］誠爲不輕：《四庫全書》本作"誠不爲輕"。
④ ［校］虜寇：《四庫全書》本作"敵寇"。
⑤ ［校］禁通番以絕邊患：崇禎本作"禁通番以絕邊患疏"。

各邊交易買賣，委官管領。當時法度嚴明，軍民遵守，不敢私自通番以取其利。其各族番人亦盡知我邊情虛實，一向畏服，不敢爲惡。其後有等各邊無知軍民及軍職子弟，甚至守備官員，往往亦令家人將鐵鍋、食茶、段匹、銅器等貨，買求守把關隘之人，公然私出外境，進入番族，易換彼處所産馬匹等物，以致番人將所得鐵鍋、段匹置造軍器及戰襖等項，鐵鍋鎔銷未必能成兵器，王鑑川諸人論之詳矣。但私晒既行，則中國操縱機宜不能自主，故須嚴禁。遂萌侵犯之心。或因爭論價值，將通番漢人殺死。同去之人因是違法，不敢告官。番人畏懼漢人報讎，亦不敢前來交易。日肆搶劫，漸成仇隙。及各寨堡守把官軍，因見鄰近有等本分不曾爲惡吐番，却又妄稱本族搶劫等情，恐嚇陪償財物，因而激變，隨同各族爲惡，引惹邊患，皆由於此。甚至有等近邊土人居民，因與番人結親，或通吐番，冒名進貢，貪圖賞賜，往來情熟，專爲緝探邊方一應事情，動輒傳與。所以各邊番人益加生拗，不聽撫化，節次爲惡，搶殺人畜物件。若不嚴加禁約，誠恐各邊官軍互相仿效，一概通番，積習年久，重貽邊患未便。

如蒙乞敕都察院，查照洪武、永樂年間福建、廣東下海通番事例，出給榜文，發仰洮、岷、河州、西寧，但係鄰近番人去處，張挂曉諭。今後但有置買鐵鍋、銅器、羅段、私茶等貨，潛出外境，進入番族貨賣，及各寨軍人，將良善不曾爲惡者族詐稱搶劫、恐嚇財物，并與番人結親，傳報腹裏事情者，事發勘問明白，本身處死，全家軍發極邊衛分，民發腹裏衛分充軍。若軍職及守備官員縱容弟、姪、兒、男通番買賣者，指揮、千百戶、鎮撫亦發邊衛充軍，守備官員奏請定奪。① 如此庶使法度嚴明，人知警懼，而邊患爲少息矣。

勤恤小民以固邦本事

兵部尚書臣馬文升謹題，爲勤恤小民以固邦本事。

臣聞天命人君，居大寶之位，享天下之奉，所以爲民也。人君簡賢任能，分布庶位，亦所以爲民也。蓋民惟邦本，本固邦寧，民心之向背，天命之去留，宗社之安危繫焉。故古之聖君良臣，未嘗不以安民爲務。若民有未安，則愁嘆嗟怨，自足以召水旱之災，致非常之異。欲致雍熙太和之治，而保天下之無虞，蓋亦難矣。故皋陶告舜曰："在安民。"孟子之美文王曰："視民如傷。"《易》曰："節以制度。"孔子曰："節用而愛人。"蓋侈用則傷財，傷財必至於害民。故愛民者，必先於節用也。然則有天下國家而爲人民之主者，豈可以不恤乎民哉？

仰惟皇上聰明睿知，文武聖神，曩在青宮，已勤聖學，既登寶位，尤篤力行，所以於帝王傳心之法，得之已深，而帝王致治之要，行之以效。宜乎雨暘時若，天地位育，諸福之物，可致之祥，莫不畢至。然而近年以來，各處水旱、蟲蝗、晝晦、地震，是皆災變之大者。非皇上仁民之心有未至，蓋天心仁愛，示此灾异。欲皇上側身修行，戒謹恐懼，節儉愛民，以隆祖宗莫大之洪業於億萬斯年而不替焉耳。皇上亦當仰答天意，思繼祖宗，克勤克儉，而愛乎

---

① ［校］"今後但有置買鐵鍋"句至下文"守備官員奏請定奪"句：崇禎本作"但有仍前作過者，依律處治"。

民焉。臣謹以民之困苦言之，且如河南、山東、南北直隸府、州、縣，每年該備用馬二萬匹，每馬一匹用銀一十五兩，共該銀三十萬兩。惜薪司砍柴、擡柴等項人夫，一年共用銀三十萬兩。京班、皂隸六千七百餘名，該柴薪價銀八萬餘兩。通共該銀六十八萬兩。及各王府、郡王、將軍、郡主、郡君等位，生者蓋造府第，薨者修理墳園及祭祀等項，又該銀數萬兩。而買辦、采辦、秋夏稅糧、水馬驛站，又該數百萬兩。且天下之生財有限，不在官則在民。以有限之財，應無窮之徵，年年如是，欲民之不困，財之不竭，豈可得乎？民財既竭，一遇水旱災傷，流移死亡，餓殍盈途，所不忍言。加以官吏之貪酷，惟知催科之緊迫。小民困苦，無所控訴，嗟怨之聲，上徹於天。災異之召，實由於此。況近來內府各衙門坐派諸色物料、供應牲口等項，較之永樂、宣德、正統年間，十增其三四，該部依數派去，有司徵收，急於星火。北方之民，別無恆產，止是種田，既要完納糧草，又要備辦科徵，收成甫畢，十室九空，啼饑號寒，比比皆是。即今河南、山東、陝西、山西及南直隸揚州等府，俱被旱災，又多蝗蝻生發，加以官府追徵遞年拖欠錢糧及買辦等項，小民變賣田產已盡，計無所出，逃亡數多。倘來春青黃不接，所在倉廩空虛，無所賑濟，其勢必至人自相食，而意外之虞難保必無賑救之儲，不可不豫為之備。

　　伏望皇上上思天命之眷顧、祖宗之付托，下念小民之艱難，法成湯之子惠困窮，體文王之懷保小民，凡百用度，務從儉約，無益之費，量為減省。及乞敕內府各衙門，今後凡派出合用營造物料，務要會同該部計算各庫會有會無，合用若干，方纔奏行該部斟酌。各該司府地方有無災傷，分派前去，依數送納，不許似前多派，一概具奏。若有故違，雖奉有欽依，該部亦要明白覆奏減去，亦不許依奏分派，累及小民。仍乞敕該部將前項果被災地方一應拖欠錢糧，并買辦、采辦等項物料，暫且停止。果係內府緊關合用之物，許借支官銀買辦應用。其在京各衙門大小官員、皂隸，係補助俸糧不及，難以停止，亦暫派江南王府，頗少并無。南京各衙門皂隸去處，十分之三不必令人前來，止照例總解柴薪價值。自弘治四年為始，候豐收之年，照舊分派原僉去處。應當十分災傷去處，戶部仍豫先差官前去整理賑濟錢糧。若臨時前去，人民逃亡，餓死已多，不無緩不及事，其該追虧欠、倒失馬匹，亦暫免追補、備用之數。災重去處，暫減三分，明年收成之後，仍前補解。再乞請敕各該巡撫都御史將所屬州、縣一應科差，當停止者徑自斟酌停止，當具奏定奪者明白具奏。凡可以蘇小民之困苦，聽其便宜處置。所屬官吏果有恣肆貪酷、的為民害者，就便黜罷；勤於撫字、深得民心者，量加旌異。及督令布、按二司分巡、分管官員，務照都察院奏准事例，常川在於各管地方，禁革奸弊，訪察民隱，區畫倉糧，撫恤流移，凡有一切不急之務，不許擅自興造；一應公移債負，不許擅自逼追。一夫不許擅役，一毫不許擅科。大小詞訟，不許濫受以致監禁人難。分巡、分管官敢有故違事例，不時回司延住，坐視民患者，許巡按御史指實參奏究治。仍行在京大小衙門官員，各要敦尚節儉，不許過為奢侈。庶民困少蘇，天意可回，而災異可弭矣。

　　臣本庸材，叨居重任，幸遇皇上堯舜之君，過蒙委任之隆。聞茲災荒，若不以小民艱難困苦之狀，繫國家安危之機，懇懇為皇上言之，萬一民窮盜起，釀成大患，誠有以負皇上知遇之隆，而貽國家無窮之憂。義同休戚，罪實難逭。

伏望皇上俯賜施行，天下幸甚，生民幸甚。爲此具本親齎，謹題請旨。

弘治三年八月二十五日，奉聖旨："該衙門看了來說。欽此。"

國子生江都葛洞校正
馬端肅公奏議卷之四

馬端肅公奏議卷之五

同郡後學魏尚綸編集

思患豫防事①

都察院左副都御史臣馬文升等謹題，爲思患豫防事。

近該巡按四川監察御史俞俊奏：該四川行都指揮使司、經歷司呈稱，建昌、越雋等衛地方，梁山崩塌，土阜擁起，地動數里，塵砂飛揚，聲響如雷，搖倒城垣、房屋，壓死軍民不知其數。成都等府所屬州縣亦各地震不已，人畜驚駭。又該巡撫山西右僉都御史翟瑄奏：據平陽府隰州永和縣申稱，自西北起火，紅光照地，天鳴有聲，響如雷砲，驚動山林，鳥獸皆鳴。等因。

臣等切惟四川地方僻在西隅萬里之遠，番漢雜處，水陸二塗，俱各險阻，比之他省不同。而建昌地方尤在四川西南，西連諸種番夷，南接雲南麗江軍民等府。昔諸葛武侯"五月渡瀘，深入不毛"，即此之地。且四川地方自漢唐以來，往往奸雄竊據。殘元之季，爲因荒旱，明氏據有其地。我朝賊首趙鐸等哨聚爲患，數年始克平定。況人性猛悍，易於倡亂。今本處地方荒旱，軍民缺食，餓莩盈塗，已爲可慮。而又有此非常災异，建昌尤甚，亦不可不爲之深憂。且上天變不虛示，必由人事感召。

臣等訪得建昌原有銀場，別無有司，止是本處衛所軍餘煎辦，歲辦銀課數多，十分困苦。揭借月糧，典賣男女，不彀陪補，因而逃亡數多。嗟怨之積，已非一年。灾變之示，或由於此。況本處不通舟楫，尤艱於食。及訪得四川缺食之人民，流入陝西漢中者不下十數餘萬，而湖廣饑民流來河南盧氏、永寧者亦不止此，其襄陽、竹山等處潛住者亦衆。前項地方往年無事之時，尚有劉千斤、李鬍子等之患。況今饑饉之際，難保無虞。誠恐陝西、河南官員止顧本處人民，而外郡流來者既不給糧賑濟，②又不設法防閑，缺食待死之人因而聚衆劫掠，其患非細。萬一有此，未免動調官軍，糧餉從何仰給？默思至此，深可寒心。其四川缺食人民，③目

---

① ［校］思患豫防事：崇禎本作"爲思患豫防事疏"。
② ［校］給：崇禎本作"積"。
③ ［校］食：《四庫全書》本作"少"。

下雖是遣官賑濟，頗可度日。若種有秧苗，①秋成亦無所望，將來所憂，又不止此。必須隨即量給種子，方可濟其將來。戶部雖是差官二員賑濟，一員又在湖廣督糧，又恐不能周遍。

如蒙伏望皇上軫念地方，乞降敕河南、陝西、湖廣巡撫、鎮守等官，督令布、按二司巡守并撫民官員，作急前去漢中、盧氏、永寧并竹山等處聚有流民處所，將各處流民俱取見數。一面多方設法量爲賑濟，一面嚴加曉諭防閑，務令流民得所，不致貽患地方。及請敕四川鎮守、巡撫等官，行令各該衛所、府、州，將見在官軍壯手，嚴加操習，振揚威武，用防不虞。仍乞敕戶部再差能幹郎中二員，星馳前去四川，一員專在建昌賑濟撫恤，一員同先差郎中分投賑濟。及行令差去湖廣督糧官員，務要於湖廣地方糴買新鮮種子數十萬石，運去四川，或就令成都府所屬糴買若干，量給災重地方無種人民。督令趁時播種，以繫人心，不許權豪勢要一概妄領。仍將建昌等衛歲辦銀課暫且停罷，待後豐收之年，所司另行奏請定奪。庶幾地方可保無虞，而災异得以少弭。臣等職總風紀，事關地方，苟有所聞，不敢緘默。

緣係思患預防事理，未敢擅便，謹題請旨。

賑恤饑民以固邦本事

少傅兼太子太傅、吏部尚書臣馬文升謹題，爲賑恤饑民以固邦本事。

仰惟我太祖高皇帝，所存者仁民之心，所發者恤民之政。凡遇水旱災傷，百姓闕食，必蠲免稅糧，復加賑濟。雖豐收之年，猶度倉廩有餘去處，量爲減免，是以民皆家給人足，而無凍餒之憂。列聖相承，率循是道。近年以來，工役頻興，科差繁重，加以北虜犯邊，②遠供軍餉，財匱力竭，而民始有不得其所者矣。今歲夏秋，大雨驟降，連綿旬餘，順天并直隸保定、河間、真定、順德、永平等府，直隸淮安等府、徐、邳、宿等州，山東兗州等州、曹縣等縣，河南開封等府所屬州縣，田禾被水淹沒，及有蟲蝗猛風之災，秋無所收，民多闕食。臣每詢前項去處闕食人民，流移滿道，十室九空，携男帶女，鬻賣易食，啼號奔走，絡繹不絕。

臣思當此隆寒之時，衣食無依，棲止無所，死於道路，填於溝壑，有傷和氣，深可憐憫。見在者又被有司追徵錢糧，愈加逼迫。或以素乏倉糧，不能賑濟，況至明年夏收，尚有半年之期，將何度日？又聞盜賊去冬殺死沛縣知縣，今秋殺死邳州判官。民窮盜起，理勢自然，而徐、邳之間，自古奸雄之徒多起於此，恐釀成地方之患，尤有大可憂者。且小民豐收之年，出賦稅以供朝廷，今當闕食之際，豈可不加賑恤以施恩惠乎？況前此每遇水旱災傷去處，必差官賑濟，今歲大水、蟲蝗之災尤甚於前時，賑恤之典必須舉行。臣叨任大臣，銓衡固所職掌，民瘼尤所當言。

伏望皇上以邦本爲重，以民饑爲憂。乞敕該部或奏差老成大臣，或選差能幹屬官，分往

---

① ［校］若種有秧苗：崇禎本作"若不種有秧苗"，《四庫全書》本作"若種無秧苗"。
② ［校］北虜：《四庫全書》本卷十《賑恤饑民以固邦本事》作"北敵"。

前項被灾去處，會同各該巡撫官員，取勘闕食人户見數，將所在豫備倉糧，驗口賑濟。如無倉糧，或動支官錢，或設法處置，凡百從宜而行。事重當奏者，具奏定奪，務使見在饑民不致凍餓而死。逃移之數，各要招撫復業。仍通行各該巡撫官員，各行所屬，凡遇别處流移饑民，一體存恤賑濟，毋分彼此。若有盗賊生發，亦要督捕盡絶，毋致滋蔓。其有見今該追拖欠稅糧、馬草、買辦物料等項不急之徵，明白具奏，暫且停止，以蘇困憊。差去官員，候明年夏田收成之後，方許回京。庶幾民蒙賑恤之恩，而邦本固矣。

謹題請旨。

弘治十四年十一月十六日題。

十九日，奉欽依："地方灾傷，人民艱窘，誠如卿所言。該部便推能幹堂上官二員，分投前去，會同各該巡撫等官，好生賑恤，毋致失所。本内開具未盡地方，還通查來説。欽此。"

恤民困以固邦本事

少師兼太子太師、吏部尚書臣馬文升謹題，爲恤民困以固邦本事。

切惟自古聖帝明王，英君誼辟，莫不以仁民爲首務，蓋以生民之休戚、國家之安危繫焉。成周以農事開國，以仁愛養民，故傳世三十，雖有五伯之强，而猶知尊周；炎漢去古未遠，以仁厚育民，故歷年四百，雖有中衰之禍，而旋復舊物。此皆以仁政得民心之深，而民仰戴不忘之效也。繼而隋、唐、趙宋，其君有始，雖勵精圖治，躬行節儉，而鮮克有終者，仁政不能久施於民。而又有突厥、吐番、契丹、西夏之患，兵戈不息，民不聊生，卒致傾危而不可救，此仁政不能久結於民心之驗也。載在史册，昭然可考。下迨殘元，胡主中國，荼毒生靈，仁政全無，①固不足言矣。

仰惟我太祖高皇帝掃除胡元，②奄有天下，拳拳以愛民爲本，懇懇以憂世爲念，驗田取賦，十一而税。凡有買辦，免其徵納，未嘗輕斂於民，永爲定制。故民之感恩淪於肌膚，浹於骨髓。得民之心，實有同於三代。萬萬年之國祚，蓋已基於此矣。列聖相承，咸遵是道。但自正統十四年，承平日久，兵政廢弛，浙江葉宗流、福建鄧茂七、廣東黄簫養哨聚於南方，虜酋③也先等侵犯乎京師，③自此天下多事，而民漸凋憊矣。肆惟皇上即位之初，崇尚節儉，尤切愛民，内府各衙門供用之物，俱定有中數，雖光禄寺奉上之物，亦蒙御批而取，是以節儉之德傳播天下，仁厚之政繼述祖宗。近年以來，爲因虜寇犯邊，④内府成造軍火器械等項，及百工技藝之人添支酒飯，所以内府各衙門派出物料牲口數多。況又該用一倍而派三四倍者，不分會有會無，年年派出，無有止息。該部依數分派，有司照數催徵，懼獲稽遲之罪，定立均徭之名。

---

① ［校］"下迨殘元，胡主中國，荼毒生靈，仁政全無"句：《四庫全書》本作"下迨前元，政教凌替，風俗既壞，綱紀漸淆"。
② ［校］胡元：《四庫全書》本作"前元"。
③ ［校］虜酋：《四庫全書》本作"夷酋"。
④ ［校］虜寇：《四庫全書》本作"敵人"。

有一大縣一年派銀五六千兩者、三四千兩者,至小州縣亦派銀數百餘兩,而糧草、驛站、京班、皂隸、砍柴、擡柴夫役,收買備用馬匹,該銀不下數百萬兩,不在均徭數內,俱係小民膏脂。前派者未完,後派者復至,加以宗藩位多,冗官太濫,禄俸等項及起運京儲邊糧之外,存收糧米,所餘無幾。凡百買辦,俱係民供,其視祖宗之時,大有不同,以此小民窮困已極,怨聲盈途。皇上深居九重,何由得知。臣詢之天下,至京方面官員并各該鄉官仕於京者,皆以買辦頻繁,均徭出銀累民爲言,大戕邦本,實由於茲。況今兩廣、江西盜賊生發,良善受害,浙江、湖廣等布政司及應天并南直隸各府、州、縣俱有水旱災傷,民多闕食。荷蒙皇上欽命憲臣前去巡視,及敕巡撫等官用心賑濟,愛民之仁無以加矣。若節年所派物料不行,斟酌蠲免,有司懼罪,嚴刑追徵,是所賑者少而所徵者多,欲民之不逃亡,胡可得乎?蓋自古民安則思治,民困則思亂,和氣則致祥,沴氣則召异,此理勢之自然也。今徭稅既重,災傷荐臻,武備衰弱,倉廩空虛,盜賊充斥,而災异迭見。於此之時,若不溥施恩典,少蘇困憊,誠恐闕食之民、奸宄之徒乘隙哨聚,處處蜂起,卒難撲滅,雖有智者,不能善其後矣。事之可憂,莫重於是。蓋恩貴預施,患在早弭,故《書》曰:"制治於未亂,保邦於未危。"《易》曰:"君子以思患而預防之。"實有天下者所當深致慮也。

伏望皇上以社稷爲重,以斯民爲念,乞敕户、禮、兵、工四部各查自弘治元年起至十六年止,節次派出浙江等十三布政司并應天、順天二府及南北直隸府、州、縣一切買辦物料、牲口、果品,及兵部見追節年虧欠倒失馬匹、草場等項銀兩,并成造解京軍器,與夫一應物料已未完數目,備查明白,徑自具奏。一總會同五府、各部、都察院、通政司、大理寺堂上官,六科、十三道掌科、掌道官從長計議,某物料合當蠲免,某物料合暫停止,某物料果係急用,作何買辦。凡可以節財裕民,久遠良規,議處停當,上請聖裁。如此庶恩惠溥施而得仁政之本,民困少蘇而免意外之虞。

臣叨列六卿之首,忝任三孤之職,責在上輔君德,下安黎庶,永固皇圖,安如磐石,此心之存,死而後已。今聞茲民患,若不以古今治亂係民休戚,懇切爲皇上言之,早爲消弭,萬一貽患地方,則臣負國之罪,將何所辭?伏乞聖明俯賜施行,宗社生靈不勝幸甚。

緣係蘇民困以固邦本事理,未敢擅便,謹題請旨。

弘治十六年十一月初一日具題。

次日,奉欽依:"該部看了來説。欽此。"

處置銀兩以濟邊餉事

少傅兼太子太傅、兵部尚書臣馬文升謹題,爲處置銀兩以濟邊餉事。

照得近年因北虜小王子人馬數萬往牧河套,①犯我邊陲。朝廷軫念地方,重恤生靈,命

---

① [校]北虜:《四庫全書》本作"北敵"。

將出師，往彼征剿，主客軍馬五萬之上，日費糧料草束不止千金。但以陝西人民自成化二十二年大遭饑荒，死亡過半，加以去歲延、慶二府旱災無收，各邊糧草素無積蓄，欽差總督邊儲大臣誠恐邊餉不敷，設法分派腹裏人民轉運。

訪得每糧一石除本色外，用脚價銀二三兩；草除本色外，①用脚價銀一錢二三分，方得轉運到邊。里無空户，户無閑丁，懼怕殺虜，逃亡者衆，此外無計可施。累次具奏，有欲軍民上納銀兩授以武職者，有欲生員納銀許其入監者，有欲僧道納銀給以度牒者，有欲吏典納銀免其京考者。各衙門恐傷治體，多不允從。户部或開中鹽引茶課，或行取皂隸銀兩，東那西輳，方得六十萬兩之數。又於河南預備秋夏稅糧本色一十七萬石，以每石用銀二三兩論之，須得銀五十萬兩，每兩需賣穀麥二十石，而民何以堪？今陝西一方用兵未及半年之餘，本色之外，用銀已該前數。況遼東達賊女直合謀侵犯，②未見寧息，而湖廣、貴州見今相繼用兵。近聞南北直隸、河南、山東有大水蟲蝗之灾，秋無所收，春來小民缺食，嗷嗷待哺，必須賑濟。有司倉廩空虛，帑藏銀兩不多，不知將何以處置耶？

仰惟我太祖高皇帝平定天下之初，經制國賦，論田定稅，驗畝徵糧，天下相同。今該各布政司并直隸府、州、縣，折糧價銀多有不一，有每石折銀二錢五分者，有折銀一兩用價八九錢者，少亦六七錢者。草每束有折銀三分者，有上納用銀六七分或四五分者。除官錢并加倍糧數，及廣西、雲、貴外，不爲常例。權時之宜，自弘治十四年爲始，每糧一石暫增銀二錢，每草一束暫增銀二分，則數十萬兩之銀可立而得。況出自地畝，分所當然，比之每石折銀一兩者，不及其半；用價三兩者，霄壤不侔。既不係橫徵重斂，亦不係額外濫收，衆輕易舉，民亦樂從。候邊方寧靜，照舊折納，不猶愈於前項賣官鬻爵等項事例，有虧治體，而見輕外夷乎？急濟邊餉，計無出此。

伏望皇上念邊務之方殷，思軍餉之不足，斷自宸衷，敕下户部，早爲查處，毋惑群議，必於施行，凡百官員不許阻撓。臣叨任大臣，職掌兵政，恨河套虜寇未曾殄滅，③憫陝西人民供運疲困，恐生意外之虞，寢食不遑，日夜思惟，不避怨謗，而建此生財助邊之議。更乞聖明留意，邊方生靈不勝幸甚。

爲此具本親賫，謹題請旨。

豫備糧草以備軍餉事④

少傅兼太子太傅、兵部尚書臣馬文升謹題，爲豫備糧草以備軍餉事。

切惟備禦戎狄，莫先於軍馬。供給軍馬，尤在乎芻糧。必芻糧充足然後軍馬精強，以戰

---

① ［校］草除本色外：《四庫全書》本作"每草一束，除本色外"。
② ［校］達賊女直：《四庫全書》本作"女直"。
③ ［校］虜寇：《四庫全書》本作"敵寇"。
④ ［校］國圖本、《四庫全書》本未收録此篇。

則克，以守則固，否則少有聲息。動則勞民攢運，則吾之根本先以罷弊，又豈禦戎經久之道哉？

照得迤北醜虜，因見榆林一邊北有河套可以住牧，南有邊民堪以搶擄，乃敢糾合種類，屢入河套，犯我邊陲。自去年十一月以來，數次深入腹裏，搶掠頭畜不可勝計，每得厚利，未遭挫衄，我軍強弱彼已熟知。近雖被我官軍擒殺，驅逐出境，然聞此虜懼其強部所併，尚在河套潛住，即今馬瘦人饑，固不敢犯邊。但恐青草長茂，馬有膘息，彼此乘隙，人馬截殺。而此虜過河，未有定向，所在芻糧，誠不可不預爲之備。

查得榆林一帶各該營堡倉場，見在并攢運存省糧料共七十一萬五千餘石，草地畝并采打青荻銀買，及今次攢共三百一十萬束有零。雖倉糧頗積，其糧草止彀本處官軍半年支用。若再調軍馬一二萬，不及三四月支給。雖有戶部運來銀兩，爲因定有價例，遇警卒難收買，軍士臨期不肯關支。及臣近奏三年考滿官員及僧道、陰陽、醫生納豆事例，并開中淮、浙鹽二十萬引，數亦不多。其戶部二次奏准，於甘涼蘭縣開中淮、浙、河南、長蘆存積鹽一百四十萬引，經今將及一年，客商人等止中納一十萬引，其餘並無一人告中。況今甘涼一有聲息，彼處糧亦不廣。近該巡撫甘肅右僉都御史徐廷咨開，莊浪係緊要去處，急缺糧料。臣已行布政司於西安、鳳翔二府所屬起倩軍民攢運糧料二萬前去。及榆林等處先次攢運并改撥料豆六萬石、草四十二萬束，每料一石該用腳價銀一兩之上，每草一束用銀五分，民以告勞，不勝困苦。

查得陝西所屬八府各衛秋夏稅糧、屯田子粒共二百七十一萬九千有零，馬草一百四十八萬五千束有零。每年各邊歲用糧料共一百五十五萬有零，王府用糧五萬三千石，折徵軍士冬衣布花該糧三十一萬餘石，腹裏府、衛、州、縣大小衙門官吏、軍士人等歲支糧不下數十餘萬石，倘遇水旱災傷，一年所徵不及一年支用。況自毛里孩犯邊以來，節次動調軍馬，及天順六年賑濟缺食軍民，所在倉廩空虛，俱無數月之蓄。見今甘涼、寧夏二邊各倉亦無二年之積，萬一虜賊擁衆犯邊，經年不退，該用糧草難以逆料。臨時縱然戶部攢運，無由區畫，況延綏道路崎嶇，溝澗途路不通車輛，止是人擔驢馱，運糧一萬必得驢一萬二千頭方得至彼。至於草束係粗重之物，尤難轉運，跋涉辛苦，誠不忍言。甚至路逢達賊，多被搶掠，而甘涼地方相去腹裏數千餘里，攢運之際，倘遇雨雪，車摧牛斃，進退兩難，尤爲艱阻，轉運之事，不可再行。且陝西歲徵糧草有限，各邊軍馬之用無窮，分派之際，顧彼遺此，不能得周。若不從宜於鄰近布政司借撥糧草，止靠陝西人戶送納，誠恐年復一年，倉廩漸爲空虛；頻於轉運，人民益加困弊。一旦各邊俱有警急賊情，道路阻塞，必致缺乏，誠爲誤事。及訪得榆林等堡官軍俱各在彼種田，收成之後，各有收積草束，足彀餵飼馬匹。餘剩之數，俱各賣與納草人戶。如蒙乞敕。

分豁支用官銀豫備邊儲事①

太子太保、兵部尚書臣馬文升謹奏，爲分豁支用官銀豫備邊儲事。

---

① ［校］《四庫全書》底本，《四庫全書》本未收錄此篇。

臣由南京大理寺卿丁父憂，守制服闋間，成化四年九月內節該欽奉敕：“今陝西土達滿四等反叛，正在用兵征剿之際，特升爾爲都察院右副都御史，巡撫陝西。敕至，爾即星馳往彼，作急設法整理糧草，供給邊餉，點集官軍人等，用心操練，守護城池，撫安人民，毋令驚疑。凡總兵等官有事計議，須同心協力，共濟邊務。欽此。”續節該欽奉敕諭“陝西乃關中重地，今命爾巡撫彼處地方，其城池、軍馬、兵備、邊儲、屯田等事，悉聽爾提督整理。凡事有益於軍民者，聽爾便宜處置。欽此欽遵”外，臣當即兼程前去，一面措置糧草供給軍餉，一面點集官軍守護城池。仍會同總督軍務右副都御史項忠、總兵官都督劉玉、鎮守太監劉祥征剿滿四，至十一月，擒獲滿四等。

班師間，虜酋阿羅出進入榆林河套，不時出没。至成化五年，大肆猖獗，擁衆深入環、慶地方搶掠。臣統領陝西官軍在彼駐扎，①防守虜寇，榆林軍馬寡少，不能捍禦。至成化六年，欽命太監傅恭監督軍務，撫寧侯朱永爲總兵官，右副都御史王鉞參贊軍務，動調京營、大同、宣府、甘凉、寧夏軍馬六七萬。彼時軍馬衆大，糧草不敷，户部陸續差郎中谷琰、萬翼、李炯然督理糧餉。彼時每糧料一石用銀二兩，草一束用銀二錢，尚且糴買不出。臣日夜勞心，千方措置，軍民困弊，有不可言。又因糧草不繼，復命户部侍郎陳俊前來陝西總督糧儲，所司官員若有失誤，以軍法從事。府、州、縣大小官員催徵糧草，急如星火。爲因榆林缺草，本官於腹裏攢運穀草一百萬束，赴邊交收，打造車輛，連軍民脚價，通計用銀三十餘萬兩，止得草束一半，到於榆林。臣設法區畫，暫爲接濟，未至缺乏。又除年例之外，奏討户部官銀三十餘萬兩，糴買糧草，仍又不敷。該户部奏准，預徵河南本色糧料二十萬，於陝州倉上納，從水路運赴延安、慶陽二府交收。彼時侍郎陳俊恐置無用之地，無以爲計。臣與本官商議，若收貯陝州每石再用銀一二兩，不能運至各府，莫若令大户每糧一石納銀一兩或八錢。若至秋收，每銀一兩可糴米三二石，本官依允每糧一石收銀八錢，當行陝西布政司通收銀一十六萬兩，除支用外，尚有餘銀數多。自五年起至十年止，供給榆林主客兵糧草，通算用過户部官銀八十餘萬兩，軍民上納糧料、草束，用過價銀不止四百餘萬兩，罷困已極。再待一年，無可奈何。幸至成化十年，虜賊過河，臣將前餘下河南折糧銀兩陸續發去延安、慶陽二府，每兩糴米四石，共買米二十萬石，止用銀五萬兩，尚餘銀一十一萬兩，係臣設法積出之數。至十一年，虜酋乩加思蘭僭稱僞號，朝野驚疑。臣恐此虜復入河套，爲患非細。節該兵部行文臣等，作急整捌軍馬，措置糧草，以備不虞。臣雖逐漸積有糧草，誠恐又似往年臨時缺乏，累民攢運，以此腹裏别用，臣亦甘心。况今二十餘年，動調各處軍馬非止一次，前項錢糧俱已支用盡絕，不曾置之無用之地，縱無軍馬之用。成化二十一年，陝西大荒，人民餓死大半，斗米值銀一錢，前項糧米若使易銀，不知幾何，亦可以活數萬人之命。自此以後，糴買糧草用銀不止數萬。今各官一時不知臣督理三邊糧草，得以便宜處置，不知彼時事情緩急，參臣合當查究。

切念臣先陝西巡撫八年之間，外統軍馬以禦胡虜，內措糧草以供軍餉。隆冬盛暑，艱險

---

① ［校］駐扎：底本作"駐劄"，據文意改。

備嘗。自以頗效微勞，頗有微勞，亦係職分之所當爲，未嘗敢以語人，至今陝西軍民皆所共知。臣歷官四十餘年，每至一方，撫恤軍民甚於己子，愛惜錢糧不啻己膚。今臣無故被參，心實不甘。臣非與勘事者有所辯論，但恐不知者以爲實然，使臣心有愧。

伏望皇上察臣愚忠，詳臣所奏事情，便見臣彼時所處是否那用邊銀，其餘邊儲有無利益。俯賜聖斷，庶臣爲國爲民之心不至有負，不勝感戴天恩之至。臣之所奏若有不實，甘當罷黜。爲此具本親賫，謹具奏聞，伏候敕旨。

弘治七年四月十五日具奏。

次日，奉聖旨："卿綜理邊儲，既不曾那借戶部官銀罷。該衙門知道。欽此。"

國子生江都葛洞校正

馬端肅公奏議卷之六

同郡後學魏尚綸編集

大祀犧牲事

兵部尚書臣馬文升謹題，爲大祀犧牲事。

臣惟國家大事莫重於祀天地、享祖宗，而祀享之物莫先於犧牲。必犧牲之純潔肥腯，方可以感天地之降格，而祖宗之歆享也。故《詩》曰："秋而載嘗，夏而楅衡。①"蓋言夙養犧牲，以防抵觸傷損皮毛，以致犧牲不潔，而不能感格乎神靈也。臣曾與看牲之列，往年看得犧牲所所養大祀牛、羊、猪隻，每牲各混一處，糞尿深厚，或互相抵觸，傷其皮毛。蓋由本所官員不知養牲之法，太常寺官又少嚴於提督，以致如此。彼時祀期將近，人不敢言，雖言亦不及事，所以一向因循。及訪得大祀之牲，除牛、羊係派有司買辦外，其猪隻俱係抽分小猪送去犧牲所喂養備用，糠糟又不真正，所以多有瘦小，不甚肥腯。且奉先殿祭祀并光禄寺供用之猪，俱係坐派有司買辦，今大祀之猪却用抽分之數，恐有以負聖天子敬天地、祀祖宗之誠意也。

如蒙乞敕禮部會同太常寺堂上官計議，將犧牲所所養大祀等項犧牲，用何法拴繫喂養，不使似前抵觸傷損皮毛，及糞尿污其牲體，務令肥腯潔净。仍將大祀并太廟、社稷所用猪隻，行移户部，支給官銀，預爲買辦毛色純全猪隻，送赴犧牲所，用心喂養，以備應用。其餘常祭，仍用抽分之猪，大約每歲不過用銀二千餘兩。

臣叨任大臣，睹兹重事，義所當言。爲此具本親賫，謹題請旨。

弘治三年十月　　日具題。

豫祈雨澤以冀豐年事

太子少保、兵部尚書臣馬文升謹題，爲豫祈雨澤以冀豐年事。

伏睹《皇明祖訓》一款："凡每歲自春至秋，此數月尤當深憂，憂當在心，則民安國固。所憂者惟望風雨以時，田禾豐稔，使民得遂其生。如風雨不時，則民不聊生，盗賊竊發，豪杰或

---

① ［校］楅衡：底本作"福衡"，據《詩經》改。

乘隙而起，國勢危矣。欽此。"大哉，聖祖之心乎！至哉，聖祖之訓乎！其仁民保國、貽謀防患之意，可謂深且遠矣。誠爲聖子神孫所當恪守而遵行之也。

仰惟皇上嗣登寶位，六載於茲，奉天勤民，無所不至，法祖圖治，罔有怠荒。前此數年，三辰順序，百穀用成，民安其生。奈何去歲蘇、松、杭、嘉等府雨水爲灾，山東、河南、懷衛、彰德地方荒旱，秋穀少收，百姓缺食，逃亡相繼。荷蒙皇上敕令巡撫官及遣廷臣前去賑濟，民頗獲安。今訪得山東、河南、北直隸、山西大同、宣府、遼東去歲一秋無雨，三冬少雪，和暖如春，愆陽太過。今春雖有雪雨三二次，止可浥塵，未深入土。二麥已種者，日見枯萎；穀豆未播者，尚猶待雨。若春種之失期，則秋收之無望，國賦何從而徵？民生何由而遂？又恐濟寧一帶閘河無水，糧運不通，有誤國計。況今天下民困財竭，兵食不足，意外之虞，難保必無，事之可憂，莫重於此，誠有如聖祖之所訓矣。且雨暘不時，旱潦爲灾，固氣數之使然，亦人事之所感召也。故殷湯遇旱而以六事自責，周宣遭旱而靡神不舉，側身修行，惕勵憂勤，卒感天意之回，轉灾爲祥。邦本獲安而國祚綿遠，是人事之盡而有以勝其氣數也。

伏望皇上節財用以隆儉德，開言路以來直諫，益崇堯舜之正道，益却异端之邪術。遠法殷湯，近遵祖訓，風雨不時而恒憂於心，軍民未安而常切於念，則誠通於天，感召和氣，雨暘自若，年穀自登，而民生豈有不遂者哉！仍乞頒給內府香帛，翰林院撰祭文，禮部分投差人賫赴各該巡撫官員，無巡撫處就令本布政司掌印官員支給官錢，買辦精潔祭物，親詣五嶽、五鎮、四海、四瀆之神，虔誠致祭，用祈雨暘時若，以昭皇上憂民之意。

臣叨任大臣，同國休戚，事所當憂，豈容緘默！爲此具本親賫，謹題請旨。

弘治六年二月十八日具題。

次日，奉聖旨："禮部知道。欽此。"

釐正祀典事①

自來名臣往往建議及此，未遑釐正也。

太子少保、兵部尚書臣馬文升謹題，爲釐正祀典事。

載考帝舜紹堯之後，肇十有二州，封十有二山。蓋每州必封表山之高大者，以爲一州之鎮。如五嶽、五鎮之神。東封泰山爲東嶽，在今山東泰安州；沂山爲東鎮，在今青州府臨朐縣。南封衡山爲南嶽，在今湖廣衡山縣；會稽山爲南鎮，在今浙江會稽縣。西封華山爲西嶽，在今陝西華陰縣；封吳山爲西鎮，在今隴州。北封恒山爲北嶽，在今大同府渾源州；封醫巫閭山爲北鎮，在今遼東廣寧衛。中封嵩山爲中嶽，在今河南府登封縣；封霍山爲中鎮，在今山西霍州。又封四海、四瀆之神。東海之神，在今萊州府；南海之神，在今廣東南海縣；西海之神，在今蒲州；北海之神，在今懷慶府濟源縣，誌載以其濟水源通北海，故祭於此。淮瀆之神，在

---

① ［校］釐正祀典事：崇禎本作"題爲釐正祀典事疏"。

今南陽府泌陽縣；江瀆之神，在今四川成都府；河瀆之神，亦在蒲州；濟瀆之神，亦在濟源縣。三代而下，歷秦、漢、隋、唐，俱於原封之山致祭；至五代，失其河北之地；宋有天下，未能混一，北爲契丹所有，後以白溝河爲界，所以祭北嶽恒山於真定府曲陽縣。俗傳有飛來石之説，不知祭醫巫閭山於何處？蓋宋建都於汴，而真定在汴京之北，是亦不得已權宜之道也。

迨我太祖高皇帝膺天眷命，奄有萬方，建都金陵，睹真定遠在京師之北，所以因循未曾釐正。迨我太宗文皇帝遷都北平，而真定府却在京都之南。當時禮官亦未建明，猶祭北嶽於曲陽縣，惟北鎮仍祭於廣寧。若以爲北嶽原在真定，則《周禮》載："恒山爲并州之鎮，在正北。"我朝《一統誌》亦載："恒山在渾源州南二十里，即北嶽。"以此觀之，則北嶽當在渾源州爲無疑矣。今本州北嶽廟址猶存，故老猶能相傳。我朝洪武初定嶽、鎮、海、瀆之神，削去歷代襃加之帝號，真可爲萬世之法。獨北嶽猶祭於帝都之南，非其故封之山，誠爲闕典。臣非禮官，考據未真，但係國家重事，不可不爲釐正。

如蒙乞敕禮部再加詳考，如臣所言爲是，明白具奏，行移山西并大同巡撫官員，候時年豐稔，措置錢糧，於渾源州恒山舊址去處，修蓋北嶽神祠，務在不侈不隘。若舊殿猶存，不必從新蓋造，止可修葺。工完之後，有司具奏。更乞敕翰林院撰文勒石竪廟，以垂永久。今後凡祭北嶽之神，於此行禮，庶數百年之闕典得以正於今日，而我朝之盛事亦可昭於後世矣。

緣係考究神封以正祀典事理，未敢擅便，謹題請旨。

弘治六年七月十七日具題。

次日，奉欽依："禮部看了來説。欽此。"

祛除邪術以崇正道事[①]

都察院左都御史臣馬文升謹題，爲祛除邪術以崇正道事。

臣訪得東嶽、東鎮、西嶽、西鎮、中嶽、中鎮、北嶽、北鎮等祠廟，俱有御用監太監陳喜、太常寺卿鄧常恩安造石函一座，周圍俱有符書，内放泥金書寫《道經》一卷，金銀錢數個，各色寶石十數顆，五穀各一升，似乎魘鎮之法。及有外官所撰皇帝遣御用監太監陳喜致祭於東嶽泰山等神祭文石碑一座。

臣切觀歷代并我朝故事，凡改元之初，并因水旱災傷，朝廷命翰林院撰寫祭文，分遣廷臣前去致祭五嶽、五鎮、四瀆、四海之神。祭畢，所在官司就將祭文刻於石碑，以昭盛典。並不曾有遣内臣，令在外官撰寫朝廷祭文致祭五嶽等神事例。雖秦皇、漢武之封禪，亦未有於五嶽等祠廟安置石函之理。前項二事，俱屬不經。此皆鄧常恩恣逞邪術、熒惑先帝所致。今鄧常恩等已置憲典，前項石函、石碑若不除去，不無取譏將來，貽笑後世，有虧先帝聖德。

如蒙乞敕河南、陝西、山西、山東、遼東各處巡撫等官，將前項嶽、鎮等廟，但係陳喜、鄧常

[①]［校］"祛除邪術以崇正道事"，崇禎本作"題爲祛除邪術以崇正道事疏"。

恩安造石函并所立石碑，俱各拆毀仆倒，磨去文字。其原安金銀錢、寶石并《道經》，差人齎進赴京，庶免後世之譏，以塞將來之釁。

臣叨任風憲大臣，苟有所見，事干國體，不敢緘默，謹題請旨。

弘治元年　月　日題。

奉欽依："是。欽此。"

申明舊章以厚風化事

都察院左都御史臣馬文升謹題，爲申明舊章以厚風化事。

洪惟我太祖高皇帝膺天眷命，奄有萬方，君臨天下，慨彼胡元，①入主中國，華風淪沒，②彝道傾頹，聿新一代之制作，③大洗百年之陋習，始著《大明令》以教之於先，續定《大明律》以齊之於後，製《大誥三編》以告諭臣民，復編《禮儀定式》等書，以頒示天下，即孔子所謂"道之以德，齊之以禮。道之以政，齊之以刑"之意也。當時名分以正，教化以明，尊卑貴賤，各有等差，無敢僭越，真可以遠追三代之盛，而非漢、唐、宋之所能及矣。迨我太宗文皇帝克平內難，正位宸極。及至列聖相承，一遵成憲，恪守舊章，禮儀不紊，法令嚴明，人尚節儉，不事奢靡。至景泰年間，祖宗成憲，所司奉行未至，風俗漸移。近年以來，群小用事，恣肆奸欺，販賣寶石之徒盜竊府庫銀兩，供帳服飾擬於王者，飲食房屋勝於公侯。以致京城之內遞相效尤，習以成風，雖嘗禁約，玩法不遵。軍民之家僭用渾金織成衣服，寶石廂成首飾。④僧道俱着紵絲綾羅，指揮亦用麒麟繡補。其官員相遇，尊卑不分，俱不迴避。娼優吏卒騎坐驢馬，⑤亦不讓道。違禮僭分，無所忌憚。名分逾越，風俗奢侈，舊章廢墜，禮制因循，未有甚於此時者也。

仰惟皇上嗣登寶位，任賢去邪，納諫容言，宵衣旰食，親決萬機，圖治之心可謂切矣。然圖治莫先於法祖，《書》曰："監於先王成憲，其永無愆。"《詩》曰："不愆不忘，率由舊章。"是也。然法祖必先於遵舊章而守成憲，舊章、成憲莫重於《大誥三編》《大明律令》《禮儀定式》《稽古定制》《教民榜》諸書并《節年禁約條例》，若不通行申明，使人遵守，而欲風俗之厚亦難矣。

如蒙乞敕禮部，將前項書內所載，摘其緊要者并《節年禁約條例》，奏請出榜，通行申明，曉諭禁約，上下各循禮制，用度務存儉約。但有前項奢僭之徒，在京，本院行令巡城御史，督令五城兵馬及錦衣衛坐城官校；在外，行巡按御史、按察司各緝拿問罪，重加懲治，違禁衣服、首飾等物入官。婦人有犯，罪坐家長夫男。及通行兩京各衙門大小官員知會，凡在道往來相遇之間，各要遵守禮制，當迴避者迴避，當讓道者讓道，各守尊卑之分，共敦禮義之風。仍通

---

① ［校］胡元：《四庫全書》本作"前元"。
② ［校］"入主中國，華風淪沒"：《四庫全書》本作"紀綱淪替"。
③ ［校］"彝道傾頹，聿新一代之制作"：《四庫全書》本作"彝遵傾頹，斟酌損益，聿新一代之制作"。
④ ［校］廂：《四庫全書》本作"鑲"。
⑤ ［校］吏：《四庫全書》本作"隸"。

行浙江等布政司及應天、順天二府,各將《大明律令》《大誥三編》《教民榜》《禮儀定式》《稽古定制》諸書并《節年禁約條例》,照依發去,榜文事理,各要遵守,不許故違。儒學生員并社學子弟,亦須熟讀講解,勿視虛文。務使中外臣民皆知貴賤有章,豐殺有度,等級名分不許違越,車服田宅莫敢僭逾,庶禮讓興而奢靡息矣。

緣係申明舊章以厚風化事理,未敢擅便,謹題請旨。

弘治元年　月　　日具題。

奉欽依:"是。風俗奢僭,甚害治道。禮部便備榜,嚴加禁約。犯了的,着實懲治他不饒。欽此。"

國子生江都葛洞校正
馬端肅公奏議卷之六

馬端肅公奏議卷之七

同郡後學魏尚綸編集

蘇民困以弭灾異事

兵部尚書臣馬文升謹題，爲蘇民困以弭灾異事。

照得先准禮部咨該司禮監太監韋泰傳奉聖旨："近日京城雨水爲灾，南京又奏大風、雷雨之異，朕當檢身飭行，祗謹天戒。爾文武百官尤當各加修省，勉其圖報，毋事因循。各衙門政事有闕失，當舉行改正的，斟酌停當來説。禮部知道。欽此欽遵。"轉行到臣。除仰遵聖諭，痛加修省，及將本部當舉行改正事宜先行條奏外，臣惟天命人君以出治，人君命臣以分治，皆所以爲民也。蓋君非民則無以守其國，得乎民則國祚延長，失乎民則社稷衰微。故《書》曰："民惟邦本，本固邦寧。"《孟子》曰："三代之得天下也以仁，其失天下也以不仁。"《傳》曰："民猶水也，水能載舟，亦能覆舟。"是以自古聖帝明王英君誼辟，未嘗不以愛民爲本而施仁爲先也。成周傳世三十，歷年八百，得乎民心之深耳。

洪惟我朝列聖相承，咸能愛養斯民，使得其所，深仁厚澤，洽於民心。故今百十餘年，民之愛戴，無異成周。但生齒日繁，地土有限，豐收之年尚可度日，一遇凶荒，輒多餓殍。況邇年以來，差役繁重，科派無度。且如京畿之民，既有擡柴、砍柴人夫，每名一年用銀二十一二兩，雖曾減去四五兩，尚有一十六兩之多。又有寄養孳生馬匹、京班皂隸、各閘閘夫及內府各衙門黃穰苗、撞竿等項差辦，非止一端。每一州、縣，一年多者用銀三四千兩，少者一二千兩。至如通州顧倩接應人夫，一年各縣協濟，亦用銀數萬餘兩，而稅糧、馬草不在其數。往年全靠多餘地土幫助，近被皇親、功臣、勢要之家占奪已盡，民之困苦，所不忍言。嗟怨之聲盈於道路，致灾之由恐在於此。非獨畿甸之民如是，而天下之民皆然。又如南京内官監成化年間具奏，徑行南京工部，坐派南方各布政司銀硃、土硃、生漆、鐵綫、肥皂各五萬斤，共該用價銀二十餘萬兩，其他買辦又不可勝計。民困財竭，誠未有甚於此時者也。幸遇皇上嗣登寶位以來，布德施惠，節儉愛民，恤刑獄，重農事，聽賢納諫，任賢去邪。凡百無益之事，悉皆革罷。雖古帝王亦不能過。宜乎雨暘時若，諸福之物可致之祥，莫不畢至。然而各處猶有天鳴地震，星殞河決，兩京大水、雷雨之灾異者，此蓋天心仁愛，示此儆戒。正欲皇上仰體祖宗之心，以安養斯民，以撙節財用，以培植國家，而鞏固皇圖於億萬斯年也。且天下之民固所當愛，而畿甸之民尤所當深愛也。

今順天等八府之民既有前項徭役，又遭此水患，加以秋收無望，即今已有缺食流移者，冬末春初必須賑濟。若徭役不減，照舊徵收，是所濟者不及十之二三，而取於民者十之八九。內而饑寒切身，日無所給；外而嚴刑峻法，日加捶楚。隨濟隨追，欲民之不逃亡、不餓死，豈可得乎？其追陪馬匹、擡柴夫役，已該兵、工二部覆奏暫且停追外，其餘科派徭役尚多。若不通行查勘，痛加減免，不惟逃亡餓死，又恐致有意外之虞。自古人君欲回天意而弭災變，必先愛民而節財用。

如蒙伏望皇上法成湯之子惠困窮，思周文之惠鮮鰥寡，乞敕戶部速行巡撫直隸都御史，轉行順天等八府，除糧草外，各將本府所屬見今一應買辦、歲辦并各項徭役共若干項，每項用銀若干兩，通共用銀若干兩，作急具奏。候奏報之日，該部會同各部、都察院、大理寺、通政司、六科、十三道從長計議，某件合當暫且停免，某件合當量爲裁減。中間果係內府緊關合用之物者，該部支給官錢買辦送用。仍通行浙江等十三布政司并南直隸應天等府，今後每年終，將奉到兩京各部勘合坐派所屬一應買辦物料及歲辦之物，備開件數，并該用價銀數目，備細具奏。仍照前會官計議，當裁減者奏請裁減，當停罷者停罷，永爲定例。內外諸司衙門敢有故違擅自朦朧具奏增添者，許科道官指實劾奏究治。仍乞敕戶部預先區畫賑濟被災州、縣饑民錢糧，以備臨時之用，并將各免糧草作急定奪蠲免，庶使民困少蘇，天意可回矣。災異可弭，而祖宗之鴻業可以保之億萬年而不替矣。

臣叨居大臣，同國休戚，睹茲災異，義所當言，不敢緘默。

緣係恤民弭災事理，未敢擅便，謹題請旨。

弘治二年八月二十七日。

奉聖旨："是。戶部知道。欽此。"

地震非常事

少傅兼太子太傅、兵部尚書臣馬文升謹題，爲地震非常事。

查得近該巡按陝西監察御史燕忠奏稱，據西安并長安等縣申稱：弘治十四年正月初一日申時分，忽然地震有聲，從東北起響，向西南而去，動搖軍民房屋。本日酉時分，復響有聲如前。至次日寅時，又響如前。及據本府朝邑縣申，本年正月初一日并初二日寅時，地震聲響如雷，自西南起，將本縣城樓垛口并各衙門倉監等房及概縣軍民房屋震搖倒塌，共五千四百八十五間，壓死大小男女一百七十名口，壓傷九十四名口，壓死頭畜三百九十一頭隻。及縣東北、正東、東南地方安昌八里一十九處，遍地竅眼涌出水，深淺不等，泛流震開裂縫，長約一二丈者、四五丈者，涌出溢流，良久方止。蔡家堡、嚴伯村等四處涌出，幾流成河，不時動搖。自本日起至十五日，尚震未息，人民驚惶四散，逃避高阜去處，搭庵存住。等因。隨據延安、慶陽二府及直隸潼關等衛各申稱，所屬州縣與前長安等縣日時地震聲勢相同。具奏該禮部抄出。又訪河南河南府靈寶等縣，亦各地震如前。

臣惟地乃靜物，止而不動，動則失其常也。考之古典，地震乃臣不承於君，夷狄不承於中國之兆。① 歷代固有地震，未有震於正月朔日者，亦未有震開而裂水出將成河者，此乃非常之异，古今所未多見者也。況朝邑縣南近華嶽，東連黃河，而潼關之山實與華嶽相連。潼關、朝邑地震如此之甚，則華嶽、黃河必爲之震溢矣。且兆不虛示，必有其應。況陝西乃關中重地，四鄰番虜，②而延、慶二府又與河套密邇。正月朔日地震，而胡虜十五日擁衆入寇榆林，③夷狄侵陵中國之兆亦已明矣。④ 臣聞此大异，驚愕莫知所措，除痛加修省外，照得即今北虜小王子部落日衆，⑤精兵數萬。其酋首火篩者，梟雄桀黠，往往以詐計敗我官軍，近來入寇，少散搶掠，專一攻圍城堡，燒毀草束，而用兵且精，亦有號令，觀其所存，其志非小。若不使之大遭挫敗，遠遁陰山，或自相讎殺，部落離散，年復一年，得我厚利，獲我兵甲，以彼之馬力，藉我之技巧，恐終爲中國之大患也。

仰惟陛下宵旰憂勞，勵精圖治，雖古帝王亦不過是，宜其兩儀奠位，四夷賓服。今陝西地震如此，其异非常，是皆天心仁愛陛下，故示此以警告之，欲其早爲修省，而保鴻圖於億萬斯年也。今海內民困財竭，兵衰將懦，紀綱未大振，法令未大行，文恬武嬉，奢靡成風，虜寇猖獗，⑥人心渙散，此正安內攘外之時，修德弭灾之日。

伏望陛下祗畏變异，修省剋責，行仁政以安養斯民，重臺諫以廣言路。府庫之金帛重爲撙節，以備緊急之用；無益之齋醮暫免修設，以省浪費之繁。念錢糧之空虛，止傳奉無例之官；憫畿民之艱窘，禁奏討有礙之地。遵聖祖之訓，每清晨視朝；法列聖之規，日奏事二次。今虜住河套，⑦正在用兵之際，乞將陝西織造絨毧內官早取回京，以蘇一方軍民之困；存其餘力，以備三邊飛挽之急。仍乞敕翰林院撰寫祭文，禮部奏請差官齎捧香帛，前去陝西致祭西嶽華山、西鎮吳山之神。更乞敕陝西巡撫都御史，將被震倒塌房屋及壓死、壓傷軍民之家，每門量給銀若干兩，以爲賑恤埋葬之資。及將所屬一應不急之務，俱暫停止。凡百安緝之方，悉從舉行。猶須操練軍馬，修理城池，務使地方寧靜，軍民獲安，內治既修，則北虜不足畏矣。⑧

臣荷國厚恩五十餘年，官居保傅，職掌兵戎，國家安危，實同休戚，睹茲變异，無任憂惶。伏望陛下察臣愚衷，憫臣勞瘁，前項所陳一一俯賜施行，則臣安享厚祿，不爲靦顏，而陛下言聽計從，亦不虛負累次勉留溫切之詔矣。宗社幸甚，生靈幸甚。爲此具本親賫，謹題請旨。

弘治十四年二月十八日具題。

---

① ［校］夷狄：《四庫全書》本作"外敵"。
② ［校］虜：《四庫全書》本作"寇"。
③ ［校］胡虜：《四庫全書》本作"敵人"。
④ ［校］夷狄：《四庫全書》本作"外敵"。
⑤ ［校］虜：《四庫全書》本作"敵"。
⑥ ［校］虜：《四庫全書》本作"敵"。
⑦ ［校］虜：《四庫全書》本作"敵"。
⑧ ［校］北虜：《四庫全書》本作"外患"。

二十日，奉欽依："覽奏具見忠愛之意。視朝奏事，朕自加省。織造絨氎，內官便取回。其餘都准行。該衙門知道。欽此。"

暫且停止奉送神像以蘇民困事

太子太傅、兵部尚書臣馬文升謹題，為暫且停止奉送神像以蘇民困事。

查得近該御用監太監王瑞等奏稱："欽蒙差往湖廣、江西等處公幹，合用黃快船六十隻，帶去官舍勇士、人匠八十六員名，乞要應付。等因。"奉聖旨："是。欽此欽遵。"抄出除照例應付外，及詢討船之人，俱言往武當山送玄帝神像。近又該司禮監太監陳寬傳奉聖旨："朕弟汝王之國，凡一應合行的事，該衙門便照例開具來說。欽此。"除欽遵施行外，近又該巡按直隸監察御史丘天佑奏稱："直隸池州府貴池等縣地方，五月十一日起，十三日止，驟雨連綿，山水泛漲，勢約三丈，渰死男婦二百六十一名口，漂流居民房屋一千九百餘間。"臣又聞河南、山東、南北直隸、遼東、山西自七月以來，天降驟雨，平地水深數尺，漫倒城垣，沒渰田禾，自通州直抵湖廣江河兩岸，無處不被水災。而河南黃河之水為害尤甚，各處秋田必無所收。況今陝西胡虜在套，①勢甚猖獗，未見剿平，勞及三省，民不聊生。而遼東夷虜亦未寧靜，②湖貴苗夷倡亂，方且用兵，此正天下多事之秋也。

仰惟皇上奉送玄帝神像於武當山，固是為國為民祈福之意，而神亦以好生憫物為心。臣昔巡按湖廣，親詣本山，看得宮殿雄麗，神像尊嚴，此皆我太宗文皇帝所造，其制度規模無以復加矣。皇上若欲奉送神像，使時年豐稔，邊方無事，不甚勞傷，且猶不可。況今天下水旱蟲蝗，邊方用兵，親王之國，民困財竭之際，而乃有此舉，甚非所宜，恐神亦不安，福亦不降矣。欽命內臣并帶去官員、匠役如此之多，所過去處該用人夫動輒數千，差去官員固為安靜，終是勞傷。況自京城至於通州，道路泥濘，人馬難行，尤為不便。

臣累荷列聖莫大之恩，叨官五十餘年，幸蒙皇上委任隆重，職掌兵戎，官居保傅，責在輔弼。使天下之人竊議當此多事之秋，而為此可已之事，誠恐後世史必書之。臣若不懇切為皇上言之，是孤眷遇之恩，勉留之意，則臣負國之罪將何所逭哉！

伏望皇上憫念生靈，察臣愚忠，將前神像暫且停送，候年時豐稔、邊方寧靜、民困少蘇之日，差官送去，亦不為晚。倘納臣言，宗社幸甚，天下幸甚。臣干冒宸嚴，③不勝戰慄恐懼之至。為此具本親齎，謹題請旨。

弘治十四年閏七月十六日題。

十八日，奉欽依："卿所言具見忠愛。但事既舉行，難以中止。差去官員人等，不許沿途生事擾人，已有敕嚴加戒諭了。該衙門知道。欽此。"

---

① ［校］胡虜：《四庫全書》本作"外夷"。
② ［校］胡虜：《四庫全書》本作"敵人"。
③ ［校］宸：《四庫全書》本作"神"。

灾 异 事

太子少保、兵部尚書臣馬文升謹題，爲灾異事。

准本部咨該准禮部咨前事，該巡撫湖廣都察院右副都御史徐恪題，據湖廣布政司呈，據長沙府申，據善、化二縣申，切照本縣地方，自弘治八年二月以來，天雨不降，高阜去處未曾翻耕。即今苦竹開花，實如麥米，楓樹生李實，黃連樹生黃瓜，苦蕒菜開蓮花，七日方纔凋謝。備由轉呈到臣。會同巡按監察御史鄭惟恒議得，凡物之生，各有常性，今當地方旱沴之餘，土木併興之際，而山林園圃草木多開異花、生異實，戾性之常，厥妖甚異。斯固微臣失職之咎，亦由民力難堪，怨聲沸騰有以致之也。除洗心滌慮，思過補愆，及行都、布、按三司一體痛加修省。等因。具奏抄出。該本部備查，近年以來，天鳴地震、星殞如輪、冰雹屢降、天火時發、夏霜隕禾等項灾異，歷考傳記以詳厥罰。上請皇上修德以弭天意，及要行兩京文武群臣各竭乃心、殫乃力，勤臣職以奉朝章，修人事以回天意。期交盡乎修弭之道，用少紓於宵旰之憂。凡事關乎治理，聽條奏以舉行。等因。具題。節該奉聖旨："是。弭灾之道，在修人事。事關朕身的，當自舉行。爾兩京文武群臣并各處鎮巡三司等官，尤當痛加修省，勉盡職務，共回天意，毋事虛文。欽此欽遵。"備咨到臣。除痛加修省，勉盡職務，及本部合行事宜另行條奏外，臣聞上天以生物爲心，人君以子民爲責，故自古帝王之治天下，未嘗不以養民爲本，以順承乎天心。蓋天下之安危，係生民之休戚；而生民之休戚，又係乎安養之何如耳？民得其養，自然飽食暖衣，向仁慕義，雖有變故，卒保無虞而國祚靈長；民失其養，則賦重役繁，愁苦嗟怨，遇有小釁，遂至離心而國勢寖弱。成周、嬴秦足可爲鑒，後之有天下國家而爲斯民之主者，烏可不加之意哉！

洪惟我太祖高皇帝膺天眷命，奄有萬方，知保天下在得民心，故惓惓以安養斯民爲念。立綱陳紀，無一政而不在於養民；發政施仁，無一事而不寓乎仁愛。貪官污吏之害吾民者，必重置於法；豪宗巨族之殘吾民者，必大治以罪。列聖相承，率遵是道，所以百餘年來，海內晏然，灾異少見，民之感德，浹於骨髓，淪於肌膚，無異成周之世也。

仰惟皇上嗣登寶位，愛民之心實同乎舜禹，仁民之念遠繼乎祖宗。無一令之不善，無一政之或乖。宜乎兩儀奠位，而萬姓咸若；三辰順序，而百穀告成。夫何近年以來，乃有前項禮部所陳各處奏報灾異，數者之中，惟地震一事，考之前代，固有震者，未若今日連年震之不已，而海內俱震。草木之妖，固不能無，未見今日併生一府，又在同時，此皆灾異之甚者。且變不虛示，必有其應，由人事乖於下，斯天變應於上。然而致此者，固皆臣等不職所致，實由賦重役繁，小民不得其所之所感召耳。何以知之？什一而稅，古之常制，今之田畝，十稅八九。且宣德、正統年間，宗藩位少，武職未多，江北布政司稅糧撥付邊方、京倉上納者，每石價銀不過五六錢，多係布絹之類來京糴買，未嘗專要銀兩，而有司倉存收者俱收本色，起運之數，十之四五。近來宗藩位多，武職太濫，邊務方殷，祿米去其大半。小民之糧，盡數改撥京邊二倉上納,每糧一石少則用銀八九錢,多則用銀一兩一二錢,俱要煎掣净銀。豐年用糧八九石方得易銀一兩,歉年則借取富室,收後加倍償還。間有空閑地土,又被各王府及勢要之家占爲莊田,催租之人百般科害,控訴無門。往年京師倉庫錢糧易於上納,邇年使用之錢過於所納之數,若至絲綿、花絨、闊布、大絹一切物料,交納尤難,非經攬頭,小民不敢上納。所以在京米糧雖賤,價值日增,每一布政司該徵銀百萬餘兩,而備用馬價、擡柴夫役、京班及司府、州、縣官柴薪、皂隸、驛遞、馬驢、船隻,又該銀數十萬兩。而買辦顔料、織造段匹供用之物,①不在其數。江南兑運京倉并各衙門糧米運至京師者,每正糧一石,亦該二石之上,甚至三四石者。今年如是,明年亦如是,歲歲如是,無有了期。桑棗鬻之已空,而絲絹猶徵;田畝賣之已盡,而稅糧猶存。逃亡人户,稅糧併於見在人户代納。收成已畢,而枵腹啼饑者比比皆是;隆冬墮指,而赤體號寒者處處皆然。衣食不足,罔知禮樂,風俗日見其澆漓,人心日滋其奸僞。子詈其父,習以成風;弟毆其兄,恬不爲异。究其所由,社學久廢,人不讀書,以致如斯。賦重困民,未有甚於此時者也。好逸惡勞,人之常情。古之帝王遂民所欲。今天下之民河南者,因黄河遷徙不常,歲起人夫五六萬,每夫費用盤纏銀一二兩,逐年挑塞,歲以爲常。近因河決張湫,有妨運道,欽命内外大臣往彼修築。又起河南、山東人夫不下二十萬,所費錢糧不可勝計,皆出自小民膏脂。江南蘇、松等府挑浚河道,亦曾起人夫二十萬。即今南北直隸、河南、山東沿河、沿江燒造官磚,及湖廣前後修蓋吉、興、岐、雍四王府,該用人夫、匠役不下五十餘萬。江西前後修蓋益、壽二王府,今山東青州修蓋衡王府,二布政司亦該用人夫數十萬。先修者三年之上尚猶未完,後修者方纔興工,先後用銀豈止數百萬兩?今兩廣用兵,民之供運軍餉者,又不知用夫幾何?山、陝二西人民供給各邊糧料,終歲勞苦,尤甚他方。及斂派天下各王府校尉、厨役、齋郎、禮生每當一名,不數年必致傾家蕩產。且洪武年間封建諸王,惟秦、晋等十府規模宏大壯麗,將以懾服人心,以固藩籬。其餘諸王府俱各差減,蓋恐費民財而勞民力也。永樂、宣德年間,亦皆如是。以後年間,修蓋各王府方纔寬大宏麗,一府有修蓋二三次者。北方府州城闊民稀,拆毁軍民房屋不致太多。今江南府分多有依山順嶺,傍河臨江,城小人稠,自唐宋以來未曾封王,軍民居住,相傳數代,生齒日繁。今聞差去内外官員,止照北方王府周圍墻垣丈尺,及起蓋軍校營房,有將軍民房屋拆毁十之二三者,甚有拆去四五分者,斬山平地,多傷風水。軍民蕩析其居,無所歸着,訴告之言盈於道路,嗟怨之聲徹於上穹。加以做工人夫暴露日久,萬一積怨,恐生他虞。即今在京各項工程亦衆,操軍連歲少休,多有累及逃亡。及在外司府、州、縣并各邊總兵等官,非奉奏准明文,擅動軍民修蓋不急衙門、非禮祠廟,及耕種自己田土、做造私己器皿者亦多。裏河一帶直抵南京,平昔俱有聽撥拽送馬快船隻等項人夫,近因三次親王之國,預備接應人夫不下數十餘萬,聽候日久,飲食不足,尤爲困苦,役繁民困,未有甚於近歲者也。賦重役繁,二者併行,則民力豈有不困,民財豈有不竭?欲望遂其生養,豈可得乎?民既流離困苦,不得其養,則上天生物之心有未遂矣,人君子

---

① [校]段匹:《四庫全書》本作"緞匹"。

民之責有未盡矣。灾異之來，未必不由於此。賦稅之重，勢至於斯，固不可已，但價值亦當少減。工役固不可已，緩急亦不可不節。王府之修，固不可不加宏麗，亦不可不計地之廣狹而斟酌損益。此等事情關繫甚大，若不早爲處置，誠恐年復一年，上恬下嬉，灾異之示或不可弭，而意外之虞難保必無。合無通行各處鎮守、巡撫、總兵并都、布、按三司官員，今後各要上思朝廷委任之重，仰體皇上恤民之仁。邊倉糧價，斟酌定奪，比前量減銀數，而各邊管糧官亦不可多收。及行仰所屬，凡遇分派夏秋稅糧之時，將京邊二倉糧料先儘上户，次及中户起運，下等人户俱作存收，或折納闊布，嚴禁里書人等，不許那移作弊，致有不均。其徵收之時，亦要酌量緩急，預定期限，陸續設法催納，不許要譽逞能，嚴刑峻法，逼民逃竄。其桑棗有遭荒歲，砍伐已盡者，亦要申明祖宗舊制，着令照丁栽種，務臻實效，以復民之恒產。其提調學校官員，亦要修舉社學之規，慎選教讀之人，各里凡民子弟，俱要入學誦讀《孝經》《小學》并《御製大誥》，俾知孝弟之道，法度之嚴，以復民之常性。巡撫官尤宜振肅紀綱，倡率所屬，凡利所當興，弊所當革，可以養民之生者，一一舉行；貪官在所當去，污吏在所當黜，可以蘇民之困者，悉要振作。視民如己之子，節財如己之肉，使民無啼饑號寒之苦，得遂仰事俯育之天。如有盜賊生發，小則設法撫捕，大則調軍剿滅，毋致滋蔓，貽患地方。其於委任，斯無所負。其大小衙門若有應合修造工程，事干動支錢糧、起倩人夫數多者，務要奏奉明文，次第合應修蓋。小小工程，亦要申禀巡撫等官示下，方許修造。其餘一切不急之務，一毫不許擅科，一夫不許擅役。及行各邊鎮守、分守等官，除修邊外，不許擅撥操軍修理一應淫祠、私宅、公館等項，并耕種田土、做造器皿，重勞士卒，廢弛武備。如有故違，通許巡按御史指實具奏，提問如律，上請定奪。情重者，文職照坐視民患事例，降調敘用；武職照私役軍人事例，降級發落。通行京通二倉、内府各庫局、内外提督、巡視等官，并各邊監督官員，各要嚴加禁約官攢、庫斗人等，不許刁難納户，揩勒財物。

　　仍乞敕工部轉行湖廣、江西先次差去修蓋各王府内外官員，如果工程未完，作急修蓋完備；若是已完，即便回京，不許在彼遷延，虛費供給，有傷民財。仍請敕三道，分投賫付今次差去湖廣、江西、山東修蓋各王府内外官員，及請敕彼處鎮守太監、巡撫、都御史、巡按御史公同相度，今次所修王府，各府城内地方有無空闊。如果城闊人稀，其周圍牆垣丈尺并宮殿衙門一應房屋，照式起造，分毫不可有減；若是城狹人密，别無空地，周圍牆垣不必拘於北方王府周圍丈尺，徒使府内空地太多，以後致令起蓋離宮别殿、臺榭游玩去處，致惹事端，有違祖訓，且使軍民嗟怨。其合用木植等料，省令匠作斟酌相度而用，不許因爭小忿，將長材故意截短，勞民重買，有稽工程。其督工官亦要撫恤人夫，時其飲食，不可太急及索要財物。若牆垣、宮殿基址大工修築已就，將原起人夫或分班做工，或疏放一半，不許盡數拘留，致生疾病，因而死亡，有傷和氣。内外官員仍每半年一次具奏，要見造完工程若干，用過物料若干，見在做工人夫若干，不許似前遷延歲月，久勞民力。工部仍查内外節年修蓋派出料物若干，工程已完未曾送納者，即係多餘之數，准作後來應用，不必再派有司。寬其一分，則民受一分之惠。若然，民雖不能盡遂休養，亦可少蘇困敝一二。

前項事情，國家安危所係。臣叨任大臣，荷國厚恩，上在輔君德，下在固邦本。而國之安危尤在當慮。① 臣久知生民困苦，邦本不固。每欲上陳，恐涉越職，輒復中止。今當災異迭見之際，復奉綸音，事干治理，許其條奏。臣若不以實奏聞而徒事虛文，甚非人臣以道事君之義。

　　伏望皇上覽臣所言，如果有益生民，有裨治道，斷自宸衷，俯賜施行。更乞益遵祖宗之訓，益篤愛民之仁，節財用，省造作，以培植邦本；崇正學，抑邪術，以端澄聖心。庶幾天意可回，災異可弭，而國家萬萬年無疆之基業實在於是矣。臣干冒天威，不勝戰慄恐懼，惓惓爲國爲民之至。爲此具本親齎，謹題請旨。

　　弘治八年八月二十一日題。

　　奉聖旨："該衙門看了來説。欽此。"

國子生江都葛洞校正

馬端肅公奏議卷之七

---

① ［校］在：《四庫全書》本作"其"。

馬端肅公奏議卷之八

同郡後學魏尚綸編集

因灾變思患豫防以保固南都事①

　　少傅兼太子太傅、吏部尚書臣馬文升謹題，爲因灾變思患豫防以保固南都事。

　　查得近該南京太常寺卿楊一清奏稱："弘治十五年七月初三日，猛風急雨，震蕩掀播，樹木拔仆，屋瓦飄飛，人心驚惶，勢甚可畏。天地、山川、社稷等壇并孝陵、太廟，共吹倒松柏等樹數千餘株。及皇城各門、內府監局，京城內外城門、關隘、處所并文武大小衙門墻垣、屋宇，亦於是日被風雨滲零震撼，損塌數多。牌樓之傾倒，旗竿之摧折，不知幾處。加以江潮洶涌，江東諸門浩如陂湖，水漫進城五尺有餘。新江口等處、江淮濟川等衛，戰巡馬船、商民船隻多有漂沒及溺死之人。詢之父老，皆以爲耳目所聞見風雨之變，未有甚於此者。"及該欽差守備鳳陽地方內官監太監倪文亦奏："七月初三日午時，被猛風刮倒皇陵、皇城、萬歲山、圜丘、方丘、獨山龍興寺并南山一應壇墠，大小樹木大約不下萬株，軍民房屋一千五百餘間。"各具奏前來，該禮部奏准："合無行移兩京大小衙門各行所屬，洗心滌慮，痛加修省。凡天下急務，得以盡言無隱。等因。"備咨到部。除痛加修省外，②臣切惟南京、鳳陽乃祖宗根本重地，皇陵、孝陵實仁祖淳皇帝、太祖高皇帝藏體之山，太廟乃祖宗神主奉安之所，與夫天地、山川、社稷等壇，皆國家重事，所係非輕。今風雨猛驟，將各處百十餘年樹株吹倒如此之多，③而江水洶涌，損壞戰快船隻，溺死軍民人口如此之衆，④皆併見於中都南京。是蓋天怒之甚，誠非常之灾變也。⑤

　　伏惟陛下覽此灾變，亦必有以悚惕於聖心矣。然上天垂戒譴告之切，夫豈無意者哉！思患豫防，誠今日之急務也。禮部奏奉明詔，群工言之已詳，臣恐猶有所未及者焉。竊以國家

---

① ［校］因灾變思患豫防以保固南都事：崇禎本作"題爲因灾變思患豫防以保固南都事疏"。
② ［校］除痛加修省外：崇禎本脫此六字。
③ ［校］如此之多：崇禎本脫此四字。
④ ［校］人口如此之衆：崇禎本脫此六字。
⑤ ［校］"是蓋天怒之甚，誠非常之灾變也"句：崇禎本作"是誠非常之灾變也"。

之事，在外者言之，所大可慮者，一則胡虜之猖獗，①一則南都之無備。且胡虜雖強，②四肢之疾，密邇神京，兵馬咸聚，設有侵犯，尚可支持，況戰守之備，素亦講圖。但南京雖江山險固，爲帝王之州，而論建都之地，以此爲次者，以其居長江之下流也。

仰惟我太祖高皇帝即位之初，始欲建都於汴梁，隨又建都於鳳陽，終復遷都於金陵。雖知居於下流，乃於湖廣地方設立三十六衛所，官軍二十餘萬。荆楚爲金陵上流，故遷都金陵者，必重上流之備。并江西沿江，又多設衛所，控禦上游，以爲金陵之屏蔽。及於江西九江府設立九江衛，此即舊江州。徑屬南京前軍都督府，以爲蜀楚之喉襟，建置立法，至爲詳密。彼時京儲俱係各省民運赴京，官軍專備戰守，所以三十餘年安如磐石。迨我太宗文皇帝遷都北平，意固有在。但南京各衛所官軍分帶一半，隨駕前來。江南糧米，後令官軍漕運，以備京儲。該用官軍一十二萬，而南京并湖廣、江西沿江衛所官軍已掣其十之五六矣。加以逃亡事故埋沒者，又不知幾何。以致上游無備，屏蔽不固。而九江以下直抵南京，城池缺人守把，教場無軍操練，倉廩空虛，衛所狼狽，既缺傳報烽火之墩臺，又無飛哨巡邏之船隻，江賊出沒，劫殺官商，鹽徒縱橫，操持軍器。南京相去京師二千餘里，隔涉大江，城池寬曠，武備不足，此心腹之患。萬一不逞之徒、哨聚之輩，長艘巨艦順風而下，倉卒之間，何以禦防？晉、宋、齊、梁都於金陵者，俱有故事。言之至此，實可寒心。臣任兵部尚書之時，每常慮此，奏准於九江衛添設副使一員，專一整飭自九江直抵南京沿江一帶衛所兵備，以防不虞。尋被言者革去，誠非遠慮也。且天下之兵備可有可無，而九江之兵備決不可無。緣今江西盜賊滋蔓，擒捕不絕，湖湘軍民困羸，瘡痍未復，風俗人心比之洪武、永樂年間大有不同。竊伺覬覦者安知無之？況患生於忽，禍起於微乎！

如蒙乞敕南京內外守備大臣，痛加省身之誠，③毋負留鑰之任。各營軍馬時加操練，京城門禁嚴爲堤防，坍塌城池作急修築，損壞船隻早爲措備。凡防奸禦侮之事，用心經畫，從長議處，重大者具奏定奪。仍乞敕吏部推舉頗諳韜略、素有風力官一員，升任副使，江西按察司帶俸，請敕前去九江衛居住，上自湖廣接界，下至建陽衛一帶衛所，俱聽提調。專一整搠軍馬，修理城池，督造軍器，整點民快，擒捕盜賊，禁革奸弊。及查理沿江驛遞、巡司、紅馬站船、巡邏官兵，或軍伍之不足，甲仗之闕少，與凡有益地方防守之事，宜從計處停當，徑自具奏定奪。其沿江有司官員，事有當稟行者，俱要稟行，不許視非統屬，輒爲怠玩。凡事仍與守備軍職協同計議而行，不宜偏執誤事，務使威武奮揚，戰守有備，潛消奸宄之邪謀，用爲南都之保障。仍聽南京內外守備官并南京都察院巡江都御史節制。及請敕湖廣、江西鎮巡等官，各將未獲盜賊督捕盡絕，困苦軍民存恤得所。一體整飭軍馬，撫安人民，以備不虞。毋爲因循，致誤地方。

臣叨任大臣，同國休戚，聞茲變異，若不披瀝爲陛下言之，他日倘誤大事，則臣負國之罪，

---

① ［校］胡虜：《四庫全書》本作"邊敵"。
② ［校］胡虜：《四庫全書》本作"邊敵"。
③ ［校］省：《四庫全書》本作"修"。

將何以逭？伏乞陛下留神省覽，斷自宸衷，俯賜施行。宗社幸甚，生靈幸甚。臣干冒天威，不勝戰慄恐懼之至。

緣係陳言災异事理，未敢擅便，謹題請旨。

弘治十五年八月二十日題。

二十二日，奉欽依："覽奏，具見忠愛。所言事，該衙門看了來說。欽此。"

傳奉事　凡三條①

少傅兼太子太傅、兵部尚書臣馬文升謹題，爲傳奉事。

切惟國家之患，莫大於天災。天災之重，莫先於荒旱。蓋荒旱則田無所收，而民必至於缺其食。食缺則命不可保，而必至於爲盜。盜賊蜂起，而禍患所由作矣。自古君天下者莫不爲憂，而所以致此者，豈無自而然哉！

仰惟皇上禀上聖之資，居天位之尊。大孝隆於兩宮，仁恩溥於四海。聲色之不邇，貨利之不殖。任賢去佞，從正抑邪，無一令之不臧，雖古帝王亦不過是。宜其海嶽效靈而雨暘時若，三辰順序而百穀用成。夫何去歲浙江溫、台、寧、紹，江南直隸、太平、寧國及應天府所屬，江北直隸、鳳、廬、淮、揚、滁、和等府、州，夏秋不雨，田禾無收，百姓缺食，逃移流亡，餓殍盈途？荷蒙皇上敕命憲臣及巡撫都御史、巡按御史并南京守備等官大加賑濟，但生齒至繁，錢糧有限，所活者固多，而餓死者尤眾。豈期今歲鳳、廬、淮、揚、滁、和等府、州，并順天、北直隸大名等府，河南、山東二布政司所屬州、縣，自春至夏，仍復不雨，麥多枯槁，穀未播種，人心惶惶，亦無所望。況漕運京儲尚未過淮，此大有可憂之時也。凡此皆臣等叨任大臣，復竊厚禄，不能燮理陰陽，寅亮天地，宣布德澤以惠養黎元，減省徭役以滋培邦本所致，亦由在京內外衙門官員中間或有恣肆、貪婪，無所忌憚，在外三司等官亦多縱惡容奸，不行禁治。所以軍民受害，積怨於中，上干和氣，致有旱暵之災。臣等又不倫，預爲建明，至厪聖慮，特降綸音，不勝惶汗。除內府各衙門弊政已蒙欽降聖旨榜文禁約外，而在外衙門積弊亦不可不革。革弊貴有其要，得其要，則弊不革而自無矣。其要惟在於振紀綱，嚴法度而已。此時紀綱漸弛，法度少寬，內外衙門弊政之多，實由於此。誠如皇上斷自宸衷，俯賜施行。更乞推此心以施之庶政。凡百司官員有犯者，無分內外，無間疏戚，悉置於法，無少假貸。執此之政，堅如金石；行此之令，信如四時。如此則紀綱振，法度行，貪殘知懼而弊政自無。宗社億萬年無疆之休，端在此矣。臣干冒天威，不勝戰慄懇悃之至。

緣係應詔革弊事理，未敢擅便開坐，謹題請旨。

計開：

一、戒百官以修庶政。

---

① ［校］凡三條：《四庫全書》本作"凡二條"，據正文內容改。

洪惟我朝稽古建官，内設五府、六部、都察院等衙門，各統屬官以分理庶務；外設都、布、按三司，各率其屬以安養軍民。上下相維，體統不紊，雖唐虞三代亦不過是。

國初法令嚴明，官知警畏，敢有犯者，重則置之典刑，輕則流竄革職。以故官無輕犯，犯無輕貸，所以庶績咸熙而萬姓樂業，未聞有所謂弊政者矣。自正統年間以後，每遇災異，朝廷必降敕切責修省，咸知警畏。近年以來，在内官員守法奉公而盡心所職者固有，聽囑納賄而任情行事者亦多。或競華侈於輿馬衣服之間，或誇美麗於居室妻妾之奉，上下因循，職業不修，法日以弛而政日以弊。在外大小官員，或極力以奉承權要，或恣意以剥削軍民。科罰以遂其私，淫刑以逞其暴。巡按等官亦多姑息，旌異廉能之奏月無虛日，參奏貪酷之官歲或一見，以致困窮無告，冤抑莫伸，政愈苛而民愈殘。皆足以上干天和，召災致變，誠非細故。庶官之賢否，係生民之休戚。若非官得其人，弊政何由而革，治道何由而隆，災變何由而弭乎？

伏望皇上降敕兩京府、部等衙門，并巡撫、巡按、都、布、按三司官，各要正己正物，爲國爲民，嚴戒所屬，恪遵國憲，各修其職。務令謹其操持，俾弊端悉革而物議少息。上體朝廷圖治之心，下解生民倒懸之苦。庶幾官得其人，政得其理，和氣日臻而災沴自消矣。

一、公勸懲以別淑慝。

臣聞唐虞之法，三載考績。三考黜陟幽明，歷代遵行，莫之或易。我朝法古爲治，參酌時宜，凡内外大小官員，俱以三年爲一考。在内先從本衙門堂上官考核，咨送本部，定其稱否；在外從本府并布、按二司官考核，各出考語。三考各赴部給由，定其黜陟。在外方面府、州、縣官再遇朝覲之年，本部憑巡撫、巡按、布、按二司揭帖考語，黜其不職，官頗知懼。其兩京堂上官例不考核，凡遇災變，科道官必指名劾奏，清議凜然。但五品以下官員名位未崇，不在糾劾之列，止是五年一次，本部公同各衙門堂上官考察，但年期尚遠。各官雖有不職者，亦或遷轉而去，以此漏網者多。及至給由各該堂上官考核，詞語又多溢美，中間清譽無聞，物論不與者，亦不開平常不稱職等項，勸懲之典又或未公。在外巡撫、巡按、按察方面等官責任非輕。近年皆尚和同，風紀欠振，以致貪虐滋甚，有壞事殃民迹狀敗露爲言官所劾者，往往付之查勘。所以各官肆無忌憚，患失之心一生，固位之謀百出，此弊政之大者也。今後在内屬官，果有貪淫不謹，實迹昭然，人所共知，從本衙門堂上官指名舉奏，以憑罷黜；其在外大小官員，有的爲民害，贓虐顯露者，許巡撫、巡按官拿問如律。前項内外官員尚有知之未盡而漏舉者，本部訪有的實事情，奏請定奪。庶幾勸懲以公，淑慝以別，政無不清而弊無不革矣。

一、清傳奉以節冗費。

先准兵部咨爲救荒弭盜以安地方事，該本部會官計議，題奉聖旨："各處地方災傷重大，民生困苦，朕甚憫惻。卿等所言深切時弊，事當行的，還查議明白，開具來說。欽此欽遵。"查議間，今奉敕旨，臣等切惟人君之大柄，莫先於惜名器；國家之首務，莫急於節財用。蓋名器不惜，則官必至於冗濫，支費無窮，而財用有不足矣。君天下者豈可輕之而不重者哉！

仰惟太祖高皇帝奄有天下之初，稽古建官，各有定員，非效勞任事者，額外未嘗輕授一官。彼時事無不立而政無不修，所以府庫之財用有餘。雖遇兵荒，未嘗告乏，列聖相承，咸率是道，未聞有傳奉之官。至成化年間，始開傳奉之門，而冗官爲之漸多。十六年，因遇星變，廷臣論奏。奉憲宗皇帝聖旨："傳奉文職大小官員，除勳戚功升、蔭授録用不動外，其餘及儒士都寄名放回，有闕取用。内有爲事妄冒并乞恩升授的，查來定奪。各衙門匠官精通藝業的存留，着支半俸。欽此欽遵。"綸音一下，中外歡欣鼓舞，咸以爲雖漢武輪臺之詔，亦不能過。但當時傳升官員，尚有退之未盡者。恭遇皇上嗣登寶位之初，俯從言官之請，但係傳奉官員，盡行裁退，天下欣然，稱頌仁明。奈何近年以來，大小官員傳奉者復多，其他亦有白衣人送中書處食糧，習字出身得授中書舍人者。前項傳升等官，一年該支俸糧動至數萬石，皂隸銀不止萬餘兩。況今親藩已至三十餘府，而郡王、將軍、中尉、郡主、郡君、縣君、儀賓等項不下千數。所用禄糧，通該百萬石有餘。而兩京軍職比之洪武、永樂年間，員增數倍。加以軍國之費，所以内外倉廩空虚，帑藏匱竭。一遇兵荒，動至賣官鬻爵，而措之無方矣。且國家貢賦有限，皆小民膏脂。以此有限之膏脂，供彼無功之庸輩，月計不足，歲計有餘，則天下生靈豈有不困，而府庫之財豈有不竭者哉！本部屢嘗上請乞退此等冗官人等，以省財用，俱未蒙俞允，亦有留中未出者。且古者官以待有功，賞以酬有勞。有功者斯授以官，有勞者斯加其賞。今各官不過由一藝小能，無大功勞，叨授官職，妄費錢糧，無益於事，是亦弊政之一端也。

仰惟皇上敦行大孝，善繼善述，其於先帝良法美意，獨不能遵而行之乎？伏望皇上大奮乾綱，俯從群議，將額外傳升及乞恩所升官員，及中書處習字人數，除勳戚并進藥有效書寫制敕及大臣并經筵講讀官子孫外，其餘通行裁革閒住，或止許冠帶榮身，隨藝供事。仍乞今後凡有代替乞恩傳奉升官之人，斷之以義，不徇以請。自以塞幸門而戒奔競，庶名器不濫而國用少足矣。

弘治十七年五月初二日具題。①

次日，奉聖旨："你每再查議停當來説。欽此。"

追究庸醫用藥非宜明正其罪事②

少師兼太子太師、吏部尚書臣馬文升謹啓，爲追究庸醫用藥非宜明正其罪事。

觀此疏已有故事，臣子忠愛之心惻然可見。可引以爲罪案乎？照得弘治十八年四月二十九日，該司禮監太監陳寬傳奉大行皇帝聖旨："朕偶感風寒，欲調理數日，暫免視朝。該衙門知道。欽此。"臣等連日問安，至五月初七日，忽聞聖躬升遐。臣等五内分崩，叫地號天，不勝哀痛。既而風聞原命醫人用藥非當之所誤也。雖九重深邃，莫知其的。

伏思大行皇帝平昔節膳寡欲，善養天和，縱感風寒，豈宜遽爾至此？臣等哀恨尤深。且朝廷設置太醫院衙門，訪取天下名醫，授以大官，養以厚禄。又設御藥房於内府嚴密之地，尤

---

① ［校］弘治十七年：《四庫全書》本作"弘治十四年"。
② ［校］"追究庸醫用藥非宜明正其罪事"：崇禎本作"謹啓爲追究庸醫用藥非宜明正其罪事疏"。

選上等之醫,日支酒飯,正爲調理聖躬之用。今臣等風聞之言,內外相同,臣子之恨,可忍遽已。①

伏望殿下早示睿斷,②薦醫并用藥非宜,有誤聖躬官醫人等,合行拿送法司追究。節次所用藥餌,有無當否,擬罪如律,上請發落。庶上有以紓殿下痛悼之心,下可少釋軍民無窮之恨。臣等不勝哀悼之至。爲此會本親齎,謹具啓聞,伏候令旨。

弘治十八年五月十二日,會本具啓。

本月十三日,奉旨:"都察院便會同多官好生打着問明白來説。欽此。"

釐正封贈事③

少師兼太子太師、吏部尚書臣馬文升謹題,爲釐正封贈事。

切照我朝《諸司職掌》內一款:"一、兩子當封,從一高者,婦人因其子封贈。而夫、子兩有官,亦從一高者。"蓋言一人生二子,俱任官,當封其親。若長子官五品,次子官七品,當從其長子五品者封贈其親,是謂"兩子當封,從一高者"。其婦人一子任官,當封其母,而父亦任官,若夫之官五品,子之官七品,當從其夫之官而封贈其母;若子之官二品,父之官四品、五品,當從其子之官而封贈其母。是謂"夫、子兩有官,亦從一高者",此指嫡母而言。一代定制,開載甚明。不知始自何年,有父任尚書或侍郎、都御史,其次室所生子或中進士,或由監生等項出身任郎中、主事、評事、太常等寺典簿等官,三年考滿稱職,該封贈其生母,當依母以子貴,隨其己之官品封贈。今擬其從一高者,往往將生母從其父之官,不分存亡,俱封贈夫人或淑人。此例實爲冗濫,於今釐正已久。是以夫貴而封贈其妾,非母以子貴受封之義也,不可不爲改正。

切惟致治莫先於倫理,倫理莫先於名分,必名分正而後倫理可明。前項封贈殊爲未當。若不釐正,誠恐因襲年久,有紊舊制而貽譏後世。合無今後若父任尚書、侍郎、都御史等官,次室所生子或任郎中、主事、評事、典簿等官,三年考滿稱職,請給誥敕。該封贈生母者,依母以子貴,照己之官品封贈,不許再行此例,④從其父之官封贈其母。庶舊制不違,人心允愜。

緣係釐正封贈事理,未敢擅便,謹題請旨。

弘治十八年九月十四日具題。

本月十五日,奉聖旨:"是。"

國子生江都葛洞校正
馬端肅公奏議卷之八

---

① [校]可:《四庫全書》本作"何"。
② [校]示:崇禎本作"行"。
③ [校]釐正封贈事:崇禎本作"題爲釐正封贈事疏"。
④ [校]此:底本及崇禎本均作"比",據文意改。

馬端肅公奏議卷之九

同郡後學魏尚綸編集

傳奉事 凡九條

少師兼太子太師、吏部尚書臣馬文升謹題，爲傳奉事。

准本部咨，准禮部咨：弘治十八年二月十二日早，欽奉聖旨："朕方圖新政理，樂聞讜言，除祖宗成憲定規不可紛更，其餘事關軍民利病，切於治體，但有可行的，着各衙門大小官員悉心開具，明白來説。禮部知道。欽此欽遵。"備咨轉行到臣。伏睹聖諭，此即堯之舍己從人，舜之好問好察，禹聞善言則拜成湯從諫弗咈之意也。蓋欲追古帝王克紹祖宗，而陋漢、唐、宋諸君有弗爲矣。天下臣民何其幸歟？臣惟自古創業之君，必立一代制度，以爲子孫典則，率由持守，不使隳墜者，①國祚必保於悠久；罔克遵承，致有廢弛者，宗社或至於顛危。載在史册，昭然可考。

洪惟我太祖高皇帝，膺天眷命而掃除胡元，②身經百戰而奄有天下。稽古定制，斟酌損益，首開學校，定賦税，恤百姓，開屯田，修軍政，重鹽法，禁贓吏，設驛傳，慎刑獄，弭盜賊，凡此皆我朝一代盡善盡美之大制度也。是以百三十餘年列聖相承，率由罔墜，世底隆平而治臻熙皞也。但自正統十四年以後，天下多事，民漸凋敝，迨今歲久，風俗奢靡，人心怠玩，上下因循，惟務苟且，所以祖宗舊章成憲奉行未至，多致廢弛。加以冗官太濫，宗室位多，賦重役繁，官貪吏暴，而民愈不勝其困矣。是蓋世道之使然也。若非修舉以復其舊，何以重裕而保無虞？

仰惟皇上聰明英武，大度寬仁，總攬乾綱，勵精圖治，數召大臣，咨詢化理，此誠大有爲之君也。其於修復祖宗之舊制，奮振一時之紀綱，以臻堯舜之治，夫何難哉？惟在聖心一轉移之間耳。臣荷國厚恩五十餘年，濫居六卿之長，叨任三孤之首。銓衡人物固臣職掌，寅亮天地亦臣責任。軍民利病，屢嘗敷陳。仰荷聖明多見采納，兹奉敕旨，廣求讜言，臣有所聞。若不悉心條陳，實有以負皇上知遇之恩，而孤勉留之意也。故不揣鄙陋，謹以祖宗舊制所當修

---

① ［校］隳墜：《四庫全書》本作"墮墜"。
② ［校］胡元：《四庫全書》本作"前元"。

舉，及軍民利害所當興革，而有裨治道者，條成九事，①上塵聖覽。伏乞俯賜施行，宗社生靈不勝幸甚。爲此開坐具本，謹題請旨。

計開：

一、汰冗員以節國用。

切惟唐虞稽古，建官惟百。內有百揆四岳，外有州牧侯伯。庶政惟和，萬國咸寧，夏商官倍亦克用。又至周，風氣漸開，人文日著，然考其建官，亦不過《周官》所載。古人立政，不在官職之多，惟在得人任用，是以政不繁而民不擾。嗣是而後，歷秦、漢、隋、唐以及宋、元，中間沿革雖有不同，而官職之增未至甚繁。

迨至我朝，奄有區夏，地廣事殷，設官雖盛，在京大小衙門官員各有額數，內外相維，體統不紊，故當時事不廢而民不困。奈何承平日久，政務日繁，在京、在外添設官員十之三四，然此或因錢糧、賦稅、軍器、河道事當專任，或因地方學校、馬政、水利人貴責成，無非上體朝廷，下安百姓，而其俸隸之給，②民已不堪。今各處宗室已至三十餘府，而郡王、將軍、儀賓不下千餘，況各王府大小官員亦該一千五百有奇，軍職亦至十萬之上，其祿米、俸隸、折色等項，豈止數十百萬，無非朝廷貢賦之常數，天下小民之膏血。今在上者，蠶食如此之眾，則天下之民安得而不困且乏哉！

查得近年以來，儉人白丁，專事奔競，或假技藝爲梯階，或以貨賄爲蹊徑，陸續傳奉乞升。大小官幾至千員，通計所食俸糧，動至萬餘石，折色隸銀且及數萬兩。夫以朝廷有限之財，供此庸輩無益之用，聖政爲之少虧，士類因之解體。況今虜寇窺邊，③灾異迭見，加以各處盜賊生發，地方未寧，若不預爲節省儲蓄，萬一倉卒有事，軍國之需豈能遽辦？本部已嘗二次將冗官當革者上請定奪，至今未蒙聖斷。

伏望皇上以節財爲國家之首務，以冗官爲時政之大弊。乞將前後傳奉乞升人員，容臣本部再行備細，開具上請，斷自宸衷。或革去冠帶，仍應原役；或姑與職衘，住支俸隸；其餘無益於事而濫支俸隸者，行令閑住。天下衙門添設布、按二司，并府、州、縣參政、參議、副使、僉事、府同知、通判、州同知、縣丞、主簿等官，本部會同各部、都察院、大理寺、通政司、六科、十三道掌科、掌道官從長計議，酌量裁革。庶官不冗濫而財不妄費矣。

一、育人材以備任使。

切惟人君莫先於圖治，圖治莫先於育材，育材必資於學校。學校者，人材之所自出也。且一代之材，自足一世之用，惟在作養之何如耳。若養有素，問學必博，心術自端。以之修政，而政無不舉；以之立事，而事無不立。自無乏材之嘆。一代之急務，又豈有重於此哉！粵昔三代之時，人無不學，而所學者窮理正心之要，所講者仁義道德之源，所習者修齊治平之道。一旦以備公、卿大夫、百執事之選，則其所行皆此素定，其所施張不待閱習，而後能以之

---

① [校] 九：底本及諸校本均作"十"，而正文僅九條。
② [校] 隸：《四庫全書》本作"祿"。
③ [校] 虜寇：《四庫全書》本作"敵寇"。

赴難，則不愛其死，隨遇而施，皆稱其任，所以人材濟濟，而治隆俗美也。及周之衰，下逮漢、唐，雖有大賢名儒，才負經濟，惜乎其道不得大行，而治不古若也。

天啓皇明，我太祖高皇帝平定天下之初，修武之餘，即興文教，於天下府、州、縣皆設學校，慎選師儒以教育人材，三年開科取士，務得明體適用之才、博古通今之士，使內外任事有司之官悉由科目出身，所以人才輩出，任用不乏。至宣德年間，學校漸爲廢弛。正統初，大臣建議於南北直隸并十三布政司各設憲臣一員，以專提調，頗爲有益。奈何近年以來，提調官用心作興者固多，虛應故事者亦有。況教官多貨殖以營利，期考滿以升官。生員成材者自肯讀書，其餘者則苟延度日，不知性理爲何物、經濟爲何事。此得歲貢，^①年已五十，又因邊方多警，許其納銀；地方荒歉，許其納粟，俱得入監。既爲監生，再不務學，此大壞人才之一端。況各年上銀納粟監生，本部聽選者尚有數千餘名，雖年少舉人、歲貢、監生，亦與彼挨次歷事。上選之後，又待十數年方得選用，闕少人多，取選未到，精神漸衰，銳氣已無，此淹滯人才之大弊也。惟成材生員，幸得入科，偶合程度，即爲中式。既仕之後，安於小成，而無仕優則學之切。識見未廣，經濟少充，所以本部每於推舉京堂并方面官之際，常以得人爲艱。且今之人才惟藉進士、舉人，三年之間除爲守令者不過二百餘人，固可資其安養黎庶，其餘俱係年老并納粟之輩，欲望赤心報國而福澤蒼生，豈可得乎？蓋人才盛衰，國家之治亂安危繫焉，必須申明振作，方可得其真才。

如蒙乞敕該部轉行浙江等十三布政司并南北直隸提調學校御史、副使等官，各嚴督所屬府、州、縣學教官，各將本管廩增生員，教以性理之學，養其心術之正。仍通行嚴加考選，果係成材，累經科舉，年未五十者，增廣生。能作經書義，資質俊秀，堪爲後日之用者，俱存留在學，教養廩膳。五十以上不能科舉增廣，四十以上不通文義者，宜遵敕諭內事理量爲處置，使人才不至於久淹，教養不視爲故事。仍密訪各學生員，平昔孝友著聞，又不作非爲者爲一等；雖不善於作文，而謹禮法者爲二等，造冊在官。則善者知所勸，不善者知所懲，而自過日遷於善矣。是亦三代教養人才之一端也。提督官仍每季於《四書》本經內，每府、州、縣各出題目，務關性理，《四書》三篇，經四篇，論、策各一道，按季預先發去，令其作文。周而復始，不一二年經書題目出之迨遍，^②性理既明，心術自正。如此作養十數年後，人才必盛於往昔，而庶官不至於乏人矣。

一、恤百姓以固邦本。^③

切惟自古人君之有天下，未嘗不以愛養斯民爲首務也。蓋民惟邦本，本固則邦寧。所以供軍國之用者資於彼，所以祀饗天地宗廟者資於彼。朝廷之上，宮闈之內，凡百之需無一而不資於彼焉。故成周以仁愛養民，傳世三十而歷年八百。是知民者，誠有天下者之所當重也。

---

① ［校］此：國圖本、《四庫全書》本作"比"。
② ［校］迨：《四庫全書》本作"始"。
③ ［校］恤百姓以固邦本：崇禎本作"恤百姓以固邦本疏"。

仰惟我太祖高皇帝膺天眷命，奄有萬方，惓惓以仁愛養民，凡遇災傷，即免稅糧。雖豐收之年，度其倉廩有餘之處，亦量蠲免。地畝稅糧，什一而稅。凡一應供用果品、牲口、顏料等項，俱於糧石內免糧買辦，未嘗分毫重科於民，視彼成周，尤爲過之。列聖相承，咸遵是道，所以人民殷富而天下晏然。自成化年來，①科派不一，均徭作弊，水馬驛站之剋害，户口鹽鈔之追徵，加以柴薪、皂隸銀兩，砍柴、擡柴夫役，與夫買辦牲口、厨料、夏秋稅糧、馬草，每省一年有用銀一百萬兩者，少則七八十萬兩。每年如是，所以百姓財匱力竭，而日不聊生也。一遇荒歉，餓殍盈途，盗賊蜂起。若不痛加减省，大爲蘇息，誠恐將來之患有不可救者矣。

如蒙乞敕户部，將天下買辦并均徭各照地方從長計議，書爲一定之規，行令永爲遵守。及將洪武年間原報食鹽户口，通行各該布、按二司，委自分巡、分守并直隸府州各委佐貳官員，親詣所屬州縣，通吊户口文册。備查洪武年間原報食鹽户口數多，今消耗數少者，着實減去；比先户口數少，今殷富户口數多者，量爲增添；十分貧難下户，免其報口，務足原數。每三十年一次造報，及一應革弊良法，宜從舉行，以蘇民困而固邦本。

仍乞敕禮部行查光禄寺見今收貯歲用牲口價銀，如果數多，時值收買。比之往年價值果賤，將派去各處原定價銀酌量再行減去若干。行令作急徵收銀兩，依限解部，轉送光禄寺交收，隨時收買應用，不致賒欠於人。凡百藥材等項，不係上納本色者，一體減價納銀。庶供用不誤而民蒙其惠。

仍乞敕兵部，將民間水、馬二站及遞運所馬價鋪陳工食銀兩數目，及合用廩給口糧，各學齋夫、膳夫，俱定爲則例，通行天下遵守。并將養馬地方，或論地免糧，或輳丁朋合者，備查節年奏准事例，再行斟酌，盡爲定例，務在均平，南北兩便，使民不受害而馬無所虧。及乞敕工部，今後凡内府派出買辦木植、顏料、皮張等項，查照往年奏准事例，估計太多者，具奏量減其數。其成造軍器、弓箭、弦條，通查在京該庫，收貯有餘者，量免成造。袢、襖、褲、鞋，出征軍士多不關領，亦暫且免派折銀，及不係急用之物，俱要斟酌停止。庶財不妄費而民困少蘇矣。

一、清屯田以復舊制。②

洪惟我太祖高皇帝平定天下之初，法古爲治，首定民田，驗畝起科，以備軍國之用；次定屯田，上納子粒，以給軍士之食。此我朝一代緊要制度，行之萬世而不可廢者也。故工部設屯田一司，專掌屯軍牛具、犁鏵、耙齒等項。彼時天下衛所軍士，邊方去處，七分下屯，三分守城；腹裏去處，八分下屯，二分守城。雖王府護衛軍人，亦照例下屯。每屯軍一名，有撥屯地一百畝者、五十畝者，或三二十畝者。所收子粒内，除一十二石准作本軍月糧，仍納餘糧子粒六石上倉，有建議者謂所納子粒太多，故軍士辦納不前，或因而逃亡。所以各衛所倉廩充實，紅腐相因，而軍士無乏糧之虞。

迨我太宗文皇帝，其於屯田，尤爲注意。創置紅牌事例，示以激勸良法。册籍明白，無敢

---

① ［校］年：崇禎本作"以"。
② ［校］清屯田以復舊制：崇禎本作"清屯田以復舊制疏"。

欺隱者。不知始自何年，屯田政廢，册籍無存，上下因循，無官查考，以致衛所官旗勢豪軍民侵占盜賣，十去其五六，屯田有名無實，所以各該衛所軍士月糧有一二年不得關支者。近因災異，該廷臣會議奏准，差給事中、御史并户部官一員，請敕前去南北直隸、浙江等布政司并兩京，會同清查各衛所屯田。隨該户部郎中等官王勒等，將清查過在京并在外保定等衛所屯田頃畝及該子粒數目奏行户部，會官計議定奪。臣因看得本官所奏，清出在京、在外衛所屯田，被人侵占等項共四萬一千餘頃，該徵子粒四十萬八千餘石。中間尚有未能清出者，以其未知某衛所係洪武年間舊設，某衛所係南京并口外調來，一例清查，又多委有司官員踏勘，下人作弊，以此未得其詳，不能清足原額，其南京并南直隸、江西等處衛所屯田清出者尤少。況今軍士月糧累歲不得關支，而歸怨於朝廷。勢官、豪軍侵占屯田，而久享厚利，軍士嗟怨，人心未平。若不再行查册，設法清理，則占地之家終爲己業，而屯田之制終未得復。將來無所憑據，軍士月糧何從仰給？事之所重，莫先於此。

如蒙乞敕該部，一面咨行南京户部，於後湖册庫內檢查洪武、永樂、洪熙年間屯田黃册；一面行查兩京衛所，某係舊衛，某係新設，某係各處調來，某衛所幾分下屯，該地若干頃。但係屯田一應事例，通查明白。仍查先差官員已行回報，未足原額數多者，并未經清查去處，各再差官請敕前去設法清查，若清出七八分去處，不必差官，止請敕巡撫都御史督令都、布、按三司管屯官員清查，務足原額，方許造册回京。户部候各處清查完日，通行計算停當，仍仰各該衛所備造文册，户部及都、布、按三司并該衛所各收一本，仍造黃册一本，賫送南京户部。轉發後湖官庫，如法收貯，每十年一次，照民册事例造繳。庶使册籍明白，將來有所持循，而祖宗舊制不致廢墜矣。

一、重鹽法以備急用。①

切惟鹽課者，國家之重事，民生一日而不可缺者。以之備緊急之軍餉，以之救凶荒之民命，誠有國者之大利，濟時之急務也。各處鹽課，兩淮爲急，若使法不嚴而利歸於下人，必致用不足而患貽於不測，所以歷代相因，必重其法。

仰惟我朝建制之初，其於鹽法尤爲嚴重，行鹽各有地方，販賣不許越境。勢要中納者有禁例，軍民私販者有重刑，所以鹽法通行，無敢沮壞。至宣德、正統年間，鹽法漸弛，朝廷屢命內臣同在京堂上官員前去清理，祛除奸弊，懲治豪強，使存積鹽課常有數十年之用。或遇緊急用兵，缺乏糧餉，卒不能至。或地方水旱災荒，軍民缺食，乏糧賑濟，方纔召商中納糧米。賴其飛挽以備急用，上納完足，通關繳部，就給勘合，②隨到隨支，得利數倍，所以客商樂於中納，而緩急得其所濟，此我朝鹽法之定規也。自成化年間以來，有乞恩求討者，有織造支用者，加以兩京往來勢要船隻夾帶私鹽數多，又況行鹽地方之不拘，私自販賣之無禁，孝廟時行折色未久，已受其患，則知初制之不可擅易。雖有中者，及至到邊，多不上納糧料，止是折收銀兩。一遇緊急缺糧，復命大臣前去督理，重復勞民買運，所以祖宗鹽法壞之極矣。若不通行整理，

---

① ［校］重鹽法以備急用：崇禎本作"重鹽法以備急用疏"。
② ［校］勘合：崇禎本作"引文"。

誠恐有誤大事。

如蒙乞敕户部通查鹽法始末舊規,并今日廢壞之由,徑自處置停當,上請定奪,務俾鹽課有餘而緩急得濟,法令嚴明而奸弊革除。緊急之軍餉不致有誤,饑荒之民命賴有所活。法定之後,永遠遵守。凡一應勢要之家、權豪之人,敢有乞恩沮壞者,許六科、十三道官指實劾奏。皇上斷自宸衷,必置於法。庶祖宗舊制不至於廢弛,軍國重務弗被其沮撓矣。

一、廣儲蓄以備凶荒。

切惟氣數流行,不能無水旱之灾;思患豫防,不可無豫儲之備。蓋有備則無患也。故雖堯、湯不免水旱,而堯、湯之民不至甚病者,以其有備也。

仰惟我太祖高皇帝篤意養民,其於備荒,皆有定制。天下州、縣悉出官錢糴穀,各於四鄉置倉收貯,以時斂散,雖遇凶荒而民藉以安,此萬世之利也。歷年既久,奸弊日滋,豪猾侵漁,穀盡倉毁,稍遇凶荒,民無所賴。正統初,大臣建議:該户部覆奏,選差廉能幹濟京官,請敕分往各布政司,督同司府等官通行整理,修復四倉。或出庫藏官錢收買,或勸殷富大户出納,以復祖宗舊制,而民實有賴焉。奈自正統十四年以後,虜寇犯邊,①天下自此多事,而四倉之糧又爲之廢弛矣。至成化七年,憲宗皇帝時敕各該巡撫都御史,督令都、布、按三司官,將原設四倉設法積糧,三年之内,務責成功。成化二十年,復降敕巡撫官舉行,天語叮嚀,至爲詳悉。彼時各官亦仰體聖意,用心整理,倉糧頗積。至成化二十一年,河南、陝西、四川大遭荒旱之灾,前積倉糧不能賑濟,人民死亡流移者十之四五,而四倉之糧又爲之一空矣。以後雖有措置之糧,多被看倉人等侵盗抵換,所存者糠秕穀稻。一遇大荒,動經差遣大臣往彼賑濟,不賣官鬻爵,則上納監生吏典所得無幾,而軍民存活者少,皆由所蓄不多而賑濟不敷也。近日淮、揚、蘇、湖、浙江乃其明驗。況今承平日久,生齒日繁,頗大州縣人口百餘萬,極小州縣亦不下數十餘萬口,若非大爲儲備,遇荒豈能賑濟?坐視死亡,實所不忍。仁政所重,莫此爲先。

如蒙乞敕該部查照洪武年間創置四倉舊制,及列聖降敕整理修復之意,從長計議,作何處置,創爲久遠洪規。使四倉之糧,隨其州縣大小、人口多寡,遇荒足穀賑濟,不致失所,其餘斂散關防。良法美意宜從,徑自具奏,上請定奪。庶儲積有備而遇灾無虞矣。

一、撫流移以正版籍。②

切惟户口以版籍爲定,人民以撫字爲先。有謂流寇縱橫,止因版籍不定,民流無歸,以致盗日滋蔓,此言雖似迂闊。然祖宗朝特重黄册,非但爲糧税,專欲使户籍清整,民安其鄉,此則本意也。民雖有流移,法貴乎招撫。若流移者不能招回,則見在者日見消耗,而軍匠埋没者多矣。

我朝洪武初,招撫流民,俱有定法,彼時人民安業,無多逃亡。遇有灾荒流移他所者,所司即委佐貳官員帶領各里里甲,分投前往有收去處,尋訪招撫,帶領回還,重加存恤。或給與鷄豚,或量免税糧,蘇息數年,方當差役。如此安得有流民?無流民,安得有流寇?窩藏流民者有重罰,隱占不報者有嚴禁,所以流民易於復業,而版籍不至於有虧,軍匠不至於埋没,此誠安

---

① [校]虜寇:《四庫全書》本作"敵寇"。
② [校]撫流移以正版籍:崇禎本作"撫流移以正版籍疏"。

民之良規也。迨至宣德、正統、天順、成化年間，民困財竭，一遇大荒，流移過半。上司不知行文，有司不行招撫，任彼居住，詭冒附籍。南方州縣多增其里圖，北方州縣大減其人户。軍匠消耗，率由於此。年遠者卒難得回，近逃者尚可招撫。若不申明舊制，着實舉行，誠恐數十年後，逃移稅糧，併於見在人户陪納，日加困苦，無以聊生，誠非治道之所宜也。

乞敕户部通行陝西、山西、河南、山東、北直隸巡撫都御史，各行所屬大小州縣，各查自正統元年以至弘治十六年，某州縣逃移人户共若干，曾經招撫復業若干户，一向未曾復業若干户。及行湖廣、四川、南直隸巡撫官亦通行所屬州縣，各查某州縣安插某布政司某州縣人户共若干，軍匠民籍若干，添設若干里圖。各州縣備造文册，俱繳送巡撫官處，咨送北方前項布政司巡撫官，即行所屬州縣查對相同，委有前項逃移人户，仍各差佐貳官帶領里老、甲首前去各該州縣關取。如已生成家業者，分房前去，承種田地，辦納糧差；其餘原在彼居住者，聽從其便。此外別有招撫良法，宜從具奏施行。如此庶流民復其原業，而版籍不至於大虧矣。

一、革大弊以蘇軍民。①

照得洪武年間建都金陵，一應京儲，四方貢獻。蜀、楚、江西、兩廣俱順流而下，不二三月可至京師。福建、浙江、直隸、蘇、松等府雖是逆流地方，甚邇不一二月可抵皇都。高廟不移都，或亦爲休息民力。北方賦稅止供各邊，不勞遠運，所以民不受害而得遂厥生。迨我太宗文皇帝遷都北平，其南京并各處進貢方物數少，尚未有馬快船隻之差。至宣德、正統年間以後，或裝載薦新品物及南京所造篩簸等項，用船數多，所過州縣動撥人夫千百名。其夫俱係附近州、縣、衛所出辦銀兩雇覓，少則用銀十數餘兩，多則三五十兩。一年之間，自儀真抵通州，所用雇夫等項銀不下十數萬兩，俱係小民膏脂，而不係賦稅。洪武年間，裏河軍民未嘗遭此困苦。來京馬快船隻，其弊固多，而進鮮者其害爲甚。且進鮮乃朝廷敬奉祖宗之意，固不可闕。今所進鮮物若青梅、小竹笋、蓮藕、苔菜、宣州梨，蓋因太祖高皇帝南京踐祚之時所用，故猶進奉供薦。今京師果品、菜蔬、雪梨、青杏，比之南京所產者，其味尤佳，隨時供薦，亦可將敬，又奚待於南京者？臣任南京兵部尚書之時，備知内府針工局遞年將在南京内官内使所用鋪陳、衣服，該用絹布，俱於在京該庫關出。用馬快船裝載，差内官或内使管運前去南京織染局染造，差去官到彼，俱支廩給下程。一年該用銀數百餘兩，俱係上元等二縣出辦，待其染完，南京兵部復撥馬快船裝運來京。南京内官、内使者，此中做成衣服、鋪陳，仍關支絹布，復用馬快船隻一同裝載，差官管運前去南京染造交割，歲以爲常，此裏河軍民受害第一大弊也。臣思天下之弊，有大小，有遠近，若弊之小而近者革之，而遠且大者不革，豈能回天意而蘇民困哉！況裏河實南北喉襟之地，我朝鴻圖億萬年，若革裏河前項馬快船之弊，則軍民蒙億萬年之利；若前弊未革，則軍民受億萬年之害。利害之間，向背所係。又況我列聖相承，咸以愛養黎元爲心，雖皇上篤於大孝以奉祖宗，但祖宗在天之靈憫念軍民困苦，亦必爲之不懌。

伏望皇上將臣所言，乞勤乙夜之覽，斷自宸衷，將前項薦新如青梅、蓮藕、宣州梨、苔菜之

---

① ［校］革大弊以蘇軍民：崇禎本作"革大弊以蘇軍民疏"。

類，於中量免進奉，省少船隻。其餘楊梅、枇杷、鰣魚，北方不產者，照舊進奉供薦。其兩京內官、內使合用該染布絹，每年該局行移該部，計算一年該用若干數，俱於南京該庫交收。該局每年預先奏行南京該部并南京守備太監，再行查算明白，照數就於南京該庫支送南京織染局染造完備。該南京內官、內使者，就彼支與應用，免其運來，以省勞擾；該在京內官、內使所用者，守備太監選差南京老成的當內官，管運前來該局交收，定爲常例，不許奏擾紛更。其餘若馬槽、篩簸之類，止運竹木來京，着落此間該衙門匠役編造應用。仍乞敕南京兵部，今後差撥馬快船隻，務照奏准事例，滿船裝載，不許多撥，沿途擾人。庶馬快船隻減其多差，而沿河軍民免其復害之弊矣。

一、慎刑獄以重民命。

切惟刑者，所以禁暴亂、防奸宄，聖人不得已而用之。故帝舜有欽恤之命，周王有敬明之戒。

我朝列聖相承，每下恤刑之詔，而又特遣刑官出外審錄，皆所以體天心而重民命也。但律文創自往古，其來已遠，文義深奧，非用心講讀者未能深曉。初任刑官者視以爲常，苟官之後，再不講明，問囚之際，亦少推情，止憑原勘情詞，間有失入人死罪。在外惟按察司官出自法司，頗知律意，亦有忽略而不經心者。至於推官、理問、斷事等官，其於律文猶不能知，而問囚豈能皆得其當？或有明知冤枉而不與辨明者，亦有避嫌而故入重罪者。比先年間，布政司參政、參議等官職專承流宣化，俱不問理刑名。近年以來，有該巡撫、巡按官接狀批行問理者，有自受詞狀問理者，出脱輕罪者固有，中間枉人至死者亦多。臣每於秋後會同多官審錄在京重囚，情可矜疑者，仰蒙聖斷發落；情有未明，奏行再問者，仍照原擬，非故欲人之死，蓋取自安之道。其他府、州、縣正官，有等酷暴之徒，逞一己之忿怒，輕人命如草芥，有犯該竊盜而即時捶死者，有犯該鬥毆致死而問擬故殺者。民之死於非辜者，處處有之。撫巡者不之禁，兩司官若不知。小民含冤無所控訴，傷天地之和，召水旱之災，未必不由於此也。

如蒙乞敕三法司，備載朝廷恤刑之仁、憫惜人命之意，戒飭司屬，務要講明律義，必至貫通曉暢。凡問重囚，參錯訊鞫，期得真情，彼此具服，方纔擬罪送審。審刑官尤宜用心詳讞，毋拘於成案，勿避其嫌疑，使生者無冤而死者無憾，以仰副聖天子恤刑之意。

仍乞敕都察院轉行各該巡撫、巡按官，行令按察司并分巡等官，凡遇問理重囚，一體用心，不許輕易致有枉抑。今後布政司官不許受詞自問刑名，各撫按官亦不許批行問理。其分守、參政、參議，若有所屬人民有告戶婚、田土、吏典、民害事情，許其接狀咨行本司，札仰理問所問理，其餘行府問報。大小衙門官員各要心存仁恕，愛恤小民，不許輒肆酷刑，致死人命。已告發者提問如律，未發者指實罷黜，毋事姑息，縱令殃民。庶刑罰不濫而民罔冤抑矣。

弘治十八年四月初三日具題。

本月初八日，奉聖旨："卿所言深切時弊。都着該衙門便查具來説。欽此。"

國子生江都葛洞校正
馬端肅公奏議卷之九

馬端肅公奏議卷之十

同郡後學魏尚綸編集

嚴武備以伐北虜奸謀事①②

都察院左副都御史臣馬文升謹題，爲嚴武備以伐北虜奸謀事。

切照北虜自成化十三年遣人進貢之後，迨今一十二年，屢在邊方爲患。今無上事而自遣使進貢，此蓋我皇上即位以來任賢選將，勵精圖治，德化溥及於四海，威名遠振於外夷之所致也。抑或北虜聞我憲宗皇帝上賓，皇上嗣登寶位，故來窺我虛實，亦未可知也。且北虜之奸謀詭計固難測度，而在我之預防誠不可不嚴，故兵法有曰"上兵伐謀"。往年故事，凡北虜進貢，京營差撥官軍接至居庸關，既至會同館，必照人數多寡，撥與馬匹騎坐，上直官軍必貼班侍衛，皆所以壯軍容而振國威也。其迎接軍馬并騎坐馬匹，及上直侍衛軍人并撥去居庸關防護者，俱係步軍，中間老弱相半，盔甲不鮮明，器械不鋒利。而侍衛軍人老弱者尤多，叉刀、長槍、盔甲大半損壞。不足則示之以有餘，此伐謀之道也。夷人所騎馬匹俱是瘦損，而軍多羸老。且在京各營軍馬乃朝廷之六師也，侍衛軍士乃朝廷之禁軍也。居重馭輕，兵之至強，莫過於此。彼虜在大同，見我邊軍精強如此，若見我前項軍馬，其啓彼輕視之心也必矣。必須揀選精壯軍馬，另關新鮮軍器、盔甲，庶可壯國威而伐彼之奸謀。

乞敕兵部先將上直官軍預爲揀選，老弱之數暫爲退出，另選精壯之人補數，臨期關與內府鋒利鮮明盔甲、軍器。仍令把總管領官員嚴加鈐束，其隊伍立站之間，行伍疏密，俱要如法，務有精銳之氣，不許似常喧嘩錯亂。其該去居庸關防護軍馬，乞敕該營總兵官，亦要選撥十分上等馬隊、軍人，并在京擺隊官軍，俱要關領內府收貯上等盔甲、軍器。其部伍進退，務要其止如山，其行如雲，凜然節制之兵，而有不可犯之勢。其差去把總官亦要驍勇老成，使彼望而畏之，知其爲中國之將，而不敢萌侵犯之心。

會同館答應夷人騎坐馬匹，亦要撥與上等有膘好馬、精壯有識軍人，不可將瘦小馬匹、罷弱軍人一概撥去，致使輕侮。本館年久損壞，床帳、器皿不全，乞敕兵部量爲修理，以備應用。仍乞敕禮部行令大通事，選差善曉夷語之人，假作館夫名色，混入館夫之中，專一密聽北虜言

---

① ［校］國圖本、《四庫全書》本未收錄此篇。
② ［校］嚴武備以伐北虜奸謀事：崇禎本作"爲嚴武備以伐北虜奸謀事疏"。

語,察彼心事,每日報與大通事,密切具奏,以憑防閑。

仍乞敕光祿寺,將今次進貢夷人飲食稍加豐厚,以敦懷柔之道。彼虜感我之恩,畏我之威,釁隙無由而啓,雖小犯邊,不足深慮。及令巡街御史督令五城兵馬、錦衣衛官校,嚴加禁約閑雜人等,不許私下擅與北虜交接,及令夷人無故出入外境,入軍民之家往來自由。如此則我之虛實彼不能知,而彼之奸謀我先伐矣。萬一北虜果來窺我虛實,若不如此預防,破其奸謀,彼虜出塞,爲患非細。

臣叨任大臣,同國休戚。況職總風紀,事所當言,苟有所見,不敢緘默,謹題請旨。

弘治元年六月十一日具題。

奉聖旨:"是。會同館工部便量爲修理,光祿寺酒飯務要用心備辦,不許將不堪之物館待使臣。還着禮部該司官提調。欽此。"

撫恤南都軍民事

都察院左都御史臣馬文升謹題,爲撫恤南都軍民事。

照得南京乃祖宗根本重地,陵寢所在,攸係非輕。① 防奸禦侮,全藉官軍。軍國所需,尤賴民庶,必須使之得所,庶可保其無虞。

臣訪得南京官軍專靠俸糧養贍,其武職本色俸米每年九月、十月折支,絹布有過一年不得關支者。其折色鈔貫等項,二年之上方得關支者。詢其所以,蓋由南京內府該庫收放絹布,內官比先年間止是二三員,②近年增添七八員。凡遇各處送納絹布大戶到來,每絹一匹要使用銀三四錢,每布一匹要銀一二分。包攬大戶乘機作弊,納戶無銀使用,只得棄絹逃回,經年累歲,不敢前來上納,動輒拖欠上萬餘匹。各衛委官通同買頭故意遷延,以此不得關支,只得減價賤賣於人。而預先揭借俸糧者尤多,其各衛所替役、補役并新解逃故軍士戶丁到來,南京兵部查勘明白,行仰該衛收役食糧。本衛造於食糧項下,該部查算明白,行倉放支,係是定例。其南京戶部務要逐名具狀,赴通政司告送本部行衛查勘,重復保結,多則三四月,少則一二月,方得公文到部,上下打點,用銀一二兩,俱係揭借月糧,比及支糧月分,又被債主關去,因無食用,隨即逃亡,以致操練數少,武備不足。及洪武年間,駕在南京,其御馬監養有大馬,喂飼苜蓿,以此每衛撥空閑地土,着令軍士種藝苜蓿,以供喂馬。至永樂年間,遷都北京,而南京御馬監別無大馬,原種苜蓿地土又被勢要占去,本監仍要各衛出辦苜蓿,因無所產,只得出辦價銀,每衛多者四五十兩,少者二三十兩,一年不下千百餘兩。逼迫軍士揭借月糧,稍有遲慢,衛所官員受責多端。況造送快船等項,家無空丁,差無虛日,此南京官軍受害之大弊也。

及訪得南京工部遞年該辦打造快戰等船木料,比先年間本部收有太平、鎮江等八府人戶

---

① [校]攸係非輕:《四庫全書》本作"攸關非細"。
② [校]先:《四庫全書》本作"上"。

承佃蘆洲賣蘆價銀，不下數萬餘兩，支給買辦，價無所虧。近年以來，前項蘆洲爲因本部具奏，召人承佃，多被無藉之徒占去，無有銀兩送官。凡遇買辦木料，俱於應天府鋪戶賒買，年復一年，即今欠少鋪戶木料價銀三萬五千餘兩，其欠少各項買辦顏料等物價銀尤多。鋪行取於鋪戶，鋪戶取於逐門，戶戶受害，怨言盈途。其上元、江寧二縣人戶在廂者，支應往來欽差、內外官員下程，及漢府織造段匹一應合用之物，并內府花園夫修理進貢鰣魚廠，外廓城等項在鄉者，出辦答應過往，并南京各衙門公差官員、人夫、皂隸，俱要用銀雇覓，每名月該銀七八錢。前項坊廂在鄉人戶，一年共該出銀萬兩有餘，年年如是，無有空歲，此南京鋪戶人民受害之大弊也。

恭惟皇上嗣登寶位，屢下明詔，革罷應天府織造段匹。南京軍民歡聲載道，如獲更生。傳聞猶欲織造，愈加驚疑。夫以南京之內，所賴全在軍民，平昔既不能使之得其所，臨時何以責之效其力？必須痛革前項之弊，可保無意外之虞。

如蒙乞敕南京守備內臣，將該庫收支絹布，內官量爲減去新添之數，仍令遇有南京戶部送到絹布到庫，早爲收受，不許指要使用錢物過多。及查南京御馬監如無大馬，將首蓿價銀革去，止令牧馬所軍人將草餵養見在馬匹。其漢府織造段匹、機張等項，照依欽奉詔書內事例革罷，以蘇軍民困苦。及鰣魚廠房屋如有損壞，方令修理，不許指以修理爲由，年年擅令應天府出辦銀兩、花園人夫。如果不係洪武年間額設之數，不許久占辦納月錢。仍乞敕內外守備官員行移戶部，將南京各衛但係替役、新解并自首復役軍人，該南京兵部查勘無疑。行令本衛着役收支月糧者，本部止照在京戶部事例造冊收糧，不許刁蹬。又赴通政司告狀，重復保勘，致累逃亡。及行南京工部，將有蘆場地委官踏勘明白，照舊追收蘆價銀兩，給還欠少鋪戶木料價值。今後凡遇買辦，務要先給價銀，不許逼迫賒買，負累鋪戶。及乞敕巡撫南直隸都御史，將應天府上元、江寧二縣該出前項差役銀兩時常查考，當減省者減省，當撙節者撙節，不許妄費，有傷民財。臣曾備員南京，熟知此弊其來已久。恭遇皇上圖治愛民，遠追舜禹。①

臣叨總風紀，責在澄清。若知南京軍民不得其所，緘默不言，不惟有負皇上任用之意，抑且得罪祖宗在天之靈，故敢昧死上陳。伏乞聖明留意，南畿軍民幸甚，臣不勝幸甚。

緣係革弊撫安南都軍民事理，未敢擅便，謹題請旨。

弘治二年　　月　　日具題。

奉聖旨："積年弊病，當要禁革，都准行。欽此。"

驅逐虜寇出套以防後患事②③

都察院左都御史臣馬文升謹題，爲驅逐虜寇出套以防後患事。

---

① ［校］舜禹：《四庫全書》本作"禹舜"。
② ［校］國圖本、《四庫全書》本未收錄此篇。
③ ［校］驅逐虜寇出套以防後患事：崇禎本作"爲驅逐虜寇出套以防後患事疏"。

弘治元年十二月十七日，有巡撫延綏都御史黃紱差舍人房正奏事到京，前來本院投文。臣當臺詢問地方事情，本舍説稱：虜賊俱在河套近邊墻居住，日逐射獵。通事回話答説："並不做賊搶掠，到明春要來進貢。"臣切惟胡虜爲患，自古而然，勢盛則搶掠，勢衰則北遁。近年以來，東則在於大同、宣府，西則在於延綏、寧夏，再西則在於甘凉，趁逐水草，時或出没，此虜賊之常態也。以今日虜勢論之，部落分散，固不足深慮。但我武備不振，芻糧不足，亦在所當憂。成化四年，虜酋阿樂出、乩加斯蘭上居河套，犯我邊陲，朝廷命將出師，往彼征剿。彼欲緩我之師，亦嘗遣人進貢，由偏頭關經大同赴京，朝廷賞賚甚厚。回套之後，大舉入寇，仍前剽掠。至成化九年冬，方逐出套，復犯大同、宣府，又已數年。軍勞於征戰，民困於轉輸。幸而虜賊自相讎殺，邊方稍寧。及太監汪直之啓釁，總兵官許寧之失律，官軍喪敗，所不忍言。

　　仰惟皇上嗣登寶位，威德遠及，虜酋向化，遠貢闕廷。今此虜居於河套近邊牧獵，聲言春間又要進貢。臣切思河套之中地方千里，草木茂盛，禽獸繁多，北有黃河，南近我邊，河冰開後，彼藉黃河之險，而不慮零賊之偷其馬匹，又得時常出没，以掠我之生畜，欲居河套之心，無時少忘。遞年冰結之後，虜必擁衆進入，但野草燒燎已盡，馬無所食，不能久居，隨復出套，所以套中十數年餘久無邊患。今此虜居於套中，不復搶掠，意在緩我之兵。春初即來進貢，必須似往年從榆林由偏頭關經大同而來爲詞，不從則阻彼向化之心，從之則貽我邊無窮之患。彼既進貢，餘衆居於套中，從容就草牧馬。比及彼回，草芽已茂，馬膘已壯，欲令彼出套，彼必藉言河冰已開。倘此虜背我國恩，入寇剽掠，陝西邊患何時得已？况今各處府庫未見充實，陝西人民未獲蘇息，供給轉輸，賴之何人？及甘凉一帶，見今亦有聲息，而哈密地方又被殘破。萬一如臣所慮，事之可憂，莫大於此。思患預防，實不可忽。

　　如蒙乞敕兵部再行查訪，果有前情，另行計議。請敕延綏鎮守總兵、巡撫等官，一面用心操練軍馬，嚴加防禦；一面令通事與彼答話，既要進貢，早爲出套，還從大同赴京，外夷入貢路徑所由，必須照依分定處所，不得聽其任意請乞，以致別生事端。朝廷自有重賞。彼若又以由榆林進貢爲詞，緩我之兵，必大張兵勢，或別有奇謀。務要逐彼出套，不可容彼久住，貽患邊方。庶官軍免征戍之苦，生靈無轉輸之勞，而朝廷亦無西顧之憂矣。

　　臣久在邊方，慮此亦熟，苟有所聞，不敢緘默。

　　緣係預防虜患事理，未敢擅便，謹題請旨。

豫防虜患以保重地方事①

　　都察院左都御史臣馬文升等謹題，爲豫防虜患以保重地事。

　　臣切聞事貴早圖，②患當豫防。《易》曰："履霜堅冰至。"《書》曰："制治於未亂。"此皆防

---

① ［校］豫防虜患以保重地方事：崇禎本作"爲預防虜患以保重地事疏"，《四庫全書》本作"豫防邊患以保重地事"。
② ［校］切：《四庫全書》本作"竊"。

患於未然，圖事於未萌也。凡事固然，虜患尤甚。① 故昔魯侯征徐戎之亂，吉甫伐玁狁之侵，莫不先事而慮，內修而外攘也。載諸書史，昭然可徵。

切照甘涼地方，乃古胡虜左賢王之地，②漢武帝傾海內之財，勞數十萬之眾，方克取之。設立酒泉、張掖等郡，以斷匈奴之右臂。蓋北則胡虜所居，③南則番戎所處，若不分而離之，使番虜相合，④不下數十餘萬，而中國何以當之？則甘涼地方誠爲西北之重地也。漢、唐之末，終不能守，而趙宋全未能得。至我朝復入職方，設立都司，屯聚重兵。故我太宗文皇帝深謀遠慮，首命內臣總兵以鎮守其地，邊境晏然，無事干戈。後至正統初年，虜酋朵兒只伯等爲患數年，⑤靖遠伯王驥、定西侯蔣貴始克平之。迨至天順年間，虜酋孛來、毛里孩等侵犯此地，⑥朝廷命將出師，未能剿平。既而寧夏副總兵仇廉前去截殺，兵過蘭州迤北，輕率寡謀，被虜所誘，⑦數萬人馬喪亡過半。自後虜賊入於河套，⑧侵擾陝西，而甘涼地方稍爲寧靜。

近自成化二十年以來，此虜知彼將不得人，⑨生畜蕃息，復往彼處侵擾者，又數年矣。不入則已，入則必得厚利而去，所在生畜搶掠殆盡，而人口擄出者不可勝計。官軍失事，被其降調者亦難悉數。況先因進貢等項，各該衛所罷困已極，所以虜賊知我虛弱，⑩益肆猖獗，而侵擾之心未嘗少已。且陝西路通甘涼，止有蘭州浮橋一道。若賊以數千人拒守河橋，⑪糧運不能通，援兵不能進，不數年而甘涼之地難保無虞。萬一甘涼失守，則關中亦難保其不危。

近日本院節准兵部咨文，該甘涼等處鎮守總兵等官具奏：達賊入境，⑫或五六十騎，或一二百人。其所在各城堡官軍所報，不曰"追至某處，路遠天晚，恐墮賊計，掣兵回還"，必曰"用箭射死賊人數多，俱被鉤拖去訖"，⑬未嘗見其奏有"挫衄賊鋒，斬獲賊級數多"者，止是陝西靖虜衛官軍斬獲達賊首級三十七顆，⑭⑮而人民被其擄掠者亦不知其幾何。況邇因甘涼等處闕糧，陝西臨、鞏二府人民已經攢運數次，困苦不勝。近該巡撫甘涼都御史羅明差來奏事舍人石玘，臣等詢問，說稱："成化二十三年十二月二十三日，達賊自涼州直抵陝西蘭州一帶，⑯

---

① ［校］虜患：《四庫全書》本作"邊患"。
② ［校］胡虜：《四庫全書》本作"外夷"。
③ ［校］蓋北則胡虜所居：《四庫全書》本作"蓋北有勁敵爲鄰"。
④ ［校］番虜：《四庫全書》本作"彼此"。
⑤ ［校］虜酋朵兒只伯：《四庫全書》本作"敵人多爾濟巴勒"。
⑥ ［校］虜酋孛來、毛里孩：《四庫全書》本作"敵人博囉摩囉歡"。
⑦ ［校］虜：《四庫全書》本作"寇"。
⑧ ［校］虜賊：《四庫全書》本作"寇賊"。
⑨ ［校］虜：《四庫全書》本作"寇"。
⑩ ［校］虜賊：《四庫全書》本作"敵人"。
⑪ ［校］賊：《四庫全書》本作"敵"。
⑫ ［校］達賊：《四庫全書》本作"敵人"。
⑬ ［校］賊人：《四庫全書》本作"敵人"。
⑭ ［校］靖虜衛：《四庫全書》本作"靖邊衛"。
⑮ ［校］達賊：《四庫全書》本作"敵人"。
⑯ ［校］達賊：《四庫全書》本作"敵人"。

入境搶掠四五日,得去頭畜、人口不知其數。"今甘凉總兵等官奏稱:"止被達賊搶去夜不收馬五匹。①"且前項達賊連年搶掠,②每得厚利,邊將畏懼罪責,往往惟務隱蔽,③誠恐此賊窺知我邊糧闕兵寡。④ 即目天氣炎熱,遠遁窮荒,固覺無事,但恐秋高馬肥弓勁之日,糾合別種部落,擁衆入寇,我邊無備,不無又遭蹂躪。年復一年,彼賊益爲得志,⑤而甘凉之地大有可憂。思患豫防,不可不慮。

如蒙乞敕兵部計議甘凉各城見有馬步官軍若干,若達賊擁衆犯邊,⑥有無足穀調用? 如或兵數不足,預調何處客兵前去截殺。雖曰延綏調兵三千,往來不常,久駐則虚費糧草,頻回則徒勞士馬。此調來客兵之害。遇賊入寇,⑦緩不及事,如何爲宜? 及行彼處總兵等官計議,賊若擁衆侵犯,⑧用何方略挫其初來之鋒? 設何奇謀遏其深入之勢? 賊若據守河橋,⑨援兵從何而進? 糧運從何而通? 方略早定,人馬預集,務使此虜大遭挫衄,⑩不敢犯我邊方。用紓朝廷西顧之憂,永絶邊陲侵掠之患。明白具奏,期於必行。

仍乞敕户部查算甘凉各城見在糧草若干,可穀彼處軍馬幾年支用? 如調客兵,有無闕乏? 如或不足,作何措置? 使糧草有數年之積,不致臨時有闕乏之虞。若再令腹裏人民攢運,千里饋糧,民有饑色,樵蘇後爨,師無宿飽,皆兵家所忌。况陝西之民,瘡痍未復,尤非所宜。前項二事,先時計慮,猶恐爲遲,若臨時方籌,不無誤事。事之大有可憂者,無過於此。故我《皇明祖訓》有曰"胡戎與西北邊境互相密邇,累世戰征,必選將練兵,時謹備之"者,正慮此耳。⑪

臣等叨任大臣,濫總風紀,苟有所聞,事關地方,不敢緘默。

緣係預防虜患以保重地事理,⑫未敢擅便,謹題請旨。

弘治元年四月二十九日具題。

奉欽依:"説的是。邊防大計,兵部便計議行。欽此。"

思患豫防以安地方事⑬

太子少保、兵部尚書臣馬文升等謹題,爲思患豫防以安地方事。

---

① [校]達賊:《四庫全書》本作"敵人"。
② [校]達賊:《四庫全書》本作"敵人"。
③ [校]惟務:《四庫全書》本作"務惟"。
④ [校]賊:《四庫全書》本作"敵"。
⑤ [校]賊:《四庫全書》本作"敵"。
⑥ [校]達賊:《四庫全書》本作"敵人"。
⑦ [校]賊:《四庫全書》本作"敵"。
⑧ [校]賊:《四庫全書》本作"敵"。
⑨ [校]賊:《四庫全書》本作"敵"。
⑩ [校]虜:《四庫全書》本作"寇"。
⑪ [校]胡戎:《四庫全書》本作"夷戎"。
⑫ [校]虜:《四庫全書》本作"邊"。
⑬ [校]國圖本、《四庫全書》本未收錄此篇。

職方清吏司案呈：照得兵部衙門調度軍馬，固其職掌；豫防盜賊，亦其所司。凡地方之事，與其動調軍馬而剿盜賊於已發，莫若早設方略而弭盜賊於未然。自古保邦致治之道，必以思患豫防爲先。近聞直隸蘇、松、常、鎭并浙江杭、嘉、湖等府所屬縣分，去歲因被水災，即今米價騰貴，蘇、松等府每石值銀八九錢，杭州等府每石值銀一兩一二錢。今歲又被水災，民益窮困，盜賊生發，無處無之。況西有太湖，東連大海，鹽徒所聚，特異他方，國家財賦大半出自於此。今各府倉糧俱無數十萬之積，千百萬生靈嗷嗷待哺，將何以濟？前此景泰年間，蘇州府地方亦因災傷，饑民聚衆，搶劫爲盜，幾成大患，幸得欽命大臣，方能消弭。此時比之昔年，生齒益繁，災傷尤重，民情世事又有不同。及訪得山東濟南、兗州二府，天久不雨，秋田無收，人民皇皇，漸有逃移。生畜趕往他方變賣者，塞道盈途，比之蘇、松，恐無所異。俱不可不預爲處置，以消未然之患。案呈到部。

　　臣等切惟天下之患，方其未萌而制之，則易爲功；待其已發而防之，則難爲力。今前項江南地方京儲仰給於此者二百餘萬，況今織造供應段匹及內府白糧等項多於此焉。是賴往年各處災傷者，或借本處之糧，或發內藏之財，前去賑濟。今各府被災，無糧可濟，萬一今冬明春青黃不接之時，民無所望，豈肯坐以待斃？必致聚衆以爲盜，搶劫以救生。不捕則貽地方之患，誅之則有傷生物之仁。往年青州府妖婦唐賽兒作亂，而山東爲之不寧；近歲嘉興千戶所百戶陳輔一人倡逆，而本府被其搖擾。今前項闕食之民，若不早爲賑濟，恐生他患，而貽朝廷南顧之憂。

　　伏望皇上俯念地方災荒，人民闕食，乞降敕三道付順便公差人員：一道賫付南直隸巡撫都御史佀鐘，嚴督各府掌印官；一道賫付鎭守浙江太監張慶、巡按監察御史張禎；一道賫付巡撫山東都御史王霽、巡按監察御史文端谷，嚴督布、按二司掌印并分守、分巡官員，各將所屬被災州縣闕食人民加意賑恤，一切盜賊設法消弭。果有應該停免物料并應該取回官員，或闕乏賑濟錢糧，各另斟酌緩急，具奏定奪。仍行各該衛所，將見在守城軍士用心操練，振揚威武，以防不虞。務期仰副朝廷憫災恤民至意。如或坐視民患，致壞地方，責有所歸。

　　臣等叨掌兵政，地方安危乃其責任。聞兹災荒，不敢緘默。

　　緣係請敕鎭巡等官預防被災地方事理，未敢擅便，謹題請旨。

　　弘治五年七月二十五日具題。

　　次日，奉聖旨："是。欽此。"

國子生江都葛洞校正

馬端肅公奏議卷之十

馬端肅公奏議卷之十一

同郡後學魏尚綸編集

慎守備以防不虞事①

　　太子少保、兵部尚書臣馬文升謹題，爲慎守備以防不虞事。

　　切惟南京祖宗根本重地，陵寢宮闕之所在，百官衙門之攸存。永樂、洪熙年間，俱命皇太子監國。至宣德年，方命武職重臣與老成太監守備，後又添協同守備武臣并參贊機務文臣各一員，無非欲修飭武備，總理機務，統攝人心，而防不虞，其任至重而不輕也明矣。自來四處操練軍馬，操江船者在於上新河，大教場與神機營俱在城南，小教場在於城內，不知比先何等武官坐營管操。近年以來，有係指揮坐營管操者，間有都指揮、都督者，其守備內外官員，止是每年春、秋二次親詣各教場閱視軍馬，所以軍馬未甚精強。其各門守門官員亦不十分嚴謹。臣昔年亦嘗在彼參贊機務，所以備知其詳，心甚驚惕。況南京城內城外，四方逋逃并趁食等項百種之人，俱集於此。門禁之寬嚴，軍馬之強弱，無不知悉。矧居大江下流，而上有荊襄、武昌、豫章，俱係重鎮，自古必命重臣鎮守其地，正以屏蔽金陵。且如近者，荊王因居上流，乃敢潛蓄異謀。使其異謀果成，順流而下，南京城中無備，倉卒之間，何以支持？事之可憂，莫大於此。幸而天佑國家，殲彼凶殘，早爲敗露。今四方水旱災傷，民財困竭，奸凶之徒難保必無，而所在兵食又多不足。任南京守備之責，誠宜日夜關心而嚴爲預防也。預防之道，修武備，謹門禁，察奸宄爲先，此非臣之過慮，實亦職任當爲。近南京神機營、小教場闕坐營官管操，至今半年之上，不見具奏補官，不知軍馬付之何人管理。誠恐闕官日久，武備廢弛。

　　如蒙伏望皇上以祖宗根本重地爲念，以思患預防爲慮，乞降敕南京守備內外官太監陳祖生、蔣琮、鄭強，太子太傅郯國公朱儀，協同守備懷柔伯施鑑，參贊機務南京兵部尚書侯瓚，自今各要同心戮力，彼此協和，操練軍馬，振揚威武，嚴謹門禁，防察奸宄。照依在京提督、太監、總兵事例，不時輪流親詣各教場提督操練，務使軍馬強盛，威武奮揚，門禁謹嚴，關防詳密，足以慴服人心而潛消奸宄。紓九重南顧之憂，保國家萬年之業。其於委任，斯無所負。

---

① ［校］慎守備以防不虞事：崇禎本作"爲慎守備以防不虞事疏"。

其神機營并小教場坐營官,亦須查照本部原行事例,作急推選官員,具奏前來,以憑上請定奪。庶先事有防而後患自弭矣。

緣係請敕南京守備重臣慎機務以防不虞事理,未敢擅便,謹題請旨。

弘治六年九月初六日具題。

次日,奉聖旨:"是。欽此。"

禁伐邊山林木以資保障事①

太子少保、兵部尚書臣馬文升等謹題,爲禁伐邊山林木以資保障事。

職方清吏司案呈:切惟帝王之有天下,禦外侮固賴乎兵威之盛,亦藉乎山川之險。故周漢都關中,得四塞之固而國祚綿延;趙宋都汴京,無險阻之利而虜寇憑陵。② 仰惟太祖高皇帝龍飛淮甸,奄有萬方,定鼎金陵,統馭夷夏。其於四方之險,無所不飭,而於北虜尤注意焉。③ 故於甘肅、大同、宣府、大寧、遼東俱設都指揮使司,并於寧夏設立數衛以屯重兵。又建封肅、慶、代、谷、寧、遼等王,以爲第一藩籬。其寧夏有賀蘭山、黃河之險,復自偏頭、雁門、紫荆,歷居庸、湖、河川、喜峰口,④直至山海關一帶,延袤數千餘里,山勢高險,林木茂密,人馬不通,實爲第二藩籬。而居庸關迆東,又命太傅魏國公徐達修理數年,尤爲完固,封疆之險,非前代之所能及。迨我太宗文皇帝肅清內難,纘紹鴻圖,以爲金陵雖古帝王之州,終是偏居一隅。河北之地,切近胡虜,⑤精兵健馬,甲於天下,若非建都,難保無虞,乃遷都北平,一面而制天下,⑥且易於控制北虜。⑦ 神謀睿算,亦深且遠矣。永樂、宣德、正統年間,邊山樹木無敢輕易砍伐,而胡虜亦不敢輕犯。⑧ 自成化年來,在京風俗奢侈,官民之家爭起第宅,木植價貴,所以大同、宣府窺利之徒、官員之家專販筏木,往往雇覓彼處軍民,糾衆入山,將應禁樹木任意砍伐。中間鎮守、分守等官,或徼福而起蓋淫祠,或貽後而修造私宅,或修蓋不急衙門,或饋送親戚勢要,動輒私役官軍,伐木一事,既損地險,又役軍人,是邊備失其二也。入山砍木,牛拖人拽,艱苦萬狀,怨聲盈途,莫敢控訴。其本處取用者,不知其幾何;販運來京者,一年之間,豈止百十餘萬?且大木一株,必數十年方可長成。今以數十年生成之木,供官私砍伐之用,即今伐之,十去其六七,再待數十年,山林必爲之一空矣。萬一虜寇深入,⑨將何以禦?是自失其險阻而撤其藩籬也。静言思之,實可寒心。本部雖嘗節次奏准,請給聖旨榜文,發

---

① [校]禁伐邊山林木以資保障事:崇禎本作"爲禁伐邊山林木以資保障事疏"。
② [校]虜:《四庫全書》本作"敵"。
③ [校]虜:《四庫全書》本作"敵"。
④ [校]湖:崇禎本作"潮"。
⑤ [校]胡虜:《四庫全書》本作"外夷"。
⑥ [校]一:《四庫全書》本作"三"。
⑦ [校]北虜:《四庫全書》本作"外方"。
⑧ [校]胡虜:《四庫全書》本作"外夷"。
⑨ [校]虜寇:《四庫全書》本作"外寇"。

去沿邊張挂曉諭，禁約軍民人等，犯者俱發烟瘴地面充軍。但立法在乎上，而行法在乎人。今鎮守等官已既縱人采取，何以禁約軍民？年復一年，誤事非細。案呈到部。

仰惟我國家遷都北平，密邇胡虜，①禦虜之道，固賴乎邊兵，②亦藉乎山險。山險之要，林木爲先。居庸關左右山後林木，實乃天險，爲我藩籬。近年以來，砍伐過半。各該守臣既不行禁約，又縱人采取，倘年久山空，萬一有警，將何以禦？伏望皇上以虜患爲慮，③以險阻爲念。乞降敕大同、山西、宣府、延綏、寧夏、遼東、薊州、紫荆、密雲等處鎮守等項，太監覃平、孫振、劉正、陸誾、張睿、屈進、韋朗、田亮，奉御羅能，總兵官神英、馬儀、劉福、陳輝、李俊、李杲，參將熊岡、王志，都指揮張原，巡撫都御史侯恂、楊謐、張敷華、劉忠、韓文、張岫、魏富、張琳，并天壽山守備太監王定，都指揮解端，各思上報朝廷之恩，下副委任之重。查照本部節次奏准事例，各行所屬分守、守備、備禦等官，并各府、州、縣掌印官員，各要嚴加禁約，該管官旗軍民人等俱不許擅自入山，將應禁林木砍伐販賣，違者取問如律，俱照榜例押發南方烟瘴衛所充軍。其分守、守備、備禦并府、州、縣官員，敢有私役軍民人等砍伐山木，或起蓋官私房屋，或饋送勢要之人，或令子弟赴京販賣者，事發參問畢日，軍職俱降二級，發回原衛所都司，終身帶俸差操，不許管軍管事，文職俱降邊遠敘用。鎮守并副參等官違例擅令軍人或縱居民砍伐山木者，聽彼處巡撫、巡按并在京科道官指實劾奏，治以重罪。若巡撫、巡按知而不舉，一體究治。仍於應禁林木山口、伐木經過河道緊要去處，差委能幹官軍守把。除內外官司奉有明文修理、營造、筏運官木并小木、柴炭，查驗明白，照舊通放外，其餘私自販賣等項大木經過，即便拿送，合干上司，依律究問，筏木盡數入官。敢有容情縱放者，事發俱問受財枉法贓罪。庶法令嚴明而山林不致其砍伐，險阻不失而京師實資其保障。

緣係請敕沿邊守臣，嚴飭險阻，以保障京師事理，未敢擅便，謹題請旨。④

添設巡撫以保安地方事⑤

太子少保、兵部尚書臣馬文升等謹題，爲添巡撫以保安地方事。

職方清吏司案呈：切惟制治貴於未亂，保邦在於未危，蓋治亂安危相爲倚伏。自古帝王謹於未然，而不救於已然。謹於未然者易爲功，救於已然者難爲力。昔伯益之告帝舜亦曰："儆戒無虞而終之。"曰："無怠無荒，四夷來王。"是皆制治於未然之意也。我朝自宣德年間，各地方添巡撫官員或都御史、侍郎，以節制三司，即古三監之意也。比時惟河南、山西、陝西、南直隸蘇、松等府設有巡撫官，其餘布政司止是不時差遣大臣巡視，或一年二年而回，所以三

---

① ［校］胡虜：《四庫全書》本作"邊境"。
② ［校］禦虜：《四庫全書》本作"綏靖"。
③ ［校］虜：《四庫全書》本作"邊"。
④ ［校］"緣係請敕沿邊守臣，嚴飭險阻，以保障京師事理，未敢擅便，謹題請旨"句：崇禎本作"請敕沿邊守臣，嚴飭險阻，以保障京師，謹題請旨"。
⑤ ［校］添設巡撫以保安地方事：《四庫全書》本作"添巡撫以保安地方事"。

司官員互相因循，府司官員惟知貪利，以致福建賊首鄧茂七、浙江賊首葉宗劉、廣東賊首黃蕭養倡為亂階，多者數萬，少者數千，僭號稱王，攻劫城池，殺擄人民，地方騷擾，為之不寧者數年。其廣西、貴州苗蠻因而為亂，朝廷命將出師，方克剿平，彼時兵食尚足，人民富庶，未甚費力。近年以來，宗室位多，冗官太濫，加以水旱相仍，科派無極，所在倉廩空虛，軍士乏糧，城池坍塌，武備廢弛。守門者皆老幼之卒，操練者半尫羸之輩。如湖廣桂陽縣被賊百十人進城，如入無人之境；江西贛州府地方流賊數百，劫掠十數餘日，至今未曾捕獲；福建武平、廣東程鄉縣盜賊尤甚。倘或哨聚日久，為患非輕。其浙江大戶之家，或爭私忿，各聚人衆，相殺數日，有司莫敢禁治，誠非治世所宜。若非添設巡撫官員早為整治，將來之患，有不可測。今江西已添巡撫官一員，但止管南、贛二府及福建汀州府、廣東韶州、南雄、湖廣郴州一帶，不預民事。三司官員未聽節制，難以行事。查得本部先嘗建議，要於福建、浙江添設巡撫官員，未蒙俞允。① 今日之勢，又非前數年之比矣。應合早為處置。案呈到部。

臣等切詳，民貧盜起，理勢自然，各處災異迭見，已非一日，恐象不虛示，必有其應。臣等職掌兵政，天下安危所係，若不弭之於早，萬一有事，臣等萬死，何足以贖！伏望皇上以地方為重，乞敕吏部會同本部推舉練達老成、剛柔兼濟官二員為都御史，巡撫浙江、福建地方，專一撫安軍民，緝捕盜賊，禁貪殘，除奸弊，修理城池，整飭武備，措置倉糧，操練民兵，凡事與鎮守內臣計議而行，大意以弭盜安民為本。其江西都御史金澤，就令巡撫江西，多在南、贛二府居住，仍兼管廣東韶州、南雄二府及湖廣郴州、桂陽一帶。候命下之日，各另請敕行事。

緣係添設巡撫官員以安地方事理，未敢擅便，謹題請旨。

修飭武備防不虞事②

太子少保、兵部尚書臣馬文升等謹題，為修飭武備以防不虞事。此篇論武備數事，最為詳切。

切惟天下之安危，係武備之修否。武備修，則四夷知懼，盜賊斂迹而天下安；否則四夷恣橫，奸雄窺伺而天下危矣。昔殷高奮武於荊楚，周宣講武於洛邑，故《詩》《書》稱之，以為盛事。《語》曰："天下雖安，忘戰必危。"③《易》曰："君子以思患而豫防之。"蓋言有天下者，武備不可一日而不修也。李唐之末，武備廢弛，終致藩鎮之亂；趙宋之季，兵馬衰弱，卒有金、元之厄。載在史冊，昭然可考。

洪惟我太祖高皇帝膺天眷命，以武功定天下，以文德綏太平。雖當投戈息馬之期，未忘練武防胡之念。④ 故私役一軍者有重罰，私借一馬者有禁例。凡有興造，竟不勞軍，三十餘

---

① ［校］俞：《四庫全書》本卷五《添巡撫以保安地方事》作"命"。
② ［校］"修飭武備防不虞事"：崇禎本作"為修飭武備以防不虞事疏"，《四庫全書》本作"修飭武備以防不虞事"。
③ ［校］忘戰必危：《四庫全書》本作"忘戰則危"。
④ ［校］胡：《四庫全書》本作"邊"。

年，四夷賓服，海内晏然。迨我太宗文皇帝嗣承大業，遷都北平，密邇胡虜，①其於武備尤爲注意。彼時精兵數十萬，健馬數萬匹，親閲教練，無少怠忽。故出塞千里，腥膻遠逬，②威武之振，前代罕及。自宣德年間以後，老將宿兵消亡過半，武備漸不如初。至正統年間，天下無事，民不知兵，而武備尤廢。所以十四年有土木之厄，至今讎耻未雪。

邇來軍士消耗，十去四五，雖嘗差官前去清理，亦多上下因循，虛應故事，終不能充足原數。矧京衛軍士、内府各衙門匠役占去數萬之上，見在者不滿七八萬。江南之兵，大半運糧，其餘多在沿海備倭；江北之兵，亦有運糧之數，其餘俱各來京操備；而陝西、山西之兵，亦多戍守各邊，所以腹裏衛所城池空虛，無軍防守，一遇小寇，多不能支。往年京師之兵俱在五軍、三千、神機三大營操練，若平時操備，宜還三大營；若有急調遣，宜立團營。此居守征行利害之定制也。後因征調，一時不能齊足。所以設立團營，常有精兵十二萬，分爲十二營，不許别項差役，專一蓄養鋭氣，遇有征進，就便啟行。此外天下再無兵馬可調，重加優恤，尚以爲遲。近年以來，多撥做工，每占一二萬之上，其工有一年不完者，甚至二三年不完者，每名雇工等項，月用銀一兩一二錢。行糧糶賣，不得食用，負累疲弊，率多逃亡，見在者强弱相半。在京軍士疲困，未有甚於此時也。

且武備之修，固在乎軍，尤藉乎馬。洪武、永樂年間，京衛於空野官地置立牧馬草場，而在京各營草場不下數千餘頃。夏、秋之間，足堪牧放；春、冬又全支料草，以備喂飼。所以馬皆肥壯，堪以調用。即今京營牧馬草場俱被勢要之家或親王占爲己有，亦有被軍民開耕占種者。凡遇馬匹下場牧放，無處存住，未及一二月，即那往西山一帶四散趁牧，中間多有潛回原衛之數，一時調用，卒不能齊。秋、冬雖支料豆一石，軍士艱難，多有預賣與人，況六個月止關草二個月，每月止折與銀二錢，通不彀一月支用。且人無食必死，馬無草必斃。天下糧儲以供京軍，天下草束以供戰馬，二者缺一不可。今軍俱支糧，馬不支草，夏、秋既無草場牧放，冬、春又無草束喂飼。軍士艱難，無力辦草，欲馬之不死實亦爲難，所以團營馬匹常死二萬之上。雖有朋合樁頭銀兩，亦不能買補十分之二。見操馬雖有三萬餘匹，中間老病不堪騎操者亦多。戰馬消耗，莫有甚於此時也。

且克敵制勝，固在乎士馬精强，尤在甲兵之堅利。近年在京盔甲廠所造軍器，每見守衛軍人披帶盔甲，其甲中不掩心，下不遮臍，葉多不堅，袖長壓肩，全不合式，盔尤太重。即今京衛軍士常操弓矢多係自置，弓力不過一二斗，矢長不過七八把。平昔尚不能射遠，加以披甲在身，手不能舉，新關之弓，豈能開射？縱射不過數十步而止。其刀尤短小，亦無鋒刃，别無長兵可以禦敵。雖有神槍，習亦未精，凡遇大敵，率多敗北。天下衛所成造軍器，除沿邊宣府、大同、遼東、寧夏、甘凉、陝西、山西、四川、雲南、兩廣外，其餘浙江、福建、江西、河南、山東、南北直隷衛所軍器料價，多被管局官員侵欺入己。間有成造者，徒費物料，多不堪用。一

---

① ［校］胡虜：《四庫全書》本作"蠻夷"。
② ［校］腥膻：《四庫全書》本作"敵人"。

遇查盤，大半損壞，那移搪塞，有名無實。況去歲內府戊字庫軍器被火燒毀數多，見在者不知幾何。兵器不精，亦莫有甚於此時也。

雖軍馬充足，甲兵堅利，若將不得人，尤難制勝。方今將官，除京營總兵俱蒙朝廷簡命外，其餘各邊將官，雖有曾經戰陣、謀勇兼資、操持可取、善撫士卒者，但中間多有貪利害軍、年老有疾而士論不歸者。本部已嘗奏行天下各該大小衙門官員，各舉將材，以備任用。近有舉到之數，亦不過常流，求其堪任大將者甚少。大抵多係膏梁子弟，罔肯習學韜略，操演弓馬，一聞推舉，多尚奔競，及至臨事，莫展寸籌。但恐出衆奇才，或混在行伍，潛伏草野，亦未可知。將不得人，亦莫有甚於此時也。

夫使軍馬、甲兵充足，將官得人，若操練無方，兵無節制，又何以成克敵之功哉？今京營教場操練軍士，射箭、舞牌之日多，走陣、下營之日少，所以坐作、進退之不知，攻殺、擊刺之不熟。雖習舞刀，而刀法未諳；雖習放槍，而槍法不知。至於馬匹，猶未操演，蓋四月下場，十月赴營，未久天寒，即爲住操。所以馬多生拗，臨敵之時，欲北而南，欲東而西，求如胡馬之閑熟，①蓋亦霄壤之不侔。矧鞍轡銜勒，無一可取。操練未精，亦莫有甚於此時也。

且國家所恃以安者，惟在軍馬精強、甲兵堅利、將官得人數者而已。今既如此，謂之內治之修，誠未之信。況今天鳴地震，連年不已；草木妖孽，歲時迭見。象不虛示，必有其應；禍福安危，相爲倚伏。近日北虜大衆近邊，②遞送番書，要來進貢，中間詞語驕倨，必以三千人俱入，不要減去一人，似有啓釁之意。既而俱各遁去，不露形迹。且北虜之性，③小盛則掠，大盛則侵。今既不來進貢，又不侵掠，安知其不示我以弱，而緩我邊備，以潛蓄大舉入寇之謀，乘隙而動乎？夫京師以大同、宣府爲藩籬，大同、宣府至京師，不過數日之程。邊墻之外，即係虜地。④至若密雲、薊州，尤爲密邇。本邊軍馬雖強，然亦分守各路，兵分勢寡，理之自然。倘賊大舉入寇，全藉京兵以爲應援。今天下武備廢弛已甚，而京師武備又復如此，若不早爲修飭，誠恐年復一年，愈加廢弛，不無有誤國家大事。

伏望皇上處常思變，居安慮危。念京師軍馬，乃朝廷自將之兵，居重馭輕，防奸禦侮，所係甚重。今後凡有興造，各該衙門官員不許奏討團營軍士做工，敢有故違，許科道官指實劾奏，置之於法。更乞天語丁寧，著爲定例。其坐營、把總等官，務要曲加撫恤，不許擅役科害。敢有不遵，事發照依內外提督大臣欽奉敕諭內事理發落。其三大營做工官軍，各該管工內外官員亦要督令作急修完，不許似前遷延，因而私役賣放，以致軍士受害，往往逃亡。其團營仍查照弘治二年該司禮監太監韋泰同臣等選軍之後奏准事例，每營再行揀選十分精銳馬軍、步軍各二千員名，以爲上等之兵，遇警動調，挨營前去。⑤免致又行挑選，遷延數日，不得起行，有誤應援。其逃故之數，本部仍通行各該清軍官員用心清理，如不及數，考滿之日，不許升

---

① ［校］胡：《四庫全書》本作"邊"。
② ［校］虜：《四庫全書》本作"敵"。
③ ［校］虜：《四庫全書》本作"敵"。
④ ［校］虜：《四庫全書》本作"夷"。
⑤ ［校］挨：《四庫全書》本作"撥"。

用。庶兵有所養，勇於赴敵而逃亡亦少矣。

仍望皇上念戰馬爲國家所重，草場乃戰馬所資，乞降敕賚付見差清查京衛牧馬草場給事中、御史等官，并五軍、三千、神機營各選差年老知識草場所在官一員，隨同給事中等官前去，將永樂年間原撥各營牧馬草場拘集地鄰人等，從公取勘四至明白，就爲丈量。每營原該地若干頃，内已耕種地若干，長草堪以牧馬地若干。已耕者要見何人管業。係親王管業者，另撥無礙地土補還，退出草場牧馬；其餘不分内外勢要官員，俱要退出；若係軍民私自耕種者，取問如律。丈量之後，四至埋立封堆。仍於各該教場官廳内竪立石碣，將四至鐫刻在上，永爲查照。自後再不許一人奏討，如有故違，許科道劾奏治罪。今後馬軍敢有將該支料豆預賣與人，及將官馬雇與人騎坐者，事發俱於教場門外枷號半月，滿日仍送法司問罪。與雇馬之人，照例罰馬一匹。親管官員若有侵欺料豆一二石者，照常例發落；五石以上及擅撥馬五匹與人騎坐者，事發降一級；料豆至十石，馬至十匹以上者，降二級，仍調外衛帶俸差操；其軍民職官人等若有私買軍士料豆，下倉關支至二十石以上者，事發俱發邊衛充軍。更乞敕戶部將京營馬匹，冬、春六月，支與草束三個月，一月本色草束，二月折色銀兩，每名月支與三錢。

尤望皇上以兵器爲士卒衛身克敵所資，乞敕工部通查内府各庫見收軍器共有若干，遇警有無彀用？是否堅固？如有不足，乞敕内府兵仗局成造精緻盔甲、腰刀、斬馬刀、長牌、弓袋各二十頂、副、把、面，工部差官送去浙江、福建、江西、河南、山東、南北直隸巡撫官處。無巡撫者，送鎮守巡按官處交收。各將所屬衛所并有司該辦軍器物料徵收一二年之數，或見收在官，并拖欠未完，查追完備，於本布政司收貯。直隸俱於各府收貯，布政司去處委三司堂上官。江北直隸俱於淮安府，江南直隸俱於蘇州并太平府，北直隸於真定、永平二府，就委各府知府并各衛管局官員提調，却將各衛所局匠通取到於布政司并前定府分軍器局内，免造長槍四根，折造斬馬刀二把，團牌改造長牌，照依發去式樣，併工成造。其弓箭俱照宣德、正統年間，弓要絲綿寸扎，外用堅漆，甲面俱用厚密青白綿布，釘甲俱用火漆小釘。若有造作不如法者，三司并各府、衛委官照依織造段匹事例參問，降級發落。若已造完，陸續差官運送來京，工部會同本部官看驗，總送内府各庫收貯，專備從調官軍領用。以後前項司府每二年俱照此例攢局成造，一體運送赴京，照前看驗交收。庶軍器可用，不致有誤。

本部仍通行内外各衙門大小文、武并科道官，及天下鎮守、巡撫、巡按三司，并府、州、縣等官，各查照本部先今事理，但有習熟韜略、弓馬絶倫或有出衆奇才堪爲將官者，不分行伍士卒或草野之人，俱聽擧用，①有司以禮起送赴部。本部通將節次所擧未用將材，并原係將官，後因緣事不係失機，革去責任者，會同五府、各部、都察院、通政司、大理寺、六科、十三道官，逐一評議，某人可任主將，某人可任副將，某人可任參將，某人可任守備，某人可任方面，具名奏聞，挨次斟酌推用。擧到奇材，另行會官考試，照武擧事例，具奏擢用。其擧到將材若有奔競請托者，終身不録。各官亦要用心訪察，務得實材，不許一概濫擧，有孤朝廷廣求將材盛

---

① ［校］擧：《四庫全書》本作"擢"。

意。庶將官得人任用，奇材不致遺棄。

更乞敕團營提督內外大臣，今後凡遇春秋三九月常操之期，早爲具奏。行令欽天監選擇吉日，務在十五以裏，不許過期。其操習規矩，遵依洪武、永樂年間操法。五日之內，走陣下營二日，演習武藝三日。軍中號令，全在旗幟、金鼓，其執旗、掌金鼓之人，務選年力精壯、耳目聰明者，造冊在官，不許頻換。教演之日，務令軍士目識旗幟，耳聽金鼓。令其旗東則東，旗西則西，隨其所指，千隊如一；鼓動則行，金鳴則止，行止合節，萬軍無錯。至若斬馬長刀，摧鋒破敵，全藉此器。京營原無教師，合無行移陝西鎮巡官，於在城操軍內揀選十分諳曉馬步刀法者二十四名，應付口糧脚力，差官管送來京，於十二營每營撥與二名。於各千原習大刀軍人內選出三五名，令其習學，待其通曉其法，却令專教本千軍士，以一教十，以十教百，以百教千，自然習熟。原取陝西軍人，俱各放回。仍查本營操軍，除神槍、刀牌外，其弓箭手共若干員名，於內府該庫收貯各處布政司運到歲造官弓內，每名給與一張，各隨力之强弱，以揀弓之硬軟，務要日逐用力開弓，時加演習，日久自然射能及遠。而堅甲可透，虜賊知懼，^①不敢輕衝。其馬匹尤要加意操習，使馳逐合度，不致生拗。鞍轡之類，俱要堅固整齊，庶便於馳驟，可以克敵。夫數者之中，將得其人爲要。若兵馬精勇，軍器堅利，而又將得其人，再加以倉廩充實，雖有外侮，不足慮矣。

臣等職掌兵政，因茲北虜窺伺中國，^②武備未修，日夜憂惶，寢食弗寧，故敢掇拾武備之緊要，冒昧上陳。伏望聖明留意，俯賜施行，宗社生靈不勝幸甚。

緣係修飭武備以防外患事理，未敢擅便，謹題請旨。

刊印武書以作養將材事^③

太子太保、兵部尚書臣馬文升等謹題，爲刊印武書以作養將材事。

切惟人君之治天下，文德武備，相資並用。武備莫先於將，將得其人，則武備自修，兵威丕振，可以懾伏四夷，潛消奸宄矣。且古之爲將者，必學之於師，十數年而後成，非一朝一夕所可得也。蓋兵法始於黃帝，本之井田，其來已久。禹征三苗，誓師之詞，兵法已具。其後周之太公、吳之孫子、齊之穰苴、魏之吳起、漢之張良、唐之李靖，皆學兵之久而號知兵。今《武經七書》皆諸子所作，其詞古，其義奧，世之講明者少。雖兩京設有武學以教幼官并應襲舍人，但教官亦多常流，不能講明《七書》之旨。況我朝機密兵書有禁，人不敢習，所以將材甚爲難得。

近該本部節次奏行內外、大小衙門，訪舉但有諳曉韜略堪爲將官者，起送來京。經今許久，未見舉薦一人。目今除在京各營提督武職大臣，出自將門，韜略素諳，固有其各邊將官，

---

① ［校］虜：《四庫全書》本作"寇"。
② ［校］虜：《四庫全書》本作"敵"。
③ ［校］刊印武書以作養將材事：崇禎本作"爲刊印武書以作養將材事疏"。

亦止是或號令嚴明，或弓馬熟閑，或持己頗廉，或愛軍頗仁者。求其洞曉韜略、謀勇兼資，如古之名將者，亦不多見。昔宋因有契丹、西夏之患，最重武備，累命儒臣編集兵書，其目實繁。獨《武經總要》一書，乃宋仁宗命天章閣待制曾公亮等編定，仁宗自爲之序，頒賜內外武職重臣。其中所載戰陣、攻守、行兵、布營、邊防、地里、一切器具與夫軍中合用事宜，酌古準今，靡不該載。武職官員若肯熟讀講解，存之於心，施之於事，雖不如古之名將，亦可克任邊方重寄。況不係機密兵書，在律條亦所不禁，各處不敢擅自鏤板，所以武職官員多未得見。間有抄謄舊本，字樣亦多差訛。國家承平日久，武備漸弛，將材乏人，邊事雖非趙宋之比，固不足慮。但西北胡虜與我密邇，①自古所不能滅，屢爲中國之患。萬一有警，勢甚猖獗，倉卒之間，邊乏良將，將何以禦？

臣等職典兵政，國家安危所係，若不作養將材於今日，何以得之於將來？日夜思惟，無以爲計，欲學武事，莫先此書。如蒙乞敕內閣儒臣撿尋，如有古本《武經總要》，校正明白上進。仍乞敕司禮監將此書從新刊板，務在字樣真正，用好紙刷印數百部，頒賜兩京公、侯、伯、都督、武職大臣，并各邊鎮守總兵、太監、巡撫、都御史，及副參、游擊、守備內外官員，并本部及兩京武學各一部，令其如法收貯。在各邊者，永遠相傳，凡遇交代，不許帶去及損壞、遺失。各官務要時時觀看，十分精熟，毋得視爲虛文，若罔聞知。巡按御史時常查考，若有帶去損失者，亦要追究下落。庶《武經》廣布，將材可得，而兵寄不至乏人矣。

緣係刊武書以作養將材事理，未敢擅便，謹題請旨。

弘治九年　月　　日題。

國子生江都葛洞校正
馬端肅公奏議卷之十一

---

① ［校］胡虜：《四庫全書》本作"外夷"。

馬端肅公奏議卷之十二

同郡後學魏尚綸編集

會集廷臣計議禦虜方略以絶大患事①②

兵部等衙門少傅兼太子太傅、兵部尚書等官臣馬文升等謹題，爲會集廷臣計議禦虜方略以絶大患事。

照得先該兵部題，議得胡虜爲中國之患，歷代所不能免。考之史册，若匈奴之侵漢，突厥之擾唐，而漢、唐俱有謀勇之將，且得戰守之宜，所以終無大患。下至五代，石晋失榆關之險，而契丹得山前五州之地，所以遺患宋室而啓金人之禍，元因而遂有中原。洪惟我太祖高皇帝掃除胡元，平一四海，輿圖之廣，亘古所無，虜遁沙漠，警息邊陲，實萬萬年無疆之鴻業也。迨我太宗文皇帝肅清内難之後，神謀睿算，有見於斯，即遷都北平，聚天下精兵於京師，此實久遠之謀。彼時將勇兵強，民富財足，所以胡虜款塞，入貢闕廷。自正統初年，虜酋也先梟雄桀黠，收併部落，遂有南侵之志。遣人進貢，以窺我之虛實；累歲貨番，以資彼之厚利。一旦變盟，所以有十四年土木之禍。擁衆南侵，圍我京城，幸賴謀臣良將戮力同心，卒保無虞。其後也先被害，虜酋迭爲雄長，自相讎殺。彼時虜衆所居地方，相去京師千有餘里。後虜酋毛里孩等久犯甘凉，漸入河套，擾我邊方者十數餘年。既而虜酋乜加斯蘭自西域八月渡河，入於套内，部落益衆，累犯陝西。因遭凉州之敗，遂寇大同、宣府地方，冰凍則西入河套以圍獵，河開則東來大同以剽掠，歲以爲常。時或遣人進貢，未敢大肆猖獗。其虜酋脱羅干之子火篩，比之也先，梟雄尤甚。今歲春首以計誘殺我官軍於神木，二月以詐大敗我師衆於大同。臣等本部繕甲利兵，募軍給馬，更易將佐，振奮威武，經略半載，期於挫虜，以絶邊患。不意此虜十月擁衆侵我大同西路，我之三鎮精兵戰將約有二萬會聚於此，儘有可乘之機。奈何將佐畏彼聲勢，嬰城自守，無敢出門與戰者，使彼得利而去，竟無擒斬之功。輕我之心，由此益肆。南侵之謀，豈肯終已？即目彼虜，見在河套。延綏守臣具奏，走回人口傳説十二月十二日會事，待月明亮時要搶榆林地方。且彼聚會議事，其勢必併於一，彼之奸謀詭計日深一日，而我之修攘戰守或作或輟，矧今海内百姓敝困已極，邊方軍士艱難亦甚，府庫空虛，郡縣無備，加以

---

① ［校］國圖本、《四庫全書》本未收録此篇。
② ［校］會集廷臣計議禦虜方略以絶大患事：崇禎本作"爲會集廷臣計議禦虜方略以絶大患事疏"。

各邊將佐乏人,而京師武備未振。彼虜往牧處所,相去京師密邇,實賴大同、宣府爲之藩籬。今彼二鎮將佐官軍往往不能禦虜,而啓彼之驕肆。誠恐此虜養威日久,明春過河,復來大同,舉衆南侵,將何以禦?京師未免震驚。國之安危,實係於此。臣等叨掌兵政,日夜憂惶,每思至此,實切寒心。雖嘗建議百方規畫,期於滅虜,以報朝廷。但各邊大小將佐畏死貪生,罔肯捐軀以圖報稱,急急措備,猶以爲晚。臣等才識短淺,誠恐將來有誤國家大事,萬死何贖?必須廷臣集議,庶得禦虜奇謀。

合無本部會同五府、各部、都察院、通政司、大理寺、六科、十三道掌科、掌道官從長計議,內修外攘,禦虜安邊機宜,若何可使此虜大遭挫衄,而永絶邊方之患?若何可使將皆謀勇,而允副閫寄之托?士馬若何使之精強,而人人皆能禦寇?芻糧若何使之充足,而處處不致闕乏?集議既定,衆謀僉同,逐一條陳,上請施行。等因。具題。弘治十三年十二月二十八日,奉聖旨:"是。這禦虜安邊事宜,你每便會官從長計議來説。欽此欽遵。"會同太師兼太子太師英國公張懋等、太子少保吏部尚書倪岳等議得,四夷之患,胡虜爲重。故我太祖高皇帝祖訓有曰:"胡戎與西北邊境互相密邇,累世戰争,必選將練兵,時謹備之。欽此。"

仰惟聖祖深謀遠慮,蓋有見於此矣。切緣禦虜之道,惟在内修、外攘二者而已。内修莫先於足邊儲,固邦本;外攘莫先於選良將,修武備。武備既修,邊儲既足,將復謀勇,而兵皆有制,則虜可破而邊可安矣。但今主將未甚得人,偏裨罔肯用命,遇賊入寇,往往敗北,生靈遭其殺擄,地方被其蹂躙,賊勢愈加猖獗,軍威未見振奮,所在守臣憂惶莫措。若不委托大臣以重權,節制各路之將佐,則此虜何時可破?邊方何時得寧?兵部論之已詳,所以有會議之舉。臣等叨任大臣,同國休戚,每思滅虜以圖補報兹者。仰承聖諭,敢不悉心殫慮,各罄所見。但恐才識膚淺,不能有裨軍務。今將所議内修外攘、禦虜安邊事宜,逐一開款條陳。伏乞聖明以宗社爲重,以虜患爲憂,俯賜施行。宗社幸甚,天下幸甚,臣等不勝幸甚。

緣係會集廷臣計議禦虜方略以絶大患,及節奉欽依"便會官從長計議來説"事理,未敢擅便,謹題請旨。

計開:

一、自古凡邊方侵擾之巨寇,或腹裏哨聚之強賊,其勢已衆,爲患地方,必命大臣假以重權,方克剿平。若唐之吳元濟久據淮蔡,李愬討之,連年未下,裴度一往督之而元濟就擒;宋之王則叛貝州,明鎬伐之,日久未克,文彦博一出節制而貝州遂平。我朝遼東三衛達賊爲寇,欽命都御史王翱往彼鎮守,重以軍權,指揮以下許其斬首,遼東遂静;兩廣猺、獞久叛,欽命都御史馬昂爲總督,總兵憲臣俱聽節制,而地方亦寧;成化初,虜寇久駐河套,侵犯陝西,欽命都御史王越爲總制,而虜寇亦遁。是總督、總制之設,前代、我朝俱有故事。總制之設,或以爲便,或以爲不便。便在連絡,不便在牽制也。今北虜數年以來,東則侵犯大同,西則剽掠延綏,往往以詐敗我官軍。去冬,大同西路布置三鎮精兵驍將以待賊人,期痛剿殺,以絶邊患。因無總制大臣,所以將不用命,使彼未遭大挫,以致勢愈猖獗,恐生异謀,後必難制。

必須照依王翱、馬昂、王越事例,伏望皇上命文職大臣一員,總制大同、宣府、山西偏頭等三關及陝西延綏各路將官，凡軍馬、錢糧、邊防、賞罰，俱以便宜處置。若賊入河套，本官則往延綏；賊若過河，即回大同。隨即所在，調度剿殺。候虜賊遠遁，地方寧静，具奏回京。其右都御史史琳仍作提督軍務名色。若監督太監苗逵、總兵官朱暉如果赴邊，本官一同前去，止提督京營。大同、宣府二鎮軍務，總制爲主，提督爲客，務在協和行事。候命下之日，兵部會官於兩京諳曉韜略、曾經邊方文職大臣内推舉二員，上請簡命一員，照例請敕前去。行事所貴，威權頗重，虜寇可滅。

一、將者三軍之司命，國家安危之所係。得其人，則四夷畏服而國家安；非其人，則四夷猖獗而國家危。所以自古欲安中國而懾服外夷者，必以選將爲首務。今各邊主將如甘州之彭清、延綏之張安，固不爲今之名將，亦頗稱其委任。其他若宣府之莊鑑、大同之張俊、遼東之蔣驥、薊州之阮興、寧夏之郭鋐，中間有或頗知謀略而驍勇不足者，有驍勇有餘而謀略少聞者。内張俊士論稍不歸服，但目下卒無武官可代。謀略兼全之將，近來委的少見。然謀略可學而能，驍勇可勉而進，但將官自受命之後，就以主將自尊。邊方稍寧，惟知謀營己私，貪圖貨利，或耽宴樂，或恣邪欲，所以謀略不進而驍勇日耗矣。

合無兵部通行各邊總兵官彭清、張安，益加勉勵，以副委任。其莊鑑、張俊、阮興等，各要延訪，不分軍民職官，或老師宿儒，但有諳曉韜略、曾經戰陣者，敦請至家，令其朝夕講論《武經七書》用兵大意，務在得之於心，熟之於己。凡古兵書所載戰陣攻取，無不講求。仍要寡嗜欲，養壯氣，勤操演，常以無勇爲恥，而畫策欲過人。每以貪生爲戒，而誓死以立功。務俾韜略騎射，卓冠一時，則驍勇日加而謀可益矣。① 此雖不及古之名將，亦可少稱其閫寄。

仍通行内外各該坐營副參、游擊、守備、把總、軍政等官，各知此意，共期成功，以圖任用，不可苟安，甘於下品。及訪得閑住都督馬儀，驍勇絶倫，久經戰陣，但年逾七十，精神頗衰；劉寧謀略兼資，敢於殺賊，但久患腳疾，艱於騎射。其馬儀如果大同聲息緊急，本鎮守臣取赴軍前，咨議軍事。劉寧候腳疾痊愈，另行舉用。兵部仍通行訪取軍職有過，不係敗軍誤事及屈在下僚，并曾經保舉將材，再加訪試。或令坐營坐司，使之開廣聞見，蓄養威鋭，遇警委任，領軍剿殺，庶謀勇之將自此可出矣。

一、鼓軍士之勇氣而樂於赴敵，必賞勞之有加而致其死力。今各邊軍士往來殺賊，辛苦萬狀，止靠月糧一石度日，別無營運養贍。若非豐於用度，豈能養其鋭氣？況去春虜賊入寇，將官恃勇，損折軍士數多，人多畏怯，少有戰心。仰蒙聖恩賞賜銀兩，因而鋭氣復增，所以祖宗朝府藏銀常積千百餘萬，專備緊急賞賚之用，十分愛惜，不肯輕費。近因大同等處有警，户部在官銀兩已用八十八萬，兵部馬價銀亦用二十一萬有餘，若非平昔有積，一時豈能措置？今户部見在銀不過百萬兩，内藏之銀聞已空虚，較之祖宗時十不及一。萬一虜賊未退，用兵不已，或糴買糧草，或犒賜軍士，或遇災傷賑濟百姓，俱於府藏關支，此時未知從何而來？不可不慮。

― ― ― ― ― ― ― ―
① ［校］而謀可益矣：崇禎本作"而謀益進矣"。

伏望皇上念虜寇之猖獗,賴軍士之捍禦,鼓舞人心,必資賞賚。今後府藏官銀,更乞撙節愛惜,不宜一毫妄費,以備軍國緊急之用,實宗社萬萬年無疆之福。

一、照得順天及直隸保定八府,實畿內近地,陝西、山西極臨邊境,河南、山東俱近京師。凡各邊有警,其糧草、馬匹一應軍需,俱藉四省八府之民攢運供給,必須生養休息,存恤撫摩,使其財力不匱,緩急之際,方克有賴。近年以來,修造不息,各部科派木植、顏料、牲口及燒造官磚等項,歲無空月。赴京交納,使用銀兩過於所納之物。去歲買辦戰馬、打造官刀,雖係官錢,終累小民。況輸納邊糧,起價過重,而山西之民勞苦尤甚。緣今虜寇猖獗未退,各邊芻草糧米甚不充足,正在勞民攢運之際。

合無行移戶、禮、工各部,將遞年派去前項司、府、州、縣各色物料、牲口、果品等項通行查出,斟酌上請。不係緊急之用,俱暫停止。及今後凡有所派物料,暫且分派無事布政司買辦,存省前有事司、府民力,以備供邊。凡有取索,庶易辦集。

一、京師天下根本,居重馭輕,武備不可不盛。雖有團營官軍十二萬,例該京衛八萬,分為兩班,每班四萬,常有一十二萬,以壯國威,以備征調。近年京軍逃亡數多,不及原數。即今除欽命聽征總兵官朱暉等所領,并奉欽命復選聽征馬隊官軍共二萬、步隊二萬內,步隊多係外衛,又該半年下班,甚不得用。除此之外,再無可用之兵。況京軍又多隻身艱難,今騰驤左等四衛月報,除勇士外,見在官軍三萬有餘,多係得過之家。其各軍餘丁,自來不當差役,見今雖有四衛營操練,軍士數亦不多。養馬之外,儘有空閑。緣今虜寇猖獗,邊務方殷,正當增武備以防不虞之時。

如蒙乞敕御馬監提督四營太監調取四衛食糧官軍文冊,照冊查選若干名,通前見操之數,共輳一萬員名。就在本營,分為兩班,如法操練,居常拱衛京師,遇警聽調殺賊。庶武備益盛而北虜聞之亦畏矣。

一、將官奉命征討不廷,與同事官員貴乎協和行事。和則謀慮僉同,否則互相矛盾,欲望成功,蓋亦難矣。近年以來,朝廷命將出師,征討夷虜,其同事官員多有偏執己見,各逞所長,誤致嫌疑,不相協和,徒勞王師遠出,竟不成功而還。以致虜寇恣肆猖獗,大為邊患。雖申國典,無益邊事,見今虜寇未退,終欲出師。

合無兵部行移聽征監督總兵并提督等官保國公朱暉等,如果出兵到邊之日,京兵到邊與本地將官每致不和者,以特遣官欲自尊大,而用兵機宜或不如地方官之熟習,故議論多不同也。凡事務要公同裨將從容計議。行兵方略,勝虜機宜,彼言可用,則竟為用之;彼言難行,則從容止之。不可專執己見而必於用,亦不可忌彼所長而輒為沮。平心易氣,以共成王事為念;忘勢安分,以剿滅虜寇為心。將官既和,軍士敬畏,必思奮勇以殺賊,捐生而圖報。何大虜之不滅,而大功之不成哉?若再如往時彼此不和,不能成功,國典具存,難以輕貸。仍通行各邊鎮巡等官,一體以和相處,共濟邊務。

一、法令者,風厲天下之重典。法令行,則人心懼。人心懼,文官則奉公守法而謹於供職,武職則練軍恤士而樂於效死。未有法令不行而能統攝人心,以成治效者也。近年以來,法令不行，紀綱漸弛，各邊大小將官平昔惟知營幹己私，罔肯留意邊備。一遇失機，百計彌縫，所以上下因循，不知警畏，往往誤事，視爲尋常。且如去春延綏神木堡、大同威遠衛乃其明驗，近時大同總兵官王璽、神木堡參將曹紳俱問發充軍，副總兵馬升、參將秦恭、游擊將軍王杲俱問擬斬罪。法令大行，人心痛快，邊將知懼。

伏望皇上自今凡百失機誤事，果涉畏怯逗遛，嬰城自衛，縱賊不殺者，必明正典刑以警將來，不宜寬貸。尤乞戒飭各邊鎮巡等官，各要仰體朝廷付托之重，各思自己受任之責，撫恤軍士，振揚威武，修飭邊防，以禦虜寇。仍照依兵部節次奏行事例，嚴加操練，務使人有敵愾之勇，而無失所之虞。凡百用度，俱從節儉，毋事奢靡。各路副、參等官有不守法、生事害軍者，訪聞得實，明白參奏，以憑罷黜，用戒奸貪。如此庶使法令大行，人心知懼，內治邊防，兩不廢弛。

一、軍令貴嚴。嚴則官軍知畏而易以成功，否則官軍怠玩而多致敗績。昔胤侯誓師必曰：「威克厥愛，允濟。愛克厥威，允罔功。」行軍貴嚴，自古爲尚。故古之人君命將必曰：「閫以內，寡人制之；閫以外，將軍制之。」蓋許其官軍臨陣有不用命而退縮者，徑自誅之，以肅人心。且萬人之命係於一將，若非重以此權，誰肯捨死赴敵？近年以來，朝廷命將，制敕所開，止曰「以軍法從事」，所以爲將者多避嫌疑。軍士雖有退縮，未敢輕誅一人，以致軍令不肅，往往失機。雖罪坐主將，無益於事。

伏乞聖明於聽征總兵官朱暉等，并凡欽命總制、總兵官制敕內明開，若官軍臨陣有不用命退縮者，就陣斬之。以徇妄生訛言，鼓惑人心。情罪至重者，會同審實，亦就斬之。其總兵官受命之後，將合行軍令各開條款，三令五申，使官軍曉然知軍法之嚴，各思奮勇殺賊，不敢畏縮先退。

一、虜賊之來，疾如鷹鶻，或東或西，不可測度。縱馬一馳，倏忽十數里。近來各邊製造小戰車，上安神槍銃砲，觀其規模，似有可取，施之戰陣，多不濟用，蓋兵欲制人而不制於人。此車之造，軍被虜圍，以爲自守之計，非臨陣可以敗賊之術。況邊方之地，非山澗則沙磧，必用人以行，倉卒之間，豈能隨馬？莫如拒馬鹿角、攢竹長牌，馬上可以帶之隨軍而行，一則可以拒戰馬之衝突，一則可以遮胡矢之亂發。禦虜急務，莫先於此。昔吳璘拒金人於雞頭關，實藉此具。先該兵部奏行工部，成造拒馬鹿角計二千架，攢竹長牌計二千面，該部製造呈樣，後遂停止。今北虜之勢日熾，而我軍每不能勝，若不成造二物，臨敵何以相拒？

合無仍行工部，照依兵部奏准事例，將前拒馬鹿角、攢竹長牌照數成造，完日暫送九門角樓收放。如遇出征，領去應用，回還照數交收。縱雖虜賊遠遁，邊方無事，亦可以備他日軍中之用。

一、先該大同鎮巡等官太監陸誾等奏稱，遵依欽奉敕內事理，抽選到土著軍士舍餘共六千名，未曾關給馬匹、盔甲、什物。等因。案候日久，不見具奏關領。且前項舍餘人等生長邊方，熟知地里，且善騎射，又耐風寒，若給馬匹、軍器，儘爲可用，絕勝京軍。況今虜寇日熾，侵犯不已，正在增軍之際，黃河冰開，北虜必復過河侵擾大同。若候奏到，方纔給與，不無緩不及事。

合無兵部於順天府所屬寄養馬内給與五千匹，照例具奏，差官作急印烙，解送交兑。工部於見在收貯各處解到照式成造軍器内給與盔甲、弓刀、撒袋各五十付把張，弦一萬條，箭一十五萬枝。仍行大同，即便差官領去沿途應付車輛，運送前赴鎮巡官處交收，給散前項選到軍士舍餘騎操備貯。其該賞銀兩，就於本鎮官庫收貯户部官銀内給與，彼既感恩，以之禦虜，必思效死，亦可少減京軍前去。兵欲勝敵，謀貴素定，而戰勝可必。故孫子曰："多算勝，少算不勝。"矧用兵有節有勢，善用兵者必審其節勢。若士卒奮男，勢如湍水之漂石；主將用兵，節如鷙鳥之擊物。則敵豈有不敗，而我豈有不勝乎？今各邊大小將官平時不講韜略，不習兵事，遇小寇之入，或邀其歸路而得其一二，或出境掩襲而殺其數級。虛張賊勢，本三五十騎而報作四五百騎，或百騎而報作千騎。所管上司不察虛實，輒爲代奏，濫冒升賞。及遇大敵，則嬰城自守，而一籌莫展，去冬大同西路如姚信等是也。此等將官，終誤邊事而啓禍源。况今虜賊譎詐，善於用兵，若不預畫策，廣集衆兵，乘其機會使彼大遭挫衄，豈肯輕易遠遁而不重擾我邊？擾之既久，必謀南侵。國家之患，何時得已？且宣府、延綏邊防頗固，軍馬頗勁，未敢久犯。惟大同地勢平漫，斥堠稀疏，加以軍馬未精，恐此虜今春過河，仍復侵犯。邊方安危，在此一舉。以臣等度之，若數路精兵俱集中路，日每練習。遇賊入境，每一游奇兵三千爲一陣，可分六陣，老家兵亦可分三陣，則爲犄角之勢，每陣相去數百步。賊若擁衆而來，必分兵拒我，彼賊既分，其勢必寡，我軍奮勇大擊，彼必遭挫。彼若併勢攻我，我之别陣速來應援，彼必不能相顧，敗走而遁。又恐虜賊譎詐，聲東寇西，或故露其形，似犯我之西路，我兵不知，俱聚於西。彼却藏形擁衆，入我東路，無兵以禦，彼必得利，此尤不可不深爲之慮。① 須平昔每路揀選十分有膽氣、乖覺夜不收數十人，給與上等善能馳驟好馬，月支料豆一石二斗，常令遠出探賊，知其所在，隨時聚兵，藏形以待。庶不墮其奸計，此則勝虜大略。其臨時相度賊勢，出奇制勝，又在總制、總兵各該將官調度施設何如耳。若曰："我寡彼衆，終不與戰。"則此虜何時而可破乎？

合無兵部通行聽征監督總兵等官，并各邊大小將官知會，斟酌而行，務使虜賊遭挫，地方永寧。克敵制勝，固在乎精兵所向無前，尤在乎選鋒。故孫子曰："兵不選鋒，曰北。"北即敗也，是知兵不選鋒，取敗無疑。今大同、宣府、延綏官軍雖有游奇兵之選，終是强弱相渾，凡遇大敵，多不能支。去冬姚信等遇賊，不敢與戰，亦爲可驗。况近來官軍遇敵，殺死賊人，往往争奪首級，不行追賊，以致餘賊得以遁去，甚有反被賊兵所襲而大敗者，此最各邊大弊。

合無兵部行移聽征總兵官朱暉等，并各邊大小將官各將所領官軍，每千務要仔細逐一試驗，揀選十分驍勇精鋭者三百員名爲前鋒，仍每百弓箭手若干名，長刀手若干名，神槍手若干名，長牌手若干名。每五十人爲一隊，十人爲一伍，内選一人爲伍長。再選十分頭目爲管隊，計籍在官。其馬匹亦選上等者給與。凡遇賊人，令當前鋒，若能敗賊，齊力追殺，不許先斬首

---

① [校]慮：底本作"虜"，據文意改。

級。收兵之後，公同割取，就於前鋒官軍內審係某人所殺，照例報功。若有不行追殺，爭先割取首級者，以軍法處治。若不係原選前鋒，官軍矇矓報功，違者照例論罪，功亦不取。如此庶人多奮發爭為前鋒，且絕冒功之弊。

一、兵不貴多而貴乎精，兵若不精，雖多何益？其精兵之要，在乎操習有法，必使弓馬熟閑，武藝超絕，坐作進退之有度，攻戰擊刺之不失，目識旌旗，耳熟金鼓，左右前後，隨將所使，如驅群羊，方為可用。故兵法曰："一人學戰，教成十人。十人學戰，教成百人。百人教千。"是知兵須學成，方可用戰。今各邊將官多尚姑息，不肯操練軍士，使知節制。凡報有賊散亂而追，或先遣哨馬遠出，一遇伏兵，輒致潰敗。去年大同游擊將軍王杲乃其明驗。

合無兵部通行各邊將官，今後照依兵部奏行事例，各將所在軍馬著實操練，務使武藝精熟，騎射便捷，勇於赴敵，樂於效死，各能殺賊以除邊患。如再因循，致誤邊事，國典具存，決難輕宥，王璽、馬升可為鑒戒。仍行在京團營內外提督大臣并聽征總兵等官朱暉等，各將原選聽征并見在官軍一體操習，以備征調，其於委托，斯無所負。

一、薊州、宣府、大同三鎮極臨虜境，藩屏京師，國家安危，實繫於此。所在軍馬寡少，無計可增，役占數多，不能禁革。切緣三鎮既有鎮守太監，各路又有分守內臣。如薊州一鎮分守守備內臣九員，宣府監槍分守守備內臣八員，大同監槍分守守備六員。三處地方，城堡關寨，相距多則一二百里，少則百里，總計東西不及二千餘里，今共設內臣二十三員。且以每員占用軍人少則二三百名，多則四五百名，通計役占已有數千，太半納錢跟用，絕不操練防邊。鎮巡等官不能禁革，同事官員掣肘難行。如遼東、延綏、寧夏、甘涼，止有分守監槍內臣與分守副總兵、參將同居行事，此外俱無。此等守備之數，委的無益於事，有擾於邊累。該廷臣會議，要將前項多設守備內臣裁革，俱未蒙俞允。

伏望皇上念虜寇連年之猖獗，邊方軍士之寡少。照依遼東等處事例，通將大同、宣府除監槍分守，薊州除分守密雲古北口少監韋祥不動外，仍乞將薊州一鎮內臣九員中，簡命二員改為分守名色，照例與分守東路參將高英、中路參將白琮同居一城，計議行事。其餘三鎮各城堡營寨守備內臣，斷自宸衷，俱暫取回，別項任用。庶軍免役占而少助戰守之用，官免掣肘而得遂行事之權。

一、足邊儲。查得提督軍務右都御史史琳造報戶部文冊，大同一鎮各處倉場見在糧米一百三十一萬八千一百五十零，料豆六十一萬二千三百七石零，草九百二十二萬三千四十束零；宣府各城倉場見在糧一百一萬二千九百石零，料豆七十四萬二千四石零，草八百五萬零。計二鎮糧料、草束見在之數，頗為有積。大凡各邊糧料為主兵之用，本自足額。惟有急調到客兵支給，每每不敷，必致移動主兵糧料，而主兵亦不足矣。若以本城堡主兵論之，多者可彀三四年之用，少者亦可彀二三年之需。況大同并各城堡，即今亦多發銀糴買糧草未已。臣等第恐一時調集客兵久住，支費不繼，失誤事機。必須再為斟酌措置，庶幾有備無患。

查照兩淮、兩浙、長蘆各運司，見在存積常股引鹽，開中一百五十萬引。合無行移戶部，差官前去大同、宣府，會同各該巡撫及管糧官，斟酌地方糧料、草束時價，定立斗斛斤束，分撥要緊城堡、倉塲,召商上納。俱要本色,不許折收銀兩。大同撥買鹽引之時,務要先儘西路井坪、平虜、威遠左右二衛。先其遠者,後其近者。有餘方撥天城、陽和等處,以濟一時之急。臣等又看得鹽法一事,在祖宗時專爲備邊而設,發賣有地方,私販有禁例,是以商人一聞各邊開中,樂於趨赴,邊儲充足,事機不誤。近年以來,各王府奏討食鹽及織造段匹,皆於此取給。并兩京公差官員人等、馬快船隻,動輒一二百號,夾帶私販,越境貨賣,不可勝言。故商人得利微細,不肯報中,鹽法阻壞,邊儲闕乏,弊皆坐此。

伏望皇上軫念邊儲之重,恪遵祖宗之法。今後凡有奏討引鹽,一切停止。非邊報緊急不開,非商人正名不支。户部仍行移都察院等衙門,轉行各該巡鹽御史及管河、管閘等項官員,但遇公差人等及勢要之家裝載私鹽,越界發賣,就聽各官徑自查盤究問,照例發遣。干礙内外官員,指實參奏,置之於法。客商聞之,必然樂從,而邊儲不難致矣。

一、用兵之法,自有部分。部分既定,委任得人,上下相統,自克成功。今團營聽征官軍一萬員名,每把總指揮一員分管二百五十人,一千用指揮四員。別無總領官員,臨時難以照管。若以兵法論之,每千當用一總領指揮,庶易調度。

合無行移監督提督、總兵等官朱暉等,會同將所統官軍一萬員名,每千推委驍勇曾經戰陣都指揮或指揮一員總領,四指揮俱聽管束,督令殺賊。庶上下相維,大小相統,易於成功,不致誤事。仍將選定總領官員職名徑自具奏。

弘治十四年正月十一日題。

賞勞邊軍激勵鋭氣事①

少保、太子太傅、兵部尚書臣馬文升謹題,爲賞勞官軍激勵鋭氣事。

照得大同、宣府、延綏三鎮軍士,數年以來,游奇兵大同者常往延綏策應,隔涉黄河數百餘里;宣府者亦往大同應援;延綏却來大同截殺,少則一二月,多則三四月,馬匹倒死,隨要追陪。及各鎮城堡見在操守馬步官軍,俱係聽調按伏防禦殺賊之數。馬軍常出朋合買馬銀兩,委的十分艱難,加以邊地苦寒,誠爲可憫。自弘治元年,荷蒙朝廷溥賞銀兩。弘治十年,又蒙欽賞游、奇官軍之後,至今數年,未沾恩澤。今大虜近邊,②勢甚猖獗,軍威挫損,士氣消沮,正係激勵人心、奮勇效力之秋。

伏望皇上重念邊軍艱苦,斷自宸衷,將三鎮操備防守馬步官軍并偏頭關游兵,每員名量賞官銀若干兩。其三鎮遠調出征游、奇二兵勞苦尤甚,亦合量爲如賞,③以濟困敝,則彼心感恩思報,而奮勇殺賊矣。④但此等恩典出自朝廷,非臣等所敢擅擬,伏乞聖明裁處。

---

① [校]賞勞邊軍激勵鋭氣事:《四庫全書》本作"賞勞官軍激勵鋭氣事"。
② [校]大虜:《四庫全書》本作"大寇"。
③ [校]如:《四庫全書》本作"加"。
④ [校]殺賊:《四庫全書》本作"克敵"。

緣係乞賞邊軍以激勵銳氣事理，未敢擅便，謹題請旨。

弘治十三年四月二十五日題。

奉聖旨："是。三鎮操備防守官軍并偏頭關游兵各賞銀一兩，遠調出征游、奇兵各二兩。欽此。"

國子生江都葛洞校正
馬端肅公奏議卷之十二

馬端肅公奏議卷之十三

同郡後學魏尚綸編集

大修武備以豫防虜患事①②

少保兼太子太傅、兵部尚書臣馬文升等謹題,爲大修武備以豫防虜患事。

切惟胡虜爲中國患,其來非一日矣。周有獫狁之侵,漢有冒頓之擾。突厥患於唐,契丹凌乎宋。種號雖不一,皆名爲北虜。歷代固受其害,而宋之被害尤甚,載在史册,昭然可考。

洪惟我太祖高皇帝膺天眷命,汛掃胡元,以一四海,功烈之盛,亘古莫匹。乃以北平實踐元之故都,密邇胡虜,故於大同、宣府、大寧、遼東各設都指揮使司以統重兵,於四處封建代、谷、寧、遼四王以爲藩籬,復慮後來。忽其虜患,被其侵犯,故以選將練兵時謹備之,載之祖訓之內,其禦虜之計亦已切矣。迨我太宗文皇帝肅清內難之後,舍金陵之華麗,即遷都於北平,聚天下精兵於此。居重馭輕,睿意有在,時征胡虜,出塞千里,胡虜畏服,不敢南牧,其防禦之謀亦已深矣。至宣德年間,老將宿兵消亡過半,而武備漸爲廢弛。至正統年來,虜酋也先生有大志,收併部落,其勢甚盛,假以進貢,窺我虛實,我之備禦,全不介意。一旦舉衆犯順宣府、大同,勢不能支。王師遠討,如使此時王師不出,不過邊鎮受其騷擾而已。十數餘萬,土木之敗,其禍甚慘。胡兵直抵京師,幸而謀臣勇將左右周旋,天佑中國,卒保無虞,至今讎恥未雪。自後虜酋雄長不一,我之邊方累次失利,而彼胡虜未嘗遭其大挫。

近來虜酋火篩梟雄桀黠,罔來進貢,常欲犯邊。今春在於延綏神木堡、大同威遠城,俱以詐計大敗我軍,得去馬匹、器械,資彼所重,其志必驕,其氣必滿。誠恐部落歸從,養威蓄銳,擁衆南侵,是亦昔之也先也。我之所恃以捍禦北虜者,惟大同、宣府二鎮,以爲藩籬。但各鎮軍馬通不過六萬,而十分精銳亦止二萬有餘,所守地方一千餘里,兵分勢寡。彼聚而侵,我散而守,以聚攻散,其敗必然。其次必恃者,惟以京軍爲應援。但京軍勞敝已甚,加以教習之未精,強弱之相半,卒遇大敵,豈能支持?言之至此,實可寒心。其禦虜之計,若不整飭於無事之時,豈能濟之於有事之日?

臣等於邊方之事,京營之軍,勞心焦思,千方計畫,節次奏行各邊。但將官少諳謀略,士

---

① [校]國圖本、《四庫全書》本未收錄此篇。
② [校]大修武備以豫防虜患事:崇禎本作"爲大修武備以豫防虜患事疏"。

卒不知節制，加以鎮守官大肆貪殘，巡撫官少振風紀。若遇小寇，則漫散而追，僅能斬獲其一二；如遇大敵，輒墮計中，而爲之喪敗。今大同、宣府并各邊之兵，其勢大率類此。原其所以，實由操練之日少，而教習之無方也。邊方尚然，而京營之兵狼狽尤甚，欲望克勝大虜，實以爲難。

臣等聞之，永樂年間，士馬精强，甲兵堅利，官軍出征所需之物多係官給。今軍士出征合用物件十無一二，雖賞官銀一二兩，臨時豈能逐一措辦？所以遷延月餘，不能起行，倉卒之際，豈不誤事？此尤大可憂者。臣等職掌兵政，天下安危所繫，腹裏巨盜尚以爲慮，聞兹虜患，寧不深憂？除禦寇安邊機宜陸續另行具奏外，今將整飭武備九事條陳上請。① 伏乞睿覽，斷自宸衷，俯賜施行，宗社幸甚，天下幸甚。

緣係大修武備以豫防虜患事理，未敢擅便，謹題請旨。②

計開：

一、北虜自十歲以上，就學弓馬射生度日，不待督責，所以弓馬便捷。我之軍士，弓馬自不能及。凡遇小寇，固能擒斬其一二；若遇大敵，多不能支，以其無可勝彼之器具也。昔金兀术以拐子馬衝我堅陣，無不敗者，岳飛以麻扎刀勝之，金人大懼。今各邊軍士止用弓箭、腰刀，何以勝彼？往往致敗。先該本部奏准兵仗局造樣，通行天下都司、衛所，將各衛局匠，俱於布政司團局成造斬馬大刀、盔甲、弓箭、腰刀、長牌等項。近有陸續解到者，儘爲可用，數亦不多。已經奏給宣府、大同盔甲等項各二千副件去訖。今聞北虜俱用長刀，直衝我軍，所以軍輒敗北。是我之所長者，彼已得之矣。以今觀之，須每隊給與一十把，臨時出奇制勝。使彼前鋒大遭挫敗，彼方知懼，不敢輕我。

合無通行河南、山東、浙江、江西、福建、南直隸巡撫都御史，着落三司并直隸府州原委官員，將原造軍器作急差委有職役人員起解前來，俱在工部收貯，以備出征應用。若有刁蹬不收者，具呈本部，指名參奏。仍照前歲成造軍器事例，通拘各衛匠役在於本城支給官銀，買辦南鐵。照依今發去式樣斬馬大刀，山東二千五百把，河南二千把，浙江四千把，南直隸二千五百把，福建三千把，江西一千五百把，俱限今年九月以裹解送工部交割，俱收九門城樓，以備應用。違期不到者，三司官員一體參究。其餘軍器仍照舊各衛局自行成造，聽候取用。

一、團營軍士近年以來爲因做工頻繁，累及艱難，平昔不曾置有雨具、氈衫等項。今夏天不得已出征，隨身軍器等項，若無氈衫，萬一卒遇大雨，盡爲所濕，必致損壞，臨時豈能應用？氈衫一事，最爲軍中急務，闕少之際，用銀一兩四五錢方買一領。而賞賜銀兩已去十之七八，所以只得顧借，臨時應點。起程之時，依舊無有，因而在逃者亦多。

除今次出征外，合無行移陝西、河南、山東、北直隸保定等七府，支給在庫收貯，累年扣除去任官員柴薪，并在庫各項銀兩内支給，分派所屬州縣，一總做造氈衫。陝西、山西各四千

---

① ［校］十：底本、崇禎本均作"十"，據正文改。
② ［校］"伏乞睿覽，斷自宸衷，俯賜施行，宗社幸甚，天下幸甚。緣係大修武備以豫防虜患事理，未敢擅便，謹題請旨"句：崇禎本《爲大修武備以豫防虜患事疏》作"伏乞俯賜施行"。

領,河南、山東各三千領,北直隸共三千領。每領長四尺,闊一丈五尺,務要緊密如法,止用椒礬水洗,不用麵糊,致生蟲蛀。完日布政司并直隸府分一總差官管解,沿途應付車輛裝運,前來本部告交,俱收於九門城樓,如法堆放。團營差撥官軍看守,每年夏天晒晾。如遇團營官軍出征,不分冬夏,每軍給與一領。回日交官,一體收貯晒晾。若有做造不如法者,各該掌印官員本部參奏提問,布、按二司官員一體究治。

一、克敵制勝固藉馬力之強健,尤在乎鞍轡銜勒之整齊。本部先因看得團營軍士戰馬鞍轡銜勒之類多不如法,一遇出征,反爲所累。已經具奏要於太僕寺收貯各處解到馬價銀內暫借一萬兩,買辦馬鞍一萬副,鞦轡等項俱全,俱收放九門城樓。一遇出征之時,給與各軍領用。回軍之日,照舊收貯。等因。正爲今日之用,未蒙允准。近日臣等在於團營閱視出征官軍,交與領軍都督劉寧等看得鞍轡之類仍舊狼狽,已經省令暫且整理備用外。此虜既已累次敗我官軍,得其厚利,其侵犯之心豈肯遽止?我之武備,豈可不早爲整飭?

合無仍照上年所奏,乞賜官銀一萬兩,着落團營十二營小號頭,將銀散於在京發賣馬鞍之家,照樣做造馬鞍一萬副,鞦轡俱全,務要堅固,陸續收完,俱交於九門城樓堆放。其合用木架,於本營公用銀兩買木置造。遇有出征之時,領與軍士應用,回還之日,照數交收。庶幾克修武備,少助軍威。

一、河南、山東、北直隸見在民壯,係正統十四年因北虜也先擁眾犯邊,官軍喪亡甚多,京師戒嚴,兵部建議添設民壯以備守城等項。以後事寧,有司官員遂將民壯雜項差使,以致人多不堪補,民壯如充邊軍。近來州縣不過視爲皂隸,專令接官擡扛,雖非軍人,終係在官之數,已嘗行令所司教習武藝,遇警聽調。今大同達賊侵犯,恐腹裏地方人心驚疑,一時無人防守城池,不無誤事。合無行移河南、山東、北直隸巡撫都御史王儼、高銓、洪鐘,各委布、按二司分巡、分守官員,直隸委各府佐貳能幹官,各親詣所屬,督同各該州縣掌印官,將原有民壯逐一揀選年力精壯者,分爲三等,河南二千名,山東二千五百名,北直隸二千五百名。備開年甲籍貫在冊,仍編成總小甲隊伍,定委各州縣佐貳官一員管領,各置器械什物,用心操練,習熟武藝,分巡官不時提調。每户優免人丁三丁,幫貼盤纏,不許私自更替。如違,將經該官吏提問枉法贓論。仍將選過民壯等第,各造冊繳送本部備照。

鎮守太監、總兵等官將在鎮見操軍馬,自行揀選爲標下名色,有四五百名者,六七百名者。凡遇追剿賊寇,本官前去,方纔跟隨,其餘副參等官,俱不敢帶,游兵亦不敢選。以致殺賊之時,精兵數少,此乃各邊通弊。

合無通行各該巡撫都御史,將前項各官標下之兵盡數查出,歸於本營。當選游奇兵者,一體揀選。敢有挾私占吝不發,許其明白具奏,以憑參究。其游兵中間果有老弱不堪者,亦要公同揀退,一體選補。仍各將選過游兵,并查出標下官軍數目,造冊奏繳,以憑查照。

一、各邊總鎮去處,有太監總兵官,又有都御史。凡有軍機重事,或遇警出兵,得以公同計議而行,事多克濟,不致十分失誤。其各路分去處,止是副總兵或參將有內臣同處者,別無文職官員。平昔既不講論韜略以習兵事,又不操練軍馬使知節制。遇賊入境,出城之後,漫散而追。遇小賊，則殺其一二；大賊設伏，不能相度，墮其計中，而被其殺死者往往有之。若以知兵文職與副參等官同處計議，豈致誤事？

合無行移吏部，推訪在京、在外各衙門官員，有諳曉韜略、習知兵事者數人，同東、西二路各添設兵備副使或僉事一員。其大同東路者，兼管宣府西路，平昔與參將等官講論韜略及用兵機宜，閑時按行地方預曉險阻要害，某處當添墩，某處當設堡。卒遇賊眾我寡，當據何險，或別有處置，使賊不得逞而我軍不至喪敗。凡遇報有達賊入境聲息，一面整兵以出，一面差遣乖覺夜不收，節次遠爲哨探。如兵已出，報有賊少，則縱兵剿殺；若賊眾我寡，勢不能支，則結布營陣，擡營而行，務要行伍不亂。或占高山，或奔水泉，且戰且行，仍飛報鄰境官軍前來應援，自不至於損軍。如此講論，庶將官識見日增，兵機自熟，而大將之材亦於此得矣。

一、胡虜以弓馬爲先，我之禦胡，亦當有備，庶不至於敗挫。昔吳璘與金人相拒於興元，璘置拒馬木以禦，分番輪戰，而金人卒不能逞。其法以長木爲身，長八尺，徑過五六寸，如鹿角木樣，中鑿小孔，安小槍，槍桿如雞子大。行則束縛馬上可帶，如遇賊眾我寡，列此爲營，擡之而行，登山赴城，賊不能衝。今所造木牌體重難用，舊樣用苗竹斷截爲片，用生牛皮爲條，趁濕穿之，外用牛皮裹之，畫以五彩虎頭。取其體輕，遇警最可革矢石，此皆軍中之要務也。

如蒙乞敕工部成造拒馬木二千架、竹牌二千面、滾刀五千把，完日收於九門城樓。凡遇出軍，領與軍前應用。庶先事有備，臨敵無失。

一、保固天下，莫先於武備。武備之盛，尤在於京師。蓋京師者，天下之本，宸居所在。居重馭輕，莫大於此。今京師惟團營之兵一十二萬，除事故逃亡，見在止有十萬之上。爲因連年做工，一向未經操練，所以武藝生疏。一旦調遣，恐未能殺賊。至若馬匹四月下場，十月赴營，操至十一月天寒，歇操三月，常操四月，又要下場。在營者，五月住操。一年之間，通操不過一月，所以馬未閑習。人馬俱不如彼，與彼交鋒，將何取勝？況今虜寇猖獗，邊軍失利，銳氣消沮，我之軍威不可不振。

如蒙乞敕團營提督內外大臣，將見在官軍着實用心，日逐操練。查照本部奏准事例，每常操五日，二日下營走陣，三日演習武藝。除隆冬、盛暑外，春秋之間，雖有小風，亦須操練。務使官軍知坐作進退之節、攻戰擊刺之方，重加存恤，不使把總等官、識字人等剋害，遇警自然奮勇殺賊而不惜命矣。

一、凡各邊奏報重大聲息，應該發兵者，本部具奏，欽命總兵等官或都督統領軍馬出征。命下之日，其軍器并賞賜銀布等項，各該衙門俱要另行具奏。其軍器并銀布該在內府各庫關支者，多被刁難，不肯即時關與，以致延遲。係干軍機重務，甚是不便。

合無本部行移內府戊字等庫內外官員，先將二萬官軍合用軍火器械并盔甲等件，照今次所用之數，逐一預先打點齊備，頓放停當。凡遇出征，本部奏奉欽依，該部就便行文各該官庫，即便前去關領，務在一二日以裏關盡。仍乞敕戶部，將在官銀兩預先鏨成或一兩、二兩一塊者三五萬兩，收貯在庫。及將各處解到官布數萬匹，暫且寄放太倉收貯。及今後在外各衛所解到攢局成造軍器，到於工部，不必赴內府戊字庫交收，暫且寄放正陽、崇文、宣武三城門樓上收貯。團營差撥官軍看守,鎖鑰守門內臣收掌。若遇官軍出征,合用銀布、軍器,俱不必再行覆奏,各照官軍名數,就便關與,然後奏知。庶不遲延,有誤軍機。事寧之日,照舊仍赴該庫交收。該庫官員若有再以巧詞具奏,赴本庫交收,却令軍士赴庫關領者,許科道官指實劾奏,置之於法。

一、本部先前奏准,選到各衛所舍人、餘丁共該一萬之上,在於五軍營殫忠、效義二營操練,正以備有警提用。後因各舍、餘止支口糧四斗,該太師兼太子太師英國公等官張懋等奏准,四月初一放回生理,九月初一赴操。今照邊方有警,此等舍、餘係在官之數,儘爲可用。

合無本部行移各該衛所,將前項放回舍、餘即便拘點,赴營聽候揀選,堪中者月支糧一石。敢有遲違及冒名頂替者,事發,舍、餘俱發邊方充軍,當該官吏以失誤軍機論罪。其各該舍、餘,若有能斬獲賊級一顆者,就升冠帶、總旗;二顆者,升實授百户。係應襲者,本身襲父祖原職,自己立功所升職事,許嫡庶次男另行承襲,不在棄小就大之例,餘丁照軍人升賞。庶人知激勸,樂於殺賊。

弘治十三年四月二十五日題。

奉聖旨:"卿等所言有理,都准行。欽此。"

成造堅甲利兵以防虜患事①

少保兼太子太傅、兵部尚書臣馬文升等謹題,爲成造堅利甲兵以防虜患事。

照得克敵制勝,固在乎官軍之奮勇,尤在乎甲兵之堅利。甲不堅則不能以遮矢石,兵不利則不能以挫賊鋒。故古人云:"甲不堅,是以其卒與敵也。"蓋言不以人命爲重,而喪於敵矣。然則有天下國家而欲盛武備以捍禦強敵者,其甲兵豈可以不堅利也哉?本部向因天下衛所年例成造軍器有名無實,徒費錢糧,俱不堪用。已經奏准行移內府兵仗局成造盔甲、腰刀、斬馬大刀、長牌、弓箭等項,發去浙江等都司團局照樣成造,已有解到之數,俱爲可用。今看得凡京營官軍,每遇出征,止關與軍器局所造盔甲,其甲中不掩心,下不遮臍,袖口太寬,又多壓肩。端肅公於軍器瑣務留心如此。不掩心則不能遮矢,袖寬壓肩則不能開弓。且重二十四五斤而甲葉不堅,軍士豈能披之?而盔尤平常,甲面布多藍色,不以盛軍容而振軍威,②臨敵誠爲誤事。況今邊方多事,正係繕甲利兵之日。

臣文升任南京兵部尚書參贊機務之時,南京軍器局所造軍器,每年內外守備、參贊官員親詣本局試驗,其甲頗堅,甲面布色亦青,但甲亦重二十斤以上,袖亦壓肩。不知前項軍器置之何用?即今京庫闕少盔甲,如蒙乞敕兵仗局成造上樣盔甲各二頂副,腰刀二把,其甲重十

---

① [校]成造堅甲利兵以防虜患事:崇禎本作"爲成造堅甲利兵以防虜患事疏",《四庫全書》本作"成造堅利甲兵以防邊患事"。

② [校]以:崇禎本作"足"。

八斤,盔二斤半,發與兩京軍器局,①着令管局内外官員照樣成造。務將甲葉冷端數百錘,使之十分堅固,擲地有聲,方爲得法。甲面務要青布,用火漆釘釘之。若用綫穿者,其綫亦要精緻。而盔要低矮,不宜太高,亦須端到,自不生秀。在京軍器局所造軍器,合亦照南京事例,團營提督内外官并工部堂上官每年公同給事中御史試驗一次,如有不如式者,令其依式成造。其給事中御史仍照舊例按季試驗,若有成造不如法者,許其具奏,罪坐管工官員。仍行南京工部查勘南京軍器局所造軍器各有若干,具數作急回奏。應否行取前來備用,工部徑自具奏定奪。

臣等職掌兵戎,亦司軍器,況官軍戰陣勝負係乎甲兵堅利何如,故敢僭陳。伏乞聖明留意,俯賜施行,臣等不勝幸甚。

緣係照樣成造堅利甲兵以防虜患事理,②未敢擅便,謹題請旨。

弘治十三年五月十一日題。

奉聖旨:"是。着管局官員用如法成造,不許虛費錢糧。欽此。"

國子生江都葛洞校正

馬端肅公奏議卷之十三

---

① [校] 兩:崇禎本作"南"。
② [校] 虜患:《四庫全書》本作"邊患"。

馬端肅公奏議卷之十四

同郡後學魏尚綸編集

乞恩優容言官事

少師兼太子太師、吏部尚書臣馬文升等謹題，爲乞恩優容言官事。

照得近該南京守備鄘國公等官朱輔等會同南京守備內臣奏，據南京旗手衛指揮史顯章等呈稱，南京工科給事中徐沂倚酒恃醉，於長安右門要點官軍，將軍人張保兒責打及盤出銅鈴。等情。備由參奏前來。蒙將徐沂差官提解來京問理。隨該給事中徐沂奏稱，奉例點閘守禦官軍於西長安門，點下不到數多，該管官員誠恐照例參究，捏呈守備官處，以致參奏。乞要辯明。等因。事下所司，未經問理覆奏。

臣等看得南京守備鄘國公等官朱輔等奏，據指揮史顯章等所呈前項情由，則給事中徐沂誠當有罪。若據徐沂所奏，則點閘守衛官軍亦係職分，當爲彼此各執一詞，是非曲直，未見明白。其朱輔等任專守備，以皇城門禁爲重，既據所呈，法難中止。但傳聞徐沂平昔銳意言事，勉於盡職，頗有中傷之疑。其事情虛實，臣等未敢懸度。切惟朝廷設置言官，所寄最重，必須保持愛護，庶敢盡其言責。若於言官一有小失，不待勘明，即加罪譴，則各懷患失之心，將必以言爲諱。凡有大奸大惡，誰肯爲陛下言之？其於治體，所損非細。

仰惟皇上即位以來，未嘗輕易罪一言官，所以各官感激而思欲盡職也。伏望皇上軫念言官有益國家，恢宏聖度，少霽天威，將徐沂曲賜寬宥，以釋前疑。則皇上優容言官之量，實有同於天地矣。臣等干冒天威，不勝戰慄懇悃之至，謹題請旨。

弘治十六年正月初九日具題。

次日，奉欽依："徐沂待問來發落。欽此。"

豫防點虜奸謀事①②

少師兼太子太師、吏部尚書臣馬文升謹題，爲豫防點虜奸謀事。

---

① ［校］國圖本、《四庫全書》本未收錄此篇。
② ［校］豫防點虜奸謀事：崇禎本作"爲豫防點虜奸謀事疏"。

臣於六月十七日偶患泄瀉，變成痢疾，脾胃虛弱，不能朝參，一向注門籍在部管事。每見通報大同守臣具奏，虜中走回人口傳說小王子奸謀，續開大同軍馬九千，被賊圍困一夜，幸得無虞。又聞宣府達賊擁衆入境，被我官軍斬獲賊級八顆，得獲達馬兵器等件。又聞朶顔衛進貢夷人到京，該大通事譯審得說稱，本衛大頭目阿兒乞蠻與小王子結親和好。等情。其事未知的確。臣先思往年，三衛達子偷盜大虜馬匹，經過大同、宣府邊上，俱來報說：我每在大達子營偷馬回還，老營在某處，報的知道。今將一年，宣、大二邊守臣俱不曾奏報。前因。臣已疑有彼此相和之意。且正統十四年，朶顔等三衛達子與虜酋也先相和，故有土木之禍。臣又聞此虜大衆，①即目俱在宣府地方住牧，亦有東行者，而大同無賊。竊疑此虜奸謀，若寇宣府，山勢險阻；若寇大同，邊牆重復。又各有精兵，兼調延綏游擊官軍在此，虜意交鋒之間，彼此各有所傷，或被朶顔衛爲彼鄉導，引領大衆俱到本衛地方札營。或留虜衆在於大同、宣府邊外，制我之兵，不敢東行。彼無後顧之慮，分遣精銳，或從喜峰口，或從燕河營，彼處山勢平漫，不數十里即係腹裏，居民稠密，人口、頭畜頗多，彼賊朝入搶掠，夕可計歸。彼處軍勢寡弱，豈能支持？在京臨時發兵，不無緩不及事。成化年間，朶顔衛達子曾由此處而入，搶至永平地方，如蹈無人之境。若此虜熟知道路，剽掠日久，京師未免戒嚴，畿民爲之驚擾，其爲國家之患非細也，不可不早爲之禦。

　　如蒙乞敕兵部，一面於團營揀選馬步精銳官軍三千員名前去永平，再選步兵三千員名前去密雲，各整點器械齊備，令知兵武臣管領操候；一面選差乖覺舍人或職官，星馳前去宣府、大同，會同鎮巡等官哨探大虜即今在何處，有無東行消息，或俱在宣府地方爪探的確，作急回奏。如果東行，即將原定二處軍馬就便起行，前去所據地方操守，遇賊侵犯，相機截殺，務在度時審勢，不可輕率誤事。又恐此虜譎詐，聲東寇西，彼此不可不防。復慮擁衆之賊，三千之兵恐難捍禦。但此時達馬未經控掠，不敢馳騁，秋涼之後，必肆猖獗。思得下班官軍休息將及半年，合無兵部奏差屬官二員分投前去，將德州並德州左、天津三衛秋班馬隊官軍催點齊足，俱限八月初起程，取便俱赴永平，聽候欽差武臣一併提調操守。及將河間等三衛並保定等五衛馬步官軍及原選土達俱在本城，平山衛官軍亦在本衛，定州衛官軍俱在本州，真定等衛並寧山衛及平定千戶所官軍俱在真定，各如法操練。

　　仍乞欽命知兵武職大臣一員，前去往來提調防守，務在愛養存恤，不許生事科擾。若大同、宣府聲息緊急，先將前項各城精銳步軍分散各關口，協同守把。其馬軍遇有入關賊寇，相機戰守。若大虜俱在東路出沒，總兵等官統領聽征官軍前去剿殺。如果西路無事，馬隊秋班官軍該赴京者仍舊赴京。其在京春班官軍，若係選作聽征之數者，且不令下班，留之以實京師。如邊方無重大聲息，仍令暫且下班休息，不許遠散，有警一聞調遣，即赴前擬各城操守。庶東、西二路各有其備，倉卒之間，不致誤事，亦可以拱護神京。但京師者，天下之本，京師之兵不可空虛。若只依前擬，或又調遣赴邊征剿，未免京師兵少，非居重馭輕、保固宗社之計。

---

① ［校］此：崇禎本作"北"。

臣思得順天并保定等八府原有選定民兵八千餘名，選用民兵，止須郡縣得人，自能訓練，可濟實用。比先真定府知府張琡、大名府知府李瓚，俱能操練，儘堪調用。經今數年，恐致廢弛，萬一賊勢猖獗，再無應援之兵。若將此等民兵用心操練，臨時亦可調用。合就令兵部差去官員，一員在於真定等四府，一員在於保定等四府，將各府所屬原僉民壯，俱從容調取赴府，督同本府掌印或佐貳能幹官逐一揀選，分爲二等，一體操練。一則可以振揚威武，一則可以守護地方，亦可以爲京師之援。揀選畢日，造册在官。仍每名免户下三丁，專一供給盤費，其馬匹、盔甲、弓箭什物，宜從兵部設法整理。此外再無增兵之法。

如蒙乞敕兵部，將臣所言參詳斟酌，上請定奪。況患當預防，謀貴早定。臣忝任大臣，同國休戚，濫受厚恩五十餘年。恭惟皇上累下敕旨，銳意講武，選將練兵，以禦虜寇。雖古殷高、周宣，亦不能過此，宗社無疆之福也。臣聞兹虜情，深切憂懼，雖在病中，曲防之心未嘗有忘。況蒙聖恩，命醫調治，臣尚未能出，偶有所見，故不避出位之譏，冒昧上陳。伏乞聖明留意，特賜省察。

緣係預防黠虜奸謀事理，未敢擅便，謹題請旨。

弘治十七年七月初七日具題。

本月初九日，奉欽依："兵部便看了來説。欽此。"

經略近京邊備以豫防虜患事①②

少傅兼太子太傅、兵部尚書臣馬文升謹題，爲經略近京邊備以豫防虜患事。

職方清吏司案呈：切惟患貴豫防，事貴有備，蓋有備則無患，若患至而圖之，亦已晚矣。尚何益於事哉！故《書》曰："制治於未亂，保邦於未危。"《詩》曰："迨天之未陰雨，徹彼桑土，綢繆牖户。"是皆思患豫防之意，有天下國家者不可不加意焉。

仰惟我太祖高皇帝平一四海，君臨天下之後，以西北邊境與胡虜密邇，慮爲邊患。故於甘州設立陝西行都司，寧夏設立五衛所，大同設立山西行都司，宣府設立萬全都司，古營州設立大寧都司，於遼東古襄平設立遼東都司，各統屬衛。如臂指之相使，氣脉之相屬，以捍禦夷虜。又分封肅、慶、代、谷、寧、遼六王於甘州、寧夏、大同、宣府、大寧、遼東，凡百軍馬，俱聽節制，以藩屏王室。遇有寇賊侵犯，就命各王挂印充總兵官征剿。各邊初無總兵、鎮守、巡撫官之設，彼時胡虜遠遁，邊方寧謐。聖祖於西北設兵禦虜之謀，深且遠矣。迨我太宗文皇帝肅清內難，嗣登寶位之初，遷都北平，親統六師，將勇兵強，武備極盛，所以虜遁漠北，不敢南牧。遂將大寧都司掣於直隸保定府所屬，營州等十數衛俱掣於畿內，寧王亦遷於江西布政司，却將其地分與今朵顏等三衛達子居住，此以酬三衛夷人翊戴之功，故分地與之，然中國之險亦失矣。除官降印，爲我藩籬，神謀睿算，固有在矣。且三衛達子每歲朝貢來京，朝廷優待隆厚，彼時

---

① ［校］國圖本、《四庫全書》本未收録此篇。
② ［校］經略近京邊備以豫防虜患事：崇禎本作"爲經略近京邊備以豫防虜患事疏"。

固不敢爲大患。但彼狼子野心，終存夷性。往年虜酋也先犯順，彼曾爲之鄉導，以犯我京師。且甘涼、寧夏俱在河外，大同、宣府內有偏頭、寧武、雁門、紫荊、居庸等關，其險可據，外有邊墻，重兵可恃。遼東亦有山海關之固。惟永平、薊州一帶因挈去大寧都司并所屬衛所，再無藩籬，所以與胡虜止隔一山，不及二十餘里。內俱畿甸之民，生畜繁多，素號殷富。宜如各邊鎮、巡等官，同居一城，團操軍馬，大振威武。外以懾服胡虜，內以拱衛京師，乃爲上策。但先自正統九年，大軍征剿三衛達子之後，止命都指揮一員在於獅子峪鎮守。至景泰年間，方命通政鄒來學往來整飭邊防，以後漸添鎮守內臣并總兵官、巡撫都御史。今總兵、太監、都御史各居一城，相離窵遠，分統軍馬，會議邊事，止是行文。況設立邊營四十四處，關一百一十二處，寨七十七處，俱要分布軍馬在內，兵分勢寡，應援實難，其與各邊鎮城事體大有不同。而分守關寨官軍，見在者少，賣放者多。總兵、太監、都御史所統者多不過三四千，各添將所統不過二三千。各城操練又無一定之規，徒使兵分，無益於事。目下鼠竊狗偷之賊固不足慮，倘遇大虜，兵難卒集，憑何捍禦？況今虜酋火篩部落日衆，奸謀日深，往往敗我邊兵，得其厚利，已有輕我之志。其三衛達賊最爲狡詐，永平道路無不周知。萬一被大虜收併，爲彼前驅，從燕河營等處平漫地方而入，相近京師不遠，其患有不可言者矣。且永平自古爲盧龍大郡，曾設節度，久屯重兵。今本邊關係甚重，而防守疏略，有識者爲之寒心。已嘗具呈本部，奏行鎮守、總兵、巡撫等官計議，各邊地方俱分三路以守。本鎮守臣各居一城，各領軍馬，不分地方，恐難商度，仍看某城寬大，可容鎮、巡等官團操軍馬，會議邊事。所守地方應否分作三路，各有所司，續該各官回奏，別無大城可居。雖居一城，有警分投領軍應援，亦使反覆論辯，意在從舊。本部議得，各官所處，若果舉行無遺，皆能善後。合無行移各官再加詳審，是應題奉欽依"行移。欽遵"去後，未見奏報。慮茲虜患，不可不重爲處置。案呈到部。

　　臣等看得，永平一鎮密邇京師，切近胡虜，委的藩籬單薄，武備廢弛，軍馬未精，邊墻少固，事體不一，他日恐誤大事。臣等叨任大臣，當爲國謀，必須差遣大臣，往彼經略，庶保經久無虞。合無將本部并各部、都察院、通政使司、大理寺并其餘三品以上衙門堂上除掌印正官外，通行疏名上請。簡命識達事體、諳練老成官一員，不係憲職者兼以憲職，請敕前去薊州，會同鎮巡等官，自密雲起直抵山海關，逐一相看。某寨、某關不係緊要去處，應當減去，止令修築墻垣，或斬削偏坡，務令高堅陡峻，不通人馬；某處當修築高墩，以便瞭望；某營寨合當移於某處，某處可總屯軍馬若干，某處營寨軍馬當減去若干，某處當蓄糧草若干。其太監總兵官、都御史、副總兵各處一城，於事體邊務有無便利？今若將退出各將關寨營堡并三屯、建昌二營官軍，并鎮守太監總兵官、巡撫都御史、協守副總兵同處一處，當居何城？或可在永平城內，或於三屯、建昌二營某城，可以增展以容；或當另築一大城同處。如各邊事例，會議邊事，同操軍馬。其三屯、建昌二營官軍或當量留，各積糧草，遇有警急，以便軍馬駐札，互相應援。其沿邊小營，應該若干里存留一營，其餘盡行減去。凡百合行事宜，輕者從宜處置，重者具奏施行。

　　仍將各營寨關堡防守官軍逐一點選，上等者俱存留總鎮并燕河、馬蘭峪、密雲三營，依法團操,務使精勇,堪以禦敵。及相度潮河川新開河口有無利益,既有新修柏楂山之險,本口應否閉塞。及查團營發去興營、薊州等二十一衛所官軍,已到若干,未到若干,并一應軍器馬匹有無堪用,不致誤事。相度處置停當,明白畫圖貼説,具奏前來,以憑上請定奪。其修築工程一時促未能完者,俱付之守臣以漸而完。受命大臣務要竭心殫慮,歷險涉高,大爲久遠之圖,勿應目前之計。其於委任,斯無所負。事畢具奏回京。

緣係奏遣大臣經略近京邊備以防虜患事理,未敢擅便,謹題請旨。

緊急賊情事①

都察院左副都御史臣馬文升謹題,爲緊急賊情事。

該陝西布政司呈,據經歷司呈抄,蒙户部員外郎谷琰案驗,節該欽奉敕:"今延綏賊情緊急,已命右副都御史王越總制大同、宣府,游擊將軍范瑾、許寧各領馬隊官軍三千員名前去彼處,會同殺賊。合用糧草宜預爲整備。特命爾星馳前去陝西,會同巡撫左副都御史馬文升并巡按御史,坐委都、布、按三司堂上官各一員,起倩軍餘民夫,於附近有糧去處攢運,隨軍供給。如有不敷,就同巡撫等官多方區畫運用,務在軍餉不乏。不許假此別有科擾,貽害軍民。欽此欽遵。"抄呈到司,備呈到院。行間續准户部咨,亦爲前事。案查先准本部咨,爲賊情聲息事。已將户部送到官銀運送榆林等處布、按二司監收糧斛官員處,折與官軍,准作月糧,存省糧料。及發仰延安府所屬收買糧料收貯,并管糧參政龐勝、分巡分管地方參議楊璧、僉事吕璨前去,再行設法整理糧料、草束,預備支用。去後。今該前因,會同户部員外郎谷琰,都、布、按三司左布政使等官婁良等,計議得延綏等處達賊犯邊,見調大同、宣府馬隊官軍前去彼處策應截殺。本邊各堡雖遞年民運糧料、草束,但軍馬數多,支應浩大,又恐達賊未退,軍馬駐札日久,前項料草不敷。除再委右布政使余子俊、副使郁文、都指揮同知吴榮於延安府所屬州縣并延、綏二衛起倩軍餘人夫,於本府延豐倉及綏德州廣盈倉并神木縣倉收貯官草内共攢運二十萬束,料豆内共攢運五萬石,及綏德、延川等州縣收貯官草内共攢運二十萬束,俱赴管糧參政龐勝處定撥。缺少料草,堡分交納。又於寧州廣惠倉攢運料豆一萬石,於慶陽府衛起倩人夫,運赴安邊營交收,聽候支用。及將西安、延安二府存收馬草改撥二十萬束,運赴榆林城上納。及行令參政龐勝將解去折草銀兩,於沿邊各堡并延安府所屬迤北州縣有草軍民之家,盡數報官收買應用。及行延綏巡撫及在邊布、按二司管糧官員,從宜先將在官銀兩折與彼處有馬官軍,自行買草,存留草束以待客兵支用外。照得榆林、寧夏花馬池、安邊等營俱有達賊在邊駐札,節次入境搶掠,及瞭見境外營盤烟火數多。近據虜中走回人口傳報,達賊今年要在河套居住,往西搶掠。倘再動調軍馬前來截殺,必須預備糧草供給。誠恐各處調到軍馬數多,見在并攢運糧草有限,若不預爲區處,臨期恐有缺乏。

---

① [校]國圖本、《四庫全書》本未收録此篇。

查得各營堡倉糧頗彀支用，但恐料草不敷。區畫之方，陝西民困財竭，斷不可行。臣欲將戶部先因陝西、四川地方不寧，議擬奏准上納糧草已行停止條例內，摘其事體允當、有益軍餉者，再行申明。及將先因臣奏蘭縣缺糧，戶部開到淮、浙等處存積成化等年在場官鹽，那借二十萬引，通行河南、山西、陝西，出榜依擬，召人於延綏、榆林城軍馬駐處上納料草，以備應用。

緣係預防供給軍餉事理，未敢擅便。開坐具本，專差舍人徐信賫捧，謹題請旨。

計開：

一、陝西大小衙門三年、六年考滿官員，於榆林等處納穀草五百束，就於布政司給由，免其赴京，仍將牌冊呈繳吏部稽考。

一、陝西、河南、山西所屬兩考役滿吏典，有能納料豆一百石者，起送赴部，免其辦事，考試就撥京考；納豆一百二十石者，就於本布政司撥補，三考滿日，赴部免考，就與冠帶辦事；納豆二百石者，并在京各衙門辦事吏典有願納料豆一百石者，俱免京考，就與冠帶辦事，俱挨次選用。

一、陝西、山西所屬民家子弟，有願充知印者，納豆二百石；充承差者，納豆一百石。俱於本處都、布、按三司聽候，挨次撥用。

一、陝西、山西、河南、北直隸軍民、舍餘人等，有能自備料豆，於榆林城上納八十石者，給與正九品散官；一百石者，給與正八品散官；一百二十石者，給與正七品散官。完日，就彼冠帶，所司給與文書、執照，望闕謝恩。仍類奏行吏、兵二部知會備照。

一、陝西、山西、河南布政司并北直隸所屬陰陽、醫學、僧道衙門有缺官者，陰陽、醫學於額設陰陽、醫生內頗精術業者，僧道於本處寺觀住坐、僧道曾經請給度牒、戒行端嚴者，納豆一百石，所司給與文書，徑送吏部查照入選，免送禮部并欽天監、太醫院、僧錄司投文考試。已上納料條例，遇有缺草去處，每豆一石該納草一十束，俱赴陝西布、按二司管糧官處定撥貼邊缺少草料倉場上納。

一、蘭縣倉開中淮、浙等運司各年見在存積鹽課共八十萬七千一百八引，今擬於內改撥榆林城廣有倉上納。淮、浙各年引鹽二十萬引。兩淮運司成化三年存積鹽二十五萬三千一百八引，原擬每引六斗，米四斗，麥二斗。今擬於內改一十萬引，每引納料豆四斗、草一十束。□兩浙運司成化元年存積鹽二十萬引，原擬每引三斗，米二斗，麥一斗。今擬於內改一十萬引，每引納料豆二斗或草五束。缺。

國子生江都葛洞校正

馬端肅公奏議卷之十四

馬端肅公奏議卷之十五

同郡後學魏尚綸編集

陳言申明職掌清理刑獄事

都察院右副都御史臣馬文升謹題，爲陳言申明職掌清理刑獄事。

陝西道呈，刑科抄出大理寺右寺右評事魯永清奏："竊聞刑者，民命所關。刑清則化行，化行則民用和睦而百順至，否則天降灾譴而百异興。自古君天下者，未有不以刑獄爲重也。仰惟皇上初登寶位，維新治化，首頒明詔，大赦天下。是以久禁囹圄者，悉蒙大造之恩；犯至死刑者，多獲再生之德。中外歡騰，華夷稱慶。和氣生周於兩間，嘉祥已彌於六合。故郊祀一舉而瑞日增輝，籍田一耕而靈雨即降。是皆聖德和氣感召之所致也。太平休徵，何以加此？將見五穀豐登，刑期無刑，誠有在於今日。臣幸際明時，備員法曹，顧所司者刑名，所專者參駁，不敢越職妄言。謹以目擊耳聞，弊所當革，有關職掌并不便事件，條成五事，上瀆天聽。伏乞優容采擇施行。"等因。具本。該通政使司官於奉天門奏奉聖旨："該衙門知道。欽此欽遵。"抄呈到院。除"均地方以便審錄"一件行移吏部施行，及"遵律令以平刑罰"等三件先已詳議具奏外，內一件"詳律意以重大辟"。節該伏睹宣德三年三月初四日，欽奉宣宗皇帝敕諭內載："聖人制刑罰，用昭天討，以弼治化。刑罰當，則天道和平，人心悅服，國家天下並受其福；否則感傷和氣，灾沴百出。是以古者帝王必慎簡刑官。我國家稽古爲治，建三法司，自祖宗以來，慎重人命，務在恤刑。欽此。"

及讀《大明律》"保辜限期"內一條："手足及以他物毆傷人者，①限二十日；以刃及湯火傷人者，限三十日；折跌肢體及破骨墮胎者，無問手足他物，皆限五十日。"莊誦再三，不能無疑。夫鬥毆成傷，既立辜限，則辜外身死，當依本條。今律云："辜內因傷死者，以鬥毆殺人論，該載已明。其在辜限外，及雖在辜限內，傷已平復，官司文案明白，別因他故死者，又若各從本毆傷法，該載亦明。"今問刑衙門未審據何所見，遇有毆傷辜外死者，不分原傷有無平復，輒依"毆殺"之條坐以絞罪，恐非律文之意。曰："辜外因傷死者，不合償命，則死者何辜？"誠如所云，則"辜限"一條可以刪去矣，何用保辜哉！況本條又云："若折傷以上，辜內醫治平復者，各

---

① ［校］手足及以：《四庫全書》本作"以手足及"。

減二等；辜內雖平復，而成殘廢、篤疾，及辜限滿日不平復者，各依律全科。"切詳立限之意，惟以限滿爲期。若傷未平復，辜限一日不滿，雖笞、杖之輕，未敢便決。蓋恐被傷者死，必令償命，則杖刑難贖。若辜限已滿，傷未平復，雖徒流之重，就便斷決，隨即發遣。且限滿不平復，毆傷必重，有死之理。若該償命，豈肯遽以毆傷全科其罪乎？假有毆人至篤疾，該杖一百、流三千里，仍將犯人財產一半斷付篤疾之人養贍。設使被毆之人限滿不平復，既將犯人坐以全流，又斷以財產，若斷後被毆之人因傷身死，復坐以死，則非惟立法無有紀極，而前之已流斷付財產又何所處乎？今笞、杖、徒、流悉依此斷，獨辜外死者不依此條，何其不考律意，而矛盾若是也！

及睹"墮人胎"條內注云："墮胎者，謂辜內子死者，乃坐。其雖因毆，若辜外子死者，各從本毆傷法，不坐墮胎之罪。"以此推之，則辜外因傷死者，不坐以死明矣。謹按太祖高皇帝制律之時，屢詔大臣更定新律，至五六而弗倦者，凡欲生斯民也。後又敕刑部尚書劉惟謙重會衆律，以協厥中，每一篇輒繕成書上奏，揭於西廡之壁，親御翰墨，爲之裁定。雖笞、杖、徒之輕，尚歷歷明著其罪。若辜外因傷死者，律該處死，必明定其罪，何如又云"各從本毆傷法"乎？昔待制馬宗元之父馬麟毆人致死，雖在辜限四刻之外，尚不抵死。蓋以刑主欽恤，法無久近，我祖宗立法初意正在於此。故《名例律》云："凡稱日者，以百刻。"又曰："八十以上，十歲以下，犯反、逆、殺人應死者，議擬奏聞，取自上裁。九十以上，七歲以下，雖有死罪，不加刑。"夫五刑之條，莫重於反、逆、殺人，矜其老幼，猶不加刑。況鬥毆不過一時忿怒，彼此交爭，初無殺意，比之謀殺、故殺不同，所以特立辜限。若辜外因傷死者一概坐以絞罪，是與辜內因傷死者之罪無異矣，豈祖宗欽恤之意乎？《傳》曰："死者不可復生，斷者不可復續。"一或失當，則刑斯濫矣。昔高宗以刑不濫而致中興，寇準以刑不平而爲旱魃。刑之所繫如此，可不慎歟！《書》曰："罪宜惟輕，與其殺不辜，寧失不經。"又曰："欽哉，欽哉，惟刑之恤哉！"此之謂也。伏乞斷自宸衷，或敕都察院會議，奏請通行內外問刑衙門，今後問擬鬥毆辜外因傷死者罪名，合無照依辜限條內該載擬罪，難復仍依鬥毆殺人律條科斷，務求至當，永爲定規，毋曰"行之已久，難以更改"。如此庶欽恤稱情，人心悅服，而"辜限"一條不致虛設矣。

查得先該本院奏，爲講明律意以重民命事。近年以來，兩京法司官員或由進士初除寺正、寺副、主事、評事，或由知州、行人就升員外郎、郎中，而御史亦多知縣所除。到任之後，未經問刑，就便斷獄公差。所以於律條多不熟讀，律意亦不講明。所問囚人，不過移人就律，將就發落，笞、杖、徒、流縱有所枉，爲害未大。至於人命，一有所冤，關繫非輕。有將強盜窩主未曾造意同謀，官吏因公毆人致死，本無挾私故勘，而俱擬斬罪者；本係故殺，却擬鬥毆殺人絞罪者。其他以是爲非，以重作輕，且以法司尚然，則其餘府、州、縣、衛、所囚犯枉抑而死者，又不知其幾何？此皆原問官員律學未講、律意未明之故也。乞敕兩京法司堂上官督令所屬，天下都、布二司督令斷事、理問及浙江等按察司官并各府推官，各要將大明律條熟讀講解，深明其意，不許似前忽略，置而不講。其問囚之際，參錯訊鞫，務在得其真情，方纔取招。議罪之時，尤須原情定擬，不許輕易，致死有冤抑。獄成之後，難以分辯明白。等因。具題。奉聖旨："是。欽此。"已經通行欽遵去後。

今評事魯永清奏稱：前因臣會同刑部尚書何□、大理寺卿馮□等計議，切惟律條之設，肇自往古，我朝斟酌，最爲適中。且互相鬥毆，若於虛怯致命去處被傷，即時身死者，律有明條，固不暇論。其餘致傷有輕重，所以辜限有遠近。保辜者毆人成傷，保其犯人之罪，責令醫治被傷之人，恐其致死，使彼此各全其生也。《律》曰："辜限内皆須因傷死者，以鬥毆殺人論。"律條甚明，固無別議。又曰："其在辜限外，及雖在辜限内，傷已平復，官司文卷明白，別因他故死者，各從本毆傷法。且其者變於先意，及者事情連後。"是言若在辜限内，傷已平復，不因毆傷，別無他病死者，止擬毆傷本罪，不坐毆殺之條。曰"別因他故死者，從本傷法"，則限外因傷死者，雖不明開以鬥毆殺人論，而其意亦甚明矣。不然，何以折傷以上，又曰"辜限滿日不平復者，依律全科"？且折跌人肢體致成殘廢、篤疾，尚流三千里，又將犯人財産一半斷付被傷篤疾之人養贍。若因毆人頭傷，風從頭瘡而入，限外死者，既不坐死，又不斷付財産，而止擬毆傷流罪，則是於死者反輕，於生者反重，不惟死者含冤於地下，而彼孝子慈孫亦抱恨於生前矣。再考《祥刑要覽》載，待制馬宗元之父麟毆人被繫守辜，而傷者死，將抵法。宗元推所毆時在限外四刻，因訴於郡，得原父死者。蓋《唐律》文云："保辜限内死者，依殺人論；限外死者，依本毆傷法。"無"別因""他故"字樣，於我朝《大明律》"保辜"條内文意自不同也。但人多不肯講明，往往引宗元爲説而致疑耳。且人命至重，律文之意，况限外因傷而死者，擬以鬥毆殺人絞罪。自國初至今，已逾百年，若有所擬，①前人豈不具奏？合無今後凡鬥毆傷人，如前折跌人肢體、毁敗人陰陽、破人骨、墮人胎、斷人舌等傷，官司責其保辜限内不能平復，纏綿至於限外而死，情真事實者，仍擬鬥毆殺人絞罪。原問衙門臨時備由，奏請定奪。其辜限内傷已平復，官司文案明白，別因他故死者，務與推究真情，力爲辯明，不許拘於限内，畏懼原告刁潑，將被告之人一概問擬死罪，致有冤抑，有傷和氣。庶於律意不違而刑罰罔濫，事體歸一而法司有據。

緣係申明律意及奉欽依"該衙門知道"事理，未敢擅便，謹題請旨。

講明律意以重民命事②

都察院左都御史臣馬文升謹題，爲講明律意以重民命事。

伏睹《大明律》内一款："凡國家律令，參酌事情輕重，定立罪名，頒行天下，永爲遵守。百司官吏務要熟讀，講明律意，剖決事務。每遇年終，在内從都察院，在外從巡按御史、提刑按察司官，按治去處考校。若不能講解、不曉律意者，初犯，罰俸錢一月；再犯，笞四十，附過；三犯，於本衙門遞降敘用。"欽此欽遵外，切惟國家大事，莫先於刑獄。刑獄所重，莫先於人命。蓋以死者不可復生，斷者不可復續。一婦含冤，三年不雨；匹夫結怨，六月飛霜。以其冤抑之

---

① ［校］擬：《四庫全書》本作"疑"。
② ［校］講明律意以重民命事：《四庫全書》本作"講明律意以重民事"。

氣,有以傷天地之和,召水旱之灾,自古帝王莫不慎之。故《舜典》有"欽恤"之言,《周書》有"敬慎"之戒。下至漢唐,法家多取專門。趙宋刑官,設科取士。皆所以慎刑獄而重民命也。

仰惟我太祖高皇帝膺天眷命,奄有萬方。臨御之初,屢詔大臣更定《魏律》至於五六,爲之弗倦,以求至當。復命刑官重會衆律,親御宸翰,爲之裁定,務協厥中,而於人命尤致意焉。是以當時司刑官員多所用心,而於律意務爲講明,鞫讞之際,少有失平,陰陽以和,風雨以時,而天下無冤民矣。①

近年以來,兩京法司官員或由進士初除寺正、寺副、主事、評事,或由知州、行人就升員外郎、郎中,而御史亦多知縣所除。到任之後,未經問刑,就便斷獄公差。所以律條多不熟讀,而律意亦未講明。所問囚人,不過移情就律,將就發落,且笞、杖、徒、流縱有所枉,爲害未大。至於人命,一有所冤,關繫匪輕。且如強盜窩主重在造意,若窩藏強盜而不曾造意同謀,雖分贓,亦難問擬斬罪。又如官吏懷挾私讎,故勘平人,因而致死,重在懷挾私讎。若因事到官,但有笞罪,雖勘致死,亦可止問擬因公毆人至死徒罪。又如故殺、鬥毆殺人,若兩人相爭,互相毆打,毆死一人,則名"鬥毆殺人";一人未曾動手,一人於彼致命去處有意致死,則名"故殺"。此等律意,人多忽略。有將強盜窩主未曾造意同謀,止是分贓,及官吏因公事毆人致死,本無私讎,故勘情由而俱問擬斬罪者;有本係鬥毆而問擬故殺斬罪者;有本係故殺而却擬鬥毆殺人絞罪者;甚至謀殺、故殺無屍檢驗而問擬斬罪,輒取情真罪當奏請處決者;或本因與人妻妾通奸,其夫別項身死而問擬本婦因奸同謀殺死親夫凌遲處死,奸夫斬罪者。其他以非爲是、以重作輕者非一。

查得數年之間,天下布、按二司等衙門呈詳死罪重囚,本院并刑部詳擬明白,大理寺復詳合律,該科覆奏處決。幸蒙憲宗皇帝慈愛仁厚,不忍殺人,止令監着。恭遇皇上嗣登寶位,重念刑獄,屢下明詔:"強盜無贓仗,人命無屍檢驗者,具奏定奪。"其節年原監該決重囚,近日辯理寬宥者亦多。若使當時就令處決,則含冤而死者不知幾人矣。其所以傷和召灾者,果誰之咎歟?法司尚然,則其餘府、州、縣、衛、所因犯枉抑而死者又不知其幾何矣。此皆原問官員律學未講、律意未明之故也。況府、州、縣官員多有不曉刑名、不知律意者。遇有刑名事務,多有不能剖決問理,而惟聽於主文之人。蓋由巡按御史、按察司官按治去處不行考校之故也。②

如蒙乞敕兩京法司堂上督令所屬官,天下都、布二司督令斷事、理問及浙江等按察司官并各府推官,③各要將大明律條熟讀講解,深明其意。不許似前忽略,置而不講。其問囚之際,參錯訊鞫,務在得其真情,方纔取招。議罪之時,尤須原情定擬,不許輕易致有冤抑。獄成之後,難以辯明。及通行天下大小衙門并兩京部屬官吏,各置《大明律》一本,朝夕熟讀,用

---

① [校]冤:《四庫全書》本作"怨"。
② [校]巡按御史:《四庫全書》本作"巡撫御史"。
③ [校]天下都、布二司督令斷事理問及浙江等按察司官并各府推官:《四庫全書》本作"天下都、布二司督令斷事理問及浙江等處按察司官並各府推官"。

心講解，務曉其意。仍通行各處巡按御史、按察司、分巡官按治去處，①遵依《大明律》內事理，從公考校。若有不能講解、不曉律意者，依律施行。當奏請并降用者，徑自具奏發落。仍乞敕吏部行移法司，將撥去辦事進士，就令與見任官員一同問刑。以後該選之時，兩京法司有闕，先儘各衙門問刑進士除授；如果法司無缺，方令除授別部等衙門，是以前代刑官設科取士之意也。庶使人精法律而刑鮮濫施之弊，獄無枉抑而世底刑措之美。

緣係講明律意以重人命事理，未敢擅便，謹題請旨。

弘治元年　月　日題。

申明舊章以正罰俸事②

兵部尚書臣馬文升謹題，爲申明舊章以正罰俸事。

伏睹《大明律》內一款："凡祭祀及謁見園陵，若朝會行禮差錯及失儀者，罰俸錢半月。欽此。"又伏睹《大明令》內一款："凡民官月俸，錢米相兼，罰俸止罰俸錢。軍官月俸全米，如遇罰俸，合與民官一體扣算，追罰俸錢。欽此。"此我聖祖立法，蓋因文武官員凡有小過，輕犯不即加罪，止是罰俸，而又止罰俸錢，猶存俸米，使之得以養其妻子，不至失所。情法兩盡，其仁愛優恤臣下之心，雖古帝王無以加矣。但令內所載，年久未曾申明。近年以來，文武官或有大小罪責，荷蒙朝廷寬容，罰俸有一月、二月者，有四月、五月者，戶部行令，將月俸不分錢米，盡行住支。況邇因水旱災傷，倉糧數少，即今各官月俸，止支本色米三分，折色錢鈔七分。若不分錢米，全不關支，妻子無所養贍，未免啼饑。大官猶可，小官何以度日？誠非聖朝頒祿養廉，古者既富方穀之意也。

恭惟皇上嗣位以來，凡事法祖，一應舊章悉皆舉行，天下臣民不勝慶幸。如蒙乞敕戶部遵依《大明令》內所載事理，通行在京大小衙門，今後凡奉欽依罰俸者，止將月俸折色錢鈔照數住支，仍存本色養贍妻子。庶祖宗舊章得以昭明，罰俸官員感蒙惠澤。

臣叨任大臣，事干國體，職所當言者，不敢緘默。

緣係申明舊章以正罰俸事理，未敢擅便，謹題請旨。

弘治二年十月　日題。

奉聖旨："是。"

申明律意以弭盜賊事③

太子少保、兵部尚書臣馬文升謹題，爲申明律意以弭盜賊事。此疏是端肅公爲大司馬時所

---

① ［校］巡按御史：《四庫全書》本作"巡撫御史"。
② ［校］申明舊章以正罰俸事：崇禎本作"爲申明舊章以正罰俸事疏"。
③ ［校］申明律意以弭盜賊事：崇禎本作"爲申明律意以弭盜賊事疏"。

上，是邦政之大者。

切惟爲治莫先於德教，輔治莫先於刑罰。非德教無以化導乎人心，非刑罰無以懲戒乎奸宄。故在帝舜之世，契敷五教，而皋陶典刑以弼其教。是知自古帝王之御天下，未有舍此而能致治者也。

洪惟我太祖高皇帝膺天眷命，奄有萬方。當殘元人主之後，法度廢弛之餘，以爲刑乃輔治之具，不可不明。首命大臣更定新律，以一人心；又命刑官重會衆律，以協厥中而垂法萬世，其勸善殫惡之意無以加矣。且五刑之屬三千，而罪莫大於十惡，十惡之外，而情莫重於強盜。何則？強盜之行，執兵、持刃，生殺在乎掌握；劫財、奸淫，操縱隨其意欲。比之叛逆之徒，相去不遠。所以"強盜"條云："凡強盜得財，不分首從皆斬。例該決不待時。"所以禁暴去惡，懲奸止亂，而輔治者也。祖宗朝，凡錦衣衛捉獲強盜，綁赴御前引奏者，俱奉綸音。三法司、錦衣衛午門前當時會問明白，隨即具奏，奉有欽依，刑科三覆奏就行處決，或有不待三覆奏而處決者。此亦止盜肅治之要道也。所以良善者知所勸，奸惡者知所懲。典刑既正，盜賊屏息。至天順三年九月二十五日，該司禮監官傳奉英宗皇帝聖旨："人命至重，死者不可復生。自天順三年爲始，每至霜降後，但有該決重囚，着三法司奏請，會多官，人每從實審錄，庶不冤枉，永爲定例。欽此。"蓋專指律該秋後處決重囚，臨決之際，恐有冤枉，故令三法司會多官審錄，即古帝舜欽恤大禹泣辜之心也。恐強盜、重囚不在其內。且強盜既該決不待時，緣何監至秋後處決？因有前該傳奉欽依，所以一向因循。但係強盜，不分贓之多寡，情之輕重，俱監至秋後，與秋後處決之囚一同會審。比及會審之時，十死七八，存者監禁日久，翻异原情。能言者俱作矜疑，情雖重而不決；柔弱者俱作無詞，情雖輕而行刑。況處決之際，因是囚衆，多至日晚，或至更深，人多不見，甚非刑人於市，與衆棄之之義。且情犯有輕重，故行刑有遲速，今常若如此，則自此終無決不待時之強盜矣。是強盜與鬥毆殺人者爲無异矣。又非歷代制律懲惡之意，欲強盜之息得乎？

如蒙伏望皇上，今後凡錦衣衛官捕獲強盜，綁赴御前引奏者，乞照先朝故事，敕令三法司、錦衣衛堂上官於午門前會問明白，追有贓仗，擬罪如律，備由具奏，奉有欽依，刑科覆奏，不必監候，隨即處決。中間果有情可矜疑者，亦要明白上請定奪。或有冤枉，亦與辯明。其法司徑問強盜及殺一家非死罪三人凶犯，務在鞫問情犯明白，贓仗真正，毋撓於勢要，毋拘於成案，發大理寺審擬，合律類奏。奉有欽依者，刑科覆奏，亦就處決。庶有以正邦刑而懲奸惡，息厲階而安良善。其律該秋後處決重囚，照舊會審。恭惟皇上寬仁慈厚，實同舜、禹，而臣猶以此言進者，蓋此時強盜恣肆，劫財殺人，全無忌憚，比之往年大有不同。殺一家非死罪三人者，往往有之。若不將強盜、凶徒依律不時處決，則恐厲階自此而生，將來有不可制之患矣。況辟以止辟，刑期無刑，帝王之盛事也。強盜有犯，不時處決，餘賊知警，是"辟以止辟"之意也。蓋兵、刑二事每每相須，惡之小者，以刑治之而有餘；惡至於大，雖兵加之而無益矣。

臣叨掌邦政，弭盜安民乃其職任，苟有所見，事干國體，不敢緘默。

緣係申明律意以弭盜賊事理，未敢擅便，具本親賚，謹題請旨。

弘治七年五月二十七日具題。

二十九日，奉欽依："是。法司知道。欽此。"

潔净皇城門禁以壯國威事

太子少保、兵部尚書臣馬文升等謹題，爲潔净皇城門禁以壯國威事。

車駕清吏司案呈：照得本司官員奉本部札付，輪流差委，不時點閘皇城四門及各鋪守衛官軍，看得北安、東安、西安門外被人作踐，十分不潔，三面糞土，高於門基，若遇大雨，水必内流，恐與門基相平。又恐年復一年，習以爲常，作踐益甚，外面益高，門基益下，以外欺内，尤非所宜。又看得西安門迤北皇城牆下更鋪，門窗多被人偷去，牆壁亦多損壞。又看得東、西長安門外，各有磚砌大街，磚多被人偷盗，或年久破碎，止存土街。其下又被大小車輛經行，風吹水衝，旁低數尺，一遇大雨，積水如河，有礙人行。其皇城下亦被沙壅甚高，或低下數尺。東長安街與會同館相通，凡百夷人入朝，俱從此過，亦多損壞不整。及東、西長安二門外，通水溝渠年久淤塞，水不能行，亦非細故。本司職專點視門禁，理合具呈，乞爲具奏修理潔净。等因。案呈到部。

洪惟我太宗文皇帝遷都北平，營造宫殿，規模宏大，誠有以壯中國之氣象而聳天下之觀瞻也。初成之後，内外禁例甚嚴，無敢輕易作踐者。經今八十餘年，舊例廢弛，守門官軍罔肯巡視，任人作踐，以致如斯。其東、西長安街，往年工部亦曾建議要行用石修砌，但被浮言所阻。况自古稱帝都之盛者，必曰長安。今長安街坍塌如此，誠非盛世所宜。千金之家，門有糞穢，亦必掃除；牆垣損壞，亦須修整，况皇城四門，豈宜如此？

如蒙乞命内官監老成太監一員會同工部堂上官，帶領諳曉風水、陰陽人員，逐一看視。果如該司所呈，如無禁忌，趁今天氣晴明，先將北安、東安、西安三門外堆積糞土，當平去者平去，當整理者整理，水溝當疏浚者疏浚，更鋪當修補者修補。務要外與内平，不致相欺，立爲久遠之規，毋再令人作踐。其東、西長安街道，須用石砌，方可經久。仍乞敕各官逐一計議合用石料若干，工部先行措置停當，候今年秋後，借倩操軍及在京火夫，併工修砌，速爲完畢。庶使禁門潔净，國勢尊嚴。

緣係修理潔净皇城門禁事理，未敢擅便，謹題請旨。

弘治六年四月初九日具題。

次日，奉聖旨："該部看了來説。欽此。"

國子生江都葛洞校正
馬端肅公奏議卷之十五

馬端肅公奏議卷之十六

同郡後學魏尚綸編集

乞恩終制事

丁憂兵部尚書臣馬文升謹奏，爲乞恩終制事。

准本部咨，該臣咨稱：繼母趙氏於弘治四年　月　　日病故，臣係親男，例應守制，所有本部印信，合應咨送收掌。等因。備咨具題。節該奉聖旨："馬文升着奔喪去，葬畢即回任，該部知道。欽此欽遵。"備咨前來。

切念臣受繼母訓誨之恩愛實深，無以爲報。茲聞去世，哀苦不勝，得終三年之喪，庶能報其萬一。今奉恩命，哀感交增，在古雖有奪情之例，多在金革之時，今四夷納款，邊境寧謐。伏望皇上容臣終制，服滿即當赴京。罄竭犬馬之勞，少效涓埃之報。爲此具本，令孫男馬顒親齎。謹具奏聞，伏候敕旨。

弘治四年正月二十日奏。

二十六日，奉聖旨："卿受軍務重托，今夷虜進貢，邊境有事，豈宜終制？所乞不允。還馳驛去，限三個月回任。欽此。"

再乞恩終制事

丁憂兵部尚書臣馬文升謹奏，爲乞恩終制事。

臣繼母趙氏於弘治四年　月　　日病故，本月二十二日聞訃，移咨本部。具題。節該奉聖旨："馬文升着奔喪去，葬畢即回任。欽此。"續該臣奏乞終制。節該奉聖旨："卿受軍務重托，今夷虜進貢，①邊境有事，豈宜終制？所乞不允。還馳驛去，限三個月回任。欽此。"又該臣奏乞終制。節該奉聖旨："卿奔喪事，已處置定了，不必固辭。欽此。"

臣於本年二月初七日離京，本月二十五日到家，爲因地方艱難，修墳人夫未到。四月初九日，方纔穿壙。十九日，殯葬臣母已畢。赴京間，臣素有脾胃之疾，哀毀勞心，前疾舉發，飲

---

① ［校］夷虜：《四庫全書》本作"夷狄"。

食減少，日漸衰羸，恐稽嚴限。切念臣荷蒙皇上厚恩，擢掌兵政，委任極隆，誓欲捐軀以圖報稱。今遭繼母之喪，禮宜守制，仰蒙皇上令臣奔喪，嚴限赴任。臣累乞終制，未蒙俞允。此蓋皇上勵精圖治，人惟求舊之意。但天經地義，莫尊乎親？降衷秉彝，莫大於孝。仰惟聖朝以孝治天下，今時無金革之事，臣冒奪情之命，恐虧孝理，而來物議。況終制不過三年，報國尚有餘日。伏望皇上俯從愚衷，容臣終制，候服滿，即當赴京，罄竭犬馬之勞，少效涓埃之報，臣不勝感戴天恩之至。為此具本，令孫男馬奉親賫，謹具奏聞，伏候敕旨。

弘治四年五月　　日。

奉聖旨："卿既受命奔喪，葬事已畢，當上緊回任事理，不准固辭。該部還行文去催來。欽此。"

迴避讎害大臣事

兵部尚書臣馬文升謹奏，為迴避讎害大臣事。

弘治二年七月二十七日，臣因八月初二日祭祀先師孔子，及初三日祭大社大稷，在於本部宿歇齋戒。二十八日早，有臣宅內守門皂隸王順到部，說稱今夜四更時分，有不知姓名人在於門外，口叫"開門"數聲，不曾答應，良久聽得門響。至天明開，看得門上射有大箭二枝，入木甚深，及問大街口坐鋪火夫，亦說前項時分有一騎馬男子，再三問馬尚書回家不曾，止見往巷內去訖。等情。

臣先訪得本月失記的日，在於東長安門外丟有匿名帖子，亦寫臣姓名及捏別項重情，皆欲害臣性命。切念臣本以庸材，叨任南京兵部尚書，荷蒙皇上嗣登寶位之初，首轉臣左都御史，總司風紀，又命臣提督團營，操練軍馬，續又升臣前職。臣累蒙皇上莫大之恩，誓欲致身少圖補報，況賦性愚直，凡事惟務公道，讎怨有所不避。且如近日點選團營官軍，黜退把總二十餘員，令回各家管事，該營至今未曾定奪。并禁約放債之家，不許多取利息，逼迫操官在逃。或銓選武職，減革職事；或奪勇士，優免戶下差徭。臣止知為國為民，豈料致有眾怨？且眾怨所聚，中傷必多，考之前代，俱有明驗。觀其前項二次所為，必欲害臣性命可知。況臣叨任大臣，日逐朝參，住居頗遠，起身須早，豈能一一防避？萬一被害，臣之一身固不足惜，其實有傷國體，而臣下誰敢為國任事？此事關係非輕。兼臣衰老多病，管理部事尚不能任，其團營事務尤為繁劇，官軍驕惰，最易生怨，臣實不能兼理。

伏望皇上憫臣衰疾，容臣止管部事，免其提督團營，臣不勝感荷天恩之至。仍乞敕廠衛行事官校并五城兵馬，密切體訪前項行凶并投匿名帖子之人，務在得獲，鞫問明白，置之重典。庶奸惡知所畏懼，而任事大臣不致受害，國體不至有傷，而治道為之益隆矣。

緣係辭免提督團營并禁約奸惡事理。為此具本親賫，謹具奏聞，伏候敕旨。

弘治二年八月初五日奏。

奉聖旨："馬文升係朝廷任事大臣，如何群小讎怨，要陷害他？東廠錦衣衛便著行事官校上緊緝訪，限十日以裏務得獲。提督團營不准辭。今後照總兵官每軍伴例，量撥馬軍十二名與他跟用。該衙門知道。欽此。"

陳情乞恩休致事

太子少保、兵部尚書臣馬文升謹奏，爲陳情乞恩休致事。

切念臣猥以寒微，遭逢盛世，歷履中外四十餘年。官濫叨於極品，報無補於涓埃。每懷尸素之慙，恒切覆餗之懼。去歲臣年七十，例該致仕，已嘗懇乞歸田，以避賢路。奏奉欽依："卿累朝舊臣，方切委任，正宜盡心職務，豈可引年求退？不允。欽此。"此實皇上圖任老臣，人惟求舊之盛意也。

臣伏睹綸音，感激益切，雖隕首糜身，無以爲報。臣遭遇聖明，千載奇逢，況荷寵榮，復逾涯分，正當罄竭疲駑，勉圖報稱。但臣自今春以來，兩目昏花，腰痛耳鳴，加以疝氣舉發，脾胃虛弱。精神頓減於前時，思惟不及於往日。勞心之久，輒生暈眩。貌雖未甚龍鍾，年實逾於古稀。近冒風寒，亦覺衰老。況臣職掌，係干兵機，萬一事有所誤，罪將何辭？若不再乞退休，恐來冒濫之譏，不能全臣終始之節。

伏望皇上憫臣衰老，曾效犬馬微勞，容臣致仕。俾得生還閭里，少延殘喘數年。臣不勝感戴天恩之至。爲此具本親賫，謹具奏聞，伏候敕旨。

弘治九年十月十二日奏。

奉聖旨："卿才望老成，久諳戎務，正隆委任，豈可引疾求退？宜勉加調攝，不允所辭。吏部知道。欽此。"

陳情乞恩罷歸田里以弭天變事

少保兼太子太傅、兵部尚書臣馬文升謹奏，爲陳情乞恩罷歸田里以弭天變事。

照得弘治十一年十月十一日夜，清寧宮災，烟焰障天，其勢甚大，此非常之變異也。仰惟皇上嗣登寶位以來，敬天法祖，勵政勤民。聲色之不邇，貨利之不殖，無一事而不合乎正道，無一政而不恤乎軍民。雖古堯舜之君天下，亦不過此。宜乎和氣召祥，災異罔見。然而近年各處奏報天鳴地震等災異，歲無空月。今皇城之內猶有此灾變，驚及九廟，悸逮重幃。此固上天仁愛皇上，示此徹戒，欲皇上側身修行，以保億萬年無疆之洪圖。實亦由臣叨任保傅，濫居尚書，職掌兵政，係國安危，學術疏寡，德望淺薄，不能陳善閉邪以匡輔聖明，奉宣德意以康濟天下所致。且古者國有大灾，人君固當修省，必策免不職大臣以應天變。臣實居大臣之列，況年逾七十，精神衰憊，不能任事，竊祿瘝曠，宜在所免。

伏望皇上痛思致灾之由，重加修省之誠。先將臣罷歸田里，另選賢能以充厥任。庶天意可回而灾變可弭矣。臣不勝戰慄恐懼，俟命之至。爲此具本親賫，謹具奏聞，伏候敕旨。

弘治十一年十月　　日奏。

奉聖旨："卿老成大臣，正宜勉修職務以弭災變，豈可遽自求退？不允所辭。欽此。"

懇乞天恩容令休致以保晚節事

少保兼太子太傅、兵部尚書臣馬文升謹奏，爲懇乞天恩容令休致以保晚節事。

照得臣先因年滿七十累乞休致，俱未蒙俞允。項因星變，復欲上請歸田以應災咎。但念清寧宮工役未及告成，又值邊方多警，奏報填委，未敢遽陳。緣臣今年七十有四，聰明日減，精力日耗，強持衰憊之體，久忝密勿之班，尚寬汰斥，有妨賢路。乞放歸田里，以終餘年。等因。具本奏。奉聖旨："卿宿望老臣，方隆委任，豈可遽求休致？宜盡心職務，不允所辭。欽此欽遵。"

臣伏睹綸音，仰荷聖明圖任舊臣，弗忍棄去。臣不勝感激，雖隕首糜軀，無以爲報。但七十致仕，國典具載，臣之叨冒已逾四年，思罄報國之忠，遂失進退之宜，處事乖方，致來物議。況兵部職掌戎務，係國安危。顧臣衰老，才識昏庸，加以近來疝疾舉發，痰喘壅盛，委的不堪任事。

伏望皇上俯徇愚悃，容令致仕，全臣晚節，不勝感戴天恩之至。爲此具本親齎，謹具奏聞，伏候敕旨。

弘治十二年十月初六日奏。

初八日，奉聖旨："朕以卿耆德舊臣，已有旨勉留，宜安心供職，毋再固辭。吏部知道。欽此。"

復乞天恩憐憫衰疾容令休致以全晚節事

少保兼太子太傅、兵部尚書臣馬文升謹奏，爲復乞天恩憐憫衰疾容令休致以全晚節事。

臣近以居官四十九年，年已七十有四，不能任事，有招清議，乞放歸田里以終餘年。等因。節該奉聖旨："卿宿望老臣，方隆委任，豈可遽求休致？宜盡心職務，不允所辭。欽此欽遵。"又該臣奏："委的衰老有疾，久妨賢路，乞容致仕以全晚節。"等因。節該奉聖旨："朕以卿耆德舊臣，已有旨勉留，宜安心供職，毋再固辭。欽此欽遵。"臣以兵部係軍政衙門，邊報并常行公事繁冗，日逐題奏事件用印。臣有疾，不能朝參，已將原掌印信咨送本部定奪。該本部題奉聖旨："印還着馬文升掌。欽此欽遵。"又該臣奏："宿疾舉發，一時調理未痊，恐致有誤部事。所據印信，乞命本部佐貳官暫且掌管，候臣病痊之日，另行具奏定奪。"等因。節該聖旨："卿有疾，暫免朝參，在部用心辦事。印信照舊掌管。欽此欽遵。"

臣伏睹節奉綸音，不勝感激，雖粉首糜軀，無以爲報。切思盡忠報國，人臣事君之大本；進禮退義，仕者始終之全節。況七十致仕，令典攸存。臣年滿七十已來，累上封章，懇乞休致,俱未蒙俞允。兹復陳情乞歸田里,再荷勉留。兩辭印信,又蒙暫免朝參,在部辦事,此皆皇上天地委曲覆冒之恩,不遺枯朽之意也。

伏念臣本庸材,荷蒙列聖洪恩,官叨保傅,職掌兵戎,幸逢皇上備堯舜之德,撫盈成之運。臣過蒙委任,所以寢食弗遑,職掌之外,累上封章,期德澤流布,威武奮揚,内安黎庶,外懾四夷,少輔雍熙之治,仰酬知遇之隆。此臣之愚忠素志,天地鬼神之所共鑒者也。豈敢輕棄禄秩,甘就閑散,而辜皇上之恩?但臣委的衰老,加以疝疾舉發,艱於步履,非醫藥所能治療,一時不能赴部。本部邦政所司,係國安危,臣如仰遵成命,勉强支持,倘誤國事,關係非輕。微臣始終之節,罪責之加,亦何惜哉!是以昧死懇陳。

伏望皇上憐臣衰老有疾,曾效犬馬微勞,照例容臣致仕,得以生還田里,少延殘喘數年。臣舉家不勝感戴天恩之至。爲此具本,令家人馬浩親賫,謹具奏聞,伏候敕旨。

弘治十二年十月二十八日奏。

三十日,奉欽依:"卿累次引疾求退,已有旨固留。宜勉起供職,以副眷懷,不必再辭。吏部知道。欽此。"

乞恩憐憫衰老容令休致事

少保兼太子太傅、兵部尚書臣馬文升謹奏,爲乞恩憐憫衰老容令休致事。

近該本部咨,該准禮部咨,爲星變事:近聞欽天監奏有彗星之異,中外臣民皆相傳駭,況雲南地震之變尤異尋常。即今邊方告警,虜情叵測,①天時人事,實切憂思,是皆文武大小官員不能仰承德意,勉修職業,致此變异。乞敕内外臣工勉圖修省。等因。備由轉行到臣。除痛加修省,及時禦虜安邊,②合行事宜節次具奏外,又准吏部咨兩京六部等衙門堂上官,俱係大臣中間衰疾未副人望者,行令各官自陳。等因。前來。

照得臣成化二十二年任兵部尚書,未幾改南京兵部參贊機務。成化二十三年十一月,欽蒙聖恩,改臣都察院左都御史。弘治元年七月内,欽命臣同太監傅恭、李良、保國公朱永、襄城伯李瑾提督團營,操練軍馬。弘治二年二月内,復蒙改臣兵部尚書,尋加太子少保,復升太子太保,又升少保兼太子太傅。切念臣本庸材,荷蒙列聖天地覆載之恩,歷官五十年,恭事皇上一十三載。自愧德薄才疏,夙夜在公,罔敢怠忽,勞心焦思,寢食弗遑,期效涓埃之報,少酬知遇之恩。

仰惟皇上堯舜之聖,禹湯之仁,宜乎兩儀奠位,五辰順序,夫何玄象示警,坤道未寧,虜寇跳梁於邊陲,③盜賊充斥於荆楚。此固上天仁愛皇上之恩,實由臣官居保傅,職掌兵戎,不能論道以變理陰陽,盡心而修舉邦政,致召前項災變,罪莫能逭。當兹邊方多事之秋,固非臣敢求退之日。但古者凡遇災變,必策免大臣以回天意,臣實居大臣之列,宜先罷去。況臣犬馬

---

① [校]虜:《四庫全書》本作"敵"。
② [校]虜:《四庫全書》本作"敵"。
③ [校]虜:《四庫全書》本作"敵"。

之年七十有五，前此八上封章懇乞歸田，俱未蒙俞允。今臣步履雖若強健，而精神實爲內衰，兼素有脾胃、疝氣之疾，飲食不多。近日勞心稍過，輒生暈眩，須少寢片時，方得蘇息。臣每思之歷官年久，賦性愚直，見惡於人者衆。今衰老之年，才力有限，恐處分乖宜，有誤國家大事，萬死何贖？

伏望皇上憫臣衰老，曾效犬馬微勞，容臣致仕，保全始終，別選賢能以代其任，臣不勝感戴天恩之至。爲此具本親齎，謹具奏聞，伏候敕旨。

弘治十三年五月十五日奏。

十七日，奉聖旨："卿累朝宿望，練達兵政，方隆委任，正宜職務，不允所辭。吏部知道。欽此。"

再乞天恩容令休致以避賢路事

少傅兼太子太傅、兵部尚書臣馬文升謹奏，爲再乞天恩容令休致以避賢路事。

臣昨以年今七十有五，夏初，北虜入寇大同，①勢甚猖獗，臣因籌畫邊務，調度軍馬，時值盛暑，勞心太過，以致眼目昏花，精神衰憊，委的年老，不能任事，乞容休致。等因。具奏。節該奉聖旨："卿宿望老臣，熟諳兵政，委任方隆，豈可引年屢求休致？所辭不允。欽此欽遵。"

臣伏睹綸音，益切感激。仰惟皇上聰明英武，睿知仁慈，踐祚以來，任賢不貳，如臣庸愚，亦蒙委任，俾典兵戎，且加重職，此誠千百載之一遇也。故臣之圖報，寢食不遑，妻孥莫顧，誓竭報國之忠，期輔堯舜之治，以身徇國，死而後已。因年逾致仕之期，前此累乞休致，俱未蒙俞允。今復懇乞歸田，重荷勉留，此皆天地委曲覆冒之恩也。臣益當勉罄疲駑，以圖報稱。但臣委的年耄志衰，弗克濟事，雖聖主之恩不忍棄去，而在臣之勢自不敢留。若再列班行，必重招物議，縱容立朝，心實忸怩，亦不能展布四體，以辦政務。或又加臣以貪祿固寵，不知止足，則臣之晚節終不能保。

伏望皇上憫臣衰老，察臣愚衷，早放致仕，以避賢路。或削去官秩，罷歸田里，少延殘喘，以終餘年，臣不勝感戴天恩之至。爲此具本親齎，謹具奏聞，伏候敕旨。

弘治十三年十月二十二日奏。

二十四日，奉聖旨："朕以卿耆德重臣，委付兵政，累乞休退，特切慰留。宜勉起供職，以副眷懷，毋再固辭。吏部知道。欽此。"

陳情衰老乞恩休致事

少傅兼太子太傅、吏部尚書臣馬文升謹奏，爲陳情衰老乞恩休致事。

---

① ［校］北虜入寇：《四庫全書》本卷八《再乞天恩容令休致以避賢路事》作"北敵入攻"。

切念臣一介寒微，①叨登甲第，歷官中外五十二年，恭事皇上一十五載。荷蒙聖明，委任隆重，眷遇稠疊，誠千百載之奇逢也。恩實同於天地，勞無補於涓埃。仰沐保全，幸無過舉，雖隕首糜軀，何足爲報？但臣氣體素弱，宿有疝氣、頭暈之疾，兹者前後九上封章懇乞休致，俱未蒙俞允，臣感恩圖報，死而後已。但臣今年已七十有七，耳目益加昏瞶，精神愈覺衰弱，牙齒漸落，手足不仁，動履艱辛，出入朝參率由勉强，勞心之久，輒爲暈眩，委的不能任事，有妨重任。

　　伏望皇上憫臣衰老，曾效微勞，放歸田里，少延殘喘，以終餘年，臣不勝感戴天恩之至。爲此具本奏聞，伏候敕旨。

　　弘治十五年八月初三日奏。

　　初四日，奉欽依："卿以耆德舊臣，方膺重任，屢乞退休，已有旨不允，不必固辭。該部知道。欽此。"

國子生江都葛洞校正
馬端肅公奏議卷之十六

---

① ［校］切：《四庫全書》本作"竊"。

書刻馬端肅公奏議後①

　　太師鈞陽端肅馬公，殁且四十餘年。其孫長史君天祐始以其奏草示予，爲之編次，請於侍御謝公序之，付國子生葛子開校刻於邗江書館。君子謂長史君繼述之賢，侍御公表章之公，於是概可紀云。嗟乎！

　　端肅公忠藎效於英、憲、孝、武之朝，其勳業載諸史册，名聞乎中國、四夷，而其迹見乎遺稿數帙，如是而已。夫韓、余、王、劉，明之良也。我不敢知曰："其終永媲於休。伊、傅、周、召，商周之烈也。"我亦不敢知曰："其尚追配於古之人，高山仰止，景行行止。"周公曰："文王我師。"言其近而可述也。

　　予鈞人也，將奚述乎！師乎端肅公足矣。刻成，適予遷山西副使，遂携帙以行，將有所考焉。

　　時嘉靖丁未長至日。②

　　賜進士知揚州府、前刑科右給事中東麓魏尚綸謹跋。

---

① 天師大本、國圖本、《四庫全書》本未收錄此篇。
② 嘉靖丁未：嘉靖二十六年(1547)。

四庫全書總目提要[1]

　　《馬端肅奏議》十二卷，浙江巡撫采進本。明馬文升撰。文升有《三紀》，已著録。案：文升砥礪廉隅，練達政體，朝端大議往往待之而決。與王恕、劉大夏俱負一時重望。此集奏議五十五篇，乃嘉靖丁未其孫天祐所編次，而以《恩命録》及《行略》《墓誌》等文附之。凡史傳所載直言讜論，全文皆具在集中。其《請正北岳祀典於渾源州》一疏，則本傳不載，而見於《禮志》。其爲左都御史時所言振肅風紀十五章，本傳不詳其目，今亦獨見此書。大抵有關國計，不似明季臺諫惟事囂争。惟文升於成化中巡撫遼東，總督漕運，當時必多所建白，而集中概不之及，則不詳其何故矣。

---

[1] （清）永瑢等：《四庫全書總目》卷五十五《史部・詔令奏議類》，中華書局，1965年，第498頁。

四庫全書簡明目録提要[1]

《馬端肅奏議》十二卷,明馬文升撰,其孫天祐編,凡五十五篇。史傳所載讜論,其全文皆在集中。大抵皆有關國計,不似明末臺諫,徒事囂争。惟文升成化中巡撫遼東,總督漕運,當時必有敷陳,此集不登一字,爲不可解也。

---

[1] (清)永瑢等:《四庫全書簡明目録》卷六《史部六·詔令奏議類》,上海科學技術文獻出版社,2016年,第161頁。

四庫全書提要

　　臣等謹案：《端肅奏議》十二卷，明馬文升撰。文升字負圖，均州人。景泰辛未進士，官至兵部尚書，謚端肅，事迹具《明史》本傳。文升砥礪廉隅，練達政體，朝端大議往往待之而決。與王恕、劉大夏俱負一時重望。此集奏議五十五篇，乃嘉靖丁未其孫天祐所編次，凡史傳所載直言讜論，全文皆具載集中。其《請正北岳祀典於渾源州》一疏，則本傳不載，而見於《禮志》。其爲左都御史時所言振肅風紀十五章，史傳不詳，其目今亦獨見此書。大抵有關家國至計。惟文升於成化中巡撫遼東，總督漕運，著有勞績，當時必多所建白，乃集中概不之及。而自孝宗召用以後所陳奏者，則甄錄無遺。蓋當憲宗之時，文升雖敭歷中外而屢爲汪直、李孜省輩所構，不能盡行其志。及其被遇孝宗，明良相契，得以展布其謨猷，故所言盡爲剴切。其生平靖獻之志，略具是編，讀其文可以知其所遭際矣。

乾隆四十五年三月　恭校上。

總纂官　臣　紀昀、臣　陸錫熊、臣　孫士毅

總校官　臣　陸費墀

---

① 《四庫全書》第 427 册《端肅奏議》，上海古籍出版社，1987年。

馬端肅公三記

馬端肅公三記序①

　　中國奠安，四夷賓服。君子於斯時也，以無事處之，而才美不外見與常人等。間有冥頑之徒，敢肆陸梁桀黠之夷，或阻聲教君子於斯時也。以一身任之，而艱險無所避，期於濟事成功而後已。故其功業益著，名位益隆，而非常人所可及也。

　　惟我皇明，奄有四海。內夏外夷，咸歸統御。乃成化丁亥，②陝西土達滿四據石城作亂，挫衄官軍，任事者弗克支。朝廷乃擢鈞陽馬端肅公爲右副都御史代之，至則與都御史項公忠同心協力，及剿平焉，地方底寧。成化丙申，③東夷滿都魯僭號犯順，公以兵部右侍郎奉命而往，宣布國威，虜自屈服，不戰而還。既而邊官啓釁，東土不靖，④公被命復往，夷人帖服。忌之者以私忿中傷，謫成西蜀。越五年，復有巡撫遼東之命。弘治四年以來，西域哈密國節被土番侵奪，⑤藩籬失守。公時爲兵部尚書，獨建大議，御以恩威，而哈密復國，土番悚息，夷族舉安。所謂興滅繼絕者，公其以之功成事定，乃撫三事始末而自爲之記。蓋即裴晉公纂述蔡鄆用兵謀略，上進請付史官之微意歟？夫人知公之屢建大功，其才有大過人者，而不知其有所本也。先聖嘗曰"才難"，朱子恐後人不識"才"字，乃釋之曰："才者，德之用也。"蓋有德以爲之本，則爲真才，非特知能技藝之美而已。不然，聖人亦何取於才邪？由是觀之，公以身徇國，榮辱以之，卒能捍大患以成大功，庶幾乎聖人之所謂才矣。考之，公以進士取高第，揚歷中外僅六十年，官至光祿大夫、柱國、少師兼太子太師、吏部尚書，沒諡端肅。其聲名在夷夏，功業在朝廷，德澤在黎庶。自有史官大書特書以垂後世，夫豈待此《三記》而後功業顯著也邪。雖然，使其恒處天下無事之時，不過隨行逐隊而已耳，與常人豈相遠哉！

　　清戎山西侍御同郡任公，以公當代元老，勛德懋著，記不可泯。乃發廩稷山縣，委尹袁梧鋟諸梓，蓋簡之也，且求予爲之序。昔予在仕途三十餘年，蒙公之知最深，擢憲正、遷左右、轄巡撫河南皆公所薦引。予之知公，猶公之知予也，故序之。未盡及者存諸《記》。

　　正德十五年歲次庚辰夏五月既望。賜進士出身、資善大夫、都察院右都御史、功升從一品俸，致仕河東七十二翁陶琰序。

---

① ［校］馬端肅公三記序：此序底本無，據《紀錄彙編》本補。
② 成化丁亥：成化三年(1467)。
③ 成化丙申：成化十二年。
④ ［校］東土：《紀錄彙編》本作"東上"，據文意改。
⑤ ［校］西域：《紀錄彙編》本作"西城"，據文意改。

又[①]

惟古名臣碩輔,遭國多虞。能當大事、捍大患綽有餘力者,若裴晉公於淮西,寇萊公於澶淵,韓忠獻、范文正於鄜延。昭大烈於時,垂耿光於後。雖職任事勢之不同,要之,超絶之見,戡定之才,匪躬之忠,咸有大過人者。

至本朝大冢宰鈞陽馬端肅公,亦其人之流哉!公歷事景廟、英宗、憲宗、孝宗及今上皇帝,凡五十六年。剛方純正,迥然出時,奇勳異績,昭赫人耳目者,不可一二數。若平石城、撫東夷、克復哈密,其尤著者也。自今觀之,石城以強悍之虜,習中國之戰,具恃險固守,難於猝平。公膺撫巡重寄,親臨戎伍,出奇制勝,不兩月而梟渠授首。東夷狡詐百出,以恩則失威,威則失信,兼之權奸扇術,難於安輯。公以欽命重臣,推誠布公,盡心經畫,比事定人安而身攖奇禍。土番犯順,哈密幾亡,其事在斑封數千里不毛之外,難於遥制。公當本兵重任,力主克復之議,卒於威加絶域,成數十年難成之功。其識見,其才力,其忠誠,方之裴、寇、韓、范,可謂異世而同符矣。

《易》用丈人則師貞吉,《詩》矢文德則肆國治,端肅有焉。三大事,公常自爲記。侍御任公於端肅爲同郡,嘗持是《記》於巡撫大都憲平谷張公,且曰:"端肅公《三記》,匪直記一時一事之顛末耳。顧夷情向背、邊方利害、戰守機宜,一目可悉。今强圍孔棘,或彷彿公之謀猷,處公而振作之,何所不可哉!"時都憲公以耆宿雅望,撫兹重鎮,屢平逆虜,方焦勞邊務。一見即曰:"凡有閫外之寄者,不可以不知此也。"侍御公因刻之,且命贊記其簡末如右。然則二公惓惓之意,非爲端肅公一人私,實爲天下國家至深遠慮也。

是爲序。

正德十五年歲庚辰四月望日。賜進士第、中憲大夫、山西等處提刑按察司副使、奉敕督理學政弘農許讚識。

---

① [校]又:此序底本無,據《紀錄彙編》本補。

又①

公，鈞人也。鈞，當松高之陽，相距僅百里。維嶽降神，周有申甫生焉。公生我皇明，不殆於崧嶽降神乎哉！公幼穎异，正學崇養，廿六登進士，乃拜御史，尋升閫臬。長入大理卿，以中丞巡撫關陝，陟司馬。中遭險謫，尋起臺長司馬大冢宰，特進少師兼太子太師，入仕五朝，凡五十六年。正德丙寅，②公年八十有一，懇以骨骸乞請，俞允，優詔馳傳還鄉，錫典异數。歸四年，公乃考終，壽八十有五。訃聞，輟朝營葬。諭祭，贈太傅，諡端肅，而恩禮全焉。此公階進始終大略也。公揚歷中外，忠言嘉謀，拾遺補袞者，罔非可述，何取於《三記》為哉！蓋《三記》，邊方大務也。公既立功，尋為之立言，經世之志有不容泯焉者。茲讀《西征石城記》，見公仗皇威除害戡亂之武。讀《撫安東夷記》，見公敷皇仁篤夏綏夷之文。讀《興復哈密記》，見公開皇圖大一統之規摹。文武兼資，安攘胥得。舉出公之遠猷，概三績而庶績見焉，即外政而內政知焉。匪直德望才業若茲，而學問文章可考見之焉。是公其生焉，與申甫同。要其成也，翰屏宣布，又與之同。宿德元老，文武是憲，其在周者，訖匹休以振於今。若公者，真可謂社稷之臣歟！

侍御任公，出公同鄉之晚，慕尚興起，取《三記》鋟之梓，以正曾辱公之知。紀梓行歲月，莫切於正，乃順承以卒其志。若大書特書，不一書於公者，有太史氏實錄。光昭崧高之神，而人品之再重也夫。

正德庚辰春三月庚子。朝議大夫、山西等處承宣布政使司右參議、奉敕督理糧儲、前監察御史麻城汪正謹序。

---

① ［校］又：此序底本無，據《紀錄彙編》本補。
② 正德丙寅：正德元年（1506）。

西征石城記

鈞陽馬文升①

殘元部落有把丹者,②仕於陝西平涼,爲萬户。我太祖既平江南,克燕都,下三晋,兵至陝西,而把丹等率衆歸附,授平涼衛正千户,其部落則散處開城等縣,爲百姓。抽其壯丁爲平涼衛軍,使自耕食。彼既以養生射獵爲計,而復無徭役,用是殷富,家有畜馬數百,而羊至數千者,③咸仍胡俗爲樂。

正統己巳,④虜酋也先寇大同、宣府,脱脱卜花王寇遼東,⑤阿樂出寇陝西,土達漸遭剽掠。天順庚辰,⑥虜酋孛來、毛里孩統也先餘衆寇固原,而土達生畜被掠者十之八九,生事漸荒。迨成化丙戌,⑦各酋大舉入寇,土達有李俊者,獨以羊酒奉孛來,孛來喜,賜以馬,俊遂有北從意。時都御史銅梁⑧陳公价⑨巡撫寧夏,適都督張泰致仕居本鎮,而養生於鳴沙州迤南,與土達相鄰,牛馬多被賊虜掠,傳聞非虜賊即固原土達張把腰等假之也。⑩

丁亥春,⑪陳公移巡陝西,泰令家人狀張把腰虜掠事於陳。陳至陝,遂付分巡僉事石首蘇瓛逮問,⑫而張把腰已懼。先是,鞏昌府通渭縣人户逃於把丹孫⑬滿四等堡潛住,縣遣里長

---

① 鈞陽馬文升:底本作"鈞陽馬文昇",《紀録彙編》本作"馬文升"。
② [校]把丹:《明憲宗實録》卷六十三、《明史》卷一百八十七《項忠傳》均作"巴丹"。《明憲宗實録》卷六十三"成化五年二月庚子"條:"逆賊滿俊等三百五十七人伏誅。俊行第四,平涼府開城縣固原里土達,曾祖巴丹也。"《明史》卷一百八十七《項忠傳》記載"滿俊者,亦名滿四。其祖巴丹。"
③ [校]至:《紀録彙編》本脱。
④ 正統己巳:正統十四年(1449)。
⑤ [校]脱脱卜花:《明史》卷三百二十七《韃靼》作"脱脱不花"。《明史》卷三百二十七《韃靼》記載"脱脱不花者,故元後,韃靼長也。"
⑥ 天順庚辰:天順四年(1460)。
⑦ 成化丙戌:成化二年(1466)。
⑧ [校]銅梁:底本作"桐梁",據《紀録彙編》本改。按銅梁爲明四川承宣布政使司重慶府屬縣。《明史》卷四十三《四川·重慶府》記載"安居,成化十七年九月析銅梁、遂寧二縣地置。"
⑨ [校]陳公价:《明史》卷一百七十八《項忠傳》、卷一百八十《馬文升傳》均作"陳价"。另據《〔弘治〕寧夏新志》卷二《人物·國朝·巡撫》記載"陳价,四川銅梁人,右副都御史,成化間巡撫。"
⑩ [校]固原:《國朝典故》本作"固始"。
⑪ 丁亥:成化三年。
⑫ [校]石首:底本作"下首",據《紀録彙編》本改。
⑬ [校]孫:底本作"縣",據《紀録彙編》本、《明史紀事本末》卷四十一《平固原盜》改。《明史紀事本末》卷四十一《平固原盜》記載"把丹孫滿四,以貲力雄諸侯。"

追捕，遂爲滿四等所殺，竟不知其由。至是，縣亦上於陳公逮之，滿四等雅素縱佚，不知官府益危懼。會新任靖虜等處參將都指揮劉清至固原，守備指揮馮杰索各土達馬匹、鷹翎等物。滿四等因謀於俊，而俊實奸黠，遂倡謀從北虜。

時把丹曾孫滿璮者，四之姪也。襲祖職，以功遷平凉衛指揮僉事。有司移文平凉衛捕張把腰、滿四等甚急，其衛指揮日逼督滿璮，以應解者。璮，戇人也。了不知俊四等已有叛意，遂率火鎮撫弟火四等二十餘人陰携鐵索、刑具往捕之。四得知之，①俟璮至堡治，②璮所率散各家具食，盡殺之，因劫璮、四等數人叛入石城。石城者，東西俱山。左山峭壁，高數十仞，無徑路，上者俱拽繩而登。西山頂平，可容數千人。城中無水，有數石池。外設棧道，而棧道下則築小城護之。前有小山，高亦數仞，如拱壁狀，兩傍空處并後面悉築墻，高一二丈五六尺，③各留一小門，僅容單人馬過之，不知何代人造此以避亂者。城外皆亂山，形甚惡，人至此毛髮聳然。滿四等常圍獵至此，熟知其險可據，遂居之。已而李俊往誘東孛合泥土達，見殺於仗義者。

分守參將劉清領軍自靖虜來與戰，不利。報至陝，鎮守太監黃泌、④寧遠伯任壽與都御史陳公介，會遣都指揮邢端、申澄率陝西各衛兵往捕，戰於城下，申澄死之，⑤邢端遁歸，官軍大潰。事聞，遠近驚駭。兵部請以陳介、任壽并寧夏總兵官廣義伯吳琮、⑥延綏都御史王銳、⑦參將胡愷各率所部兵會討之。寧夏兵先至，陳與吳竟不候延綏兵至，自固原急趨蔡祥堡。夜二鼓，營壘始定，軍士勞苦。比曉，即出兵架梁順嶺而行。⑧去石城十里許，賊數千出迎請降。時軍餘馮信最知兵，隨陳公言於諸公曰："賊雖誠僞叵測，然我軍夜間未息，⑨凌晨即行，且乏水飲，無執戈力，不可與戰，姑從彼意退兵，徐議攻討。"吳琮叱曰："兵已至此，豈可聽彼誘退？"遂麾兵進。賊先遁去，至城，遂驅牛羊數千在前，而精兵後繼。時尚無兵甲器械，各執木梃而鬥，官軍遂敗。任壽、吳琮俱退保東山。陳欲自殺，左右人護下山。遺失軍資器械不下千數，大銅將軍亦二座。兵猶有被圍在山者，皆棄之而歸，盡死於賊。賊遂乘勢猖獗，凡係土達俱逼入城，而於靜寧州大路搶掠運送甘州冬衣布花萬餘匹，⑩糧米不可勝計。時兵

---

① ［校］得：《紀錄彙編》本作"等"。
② ［校］治：《紀錄彙編》本作"給"。
③ ［校］一：底本作"亦"，據《紀錄彙編》本改。
④ ［校］鎮守太監黃泌：《明憲宗實錄》記載時任鎮守陝西太監爲劉祥。《明憲宗實錄》卷五十五"成化四年六月辛亥"條："鎮守陝西太監劉祥等奏，開城縣土達滿俊即名滿四等三百餘人搶掠苑馬寺官馬，殺死土官指揮滿璮所帶官舍十七人。旬日，嘯聚一千餘徒，披明甲、執弓矢、吹響器，勢已猖獗。上命祥同寧遠伯任壽、右副都御史陳价等量度賊情，速撫剿之。"
⑤ 申澄：申澄死於成化四年（1468）秋七月。《明史》卷十三《憲宗本紀》："（成化）四年……秋七月……是月，任壽、陳价、寧夏總兵官廣義伯吳琮及滿俊戰，敗績，都指揮蔣泰、申澄被殺。"
⑥ 吳琮：《〔弘治〕寧夏新志》卷二《人物·國朝·主將》記載"吳琮，廣義伯，成化二年鎮守。"
⑦ 王銳：曾任延綏巡撫，成化六年（1470）獲罪去職。《明史》卷一百七十二《白圭傳》："（成化）六年，阿羅出等駐牧河套，陝西數被寇。圭言鎮巡官偷肆宜治，延綏巡撫王銳、鎮守太監秦剛、總兵官房能俱獲罪去。"
⑧ ［校］嶺：底本作"領"，據《紀錄彙編》本改。
⑨ ［校］未：《紀錄彙編》本作"方"。
⑩ 靜寧州：明屬陝西承宣布政使司平涼府。《明史》卷四十二《地理三·陝西》："靜寧州，元屬鞏昌總帥府。洪武中來屬。"

部主事閻讓催軍至固原，具奏以聞。或傳其黨導以窺陝者，朝野益震。陳與任壽、吳琮、劉清、馮杰俱解赴京師。

　　八月，①乃命都察院右副都御史嘉興項公忠爲總督，鎮守陝西太監劉公祥爲監督，行取回京。涼州副總兵劉公玉爲總兵，都督僉事夏正充左參將，都指揮劉清充右參將，監察御史鄧本端監軍，兵部武選司郎中劉洪紀驗功次，益以京營神槍官軍五千，復調甘涼、延綏、寧夏、陝西官軍共五萬往討。予時以南京大理寺卿居憂於家，服初闋，奉敕升都察院右副都御史，巡撫陝西，協剿叛賊。總督、總兵等官有事計議，務在戮力同心，共濟邊務。時戊子九月五日也。②

　　予奉命七日即行，十八日至陝。申戒所屬，整點民兵防守城池及攢運糧餉畢。十月一日，至固原項公營。方到一日，是夜二鼓，聞營外一里許砲聲甚近，營中皆驚。予尚未寢，急令官軍嚴守營門。至天明視之，乃賊留文書一紙，云"容我每石城居住，免納糧差，奏聞朝廷，饒我每罪"等語，衆愕不可測。予曰："此不過欲緩我兵，何足信？只可整兵以俟進討。"因與項、劉諸公講求用兵方略，地利險易。衆皆言石城之險不可輕進，又以前兩失利，皆難之。乃令善畫者圖其形勢，兵分六路，③項與二劉并予及巡按御史任佐、姜孟倫、④右布政使余子俊、左參政龐勝屯中路，延綏鎮守太監秦綱、都御史王銳、參將胡愷、副使鄭安屯酸棗溝，伏羌伯毛忠、鎮守陝西都督白玉、御史鄧本端屯木頭溝，⑤參將劉清、夏正、布政司右參議嚴憲屯打剌赤，寧夏副總兵林勝、參議崔忠屯紅城子，陝西都指揮張英、鞏昌府同知羅豫屯羊房堡。期三日，諸路少出精兵先示賊，且探地勢，乃大舉。

　　比至城外，賊覘知，就來迎敵。延綏官軍恃勇首失利，陣亡者二十餘人，而賊之死傷者亦多，衆益懼。至十三日，會兵復往探山勢水頭，賊復迎敵，佯敗去，⑥官軍逐至城下。時賊尚多居城外者，官軍忽之，貪取財物，賊遂斂衆入城。伏羌伯毛公曰："賊能有幾多？速進兵剿之。"官軍四攻上城，賊極力拒敵，毛公攻其東山路，險隘不能進，賊奮死摧阨，官軍退敗，墮崖死者衆，而毛公亦被害。⑦賊被槍砲死者不可勝計，斬首數百顆。予時在中軍，領馬軍五百

---

①　八月：《明憲宗實錄》《明史》皆記載爲七月。據《明憲宗實錄》卷五十六"成化四年七月癸酉"條："命太監劉祥監督軍務，巡撫陝西右副都御史項忠總督軍務，都督同知劉玉佩平虜副將軍印充總兵官，都指揮同知夏正、劉清充左右參將，統調京營及延綏、寧夏、甘涼等處軍馬共一萬三千征剿固原反賊滿俊。先是，兵部已請命鎮守總兵、巡撫等官相機撫捕。至是，廷臣會議，以爲陝西重地，賊漸猖獗，宜别推文武重臣統兵剿滅，以靖地方，故有是命。"《明史》卷十三《憲宗本紀》："四年……秋七月癸酉，都督同知劉玉爲平虜副將軍，充總兵官，太監劉祥監軍，副都御史項忠總督軍務，討滿俊。"

②　戊子：成化四年（1468）。

③　兵分六路：《明史》《明史紀事本末》記載不一。《明史》卷一百七十八《項忠傳》："忠遂與巡撫都御史馬文升分軍七道，抵石城下，與戰，斬獲多。"《明史紀事本末》卷四十一《平固原盜》："分六路進兵。"

④　姜孟倫：《明憲宗實錄》卷六十三作"江孟倫"。《明憲宗實錄》卷六十三"成化五年二月甲辰"條："敕巡撫陝西右副都御史馬文升等撫綏固安土達，給之衣糧、農具。時滿四平復，其餘黨雖已寬宥，然產業破蕩，反側未寧，須曲加撫治。巡按御史江孟倫以爲言，故敕文升等撫安之。"

⑤　[校] 鄧本端：《紀錄彙編》本作"鄭本端"。

⑥　[校] 去：《紀錄彙編》本作"走"。

⑦　毛公亦被害：按毛忠戰死於成化四年十月。《明史》卷十三《憲宗本紀》："（成化）四年……冬十月乙未，項忠敗賊於石城，伏羌伯毛忠戰死。"

餘帶草束欲燒賊栅。西路之賊乘勝復回，東路官軍不能支，亦却，總兵劉公被圍於城下，官軍潰散，劉公亦中流矢，家人陣亡者三四人。項公斬甘州退怯千户丁某以徇，官軍懼，復登山。予亦調度所領兵破空填列，以振聲勢，敗軍猶欲遁，予號令敢有逃者斬之，中傷者移置山下，衆稍定，不敢退。俄劉公子斌來報曰："家父被圍，乞阻敗軍。"予曰："第入視汝父。"少頃，項公至，憂鬱失色。予從容言："勝敗兵家常事。况今日之戰，賊死者亦多，勢已不振。此時黄河未凍，賊不北從，無深慮者，徐可再圖。"奏報明言伏羌伯忠義奮發，爭先登山，斃於流矢，賊勢已窮蹙。且語所遣舍人陶璽等至京，但言賊當就平，以安中外。時朝廷久望捷奏，至即令宣捷，升璽等爲所鎮撫。

其月，彗出西方。兵部及撫寧侯朱永、定襄伯郭登議以滿四驍勇，恐其渡河與北虜連和，禍不止西陲，乃交章擬益兵赴援。項公與予謀兵應益與否。予曰："若不益，萬一賊不能平，益兵晚矣。第上請令撫寧侯朱永率宣府、大同精兵五千順邊而來，賊平則止之，未平則併力勦之。"項公從以上請，且日督兵攻圍。賊在山熟視不出戰，官軍至暮則回，項公憂之。予又謀於項公曰："賊城中既無水，而蒭粟亦漸乏，若絶其蒭汲，則彼若釜中之魚，當自斃矣。"項公從之。遂令官軍盡焚左右近地之草，賊馬死者殆盡，則又盡以死人馬填塞城外水泉，候賊夜汲者，設伏掩襲之，多被擒。益知彼中消息，正艱於水。予曰："此時賊窮蹙已甚，不足慮矣。"

石城南門與東山相近，時令都指揮孫璽領兵數百駐於上，以視賊之出入，迨兵將回，此兵先掣。賊據前山，矢石雨下，我軍不能出。時都指揮魯鑑統莊浪土兵千餘人出爲前鋒，入爲後殿，每被賊襲，至夜方回。予復言於項公曰："孫璽軍掣之太早故也，俟中軍兵行遠，山上兵方掣。"項公從之。自此賊不得上山，中軍兵結陣而回，賊竟不敢襲其後。獨延綏軍與賊門相對，日被攻圍，中傷者衆，勢不能支。予又言於項、劉諸公曰："彼處當發兵邀擊，攻其所必救，賊若上山攻我，我以此精兵衝其脅，賊必敗。"衆從予計。乃遣劉公子文同甘州達官指揮亦撒率土兵五百人候賊上山，①兵即繼進，以邀其後。賊信胡神，十月八日，神降，曰："若今日出戰，勝則利。不勝，事不利矣。"至日，②賊果出攻我山上兵，我兵依法擣之，遂斬首十數級，賊始懼。

會續調甘州都指揮劉晟兵三千至。十八日，復會兵攻城，兵已上山，山勢高險，卒不能克。又日值景短，不久即晡，兵在山上者數千人，彼此皆懼，而賊尤甚。予憂兵不能掣，而賊復恐我攻山，乃詐請降，欲總督、總兵官詣城下。項、劉二公皆單騎詣彼，久不回。賊披戴明盔甲者數百人，環繞門外，而輕騎往來示武。予與太監劉公在溝外，予曰："賊窮蹙，無信義，萬一二公被遮留，何以言之朝廷？速邀二公歸。"賊堅訴要巡撫大人來，予曰："若不往，是示怯。"乃從數十騎至溝邊，大聲罵曰："賊徒無禮，天朝將官咸在此，爾豈應以精兵四外旋繞？"叱去之，賊遂入城。予至城下，滿四同滿璹等乃出訴曰："我等本良民，被劉參將、馮指揮激變。我今既如此，願赦死請降。"予乃言："劉參將等激變爾等，朝廷已知之，各官解赴京師

---

① ［校］亦撒：《紀録彙編》本作"亦散"。
② ［校］至日：《紀録彙編》本作"是日"。

矣。爾速降,朝廷必宥爾罪。"賊皆羅拜,兵始獲從容而下,一無所傷。予因問滿璹曰:"爾被逼劫入城,非反者。"璹乞命,予遂帶璹回營。次日,賊即設木栅於山上請戰,不復言降矣。

一日,夜五鼓,城内有李旗者至營外報曰:"今夜城中賊自相讎殺,可乘機剿之。"予與項、劉諸公謀曰:"此言固不可深信,但以理度之,恐不虚。"遂令中營軍士晨餐及傳諸營俱蚤至山下,賊果亂。未久,俱上山,亂矢下射。戰良久,我軍仰面受敵。予與項、劉親在陣前督軍,矢至面無敢避者,賊亦多傷,但不能得其首級耳。日將暮,遂掣兵。晨至山下,則用守城大將軍銅銃往城中擊之,死者不知其數。然天氣嚴寒,軍士不敢燃火,賊堅壁不出,迨暮始回。軍士頗嗟怨,竊相謂曰:"攻則攻之,使我輩早還。終日受寒,何日得了?"予聞之,又言於諸公曰:"頓兵日久,恐生他變。即黄河一凍,北虜入套,我軍豈能久駐?彼時賊乘間突出,奔入河套,與之合謀,貽患有不可言者。莫若攻城,破之可必。"衆不敢決。

時城中有一人代滿指揮送鋪陳、馬匹到營,有識之者曰:"此陳都堂牢子張馬六兒,陳公軍敗,遂從賊。"予問曰:"爾可回否?"馬六懼不敢對,因留。詢城中事,彼既不吐實,顧復詐誘,欲陷我軍,遂遣人紿送回固原寧家,即與山溝内殺之。

石城外有壕,深丈餘,人馬不能至城下,予思欲用土填之,乃取各城上圍竿木數十縛成大橋,置去廂車軸上,軒昂隨人,亦可用以攻城。至期,遂推至壕邊,低其前以遮矢石。命軍士數百人每人負土一袋以填壕,須臾壕平。車至城下,以竿絜城,果高二丈五六尺。賊乃開舊所立木栅,懸大石以防。予因欲舉此臨城,衆恐傷人,予曰:"豈有攻城不傷人之理?"諸公終猶豫不決,乃止。賊見,用是益懼,漸有出降者。予與項公議曰:"此輩不可害也。"遂給軍帖,令旗牌手送出營,任歸家。自此,逸出者日衆。賊雖嚴法禁之,終莫能遏。我軍圍困日密,賊既無馬與水,漸有逃散意,乃令曉番語人四外招之。

時回回楊虎力驍勇有謀略,①四倚爲謀主,見勢不可爲,遂以十一月十六日晚出聽招至大營。時予方會諸公籌畫兵事,虎力至,心甚恐。予曰:"汝既聽招而來,不必懼。"劉總戎刮刀與誓曰:"爾若能生擒滿四,或殺死來獻,朝廷有榜文,賞白銀五百兩、金一百兩,升爾指揮。"遂以銀示之。送出帳房外,屏人問曰:"何日可戰?"虎力曰:"只在明日,倘落雪,人有水,難以爲力。但滿四最怕神槍,至日若戰,不可放,放則彼即退去。"予又曰:"何處可戰?"虎力曰:"只在東山口。"予復曰:"賊精銳尚多,爾可計移其兵上山,方可信。"項公亦厚慰之,乃遣去。次日,至五鼓,予與項、劉二公整兵而出,至山下,其東山口係延綏兵所守地,而機又不可預泄,乃謂延綏參將胡愷曰:"爾營兵連日傷損實多,中軍兵可代爾守一日。"胡應曰:"諾。"予即命掣其兵,移中軍兵於山口。令人於高山上視之,見有騎白馬出城者,乃四也。既而,東山上果有披戴明盔甲精銳數百人,項公方信之。劉公恐其子文在彼不利,欲麾兵進,予曰:"不可。兵一進,彼必退矣。"如此者三。探者忽來報曰:"今日厮殺,賊箭往上射。"予叱之曰:"賊多詐。"已而約王公鋭等麾下悉前,兩軍相戰良久,彼此殺傷相當,我軍因奮勇鏖戰,賊遂大

―――――――――
① [校]楊虎力:《明憲宗實録》卷六十三"成化五年二月庚子"條作"楊虎狸"。

敗。俄報滿四等已生擒。少頃，送至軍前，爭功者不已，予手刃欲殺之，衆方散。予與項、劉諸公議曰："四既就擒，城中破膽，乘勝逼城，崩之必矣。"劉公曰："既得四，且罷。若進兵，恐賊堅守，卒不能平。"遂以四歸營，官軍大悅。予乃書火牌十數面，行各邊并陝西各府知之，以安人心。賊有馬驥、南斗，俱驍勇過人，四皆待以心腹。次日，復率其衆出戰，官軍輒擒之，賊勢益蹙。乃以擒四等捷聞，且止援兵。有敕獎諭，并賜羊酒犒勞。

不二日，城中復立平涼衛達官鎮撫火敬爲主，以拒官軍，凡逸出者即殺之。項公令諸營各遣夜不收數人夜偵城下，賊北行即報，南行勿追。蓋欲散彼之黨易成擒。二劉總戎議，欲任城中餘賊皆散去不追。項公與予議曰："賊自叛逆，殺我一伯、三都指揮，官軍死者數千人。今若縱之，後稍不遂意即又叛矣，終爲陝西患。論法不可恕。"乃日探之。至十一月二十五日，賊度不能支，一夜潰出，四散而去。因悉發諸營兵捕之，擒斬數千級，惟滿四姪太平舍人能最驍黠，逸去。詢其黨滿洪云："能熟知青山洞。"①用火薰之，方就擒，併獲其家屬百餘口。諸營官軍日搜山，又得賊五百餘人，②幼男婦女不下數千，盡分給官軍，止選取十三歲以下者數百以俟取用。③楊虎力家口亦被獲，虎力曰："望救之。"予令旗牌手引虎力逐一認之，俱給還，而其親戚以虎力被宥者亦衆。蓋以其預有功也。

惟舊時爲盜者百十人走彗箒山，置帳房數十頂居之，累招不下。項公命攻之，亦不克。予與項公議曰："此亡命殘賊，不足慮。終能得之。第石城之險，非盡夷前後所築城垣，恐後有叛者必據此爲巢穴。"遂令萬人悉平之。至於陣亡官軍之骸骼，久暴於城外，則令右布政余公子俊收聚，起大塚葬之，祭以牲醴。復立石記平賊歲月於山崖，④以示永久。乃會項公至彗箒山視之，予方欲設法攻剿，忽延綏報北虜已入河套矣，僉謂我軍久暴於外，倘北虜聞之，擁衆來此，其何禦之？⑤乃留精兵三千於本山之外伺賊，予與項公等於十二月二日并諸營軍馬悉回固原。

予乃宴總督、總兵并各鎮巡撫將佐。尚有所獲土達老婦人三百餘口，予與衆議以之解京，途中勞費，悉責其親戚放遣之。項公以二十六日歸陝，而諸路兵俱回鎮。⑥其生擒賊千餘，恐生變，即營中斬八百，餘擇留。滿四、馬驥、南斗、火鎮撫等及其黨與之罪大者二百名并滿四妻解赴京師，俱伏誅。⑦且以兵後久安無虞之計上聞，再奉敕獎勵。而彗箒山餘賊，至成化己丑正月十四日，⑧賊首毛哈剌亦叛誅，傳首至陝。餘賊皆散。其未殄土達悉不究，令

---

① ［校］滿洪：《紀錄彙編》本同，《國朝典故》本作"洪滿"。
② ［校］賊：《紀錄彙編》本作"虜寇"。
③ ［校］俟：《紀錄彙編》本作"候"。
④ 復立石記平賊歲月於山崖：《［萬曆］固原州志》下卷《文藝志・記》收錄有馬文升撰《石城記略》。
⑤ ［校］其何禦之：《紀錄彙編》本作"其何以禦之"。
⑥ ［校］諸：《紀錄彙編》本作"中"。
⑦ 《明憲宗實錄》卷六十三"成化五年二月庚子"條記載"逆賊滿俊等三百五十七人伏誅……至是，命官會訊俊等二百六十八人，坐凌遲處死，餘九十一人坐斬。"
⑧ 成化己丑：成化五年（1469）。

其本分耕牧，蓋慮其奔河套以從大虜也。於是，石城迤北古西安州添設一千户所，①除官撥軍防守。又以固原千户所改爲固原衛，奏選指揮等官苗鳳等七十餘員理衛事。復添兵備僉事一員，舉鞏昌府階州知州楊勉任之。②項公等遂班師。

本年三月，論功行賞。太監劉祥歲加俸二十石，③劉玉升左都督，項公升右都御史，予與延綏巡撫王公鋭皆升左副都御史，餘皆升職有差，而賞亦厚。先是，項公日披堅於石城下督軍殺賊，雖矢石如雨，略無懼色。予嘗勸其持重，公曰："奉命討賊，久無成功，死所甘心。"輿論偉之。及是，人猶以功大賞輕，爲不足淬勵人心云。任壽、吳琮、陳介謫戍兩廣，劉清、馮杰亦坐誅。先李俊之姪洪、滿四之姪安亡去，予督捕，竟獲，亦解京棄市。

四月，④奉敕撫安所餘土達。予復親詣固原檢其户數，拘其老者，面諭以生生之樂，釋其驚疑。衆皆叩頭俯伏曰："誓不敢爲亂。"遂奏給復三年，以安其心。復榜示曉之。選壯丁千名隨軍，皆樂從，願效死力以報。後再奏，復指揮滿璹官陝西西安左衛帶俸，以絶後患。師旅既靖，西方底寧。

予年四十有四，濫膺巡撫重寄，於兵事蠡午之際，得偕項公等同心戮力，凡營居野外者六十餘日，親犯矢石者二十餘戰，始克獲醜獻馘，殄平巨寇，迄今三十有六年，歷歷若前日事。偶因項公後人求論次其先烈，而并及其始末之詳如此，使觀者有以知兵禍起於細微，戰功係於謀畫，當思患於未萌，圖成於先事，是亦有志建功爲國者之一鑑也。豈直備史氏之略，著一時同事者之績而已乎！

弘治十六年歲在癸亥秋七月吉旦記。⑤

西征石城記終。⑥

廣信府同知　鄒　潘

推官　方　重

臨江府推官　袁長馭

上饒縣學教諭　余學申　對讀

湖州府後學　吳仕旦　覆訂⑦

---

① ［校］古：《紀録彙編》本作"右"。

② 楊勉：《明憲宗實録》記載爲"楊冕"。《明憲宗實録》卷六十三"成化五年二月丙午"條記載"陝西階州知州楊冕升陝西按察司僉事，專於固原、高橋等處管理土民。從總督軍務右副都御史項忠等建議增設也。"

③ ［校］十：《紀録彙編》本作"百"。

④ 四月：《明憲宗實録》作"二月"。《明憲宗實録》卷六十三"成化五年二月甲辰"條記載"敕巡撫陝西右副都御史馬文升等扶綏固原土達，給之衣糧、農具。時滿四平復，其餘黨雖已寬宥，然產業破蕩，反側未寧，須曲加撫治。巡按御史江孟綸以爲言，故敕文升等撫安之。"

⑤ 弘治癸亥：弘治十六年(1503)。［校］弘治十六年歲在癸亥秋七月吉旦記：《紀録彙編》本無。

⑥ ［校］西征石城記終：《紀録彙編》本無。

⑦ ［校］此五行底本無，據《紀録彙編》本補。

撫安東夷記

鈞陽馬文升①

洪惟我太祖高皇帝膺天眷命，奄有萬方，以西北密邇胡戎，乃設陝西行都司於甘州，山西行都司於大同，萬全都司於宣府。又於喜峰口外古惠州地設大寧都司，遼東遼陽設遼東都司，陝西寧夏即趙元昊所居地設寧夏左等五衛。而遼之廣寧尤北虜要衝，復設廣寧等五衛，與各都司并寧夏咸號重鎮焉。時則封肅王於甘州，慶王於寧夏，代王於大同，谷王於宣府，寧王於大寧，遼王於廣寧，以藩屏王室，捍禦胡虜，凡有不廷，即命諸王討之，所以三十餘年，胡虜不敢南牧。

迨我太宗文皇帝遷都北平，始徙大寧都司於保定府，而其所屬營州等一十餘衛所，亦省入順天、永平二府地方。時谷府未之國，即改湖廣之長沙，遷寧府於江西之南昌，遷遼府於湖廣之荊州。乃以大寧之地，自古北口至山海關立朵顏衛，自廣寧前屯衛至廣寧迤東白雲山立泰寧衛，自白雲山迤東至開原立福餘衛。處虜之附近者，既又以開原東北至松花江、海西一帶金之野人女直分爲二百七十餘衛所，②皆錫印置官，官雖多寡不一，皆選其酋長及族目授以指揮、千百户，間亦以野人之向正者爲都指揮、都督統之，爲我藩屏。而松花江東北一月之程所謂黑龍江之地，則又立奴兒干都司。時遣使往招諸夷，有願降中國者，於開原設安樂州，遼陽設自在州居之，皆量授以官，任其耕獵，歲給俸如其官。當時各衛夷人每入貢，賞賜殊厚，以故凡迤北征討，皆聽調遣，無敢違越。永樂末，招降之舉漸弛，而建州女直先處開原者叛入毛憐，自相攻殺。宣德間，朝廷復遣使招降之，遼東守臣遂請以建州老營地界居之。③老營者，朝廷歲取人參、松子地也，名爲東建州。初止一衛，後復增置左、右二衛，而夷人不過數千，然亦歲遣使各百人入貢以爲常。其地則遼東自山海關直抵開原，道路如一"之"字，南瀕大海，三面皆夷虜，至爲難守。其性則建州女直譎詐過於海西，④海西過於朵顏等三衛。蓋海西、建州馬步能戰，而朵顏三衛止長於騎射故也。自北虜也先猖獗，三種之胡遂皆歸之。

---

① 鈞陽馬文升：底本作"鈞陽馬文昇"，《紀錄彙編》本作"馬文升"。
② ［校］金：《紀錄彙編》本作"今"。女直：《紀錄彙編》本作"女真"。
③ ［校］界：《紀錄彙編》本作"俾"。
④ ［校］譎：《紀錄彙編》本作"詭"。

正統十四年，也先犯京師，脫脫卜花王犯遼東，阿樂出犯陝西，各邊俱失利，而遼東被殺虜尤甚。以故朵顏三衛并海西、建州夷人處處蜂起，遼東爲之弗靖者數年。至景泰後，始克寧謐，而海西野人女直之有名者率死於也先之亂，朝廷所錫璽書盡爲也先所取，其子孫以無授官璽書可徵，不復承襲，雖歲遣使入貢，第名曰"舍人"。以是在道不得乘傳置，錫宴不得預上席，賞賚視昔又薄，皆忿怨思亂。遼東人咸知之，而時未有以處之也。積至成化二年，建州都督董山等梟雄桀黠，乘是以動海西之夷擁眾入寇。守臣以聞，朝廷命太監黃順、總兵官武靖伯趙輔、左都御史李秉往討之。輔等既降董山，則逮赴京師，而山仍桀驁。比行至廣寧，輔等以爲山若復歸，貽患必大，奏朝廷，遂誅山而安置其黨於兩廣、福建，且復進攻之。時雖克捷，而所失亦不少矣，然邊境亦賴以寧。至成化中，元之遺孽滿都魯僭稱可汗，虜酋亂加斯蘭爲太師，節犯宣府，聲勢甚大，驚報殊急。① 予乃以兵部右侍郎奉命整飭遼東邊備以防胡，時成化十二年八月也。九月，即抵遼東，遍歷險要，繕城堡，利甲兵，練軍士，選精壯，凡所以爲防虜計者，罔不殫心力。虜人覘知我有備，遂不復發。適山東左布政陳公鉞以右副都御史來巡撫遼東，②後予而至。凡備禦都指揮等官輒逮於理，既當法則止罰馬、罰草，而復俾莅戎政。由是馬之價皆削，諸軍士不復顧忌。予既防胡歸京師，則以十五事上陳，而禁巡撫官罰馬，於軍職者亦與焉，陳遂以爲驚。③

先是，海西兀者前衛都指揮散赤哈上番書，言開原驗放夷人管指揮者受其珍珠、豹皮。兵部移文遼東守臣勘之。管指揮者懼，乃因本衛都督產察係散赤哈姪，入貢歸，賄求產察，言管實無所受。散赤哈聞之，深怨產察，聲言聚眾犯邊。邊將以情報守臣，守臣乃譯番書，招散赤哈來廣寧面折。散赤哈遂率所部十數餘人，欲由撫順關進赴廣寧。時參將周俊等守開原，恐散赤哈至，則真情畢露，乃遣使馳報廣寧守臣，詭云："海西人素不由撫順關進，恐熟知此道，啓他日患。"守臣不虞其詐也，即召其使速阻之。時散赤哈已入關，聞之大怒，折箭誓恨，復歸至撫順所，備禦都指揮羅雄知事不協，具酒食慰，遣出關。時建州三衛女直亦欲報誅董山之怨，而全籍海西之勢，緣此遂留散赤哈於建，共來犯邊，勢漸昌熾。向使不阻散赤哈以啓之，邊患爲之息矣！守臣以聞，乃招土兵大征建州，而出榜示眾，徒張虛聲，實皆顧戀私家，不趨遼陽。三衛遂得糾合海西人數千餘。十四年正月，乘虛入境，大掠鳳集諸堡。報至廣寧，陳懼，始赴遼陽，而寇出已久矣。獨近邊土著虜人也僧格等十八人家，皆有使入貢未還，恐誤罹兵禍及拘留其使，乃走撫順所報訴，云："犯邊者皆海西人。"陳與分守遼陽副總兵韓斌意在撲剿夷人以掩罪，遂皆收繫瀋陽衛，④乃乘夜率諸軍襲各寨屠之，訖無所掠人畜，而精壯者間亦脫去。暨回，遂搥死也僧格於獄，乃以搗巢之捷聞。

時太監汪直者勢焰方熾，惑於通事王英，謂往撫可邀大功。上命司禮監出駕帖，太監懷

---

① ［校］驚：《紀錄彙編》本作"警"。
② ［校］陳公鉞：底本作"陳公越"，據《紀錄彙編》本改。
③ ［校］驚：《紀錄彙編》本作"隙"。
④ ［校］收：《紀錄彙編》本作"拘"。

公恩以直年少喜功,於本年三月初四日同太監覃昌等七人至內閣,傳宣兵部尚書余公子俊、侍郎張公鵬暨予。比至,僉言彼既有使入貢,却又屠其家,今若之何可以彌釁? 或言宜以大官酬之。予曰:"官不足以釋其忿。且宋以李繼遷爲京官,遂致西夏之患。"懷公曰:"然則遣大臣同大通事往撫之?"衆皆曰:"諾。"尋宣至內府,懷公傳旨:"建州夷人被大軍征剿,恐懷疑懼,着兵部侍郎馬文升①、大通事詹升前去撫安。"已而,王英即謁予於私居,喻汪意欲請與俱,予遂謝絶之。即行,汪深以爲恨,衆皆爲予懼。予以事關朝廷,亦無所恤。乃疾馳追及入貢夷使重陽等於中途。

四月初五日,抵撫順所,先縱重陽左右一二人歸諭其衆,使知朝廷意旨。遂有十數人來見,即諭以前意遣歸。尋召各衛酋長聽宣璽書,由是纍纍皆至。而被屠之家數百人,悉訴其方遣使入貢,無犯邊狀而冒當殺戮,又果無劫掠人畜可證。今雖仰荷朝廷招安,實難於度日。予遂承詔各以牛、布給慰之,且令其酋長赴京。適微聞海西雖來聽撫,猶思寇掠。始歸,乃於東寧衛訪嘗爲建州經歷識字熟女直趙安,以招降爲名,陰探於渠魁卜剌答所,果有海西兵馬與否。不數日,趙安歸云:"有。且賊數千而馬悉膘壯。"時分守開原太監韋朗亦遣人來言:"海西賊俱動,若來遲,恐勢不可撫。"予遂以建州事聞於朝,且言夷人雖暫聽撫,觀其言貌詞氣,尚懷反側,難保遽安。仍移文總兵官歐信、副總兵韓斌、參將崔勝各率所部及調開原參將周俊帶領開原、鐵嶺精卒三千,②各分伏鳳集堡一帶,賊以爲無備矣。比予至開原,甫三日,果數路入寇。諸軍以逸待勞,遂斬首二百餘級,生獲數十人及賊馬器仗無算,而所斬者率多海西人馬。參將崔勝、周俊馳報陳,陳爲功。予因并前所論反側情狀,及申虜人背逆天道,既聽招安,旋復入寇,以自取滅亡之禍。③ 請移遼東兵剿之,或既奪其心,而姑與更新招撫,遣通事指揮李璟聞諸上。事下,兵部以爲虜人既撫安垂成,只仍招撫以安地方,朝廷從之。

海西人聞之,且感且懼,都督産察等盡歸降。乃一體諭之,遣其酋入京。而遼東守臣奏報十數日方至,以故賞皆不行,陳以是隙益甚。夷既降,予慮其猶踵舍人之怨,則檢其先授官子孫之失襲者,皆令來見,譯審實,請兵部於內閣驗授官璽書底籍明白,④再遣遼東守臣勘實,令襲官者復十數人,夷愈感激。

汪以夷既招安,曷又入寇? 復主王英言,請帶領頭目百餘人給令牌、令旗往,夷聞其聲勢,久無一人復出者。汪至開原,更有予原所招出兀者前等衛、野人女直、堵里吉等三百餘人。而予時在撫順,汪不與之接,皆怒欲歸寨。參將周俊恐敗事,乃謂汪曰:"不可不請馬欽差來議。"汪乃遣人至撫順所邀予,予亦馳至開原與汪會。汪曰:"若之何?"予曰:"太監既至此,此夷即太監招出者也,何間彼此?"汪揣知事不易,遂聽予言,俱犒之。既又以謄黃璽書付各寨招安,同以事聞。已而,汪意猶欲再招出,⑤見示己功。予曰:"太監此來既有令牌、令

---

① [校]馬文升:底本作"馬文昇"。
② [校]卒:《紀錄彙編》本作"兵"。
③ [校]自:底本作"目",據《紀錄彙編》本改。
④ [校]底籍:《紀錄彙編》本作"依底籍"。
⑤ [校]出:《紀錄彙編》本作"出示"。

旗,彼懼,決無敢出者。太監第回京,可保無虞也。"汪亦欣然與予俱歸遼陽,復會聞於上。予至京師,上賜羊酒寶鈔,汪亦釋然矣。

　　既而,兵部以失機召信、斌入京,久未訊,汪皆許以復舊任。適汪有事河南,兵部以信等逮訊於都察院。汪回,怒甚。又有李謙者,上疏救斌,汪遂請同定西侯蔣琬、刑部尚書林聰往勘,比回,信等獄皆解。有譖予者,汪遂密奏,予下錦衣獄,謫戍四川。

　　成化癸卯,①乃蒙恩改都察院左副都御史巡撫遼東,顧軍士雖喜而將臣甚疑懼,予率公以處之。迄今邊境晏然,而東人之心亦安矣。嗟乎！國計私忿不兩立也。予以區區爲國之心,雖一時艱危何恤？然而事久天定,不惟少裨於邊防國事,抑且不愧不怍,神明有不扶持者哉！然則爲人臣者亦可監矣。

廣信府同知　鄒　潘

推官　方　重　校正

臨江府推官　袁長馭

上饒縣學教諭　余學申　對讀②

① 成化癸卯：成化十九年(1483)。
② 此四行底本無,據《紀録彙編》本補。

興復哈密記①

鈞陽馬文升②

　　幅員之内，以中嶽爲地之中。惟西域最遠，而夷人種類亦繁，自大禹時始通貢中國。今之甘凉，即漢匈奴右賢王之地也。武帝傾海内之財始取之，設酒泉、張掖、燉煌三郡，西至玉門關外，去中國數千餘里。至光武時，乃閉關以謝西域。唐太宗好大喜功，斥地極遠，而西域諸番入貢中國者始盛。唐之中葉，雖六盤山外，亦爲吐番所據，終唐之世，不復入貢。延及有宋，趙元昊據有寧夏，僭號稱帝，遂併西域，大爲宋室患。③元太祖起自朔漠，收併諸夷，入主中國者九十餘年。

　　我太祖高皇帝膺天眷命，掃除胡元，統一寰宇，凡四夷來貢者不拒，未來者不強，其於西域也亦然，真得古帝王馭戎狄之道矣。迨我太宗文皇帝繼承大統，開拓疆宇，④始招來四夷，而西域入貢者尤盛。乃即哈密地封元之遺孽脱脱爲忠順王，賜金印，令爲西域之襟喉，以通諸番之消息。凡有入貢夷使、方物，悉令此國譯文具聞。脱脱故，其子孛羅帖木兒襲封。孛羅帖木兒故，無嗣，王母理國事。

　　成化九年，土魯番鎖檀阿力王虜王母、金印以去，本國番夷離散，皆逃居苦峪、肅州，亦有陰隨土魯番者。甘州守臣奏報，兵部集議以聞。上命高陽伯李文、右通政劉文往撫之。比至，止調集罕東、赤斤番兵數千駐苦峪，不敢前。自此番兵漸輕中國之兵矣，竟無功而還。朝廷屢命守臣經略，而王母、金印竟不可返。

　　至成化十四年，鎖檀阿力王故，其子阿黑麻主事。十八年，甘肅守臣乘間奏以王母外甥畏兀兒種類都督罕慎襲封爲王。成化二十年，遣使送入哈密，鎮守太監覃禮、總兵周玉、都御史王繼皆賞賜白金、彩段，而效勞之人亦各升賞矣。

　　弘治元年，阿黑麻以罕慎非貴族，乃假結親而殺之。尋遣夷使入貢，且乞大通事往和番，因求爲王，以主哈密國事。予時任兵部尚書，以爲近日迤北大虜亦不遣使通好，今阿黑麻自有分地，亦難封彼爲王以主哈密，彼若入貢，亦所不拒。乃具以上聞，請降璽書付甘州守

---

① ［校］興復哈密記：《紀録彙編》本作"興復哈密國王記"。
② 鈞陽馬文升：底本作"鈞陽馬文昇"，《紀録彙編》本作"馬文升"。
③ ［校］宋室：底本作"宗室"，據《紀録彙編》本改。
④ ［校］疆宇：底本、《紀録彙編》本均作"彊宇"，據《國朝典故》本改。

臣,①遴遣哈密夷人曾居甘州者齎賜阿黑麻,切加責諭,時王母已故。弘治四年,本酋遂以金印、城池來歸,守臣具聞,事下兵部。

本年八月,予以爲哈密國回回、畏兀兒、哈剌灰三種番夷同居一城,種類不貴,彼此頡頏。北山一帶又有小列禿、野乜克力數種強虜,時至哈密需索,稍不果願,輒肆侵陵,至爲難守,必須得元之遺孽襲封以理國事,庶可懾伏諸番,興復哈密。不然,雖十年未得安耳。先是,曲先安定王遣使入貢,即忠順王裔派也。予因命通事詢貢使,安定王族中子姪有可以主哈密國事者,貢使舉王姪陝巴可任狀。予遂奏令甘肅守臣取陝巴審可否,守臣尋以陝巴堪舉。及據哈密三種大頭目奄克孛剌等亦皆合詞告保陝巴年少量宏,足以服衆,願乞早襲王爵,管理國事狀聞。弘治五年二月,予集議請以陝巴襲封忠順王,主哈密,然尚未給冠服也。守臣急欲成功,倉卒遣使送之於哈密。未幾,諸番夷以陝巴無所犒賜,而阿黑麻復怒大頭目都督阿木郎嘗克其賞賜,又嘗虜其部落頭畜,遂殺阿木郎,復虜陝巴及金印以去。時弘治六年也。

報至,適阿黑麻先所遣大頭目寫亦滿速兒等四十餘人入貢在京師,內閣禮部尚書大學士丘公濬謂予曰:"哈密事重,須煩公一行。"予曰:"邊方有事,臣子豈可辭勞?但西域賈胡惟圖窺利,不善騎射,自古豈有西域爲中國大患者?徐當靜之。"丘曰:"有讖言,②不可不慮。"予因集議請自往。衆曰:"哈密一方事耳,今北虜在邊,四方多故,公往甘涼,四方邊事付之何人?"乃議以兵部右侍郎張公海、都督僉事緱謙領敕率寫亦滿速兒等往經略之。

既抵甘州,議令寫亦滿速兒等數人并遣在邊通事先以敕諭阿黑麻順天道,歸陝巴、金印,而諸夷使緣此皆欲同回。張、緱等不可,惟遣哈密夷人以敕往。迨久未回,張、緱等遂以上命修嘉峪關,清各衛久居哈密回回名數以聞。復捕哈密久通阿黑麻黠詐回回二十餘人,發戍廣西,諸夷頗知畏懼。予以爲此虜既遣使入貢,復虜陝巴、金印,追敕使往,又久不報,其輕中國之心著矣。遂請以寫亦滿速兒等四十餘人皆安置兩廣、福建,并閉嘉峪關,示西域入貢諸番夷俱毋令入,使阿黑麻結怨於衆夷,以孤其勢。張、緱等於弘治七年三月未前聞即歸,上怒其不進圖本,又無成功,皆下獄,張降外任,緱住俸閑住。

然阿黑麻愈肆驕橫,大抵皆哈密回回教之也。蓋以成化間,彼番貢獅子,甘州守臣奏至,憲宗皇帝預命內臣接至河南入京,賞賚甚厚。今上即位初,彼復貢獅子,泛海由廣東來。奏至,上不貴遠物,諫官交章請却之而回,其餘貢至者亦不及昔年厚賞利,乃教誘阿黑麻詐稱領夷兵一萬,用雲梯攻肅州城,并蹂甘州。報至,朝野頗驚。予以爲彼張虛聲以挾我耳,且土魯番至哈密十數程,中經黑風川,俱無水草,哈密至苦峪又數程,亦無水草,入貢者往返皆馱水而行。使我整兵以俟,謹烽火,明斥堠,彼至肅州,我以逸待勞,縱兵出奇一擊,必使彼匹馬不返矣。夷使入貢至京者,亦以此意曉之,代彼邪謀,自此再不敢復言來攻肅州矣。

---

① [校]請:底本脫此字,據《紀錄彙編》本補。
② [校]讖言:底本作"纖言",據《紀錄彙編》本改。

無何，阿黑麻復令頭目牙蘭率番夷二百餘據哈密，予以爲此虜若專示以恩，①而不加之以威，彼終不知畏，必須用陳湯故事。因訪肅州撫夷指揮楊翥者，雅諳夷情，熟知哈密道路，而爲各種番夷所信服。乃請命守臣遣翥奏事京師，詢以襲殺牙蘭之策，翥即陳罕東至哈密捷徑道路甚悉。予曰："若用漢兵三千爲後援，別選罕東番兵三千爲前鋒，各持數日熟食，兼程襲之，何如？"翥曰："如此，取之必矣。"予乃於弘治八年請敕甘州守臣揀選精銳漢兵如前數，令分守肅州副總兵彭清統領，由南山取捷徑，馳至罕東，急調番兵齊足，乘夜兼道襲斬牙蘭。而守臣貪功，乃親率漢兵至肅州，又久駐嘉峪關外，候罕東兵不至，即命彭清由無水草常道往。牙蘭預知之，皆遁去。洎兵至哈密，獲城追剿之，僅斬首六十餘，而威大振於西域，巡按御史以功冊聞。予以兵遠至哈密，雖未得牙蘭，而擒斬亦多，且軍士重勞，悉加犒賞。至於鎮守太監陸誾、總兵官右都督劉寧、巡撫左僉都御史許公進有功升賞，請上裁之。乃加陸誾俸米二十石；劉寧升左都督，加俸米一百石；許進升右副都御史；彭清升實授都督僉事。賞足酬功，人心允愜。

　　阿黑麻以是畏威悔過，計無所出，遂遣使入貢，并以陝巴、金印來歸，且求寫亦滿速兒等，時弘治九年也。予以其挾詐，乃請取陝巴、金印即甘州俟命，②然後取寫亦滿速兒四十餘人於兩廣，付甘州，給前錫賚及阿黑麻敕諭并賞賜表裏等，皆附入今降敕內，俱交與後貢番使同寫亦滿速兒等歸之。其先未給賜陝巴蟒衣、彩段、冠服。適值總制三邊經略哈密太子太傅兵部尚書王公越來，請即敕就彼賜陝巴，遣使自甘州護入哈密。

　　時有內侍欲以指揮倪端、百戶王希恭、充軍閑住指揮使馬俊嘗至哈密，又三人皆迎合彼意，希升官職，每誑誘遣彼以護送陝巴爲名，可至土魯番取寶以彰功。彼好异物，不度其詐，因令俊等進本求復職。予以俊曩守靈州，貪叨特甚，③既充軍閑住，官無名可復。俄有旨，復指揮同知。及予請以應賜陝巴冠服、彩段等物，令總制王公所遣千戶張仁賫往，彼堅意欲遣俊等，遂耽延日久。④ 予方得請以陝巴冠服，仍委張仁往，至則王公適以其日卒於位。至弘治十一年二月，守臣始以冠服并敕諭就甘州給陝巴。

　　其三種大頭目都督寫亦虎仙係回回，⑤奄克孛羅係畏兀兒，并迭力迷失係哈剌灰種類，皆翼佐陝巴者。予又慮哈剌灰以射獵爲生，各番頗懼，多不樂居哈密城。遂請量留其家室之半居肅州，許其往來，以繫其心，并將張、緩等查出前居甘州及後哈密離散夷人大小共二千餘名口，咸給牛犋、種子、布匹、衣糧，遣撫夷千戶數人，於弘治十一年二月護入哈密。弘治十三年，甘州巡撫都御史周季麟以往來有功者上聞，予論功上請，鎮守太監陸誾、總兵官彭清、都御史周季麟皆賜彩段、白金，餘亦升賞有差。自是阿黑麻感畏朝廷恩威，并黑樓國等處咸遣

---

① ［校］若：《紀錄彙編》本作"只"。
② ［校］即：《紀錄彙編》本作"至"。俟：《紀錄彙編》本作"候"。
③ ［校］叨：《紀錄彙編》本作"饕"。
④ ［校］日：底本作"月"，據《紀錄彙編》本改。
⑤ ［校］都督：底本作"都寫亦督"，據《紀錄彙編》本改。

夷使入貢，諸番無警，邊方底寧，而九重亦紓西顧之憂矣。噫！[1] 懾服點獷之醜虜，興復久滅之番國，仰仗聖天子明聖，且經略者十有餘年而功始就，中間任事者亦豈一人哉！是何成事之不易邪！昔狄仁傑所論推亡固存之義，國家繼絶之美，識者是之，茲舉亦有所本也。因記興復歲月及我朝設置之由，俾後之人知其始末得有所考云。

---

① ［校］噫：《紀録彙編》本作"蓋"。

書馬端肅公三記後①

卿哲《馬端肅公三記》舊本訛蠹，因梓焉。諸先生序詳矣。夫記以紀實，固也。《三記》皆一時事一耳，公之事如斯而已乎。每聞薦紳長者之論，僉謂公醇正忠直，當代偉人，遇時大行，敷文飭武，勛烈懋著，中涉傾險，嶷然如山，晚際孝廟，倚毗尤隆。公負碩德峻望，感格啓沃，挺然以重者自任，作率廖士，雲會一時，莫不精白以承休德。故十八年間盛治之效，爛然可睹也。公遺稿中存奏議數百篇，嘗一讀之，想見明良氣象，可謂難矣。自公之得謝也，不逾年而人政一變，升降之機，其繫矣乎！既歸於鈞，乃築室三峰山之下，闔户獨居，優游數年。雖在羅壽禍，若相忘焉。公殆將病也，郡之西神后山，瀕終之日，無雲雷鳴。嗚乎異哉！聞者悲思咽吊，則公之一身，豈特磊磊軒天地者乎？所謂不朽者，自有在矣。故謂《三記》，一時一事也。

正德庚辰五月夏至日。② 鈞陽任洛謹識。

廣信府同知　鄒　潘
　　　推官　方　重
臨江府推官　袁長馭　校正
上饒縣學教諭　余學申　對讀
湖州府後學　吳仕旦　覆訂③

---

① ［校］書馬端肅公三記後：此篇底本無，據《紀録彙編》本補。
② 正德庚辰：正德十五年(1520)。
③ ［校］此五行底本無，據《紀録彙編》本卷三十七末補。

馬端肅三記提要[1]

　　《馬端肅三記》三卷，户部尚書王際華家藏本。明馬文升撰。文升，字負圖，鈞州人。景泰辛未進士，官至兵部尚書，加少師太子太師。端肅其諡也。事迹具《明史》本傳。此三篇皆所自述，一曰《西征石城記》，紀成化初爲陝西巡撫，與項忠平"滿四之亂"事；一曰《撫安遼東記》，紀成化十四年遼東巡撫陳鉞冒功激變，而文升奉命撫定之事；一曰《興復哈密記》，紀弘治初土魯番襲執哈密忠順王，而文升持議用兵，遣許進等討平之事。三記本在文升所著集中，此其析出别行之本也。

　　案：此三記皆文升所自述，宜入傳記類中。然三事皆明代大征伐，文升特董其役耳。實朝廷之事，非文升一人之事也。故仍隸之雜史類焉。

---

[1] ［校］馬端肅三記提要：底本及諸校本均無。參見（清）永瑢等撰：《四庫全書總目·史部·雜史類存目二·馬端肅三記》，中華書局，1965年，第477頁。

馬端肅公詩集

太師馬端肅公詩集序

　　余不佞,自綰髮授經時,業聞我明先正有馬端肅公,逮壯而登朝,與海内學士、大夫游,間嘗論端肅勳業震耀當世,蓋讀公奏議而未睹公之詩篇。庚寅歲,①叨按中原,巡歷至潁川郡,即端肅故里也。厥從玄孫進士馬君慤往令臨淄,與余按東土時有一日之雅,暇日過從,捧一編以視余曰:"此先端肅詩集也,不可以無序。"遂問序於余。余將以不文辭,乃竊惟古者有采詩之官,輶軒所至,民風於是乎觀焉!文獻於是乎徵焉!今余奉簡書以巡狩也,有采風徵獻之義。既得兹編,展而頌之,爲律詩二百九十三首,爲絶句三十三首,爲古風十三篇。大都攬山川夷險之形勝,酬薦紳交游之贈答,懷君父生成之大德,感古今興替之異宜。則於敘歷之暇,發爲辭賦,衍爲歌詩,靡不肆而隱,曲而中。其言深厚和平,沉鬱典雅,渢渢乎有先民遺風,鑿鑿乎有布帛菽粟之味。至於運籌幃幄,克敵制勝,則又以慷慨激烈之辭,發攄其憂國籌邊之志。試摘集中二三聯,如云:"塞上功勳慚李靖,關中事業愧蕭何。""古戍樓空烽燧息,胡天霜冷塞鴻回。""練士空聞排陣勢,平胡未見勒燕然。"皆横槊而賦,先憂可知也,何悲壯哉!雖然,雕蟲小技,壯夫恥爲,矧昭代名臣乎?此特公之緒餘耳,未足以見公之大也。詢諸長老,言公性介特,寡言笑,舉止嚴重,修髯偉貌,望之知爲异人。居官重名節,礪廉隅,雖位極人臣,名聞夷夏,退然若不敢自居。至值事變,臨利害,屹然如山,不可摇奪。晚歸屏居三峰山之下,足迹不入城市。鴻冥鳳舉,人莫窺其際。考其生平大勳勞,則西征石城、撫安東夷、興復哈密國尤爲最著。遭際五朝,受知列聖,豐功偉績,照耀青史,與日月争光,可謂社稷臣矣。議者謂公忠鯁如汲長孺,勳名如郭汾陽,相業則比韓稚圭、范希文,殆非過論也。頌其詩,想見其人,益可以論其世云。然則以采民風,公之詩可以風矣;以徵文獻,公之文獻足徵矣。我朝第一流人物,舍公其誰哉?方今西戎孔熾,邊事告急,需才甚於燃眉。聖天子宵旰焦勞,方拊髀思頗牧,倘得端肅其人者,而俾之經略西事,當寧可無西顧憂矣。余之序端肅詩也,豈區區在辭賦間哉!於是僭爲之言,以弁其端。

　　萬曆庚寅八月朔旦。賜進士第巡按河南監察御史吴郡後學毛在撰。

---

① 庚寅歲:萬曆十八年(1590)。

馬端肅公詩序[1]

李維楨

　　余守大梁之明年，行部陽翟謁太師馬端肅公祠，見其像，若山澤之臞不勝衣者。祠四壁繪公自少至耄所歷官階，章服褎葆騶導之盛；及歸田以來，幅巾大帶，隱囊鳩杖，壺觴燕游之適；與其鬚眉顔面，以時變易，纖悉畢具。而於戰功爲詳，奮臂一呼，衆皆披靡，搴旗陷陣，大寇薙獮，名王捽胡，而致之麾下，抑何赳赳武烈也！成、弘之間，國家得公，若龜立極龍爲霖，騶虞鳳鱗之瑞。世踟蹰四顧，恨不生同。其時已問公墓，先朝所護，作堂寢繚垣之屬，號爲弘麗；松柏之材，其大蔽牛。而嗣人不能守，以償子錢，家並城中居第，斬艾轉鬻無遺者。余不勝慨然，稍下有司詰問，補其闕失，可十之一。

　　而公之從曾孫，臨淄尹方倚廬墨衰。入謝，更集公詩三帙，屬之序。余拜而卒業，而深信詩之可以知人，可以論世也。漢元封間，柏梁臺成，詔群臣二千石，能爲七言詩者，上坐大司馬、大將軍，功名權寵，當時無兩。其詩曰："郡國士馬羽林材，和撫四夷不易哉。"皆直言無藻飾，而精神氣象亦可概見。後進好事者，病絳、灌無文，隨、陸無武。往往求多於古人，而不知此古人所以大過人也。其心朴而無矯，其力專而有恒，不強其所未至，不文其所不足。神閒氣定，堅忍不拔，故能當大難、任大事，而有成功。如絳、灌之輔高、惠，誅諸吕，佐文帝，出入將相，扶危定傾，豈易辦哉！彼視隨、陸之文，直鏤冰耳。漢世人材，最爲近古，是足徵已。末世學術多岐，自修者地廣大，荒而不治，論人者一人之身，而百工之所爲備。故志分而不一，行飾而不情，好勝而遇敵，晳於一曲而闇於大體，功業不逮古人，職此其故。公詩本乎性情，寓目應手，不雕琢繪澤，而音節自合。在朝在野在封疆，素位而行，因事而言。寧有逸志淫辭，沾沾自喜，與雕蟲小夫之技挈知巧乎？其入而能爲絳、灌，出而能爲衛、霍，有以也。風胡子之論劍曰："五色相勝，非寶也。"相劍而去其色與名，非深於道者孰能知之？是故誦公詩而可以知其人也。

　　夫鄭、衛之音，狄成滌濫，使人悦而忘倦，君子放之。葛天氏之持牛尾投足也，伊耆氏之土鼓蕢桴葦籥也，康衢野老之擊壤也，知音者有邈思焉。醴酒之用而玄酒之尚，莞簟之安而稿秸之設，貴其始耳。味如玄酒，色若稿秸，則公所爲詩，已非成、弘間醇白未漓之盛際，安能得此？是故誦公詩而可以論其世也。

　　公別著奏議若干卷，生平行誼功伐，在國史家乘，人人能言之。第序所以集公詩意如此云。

---

① ［校］底本無此序，據（明）李維楨：《大泌山房集》卷十九補，明萬曆刻本，參見沈乃文主編：《明別集叢刊》第四輯第八册，黄山書社，2015年版，第455—456頁。

馬端肅公詩集目録①

七言律詩二百六十四首
七言絶句詩三十首
六言絶句詩一首
五言律詩二十九首
五言絶句詩二首
七言古風三篇
五言古風十篇
詞一闕

馬端肅公詩集目録終

---

① 據毛在撰《太師馬端肅公詩集序》記載，《馬端肅公詩集》共收録律詩二百九十三首，絶句三十三首，古風十三篇，共計三百三十九；據《馬端肅公詩集目録》記載，《馬端肅公詩集》共收録"七言律詩二百六十四首，七言絶句詩三十首，六言絶句詩一首，五言律詩二十九首，五言絶句詩二首，七言古風三篇，五言古風十篇，詞一闕"，共計三百四十首。據現存《馬端肅公詩集》内容統計，該詩集第三十二葉後半葉至第六十九葉前半葉内容全部缺失，共缺失三十六葉。經初步統計，《馬端肅公詩集》現存七言律詩一百四十五首，七言絶句三十首，五言律詩二十九首，七言古風四篇，五言古風九篇，詞一闕，共計二百一十八首，相比《目録》缺失一百二十二首。

馬端肅公詩集

明左柱國太師吏部尚書鈞陽馬文升　著
陝西按察司按察使後學徐衍祚　編輯
四川布政司右參議後學安九域　較正
通政司觀政進士後學王述古　同較
刑部觀政進士五世玄孫馬懋　繡梓

自漁陽至盧龍道中有作

漁陽郡至盧龍郡,道路迢迢五百餘。官柳迎秋容漸老,晚禾得雨穗方舒。邊無烽燧胡塵靜,邑有弦歌暴政除。自是王畿民樂業,不勞更上治安書。

寄同學貴州巡按劉繡衣

渝郊別後日如馳,雲樹常懸兩地思。岷水西來魚信杳,貴陽南望雁書遲。投荒慚我乖時務,持節賢君振憲規。何日神京重聚首,青樽銀燭細論詩。

辛丑重陽日有懷時在渝州①

不堪老去客渝州,況值黃花雁過秋。竊祿慚無張翰識,感時空抱杜陵憂。雲霄故友誰青眼,節序催人自白頭。往事追思渾似夢,滄江空羨水中鷗。

有感

年來何事罹邦刑,謫戍巴川萬里行。白帝城邊聞虎嘯,黃牛峽外聽猿聲。風濤此日真堪畏,寵辱從來自不驚。聖主求賢心最切,肯令終老在渝城。

荊州懷古

湖湘形勝屬荊州,三國當年戰未休。老樹夕陽劉表宅,寒烟衰草仲宣樓。中原屏蔽通西蜀,建業襟喉控上游。聖世封疆今混一,夜無刁斗響城頭。

---

① 辛丑:成化十七年(1481)。後同。

偶書

早通金籍侍宸旒，王事驅馳半九州。三十年間渾似夢，八千里外竟成愁。丹心未泯乾坤老，白髮新添歲月流。滿目浮雲秋已暮，陶然且向醉鄉游。

閑中偶書

謫居重慶意如何，若比當官樂更多。静看檐前蛛結網，閑觀天上日如梭。教兒習字臨歐帖，對客談詩愧郢歌。時向江邊釣鮮鯉，歸來明月上山阿。

過巫山縣己亥年十月①

巫山擁翠列群峰，雲雨陽臺事本空。詞客尚談神女夢，居人猶指細腰宮。屈原愛國讒何衆，宋玉多才賦更工。吟就短章書不得，亂猿啼向夕陽中。

題都門別意卷

久懷猶子客京師，萬里殷勤一問之。旅邸敘情傷往事，故園入夢動歸思。舟開潞水將霜候，馬度秦川欲雪時。想到鐵山棲息處，舊盟鷗鳥又相隨。

渝州形勝

百雉層城枕上江，西川形勝更無雙。成周巴子初封國，僞夏明珍始建邦。水漲門邊艤畫舫，夜深雲際見燈窗。如今喜遇升平日，刁斗聲沉絶吠尨。

病中偶書

衰年何事客巴西，旅館荒凉倍慘凄。十月不聞征雁過，萬山惟聽亂猿啼。他鄉老去心如醉，故里思來夢亦迷。獨上小樓頻極目，浮雲遠蔽蜀天低。

思歸

宦路驅馳已白頭，年來寂寞客渝州。青燈孤館千山夜，黄葉西風萬樹秋。恩重夢中尤戀闕，身閑醉後即登樓。思歸心似岷江水，日夜滔滔向北流。

重陽登高有感

老謫遐荒已自傷，況逢佳節欲沾裳。雁辭北塞秋將暮，霜落東籬菊正香。萬里自悲三徑遠，百年誰識半生忙。不堪正起牛山思，那更渝州近夜郎。

---

① 己亥：成化十五年。

庚子秋寓巴江用杜子美秋興述懷①

霜楓萬樹作丹林，山郭臨江氣肅森。積水未消成巨浸，浮雲不散結重陰。思鄉忍看終樓賦，去國空懸戀闕心。況是悲秋腸欲斷，那堪月夜聽□□。

秋日偶書

西風黃葉碧雲秋，蜀客傷心淚□□。□月哀猿聞午夜，穿雲征雁過南樓。殘燈孤館天涯夢，華髮流年鏡裏愁。寂寞巴江驚歲晚，幾回翹首望神州。

偶書懷

三十年前荷寵榮，那堪白首戍渝城。幸無塵事縈心慮，喜有山川樂性情。積雪消餘寒氣靜，浮雲散盡日華明。危樓獨倚凝眸處，玉壘峨眉分外青。

題漁州大佛寺

漫道空門別有天，禪宮此日喜隨緣。松鳴風送千巖雨，竹暗嵐生萬壑烟。好鳥似留情眷戀，老僧相待禮周旋。古來釋衲多儒行，韓子何慚友太顛。

送文太守致政

勇辭郡守解簪纓，歸去滇南萬里程。琴鶴相隨匹馬健，雲山不盡片帆輕。朱幡皂蓋應無夢，滄海白鷗重結盟。更喜萱庭供色養，高風端可繼淵明。

戀闕

久戍遐荒已二毛，此心猶自戀中朝。屈原去國忠還切，賈誼匡時志未消。霜後不聞征雁過，夜深惟聽亂猿號。雲橫秦嶺歸期杳，幾望蒼穹首屢搔。

戲書

謾道川中景物清，陰陽節序若堪驚。四時常有三時熱，十日曾無兩日晴。冬後尚存堤柳色，月明惟聽野猿聲。居人此際多惆悵，遷客那能不愴情。

和朱都憲崖門懷古

崖門遙望慘何禁，漲海愁雲結暮陰。宋運已終天命去，元師方逼帝舟沉。魚龍尚抱當時恨，鷗鳥猶傷此日心。不但英雄常洒淚，潮聲嗚咽至如今。

---

① 庚子：成化十六年。

崖海觀來痛不禁,雲烟猶似結重陰。元君虎將閩中下,宋主龍舟浪裏沉。千載當誅秦賈罪,九泉不愧陸張心。興亡往事真如夢,獨有寒潮無古今。

辛丑長至日

蜀中三度逢長至,地下一陽喜復來。君子道從今日長,群陰氣自子時回。繡添弱綫憐工女,物露先春在嶺梅。獨有幽人歸未得,夢隨流水到釣臺。

秋思用唐人韻

秋來忽睹雁南飛,幾度思鄉嘆未歸。籬下黃花空自老,風中紅葉向誰依。臨江獨坐看流水,背嶺閑吟對落暉。莫論眼前榮與辱,百年萬事總成非。

壬寅重九日①

白首投荒已可傷,那堪佳節值重陽。寒鴻驚起歸心切,江水流同去思長。老圃黃花堅晚節,疏林紅葉醉秋霜。閑來獨上高樓望,衰草寒烟似故鄉。

甲辰除夕時居遼西廣寧②

宦轍驅馳四十春,老來猶作异鄉人。天涯此夕悲殘歲,花甲明朝嘆六旬。白髮無情簪下短,青山有約夢中頻。追思往事如陳迹,獨對寒燈幾愴神。

乙巳春元日書時年六十也③

浮生匆繫度春秋,花甲俄驚見一周。謾道陳平能宰社,獨憐李廣未封侯。丹心不改乾坤老,白髮無情歲月流。回首真成春後夢,悔遲歸去臥林丘。

聞刑部林員外上書諫止修寺左遷滇南故此以惜之

一封疏奏忤天顏,千古芳名著兩間。謾道异端遭大闢,也知吾道賴多閑。昌黎暫有潮陽謫,唐介終當汴水還。老我遠為風化惜,揮毫琢句刻間山。

和王世昌韻

司馬新遷憲府官,方知守土若為難。雖然塞北天多雪,不似遼東地最寒。千里行邊勞更苦,一心報國老猶丹。年來幾欲投簪去,只恐蒼生望謝安。

---

① 壬寅:成化十八年。
② 甲辰:成化二十年。
③ 乙巳:成化二十一年。後同。

乙巳春二月行邊至遼陽大雪紛紛是日隨晴土脈就開正播種之期足爲有秋之兆故書

駐節遼陽甫四朝,紛紛雨雪遍春郊。千峰山上雲初斂,十二街頭凍已消。土脈頓開邊地闊,塵埃不動海天遥。豫呈此歲豐登兆,仰荷皇仁並帝堯。

至懿路所軍士艱難非復昔比感而書之

懿路當年幾度過,重經事异奈愁何。人家寂寞征徭重,土地荒蕪竄徙多。漢將不思修武備,胡兒頻報渡遼河。何時繫得單于頸,盡使邊民樂泰和。

至鐵嶺

曾聞鐵嶺古嵒州,幾度經行泪欲流。野戍孤城殘月夜,黄雲白草夕陽秋。地連瀚海桑麻少,人近胡天騎射優。獨有征夫勞更苦,時時瞭虜在山頭。

予丙申年整飭兵備戊戌歲撫安東夷今復來巡撫三度至於開原瞬息已十經春矣感而書此以識歲月①②

旌麾薄旦發嵒州,駐節開原日在樓。春暮尚寒風慘慘,河冰初泮水潀潀。信爲塞北天邊處,真是遼東地盡頭。王事驅馳重到此,幾回翹首憶林丘。

宿泉水山堡

層巒叠嶂遠孤城,③幾度經行宿此中。谷静惟聞鳴戍柝,時平不見報邊烽。晨鷄亂唱三更月,戰馬頻嘶五夜風。自愧老來無寸補,幾回搔首嘆飄蓬。

聞同年張司馬已致政區區猶守邊陲而未陳歸休因書此以自愧耳

萬里東來荷寵榮,幾回追想夢猶驚。林泉雅淡縈歸思,歲月蹉跎冷宦情。靖節不憂身後事,子房空著世間名。休官獨羨張司馬,老我深慚未解纓。

宿龍橋驛偶書時謫戍渝州也

龍橋驛裏暫停驂,四壁蟲聲恨轉添。伯樂豈能空冀北,杜陵何事老江南。已知鳳闕應難到,始信禪關未易參。堪嘆年來頭盡白,夢中猶自戀朝簪。

---

① 丙申:成化十二年。
② 戊戌:成化十四年。
③ [校]層巒:底本作"層戀"。

送陳冢宰加太子少保致政還鄉

解組封章達九天，聖皇優老許歸田。士林共羨懸車早，故里争□衣錦還。高節清風誰不羨，芳名偉績獨能全。從今不與公家事，詩酒倘佯樂舜年。

和韻

遐荒數見易中星，旅館寒燈暮雨零。萬慮縈心頭自白，一身去國眼誰青。翱翔翩短思黃鶴，浩蕩恩疏望紫冥。莫怪三閭遭謗逐，醉鄉能有幾人醒。

又

萬里南來鬢已星，西風黃葉嘆飄零。功名未見圖麟閣，事業空勞紀汗青。仙掌遥連雲慘慘，峨眉初暗雨冥冥。不須更問當年事，一枕黃粱夢始醒。①

題張方伯乃子戶部員外傅芳卷和韻因乃尊寄詩勉之故作是卷

名遂功成鬢未斑，乞歸喜共白雲閒。清風久播三巴外，高節多留兩浙間。勤儉德堪垂世範，經綸才足濟時艱。緘詩勉子全忠孝，天錫繁禧自不慳。

又用慳字韻自嘆

遐荒久寓鬢初斑，獨掩柴門盡日閒。思膾釣魚臨水際，克飢采蕨到山間。失時始覺人情薄，處患方知世事艱。自是一生甘節儉，不憂人笑老來慳。

述懷

失馬亡羊事總非，功名富貴竟何如。自緣去國心無愧，故處窮荒樂有餘。遇客每沽新釀酒，教兒勤讀舊遺書。朝來獨對東山坐，閒看浮雲任卷舒。

次孫都堂謁諸葛武侯祠

先生才略真王佐，心共伊周萬古奇。誓表再陳期討賊，將星遽殞竟還師。英雄尚抱當年恨，嶺嶠猶嚴舊日祠。駐馬拜瞻遺像久，精忠粹節企愚私。

閒中偶書

三十年來浪得名，晚遭重譴戍渝城。風雲幸際千年會，雕鶚空摶萬里程。報國丹心窮逾固，愁人白髮老偏生。何時得遂東歸願，數畝閒田自在耕。

---

① ［校］黃粱：底本作"黃梁"。

癸卯孟秋有感①

猿啼巫峽慘人秋，遷客懷歸淚欲流。久抱丹心思鳳闕，竟無優詔下龍樓。半生事業空成夢，萬里關山總是愁。每憶松楸何日返，無端情緒上眉頭。

思歸述懷

渝州自有無窮樂，眼底江山慰所思。西嶺雪消春漲涌，峨眉雲斂晚峰奇。閒同野叟談農事，悶共漁翁理釣絲。日影上窗猶未起，此身不覺在天涯。

癸卯早秋雨後述懷

江城秋早雨生涼，獨有遷人倍感傷。賈誼未蒙宣室召，緹縈空上漢廷章。殘蟬寂寞聲偏咽，衰柳蕭條色漸黃。入夜更添愁思處，清砧亂搗萬家裳。

宿大佛禪寺寺臨大江

覽勝慵歸宿梵宮，避喧暫喜聽松風。浮生已悟身為幻，此日方知性是空。貝葉經翻山翠濕，蓮花燈映晚霞紅。夜深獨向僧庭坐，水滿長江月正中。

自嘆

先幾解組願多違，回首雲霄事已非。酒可消愁拚醉飲，棋能度日逐人圍。清風明月供吟興，紅蓼黃蘆繞釣磯。此景儘堪娛晚歲，故園何用苦思歸。

癸卯重陽和韻又一律

巴江客寓幾經霜，節值重陽倍感傷。鬢髮已添前日白，菊花猶似去年黃。秋來雁自辭窮塞，老去人多憶故鄉。萬里羈身歸未得，暫將濁酒潤枯腸。

慶陽駐兵閑中觀覽山川

古來環慶界羌戎，形勢無如此最雄。林谷高低連塞外，山河百二壯關中。人居土穴公劉俗，農務桑麻后稷風。遙憶當年韓與范，令人景仰思無窮。

巡行至延安謁范文正公祠用前人韻

延安城外清涼寺，忠烈祠臨嘉嶺山。英爽尚存摧虜氣，衣冠儼若在生顏。芳名擬并乾坤久，偉績都歸汗簡間。幾度巡行親拜謁，令人瞻仰每遲還。

---

① 癸卯：成化十九年。後同。

睹古長城因述一律

隱隱荒基萬里形,居人説是古長城。草根尚帶當時血,月夜猶聞怨鬼聲。豐沛龍興成漢業,咸陽燒起散秦兵。應知有國當修德,恃險金湯幾變更。

登靈武臺

靈武巍然百尺臺,登臨幾度壯懷開。中興唐室肅宗志,再復長安李泌才。古戍樓空烽燧息,胡天霜冷塞鴻回。徘徊欲問漁陽事,落日停停照馬嵬。

過九成宮弔古次韻前人

唐家最喜九成宮,六月涼生逼大空。避暑昔年來帝子,荒基今日起秋風。斷碑久蝕莓苔綠,老樹斜連夕照紅。北伐暫經頻嘆息,題詩不暇去匆匆。

赴關中巡撫戊子秋曉度函關①

函關曉度濕旌旗,禾黍西風九月時。白馬先生今不見,青牛老子竟何之。荒村月落雞鳴早,古道霜凝馬去遲。聞説逆胡尤未滅,誰能談笑靖邊陲。

望吳嶽五首

嵯峨高聳數峰寒,信是關中第一山。疊巘層巒連華嶽,落花飛鳥異塵寰。靈湫水靜秋龍蟄,老桂枝翻夜鶴還。早愛烟霞終莫遂,幾回登眺且開顏。

峻嶒高聳鎮關西,五朵芙蓉碧漢齊。觀覽喜看千仞秀,登臨惟覺衆山低。月明琪樹山猿嘯,花落碧桃野鳥啼。夜向瑶壇眠不得,神仙境界夢魂迷。

西鎮巍然接太空,芙蓉五朵碧雲中。勢連華嶽三峰秀,表鎮秦川萬古雄。歷代褒封隆祀秩,聖朝徽號極尊崇。我來祀禱祈靈貺,大庇蒼生永不窮。

吳山遠望勢巍然,碧玉嵯峨上插天。靈鎮秦川千古秀,脉連華岳嶽峰懸。雲含石室天常雨,水滿寒潭地有泉。旱歲更能施霈澤,秦民處處樂豐年。

吳山高聳碧雲端,五朵芙蓉雨後鮮。千里蜿蜒連華嶽,萬年雄秀鎮秦川。峰頭遍長含烟柏,石罅高飛噴玉泉。曾上絶巔窺瀚海,攀躋彷彿似登天。

壬辰除日立春遇雪時寓慶陽②

土牛擊碎賀新春,轉盼俄驚糁玉塵。一歲韶華將盡日,十年萍梗未歸人。戍樓烽火驚心急,故里梅花入夢頻。坐守殘更眠不得,明朝萬壽祝楓宸。

---

① 戊子:成化四年。
② 壬辰:成化八年。後同。

旅館蕭條一病身，寒燈獨對最相親。年華將向今宵盡，①春氣先從此日新。節序催人添白髮，功名絆我走紅塵。何時報得明君寵，擬向滄江理釣綸。

咏蒙山茶

產向蒙山絶頂涯，居人采取路崎斜。無勞蒸焙色偏美，不用烹煎味自佳。萬古爭傳爲石乳，一時錯認作梅花。閑中細嚼添清思，陽羨龍團未足誇。

送王都憲平虜凱旋詩

文武兼資四海傳，年來仗節制三邊。指揮漢將出關外，擒得胡王獻闕前。朔漠喜看千里静，封疆應有萬年堅。遥知入覲天顔後，鐵券丹書字字鮮。

平胡凱旋早行邠州道中

萬里平胡奏凱旋，三軍喜氣溢山川。馬行古道霜盈地，鷄唱前村月滿天。梵宇遠聞朝懺磬，人家不見早炊烟。停驂□□□曙，日午應須到古乾。

挽户部李主事先尊

謝政歸來歲月深，行藏不愧古人心。□□去化遼陽鶴，無復來彈月夜琴。事業一時歸太史，聲名千里重儒林。蹇予久慕先生德，東望蒙山泪滿襟。

午夜文星墜斗南，老成凋喪恨何堪。冰霜節操名風憲，鐵石心腸老大參。厚德自令民有耻，清風常使吏無貪。令郎粉署馳清譽，説起先生兩泪含。

先生鶴化已多年，高節清風世並傳。驄馬芳名□□闕，甘棠遺愛滿秦川。承家已有登科子，歸老惟餘負郭田。路遠未由親致奠，蒙山東望泪潸然。

氣象巖巖若泰山，遭逢盛世早彈冠。乘驄憲府百僚肅，佐政薇垣萬姓安。清節如松寒益勁，寸心許國老逾丹。故園歸去琴書冷，仰德令人泪不乾。

閑中偶書

自從金榜登名後，二十年間類轉蓬。秦晉山川圖畫裏，楚閩風浪夢魂中。居官自愧無三德，報國惟知竭寸忠。老我如今雙鬢白，幾回搔首憶關東。

思鄉

早年冠豸侍鑾坡，蓬轉東西鬢已皤。千里一心扶日月，十年孤棹任風波。誰人得似丹丘子，老我空慚春夢婆。仰荷□□深似海，明時肯賦式微歌。

---

① ［校］今宵：底本作"今霄"。

固原駐節偶書

固原境土豈天涯，三月風光亦可嗟。地冷麥牟方露葉，春寒桃李未開花。有時雜雨飄寒雪，盡日因風起暮沙。不是近來開帥府，令人魂夢亦思家。

三月二十七日座間忽聞大風王總督命韻

春晝俄聞萬籟鳴，黃塵四野忽然生。惟應宋玉才堪賦，縱是莊周夢亦驚。千里雲霄無過雁，萬株楊柳少啼鶯。嗟予潦倒天涯外，願借吹噓上帝京。

偶書

功名不似野人閑，老去常思欲挂冠。幾載奔馳無寸補，十年際遇忝高官。鬢邊白髮愁中見，江上青山夢裏看。何日戍樓烽燧息，擬當歸隱碧山巒。

和壁間韻

鎮節關中六載餘，老懷每欲伴樵漁。幾莖白髮憂民見，一點丹心爲國攄。蓋世功名終已矣，浮雲富貴竟何如。於今四海爲家日，乞老歸田擬上書。

思歸

宦游踪迹等浮萍，鄉思悠悠感慨生。攬鏡忽驚頭半白，看書却喜眼還明。年來多事人情薄，老去無官世累輕。回首箕山山下路，閑雲流水爲誰清。

龍池懷古和李戶部韻

千里西風塞雁飛，龍池游覽醉忘歸。沉香亭廢荊榛合，花萼樓空歌舞稀。形勝至今還似舊，繁華到底總成非。回思蜀道歸來客，感慨令人泪濕衣。

接杏

形如金彈色猶黃，大似蟠桃味更香。尼父壇中非有種，董仙林內亦殊常。三生舊得投胎術，九轉新傳洗髓方。細嚼信知爲异品，幾回夢裏獻君王。

擬題蘇武持節圖

遠使單于冀靖邊，獨幽虜地最堪憐。節旄落盡羝難乳，家信修成雁可傳。十九年來終不屈，三千里外竟能還。儀形不獨圖麟閣，萬古忠貞耀簡編。

哭友張景祥五首 有序

吾友張景祥，賦性聰敏，抱才倜儻，①與予爲比鄰，同師治葩經，長予四歲，誠爲死生莫逆之交也。歲丁卯，②予忝預鄉薦庚午科，③景祥亦中葩經魁，名動中州，縉紳大夫士皆以大器期之。予忝辛未進士第，④景祥屢不得意。癸未年，授山東嘉祥尹。⑤不一載，政聲洋溢，民甚愛之。人咸惜其位不滿其德也。巡撫者更賢育民，調濟南之章丘，政聲愈懋。尋升東昌二守，適遇連荒歲歉，公奔走賑濟，席不暇暖，遂致成疾，卒於官。嗚呼哀哉！夫以公之才能、問學、德行，雖居台鼎之榮亦不爲幸，今止於斯，豈非命耶？嗚呼哀哉！雖然，人年五十不爲夭，公已五十有三矣，諒爲瞑目。第八十老母在堂，爲可傷耳。予聞訃，不覺痛悼，涕泗交頤，職守所縻，弗克臨棺以哭，勉裁挽章用抒其哀云。

一別垂垂十二秋，忽聞哀訃淚雙流。雄才未展匡時略，老母翻成哭子憂。幾處去思碑尚在，九重褒獎敕還留。英靈不逐西風散，化作虹光貫斗牛。

自古人生皆有死，獨於公死最堪悲。倚門老母肝腸斷，扶櫬孤兒血淚垂。壽未六旬人共惜，官方五品命何衰。應知泉下無遺憾，幾處民鐫德政碑。

文章政事兩俱優，人物中州第一流。制作真堪垂後世，才名應不愧前修。腰間未束黃金帶，天上俄成白玉樓。旅櫬悠悠歸故里，親朋灑淚自難收。

佐政東昌已數年，廉能聲價四方傳。救荒有術全民命，持己無私守俸錢。正擬商嚴霖濟旱，俄驚遼海鶴歸仙。路遙莫致生蒭奠，一想音容一愴然。

青春抱藝較鄉闈，七郡葩經獨占魁。氣吐紅霓知世杰，文成錦繡見天才。三年別駕民深慕，一旦華胥夢不回。我忝交游情最厚，歌殘楚些弗勝哀。

賀都憲王公 有序

都憲王公世昌，抱文武之奇才，樹平胡之大績，榮膺寵命，擢任三孤。輿論攸歸，群情允愜，升忝同年，不勝欣忭。勉成鄙詩一章，用伸賀忱萬一，伏希覽擲，幸甚。

幾年仗鉞討強胡，數建奇勛自古無。烏府久看居二品，青宮今喜拜三孤。振揚風紀臺綱肅，羽翼元良治道敷。籍籍才名夷夏慕，誰知事業本真儒。

次王司馬謝送香扇詩韻

習習風吹百和香，聊將鄙意愧尋常。爐中暫爇經宵火，掌上能飛六月霜。慚我交情同氣味，任他世態自炎涼。陽春白雪應難和，北斗光芒夜夜望。

---

① ［校］儻：底本作"倘"。
② 丁卯：正統十二年（1447）。
③ 庚午：景泰元年（1450）。
④ 辛未：景泰二年。
⑤ 癸未：天順七年（1463）。

早登金榜姓名香，氣節棱棱复异常。霄漢屢扶新日月，林泉猶帶舊風霜。還期共掃蒼生熱，未許獨乘綠野凉。隴樹秦雲千里隔，相思頻上畫樓望。

思歸

閑思別墅舊茅廬，風景清幽樂有餘。繞屋修筠千萬個，近門流水兩三渠。春來雨過生新笋，秋去荷枯躍小魚。數點青山墻外見，嵐光常映矮窗虛。

初秋有感

井梧一葉報新秋，歲月蹉跎嘆白頭。海鳥懼災知避早，城狐思患預防周。誰人有識如元亮，老我無謀愧武侯。獨上南樓頻極目，海天空闊不勝愁。

卜居

卜得幽居二十秋，青山萬叠繞清流。懶將利斧爲樵具，只把伸針作釣鈎。盡日尚憂厨少爨，終朝不愧食無羞。斜陽已下浮雲净，獨步閑吟上嶺頭。

過咸陽偶書

浮雲縹渺正斜陽，立馬踟蹰倍感傷。大廈灾將及燕雀，蒼生病已至膏肓。紛紛甲第鼉飛盛，濟濟輕裘麝襲香。肉食豈知藜藿味，荔枝尤恨未曾嘗。

楮實

新秋時節滿枝垂，緑葉叢中幾萬枚。味美偏能來鵁鶄，色鮮錯認作楊梅。不堪綺席供盤實，却訝丹珠出蚌胎。聞道樹膚能作紙，農家處處喜多栽。

寄同寅張都憲騰霄

憶從丙戌會神州，①屈指於今已十秋。君向江南昭憲度，我於關内運兵籌。人生聚散如萍迹，歲月蹉跎似水流。邂逅莫嗟俱白首，還期事業繼前修。

巡邊經西安州古戰場

千里茫茫古戰場，封侯事業已銷亡。草經野燒連天黑，沙被風飄滿地黄。禦虜遍修新寨堡，居人遥指舊封疆。道邊尚有當時骨，一顧令人倍感傷。

游紅山寺

巡行偶過紅山寺，草木凋零景自幽。霧隱空巖晴亦潤，泉通古澗凍還流。山僧入定鑪烟

---

① 丙戌：成化二年。

裊，石佛生光寶氣浮。欲就此中消歲月，老懷猶抱濟時憂。

重過廣武河有感

廣武河邊幾度過，老懷感慨發悲歌。清流有浪還如舊，白髮無情漸見多。塞上功勛慚李靖，關中事業愧蕭何。浮生已近知非歲，回首箕山負薜蘿。

過涇州

高平東望是涇州，一曲縈迂水自流。疊嶂嵯峨連復斷，平川迢遞散還收。仲淹駐此經西夏，后稷封茲肇有周。欲問當年王母事，獨遺宮殿在峰頭。

鞏昌道中晚行時西征岷番還師

西征歸來鬢已華，鞏昌東望路偏賒。斜陽影照孤村樹，薄暮風吹斷岸沙。羌笛數聲人寂寞，寒林幾處鳥喧嘩。停輈古驛更闌後，拂罷塵埃獨嘆嗟。

五夜飄雪

夜半平吳敵已降，剡溪舟返滅銀釭。一輪月色生虛室，萬樹梅花映小窗。鳥雀喧啾疑白晝，魚龍寂寞隱蒼江。汝陰歌句應難和，自是歐蘇筆似杠。

中秋夜坐長安行臺有感

中秋望夜思無窮，銀漢迢迢淨碧空。月色有情皆共愛，砧聲何處不相同。十年寂寞天涯外，此夕淒涼旅館中。獨撫瑤琴時自酌，夢魂常繞大明宮。

仲春咸陽有感

東風習習景融和，節物驚心發浩歌。七載十回邊上去，一年三度此中過。花於春後色偏淡，人到老來愁自多。霜鬢天涯猶作客，箕山回首勢嵯峨。

登平涼崆峒山

崆峒自古號名山，隱此應消慮萬端。九轉丹成光玉鼎，雙闕氣透上泥丸。軒皇久已登山籍，漢祖空勞築將壇。欲學長生無那老，年來深恨誤儒冠。

次游龍門詩韻

龍門今喜得相逢，三級分明指顧中。水急豈無魚敢上，硤深惟有鳥能通。倒傾雲溪飄寒雪，亂吼春雷撼夜風。天地平成從此始，幾人知是禹王功。

偶到龍門若素逢，臨流頓覺豁胸中。山分秦晉雙崖峻，水出昆侖萬里通。魚欲化龍春競浪,人將鼓楫夜愁風。分明疏鑿痕猶在,千古人思大禹功。

三級曾聞晚得逢,昆侖一水獨流中。洪濤峻急魚龍混,絕岸傾欹鳥雀通。磧石茫茫連地脉,仙槎渺渺御天風。當時神禹勞疏鑿,萬世生人仰大功。

偶書

邊方幾載起氛埃,三省蒼生並罹災。杼軸已空勞板築,轉輸久弊重科催。胡兒自是豺狼種,漢將元非衛霍才。聞道雲中烽火急,麒麟有閣爲誰開。

送銀臺劉公遠使西域還京詩

煌煌使節上天衢,歸自輪臺萬里餘。逆虜已遵新號令,西戎復守舊旃廬。丹楓葉落霜飛後,黃菊花開雁過初。入覲龍顔應有喜,論功准擬重褒予。

九月八日詠懷次韻

老去那堪歲律催,十年竊祿愧非才。他鄉孤館秋將暮,明日重陽菊又開。白髮無情愁裏見,青山有約夢中回。長空更聽南歸雁,懶把新詩用意裁。

予任南京兵部尚書成化丁未冬十二月奉命改都察院左都御史道經鄒邑拜謁亞聖祠下因書此以致瞻仰之意云①

天生亞聖末周時,祇爲人心久陷之。道統百年資繼續,綱常千古賴扶持。內仁外義言何切,闢墨排楊論更奇。此日經過拜祠下,仰瞻儀像慰遐思。

是日會南京禮部尚書同鄉耿公自京南還時公改南京兵部代予參贊機務因書此識別

奉命歸朝過古鄒,喜逢知己話綢繆。聖君致理期堯舜,賢輔登庸繼禹周。擬慰蒼生霖雨望,敢忘台鼎廟堂憂。明朝莫惜分携去,且盡樽前酒滿甌。

過古平原郡有感

歸朝匹馬過平原,往事追思不忍言。逆虜背君名尚臭,忠臣死節氣猶存。風吹野草黃沙暗,雲慘晴空白日昏。欲吊英魂無處所,此心千古向誰論。

過白溝河有感

曉度白溝河已冰,謾思今古一傷情。黃衣入塞讎猶在,白骨成堆怨未平。風捲寒沙迷望

---

① [注] 成化丁未:成化二十三年。

眼,雲埋老樹失荒城。如今四海爲家日,故壘蕭蕭少戍兵。

弘治紀元五月十六日蒙賜南都進到青梅①

南都留守貢如常,分賜群臣荷寵光。色比林檎青更嫩,味勝橄欖脆尤香。望餘曾止征夫渴,食後能生肺腑凉。深愧才非調鼎具,捧回不覺汗沾裳。

送彭少司寇平寇江東公曾巡撫此地

曾鎮邊關著大功,聖皇簡命靖江東。陸梁寇集潢池内,跋扈魚游釜水中。士卒喜聞新號令,官僚重仰舊威風。懸知奏凱歸來日,定有殊恩下九重。

挽張都憲令尊

眉壽康强近八旬,生平行誼董儒紳。推恩紫誥封崇秩,教子清朝作憲臣。厚禄竟違三釜養,英魂不返九原春。老成凋喪儀形遠,多少鄉人泪濕巾。

題林下一人卷

急流勇退昔曾聞,解組先機獨見君。事業多堪書信史,功名真若視浮雲。倘佯詩酒林泉樂,睥睨乾坤鹿豕群。回首終南山色外,幾多倦鳥向殘曛。

六十三歲偶書

丹墀敷對三千字,宦轍驅馳四十秋。夢裏雲山常在望,生平廊廟敢忘憂。逢人怕説心如鐵,攬鏡羞看雪滿頭。聖主需賢圖治理,願輸忠藎法伊周。

送林大尹之任清河詩

九載鈞庠振鐸音,師儒聲價重南金。天官奏最遷華秩,邑令稱賢愜士林。絳闕恩隨甘雨霈,清河民喜福星臨。他年六事能兼舉,管取才名簡帝心。

嘆老思歸

隸籍金門四十春,如今白髮滿頭新。孤忠大節推前輩,偉績豐功讓後人。際遇喜逢堯舜主,綸經慚負禹皋臣。君恩似海深難報,乞老封章故未陳。

弘治元年十一月初九日三載考滿蒙欽賜寶鈔羊酒不勝感荷遂賦此以識寵遇之意

秩盈三載愧何功,仰荷皇恩造化同。羔酒賜從光禄寺,楮緡頒自大明宫。遠傳溫詔來中

---

① [注]弘治紀元:弘治元年(1488)。

使,俯造寒門勞寸忠。深念疏庸無補報,載歌天保效華封。

弘治元年冬十二月初一日聖駕將往南郊視牲先期四日特召臣文升同總兵六人至文華殿宣諭欲嚴護衛之兵蒙賜酒飯而出遂書此以紀感遇云

將往南郊視大牲,重虞師旅未爲精。中官召詣文華殿,聖諭令嚴護衛兵。宣帝龍顔欣近睹,穆公虎拜祝同聲。從容食罷天厨饌,醉飽逶迤出鳳城。

偶書嘆老

非才何幸際明時,三十年餘荷眷知。白髪任從愁裏變,丹心不向老來移。出師有表期諸葛,報國無勛愧束之。回首浮生成一夢,夕陽倦鳥已歸遲。
……①

戊申除夕②

流光荏苒若爲忙,除夕驚逢倍感傷。年齒朝來添一歲,天時夜半屬三陽。君親欲報心懸日,事業無聞鬢已霜。回首故園千里外,蕭蕭三徑久成荒。

送太子少保劉公致政還鄉詩

秋空雲斂碧如漪,萬里遥看獨鶴歸。燕市縉紳争餞送,蜀山草木倍光輝。閑携□杖游花塢,悶把漁竿坐釣磯。應想此心還戀闕,到家時望五雲飛。

乙丑秋七月十八日偶書③

老未歸休感慨頻,幾回搔首望蒼旻。祁寒暑雨人無怨,飽食豐衣士説貧。天上有時施震電,世間無處不陽春。幸逢虞舜紹堯日,願竭丹衷報紫宸。

賀致政三原王天官九十壽

人物關中第一流,歷登華要侍宸旒。天官久任銓衡允,宮保重遷德望優。九帙已看躋上壽,二疏預退邁前修。牛年子月逢初度,願祝遐齡五百秋。

乙丑重陽節病中述懷

八旬猶自侍巖廊,佳節驚逢倍感傷。籬菊故園多北綻,塞鴻此日任南翔。獨堅報國心如鐵,誰念憂民鬢久霜。幾度乞歸歸未得,時時翹首望嵩陽。

---

① 自《偶書嘆老》至《戊申除夕》,底本缺失三十六葉内容。
② 戊申:弘治元年。
③ 乙丑:弘治十八年。後同。

乙丑秋九月初三日病中思鄉偶書

青年冠豸侍重瞳，屈指今成耋耄翁。半世韜鈐期吕望，一生忠義慕周公。天官濫竊三孤首，司馬慚無九伐功。何事年來未歸去，輔君至治底時雍。

患病蒙朝廷命醫診視及遣中官賜豚羊酒米等物感而書此

□病淹淹近六旬，自揣必與鬼爲鄰。命醫診視天恩重，遣使錫珍聖澤新。迓續殘生由大造，保全微體賴洪仁。老臣感戴無由報，願祝皇圖億萬春。

閑觀宋史有感

君臣吁咈重賡歌，保治還須在致和。肉食滿朝謀國少，腰金擁道曠官多。時當豐豫應先慮，事至顛危可奈何。雖有忠良心不貳，崖門能免覆風波。

近無名將感而書此

國家武備最爲先，列聖相承重守邊。練士空聞排陣勢，平胡未見勒燕然。太公兵法誰人讀，黃帝神謀自古傳。莫怪近來名將少，驕淫貪縱竊威權。

軒外菊花數株十月初累經嚴霜爛熳而開其花可愛陶靖節對之而飲韓魏公咏之而重宜乎後之人傳頌之不已也故書此以美之

秋深萬卉凋零盡，獨爾崢嶸爛熳開。靖節東籬資賞趣，魏公老圃占香魁。傲霜晚操松堪友，冒雨清標竹可陪。幾度看來鄉思切，歸休依舊滿園栽。

乙丑冬述懷

自愧樗材性更癡，濫登金榜侍彤墀。言思鸚鵡心無知，巧慕蜘蛛腹少絲。厚祿崇階循序致，虛名高壽荷天毗。人生何事空勞碌，青史他年豈任私。

自七月患病以來二鼓方就床至五鼓尚未能寐因而思慮朝家之事無微不到故書此以識懷

二鼓方眠至五更，憂心悄悄夢難成。朝家庶事籌思遍，選法諸規計慮精。默想靈扃神爽健，遥聽禁漏點分明。老人何事多如此，共説衰年血少生。

閑中偶書

太陽出海麗中天，萬國瞻光倍聳然。剩有梧桐無彩鳳，空施雨露潤枯田。浮雲漸起薇垣內，倦鳥猶多夕照邊。幾度思來重搔首，天津橋上聽啼鵑。

乙丑秋八月四男潞遠至京師賀吾八十壽因家中無人於十月初四日便中匆匆回還父子之情不忍遽別感而書此

汝來壽我至金臺，何事匆匆便欲回。父子情親別最苦，關河路遠書頻裁。晚當宿處防閑謹，早起行時眼界開。若到故鄉敦友愛，莫違家訓惱吾懷。

題太醫院吏目吳晦淑壽六十卷

活人曾飲上池水，閱世初開下壽筵。把盞稱觴黃菊酒，升堂多是赤墀賢。藥囊功助堯仁大，花甲看餘舜曆全。不用長生訪丹訣，等閑陰騭已通仙。

金華世業丹溪派，盧扁芳名遠邇傳。橘井活人知有自，杏林種德已多年。初登下壽儒紳賀，曾濟群生聖澤宣。不獨而今膺此慶，將來遐算更綿綿。

賀劉司馬壽七旬

湖嶽鍾靈產俊賢，歷登司馬握兵權。蟒衣錫後方三載，花甲周餘又十年。珍饌瓊漿天賜寵，酡顏鶴髮地行仙。滿堂賀客稱觴處，南極星光照綺筵。

丙寅春正月初八日駕出南郊大祀天地是日五鼓天落瑞雪臨祭之時天氣晴明是皆聖天子一誠之所感格也故書此以紀其盛云①

聖主南郊舉大禋，鑾輿朝駕出楓宸。和風緩動龍旗影，瑞雪先清御道塵。萬姓歡聲騰紫極，三軍勇氣貫蒼旻。一誠感格天心順，永保皇圖億萬春。

挽韓通政母太淑人

教子成名竇十郎，徽音貞節魯共姜。靈椿久嘆秋風折，萱草新驚暮雨傷。無復華堂膺祿養，空餘高塚對殘陽。史官表墓昭潛德，千載泉臺並有光。

丙寅春二月十八日夜三鼓後忽夢先尚書府君儼如在生訓戒拳拳惟欲竭忠報國早殄虜寇以奠安宗社俄而睡醒乃知夢耳悲感不勝故書此以識之

寢餘三鼓夢嚴親，氣象從容訓語頻。好竭忠誠匡聖主，早籌奇策靖胡塵。乾坤清泰千千載，宗社尊安萬萬春。期寫芳名青史上，莫教碌碌混庸人。

送熊都憲總鎮兩廣

臺臣奉命出神京，兩鎮兵拳屬老成。文武元僚歸節制，漢夷赤子望安平。賣刀頓息跳梁

---

① 丙寅：正德元年（1506）。

勢，感化新聞歌頌聲。聖主如今重賢俊，行膺徵詔秉鈞衡。

觀史有感

災祥禍福夐難知，理亂從來各有時。圖治必須求俊乂，得人自爾致雍熙。四凶早黜虞廷泰，五鬼終存宋室危。青史分明著褒貶，後來何弗鑒於茲。

悲秋次解翰林韻

邊庭寂寞又逢秋，愁聽笳聲起戍樓。那更長空歸雁叫，令人一夜雪盈頭。

和鑾江對雪詩韻

片片隨風自在飛，輕輕不濕五侯衣。那知閭巷貧窮士，兒女號寒更忍飢。
午夜嫦娥宴月宮，寒光皎潔照長空。不知天上誰橫笛，吹落梅花亂舞風。

辛卯正月望夜因睹月光皎潔戲作①

新正望夜月娟娟，今歲圓如去歲圓。惟有朱顏與白髮，添來減去最堪憐。

寄同窗蔣工部

潞河秋水畫船開，別後相思日幾回。君在金門相憶否，新年不見寄書來。

秋夜聞雨中蛩吟有感

秋雨瀟瀟不斷聲，寒蛩唧唧壁間鳴。幽人此際應無寐，旅思寂寥百感生。

途間馬上口號送王少保還京

三十年來好弟兄，長安分手不勝情。此情正似中秋月，清影隨君到帝京。

隴州迤西山村茅屋數家日初出野叟一二抱孫剝麻不識不知加以雞鳴犬吠儼若桃源之景也因書此以識之

日高丈五啟柴門，野叟剝麻抱幼孫。雞唱數聲山犬吠，②風光儼似武陵村。

詠溫泉

繡嶺山前水自春，華清宮畔起胡塵。明皇自是無家法，何獨人多怨太真。

---

① 辛卯：成化七年。
② ［校］吠：底本作"吠"，據詩意改。

慶陽道中

二月風光分外明,千紅萬紫可人情。東風亦愛新桃李,夜半吹時勢自輕。

送銀臺劉公遠使西域還京詩

黃葉紛紛塞雁飛,紅亭追餞惜分携。明朝浴罷温泉去,馬度函關聽曉鷄。

謁寇萊公祠

澶淵却虜大功成,何事雷州萬里行。身殂瘴鄉終古恨,江流猶似泣公聲。

和王憲副見寄韻

驅馳歷盡萬重山,贏得虛名滿世間。今日謫居西蜀地,不須樽酒也開顏。

讀宋史至秦檜

之子存心險更奸,傾人家國有歡顏。西湖享得期頤壽,天道胡為不好還。

和范憲副江行遣興詩韻

漁火半明天已暮,人家寂寂息炊烟。停舟暫宿江邊驛,樵鼓敲更攪夜眠。
江上人家比屋連,時聞簫鼓慶豐年。獨憐幾處危灘上,半是功名賈客船。

秋天多雨偶見陽光陰雲復布

纔見陽光出海東,浮雲遽爾滿長空。秋來氣候應如此,何必殷勤問上穹。

蓮沼凝香

匯水爲池闊更芳,滿池菡萏簇紅妝。清香遠度襲人處,始信惇頤意趣長。

予奔喪催回京過黃池驛司徒襄城李公易簀於此感而有作

墨衰北上過黃池,此是司徒易簀時。欲擬招魂歌楚些,夕陽雲慘不勝悲。

秋暮偶書

秋暮霜飛氣漸寒,滿山萬卉半凋殘。獨餘數本東籬菊,爛熳黃花最耐看。

七十六歲偶書

憶從早歲步青雲,五十年餘未立勛。回首浮生成一夢,羞看倦鳥逐斜曛。

忠義心肝天賦來，一生懷抱未嘗開。如今已近八旬壽，猶把封章日夜裁。

癸亥暮春部中夜閱奏稿二鼓未眠有作①

官齋獨坐漏聲遲，頻剪燈花閱奏題。非是老來甘寂寞，誓殫忠盡報恩私。

軒前水紅花春中見其發苗今秋始半遽爾凋零感而書此

春中見爾發新苗，纔及秋深葉漸凋。萬物榮枯尚如此，屈平何必作《離騷》。

乙丑夏四月淒風屢作儼若季秋之天誠所謂夏行秋令也故書此以紀之

四月清和理自然，如何却似季秋天。自緣陰縱陽微甚，莫怪一元氣有偏。

乙丑秋九日閑中偶書

鄧林材木上冲天，大構明堂取即全。何事年來風雨惡，滿山都長架屋椽。

乙丑重陽節夜落雨思鄉心切感而書此

重陽節夜雨瀟瀟，塞雁南飛影寂寥。八十年餘鄉思苦，乞歸未遂首頻搔。

近來肺熱肌膚燥癢晝夜無寐書此

近來肺熱肌膚癢，徹夜搔之寢不寧。自是老人應如此，不須服藥待餘生。

軒下晚生一葵苗不旬餘驟長丈餘高開花如初夏而傾陽如故人以爲异故書此以自況云

軒外新葵生未久，旬餘驟發丈餘長。花開朵朵如初夏，猶自傾心向太陽。

是年予年已八旬自七月初七日感冒暑濕之毒既而轉成痢疾九月初方愈十三日朝見恒恐久不睹天顏禮儀生疏艱於跪拜幸而始終俱無所忒是皆天之所祐故書此以識之云爾

不睹天顏兩月餘，入朝恒恐禮儀粗。橋南面謝俱無忒，天祐忠良意每殊。

過武昌因思昔曾按治

昔年曾駐節，此日暫停舟。大別山如舊，岷江水自流。人情分厚薄，世事任沉浮。翹首巴山路，何時過峽州。

---

① 癸亥：弘治十六年。

城陵磯遇風

暫泊城陵驛，波濤吼怒雷。① 岷江秋水漲，楚澤夜風來。賈客舟多損，漁人網半摧。何須悲世事，天地亦塵埃。

初入峽中

初入松門峽，襟懷慘不開。舟夫緣峭壁，樵叟語懸崖。老樹群猿嘯，長空一雁回。衰年當此際，寧不重增哀。

南郡前浦維舟值秋雨連綿

維舟南浦夜，密雨到天明。戀闕心如割，思鄉夢不成。風蓬滴有韻，沙岸洒無聲。秋稼應多損，蒼穹似不平。

和陶靖節久在樊籠裏復得反自然十字爲末韻送南平文太守致政南還

雅性樂烟霞，急流能勇退。相隨琴與鶴，蕭然無係累。父老弗能留，攀轅徒隕涕。高風史可書，千載芳名在。

又

松柏冬挺秀，桃李媚春風。物情各有適，而人故不同。達士妙斯理，鱸膾憶江東。使君解組去，俊鳥脫雕籠。

又

四時有代謝，功名當知止。斯理苟弗達，恒爲人所恥。所以陶靖節，慨歸柴桑里。視彼富貴徒，役役塵埃裏。

次范憲副見贈詩韻就以酬之

衰年傷遠謫，老泪自潸然。負罪如滄海，蒙恩若昊天。愁看鵬鳥賦，喜誦竹樓篇。憲副能相慰，新詩寄客邊。

壬辰臘月朔日偶書

節序苦相催，邊庭更可悲。一年將盡月，四季最殘時。明歲二旬隔，孤身萬里羈。青銅時自覽，華髮半如絲。

---

① ［校］吼：底本作"孔"。

祭吴山宿陽平旅館

征途日已暮,旅館暫停軺。明月山頭上,疏星漢外搖。柴門一犬吠,野樹亂猿號。耿耿應無寐,殘燈伴寂寥。

祭吴山晚至汧陽

凌晨發鳳翔,日暮到汧陽。雪霽山光白,雲收樹色蒼。玉蟾出大海,銀燭照高堂。獨坐應無寐,殷勤整御香。

塞上春風感懷

淡蕩春風起,寂寥客思侵。紅塵常拂面,華髮半盈簪。千里思鄉夢,十年戀闕心。那堪邊塞上,頻聽鼓鼙音。

寓固原新秋有作

西風一雁過,梧葉漸辭柯。餘暑日中熾,微涼夜半多。亂蟬鳴岸柳,大火下銀河。那更邊庭上,愁聞出塞歌。

成化癸巳冬十二月平虜南還駐節乾州分司時值除日觀朱顏之已退嘆白髮之漸生功名未遂而老將至矣故書此以寓意耳①

客裏逢殘臘,羈懷益惘然。今宵爲舊歲,②明日屬新年。自覺朱顏老,羞看白髮鮮。壯心猶未遂,空自走三邊。

師至西固城偶成

奉命征羌醜,屯兵西固城。蠻山蒼玉色,溪水怒雷聲。六月冰尤在,③三春草未生。離城百步許,都是野番營。

寓慶陽偶書

慶陽形最險,地近古蕭關。四面山如障,交流水似環。路遥商貨少,虜退戍樓閑。日暮僧參佛,鍾聲杳靄間。

---

① 成化癸巳:成化九年。
② [校]今宵:底本作"今霄"。
③ [校]冰:底本作"水"。

固原駐節閑中偶書

西北荒凉地,平胡幾度過。群山連紫塞,衆水入黃河。草美牛羊壯,人稀虎豹多。近來開帥府,風土漸中和。

固原風土不熱此處有東西二海子

固原風土异,九夏似深秋。地接六盤脉,泉通二海流。人稀識羽扇,女盡着羊裘。我苦畏炎熱,頻來興自悠。

和白司馬韻

梵宮依翠巘,此地極清幽。雲重山常濕,泉深水自流。老松當殿角,修竹出墙頭。久悟無生訣,今朝喜勝游。

挽陳太監母

方膺三釜養,何事竟仙游。貞節凌霄漢,閫儀冠女流。霜凋萱砌冷,月照蕙帷秋。有子官中禁,恩光賁壠丘。

處暑夜静坐偶書

老最悲秋至,懷憂客帝京。朝來驚暑退,夜去覺凉生。銀漢高難渡,寒蛩苦亂鳴。幽齋獨坐久,偏動故鄉情。

辛亥中秋望夜①

喜遇中元節,家家笑語聲。故園居潁曲,此夜客燕京。雲斂銀河净,月明玉宇清。中庭閑坐久,衣薄覺凉生。

趨朝起遲驚而有作

早起朝天慣,稍遲自覺忙。亂鷄鳴矮樹,殘月入斜窗。更盡漏聲歇,星稀曙色蒼。長安官道上,銀燭影煌煌。

送梁都堂赴四川巡撫

方佐中臺政,忽聞鎮蜀行。暑餘經棧道,樹杪聽江聲。擬復文翁化,無勞葛亮兵。民安邊鄙静,②承召上神京。

---

① 辛亥:弘治四年。
② [校] 邊鄙:底本作"逌鄙"。

過蒙眷遇無以爲報

一從離蜀郡，十載寓皇都。憂國心偏切，思家夢亦無。夏官叨九伐，宮職愧三孤。眷寵何由報，捐軀是所圖。

行至溮縣風大舟泊古岸

泊舟依古渡，旅況倍添愁。雁叫秋風外，鴉栖老樹頤。思君瞻鳳闕，怯冷索貂裘。何日林泉下，徜徉自在游。

和屠都憲送同寅屠元勛行邊詩韻

中丞出帝州，木落雁南秋。禾黍登農圃，烽烟息戍樓。暫辭金闕去，豈久玉門留。遙想行邊暇，新詩自倡酬。

辛酉六月二十五日獨居部署夜雨最驟偶起歸思感而有作①

獨對殘燈夜，悠悠百慮侵。虜方屯北塞，蠻未貢南金。思拯群黎困，欲寬聖主心。何時邊徼靜，歸老碧山岑。

辛酉思歸

故園松菊在，未敢動歸思。聖主恩難報，狂胡勢正滋。師方屯紫塞，民尚茹青藜。此際心何忍，優游潁水涯。

登華山詩

太華山峰如削壁，表鎮秦川肇自昔。崚嶒萬仞接雲霄，諸山宛若兒孫集。翠崖檜柏長千年，玉井蓮花開百尺。丹谷日照仙掌明，上有芙蓉色凝碧。石罅泉通銀漢來，滴落九天迸玉液。我登絕頂望蓬萊，頓覺八荒天地窄。黃河如絲瀉向東，紫塞微茫宛在側。尚聞希夷酣睡聲，尤自杜陵題咏畫。欲尋仙子訪長生，仙已飛升無踪迹。更尋白帝問真源，明月東生日已夕。造化鍾靈信有神，雨暘時若神所宅。聖代追崇祀典隆，願福秦民施霈澤。

挽南京大宗伯董公

拜官翰苑播芳聲，金榜曾題首甲名。史館編磨功久著，經惟勸講意多誠。職司邦土虞垂氏，策對天人漢董生。未遂寰中金鼎望，俄驚天上玉樓成。訃聞當宁思賢輔，悲動朝紳慘舊情。諡贈俱徽天寵重，褒崇兼備聖恩宏。鳳毛接武起群彥，馬鬣新封卜九京。旅櫬悠悠歸故

---

① 辛酉：弘治十四年。後同

里,秋風颯颯引銘旌。老成凋喪儀形少,賦罷招魂泪濕纓。

題太師英國交南録

　　文皇靖難興龍日,輔運元勛公第一。手提雙戟芟群奸,四海風雲在呼吸。乘時佐命真英雄,親扶日轂渡江東。太平崇德施褒典,金書鐵券旌殊功。蕞爾蠻邦稽貢獻,十萬旌旗躬水戰。銅柱高標馬援名,通夷不數相如傳。歸來軍國資謀議,國史經筵預文事。從容禮樂不言功,鼎食歌鐘鳴甲第。① 侍從隨龍五十年,一門圭組相蟬聯。二季茅封新爵土,兩宮玉牒舊姻婕。邊城一夜營星墜,天下蒼生盡垂泪。清廟徒聞罷樂歌,父老無由望旌斾。將門有子繼登庸,貂蟬又作黑頭公。營連細柳無兒戲,身作長城有父風。昔年勛業傷遺没,憑誰爲著交南録。國學文章有鉅公,大書特筆輝珠玉。父子登壇世所稀,富貴功名能爾爲。顧命三朝天子眷,出師二表鬼神知。仁人韜略多遺澤,奕世謀猷詘群力。瑞應初生墓道芝,折衝且斂兵家策。於今八極敷皇仁,冰天炎海皆吾民。永言與國同休戚,帶礪山河億萬春。②

擬題蘇武牧羊臺

　　中郎出長安,遠赴虎狼穴。迢迢萬里行,將使胡塵滅。生死未可期,而與妻子訣。單于渝初盟,負驕與漢絶。中郎禀真操,慷慨不屈節。幽置苦莫禁,氊雪併吞嚙。生意愈凜然,單于益驚愯。徙之北海上,於焉牧羝羯。羝乳乃令還,虜計亦何譎。何時羝能乳,仰天頻洒血。節旄落已空,忠貞心如鐵。時登牧羊臺,渺渺望漢闕。漢闕不可見,惟見胡天月。清光萬里同,此心恨無竭。窮荒十九年,歲月驚飄忽。歸來雪滿顛,茂陵已突兀。回視李少卿,不啻垂翮鶻。麟閣寫儀形,萬古應不没。

　　成化壬辰春予以邊務會天官亞卿葉公於綏德道出同官縣城北數里許有所謂孟姜祠者考之邑誌乃秦時人其夫范郎築長城孟姜乃親送寒衣至則夫已逝矣姜復嚙指血漬骨得夫骨負而還之痛過甚至此而没鄉人感其貞烈遂葬於山麓至今猶有哭夫泉在焉石洞中時顯金釵人多敬之嗚呼若孟姜者真可謂烈婦人者乎故勉成五言古詩書之於石壁以愧夫後之事君而懷二心者也工拙豈暇計哉

　　夫婦大倫始,三綱實所先。王風日以斁,斯理孰能宣。齊有杞梁妻,魯有柏舟篇。兹事載詩史,世共稱其賢。嬴秦惑讖記,③築土防窮邊。征役數百萬,驅迫真堪憐。半死長城下,白骨翳朝烟。三綱已淪没,大倫多棄捐。賢哉孟氏女,適范甫期年。念夫久勞役,此心恒惻然。送彼禦寒衣,道路知幾千。豈期夫已死,悲哉泪如漣。嚙血乃漬骨,幸得夫骨全。負骨返故鄉,憔悴不能前。哀號祋栩北,地忽涌清泉。聊爾慰心渴,没矣同逝川。鄉人重節義,爲葬荒山顛。

---

① ［校］歌鐘：底本作"歌鍾"。
② ［校］此後底本有二行空白。
③ ［校］嬴秦：底本作"贏秦"。

於焉立祠廟，生氣尤凛然。泉聲自鳴咽，風樹悲蒼天。金釵果何物，靈异千古傳。□□失節者，誠若霄壤懸。我來□□□，□繼太史編。貞節男兒事，慚愧女子專。睠言縉紳□，三□相勉旃。

挽南畿魯府尹

人生穹壤間，真若露翻荷。百年以爲期，七帙能幾何。嗚呼魯京兆，早歲擢賢科。拜官居瑣闥，簪筆侍鑾坡。封駁罔顧忌，論諫疏尤多。貳卿司馬政，忠貞心靡佗。迨遷尹南畿，敷政藹陽和。恂恂尚綏懷，而不事煩苛。況復操履端，於古亦鮮過。高節重士林，泰華巍嵯峨。未陟台衡位，驚聞薤露歌。藏玉向赤城，託體同山阿。太史紀遺行，銘文詞涌波。豐碑映蒼旻，千載耿不磨。

送朱亞參致政東還金陵

蜀川參省客，朱顔鬢未斑。幾年督饋餉，恩信孚羌蠻。況嘗典劇郡，而多歷險難。聖皇遷秩恩，將下九重關。胡爲厭煩囂，雅志泉石間。兹感秋風起，蓴鱸思靡慳。得遂懸車請，束裝萬里還。輕舟下巫峽，咫尺龍江灣。家世金陵城，幽居遠市闤。四時有佳景，樽酒足怡顔。醉來發浩歌，拄笏看鍾山。緬懷漢二疏，高風遙可攀。愧我失先機，憔悴老江干。贈言分手處，感慨泪濳濳。

挽南京吏部張亞卿曾上封諫景皇帝易儲事

人生穹壤間，所重在綱常。綱常苟弗正，節義亦已亡。所以漢四皓，百世流清芳。亦有狄仁杰，精忠著李唐。上皇蒙塵日，先已建元良。康定御宸極，聽謀有弗臧。易儲立其子，人心靡惶惶。衆畏逆鱗禍，孰敢上封章。永嘉張夫子，賦性剛且方。早歲登黃甲，歷任春官郎。忠義時奮發，身家誓兩忘。抗疏諫極切，遽罹箕子殃。錮身犴獄中，三見易星霜。縲絏苦萬狀，直氣自洋洋。上皇復寶位，首釋示寵光。進秩貳宗伯，天語重褒揚。海内想風采，縉紳仰鳳凰。皇猷資黼黻，治道望鋪張。未及引年期，懇乞歸故鄉。山水恣游玩，詩酒任徜徉。方期躋上壽，二豎來膏肓。① 文星沉午夜，仙夢斷黃粱。② 朝家隆異典，禮數特爲詳。大史著潛德，穹碑照夕陽。鳳毛霄漢上，清譽藹八荒。九原應少憾，千古姓名香。昔忝同朝著，高山景行長。揮毫寫哀挽，不覺涕沾裳。

慶王詹事乃尊壽八十

箕疇陳五福，而以壽爲先。壽非能苟致，厥禀係乎天。姑蘇有佳士，系出晋傅賢。壯年游橋門，文名六館傳。釋褐宰名邑，六事喜克全。豈弟政尤多，德化重能宣。流移竟安業，冤獄每矜憐。鳳鷂鳴朝陽，五彩何翩翩。早登龍虎榜，遂伴瀛洲仙。雅性嗜恬退，解組歸林泉。

---

① ［校］膏肓：底本作"膏盲"。
② ［校］黃粱：底本作"黃梁"。

優游洞庭山,詩酒任流連。褒封膺紫誥,天語御墨鮮。閭里推達尊,後生仰蹄筌。或着登山屐,或駕剡溪船。時與漁樵侶,罔爲俗慮牽。醉顔春滿面,鶴髮雪盈顚。戊午初秋節,^①欣逢八帙年。南極星光燦,東吳佳氣偏。華堂列賀賓,嬌歌雜管弦。芝蘭繞庭砌,斑衣舞膝前。賢郎當此日,遥祝壽三千。

挽恒齋

恒齋美性度,侃侃還誾誾。少年篤問學,玩易求羲文。拾芥取甲科,平步登青雲。烏臺掌風紀,振肅曾超群。遷官歷郡守,撫字推殷勤。旬宣至總憲,布澤應無垠。兵刑崇八座,德譽尤英芬。何夢入長夜,遂作幽明分。鄉邦冷詩社,故舊空懷君。尚賴豐碑立,有字鐫奇勛。松柏企清節,鬱鬱封高墳。

挽吏部楊亞卿

慶餘新世澤,系出舊簪纓。母感懷星异,木驚連理生。孩童斯穎悟,總角已崢嶸。人比麒麟瑞,才收月旦評。羲經窮奧旨,子史極研精。芹泮推前列,秋闈冠衆英。聯名欣及第,授職喜登瀛。編纂多勞績,超遷荷寵榮。儒林欽碩學,寰宇播芳名。聖主登宸極,銓曹擢亞卿。封章陳治道,天語重襃行。金石文章妙,人才藻鑑明。青雲鴻影續,碧落鳳鸘鳴。紫極期霖雨,蒼生望太平。功名非所志,軒冕若爲輕。乞老曾陳疏,懸車未遂情。將膺金鼎寄,遽報玉樓成。當宁頻嗟悼,朝紳每慟驚。恩隆崇祭葬,謚美著銘旌。歌些哀恫切,臨風涕泗傾。銘文歸太史,千載耀佳城。

題大司徒秦公曾大父遺愛卷

清時高隱士,東魯老明儒。洙泗傳心學,黌宫作範模。鐸音振遠邇,教法繼蘇湖。屢上匡時疏,深蒙聖主俞。官遷五馬貴,郡近九溪衢。豈弟施仁化,謳歌足袴襦。楚湘馳令譽,廊廟重嘉謨。合浦民猶亂,潢池患未驅。九重勞軫念,黎庶苦征輸。下詔推賢俊,移符向海隅。承恩遄赴郡,報國誓捐軀。不事干戈慘,惟將惠澤敷。膏肓來二豎,^②血□□群愚。寮寀悲心切,鄉村廟貌孤。甘棠陰滿地,遺愛頌盈途。厚德天施報,餘慶鼓應桴。雲仍登要路,先後並紆朱。京兆聲名重,司徒位望殊。三槐王可駕,五桂竇堪俱。襃贈膺鸞誥,門庭盡鳳鶵。源深流自遠,本固末還荂。大易垂明訓,於今信匪誣。

追封崇安侯謚壯節譚公新祠有司春秋祭祀挽詩^③

憶昔文皇靖難秋,將軍翊運贊奇謀。暗嗚叱咤千人敵,慷慨從容萬斛舟。力挽强弓超羿

---

① 戊午:弘治十一年。
② [校]膏肓:底本作"膏盲"。
③ 據底本目錄分類,此詩當屬"七言古風",應置於"五言古風"第一篇《擬題蘇武牧羊臺》之前。爲保留底本原貌,此處不作改動。

養,身乘戰騎重驊騮。幾番陷陳天衝破,到處摧鋒地軸收。勇勝王陵扶漢祖,智如鄧禹復炎劉。士同甘苦思捐命,敵畏英雄懼斫頭。猛虎已殱宸幄静,將星忽隕海雲愁。龍沙矢死心方遂,馬革包屍志已酬。錫諡褒忠加壯節,論功行賞贈流侯。金書鐵券河山誓,伯爵承家世澤優。喜有雲仍真虎豹,荐承綸命繞貔貅。封章屢乞彰先德,輿論咸稱在闡幽。聖主亦敦崇報典,功臣重沐發潛休。敕頒北闕隆殊寵,祠建封塋享庶羞。天語萬年昭日月,虹光長夜照松楸。不須再述生平事,國史當時已備修。

成化丁酉被讒下獄作促拍雨中花①

三十年間雲萍踪迹,真若一夢黃梁。想甌閩,思秦晋,更憶湖湘。千里霜蹄,馳騁九霄,丹鳳翺翔。聖恩廣大,許歸田里,永别巖廊。

尋故友,話舊事,閒來詩酒徜徉。更可喜,青山緑水,花圃蓮塘。惟願蒲質長健,永祝天壽無疆。綿綿國祚,邊塵不起,將相賢良。

馬端肅公詩集卷終

---

① 成化丁酉:成化十三年。

馬端肅公詩集跋

　　魏文帝曰："文章經國之大業,不朽之盛事。"是比之子雲所稱"童子雕蟲篆刻,壯夫不爲也"者,迨千里矣。且子雲夫非湛副墨而癖鉤玄者,譚何容易也。嗟夫！李伯藥上陳應劉,下述沈謝,音若塤篪而龍門子不應也。夫亦以成孝敬,厚彝倫,證存亡,辨得失,乃僅僅以四聲八病、剛柔清濁見端緒,局於技矣。

　　端肅公少年獵甲第,稱名御史,抗疏投荒,賜環秉鉞,偵傑絶窺,駝馬斷牧,蟬趨武帳,貂步文昌,垂白懸車,林泉容與,足謝城邑,用乾坤之精氣者,蓋八十餘年。其經略彪炳,所稱一代偉人,指不再屈。已而羈愁感寓,游觀陶寫,每一揮洒,輒中宫商。幹質則梗楠竹柏,孕育氣象,變陰陽而歷寒暑;莊雅則玄酒應鍾,陳奠捶叩於清廟明堂之上;清奇則長江秋注,月上波平,俄而衝飈激浪,燿光揚蕤,鰲吸鯨擲,噴薄千頃;孤高則巨嶽絶壁,蒼翠憑天,停雲飛泉,綿綿泠泠,而恍可耳目,竟不可即;慘切則荒國陊殿,榛莽丘隴,候蛩夜雨,與寒砧野燒相淒楚。且也得之天然,十有六七,未嘗餔飣鎚鑿以自競,殆與世之繪珠璣而奮組綉者,幾許逕庭哉！然而公不以文字名也,惟《征石城》《撫東夷》《興復哈密》三記碑人口耳。夫名山有藏,千載而下,尚其剖之家,千里懷盈尺而不以示人,蔽其德,嗇其珍矣。

　　侍御毛公觀風中原,蓋有概焉。其因慎卿之陳而請,梓而傳,序而志也,其所謂不鏤自雕者哉！昔人有云:"翠竹碧梧,鸞鵠停峙,能守其業者也。娟娟静秀,蘭茁其芽,稱其家兒者也。故萬石三戟,千載艷譚,析薪弗荷,家聲墮矣。"端肅起家陽翟,軒冕蟬聯甲中原,頃亦幾有樂郈、胥原、狐續、慶伯之嘆。儻非慎卿之積習名教,榮立家門也,則我國家厚顯忠彝,都人士之瞻肅範模者,如愛莫能助何？

　　是集也,端肅藎勤之思,侍御徵獻之典,慎卿紹負之孝,蓋見三美焉。敢贅牙汗青之末,用續尾景赤之私云。

　　萬曆庚寅中秋。① 句吴後學何淳之頓首謹跋。

---

① 萬曆庚寅:萬曆十八年。

附　錄

附録：馬文升詩文輯補

石城記略①

　　殘元部落把丹者，仕平涼爲萬户。太祖兵至，歸附，授平涼衛正千户。部落散處開城等縣。成化丁亥，②把丹孫滿四等倡謀從北虜叛，入石城。乃命右副都御史嘉興項忠爲總督，鎮守陝西太監劉祥爲監督，涼州副總兵劉玉爲總兵，統京營并甘、涼兵五萬往討。馬公文升以南京大理卿服闋升右副都御史，巡撫陝西協剿。

　　我軍奮勇，賊遂大敗。斬首七千六百奇，俘獲二千六百，生擒滿四至軍前。城中復立平涼衛，達官火敬爲主，陽虎狸家口令認給還其生。擒賊千餘，斬八百餘。擇留滿四、馬驥、南斗、火鎮撫等二百名并滿四妻解京，俱伏誅。其未殄土達，令其本分耕牧。石城北添所，固原千户所改衛，復添兵備僉事一職。③馬文升撰。

平虜凱旋詩序④

　　平虜凱旋諸詩，以都察院右副都御史項公藎臣克平逆虜滿四而作也。陝右士大夫既爲是詩，將勒石紀功，用圖不朽，以予與公同事兵間，不可無言。

　　惟昔元季，有滿氏把丹者，⑤雄長西陲。國初輸誠款附。我太祖高皇帝溥天地涵弘之德，斥平涼、固原裔地，俾之耕牧，入隸版圖，垂百餘年。於今生聚日蕃，號滿家營。有衆數千人，皆驍勇，善騎射，歲以縱獵山野，逐獲禽獸爲利。而滿四其酋豪，本名俊人，以"滿四"呼。

　　成化改元四禩，固原守將釁御失德。虜潛畜異，鳩聚開城、隆德、静寧、安定内附諸胡種，

---

① 以（明）劉敏寬纂次，牛達生、牛春生校勘：《萬曆固原州志》（寧夏人民出版社，1985年，第222—223頁）爲底本；以（明）劉敏寬、董國光纂修，韓超校注：《〔萬曆〕固原州志》（上海古籍出版社，2018年，第145頁）爲校本。
② 成化丁亥：成化三年（1467）。
③ ［校］識：校本作"員"。
④ 以（明）楊經纂輯，牛達生、牛春生校勘：《嘉靖固原州志》（寧夏人民出版社，1985年，第111—114頁）爲底本；以（明）楊經纂修，韓超校注：《〔嘉靖〕固原州志》（上海古籍出版社，2018年，第67—68頁）爲校本。
⑤ ［校］氏：底本作"四"，據校本改。

及迫脅鄰土雜居軍民,而攘敓其馬、騾、驢、牛、羊、財帛。不旬月,衆至數萬,據石城之險,僭署名號,①且密援外虜爲應。城距故營數十里,遂徙爲家,伐木結柵,城上蒙生牛革以爲固。四面陡崖深溝,爲東西門。入,道仰躋欹,車騎不可城列。近城尤峻絶,曰砲架山,其次曰照壁山。參錯瞰道側,削立千仞,石磴攀緣,由胡虜凹以登。蓋城最要害處,虜守之,引置木石其上,俟攻至下施,飛擊中人,必得其死。虜嘗自語:"天設金湯,雖强敵數十萬,無敢近。"

先是,虜徙城,掘得前代行元帥府事銅印,每以是部署帳下。群醜火四、火能爲腹心,馬冀、南斗爲股肱,咬哥、保哥爲爪牙,滿能、滿玉爲羽翼。選兇狡之徒,制中命之器,指麾奪擊,勢甚猖獗。是年六月,前巡撫陝西右副都御史陳玠、鎮守陝西寧遠伯任壽、征西將軍廣義伯吳琮、參將劉清,發兵三萬薄城,屢戰,皆大失利。都指揮蔣太、申澄死之,遠近騷然。

事聞,皇上渙超雄斷,特敕公爲總督,都知監太監劉祥爲監督,平虜將軍都督同知劉玉爲都統,副以伏羌伯毛忠。都督魯鑑、林盛,參將夏正、劉清、胡愷,都指揮周璽、費澄、蔣玉、吳榮、張英、姜盛、丁鐸、黃瑀、鄭英、鄭雲、神英、陳晟、苗玘、孫璽、楊威、羅敬皆偏裨,率京師及三邊馬步精兵八萬有奇,七道進攻,環石城山谷爲營陣。監軍則太監秦剛,巡撫則右副都御史王銳暨予,鎮守則都督白玉,參謀則御史鄧本端,巡按則御史任佐、江孟綸,督餉則户部員外郎張賑,紀功則兵部員外郎劉洪。② 至若分給諸營,則右布政使余子俊,參政于璠、朱瑛、龐勝,參議嚴憲、崔忠,按察副使宋有文、鄭安,僉事胡欽、胡德盛,皆罄力協心,佐襄厥務。節度攻取,悉惟總督公成算爲進止。

公昔節鎮關中,素有令望,奇謀偉略,其出無窮,持重周悉,必求萬全。自環營凡三閱月,大小數百戰,伏羌伯毛忠、都指揮周璽、費澄戰死。公與予輩親冒矢石,虜屢衝突不能動。嘗呼虜酋布宣朝廷曠恩,以招徠之,終恃險反覆靡常。我師每以久暴露爲憂。公議曰:"彼烏合之衆,利在速鬥,不能持久。吾將堅陣以待其敝。"既而,購募得敢死士數千,密間諜,出奇計,斷其水道,燔其積聚。城中食盡,人馬多渴死,虜窮憯挑戰尤數。由是麾七路兵,并力麕戰,首獲滿四至中軍,降其悔禍者數千。餘黨猶乘城跳踉,或群出山谷,延喘爲暴,衆兵鼓憤屠城,大索山間,斬首萬餘級,横屍遍野。生獲者萬餘,婦女、童稚、孳畜,不可勝計。洒掃巢穴,邊境用寧。十有二月班師,將獻俘於朝,厥功可謂盛矣。③

此《平虜凱旋詩》,信不可無作也。詩凡若干首,衆體咸備。揄揚國家威靈,克集大勛,皆董師得人所致焉。嗚呼!克敵致勝,莫難於用兵;紀功述德,必由於咏歌。昔周王選從出狩則南仲、仲山甫,南征北伐則尹吉甫、方叔、召虎。④ 史氏書之,詩人咏之,豐功盛烈,萬世罔墜。今公文武兼資,功在社稷。推校周臣,殆不多讓,播之歌咏,施諸後世,其猶今之誦周詩歟!是宜歷敘梗概,以弁其端也已。

---

① [校]僭:底本作"潛",據校本改。
② [校]紀功:底本作"記功",據校本改。
③ [校]將獻俘於朝,厥功可謂盛矣:底本作"將獻俘於朝闕,功可謂盛矣",據校本改。
④ [校]召虎:底本作"臺虎",據校本改。

重建韓范祠記①

  生而爲名將相,没而載在信史,使人仰慕於無窮,或血食於千百年之後而不已者,其必有大功德於生民社稷。夫豈偶然哉？古之人有能之者,其惟宋之范文正、韓忠獻二公乎？康定初,夏賊趙元昊拒命,有侵犯中原意,而延慶被害尤甚。時范雍在延州,賊圍之孔急,環慶副將劉平、石元孫赴援陷没。事聞,中外震驚。文正公請自行,遂命公知延州。公至,即選練兵士,修葺寨堡,尤主和以招徠之。賊有"無以延州爲事"之言,而奸謀爲少沮焉。既而公與忠獻公俱爲招討使,即節制鄜延、環慶諸路兵,或主戰,或主守,戰守皆得其宜。與夫險要之處,悉築城堡,舉諸名士以守之,勢相連屬,綜理周密。夏賊知不可敵,遂斂兵不敢近邊,終不得以逞其奸謀,關中獲安。而宋室無西顧之憂者,皆公與忠獻公之力也。後二公俱爲宰輔,其精忠大節,豐功偉績,載在史册,昭然可考。惜乎！文正公未罄先憂後樂之志而卒。當時,民仰公之德,故於鄜延、環慶皆建祠以祀之。宣和中,經略使宇文虛中奏公有大功,今慶州有公祠,合古者有功於民,以死勤事者法。乞賜祠額,詔賜爲"忠烈"。歷金、元至今,其祠不知毀於何時。

  成化庚寅,②胡虜犯邊,予奉命統兵守環慶,尋二公之古蹟而修復之。賊頗知懼,不復入其境,而民賴以安,況在當時者乎！壬辰春,③天官亞卿姑蘇葉公奉命巡邊,以文正公乃鄉先達,所至必訪公之祠而謁之。以慶之祠毀爲意,予以公之祠得賜額始於慶陽,今祠毀而不修,乃予之責也。遂令藩司參政胡欽、孫仁、知府王貴、同知薛禄,卜地於府學之南,鳩工聚材,民樂爲之。中建三楹爲正堂,東西兩廊及前門各三楹,後五楹爲退堂,左右廂房如前。正堂中塑文正公并增忠獻公像,余以義起之也。經始於成化癸巳秋九月,④落成於甲午春三月,⑤規模宏敞,輪奂一新,二公之英靈必妥於此矣。僉謂不可無文以紀其歲月,請余爲記。

  予聞孔子曰:"管仲相桓公,霸諸侯,一匡天下,民到於今受其賜。微管仲,吾其被髮左衽矣。"蓋管仲有攘夷之功,使無仲,則當時之民盡爲夷狄之俗。昔二公之在關中,當元昊士馬精强,虎視中原之日,乃能同心戮力以禦之,使民無蹂躪之苦,而免左衽之俗,其有功於社稷生民也大矣。其功豈不高於仲哉？又豈小有功於一方者之可比哉？宜乎延慶之民建祠以祀,而後人景仰於無窮也。或謂文正公與忠獻公共事關中,功業相等,今民建范之祠而不及韓者,豈韓不及范耶？予曰:"是大不然。"范與韓俱駐節涇州,韓兼秦鳳,范兼環慶,在慶之日久,而民之愛之者深,又殁於韓公之先,非以范之功德有大過於韓也。不然,天下後世稱宋相關中功業之盛者,必曰韓范。今又合而祀之,夫豈不宜！逢掖之士,登斯堂拜二公之像者,忠君愛國之心,其有不油然而興耶？予素慕古人者,於二公慕之爲尤切,故不辭而爲之記。

---

① （清）趙本植:《新修慶陽府志》卷四十二上《藝文·重建韓范祠記》,國家圖書館藏清乾隆二十七年(1762)刻本。
② 成化庚寅:成化六年。
③ 壬辰:成化八年。
④ 成化癸巳:成化九年。
⑤ 甲午:成化十年。

項襄毅公傳①

鈞陽馬文升景泰辛未進士，時吏部尚書

公諱忠，字藎臣，姓項氏，嘉興人。正統壬戌進士，②授刑部雲南司主事。時郎中劉公廣衡、員外郎陸公瑜皆稱同志，遷陝西司員外郎。

正統己巳八月，③扈駕北征，遂陷虜中。久之，公挾二馬南馳，馬疲，遂步奔七晝夜，始達宣府。御史張昊開關納之，公一見仆地，移時乃蘇。視其足，陷蒺藜刺者以百數。還京，復任。遷本部山東司署郎中，再遷廣東按察司副使。凡海嶺險遠、前官怯至者，公皆遍歷。一日，高州諜報賊男婦三百剽劫村落，指揮林盛白公發兵，公曰："賊出沒疾於飛鳥，肯携男婦行乎？此必可疑。其慎之。"林至，惟殺據嶺賊，餘悉俘至公所。訊之，果皆賊所脅也。釋之。

景泰四年，從兵部尚書馬公昂討瀧水猺有功，加禄一等。奔父喪，服闋。改山東，時户部尚書年公富以都御史撫其地，持重少許可，獨器公。

天順中，再遷陝西按察使。會陝饑，公不待報，輒發倉賑之，全活軍民數萬計。天順六年，奔繼母喪，陝民赴闕留者千數。詔奪服，還任。明年，以大理寺卿徵，民復走闕借留。天子欲慰陝人，乃拜公右副都御史撫其地。民喜，其來爭焚香以迓，歡聲雷動。會洮岷番猖獗，上命公率兵捕降之。

成化改元，冬，虜犯延綏。詔公與寧遠伯任壽薄伐而遁。先是，關中井泉斥鹵，雖宋陳堯咨所鑿龍首渠存而湮塞，大爲民病。公奏開渠三十餘里，甃其兩岸防崩。又奏濬鄭白渠，鑿山引灌涇陽田凡七萬餘頃。人到於今，爲德立祠祀之。二年，北虜毛里孩犯塞。上命公督兵十五萬，與大將彰武伯楊信禦之。公交歡運謀，士樂用命，屢戰皆捷，虜乃遁去。天子三降璽書獎勞。明年，詔公還院。

成化四年，固原土達滿四怨參將劉清，因構其醜類二千自稱招督王以叛。不三月，羌戎響應，有衆二萬，遂據石城，遠近戒嚴。時守將寧遠伯任壽、廣義伯吳琮、都御史陳价等率兵一萬五千攻之，皆敗績。都指揮申澄等死之。其謀主李俊者，將導使窺陝。事聞，詔公總督軍務，許參將以下不用命者斬。遂同涼州總兵劉玉等調三邊兵，兼募土兵共二萬人討之。初戰而偏將伏羌伯毛忠中流矢死，兵遂懾縮。公即陣斬首退千户丁某以徇，兵乃定。時兵部及撫寧侯朱永、定襄伯郭登聞滿四驍勇，咸恐渡河與北虜連，則憂不止西陲，交章擬益兵赴援。會星孛台斗，占者以木在秦不祥。公曰："賊罪滔天，今恭行天討，師直而壯，兵法禁祥，去疑。昔李晟討朱泚，熒惑守歲，卒以成功。今殆類此。"乃上疏乞免益兵。堅主坐困之策，或以二卒自隨直抵

---

① 項德楨編：《項襄毅公年譜·項襄毅公實紀》卷二《家史·項襄毅公傳》，天津圖書館藏明萬曆二十四年（1596）項皋謨刻本。
② 正統壬戌：正統七年（1442）。
③ 正統己巳：正統十四年。

賊寨，曉以禍福；或披堅於城下，往來示士卒。先雖矢石如雨，無懼色。予嘗勸之持重，公曰："奉命無功，死何足恤？"由是賊感懼，脅從者相率來降。惟四與左右自知誅無赦，前後劫營及我軍大小三百餘戰，輒擊却之。已而公密使人決賊近營水脉，由是賊斷飲，計窮。其夜，愛將楊虎狸出汲，擒之。公先揚言曳斬，虎狸乞命，乃諭以逆順，許以不死，解所束金鈎賜而遣之，約爲內應。以故四卒爲虎狸擒，斬首七千六百有奇，俘獲男女二千六百。當圍急時，賊逸出者，公皆縱之去，以孤其黨。惟於城下候北行者，追斬之。後困極，劉總兵欲任其去，皆不追。公不許，曰："賊已嘗陷將覆兵，此盡縱之，後稍不快意，即易爲亂。"由是黨與既散，□斬獲亦數千級。僉謂是役非公計，取所患殆有不可勝言者。奏凱，天子璽書勞公。公念班師後有他虞，復陳言四事：其一，欲改固原千戶所爲衛，而西安州別增一所，留陝西所屬貴州赤水、湖廣銅鼓二衛勾解軍免發，就所增衛所當軍。其二，欲增按察僉事一人，管束土達。於民家五丁以上抽一丁與之，相兼操練，一體支糧，免其雜役。其三，欲仍設一都指揮練軍，慎固封守。其四，欲移韓、慶二府諸郡王第於近水，便禄米之運。上皆許之。成化五年二月，公還京，陛見，賞賚甚厚。再遷右都御史。

明年秋，京畿大水。命公巡視順天、河間、永平三府。公既發倉，而又從宜勸借米、銀、牛具數萬賑之，全活不可勝紀。值盜賊蜂起，有詔公擒獲，先斬後奏。是冬，荆襄南陽故賊劉千斤黨李鬍子者，倡聚流民，張旗肆掠，守臣率大軍，不能制。上又命公總督軍務，同平蠻將軍李震，調保靖、永順、湖廣、河南、四川土兵及官兵討之。公至荆襄，遣人先賫御榜入山，曉諭流移還鄉，約復其家五年。雖爲首賊，能出山者亦原之。如是而猶執迷，然後加兵。時襄陽贊畫錦衣衛千戶吳綬在參將王信幕，説信曰："項公功成，則公與我不得久居此矣。"乃潛遣人入京師譖阻之，當道頗然其説。公即奏論大計難復中止，乃勒兵聲言進討，仍遣父老土人進山，導以生路。當是時，流民悔悟，散而歸本土者，固已一百四十四萬有奇矣。其猶據險爲賊者，則分兵捕之，乃以斬首、充軍、發遣、隨住，分爲四等獻捷。上賜璽書嘉勞。隨陳地方經久長策十事，上皆納焉。詔暫留荆襄控制。會星孛於天田，前欲中公者，因指爲荆襄殺傷所召。公上章請老，上慰勉之。已而公所奏吳綬回京，綬滋不悦，造謗益甚。公乃上疏萬餘言，謂荆襄流民百萬，倚有高山深林，自宣德至今嘯聚四十餘年，曩時巡總等官非不欲發遣，第有司虛勘而實，無一人還鄉者，所以服叛不常。臣爲國遠圖，不顧任怨，豈敢不仁不忠，而爲是殘毒？願放歸田，以消物議。上報曰："荆襄成功，浮言不聽。今覽卿奏，事理益明。何嫌何疑，遽欲退避。"因召公還。陛見，賞賚有加。尋轉左都御史。荆襄自是三十餘年帖帖無事，而人始服公功爲多。

成化十年，拜刑部尚書，復改兵部。時百戶韋瑛附西廠權幸汪直用事，懷奸紊政，屢興大獄，衣冠側足而立。諸大臣日夕憂之，而畏不敢言。公首秉筆草疏劾瑛，上竟謫瑛戍邊。於是朝野稱快，而權幸與公爲敵者衆矣。公不自安，疏乞骸骨。上許之。行有日矣，而吳綬者，時又同韋瑛用事，銜之益深。乃表裏媒孽將陷公死地，用是公落職還鄉。次子錦衣衛千戶綬亦左遷九谿衛。公抵家杜門自咎，絕口不談往事。久之，韋瑛竟以狂悖伏誅，吳綬亦死武昌獄中。於是，先帝知公被誣，復公兵部尚書，致仕。

公家居二十六年，足迹不過郡邑，亦未嘗少干以私。良辰則出郭嬉游。侍郎彭公韶巡視浙中，見公矍鑠，疏公國之老成，宜及未衰起之。吏部議公，將欲起用，而公邁風疾，乃止。

生平食不兼味，訓迪子孫甚嚴。以故長子經舉進士，拜南京監察御史，遷知太平府，有父風。次子千户綏亦能奮發，自九谿衛立功貴州，升蘇州衛指揮，守禦嘉興，因得侍公終身。公美髯，莊重，耐勞，善騎。目能燭一里外物，素無疾。忽一日，晨起坐樓下，呼曰："取我朝衣服之。"遂終。年八十有二。

訃聞，天子震悼，贈公太子太保，謚襄毅，遣官葬祭。録長孫鏞爲守禦嘉興世襲千户。初娶劉夫人，無子，早世。繼娶鮑夫人，亦先公卒。生今知府經、指揮綬。庶男四人，孫男八人。初，公爲員外郎，扈駕北征，與同官郎帳中語及京邸一降胡帶支錦衣衛鎮撫俸者，有二子，虜中用事，公因默識其名。已而公爲胡騎所執，即降胡。次子問其父，公能言之，故得不死，蓋天之默相如此奇矣哉！

贊曰：公立朝侃侃，正論偉人也。而石城之役，余又辱從旄鉞，時滿賊稔亂，諸將失利，且怯進矣。公忠義奮發，擐甲督戰，賊注矢以射，先驅殪公馬前，屹不動，督戰益急，即日賊平。壯哉！昔宋虞文靖公嘗以書生破完顏亮軍於采石，一時風采，使宿將劉錡愧死，古今氣象可想見也。以公視之，文靖蓋不是過。公雖中道被讒，卒之功名兩完，壽終正寢，國之恤典，亦蔑以加矣。而公子孫又賢，忠義感乎，有以也夫！

無　　題①

朝退憑欄一黯然，獨將心事訴蒼天。清朝有意推公道，白髮無心着錦鞭。天上浮雲偏□靄，地中陰氣已疑堅。

秦　隴　道　中②

問俗昔曾過隴山，西征今復出秦關。雁聲叫日迷寒渚，楓葉經霜帶醉顔。世路羊腸千里曲，功名蝸角幾人間。林間鸚鵡能言語，笑我年來兩鬢斑。

觀　兵　洪　德　城③

九月寒霜洪德城，邊風吹雁向南征。將軍虎鎮黃花寨，壯士龍驤細柳營。靈武已墟唐代事，朔方尤賴宋時兵。爲憐重地凋零後，一片荒山曉月明。

---

① 詩題爲整理者所加。周駿富輯：《明代傳記叢刊》第81册《皇明泳化類編列傳》，臺灣明文書局，1991年，第198頁。
② （清）錢謙益輯：《列朝詩集·丙集·馬少師文升》，上海三聯書店，1989年，第289頁。
③ （清）升允、長庚修，（清）安維峻纂：《光緒甘肅新通志》卷九十三《藝文志·詩·馬文升》，參見鳳凰出版社編：《中國地方志集成·省志輯·甘肅·光緒甘肅新通志（四）》，鳳凰出版社，2011年，第614頁。

山海關①

曾聞山海古渝關，今日經行眼界寬。萬頃洪濤看不盡，千尋絕壁畫應難。東封遼地三韓險，西固燕京百世安。來歲新正還旆日，擬圖形勝獻金鑾。

馬融讀書石室②

扶風家世漢通儒，不重椒房重道腴。盧鄭又從高第列，郭嚴敢望後塵無？春圍絳帳人如玉，月滿荒臺樹有烏。況是臨江遺廟在，春風十里悵蘼蕪。

說經臺繫牛柏③

塵海仙家第一宮，崢嶸臺殿詫秦工。五千道德言猶在，百二河山勢自雄。煉藥爐寒虛夜月，繫牛柏老動秋風。穹碑屹立斜陽外，夜夜龍光貫彩虹。

白馬渡④

桃花溪接武陵溪，咫尺仙家路欲迷。翠柏凌空山鳥下，碧雲栖樹野猿啼。爛船洲上江風細，白馬山頭寒月低。指點秦人舊踪迹，蕭蕭方竹斷橋西。

過蓋州紀興⑤

烟霧初消海嶠端，荒陂寒水與天連。山光杳靄飛鳧外，秋色參差落雁前。田野歡呼瞻使節，訟庭空寂長苔錢。從容事畢還朝日，韶舞聲中覲九天。

後樂軒吟⑥

幾載提兵寓慶陽，凱旋南去喜洋洋。關中黎庶停供億，塞外羌胡遠道藏。聖主用紓西顧

---

① （明）詹榮纂修：《山海關志》卷二《關隘二·關二之一·山海關·尚書馬文升詩》，國家圖書館藏明嘉靖十四年（1545）刻本。
② （清）劉於義：《陝西通志》卷九十六《藝文·律詩》，國家圖書館藏清雍正十三年（1735）刻本。
③ （清）劉於義：《陝西通志》卷九十六《藝文·律詩》，國家圖書館藏清雍正十三年（1735）刻本。
④ 陳國華主編，何忠東、梁頌成、周勇校注：《明萬曆桃源縣志校注》，大眾文藝出版社，2008年，第250頁。
⑤ （明）任洛等纂修：《遼東志》卷七《藝文·詩》，天津圖書館藏明嘉靖十六年刻本。
⑥ 齊社祥選注：《隴東歷代詩文選注》，甘肅人民出版社，2016年，第161頁。

憂,王師盡還北征裝。時來屢有雪盈尺,來歲豐登已兆祥。

寧州察院題竹 有引①

平虜凱旋駐節寧州分司,②後堂前叢竹數千竿,晝則風搖其聲可聽,夜則月照其影可看。勁節凌霜,儼然瀟湘之景。詩以詠之,聊以寓意。

庭前萬個翠琅玕,勁節凌霄耐歲寒。晝靜風搖聲可聽,夜深月照影堪看。時來暫爾栖黃雀,日後應須集彩鸞。我欲與君結社友,虛心相共此心丹。

游崆峒③

偶上崆峒萬仞山,恍疑身在碧雲端。遙看華嶽峰三垤,俯視秦川彈一丸。雨後蒼龍歸石洞,夜深玄鶴下瑤壇。何須更問蓬萊島,此地令人欲挂冠。

靖遠懷古④

陡絕孤城古會州,防邊設險幾經秋。地連紫塞通西夏,勢扼黃河控上游,雉堞尚遺前代制,危樓想見舊時籌。巖邊鞏固如磐石,永使羌戎職貢修。

復謁亞聖祠敬賦一律⑤

成化乙巳,⑥予以右都御史總督漕運於淮揚,尋奉命遷兵部尚書。道經古鄒,拜謁亞聖祠,欲賦一律未果。去秋,改南京兵部參贊機務。茲奉左都御史之命還京,適遇南京禮部尚書耿公裕公務越闕,亦轉南京兵部代予參贊南還,暨南京大理丞屠公勳、禮部郎中包公鼎復同謁祠下。敬賦此,以致景仰之意云爾。時成化丁未冬十二月十有九日也。⑦

天生亞聖末周時,只爲人心久陷之。道統百年資繼續,綱常千古賴扶持。內仁外義言何切,闢墨排楊論更奇。兩度經過拜祠下,仰瞻遺像慰遐思。

賜進士資善大夫都察院左都御史前奉敕參贊機務南京兵部尚書鈞陽後學馬文升拜書。

---

① (清)趙本植:《新修慶陽府志》卷四十二下《藝文·詩·七律》,國家圖書館藏清乾隆二十七年刻本。
② [校]虜:底本作"魯",據文意改。
③ (清)許容:《甘肅通志》卷四十九《藝文·詩》,國家圖書館藏清乾隆元年刻本。
④ (清)許容:《甘肅通志》卷四十九《藝文·詩》,國家圖書館藏清乾隆元年刻本。
⑤ 劉培桂編著:《孟子林廟歷代石刻集》,齊魯書社,2005年,第166頁。
⑥ 成化乙巳:成化二十一年。
⑦ 成化丁未:成化二十三年。

郾縣知縣陳輔立。

頌 比 干[1]

郿城西北太師墳，義膽忠肝世罕倫。高塚有狐眠白日，古碑無字立黄昏。孽龍逝後乖風息，直道由來汗簡存。此日登祠一瞻拜，寒烟衰草故銷魂。

辭 朝[2]

朝罷歸來意蒼惶，暗將心事訴穹蒼。天上陰雲能蔽日，地間寒氣已成霜。春風有意開桃李，鴻雁無心戀稻粱。不如安樂窩中去，静聽鵑聲叫洛陽。

紫雲書院山[3]

崒律孤峰上插空，宛然削出玉芙蓉。四時雲氣春偏盛，釀作甘霖濟歲豐。

吊洧川黄侍郎一律[4]

地曹卿作應台星，中外同聲服老成。共許阿衡能造化，方期鼎鼐看調羹。豈知厭世辭明主，俄見乘雲上玉京。葬祭禮隆恩露洽，流芳千載著千名。

乾 陵[5]

巡行幾度過乾陵，遙憶當年感慨生。雀入鳳巢彝道斁，陰乘陽位天倫輕。禁垣有趾荒秋草，殿寝無痕毁劫兵。獨有數行翁仲在，夕陽常伴野農耕。

---

① 平潭比干文化研究會編：《平潭林氏通鑑》，廈門大學出版社，2012年，第626頁。
② 中國人民政治協商會議河南省禹州市委員會文史資料委員會編：《禹州文史資料》第十輯《馬文升軼事》，政協禹州市文史資料委員會，1999年，第229頁。
③ （清）汪運正修：《襄城縣志》卷十四《藝文志·詩》，國家圖書館藏清乾隆十一年(1746)刻本。
④ 中國人民政治協商會議河南省禹州市委員會文史資料委員會編：《禹州文史資料》第十輯《馬文升軼事》，政協禹州市文史資料委員會，1999年，第229頁。
⑤ （明）楊殿元纂修：《乾州志》卷下《藝文志·詩》，國家圖書館藏明崇禎刻本。

參考文獻

一　古代文獻

(一) 史部

1. 正史類

（清）張廷玉等：《明史》，中華書局，1974 年。

2. 編年類

《明實錄》，"中央研究院"歷史語言研究所校印，1962 年。

《清實錄》，中華書局，1985 年。

3. 紀事本末類

（清）谷應泰：《明史紀事本末》，中華書局，1977 年。

4. 別史類

（明）馬璁：《恩命餘録》，哈佛大學圖書館藏明萬曆十八年（1590）馬慤刊本。

（明）李贄：《續藏書》，中華書局，1959 年。

（明）陳子龍等編：《皇明經世文編》，中華書局，1962 年。

（明）陳仁錫：《皇明世法録》，臺灣學生書局，1986 年。

（明）陶宗儀等編：《説郛三種·説郛續》，上海古籍出版社，1988 年。

（明）鄧元錫：《皇明書列傳》，參見周駿富輯：《明代傳記叢刊》第 73 册，明文書局，1991 年。

（明）尹守衡：《明史竊列傳》，參見周駿富輯：《明代傳記叢刊》第 83 册，明文書局，1991 年。

（明）何喬遠：《名山藏》，參見福建省文史研究館編：《福建叢書》第 1 輯，江蘇廣陵古籍刻印社，1993 年。

（清）法式善：《陶廬雜録》，中華書局，1959 年。

（清）查繼佐：《罪惟録》，浙江古籍出版社，1986 年。

（清）傅維麟：《明書》，參見周駿富輯：《明代傳記叢刊》第 87 册，明文書局，1991 年。

（清）徐乾學：《徐本明史列傳》，參見周駿富輯：《明代傳記叢刊》第 91 册，明文書局，1991 年。

（清）湯斌：《擬明史稿列傳》，參見周駿富輯：《明代傳記叢刊》第 159 冊，明文書局，1991 年。

5. 雜史類

（明）馬文升撰，（明）袁褧編：《金聲玉振集·西征石城記·撫安東夷記·興復哈密記》：中國書店，1959 年。

（明）馬文升：《馬端肅公三記》，影印文淵閣《四庫全書》本，臺灣商務印書館，1986 年。

（明）馬文升：《西征石城記》，參見胡玉冰主編：《朔方文庫》第 45 冊，國家圖書館出版社，2018 年。

（明）馬文升：《馬端肅公三記》，參見吳海鷹主編：《回族典藏全書》第 59 冊，甘肅文化出版社、寧夏人民出版社，2008 年。

（明）馬文升：《馬端肅奏議》，影印文淵閣《四庫全書》本，臺灣商務印書館，1986 年。

（明）馬文升：《端肅奏議》，參見《四庫全書·史部(185)·詔令奏議類》第 427 冊，上海古籍出版社，1987 年。

（明）馬文升：《馬端肅公三記》，參見《續修四庫全書》編纂委員會編：《續修四庫全書》第 433 冊，上海古籍出版社，1996 年。

（明）馬文升：《馬端肅公三記》，參見中國西北文獻叢書編輯委員會編：《中國西北文獻叢書(第三輯)·西北史地文獻(第二十五卷)》，蘭州古籍書店，1990 年。

（明）馬文升：《馬端肅公三記》，參見《叢書集成初編》第 3993 冊，中華書局，1991 年。

（明）馬文升：《馬端肅公三記》，參見《續修四庫全書》編纂委員會編：《續修四庫全書》第四三三冊，上海古籍出版社，1996 年。

（明）馬文升：《馬端肅公三記》，參見《四庫全書存目叢書補編》編纂委員會編：《四庫全書存目叢書補編》第七六冊，齊魯書社，2001 年。

6. 詔令奏議類

（明）馬文升撰，馬建民整理：《端肅奏議》，參見李偉、吳建偉主編：《回族文獻叢刊》第一冊，上海古籍出版社，2008 年。

（明）馬文升：《馬端肅奏議》，參見吳海鷹主編：《回族典藏全書》第 59 冊，甘肅文化出版社、寧夏人民出版社，2008 年。

（明）馬文升：《馬端肅公奏議》（十六卷），參見陳文源主編：《國家珍貴古籍選刊》第 3 冊，廣陵書社，2009 年。

（明）馬文升：《馬端肅公奏議》，參見《四庫提要著錄叢書》編纂委員會編纂：《四庫提要著錄叢書·史部》第 199 冊，北京出版社，2010 年。

（明）馬文升：《馬端肅公奏議》（十六卷，存第一、第二、第九、第十，共四卷），參見胡玉冰主編：《朔方文庫》第 45 冊，國家圖書館出版社，2018 年。

（明）馬文升：《馬端肅公奏議（十四卷，缺卷十三至十四）》，參見四庫全書底本叢書編纂委員會編：《四庫全書底本叢書史部》第 15 册，文物出版社，2019 年。

7. 傳記類

（明）項德楨編：《項襄毅公年譜·項襄毅公實紀》，國家圖書館藏明萬曆二十四年(1596)項皋謨刻本。

（明）焦竑編：《獻徵錄》，上海書店出版社，1987 年。

（明）唐鶴徵編纂，陳睿謀評梓：《皇明輔世編》，參見周駿富輯：《明代傳記叢刊》第 28 册，明文書局，1991 年。

（明）袁袠：《皇明獻實》，參見周駿富輯：《明代傳記叢刊》第 30 册，明文書局，1991 年。

（明）項篤壽：《今獻備遺》，參見周駿富輯：《明代傳記叢刊》第 31 册，明文書局，1991 年。

（明）雷禮：《國朝列卿記》，參見周駿富輯：《明代傳記叢刊》第 33—39 册，明文書局，1991 年。

（明）劉孟雷：《聖朝名世考》，參見周駿富輯：《明代傳記叢刊》第 41 册，明文書局，1991 年。

（明）王世貞：《名卿續記》，參見周駿富輯：《明代傳記叢刊》第 42 册，明文書局，1991 年。

（明）徐紘：《皇明名臣琬琰錄》，參見周駿富輯：《明代傳記叢刊》第 44 册，明文書局，1991 年。

（明）汪國楠：《皇明名臣言行錄新編》，參見周駿富輯：《明代傳記叢刊》第 46 册，明文書局，1991 年。

（明）鄧球編：《皇明泳化類編列傳》，參見周駿富輯：《明代傳記叢刊》第 81 册，明文書局，1991 年。

（明）焦竑：《皇明人物考》，參見周駿富輯：《明代傳記叢刊》第 115 册，明文書局，1991 年。

（明）過庭訓：《明分省人物考》，參見周駿富輯：《明代傳記叢刊》第 137 册，明文書局，1991 年。

（清）徐開任：《明名臣言行錄》，參見周駿富輯：《明代傳記叢刊》第 51 册，明文書局，1991 年。

（清）孫奇逢：《中州人物考》，參見周駿富輯：《明代傳記叢刊》第 141 册，明文書局，1991 年。

8. 地理類

（明）楊經纂輯，（明）劉敏寬纂次，牛達生、牛春生校勘：《〔嘉靖萬曆〕固原州志》，寧夏人民出版社，1985 年。

（明）胡汝礪撰，胡玉冰、曹陽校注：《〔弘治〕寧夏新志》，中國社會科學出版社，2015 年。

（明）管律等修，邵敏校注：《〔嘉靖〕寧夏新志》，中國社會科學出版社，2015 年。

（明）詹榮纂修，（明）葛守禮刊刻：《〔嘉靖〕山海關志》，國家圖書館藏明嘉靖十四年（1545）刻本。

（明）任洛等纂修：《〔嘉靖〕遼東志》，天津圖書館藏明嘉靖十六年（1537）刻本。

陳國華主編：《明萬曆桃源縣志校注》，大衆文藝出版社，2008 年。

（明）楊壽編，胡玉冰校注：《〔萬曆〕朔方新志》，中國社會科學出版社，2015 年。

（明）劉敏寬、董國光纂修，韓超校注：《〔萬曆〕固原州志》，上海古籍出版社，2018 年。

（明）楊殿元纂修：《〔崇禎〕乾州志》，國家圖書館藏明崇禎（1627—1644）刻本。

（清）劉於義纂修：《〔雍正〕陝西通志》，國家圖書館藏雍正十三年（1735）刻本。

（清）汪运正纂修：《〔乾隆〕襄城縣誌》，國家圖書館藏清乾隆十一年（1746）刻本。

（清）邵大業：《〔乾隆〕禹州志》，國家圖書館藏乾隆十二年（1747）刻本。

（清）趙本植：《新修慶陽府志》，國家圖書館藏乾隆二十七年（1762）刻本。

（清）朱煒修：《中國地方誌集成·河南府縣誌輯·（道光）禹州志》，上海書店、巴蜀書社、江蘇古籍出版社影印道光十五年（1835）刻本。

（清）升允、（清）長庚修：《〔宣統〕甘肅新通志》，國家圖書館藏宣統元年（1909）刻本。

9. 政書類

（明）何淳之：《荒政彙編》，參見李文海主編：《中國荒政全書》第 1 輯，北京古籍出版社，2003 版。

10. 目錄類

（清）永瑢等：《四庫全書總目》，中華書局，1965 年。

（清）英廉等編：《全毀抽毀書目（及其他二種）》，參見《叢書集成初編》第 0042 册，中華書局，1985 年。

（清）永瑢等：《四庫全書簡明目錄》，上海科學技術文獻出版社，2016 年。

（清）沈初等撰，杜澤遜、何燦點校：《浙江采集遺書總錄》，上海古籍出版社，2010 年。

(二) 子部

1. 兵家類

（明）黄道周注斷，孟冰點校：《廣名將傳》，書目文獻出版社，1986 年。

2. 雜家類

王雲五主編：《(明刊本)紀録彙編》，臺灣商務印書館，1969 年。

（明）高鳴鳳輯，王雲五主編：《(明刊本)今獻匯言》，商務印書館，1969 年。

（明）李栻輯：《歷代小史》，江蘇廣陵古籍刻印社，1989 年。

（明）沈節甫輯録：《紀録彙編》，全國圖書館文獻縮微復製中心，1994 年。

3. 類書類

（明）王圻、王思義編集：《三才圖會》，上海古籍出版社，1985 年。

4. 小説家類

（明）顧元慶編輯：《廣四十家小説・卯集》，文明書局，1915 年。

（明）耿定向輯著，毛在增補：《先進遺風》，商務印書館，1936 年。

（明）鄧士龍輯，許大齡、王天有主點校：《國朝典故》，北京大學出版社，1993 年。

(三) 集部

1. 別集類

（明）李東陽：《懷麓堂文後稿》，國家圖書館藏明正德年間（1506—1521）刻本。

（明）王世貞：《弇山堂別集》，中華書局，1985 年。

（明）王世貞：《弇州山人續稿碑傳》，參見周駿富輯：《明代傳記叢刊》第 151 册，明文書局，1991 年。

（明）馬文升撰，武宇林整理：《馬端肅公詩集》，參見李偉、吴建偉主編：《回族文獻叢刊》第五册，上海古籍出版社，2008 年。

（明）馬文升：《馬端肅公詩集》，參見吴海鷹主編：《回族典藏全書》第 156 册，甘肅文化出版社、寧夏人民出版社，2008 年。

（明）馬文升：《馬端肅公詩集》，參見胡玉冰主編：《朔方文庫》第 45 册，國家圖書館出版社，2018 年。

（明）李維楨：《大泌山房集》，參見沈乃文主編：《明別集叢刊》第 4 輯第 8 册，黄山書社，2015 年。

（清）全祖望：《鮚埼亭集・外編》，參見王雲五主編：《萬有文庫》第 2 輯第 484 種，商務印書館，1936 年。

（清）馬時芳著，張豔校注：《正續樸麗子校注》，上海古籍出版社，2019 年。

2. 總集類

（清）錢謙益輯：《列朝詩集》，上海三聯書店，1989 年。

（清）張豫章纂：《御選宋金元明四朝詩》，天津圖書館藏康熙四十八年（1709）內府刻本。

3. 詩文評類

（明）吴納著，于北山校點：《文章辨體序説》，人民文學出版社，1962 年。

（明）徐師曾著，羅根澤校點：《文體明辨序説》，人民文學出版社，1962 年。

二　現當代文獻

(一) 著作

陸祖毅編：《浙江省立圖書館善本書目題識》，浙江省立圖書館，1932 年。

江蘇省立國學圖書館編：《江蘇省立國學圖書館現存書目（上）》，江蘇省立國學圖書館，1948 年。

孫殿起輯：《清代禁書知見錄》，商務印書館，1957 年。

吳慰祖校訂：《四庫采進書目》，商務印書館，1960 年。

《明清歷科進士題名碑錄》，華文書局股份有限公司，1969 年。

（民國）王棽林等纂修：《中國方志叢書・華北地方・第 459 號・（河南省）禹縣誌》，成文出版社影印民國二十年刊本，1976 年。

趙爾巽等：《清史稿》，中華書局，1977 年。

丁原基：《清代康雍乾三朝禁書原因之研究》，華正書局，1983 年。

杜信孚纂輯：《明代版刻綜錄》，江蘇廣陵古籍刻印社，1983 年。

惲茹辛：《民國書畫家匯傳》，臺灣商務印書館，1986 年。

白壽彝主編：《回族人物志（明代）》，寧夏人民出版社，1988 年。

雷夢辰：《清代各省禁書匯考》，書目文獻出版社，1989 年。

蓋縣文學藝術界聯合會編：《蓋縣歷代名人詩選》（營文印內字第 138 號），1990 年 12 月。

中國人民政治協商會議唐山市委員會文史資料委員會：《唐山文史資料》第 11 輯［冀出內刊（JN - 2010）］，1991 年 10 月。

薄音湖、王雄編輯點校：《明代蒙古漢籍史料彙編》第 1 輯，內蒙古大學出版社，1993 年。

中國古籍善本書目編輯委員會編：《中國古籍善本書目・史部》，上海古籍出版社，1993 年。

《中國古代小説百科全書》編輯委員會：《中國古代小説百科全書》，中國大百科全書出版社，1993 年。

中國文物研究所、河南文物研究所編：《新中國出土墓誌・河南［壹］》：文物出版社，1994 年。

《南京圖書館志》編寫組編纂：《南京圖書館志（1907—1995）》，南京出版社，1996 年。

中國第一歷史檔案館編：《纂修四庫全書檔案》，上海古籍出版社，1997 年。

葉昌熾：《藏書紀事詩（附補正）》，上海古籍出版社，1999 年。

鄭偉章：《文獻家通考（清—現代）》，中華書局，1999 年。

《浙江圖書館志》編纂委員會編：《浙江圖書館志》，中華書局，2000 年。

余振貴、雷曉静：《中國回族金石錄》，寧夏人民出版社，2001 年。

吕友仁主編：《中州文獻總錄（上）》，中州古籍出版社，2002 年。

錢鏡塘：《錢鏡塘藏明人尺牘》，上海古籍出版社，2002 年。

浙江圖書館古籍部編：《浙江圖書館古籍善本書目・史部》：浙江教育出版社，2002 年。

吳建偉主編：《回回舊事類記》，寧夏人民出版社，2002 年。

張丙燦：《馬文升》，中國文聯出版社，2003 年。

蓋州市詩詞楹聯學會編著：《蓋州詩詞選》：吉林文史出版社，2004 年。

劉培桂編著：《孟子林廟歷代石刻集》，齊魯書社，2005年。

［美］牟復禮、［英］崔瑞德：《劍橋中國明代史》，中國社會科學出版社，2006年。

陝西省地方志辦公室編：《歷代咏陝詩詞曲集成·古代部分（下）》，三秦出版社，2007年。

陳國華主編：《明萬曆桃源縣志校注》，大衆文藝出版社，2008年。

本社古籍影印室編：《明清以來公藏書目彙刊（46）》，北京圖書館出版社，2008年。

瞿冕良編著：《中國古籍版刻辭典（增訂本）》，蘇州大學出版社，2009年。

馬寧主編：《江蘇第二批國家珍貴古籍名錄圖錄（上）》，鳳凰出版社，2010年。

吴建偉、張進海主編：《回族典藏全書總目提要》，寧夏人民出版社，2010年。

平潭比干文化研究會編：《平潭林氏通鑒》，廈門大學出版社，2012年。

趙鴻謙著，王强主編：《松軒書録》，參見《近代圖書館史料彙編（20）·中央大學國學圖書館第二年刊（民國十八年）》，鳳凰出版社，2014年。

（美）福路特：《明代名人傳（肆）》，北京時代華文書局，2015年。

（日）河内良弘著，趙令志、史可非譯：《明代女真史研究》，遼寧民族出版社，2015年。

齊社祥選注：《隴東歷代詩文選注》，甘肅人民出版社，2016年。

白淑春編著：《中國藏書家綴補録》，寧夏人民出版社，2016年。

王堅：《無聲的北方：清代夏峰北學研究》，商務印書館，2018年。

馬紅軍主編：《馬文升詩二百首》，中州古籍出版社，2018年。

（二）論文

熊中發：《一代名臣馬文升》，《許昌學院學報》，1989年第4期。

曹子元：《明朝少師、吏部尚書馬文升事略》，參見許昌市政協文史委員會主辦，《許昌文史》編輯部編，《許昌文史》第4輯，1991年。

曹子元：《明少師吏部尚書馬文升陵園》，參見中國人民政治協商會議許昌市委員會文史資料委員會編，《許昌文史資料》第5輯，1992年。

曹子元搜集，王應琪點校：《明故少師吏部尚書馬文升墓誌銘》，參見中國人民政治協商會議許昌市委員會文史資料委員會編，《許昌文史資料》第6輯。

譚淑琴：《馬文升墓誌考》，《中原文物》，1994年第1期。

任立中：《馬文升軼事》，參見中國人民政治協商會議河南省禹州市委員會文史資料委員會編，《禹州文史資料》第10輯，1999年。

李顏超：《馬文升及後裔在禹州城内的主要遺迹》，參見王國謙主編，政協禹州市學習文史委員會編，《禹州文史》第16輯，2006年。

賈克明：《馬文升所任主要官職釋義》，參見王國謙主編，禹州市政協學習文史委員會編，《禹州文史》第17輯，2007年。

汪緯、儲奕：《馬文升軍事活動初探》，《滁州學院學報》，2007年第2期。

馬建民：《〈馬端肅公詩集〉刊刻、流傳及價值初考》,《西北第二民族學院學報》,2008 年第 6 期。

戴鴻義：《遼東巡撫馬文升》,參見張成良主編,《遼陽歷史人物（續集）》,吉林文史出版社,2008 年。

馬善田：《河南禹州明代"五朝元老"馬文升家族爲回族一説商榷》,參見王岳紅主編,《譜牒學論叢（第 3 輯）紀念中國譜牒學研究會成立 20 周年專集》,三晋出版社,2008 年。

汪緯：《淺析馬文升的用人觀》,《滁州學院學報》,2009 年第 4 期。

馬建民、李建華：《馬文升在固原》,《西夏研究》,2010 年第 3 期。

馬建民、陸寧：《明弘治年間馬文升乞休致仕考略》,《湖南科技學院學報》,2010 年第 9 期。

楊學娟、馬東清：《半生事業空成夢,萬里關山總是愁——試論〈馬端肅公詩集〉的思想内容》,《中共銀川市委黨校學報》,2012 年第 6 期。

劉静：《〈馬端肅奏議〉版本研究》,《知識窗》（教師版）,2012 年第 6 期。

鄧雲：《馬文升的民族關係策略》,《教育教學論壇》,2013 年第 49 期。

柳海松：《論馬文升與遼東女真》,參見白文煜主編,《前清歷史與盛京文化：清前史研究中心成立暨紀念盛京定名 380 周年學術研討會（上）》,遼寧民族出版社,2015 年。

梁祖萍、黄彦珽：《馬文升的仕宦生涯與詩歌創作》,《回族研究》,2016 年第 1 期。

焦寶：《明人馬文升鎮撫遼東詩作略論》,《現代交際》,2016 年第 24 期。

康繼亞、李小娟：《〈興復哈密記〉版本源流淺析》,《伊犁師範學院學報》,2019 年第 2 期。

馬建民：《明代馬文升〈馬端肅公奏議〉版本考述》,《北方民族大學學報》,2019 年第 5 期。

李智裕：《明馬文升巡治遼東淺議》,《遼寧省博物館館刊》,2019 年。

李國慶、運宜偉：《紀昀纂修〈四庫全書〉具體書事管窺——以〈廬山記〉與〈馬端肅公奏議〉爲例》,《四庫學（第七輯）》,2020 年。

王屹東：《〈端肅奏議〉中〈乞恩終制事〉研究》,《山西青年》,2020 年第 4 期。

馬建民：《明代馬文升〈馬端肅公三記〉版本考述》,《北方民族大學學報》,2020 年第 6 期。

李建剛、沈浩注：《論馬文升與環慶邊防建設》,《絲綢之路》,2021 年第 3 期。

（三）學位論文

汪緯：《馬文升研究》,安徽大學專門史專業 2006 届碩士學位論文,指導教師周振元教授。

崔存嶺：《馬文升的西北邊防文獻整理和研究》,江西師範大學歷史文獻學專業 2007 届碩士學位論文,指導教師周秋生副教授。

馬建民：《馬文升三記及〈端肅奏議〉研究》,西北第二民族學院中國少數民族史專業 2007 届碩士學位論文,指導教師吴建偉教授。

王屹東:《馬文升爲官記述研究》,内蒙古科技大學中國史專業 2019 届碩士學位論文,指導教師王繼霞教授、楊波講師。

石新聞:《馬文升與明代成弘年間政局》,江西師範大學中國史專業 2020 届碩士學位論文,指導教師方志遠教授。

後　　記

　　從 2006 年撰寫碩士論文開始,我關注馬文升研究已有十六年時間。當《馬文升詩文集》即將要出版時,我的內心依然誠惶誠恐,覺得與馬文升相關的研究才剛剛開始,還有許多問題值得我去進一步研究。同時,我覺得這十六年來有關馬文升研究過程中查閱文獻等經歷,有必要向各位同仁作一交待。

　　2004 年至 2007 年,我在西北第二民族學院(今北方民族大學)跟隨吳建偉教授攻讀碩士學位。當時,吳建偉教授正主持編纂《回族典藏全書》,已經搜集到了馬文升著述中的《四庫全書》本《端肅奏議》十二卷、《金聲玉振集》本《馬端肅公三記》三卷及南京圖書館藏《馬端肅公詩集》。原計劃我的碩士論文選題是與明代海瑞有關的研究,但是,經過仔細查閱文獻,我發現有關海瑞的研究成果已經非常豐富,便放棄了以海瑞研究作爲畢業論文選題的想法。經與導師商量后,我選擇了《馬文升三記及〈端肅奏議〉研究》作爲畢業論文選題。

　　2007 年碩士畢業后,我留在北方民族大學工作。當時,爲了向即將到來的 2008 年寧夏回族自治區成立五十週年大慶獻禮,學校啓動了《回族文獻叢刊》的編輯工作。考慮到我的碩士論文選題,吳建偉老師安排由我負責《四庫全書》本《端肅奏議》十二卷的整理工作。2008 年,《回族文獻叢刊》由上海古籍出版社正式出版。現在看來,一方面,由於當時資料有限,《端肅奏議》的相關版本沒有收集齊全;另一方面,由於初次承擔古籍整理工作,缺乏相關經驗,《端肅奏議》的整理並不盡如人意。

　　2007 年以後,儘管我曾先後撰寫了《再論"滿俊事件"》《〈馬端肅公詩集〉刊刻、流傳及價值初考》《馬文升在固原》《明弘治年間馬文升乞休致仕考略》等專題論文,但是,由於其間成立了家庭、工作及繼續讀書,關於馬文升著述的整理及研究工作一直沒有繼續進行。特別是 2012 年至 2015 年我在寧夏大學跟隨胡玉冰老師攻讀博士學位期間,雖然曾一度想繼續以馬文升研究作爲博士論文選題,最後還是因爲資料不足而放棄。儘管如此,我一直關注與馬文升有關的學術動態和研究成果,期間也收集到了國家圖書館藏《四庫全書》底本《端肅奏議》十四卷(缺卷十三至十四)等版本。

　　2019 年,一次偶然的機會,我在孔夫子舊書網發現有商家出售十六卷本《馬端肅公奏議》複印本。根據賣家公佈的圖片及目錄,我初步判斷這就是最早的十六卷本《馬端肅公奏議》,其收錄馬文升奏議 65 篇。同時,我聯繫了在南京圖書館工作的韓超師弟,他也幫我查閲了南京圖書館藏十六卷本《馬端肅公奏議》目録。經過比對，兩者目録完全一致。到此，我可以確認十六卷本《馬端肅公奏議》就收藏在南京圖書館。儘管此時還没有收集到十六卷本《馬端肅公奏議》複印件，但在前期查閱資料的基礎上，我完成了《明代馬文升〈馬端肅公奏議〉版本考述》一文。

2020年2月，新冠疫情發生後，春季學期老師、學生延期返校，我便在家開展上課及查閱資料等工作。2020年4月6日，我在孔夫子舊書網上查閱到有商家出售《（榮德生遺命捐贈、無錫圖書館館藏）國家珍貴古籍選刊》第三册和第八册。我下單購買后，發現該書第三册收録的正是無錫圖書館藏明嘉靖二十六年（1547）葛洞邟江書館刻本《馬端肅公奏議》十六卷，收録馬文升奏議65篇，這真是"踏破鐵鞋無覓處，得來全不費功夫"。

當我再次聯繫前文所提及的孔夫子舊書網商家，請求購買南京圖書館藏明嘉靖二十六年葛洞邟江書館刻本《馬端肅公奏議》的複印件時，該商家表示因爲該書是善本，需要先確定訂單后，再去複印。結果當我確定訂單後，商家表示該書因裝訂綫斷裂需要修復而無法複印，需要等待一年以上時間。

由於没有收集到南京圖書館藏明嘉靖二十六年（1547）葛洞邟江書館刻本《馬端肅公奏議》，我一度非常沮喪。但是，經過翻閱《（榮德生遺命捐贈、無錫圖書館館藏）國家珍貴古籍選刊》第三册收録的無錫圖書館藏明嘉靖二十六年葛洞邟江書館刻本《馬端肅公奏議》，我發現該書在編輯過程中，曾參考了南京圖書館藏明嘉靖二十六年葛洞邟江書館刻本《馬端肅公奏議》，並利用該版本配補了數葉模糊不清的內容。至此，我便確認南京圖書館與無錫圖書館所藏明嘉靖二十六年葛洞邟江書館刻本《馬端肅公奏議》版本及内容完全一致。

至此，我已經收集到了明嘉靖二十六年葛洞邟江書館刻本《馬端肅公奏議》十六卷、明崇禎雲間平露堂刻本《皇明經世文編》節録本《馬端肅公奏疏》三卷、《四庫全書》本《端肅奏議》十二卷及《四庫全書》底本《端肅奏議》十四卷（缺卷十三至十四）等主要版本。因此，我便開始了校注整理工作。

在該書校注整理的過程中，2020年6月，學校啓動了"雙一流"學科建設。我便以此選題申報了出版資助計劃，與此同時，我在國家圖書館中華古籍資源庫等網站查詢到天津師範大學圖書館等處收藏有清初刻本《馬端肅公奏議》十六卷首一卷。我便聯繫了在天津師範大學工作的大學同學劉雪飛，請求他幫我查閱該書。由於發生了疫情，天津師範大學圖書館一直閉館。2020年9月秋季學期開學后，劉雪飛幫我查閱了天津師範大學圖書館所藏清初刻本《馬端肅公奏議》。經仔細比對，我發現該版本卷首所收録的内容未被其他版本《馬端肅公奏議》收録；而該書卷一至卷十六收録的奏議只有55篇，顯然是經過了删改。這進一步堅定了我校注整理該書的信心。

2021年8月，我查詢到浙江圖書館收藏有清初刻本《馬端肅公奏議》十四卷《恩命録》一卷。經過寧夏圖書館李海燕老師的幫助，我最終查閱到了該版本。經過比對，該版本與我此前收集到的各種《馬端肅公奏議》版本也不完全一致。至此，《馬端肅公奏議》校注整理過程中使用的各個版本均已找到。

經歷了近十六年的摸索，特別是經過近三年的校注、整理後，此書即將出版。此書能够順利出版，需要感謝的老師、同仁、朋友太多！

感謝我的導師吴建偉教授，十六年前，在相關成果還未出版時，他毫無保留地將與此選題相關的資料交給我，並指導我完成碩士畢業論文。感謝我的導師胡玉冰教授，他不僅參加了我的碩士論文答辯會，提出了真知灼見，後來還將我收入門下，跟隨他攻讀博士學位。我在學術之路上的探索和嘗試，都離不開以上兩位導師的指導。

感謝丁萬録教授、陳紅梅教授等北方民族大學原歷史系老師的指導和幫助，2000 年進入北方民族大學求學至今，是他們將我引入歷史學領域。特別是 2004 年能够繼續求學之路，離不開丁萬録教授等多位老師的指導和幫助。

感謝學校領導、發展規劃處、科研處、人事處及民族學學院領導，正是有了"雙一流"等經費的支持，此書才得以順利出版。感謝學報編輯部、原社會學與民族學研究所、原非物質文化遺產研究所、原回族學研究院、原西夏研究所的領導和同事，正是他們的指導、幫助和包容，使我一步步成長。

感謝上海古籍出版社府憲展老師、劉景雲老師、方偉老師，十多年前與他們的交往，使我對古籍整理有了更多地理解和認識。感謝胡文波老師、張靖偉老師、余鳴鴻老師、孫一夫老師。正是余鳴鴻老師的慧眼，將此書納入出版選題。在與張靖偉老師、孫一夫老師的交流溝通中，我深刻感受到了上海古籍出版社編輯老師的嚴謹、敬業和奉獻。

感謝我的碩士研究生王帥龍、吴曉揚、蘇秋麗、王婧、王妙、賀靖懿、付玉蘭、張丁森、劉園，他們多次幫我核對文獻，毫無怨言，我也得以在歷史學學習和研究領域與他們共同進步。

感謝我的家人、愛人和兩個女兒，正是有了他們的默默支持，我才得以安心從事教學、科研工作，不斷提高自己。

此外，還有許多未列出姓名的朋友，你們的指導和幫助，我會銘記於心。當然，此書校注、整理過程中還存在的許多問題，當由我個人負責，希望各位同仁不吝賜教。

馬建民
二〇二二年九月二十三日
於賀蘭山下北方民族大學校園内